BASTEI
LÜBBE
TASCHENBUCH

Weitere Titel des Autors:

Bettler und Hase

Über den Autor:

Tuomas Kyrö, geboren 1974 in Helsinki, gehört zu den renommiertesten finnischen Autoren der jüngeren Generation. Er hat bereits mehrere Romane veröffentlicht. Seine Werke wurden mit zahlreichen Preisen ausgezeichnet. Unter anderem mit der »Kiitos-Kirjasta-Medaille« (der »Danke-für-diese-Buch-Medaille«) des finnischen Buchhandels. KUNKKU stand wochenlang auf Platz 1 der finnischen Bestsellerliste.

Tuomas Kyrö

KUNKKU

Roman

Aus dem Finnischen von Stefan Moster

BASTEI LÜBBE
TASCHENBUCH

BASTEI LÜBBE TASCHENBUCH
Band 17354

MIX
Papier aus verantwortungsvollen Quellen
FSC® C083411
FSC www.fsc.org

Vollständige Taschenbuchausgabe

Die Originalausgabe erschien 2013
unter dem Titel *Kunkku* im Verlag Siltala, Helsinki.
Die Übersetzung wurde gefördert von FILI-Finnish Literature Exchange

Umschlaggestaltung: b3k-design, diceindustries
Satz: hanseatenSatz-bremen, Bremen
Gesetzt aus der Apollo MT
Druck und Verarbeitung: CPI books GmbH, Leck – Germany
Printed in Germany
ISBN 978-3-404-17354-9

1 3 5 4 2

WER TRÖSTET KUNKKU?

1947–1954

PENA PENTTINEN

Ich bin ein Freund großer Brüste. Das hat mir ein bisschen Ärger eingebracht: Rausschmiss und Scheidung. Mein eigenes Zuhause musste ich deswegen räumen, das Schloss auf dem wertvollsten Grundstück der Hauptstadt.

Heute bin ich allerdings glücklicher als je zuvor. Aus meinem früheren Leben vermisse ich lediglich mein Auto und meine Familie, die wegen meiner Dummheiten auseinandergebrochen ist. Ohne Auto kann man leben, aber die Bestandteile meiner Familie will ich versuchen, wieder zusammenzusetzen.

Das Schloss ist gestern eingestürzt. Sie haben es im Fernsehen gezeigt, und ein Experte hat die Gründe erläutert: altes Gebäude mit schlechtem Pfahlwerk, dazu schwere Feuchtigkeitsschäden im Gemäuer.

Ich bin hingegangen, um mir den Ort, den ich so gut kenne, ein letztes Mal anzusehen, denn morgen wird dort bereits etwas Neues gebaut.

In dem Elektrogeschäft, wo ich als Aushilfe im Lager arbeite, habe ich mir einen Tag freigenommen und meine jüngere Tochter Irma gebeten, mich zu begleiten. Sie hat mehr als zwei Jahrzehnte in Schlössern und auf Gütern gelebt, bevor wir in einen Wohnblock zogen. Jetzt fühlt sie sich diskriminiert. Sie hat gesagt: Interessiert mich nicht, das zeigen sie auch im Fernsehen. Und: Bring auf dem Rückweg Paprikachips mit.

Auf dem Platz standen so viele Menschen, dass ihre Schultern sich berührten. Alle griffen nach Steinbrocken, die vom Schloss bis vor die umliegenden Häuser herunterrollten und zwischen die geparkten Autos auf den Parkplätzen. Touristen filmten die Szenerie mit ihren Handykameras. Übertragungswagen mehrerer TV-Stationen waren vor Ort.

Es war befremdlich, dass sich das Schloss nicht mehr über allem erhob, sondern bloß noch ein Felshügel übrig war.

Ich hätte meinen ehemaligen Besitz gern noch einmal betreten, aber der Zaun und die Arbeiter verhinderten es. Nur Lastwagen durften hinein, um den Schutt über provisorische Brücken abzutransportieren.

Die Mauer war komplett verschwunden, ein paar Schornsteine standen noch, aber auch die wurden von einem Bagger zermalmt. Der Wassergraben wurde mit langen, dicken Schläuchen ausgepumpt, die an Feuerwehrautos angeschlossen waren. Man hörte das Dröhnen großer Motoren der Marke Sisu-Verrari. Zu meinem Zwanzigsten hatte ich vom Geschäftsführer dieses Unternehmens das beste Geburtstagsgeschenk meines Lebens bekommen.

Ich sah mir alles in Ruhe an.

Ich hatte es nicht eilig, mich erkannte keiner mehr. Auch früher hatte mich niemand erkannt, wenn ich allein war. Es mussten immer meine Frau oder die Kinder dabei sein.

Zwei Arbeiter hoben ein altes Sofa an und warfen es in einen Container. Auf diesem Sofa hatte meine ältere Tochter Valma ihre Bücher gelesen. Sie liest sie noch immer; sie liegt mir sehr am Herzen.

Eine Gruppe von vier Männern trug einen enorm langen Esstisch zum Container. Sie mussten ihn mit einer Motorsäge zerlegen, weil er sonst nicht hineingepasst hätte. Früher saß ich am einen Kopfende dieses Tisches und meine Mutter am anderen. Wir hätten Riesenarme gebraucht, um uns das Salz zu reichen. Deshalb waren wir auf so viele Diener angewiesen. Heutzutage muss ich alles selbst machen, keiner öffnet mir die Tür oder das Marmeladenglas.

Wie gesagt, ich bin so glücklich wie nie zuvor.

Nun nahmen die Abrissarbeiter einen Stuhl mit abnehmbaren und verstellbaren Armlehnen in Augenschein. Ich hätte ihnen sagen können, was das war. Das war der Stillstuhl. Auf dem saß einmal ein wunderbarer Mensch namens Marjatta. Über sie und mich standen vor langer Zeit, nach einer ganz bestimmten Olympiade, viele Geschichten in den Zeitungen. Auch meine Frau hat auf dem Stillstuhl gesessen, damals, als sie Veikko, unseren Jüngsten, stillte. Die beiden anderen Kinder hat sie nicht gestillt. Sie hatte einen Dickkopf und wusste genau, was sie wollte.

Wo mein Sohn Veikko heute ist – keine Ahnung. Nach meinem Rausschmiss ist er verschwunden. Ich weiß, wo sich meine älteste Tochter Valma aufhält, und meine Tochter Irma ist die ganze Zeit bei mir, aber Veikko kann überall sein. Und einem Jungen in seinem Alter, der überall sein kann, dem kann alles Mögliche passieren.

Neben mir standen zwei alte Männer, die wussten, was mit den alten Steinen des Schlosses geschehen würde. Man wollte sie versteigern und den Gewinn für einen guten Zweck stiften. Sie fanden, bei dem Geschäft bekäme man nicht mal ein Promille der Steuergelder zurück, die für das Königshaus ausgegeben worden waren. Aus den Worten der Männer ging hervor, dass auf dem Schlossgrundstück das höchste Hotel Finnlands errichtet werden sollte, und zwar durch die W. B. C. – die Watte-Bomull-Building-Company.

Den Eigentümer kenne ich. Er war mein Freund, einer aus unserem Trio, einer der Kings.

Ich ging näher heran und kletterte rasch über den Zaun, um an den Wassergraben zu kommen. Er war jetzt leer; auf dem Grund lagen Fahrräder und ein Autowrack, aber kein Alligator und auch kein Drache, so wie ich als Kind geglaubt hatte.

Dann war da ein großer, gelblicher Klumpen, den der Bagger mit spitzer Schaufel anhob und in den Container fallen ließ.

Das Publikum vermutete, dass es sich um Algen oder Plastiktüten handelte. Ich wusste es besser, behielt meine Erinnerung aber für mich.

Der Klumpen war aus den vielen Tennisbällen und mit Wasser gefüllten Luftballons entstanden, die ich mit meinem besten Freund Hessu in den Graben geworfen hatte. Das waren die schönsten Tage meines Lebens gewesen, auch wenn alle Tage schon allein deshalb schön sind, weil man am Leben sein darf.

Zwischen all dem Plunder im Graben blitzte auch mein Fahrradhelm auf. Man hatte verhindern wollen, dass ich mir Wunden und Schrammen zuzog, denn ich war das einzige Kind meiner Eltern, ich wurde im Schloss geboren und musste im Schloss bleiben. So lief das in unserer Familie. Schon vor meiner Geburt hatte man mir die Arbeitsstelle ausgesucht.

In meiner Kindheit trugen außer mir nur Soldaten Helme. Ich schämte mich, einen aufsetzen zu müssen, obwohl ich keineswegs einer bin, der sich schnell schämt oder sich als Opfer fühlt. So etwas kostet einfach zu viel Lebenszeit. Ich bin jetzt über sechzig und habe so manches erlebt. Den Rest meines Lebens möchte ich mit meiner Familie zusammensein.

Einer der Arbeiter trug eine lange Stange auf der Schulter. Bei *Dick und Doof* würde sie gleich einem Polizisten gegen den Kopf schlagen.

Der Arbeiter legte die Stange in den Container, wo sie schräg nach oben herausragte. Sie war vor langer Zeit anlässlich einer Party in meinem Geheimzimmer installiert worden.

Die beruflichen Festivitäten meines früheren Lebens mochte ich nicht, aber bei den privateren Partys gab es nette Momente. Zum Beispiel in Torremolinos oder in der alten Feuerwehrwache.

Man müsste mal wieder eine Party machen. Heutzutage darf ich selbst entscheiden, wen ich einlade, und niemand stellt eine Gästeliste für mich zusammen.

Dafür müsste man allerdings ein paar mehr Leute kennen. Seit ich nicht mehr auf dem Schloss lebe, kenne ich außer meiner Familie niemanden. Nur meine Arbeitskollegen Ahti Martti und Lipponen, aber ich bin noch nicht so weit, sie zu mir einzuladen. Und dann gibt es an meinem Arbeitsplatz noch eine gewisse Helena. Bei der traue ich mich schon gar nicht.

Nicht mehr lange hin bis Weihnachten, dem Fest der Familie. Ich könnte ein gemeinsames Weihnachten für uns veranstalten. Meine Familie hätte es verdient. Als ich ein Kind war, wurde jedes Jahr eine hohe, dichte Tanne aufgestellt, die ich zuvor mit meinem Vater und meiner Mutter in Empfang genommen hatte. Es war mir immer so vorgekommen, als könnte man von deren Spitze bis an die echten Sterne heranreichen, wenn man sich nur weit genug streckte.

Die alten Männer neben mir redeten über die ehemaligen Könige. Dabei fielen auch Namen, die ich kannte. Sie erinnerten sich daran, durch welche Verdienste sich die jeweiligen Regenten ihren Platz in den Geschichtsbüchern gesichert hatten. Einer von ihnen erzählte, er habe als Kind auf diesem Platz hier gestanden, als der nunmehr letzte König dem Volk präsentiert wurde. Vielleicht sei es im Juni gewesen, vielleicht im Juli, auf jeden Fall an einem heißen Tag, und die Kanonen hätten Ehrensalutschüsse abgegeben.

Anfang 1947 liegt die Welt noch im Krieg, aber im Finnischen Königreich wird gearbeitet, Handel getrieben, der Wohlstand gemehrt. Außerdem werden in aller Ruhe neue Steuerzahler produziert. Die Fett- und Wachstumswerte befinden sich im Gleichgewicht, und niemand leidet Mangel. Während die übrige Menschheit Dörfer, Städte und ganze Volksgruppen vernichtete, hat Finnland seine Infrastruktur, sein Gesundheitssystem und sein Schulwesen ausgebaut. Das Wunder der leichten Musik entsteht, die Filmindustrie macht ein Viertel des finnischen Exports aus, Produkte der Holzveredlung verkaufen sich. Verkehrsplaner aus den Vereinigten Staaten, der Sowjetunion und China geben sich die Klinke in die Hand, um sich mit den finnischen Verkehrslösungen vertraut zu machen.

Natürliche Feinde kennt das Land nicht. Finnland ist aller Nationen Freund.

Infolge der Neutralität und des Friedenswillens kommt es in Finnland nicht zu Samenexplosionen wie im Nachbarland Schweden, wo man sich nach dem Krieg gnadenlos vermehrt. Die durchschnittliche Kinderzahl in Schweden beträgt fünf, in Finnland eins Komma drei. Und die Folgen des Schwedischen Kriegs, des sogenannten *Norrkampen*, werden noch über Generationen hinweg in der Psychohistorie, im sportlichen Erfolg, in der Literatur und in der Filmkunst Schwedens sichtbar bleiben. Hat der Finne ein Problem mit dem Selbstwertgefühl, löst er es mithilfe von Zusatzausbildung und Backwerk. Der Schwede hingegen sucht Zuflucht bei hausgebranntem Schnaps und Selbstmord.

Allerdings flutscht den Hebammen auch in Finnland das eine oder andere Kindchen in die Arme.

Kalle XIV. Penttinen wird im Juni 1947 im unmittelbar neben dem Sterbezimmer gelegenen Geburtszimmer des Königsschlosses Vantaa geboren. Die Wände des Raums zieren in Gold gerahmte Entbindungstücher und getrocknete, parfümierte Plazenten früherer Generationen. Das Geschlecht der Penttinens herrscht seit dem 13. Jahrhundert über das urwüchsige, fröhliche und glückliche Finnland und hat sich in der Bevölkerung stets großer Beliebtheit erfreut, dank seiner Bodenständigkeit und Gerechtigkeit. Die Penttinens stammen in direkter Linie von den Kaukopenttis in Pölhölö, den dänischen Mörttensens und den niedersächsischen Hendrickhzenzechen ab. Infolge einer Brautentführung findet sich sogar in der japanischen Kaiserfamilie ein Tropfen Blut der Penttinens.

Sobald die Schere des offiziellen Nabelschnurdurchtrenners zuschnappt, sobald der neugeborene Kunkku gewaschen und vom Erzbischof gesegnet worden ist, darf er trinken.

»Der Schöpfer hat mir sozusagen Milchtanks geschenkt«, erzählt die königliche Amme Marjatta Kohtalonmäki. »Mit der besten Produktion und Durchflussmenge im ganzen Land. Wenn einer Hunger hatte, gab ich gern was davon ab. Der Kunkku war so was wie mein Lieblingskind, schon vom ersten Saugen an hat er gelächelt. Als wollte er mit mir schäkern.«

Dem Grundgesetz entsprechend, überprüft der finnische Ministerpräsident dreiundvierzig Minuten nach der Geburt, ob das Baby echt ist und ob die Entbindungsorgane der Königin ordnungsgemäß genäht worden sind. Die kompetenten Hände Marjatta Kohtalonmäkis werden somit von den knochigen, unsicheren Pranken des Ministerpräsidenten abgelöst.

»Die widerlichste Aufgabe, die ich in meinem Beruf je zu bewältigen hatte«, erzählt der Ministerpräsident. »Ich hatte Staatslehre und Anglistik studiert, Kinder waren mir sehr fremd. Nach dieser

Erfahrung hätte ich mich am liebsten von der Monarchie losgesagt.«

Kunkku stößt einen Schrei aus, der seine Mandeln entblößt. Der Hofmarschall ist bereit, das Baby aufzufangen, falls es der Ministerpräsident nicht halten kann. Das Kind beruhigt sich erst, als es über die Hände seiner Mutter wieder in die Arme von Marjatta Kohtalonmäki gewandert ist.

»Solche Spielchen soll man mit Säuglingen nicht machen«, schnaubt Marjatta Kohtalonmäki. »Das sind unschuldige Wesen.«

Die Königinmutter ist mitgenommen, auch ein bisschen beschämt und voller Zorn. Aber keines dieser Gefühle zeigt sie. Schließlich gehört sie weder dem Plebs an noch ist sie hysterisch, sondern bei der Arbeit professionell. Sie verlangt eine Zigarette, und der Hofmarschall beeilt sich, ihr eine zu bringen.

Der alte König ist nicht da. In dieser Phase der Geschichte, wenn im Geburtsraum Fruchtwasser und Blut spritzen, halten sich Könige angemessenerweise in ihren Jagd- und Schnapsrevieren auf.

Am nächsten Tag steht das Königspaar auf dem Balkon des Königsschlosses Vantaa. Die Königinmutter hält Kunkku wie ein Holzscheit auf dem Arm. Vor ihnen liegt die verwinkelte Altstadt der Kapitale des Finnischen Königsreichs mit ihrer gut erhaltenen Bausubstanz aus verschiedenen Epochen. Links das Arbeiterviertel Martinlaakso, rechts die Eigenheimsiedlung Hakunila und das Verwaltungs- und Geschäftszentrum Tikkurila. Durch die Stadt fließt mäandernd der mehrfach verbreiterte Fluss Vantaanjoki, dessen Wasser man ungefiltert in die Wasserrohre der Hauptstadtmetropole leiten kann. Dem Vorbild Islands folgend, hat man in Finnland heiße Quellen angelegt, in denen sich Arbeiter wie auch Arbeitgeber entspannen können, und eine davon befindet sich mitten auf dem Hauptplatz. Am einen Ende der Esplanade, die zum Königsschloss führt, erhebt sich der Springbrunnen zu Ehren von Tapio dem Eroberer, wo sich das Volk tummelt und mit Champagner anstößt, wenn es einen großen Sieg im Sport, in der Sozialpolitik oder in der Musik zu feiern gibt.

Auf dem Königlichen Platz versammeln sich seit den frühen Morgenstunden Menschen, und jetzt will die hunderttausendköpfige Untertanenschar wenigstens flüchtig den ersten Nachkommen von König Seppo und Königin Irmeli sehen.

Die Königinmutter winkt kaum sichtbar mit der einen Hand. Sowohl das Volk als auch die auf das Königshaus spezialisierten Journalisten bewundern die aristokratische Friedlichkeit des Babys inmitten des Lärms, der Blitzlichter und surrenden Filmkameras, und nicht nur das finnische Volk, sondern auch das ganze zivilisierte Westeuropa und der noch zivilisiertere Ferne Osten. Das letzte Gefecht des Weltkriegs, der Krieg zwischen Estland und der Sowjetunion, wird für die Dauer der Präsentation von Kunkku unterbrochen. Im Vatikan steigt violetter Rauch auf. In Afrika wird man in den kommenden Jahren viele Jungen auf den Namen Kalle taufen.

Den Blick in die Ferne gerichtet, die Mundwinkel nach oben gezogen, sieht es fast so aus, als schmunzelte Kunkku. Aber der Grund für diese Gelassenheit liegt weder bei der Mutter noch in der angeborenen Ruhe des Neugeborenen.

»Babys haben neben dem kleinen Zeh so einen Punkt, wenn man den reibt, beruhigen sie sich«, sagt Marjatta Kohtalonmäki. »Ich hab da oben in der Balkonecke gekauert und den kleinen Fuß massiert. Noch ein Schlafliedchen dazu, und schon geht's dem Kindchen gut, und die Welt ist friedlich. So was gehört zu meinen Aufgaben hier unter den Menschen.«

Heikki »Hessu« Kohtalonmäki ist drei Monate älter als Kunkku. Er ist Marjatta Kohtalonmäkis einziger Sohn und hängt mit gierigem Mund an derselben Nahrungsquelle. Die beiden Burschen nuckeln gleichzeitig und recken die Hände dem Himmelsblau und den Nasenlöchern ihrer Ernährerin entgegen.

»Die waren die ersten Jahre ja wie Brüder, die zwei«, erinnert sich Marjatta Kohtalonmäki. »Schon weil keinem von beiden ein Bruder vergönnt war. Für mich war es am einfachsten, wenn sie gleichzeitig getrunken haben. Ich hab mir dann immer vorgestellt, ich hätte ein großes Säugetier an den Brüsten hängen.«

Mit fortschreitender cephalokaudaler Entwicklung nehmen die Jungen einander immer mehr wahr und erkennen, dass sie eigenständige Wesen sind. Zuerst schauen sie sich mit großen Augen an, dann betasten sie sich gegenseitig im Gesicht. Es wird gegrapscht, mit den Fingern ins Ohr und ins Auge gestochen und schließlich mit dem Daumen-Zeigefinger-Griff in die Nase gepetzt. Marjatta Kohtalonmäki setzt Heikki und Kunkku ab, damit sie zusammen über den Steinboden des Schlosses robben und ihn beschnuppern können.

»Die zwei warn immer zusammen«, erzählt sie, »wie in diesem Witzfilm da, Pat und Patachon. Und was haben mir die Pummelchen für eine Freude gemacht!«

Bald lernt Kunkku zu sitzen, schwankend zu stehen, den Darm zu kontrollieren und Laute von sich zu geben wie jeder andere Menschenspross. Hessu, der drei Monate Vorsprung hat, zeigt, wie es geht, und regt zu Späßen an, die von den Erwachsenen für Dummheiten gehalten werden.

Kunkku ist sich seiner Position und der auf ihn gerichteten Erwartungen nicht bewusst, sondern einfach nur ein seliges, gut genährtes, richtig geimpftes und mit Vitaminen versorgtes finnisches Baby. Er weiß nicht, dass die Vasen im Königsschloss Vantaa Geschenke der Habsburger sind, welche diese im 15. Jahrhundert beim ehrlichen Kartenspiel mit den Medicis gewonnen haben.

Er kriecht und krabbelt und schmeißt Vasen von den Tischen. Bald ist er auf zwei Beinen unterwegs und spielt mit Heikki auf den Gängen des Palastes. Sie rennen um die Wette, schlagen auf Kochtöpfe ein, pinkeln in den Schnee. Sobald sie die Schläger halten können, spielen sie im Schlosshof Tennis. Sie schießen mit der Armbrust auf ein Bild, das ein gewisser Leonardo da Vinci gemalt hat und auf dem eine langweilig aussehende Frau rätselhaft lächelt.

Von den Schlosstürmen lassen sie mit Wasser gefüllte Luftballons auf Staatsgäste fallen.

Aufgrund des Altersunterschieds und einer gewissen angeborenen Menschenliebe und Neigung zur Versöhnlichkeit verliert Kunkku meistens beim Spiel oder Wettlauf. Er gibt Heikki immer eine zweite Chance, hält ihm die andere Wange hin, hütet sich, die Eltern des Freundes zu beleidigen.

»Ich habe es gehasst, zu verlieren«, erzählt Heikki Kohtalonmäki. »Und das war mit Sicherheit eine andere Perspektive, als Kunkku sie hatte. Meine Kindheitserinnerungen sind positiv, auch wenn es ein paar dunkle Stellen gibt. An die denke ich einfach nicht mehr, und Schluss.«

Mit sechs ärgern Kunkku und Heikki ein paar Männer mit Zylinder, die außer Atem die Treppen zum Königsschloss erklimmen. Die Jungen machen keinen Unterschied zwischen den Dienern des Schlosses und dem Kaiser von China, jeder bekommt einen feuchten Gruß ab.

Einmal die Woche besucht der zuständige Hufschmied Erkki Kuhnuri das Schloss. Mit seinem großen Kopf gehört er zu den besten Schneeballzielscheiben, und darum trifft auch Kunkku. Jede Woche landet ein Schneeball auf der Stirn oder am Hinterkopf von Erkki Kuhnuri, aber der Mann tut so, als wäre nichts. Er schüttelt die Haare, macht selbst einen Schneeball und wirft ihn gut gelaunt mit gleicher Treffsicherheit nach den Jungen.

Einmal stibitzt Hessu irgendwo ein Knäuel Angelschnur. Die Jungen spannen sie im Hof auf und verstecken sich hinter dem großen Stein auf der Schlossmauer, von dem aus der junge Prinz Kaappo Jaappo Masaniitti Paapponen im Frühjahr 1367 kochendes Hechtfett auf die scheinbar überlegene Nowgoroder Armee kippte.

Einige Vertreter des diplomatischen Korps, Josef Stalin und der regionale Kunstbeauftragte von Olonez stolpern über die Schnur. Keiner zeigt seinen Ärger, im Gegenteil, sie winken den kleinen Jungen zu und lachen gequält. Stalin möchte die beiden zwar am liebsten an den Eiern aufhängen, aber dazu reicht die diplomatische Macht der Sowjetunion nicht aus.

Irgendwann wird aus dem Spaß jedoch das, was immer daraus wird.

Es ist der Mai 1954. Heikki Kohtalonmäki ist sieben geworden, Kunkku wartet auf seinen eigenen Geburtstag. Er ist sicher, dass er dann mit Hessu viel Spaß haben wird.

Aber eines Morgens kommt der Ministerpräsident ins Schloss, um, der Montagssitte gemäß, Befehle zu erteilen und Kaffee zu trinken. Der kleine, dicke Mann aus der Provinz Satakunta stolpert über die Angelschnur und fällt nach kurzem Schwanken so auf den Rücken, dass ihm die Luft aus der Lunge entweicht. Man hört schweres Fluchen auf Bodenhöhe.

Kunkku kreischt vor Begeisterung laut auf, und Heikki muss dem Freund beide Hände vor den Mund halten. Dadurch fehlt ihm eine Hand, um das eigene Lachen zu unterdrücken.

Man hilft dem Ministerpräsidenten auf die Beine, und der alte König äußert sein Bedauern über den Streich der Jungen. Das stellt den Ministerpräsidenten aber nicht zufrieden. Der Hofmarschall muss Kunkku und Heikki von der Mauer holen.

»Ich konnte das nicht durchgehen lassen«, erinnert sich der damalige Ministerpräsident. »Als Privatperson hätte ich den Schmerz am Steißbein noch verkraftet, aber von Amts wegen mussten den Burschen die Machtverhältnisse demonstriert werden.«

Die Jungen geben sich Mühe, einen reuevollen Eindruck zu machen, aber ihr Lachen gehorcht dem Vorsatz nicht, als man sie ins Strafzimmer führt, das nicht mehr benutzt worden ist, seit der Aufstand der Landbesitzlosen im Jahr 1644 mit der Gleichverteilung der staatlichen Ländereien endete.

Der Ministerpräsident legt Anzugsjacke und Krawatte ab.

Er krempelt die Ärmel hoch und bekommt vom alten König eine Rute. Allerdings versucht der alte König noch, die Jungen zu verteidigen, sagt, es habe sich doch nur um Bubenhumor gehandelt.

»Ich hab gerade den Gang gebohnert und gehört, wie sie da

drin gelitten haben«, erzählt Marjatta Kohtalonmäki. »Zwanzig Hiebe hab ich gezählt, dann hab ich bloß noch die Hände gefaltet und gehofft, dass der Ministerpräsident bald einen müden Arm bekommt.«

Kunkku weint vom ersten bis zum letzten Rutenstreich.

»Mich konnte so ein abgebrochener Riese von einem Mann nicht kleinkriegen«, stellt Heikki Kohtalonmäki dagegen fest. »Hätte ich geheult, hätte er ja erreicht, was er wollte.«

Der Ministerpräsident gibt dem alten König die Rute zurück und tut so, als wären die Jungen gar nicht da. Er betont, man dürfe über den Ministerpräsidenten nicht lachen, das stehe neuerdings sogar im Gesetzbuch. Der Monarch solle daran denken, dass sich die Zeiten geändert hätten.

Die Jungen klettern wieder auf die Mauer und sagen lange nichts. Der Tag hat erst angefangen, aber irgendwie haben die Schläge ihnen die Lust auf Blödsinn ausgetrieben, nichts macht ihnen Spaß, und sie finden kein Gesprächsthema. Kunkku findet, der dicke Onkel sei der dümmste Mensch, den er je gesehen habe. Heikki hält den Ministerpräsidenten für einen fetten Arsch.

Schließlich fragt Heikki Kohtalonmäki seinen Freund, warum Kunkkus Vater den Fettwanst nicht ins Verlies geworfen habe. Kunkku zuckt mit den Schultern.

»Ich hatte keinen Vater«, erzählt Heikki Kohtalonmäki. »Kunkku hatte einen, und der war sogar König. Obwohl wir so klein wie Hydranten waren, verstand ich damals schon, dass ein Vater seinen Sohn verteidigen muss.«

Kunkku schluchzt, er bringt kein Wort heraus und merkt erst jetzt, dass seine Hosen nass sind. Er muss mit der Hand nachfühlen, ob nicht sogar ein bisschen Kacke mitgekommen ist.

Damit haben die Spiele von Kunkku und Heikki Kohtalonmäki ein Ende. Zwar arbeitet Marjatta Kohtalonmäki weiter im Schloss, aber Heikki darf sich nicht mehr innerhalb der Mauern aufhalten.

»Ich hab Kunkku schon vermisst«, meint Heikki Kohtalonmäki. »Na ja, wahrscheinlich. Ein Kind denkt ja nicht so viel, es sucht sich neue Freunde. Solche Erinnerungen kommen einem erst, wenn man älter wird, ohne Vorwarnung, als überschüssige Gedanken, ohne die es sich wesentlich leichter leben würde.«

Kunkku findet keine neuen Freunde, und alte Freunde hat er außer Heikki Kohtalonmäki keine. Also schlägt er Tennisbälle gegen die Schlossmauer und beschließt mit seinem Phantasiefreund Pasi, den Ministerpräsidenten auf einer einsamen Insel auszusetzen.

PENA

Zu dieser Jahreszeit ist der wärmste Moment des Tages wirklich warm und der kälteste wirklich kalt. Ich hätte die Jacke meines Jogginganzugs zur Schlossruine mitnehmen sollen. Die Kleidung, die ich an meinem ehemaligen Arbeitsplatz trug, gehörte mir nicht mehr, darum bekam ich nach meinem Rausschmiss eine Hilfstüte vom Sozialamt. Darin fand sich der beste rote Jogginganzug der Welt. Er kneift nicht, ist warm und der Reißverschluss flutscht. Zieht man lange Unterhosen drunter, kann man ihn auch im Winter tragen. Ein herrliches Gefühl, nachdem mir jahrzehntelang Kragen und Krawatte den Hals zugeschnürt haben. In den Hermelinumhang hätte ich mich gern eingehüllt, aber das durfte ich wiederum nicht.

Am Abend verschwanden die Lkws und die Arbeiter von der Schlossbaustelle, nur ein paar Wächter und große Scheinwerfer blieben zurück. Die Kamerateams vom Fernsehen packten ihre Sachen zusammen und fuhren davon.

Bald würde mit dem Neubau begonnen.

Obwohl meine Mutter manchmal behauptete, es gebe Dinge, die ewig währten, müssen wir Menschen trotzdem sterben. Das ist großartig. Denn deswegen hat jeder Tag des Lebens eine Bedeutung.

Ich ging von der Baustelle zum Hauptbahnhof und dort zum äußersten Bahnsteig, an den der Park angrenzt. Ich bestieg einen Zug, der mit dem ersten Buchstaben meines Nachnamens markiert war, hielt die Fahrkarte ans Lesegerät und setzte mich auf einen Fensterplatz.

Aus dem Zugfenster sieht man anders als durch die verdunkelten Scheiben einer Limousine. In den alten Zeiten saßen normalerweise nur ich und der Hofmarschall im Wagen, aber in den Zügen gibt es Menschen allen Alters und Aussehens. Viele hören über Knöpfe im Ohr Musik, manche versuchen zu schlafen. Es fällt erstaunlich leicht, mit den unbekannten Leuten im Zug auszukommen. Man muss ihnen nicht die Hand schütteln und sie nicht unterhalten, man darf für sich bleiben.

Drei Stationen, Tikkurila, und dann kommt die Haltestelle, wo ich aussteige. Meine Tochter Valma sagt, in Vantaa seien die Mieten so hoch, darum hätten wir eine Sozialwohnung der Stadt Helsinki bekommen. Die Geschäfte und das Gesundheitszentrum liegen ganz in der Nähe. Wenn man Lust hat, morgens ein Bier zu trinken, dann kann man das in Tapsas Bar tun, die von Mahmud betrieben wird. Will man im Park sitzen und an die alten Zeiten zurückdenken, leisten einem dort Eikka und Svennis Gesellschaft. Eikka war früher Professor an der Universität und Svennis hatte eine Ersatzteilhandlung. Jetzt sind beide in Rente. Dahin kommt man, wenn man lang genug erwerbstätig war.

Sie erinnern sich an die gleichen Geschichten und Politiker wie ich, an Olympiaden und Ministerpräsidenten. Sie erinnern sich sogar erstaunlich gut daran, selbst wenn es mit dem Gehen hapert. Auch sie hatten früher ein anderes Leben und jetzt das nächste, wir alle haben das.

Um in unser Treppenhaus zu gelangen, muss man einen Code eingeben, den ich mir mit Kugelschreiberpunkten auf der Handfläche notiert habe. Dann geht es die Treppe in den siebten Stock hinauf. Es ist ein gutes Gefühl, außer Atem zu sein. Ab und zu nehme ich auch den Aufzug. Eine erstaunliche Erfindung. Befördert Menschen auf und ab, ohne sich je zu beschweren.

Als ich von der Baustelle zurückkam, betrat ich leise die Wohnung, um Irma nicht zu wecken. Sie schläft zu jeder Tages- und Nachtzeit, aber in dieser Nacht war sie wach. Ich sagte ihr hallo und teilte ihr mit, ich wolle zu Weihnachten die ganze Familie einladen. Ich würde kochen, und wir würden zusammen unsere Lieblingsweihnachtslieder singen. Bei mir ist es *Der Spatz am Weihnachtsmorgen,* in der Version von Ilkka Lipsanen. Irma sagte: Halt den Mund, ich will zuhören.

Sie schaute sich die Nachrichten an, weil dort von dem Ort berichtet wurde, an dem wir früher gelebt hatten. Man sah die Schlossruine, und dann wurde über mein Leben geredet und darüber, was ich alles angestellt hatte. Ich erkannte ein Stück Schmalfilm wieder, auf dem ich an einer Brust sauge, während im Hintergrund die ganze Welt bei Olympischen Spielen Sport treibt. Ich hasste es, mich selbst zu sehen, und ging auf den Balkon, um durchzuatmen. Unter dem Balkon liegt der Parkplatz; dort habe ich schon Hasen beobachtet.

Stockholm wird seit der atomaren Zerstörung vom 8. August 1947 beharrlich wiederaufgebaut, jedoch mit sehr begrenzten wirtschaftlichen und materiellen Mitteln. Die Bombe traf die westlichen Stadtbezirke und zerstörte im Umkreis von dreißig Kilometern alles. Norwegische Fallschirmjäger besetzten die schwedische Hauptstadt, und bis ins Olympiajahr hinein gab es auf dem Territorium eine norwegisch gesinnte Administration, norwegische Soldaten sowie eine Kontrollkommission, die erst wenige Tage vor der Eröffnung der Spiele das Land verließ.

»Schweden und Norwegen – ständig lagen sie sich in Haaren«, erzählt der damalige finnische Ministerpräsident. »Zum Glück wehte der Wind an dem entsetzlichen Bombentag in die andere Richtung, so wurde Vantaa wenigstens vom atomaren Niederschlag verschont. Unser Grundsatz lautete: Schluss mit dem Streit, Geld ins Spiel. Finnland exportierte ins Ausland alles, was das Ausland brauchte, und wir brauchten im Gegenzug aus dem Ausland Arbeitskräfte. Je schlechter die Umstände in Schweden, desto schwieriger für uns. Darum setzten wir uns aktiv dafür ein, dass die Olympiade 1954 an Schweden ging. Damit dort endlich mal Vernunft einkehrte.«

Die zerstörten Holzhausviertel von Stockholm werden durch Steinhäuser ersetzt, und die hohen Reparationszahlungen, die an Norwegen geleistet werden müssen, sorgen für eine solche Intensivierung der schwedischen Landwirtschaft, dass kein Mangel an Brot und Brei herrscht. Man sieht nur noch wenige Pferdefuhrwerke auf den Straßen, und mittlerweile ist die Stadt sogar an ein Wasser- und Abwassersystem angeschlossen worden.

Gern würde Schweden seine Stärke auch im Sport unter Beweis stellen, aber die Männer, die jetzt im besten Alter dafür wären, sind an der Front gefallen. Außerdem hat es in Schweden schon immer an sportlicher Infrastruktur und allgemeinem Interesse am Wettkampf gefehlt. Seit der Zeit des Reformators Balle Bellerström hält man sich dort an das Prinzip der Bescheidenheit und des geringen Besitzes. Bellerströms Leitsatz lautete: *Keiner ist besser als der andere, sondern jeder schlechter als sein Nachbar.*

Man darf sich nicht abheben, es ist gesetzlich verboten, zu zeigen, wie gut man ist, am besten ist es, wenn es allen möglichst schlecht geht. Darum ist ein schwedischer Olympiamedaillengewinner so selten wie ein schwedischer Komiker. Die Norweger hingegen sind bei Sommerspielen bloß Touristen, ihre Erfolgsdisziplin ist das winterliche Eishockey, das nur in fünf Ländern ernsthaft gespielt wird. Im Osten hat die Sowjetunion vom Motorsport bis zum Wasserski alles ausprobiert und dabei ein ums andere Mal feststellen müssen, dass ein Sportsystem unter staatlicher Aufsicht einfach nicht funktioniert.

Finnland unterstützt das olympische Projekt mit mehreren Millionen Mark. Zu Ehren der Spiele werden Münzen geprägt, und es findet ein Staffellauf unter der Schirmherrschaft des alten Königs statt mit dem Motto »Die schwedischen Spiele sind unsere Spiele«. Somit sind die Mitglieder der finnischen Königsfamilie die wichtigsten Gäste der Olympiastadt und werden an jedem Wettkampftag in eine Loge gewiesen.

»Ich ließ den Veranstaltern im Vorfeld eine Liste mit allem, was wir brauchten, zukommen«, erzählt der Hofmarschall. »Mit Samt bezogene Stühle, Bärenfelle, Kognak für den alten König und Zigaretten für die Königinmutter. Für den kleinen Kunkku gab es ein Fernglas sowie Kopfhörer für den finnischen Radiokommentar. Eine besondere Nahrung brauchte er nicht, sein Essen kam in Gestalt von Marjatta Kohtalonmäki mit.«

Kunkku hatte auf die Spiele von Stockholm gewartet wie auf Weihnachten. Er würde ins Ausland dürfen, weit weg von daheim, und vielleicht andere Kinder treffen, mit denen er spielen oder Erwachsene ärgern könnte.

Zwischen all den Nationen, die unter dem Krieg gelitten haben, ragt die finnische Mannschaft heraus: groß, gesund, gut genährt, mit Milch und Butter aufgewachsen. Das breite Lächeln der Sportler entblößt weiße Zähne. Kunkkus absoluter Liebling ist die Kugelstoßerin Hella Wuolijoki, die sowohl bei den Frauen als auch bei den Männern die Jahresweltbestleistung hält. Und mit welch herrlich rustikaler Schönheit Hella stößt: olympischer Rekord und Weltrekord!

In regelmäßigen Abständen dreht sich Kunkku schräg nach hinten und nimmt einen Schluck von seinem Proviant.

»Ich mach mir nix aus Sport«, sagt Marjatta Kohtalonmäki. »Ich hab die ganze Zeit für Hessu Winterstrümpfe gestrickt, weil ich wusste, dass es im Internat durch die Fenster zieht. Ab und zu hab ich Kunkku den Strumpf angehalten, weil sie ja ungefähr gleich alt sind. Er war inzwischen so groß, dass er selbst zum Trinken kommen konnte. Ich musste ihn nur ab und zu daran erinnern, im Schatten zu bleiben. Ein Sonnenstich wäre schlimm gewesen für so einen kleinen Jungen.«

Sobald Kunkku seinen Proteinvorrat aufgestockt hat, kann er wieder zuschauen, wie andere schwitzen. Was ihm, dem Hofmarschall, der Mutter und dem Vater und allen anderen in der Loge verborgen bleibt, ist ein amerikanischer Hobbyfotograf auf der D-Tribüne.

»Ich stellte gerade meine Schmalfilmkamera ein und suchte nach einem passenden Fixpunkt für Licht und Farbe«, erzählt William Zaptruder. »Die Ehrengastloge eignete sich gut, weil dort klare Verhältnisse von Licht und Schatten herrschten. In dem Moment, als ich abdrückte, bemerkte ich etwas Ungewöhnliches im Gewöhnlichen, etwas wie einen Schmetterling auf einer Müllhalde oder – wie soll ich das sagen – Traurigkeit inmitten von Freude. Der Junge und die Amme … Ich schwöre mit der Hand auf der Bibel, dass es nicht meine Absicht war, mit dem Film reich zu werden.«

Doch William Zaptruder wird reich, sein Filmausschnitt und die Standbilder mit dem an der Brust saugenden Kunkku werden überall veröffentlicht, vom *Wachturm* bis zur *Prawda*. Der Ministerpräsident zerreißt die Trainingsanzüge der Sportler, ein junger schwedischer Satiriker namens Olof Palme schreibt das Pamphlet *Titten, aber keine Gleichheit!*, die Königinmutter bittet den Leibarzt um ein chemisches Mittel gegen ihre Aufregung. Das Pamphlet verkauft sich innerhalb von zwei Tagen vierundzwanzigtausend Mal. Der alte König flieht vor dem Skandal nach Lappland. Kunkku lutscht am Daumen. Die Boulevardblätter stellen Verkaufsrekorde auf. Der Ministerpräsident will den Jungen auspeitschen, kann es aber nicht, denn er hat gerade ein Gesetz unterschrieben, das die Misshandlung von Kindern unter Strafe stellt. Die Königinmutter kaut ein Antidepressivum, das von schwedischen Soldaten in den Weltkriegen getestet worden ist. Der alte König fängt einen Lachs von sechzehn Kilo. Kunkku nuckelt an einem Lappen und schaut aus dem Fenster. Draußen sieht er, wie der Hofmarschall Marjattas mollige Gestalt zu einem schwarzen Auto geleitet.

»Ich hätte nicht gedacht, dass es was Schlechtes sein könnte, einem Durstigen die Brust zu geben«, erklärt Marjatta Kohtalonmäki.

Der alte König hustet in einer Flussschleife des Tenojoki am Lagerfeuer. Die Königinmutter erkundigt sich beim Hofmarschall nach der Möglichkeit, Olof Palme ermorden zu lassen. Kunkku geht mit dem Lappen im Mund zu seiner Mutter. Er will wissen, warum Marjatta in das schwarze Auto gestiegen ist. Und wann sie zurückkommt.

»Am liebsten wäre ich nachtragend, aber ich bin dazu nicht fähig«, sagt Marjatta Kohtalonmäki. »Ich kann für mich selber sorgen, bin schließlich schon mit sieben als Armenmädchen in die Welt gezogen und hab noch immer eine Arbeit und was zu essen gefunden. Jetzt ging es also nach Kerava, was hätte ich dagegen tun sollen. Bin ich halt hin. Hessu musste ja auch langsam mal lernen, erwachsen zu werden; in meiner Welt kann die Mama nicht dauernd hinter allem her sein. Aber wer sollte Kunkku trösten?«

DIE ZEIT
DES BETTNÄSSENS

1955–1960

PENA

Noch vor wenigen Monaten habe ich nicht gewusst, dass man ein Handy auch als Wecker benutzen kann. Lieber lasse ich mich von meiner Lieblingsmusik wecken als davon, dass ein Diener vor mir steht und mir den Morgenmantel hinhält. Oder mir der Pressechef mitteilt, was ich heute alles tun muss. Oder mich der Hofmarschall in den ersten Morgenstunden von der alten Feuerwache nach Hause schmuggelt. Als Kind waren die feuchten Laken mein Wecker.

Heutzutage schlafe ich fest und ohne zwischendurch aufzuwachen, weil ich mich am Arbeitsplatz verausgabe. Der größte Unterschied zwischen der Arbeit im Elektrolager und der Tätigkeit in meinem früheren Leben besteht darin, dass ich nach Feierabend frei habe.

Die Sonne ist noch nicht aufgegangen, wenn ich mich dusche und mir die Zähne putze. Der Bart darf wachsen. Zum Frühstück esse ich einen Hamburger. Ich habe mir im Supermarkt eine größere Menge davon gekauft, als sie im Angebot waren, und eingefroren. Von klein auf ist der Hamburger meine Leibspeise gewesen, weil er als Gesamtpaket einfach funktioniert.

Im Schloss hat ein Koch die Frikadellen gebraten, aber ich benutze einen Mikrowellenherd. Man muss nur einen Knopf drehen und vier Minuten warten, dann ist der Hamburger aufgetaut und warm geworden. Ich schneide ihn in der Mitte durch und überlasse Irma eine Hälfte zum Frühstück oder Mittagessen. Dann richte ich ihre Bettdecke und ziehe die Vorhänge zu, denn die Sonne scheint mittlerweile ins Fenster.

Ich fahre mit dem Bus zur Arbeit, und auf der Ringstraße ist morgens immer Stau. Wenn ich früher im großen schwarzen Wagen unterwegs war, wurde der übrige Verkehr angehalten, damit wir rechtzeitig zum Flughafen, zu einem Termin oder zu einer Eröffnung kamen. Bevor ich an meiner Haltestelle aussteige, ziehen an der Ringautobahn Autohäuser und Sportgroßmärkte vorbei. Die Bustüren gehen automatisch auf, ohne Hilfe des Hofmarschalls. An der Haltestelle liegt kein roter Teppich, aber der hatte sowieso noch nie einen Sinn. Warum musste man Teppiche auf die Straße legen? Im Schloss gab es Räume, in denen sogar an den Wänden Teppiche hingen.

Die Lageristen haben hinter dem Elektrogeschäft einen separaten Eingang. Nur die Verkäufer dürfen den Vordereingang benutzen. Durch den geht Helena rein. Ich habe mich wohl in sie verguckt, jedenfalls würde ich sie schrecklich gern kennenlernen.

Im Umkleideraum tausche ich Jogginganzug gegen Overall und befestige meine Brille mit einem Gummiband am Kopf. Dann schließe ich meinen Spind ab und sage den anderen Lagerarbeitern Guten Morgen.

Der Lagerchef heißt Lipponen. Er hat riesige Pranken und macht immer ein ernstes Gesicht, obwohl er und Ahti Martti sich ständig gegenseitig lustige Geschichten erzählen. Ahti Martti ist der Älteste im Lager, aber nicht der Klügste. Er ist ein sehr dicker Mann, hat es mit der Hüfte und darf deshalb Gabelstapler fahren. Ahti Martti und Lipponen trinken Kaffee und blättern in den Boulevardzeitungen, geben ab und zu einen Kommentar von sich, zum Beispiel, was das denn für eine Tussi sei oder dass jemand drei Tore geschossen hat oder dass die Steuern schon wieder gesenkt werden.

Ich frage Lipponen, was ich an diesem Tag tun soll. Dann nehme ich seinen Anweisungen gemäß die Arbeit in Angriff.

Es macht Spaß, schwitzen zu dürfen. Es macht Spaß, dass man sich einfach eine Schramme zuziehen darf oder eine blutende Wunde an der Stirn.

Bis zur ersten Zigarettenpause arbeite ich ohne Unterbrechung und ohne ein Wort. So wie es Lagerchef Lipponen gesagt hat: Durch Faulenzen bewegst du keine Fernseher. Ich rauche nicht, mag aber die Pausen auf der Laderampe. Es gefällt mir, Lipponens und Ahti Marttis Geschichten zuzuhören.

Ahti Martti ist in Schweden gewesen. Lipponen fragt ihn, ob das Land nun wieder so heißt und ob man dorthin reisen kann. Ahti Martti weiß, dass man schon seit ein paar Jahren mit dem Schiff ohne Visum hinkommt. Es sei eine interessante und widersprüchliche Provinz, für Finnen äußerst billig, aber die Löhne der einheimischen Bevölkerung seien sehr gering. Der gewaltige Vereinigungsprozess brauche eben seine Zeit. Ahti Martti hat in Schweden jeden Tag im Restaurant gegessen und Kurbäder besucht, und trotzdem hat er daheim den Eindruck gehabt, dass gar nichts vom Konto abgegangen ist.

Mir kommt die einzige Schifffahrt meines Lebens in den Sinn. Damals war ich noch ein Schuljunge und durfte mit meinem besten Freund zu einem Tennisturnier nach Deutschland. Wir spielten richtig gut, aber es blieb mein letztes echtes Match.

»Machen wir weiter«, sagt Lipponen, und wir machen weiter.

Ich schiebe mit der Sackkarre einen Gefrierschrank zum Lieferwagen, der ihn direkt zu jemandem nach Hause liefert. Das ist ein sehr freundlicher Service.

Ich bräuchte eine Waschmaschine. Aber ich kann mir keine Waschmaschine leisten. Das passt nicht zusammen, doch ich habe beschlossen, in meinem neuen Leben die Dinge zu regeln.

Nachdem man ihn den Brüsten entwöhnt hat, lernt Kunkku, zum Frühstück Brei, Weizenbrot, Schimmelkäse und Aprikosenmarmelade zu essen. Er wird zum repräsentationstauglichen gekrönten Haupt mit steifem Kragen ausgebildet, das bei wechselnden öffentlichen Feierlichkeiten auf wechselnde Dinge deutet. Auf Brückenbaustellen, Lieblingssängerinnen, Premierenplakate von Erfolgsfilmen und Anzeigentafeln nach siegreich beendeten Fußballspielen.

Die ausgelassene Kindheit mündet in ein Leben nach der Etikette. Als er sieben wird, kann Kunkku aus Tassen und Pokalen trinken, mit richtigen Gabeln, Löffeln, Messern, mit goldenem und silbernem Besteck unterschiedlicher Größe essen. Er weiß, aus welchem Kristallglas man süßen Likör trinkt und aus welchem roten Wein.

»Die Königinmutter war trotzdem um die soziale Entwicklung des Jungen besorgt«, erzählt der Leibarzt. »Für ein Kind aus einer Normfamilie hätte ich andere Lösungsmodelle empfohlen als für Seine Majestät den Prinzen. Er hatte innerhalb kurzer Zeit einen guten Freund und eine emotional-ernährungsrelevante Bezugsperson, nämlich seine Amme, verloren. Seine Sozialisierung verlangte daher unbedingt, dass er an sozialen Ereignissen teilnahm.«

Und so wird eines Morgens ein Altersgenosse Kunkkus ins Schloss gebracht: Lasse af Morttensson. Edles Geschlecht, korrekter Satzbau. Hemd, Krawatte und Wollpullunder, und seine Haare sind in der Mitte gescheitelt.

Kunkku sitzt auf der Schlosstreppe und schaut zum Himmel, denn dort müsste bald die Linienmaschine nach New York vorbeikommen, ein riesiger, von Sisu-Verrari hergestellter Jumbojet, der in den Augen Kunkkus wie ein glänzender geflügelter Walfisch aussieht. Jeden Tag will er den Überflug sehen und dem Kapitän zuwinken.

»Eure Hoheit«, fängt Lasse af Morttensson an und setzt sich neben Kunkku. »Ich interpretiere die Worte meiner Eltern und des Dienstpersonals sowie meine heutige Versetzung von den Schären vor Turku in unsere schöne Hauptstadt dergestalt, dass wir beide Zeit miteinander verbringen sollen.«

Kunkku dreht den Kopf.

Lasse sieht nach einem Kind aus, obwohl er spricht, als wäre er ein Gast von Mutter und Vater anlässlich eines Dinners, bei dem bedeutende Auszeichnungen an die Elite des Landes vergeben werden.

Kunkku freut sich jedoch über den Ankömmling, denn endlich hat er einen Spielkameraden. Er springt auf, holt die Tennisschläger und die Bälle und bittet den Hofmarschall, im Hof das Netz aufzuspannen. Er schlägt Lasse ein Match in zwei Sätzen vor, der Hofmarschall könne als Schiedsrichter fungieren. Der Sieger bekomme kalte Limo und der Verlierer müsse einen Regenwurm essen. Lasse af Morttensson versteht nicht, warum jemand, unter welchen Umständen auch immer, einen Regenwurm verzehren sollte.

Kunkku bittet den Hofmarschall, Luftballons zu holen und sie aufzublasen.

»Ich ahnte, was er mit den Ballons vorhatte, schließlich kannte ich ihn seit seiner Geburt«, erzählt der Hofmarschall. »Kunkku trat zu Lasse af Morttensson und brachte den Ballon zum Platzen, worauf der Junge in Tränen ausbrach, weil ihm der Knall so schlimm aufs Trommelfell ging. Deshalb schlug ich Kunkku vor, etwas weniger Lautes zu spielen.«

Daraufhin füllt er einige Luftballons mit Wasser.

Er wartet ab, bis sich Lasses Schluchzen gelegt hat, dann reicht er ihm einen mit Wasser gefüllten Ballon und bittet Lasse, ihm auf die Schlossmauer zu folgen.

Unten kommen Fahrradfahrer vorbei, Leute auf dem Weg zur

Arbeit und Touristengruppen. Kunkku deutet mit dem Finger auf eine Gruppe und sagt, man müsse beim Wurf einen kleinen Vorhalt einberechnen. So hat Hessu es ihm beigebracht, und inzwischen trifft Kunkku ziemlich gut.

Lasse af Morttensson weigert sich. Zu den moralischen Tugenden seines Geschlechts zähle der ehrliche Zweikampf, das sogenannte Duell, erklärt er. Damit der Kampf gerecht sei, müssten sie dem Gegner die Gelegenheit bieten, das Gleiche zu tun, was sie selbst im Begriff zu tun seien.

»Ich hielt sie auf, als sie gerade außerhalb der Schlossmauern Wasserballons an Passanten verteilten«, erzählt der Hofmarschall. »Ich brachte die Jungs sofort hinein und steckte sie in unterschiedliche Zimmer. Die beiden waren alles andere als ein himmlisches Gespann, Kunkku und Lasse. Nicht immer habe ich verstanden, was in Kunkkus Eltern vorging.«

Am Abend fragt die Königinmutter Kunkku, ob sein neuer Freund so nett sei, wie es die Bewerbungsunterlagen versprachen. Er zuckt mit den Schultern.

»Habt ihr Blödsinn gemacht?«, fragt die Königinmutter.

»Na eben nicht.«

»Das ist doch schön«, erwidert die Königinmutter. »Denke daran, mein Junge, mit solchen wie Lasse soll man sich verbünden. Wir müssen die Menschen, mit denen wir unsere Zeit und die Jahre unseres Heranwachsens verbringen, sorgfältig auswählen. Später wirst du das verstehen.«

Kunkku nickt und hofft in seinem tiefsten Inneren, dass am nächsten Tag nicht Lasse af Morttensson wiederkommt, sondern Heikki »Hessu« Kohtalonmäki in den Palast zurückkehrt.

Doch diesen ganzen Sommer lang kommt Lasse af Morttensson jeden Morgen und bleibt manchmal sogar über Nacht. In seinem Zimmer zeigt Kunkku ihm die Modellflugzeuge, die norwegischen Wüstensoldaten und den aufziehbaren Sportwagen. Er erklärt, die Engländer seien im Zweiten Weltkrieg mit Spitfires und die Deutschen mit Messerschmitts geflogen.

»Banal«, sagt Lasse af Morttensson.

Als Kunkku ihm in der Familienchronik ein sehr spannendes Bild, bei dessen Betrachtung sich der Pimmel regt, zeigen will, dasjenige nämlich, auf dem König Thor Penzenius das Schwert durch den Brustkorb des Gegners stößt und hinter ihm eine junge Frau in zerrissenen Kleidern hilflos auf dem Schlachtfeld liegt, bedeckt sich Lasse af Morttensson mit dem Handrücken die Augen.

»Nein, verführt mich nicht«, ruft Lasse aus. »Ich darf nicht schwach werden, mir ist bereits eine Braut ausersehen worden.«

»Aber man kann ihre Titten sehen«, versucht es Kunkku noch einmal. »Guck doch, da blitzt sogar was Rotes auf.«

»Bring das Buch weg! Wir dürfen nicht, wir können nicht!«

Der Rest des Sommers vergeht in höflichem Einvernehmen; die Jungen halten sich voneinander fern. Kunkku spielt Tennis gegen die Mauer, Lasse zeichnet für die Schule seinen Stammbaum.

Das Ganze endet, als die Schule beginnt, und die Königinmutter glaubt, Kunkku habe Hessu und Marjatta vergessen.

»Ich bin glücklich mit meinem Dasein als Botschafter in der Mongolei«, sinniert Lasse af Morttensson heute. »Sagen wir so: Unsere Diskurse berührten sich nicht einmal implizit. In gewisser Weise wundere ich mich nicht über das, was später passierte, obgleich mir die Monarchie als Institution schon immer am Herzen lag.«

»Wir sind zum normalen Tagesablauf zurückgekehrt«, berichtet der Hofmarschall. »Von morgens bis abends wurde genau an den Routineabläufen des jungen Kunkku festgehalten, und nachts ebenfalls.«

Was bedeutet, dass er in den finstersten Stunden der Nacht neben seinem Bett steht und wartet, bis die Dienerin das Laken gewechselt hat. Auch wenn er vor dem Schlafengehen noch so oft pinkeln geht, immer tröpfelt es.

Nach dem Lakenwechsel kommt der Schlaf nicht, dann muss man mehr als tausend Tennisbälle zählen, die gegen die Wand prallen, ehe man wieder einschläft. Außerdem ist die Dienerin ein siebzehnjähriges Mädchen aus Riihimäki, unter deren Blusenstoff zwei waschechte Brüste wohnen und deren Po beim Bettenmachen auf seiner Augenhöhe hin und her schwingt. Da spannt die Hose, und man kriegt ein ganz komisches Gefühl, sodass man sich anschließend ein bisschen an der Matratze reiben muss.

Die Königliche Privatschule liegt in der teuersten Wohngegend des Landes, neben dem fruchtbaren Ackerland am Fluss Vantaanjoki. Aber so schön der Blick aus dem Fenster auch ist und trotz der geduldigen Lehrer geht Kunkku nicht gern zur Schule; das ist in der ersten Klasse nicht anders als dreizehn Jahre später in der letzten Klasse.

Kunkku kann nicht still sitzen bleiben und zuhören, was der Lehrer sagt. In Mathematik wird aus den Zahlen eins und zwei eine Drei gemacht, im Finnischunterricht soll man lernen, aus Buchstaben Wörter zu bilden. Eine Katze ist eine Katze, die sieht man jeden Tag und kann sie streicheln, und einmal hat er mit Hessu den Schwanz einer Katze in Senf getunkt. Wozu soll man lernen, wie man »Katze« schreibt?

Lieber geht er in den Hof und schlägt Tennisbälle gegen die Wand oder wartet auf über ihn hinwegfliegende Passagierflugzeuge oder lauert der Dienerin auf, die in der obersten Schlossetage den Boden schrubbt und deren Hintern jedes Mal ausschert, wenn der Lappen auf dem Steinboden eine Runde dreht.

»Ich würde ihn nicht als hoffnungslosen Fall bezeichnen«, sagt Oberstudienrat Satraappi rückblickend. »Er lernte die Dinge, die ihn interessierten. Das Problem bestand darin, dass ihn so wenige Dinge interessierten. Beim Essen war Kunkku zur Stelle und dabei auch gern mit den anderen Kindern zusammen. Die waren ein bisschen schüchtern, weil sie wussten, um wen es sich handelte. Ich selbst versuchte, gerecht zu sein und auch in disziplinartechnischen Situationen seine Herkunft zu vergessen. Die Betonung liegt auf ›versuchen‹. Was Kunkku auf Anhieb gefiel, war Religion.«

In den Geschichten des Religionslehrers wimmelt es nur so von Racheschwüren, Drohungen, Verordnungen und Betrug, und es kommt ein düsterer, donnernder Gott vor, der die schwachen Menschen lenkt, wie es ihm gerade einfällt. Das sind interessante, ereignisreiche Stunden. Die gleiche, eindeutig auf Stärke, Macht und deren Einsatz beruhende Welt interessiert Kunkku im Fach »Geschichte von Volk und Führern des Finnischen Königreichs«. Da gibt es scheppernde Schwerter, Giftpokale, Umstürze und Intrigen. Länder werden erobert, andere Völker unterworfen, man bricht auf zu neuen Kontinenten und reißt Grund und Boden an sich.

Das Fresko von Akseli Gallen-Kallela, auf dem Väinö Penttinen den Dschingis Khan niederringt, macht tiefen Eindruck auf ihn. Noch mehr erzittert er innerlich, als er die Schlachtszene an der Decke des Geburtszimmers sieht, in der Mauno Kaapinovi Penttinen eine Herde Drachen mit einer kleinen Steinschleuder in die Knie zwingt.

Kunkku lernt seine Vorfahrin Königin Pirjo Penttinen kennen, die im 16. Jahrhundert als erste Frau das Land regierte, die Gesetze zum Erwerb und zur Vererbung von Land frauenfreundlicher gestaltete, aber am Ende in einem Sumpf namens Torronsuo versank. Die Historiker streiten sich nach wie vor darüber, ob es sich dabei um Selbstmord oder Mord handelte.

Beim Abendessen bittet er seinen Vater, ihm mehr zu erzählen. Dieser gibt die Aufgabe an den Hofmarschall weiter, der mit Quellenschriften und Logbüchern der Armada ans Bett kommt. Kunkku hört von landbesitzlosen Zwergen, die Saltos um ihr Leben schlugen, der zäheste von ihnen drei Tage und drei Nächte lang. Heute geht man davon aus, dass mit diesem Zwerg namens Putteus Vilhelminpoika die glorreiche Geschichte der finnischen Bühnenunterhaltung ihren Anfang nahm.

Vor den Augen Kunkkus nehmen die Geschichten von gewaltigen Schlachten auf freiem Feld Gestalt an, von glorreichen Offizieren und erbärmlichen Verrätern. Er erfährt von der Seeschlacht zwischen den Marineflotten Finnlands und Portugals, Kanonen eröffnen das Feuer, Männer treten dem Tod und der Ehre entgegen. Es gibt blendend schöne Bauernmädchen, die sich auf vielfältige

Weise den Herrschern hingeben, und es gibt fatale Schönheiten, die ihr eigenes Spiel treiben.

Die Städte und der Parlamentarismus sind mithilfe der im Krieg erbeuteten Goldschätze errichtet worden. Finnland ist ein fairer Sieger, nie hat es ein besiegtes Land bis aufs Blut ausgenommen. Stattdessen hat es Handelsbeziehungen geschaffen, die bis heute existieren.

»Könnte Spaß machen, so ein König zu sein«, sagt Kunkku zum Hofmarschall, der das Buch zuschlägt und sparsam nickt. Er ist nicht der Richtige, um von all den großen Veränderungen zu erzählen, die in den nächsten Jahren auf Kunkku zukommen und sich auf sein Leben und sein Tun auswirken werden.

Die Krisenherde der Welt brauchen die finnische Kompromissfähigkeit und historische Perspektive. Auf einen Vorschlag Finnlands hin werden im Frühling 1956 in einer konzertierten Aktion der gesamten Menschheit die heiligen Länder mehrerer Religionsgemeinschaften nach Grönland verlegt. Im Gegenzug werden Grönlands Inuit-Population sowie zwölf dänische Beamte und drei Forschungsgruppen in den Nahen Osten ausgesiedelt. Die Kälte lässt den Hass im Nu erstarren. Die Palästinenser und das auserwählte Volk fangen an zu kooperieren, weil die Folge sonst ein Massensterben wäre. Allerdings kommt es im Gazastreifen zu Konflikten zwischen Inuit und Dänen, bei denen die internationale Staatengemeinschaft jedoch sofort eingreift.

Dies ist der Anfang einer größeren Entwicklung. Etliche Kolonialstrukturen lösen sich auf, und früher nur im Flüsterton geführte Autonomiediskussionen verwandeln sich in lautstarke Forderungen. Zwei Jahre später fallen die Kolonien von ihren Mutterländern ab wie Rotz von der Nase eines Skiläufers, wie es UNO-Generalsekretär Thor Heyerdahl in einer Rede formuliert. Ein Teil trennt sich friedlich, ein Teil eher kriegerisch, und in diesen Sumpf will Finnland nicht einmal die Zehenspitze stecken.

Eines Tages kommt der Ministerpräsident ins Arbeitszimmer des alten Königs, um sich Dokumente unterzeichnen zu lassen, mit denen Finnland den bedingungslosen und freudigen Verzicht auf sämtliche Kolonien erklärt.

»Da zeigte sich der Generationsunterschied«, erzählt der damalige Ministerpräsident. »Für den alten König war es eine persönliche Angelegenheit, für mich eine politische Frage. Für den König gab es keine staatliche Souveränität oder so etwas wie Menschrechte. Er dachte an die Kolonialgebiete als nostalgische Reiseziele seiner Kindheit zurück, wo man Nashörner schoss und mit anderen Jungen am Lagerfeuer saß. Er zeigte mir sogar einen Tropenhelm, in dem der Pfeil eines Ureinwohners steckte.«

Während der Ministerpräsident sein Anliegen vorträgt, sieht sich Kunkku auf dem Fußboden ein Bilderbuch über die Wilden Ritter an und hört mit einem Ohr dem Gespräch zu.

Der alte König erinnert sich, dass der erste Eroberungsfeldzug im 13. Jahrhundert und der letzte im Jahr 1898 stattfand. Er knurrt, er selbst habe an einem Feldzug teilgenommen, bei dem sie in einen unberührten Urwald eindrangen und einen heidnischen Stamm niedermetzelten. Sie nannten das Gebiet Neu Vantaa und die Hauptstadt Klein Martinlaakso. Damals seien die Männer noch aus Eisen gewesen und die Schiffe aus Holz, damals gehörte das Klappern noch zum Handwerk, da hielt man sich nicht mit Papierkram auf. Wieso solle man jetzt auf einmal solche ertragreichen Gebiete hergeben?

»Ich war mir nicht sicher, ob der alte König begriffen hatte, dass die Sklaverei inzwischen abgeschafft worden war«, seufzt der Ministerpräsident. »Finnland konnte es sich gut leisten, auf seine Besitzungen zu verzichten, denn der Rohstoffhandel blieb unter der Kontrolle finnischer Tochtergesellschaften. Was wir uns hingegen nicht leisten konnten, waren jahrzehntelange Bürgerkriege und ein schlechtes Image in den Augen der internationalen Völkergemeinschaft. Wir mussten verzichten, bei der Entwicklung helfen und unseren Ruf wahren.«

Mit der Weißkopfseeadlerfeder wirft der alte König seinen Namen aufs Papier, brummt ein bisschen vor sich hin und kratzt sich den Bart. Der Adjutant des Ministerpräsidenten legt die Dokumente in eine Mappe und verlässt im Gefolge des Ministerpräsidenten den Raum.

»Die Monarchen haben Finnland mit ihren Mitteln geführt«, merkt der Ministerpräsident an. »Mit den Methoden ihrer Zeit. Dabei ist etwas Gutes herausgekommen, denn Finnland ist in vielerlei Hinsicht das führende Land der Welt. Aber nun galt es, der Demokratie zu vertrauen. Es mussten eine Strukturveränderung und ein Generationswechsel vollzogen werden. Wenn der alte König dazu nicht in der Lage wäre, dann hoffentlich die neuere Ausgabe, dachte ich damals.«

Der alte König bittet den Hofmarschall um seine Pfeife. Er schmaucht eine Weile, hustet und schimpft. Dann überlegt er vor den Ohren seines einzigen Sohnes laut, ob die Hottentotten ihre Baumwolle und ihren Kaffee überhaupt zu nützen verstünden. Ob der Hirte in der Steppe oder der Urwaldneger wüssten, was Börsenhandel sei oder was Veredlungsgrad bedeute.

Der alte König trinkt ein Pokälchen Sherry und schaut seinen Sohn an, der die Geräusche von Kanonenschüssen, die Schmerzensschreie von Kriegern und Befehle zum Angriff von sich gibt.

»Ich dachte, ich würde dir eine bessere Erbschaft hinterlassen können. Ein grenzenloses Erbe.«

Kunkku versteht nicht, wovon sein Vater redet. Sind die Länder ursprünglich an die falsche Stelle geschoben worden und werden jetzt zurückgebracht?

Am Abend spielt er in seinem Zimmer den Vorfahren Kaapinovi Penttinen. Er stellt sich vor, wie der Ministerpräsident vor ihm steht und wie er ihm den Kopf abschlägt. Er stellt sich vor, wie er auf einem Drachen reitet, neben sich, auf einem anderen Drachen, Heikki Kohtalonmäki. Dabei schläft er ein und wacht erst wieder auf, als er in einem tiefen, feuchten Sumpf versinkt und sich am Hals des Drachen festhält. Er ist nun bald zehn Jahre alt.

PENA

Ein bisschen tut mir der Rücken weh, und mein Unterhemd ist schweißnass. Trotzdem werde ich erst zu Hause duschen, weil es dort Fußbodenheizung im Bad gibt. Ich verabschiede mich von Lipponen und Ahti Martti und kontrolliere, ob ich die Monatskarte eingesteckt habe.

Ich gehe allerdings nicht direkt zur Bushaltestelle, sondern tue, was ich jeden Tag tue: Ich gehe am Haupteingang des Elektrogeschäfts vorbei, um Helena zu sehen. Seit dem ersten Arbeitstag schaue ich nach ihr, nicht weil sie unglaubliche Titten hätte oder einen perfekten Hintern, sondern weil ich es will und kann.

Das ist ein erstaunliches Gefühl.

Helena ist ein bisschen anders als andere Frauen. Sie kommt manchmal zu uns in den Pausenraum und rülpst laut. In der Raucherecke erzählt sie Witze, und den Kaffee trinkt sie aus einem großen Becher, auf dem ein Hund aus einem Comic abgebildet ist. Noch habe ich mich nicht getraut, sie anzusprechen.

Aber ich habe vor, sie an Weihnachten zu uns einzuladen.

Ich müsste mich in ihre Nähe wagen, einfach mit ihr reden. Heutzutage könnte ich das ohne weiteres tun, niemand hindert mich daran oder beschützt mich oder flüstert mir ins Ohr, was ich in meiner Position alles nicht laut sagen darf.

Helena interessiert sich nicht dafür, was andere über sie denken. Einer Frau wie ihr bin ich noch nie begegnet. Diejenigen, mit denen ich mein früheres Leben oder einfach nur ein paar Nächte verbrachte, machten sich viele Gedanken darüber, was die anderen dachten oder erwarteten. Meine Frau musste, zumindest in jungen

Jahren, ihr Foto regelmäßig auf der Titelseite einer Illustrierten sehen, um sich zu vergewissern, dass sie existierte. Ein Foto von mir wollte meine Mutter allerdings nicht in der Zeitung sehen, denn dann stand zu befürchten, dass wir ein Problem haben.

Helena trägt Jeans und schlägt anderen Leuten auf den Rücken wie ein Lkw-Fahrer. Sie kichert nicht, sondern lacht herzhaft, und jetzt scheint sie gerade einem alten Ehepaar die teuerste Kühltruhe des ganzen Ladens zu verkaufen. Sie macht ihre Arbeit gut.

Vielleicht sollte ich anfangen zu rauchen, dann könnte ich Helena ganz zwanglos in der Raucherecke auf der Laderampe treffen. Vielleicht sogar allein. Aber ich habe bislang nur Cannabis und einmal eine Mischung aus Crack und Kokain geraucht. Jetzt geht Helena hinter die Kasse und scannt den Preis ein. Während sie auf das Ausdrucken des Belegs wartet, schaut sie aus dem Fenster, und unsere Blicke begegnen sich. Ich erschrecke sehr und gehe hinter der ans Schaufenster geklebten Reklame in Deckung.

Jetzt kann ich Helena nicht mehr sehen. Stattdessen sehe ich die Aufkleber einer Werbekampagne mit den bedeutendsten Tennisspielern Finnlands, den neuen und den alten. Ich kenne jeden Einzelnen, vor allem Jorma, mit dem ich die Ehre hatte, in meiner Jugend zu verkehren. Eigentlich müsste auch mein Freund Heikki Kohtalonmäki auf dem Bild sein, aber wahrscheinlich traut sich keiner mehr, ihn abzubilden. Nach all dem, was Hessu in seinem späteren Leben getan hat, mit mir und ohne mich.

Früher hatte ich viele Schläger, Bälle und Tennisschuhe. Sie sind alle im Schloss zurückgeblieben, nur das Schweißband habe ich noch, es liegt im Kleiderschrank und wartet darauf, dass ich irgendwann doch noch einmal spiele. Ich habe nicht gerade wahnsinnig viel Lust dazu. Und mit wem sollte ich auch spielen? Vielleicht mit Helena. Die hätte wahrscheinlich einen richtig harten zweiten Aufschlag.

Maurizio Taneli Laajapää Parasiitti Penttinen gründete anno 1743 die Königliche Tennisschule, und seitdem ist Finnland in dieser Disziplin führend. Für Finnland ist Tennis ebenso bedeutsam wie Aleksi Stenvall, der 1912 nach dem Erscheinen seines Werks *Der Junge mit den wunden Händen* den Nobelpreis erhielt. Schnell wurde Tennis zum Volkssport, seit hundert Jahren ist es offizielles Schulfach, und die Erfolge in dieser Disziplin haben sich über die Jahrhunderte hinweg direkt im nationalen Selbstwertgefühl und im Bruttosozialprodukt Finnlands widergespiegelt.

In beheizten Hallen wächst eine Tennisgeneration nach der anderen heran, wobei im Mittelpunkt des Trainings die Freude, das Spielerische und der aus beidem hervorgehende unbeugsame Siegeswille stehen. Jeder erinnert sich an die Wimbledon-Siege von Arndt Pekurinen und an Fanny »Lottis« Luukkonen, die bei den Frauen zwei Jahrzehnte lang unbesiegbar war. Druck kennen die finnischen Spieler nicht, denn alles ist nur eine Frage des Trainingsaufwands. Hat man viel trainiert, gewinnt man. Hat man wenig trainiert, verliert man.

Auch der elfjährige Kunkku schlägt jeden Morgen und jeden Abend und jeden Tag Bälle gegen die Mauer, und ebenso häufig bittet er seine Mutter um die Erlaubnis, zum Tennistraining in die Königliche Militär- und Tennisakademie nach Kerava fahren zu dürfen. Alle anderen seien auch da, und mit allen anderen meint Kunkku seinen einzigen Freund Heikki »Hessu« Kohtalonmäki.

»Unangenehmer Ort«, erzählt Heikki Kohtalonmäki. »Regeln, Frühsport, Hierarchie. Wie in einer Zwergenarmee. Die Typen in meinem Jahrgang waren nicht nur schlechte Spieler, sondern auch ätzende Menschen. Sie wurden aufgenommen, sobald sie sich als die besten ihrer jeweiligen Provinz qualifiziert hatten. Aber was waren das für Maßstäbe? Ich muss zugeben, dass ich mich ab und zu schon fragte, was Kunkku so trieb.«

Die Königinmutter versagt Kunkku seinen Traum strikt. Schließlich sei er nicht irgendein gewöhnlicher Paavo Virtanen, der sich sein Hobby aussuchen und seine Wünsche verwirklichen dürfe. Für so etwas sei die Zeit noch nicht reif, auch wenn bald die Grenze zu den sechziger Jahren überschritten werde. Ob Kunkku denn nicht verstehe, dass er nicht mit dem gemeinen Volk schwitzen oder gar duschen könne. Angehörige des Königshauses schwitzten auf der Tribüne und auch dort nur unter Sonnendach und hinter Fächern, bei Nachmittagstee und Melonenscheiben. In Tennishallen passiere nichts, was sich im Königlichen Jahrbuch gut mache. Beim Tennis könne man sich verletzen und man könne einem Gegner unterliegen, dem zu unterliegen einem Angehörigen des Königshauses nicht gut zu Gesicht stehe.

Aber Kunkku will, und er spürt seinen Willen.

Tränen laufen ihm über beide Wangen.

Die Königinmutter seufzt. Unter ihrer Zunge schmilzt die gelbe Pille, die ihr der Leibarzt verschrieben hat, weil sie die Wut besser im Zaum hält als die Medikamente der früheren Generation. Sie fragt Kunkku, in welchem Alter er gedenke, mit dieser sinnlosen Zurschaustellung von Gefühlen aufzuhören. Wohin das führen würde, wenn alle bekämen, was sie wollten.

»Es müssen ja nicht alle bekommen, was sie wollen. Hauptsache ich!«

Die Königinmutter schickt ihn auf der Stelle in sein Zimmer. Er geht und sieht deshalb nicht den kleinen Riss, zu dem es in der harten Schale der Mutter kommt.

Die Königinmutter beißt sich auf die Unterlippe und ruft den

Hofmarschall. Dieser erhält die Aufgabe, unverzüglich beim größten Sportartikelhersteller des Landes anzurufen.

»Das war eine edle Entscheidung der Königinmutter«, lobt der Hofmarschall. »Ich orderte das ganze Paket. Tennishemden, einen Pullunder, Shorts, Schläger, Bälle und ein neues Netz anstelle des hundert Jahre alten Exemplars im Schlosshof.«

»Wir waren der exklusive Sponsor Seiner Majestät«, erzählt Jorma Kramp-Flot, der damalige Geschäftsführer von Karhu OY. »In den ersten drei Jahren stieg unser Umsatz um hundert Prozent, und meiner Ansicht nach hatten wir das ausschließlich der öffentlichen Präsenz zu verdanken, die uns Seine Majestät bescherte. *Any publicity is good publicity.*«

Als Kunkku wenige Tage später das Eilpaket öffnet, das der Paketbote bringt, verzieht sich sein Gesicht zu einem breiten Lächeln. Der vereinbarten Sendung sind noch seltene, von Peter Paul Rubens gemalte Tennisspielkarten aus dem frühen 17. Jahrhundert beigelegt worden.

Kunkku bedankt sich mit einer langen Umarmung bei seiner Mutter, worauf diese den Jungen von sich stößt. Sie leugnet, von der Sendung etwas zu wissen. Sie schiebt die Verantwortung auf den alten König, der im Hintergrund schmunzelt.

Kunkku zieht sofort den Tennisdress an, und tut dies von da an jeden Morgen. Er nimmt so viele Bälle, wie er tragen kann, und geht in den Hof, um sie gegen die Schlossmauer zu schlagen. Die Königinmutter steht kurz auf der Granittreppe und sieht zu, wie ihr Sohn mit dem Schläger ausholt und der Ball gegen die Wand prallt und zurückspringt. Es ist ein sonniger Tag, der Schatten der Mauer kurz.

Das Sternenbanner flattert prachtvoll neben der symbolreichen finnischen Flagge, als die lange Limousine ins Schloss gleitet. Der Staatsbesuch von 1959 ist gründlich vorbereitet worden, monatelang hat der Hof die Empfangszeremonie geübt.

Der Staatsgast ist ein Mann mit Humor, er gähnt hemmungslos

während des zeremoniellen Teils im Innenhof und später an der Tafel. Augenscheinlich freut er sich erst, als er den Jungen im Tennisdress wahrnimmt, der ihm gegenüber sitzt und der kein Kind mehr ist, aber auch noch kein richtiger Teenager.

Kunkku schmeckt das Essen nicht, und seine Beine wollen weg vom Tisch, ganz woandershin. John F. Kennedy nimmt Blickkontakt mit dem Jungen auf, lächelt und zwinkert ihm zu, gibt ihm zu verstehen, dass er auf seiner Seite steht.

Kennedy lockert die Krawatte, öffnet die obersten Hemdknöpfe und demonstriert, wie man Achselfürze macht. Kunkku kichert und versucht es nachzumachen. Dann imitiert John F. Kennedy mit einem imaginären Schläger Aufschlag und Rückhand. Kunkku macht mit und schlägt den unsichtbaren Ball zurück.

Die Königinmutter versucht es mit Gebärden zu verhindern, aber Kennedy hat bereits das Sakko ausgezogen. Er krempelt die Hemdsärmel auf und borgt sich vom alten König Tennisschuhe.

»In dem Jungen sah ich mich selbst«, erinnert sich John F. Kennedy, der Präsident der Vereinigten Staaten. »Dieses Blitzen im Auge, das erstirbt, wenn ein Kind sich nicht ausleben kann. Ich hasste diese verdammten Förmlichkeiten. Weil man nie zur Sache kam. Und wenn man endlich zur Sache kam, merkte man, dass man das Ganze innerhalb von fünf Minuten am Telefon hätte erledigen können. Aber ich musste um den halben Erdball fliegen, um ein Mal meinen Namen zu schreiben. Ständig wird dasselbe Zeug geredet, ständig muss man sich verbeugen und anstoßen und dann setzt man auch noch kleine Kinder an so einen Tisch. Ich fand, Kunkku und ich hatten ein ordentliches Match verdient. Ich wollte den armen Jungen führen wie mein Volk. Durch gutes Beispiel und von der Spitze her.«

Die Menschen begeben sich auf den Hof, das neue Netz wird aufgespannt, und mit den Fersen werden die Spielfeldgrenzen in den Sand gezogen. Der Hofmarschall fungiert als Schiedsrichter, John F. Kennedys Leibwächter erklimmen wegen möglicher Meuchelmörder die Schlossmauern, unnötigerweise, denn in Finnland gibt es keine Heckenschützen. Über das Recht, eine Waffe zu tragen, verfügt ausschließlich die Armee; die Polizei klärt Problemsituationen verbal. Innerhalb der letzten hundert Jahre ist nur sechs Mal zu Gewalt gegriffen worden.

Kennedy hat in der Auswahlmannschaft von Harvard und hin und wieder ein Doppel auf der Kasino-Insel Kuba gespielt, aber trotz seiner Größe und Schnelligkeit verliert er deutlich gegen Kunkku. Dieser wetzt jedem Ball hinterher, als wäre es das Wichtigste auf der Welt.

»Ein zäher Kerl«, erinnert sich Kennedy. »Harte Schläge, obwohl er so klein war. Natürlich kann ich meine Niederlage mit den Campari Oranges rechtfertigen, die ich in den hektischsten Jahren meiner Karriere einfach gegen den Durst trank. Nicht zu vergessen meine angeborene Weichherzigkeit und Liebe gegenüber Kindern und Frauen. Vielleicht habe ich ihn auch ein paar Punkte gewinnen lassen.«

Nach einer Dreiviertelstunde ist das Match vorbei und John F. Kennedy verwuschelt dem Kind das Haar und schaut auf das Königspaar, das verkrampft vor dem Schlosseingang steht. Er fragt den alten König und die Königinmutter, ob sie nicht begreifen, wie talentiert der Junge sei.

Die Königinmutter fordert die Rückkehr zum ursprünglichen Thema der Beratungen. Es wird kalt auf der Treppe, und es ist unmanierlich, im Freien zu schlottern, als warte man auf einen Bus. Das bilaterale Handelsabkommen müsse unterzeichnet werden: Finnland liefert Tonstudiotermine und Pop-Texte und erhält dafür Büffelfleisch für seine Schulküchen.

»Die alte Kuh hörte nicht zu«, schnaubt John F. Kennedy jetzt. »Diese Kaiser bildeten sich tatsächlich ein, was Besseres zu sein, weil sie in irgendein Geschlecht hineingeboren wurden. Wenn ein Geschlecht voller harter Burschen ist, dann meines, aber habe ich jemals damit angegeben? Die Taten sollen sprechen und die Männer schweigen. Mich interessierte nicht der Handel, sondern dieser Junge, dieser Kunkku. Mich interessierte, wer ihn trainierte, in welcher Mannschaft er spielte. Er war ein verdammtes Naturtalent, *an amazing kid*, und das versuchte ich auch hervorzuheben.«

Obwohl Kunkku die Worte nicht versteht, begreift er, wovon die Rede ist. Mit der Spitze seines Tennisschuhs malt er eine unsaubere Linie in den Sand und bittet den Hofmarschall, zu sagen, dass er keinen Trainer habe. Und auch keinen Trainingsplatz. Weil seine Mama es nicht erlaube.

Der Hofmarschall vergewissert sich mit einem Blick, dass die Königinmutter hineingegangen ist, bevor er übersetzt.

Kennedy nickt, schnappt sich Kunkku und setzt ihn sich auf die Schultern. Er verspricht, etwas für ihn zu tun. Mit der gleichen Entschlossenheit, mit der er versprochen hat, die Lebensumstände der Afroamerikaner, der Armen und Außenseiter in seinem Land zu verbessern. Kunkku hat ein bisschen Angst, aber es bringt ihn dennoch zum Lächeln, so weit oben zu sitzen.

»Der Präsident der Vereinigten Staaten hörte interessiert zu, als der Dolmetscher übersetzte, was Kunkku über Flugzeuge und Schlachten erzählte«, erinnert sich der Hofmarschall. »Er ließ Kunkku länger aufbleiben, als er je aufgeblieben war, und brachte ihn dann offenbar sogar ins Bett.«

Kennedy wünscht eine gute Nacht und verlässt den Raum. Kunkku kann nicht schlafen, weil er darüber nachdenkt, dass Erwachsene zwar ganz schön stark, aber auch ziemlich unbeholfen sind. Es hat Spaß gemacht, John F. die Spielfeldlinien entlang zu jagen, es ist wirklich viel schöner, gegen einen Menschen als gegen eine Mauer zu spielen. Wäre Kennedy dreißig Jahre jünger, könnt man ihn bitten, den Sommer über als Freund hierzubleiben, so wie damals Lasse. Kennedy würde sich trauen, Wasserbomben zu werfen, und bestimmt würde er auch ein paar Streiche älterer Jungs kennen.

Das Einschlafen wird noch schwieriger, als von unten das gleichmäßige Stampfen eines Schlagzeugs und der Klang von elektrischen Gitarren heraufdringen. Kunkku steigt in seine Pantoffeln und schleicht zum Spionieren auf die Treppe.

Der Hofmarschall steht am Eingang zum Festsaal Wache. Er lässt Kunkku durchs Schlüsselloch schauen, weil er selbst schon ein bisschen hineingelinst hat. Olavi Virta singt, im Hintergrund spielt eine Band, deren Mitgliedern die Haare bis über die Ohren wachsen. Auf der Tanzfläche wackeln eine Miss Finnland und mehrere junge Gesellschaftsdamen keck mit dem Po, so wie es im Vertrag zu John F. Kennedys Staatsbesuch verlangt wird.

Präsident Kennedy trägt den alten Hermelinumhang, den er sich aus einer Vitrine geschnappt hat, auf dem Kopf hat er eine Krone und unterm Arm die Fernsehansagerin Teija Sopanen. Mit der freien Hand grillt er Frikadellen über der Glut im riesigen Kamin. Als die Hacksteaks gar sind, setzt er sie mit Mayonnaise und Pickels und Brötchen zu Hamburgern für die ganze Gesellschaft zusammen. Teija Sopanen knabbert neckisch an einer Frikadelle und leckt sich danach die Lippen.

Da bekommt Kunkku Hunger, und ohne weiter nachzudenken öffnet er die Tür.

»Come on in, boy.«

John F. Kennedy streckt die Hand aus und lädt Kunkku ein, mitzufeiern. Teija Sopanen streicht dem Jungen über den Kopf, was ein bisschen aufregend ist, es kitzelt. Kunkku sieht sich bei Kennedy ab, wie man einen Hamburger isst: einfach beherzt reinbeißen.

»Auf dem Weg eines Mannes gibt es ein paar Marksteine«, erklärt John F. Kennedy nun. »Das habe ich gelernt, als ich das Reservat der Dakota-Indianer besuchte und einige Tage dort blieb, um mich mit dem Medizinmann zu unterhalten. A) Lerne die Regeln der Umwelt zu verstehen. B) Zeige, dass du fähig bist, sie zu befolgen, und dass du weißt, wie diejenigen, die die Regeln befolgen, im Leben vorankommen. C) Vergiss die Regeln. Wirf alle Regeln dem Teufel oder den Wölfen im Wald zum Fraß hin, wie die Dakotas zu sagen pflegen. Höre auf dein Herz. Der Ort des Herzens wechselt allerdings. Manchmal sitzt es im Gehirn. Manchmal in der Seele. Dann wieder im Hodensack. Oft im Bauch. Gib deinem Herzen Nahrung, gib ihm Hamburger.«

Das weiche Brötchen und das gut gegrillte, aber innen saftige Hacksteak schmecken himmlisch. Aus Kunkkus Hamburger quellen Ketchup, Senf und Mayonnaise.

Der alte König sitzt steif im Hintergrund, in der Hand den unterschriebenen Handelsvertrag. Der finnische Ministerpräsident nimmt den Kontrakt an sich und verstaut ihn in seinem Aktenkoffer.

»Ich bin bei solchen Bacchanalen nie lange geblieben«, erzählt der Ministerpräsident. »Ich war und bin Feminist. Viele von uns gab es in jenen Jahren unter der Männerschaft noch nicht, aber ich war einer. Am nächsten Morgen müsse das Schloss frei von Brötchenkrümeln und Schlampen sein, verkündete ich. Meiner Meinung nach war es um diese Uhrzeit nicht der richtige Ort für ein Kind.«

Der alte König nickt dem Ministerpräsidenten zu. Die Königinmutter fordert Kunkku auf, wieder ins Bett zu gehen. John F. Kennedy schüttelt den Kopf.

»Der Junge hat mich in einem fairen Match besiegt. Er darf hier bleiben, Hamburger essen und heimlich gucken, wie die Welt durch meine Augen aussieht«, sagt er. »Was für Leckereien es außer Hamburgern noch zwischen Erde und einem Meter achtundsechzig gibt. Wir essen, trinken und schicken den Jungen erst weg, wenn gevögelt wird.«

Kunkku muss lachen, John F. ist in echt wirklich lustig, obwohl er der König von Amerika ist. John F. bringt auch die anderen zum Schmunzeln, er weiß, wann man eine Frikadelle umdrehen muss, und die schrecklich schöne Frau unter seinem Arm fühlt sich dort sichtlich wohl, schnurrt und kichert.

Der letzte Akt der Kennedy-Episode findet in Washington statt, bei der Fragestunde des Präsidenten im Weißen Haus, als Kennedy nach dem offiziellen Teil seines Finnlandbesuchs befragt wird, nach den innenpolitischen Problemen der Vereinigten Staaten und danach, wie lange die Besetzung Mexikos noch dauern werde, ob es nicht an der Zeit sei, die Truppen allmählich abzuziehen.

»Das übliche Geschwafel«, sagt Präsident Kennedy nun. »Ich erzählte ihnen die Geschichte von dem kleinen Jungen, gegen den ich im Tennis verloren hatte. Anekdoten kommen immer besser an als Diagramme oder Zahlen von Gefallenen. Ich erzählte, ich wäre von einem autodidaktischen Prinzen besiegt worden. Dann fasste ich alles zusammen. Ich sagte, eine solche Eigeninitiative brauche Amerika jetzt. Vom Jüngsten bis zum Ältesten, unabhängig von Geschlecht, Rasse und dem Grad der geistigen Behinderung müssten wir uns alle beteiligen. Wir dürfen nicht fragen, was unser Land uns geben kann, sondern was wir unserem Land geben können. Was das bedeutet? Denkt darüber nach!«

John F. Kennedy entnimmt einem Aktendeckel mehrere Fotos von dem Match gegen Kunkku. Das letzte zeigt ein Brustbild Kunkkus im Tennisdress: Ball in der Hand, breites Lächeln im Gesicht. Kennedy lässt die Journalisten die Fotos in Augenschein nehmen, sie auf ihre Filme bannen, sich Notizen machen, damit sie verstehen, was für ein Gewicht diese Erfahrung für ihn hat.

Erst dann hebt er leicht die Hände und zieht alle Aufmerksamkeit auf sich. Es wird still im Saal, Kennedy lupft leicht das Kinn und hält exakt den richtigen Abstand zum Mikrofon.

»Isch bin ein Finlander.«

Der durch Kennedys öffentliche Rede und Finnland-Sympathie erzeugte Druck zwingt die Königinmutter, Kunkku am Training in der Königlichen Militär- und Tennisakademie Kerava teilnehmen zu lassen. Schon die Autofahrt vom Schloss nach Kerava kommt Kunkku wie eine Urlaubsreise vor.

»Ich hab damals in Kerava die Duschen, die Klos und die Pferdeställe geputzt«, erzählt Marjatta Kohtalonmäki. »Ich hab morgens Brei gekocht und mittags und abends Essen gemacht. Bei Bedarf hab ich mich auch als Schröpferin betätigt. Hessu war abends immer ein stilles Jungchen; hat viele Teller Kartoffelbrei und Lachsbällchen gegessen. Ich hab das Gefühl gehabt, dass er in den Jahren in Kerava immer weniger gelacht hat. Er soll dem Leben keine Vorwürfe machen, hab ich ihm versucht zu sagen, weil das nämlich zurückschlägt, wenn man es reizt. Was Hessu mir nie erzählt hat, war, dass Kunkku irgendwann in die Halle kam.«

Kunkku merkt sofort, dass Hessu sich verändert hat. Er ist nur drei Monate älter als Kunkku, in der biologischen Entwicklung jedoch um Jahre voraus. Keimender Bartwuchs, Stimmbruch, Schamhaare, insgesamt maskuline Erscheinung, Schwinden der kindlichen Rundungen, Festigung des Charakters. Der zwölfjährige Kunkku ist noch ein kleines Kerlchen mit Kinderstimme, dünnen Armen und Bübchenpimmel. Er trägt inzwischen eine Brille, und der Hofmarschall hilft ihm, das Gummiband zu befestigen, das dafür sorgt, dass die Brille nicht herunterfällt. Der Hofmarschall bindet ihm auch die Schnürsenkel der Tennisschuhe.

Die Jungen bekommen die Gelegenheit, gegeneinander zu spielen.

»Zuerst dachte ich, dass ich mich unter den Umständen nicht mit ihm abgeben kann«, erzählt Heikki Kohtalonmäki. »Aber Kunkku hat dieses teuflische Lächeln. Er war nicht bemitleidenswert, weil der künftige König auf keinen Fall bemitleidenswert sein darf; er ist es, der Mitleid mit den anderen haben soll. Es war ein leichter Fall. Hilfsbedürftig? Darauf angewiesen, dass man ihm unter die Arme greift? Oder ihm einen freundschaftlichen Tritt in den Hintern verpasst?«

Die Königinmutter hat ausschließlich die Erlaubnis zum Tennismatch erteilt. Kunkku darf nicht mit den anderen laufen gehen oder bei Spielen der Auswahlmannschaft die Bälle aufsammeln. Wenn die anderen ihre Runden drehen, sitzt er in der Halle auf der Zuschauertribüne und isst Eis.

Jede Woche gehen Kunkku und Heikki Kohtalonmäki während ihres Spiels lange ans Netz und flüstern miteinander. Heikki Kohtalonmäki erzählt vom langweiligen Alltag an der Akademie, von der strengen Disziplin, aber auch von den Wochenendfesten, wo man im Getümmel die Gelegenheit bekommt, zu fühlen, was sich unter den hübschen kurzen Röckchen der weiblichen Spieler versteckt. Kunkku will wissen, was. Heikki sagt, es fühle sich ein bisschen so an wie ein frisch ausgepackter praller, haariger Tennisball. Kunkku hört mit offenem Mund zu, er saugt jede neue Information gierig auf und speichert sie.

Heikki erzählt, er werde so bald wie möglich die Akademie verlassen und Profi werden. Kunkku fragt, was das bedeutet. Dass man fürs Spielen ein Gehalt bekommt, dass man ins Ausland darf. Man braucht niemandem mehr zu gehorchen, es gibt keinen Morgenappell, die Schläger kriegt man umsonst. Kunkku wagt nicht, auch noch zu fragen, was ein Gehalt ist.

»Nächsten Monat fahren wir nach Deutschland«, sagt Hessu.

»Wer?«, will Kunkku wissen.

»Die Juniorennationalmannschaft.«

Kunkku will unbedingt auch zum Tennisspielen nach Deutschland, aufs Schiff, am touristischen Programm teilnehmen, ins selbe Hotel wie Hessu und die anderen Spieler. Dann würde er vielleicht auch den besten Spieler Finnlands, Jorma Ojaharju, kennenlernen; er würde von ihm ein Autogramm bekommen und könnte ihn vielleicht sogar nach ein paar Tipps für sein eigenes Spiel fragen.

Und so trainiert er von morgens bis abends an der Mauer. In die Schule geht er nicht, und dort fragt auch niemand nach ihm. Er will wissen, was unter den winzigen Tennisröckchen steckt. Auf dem Schiff könnte man bestimmt Süßigkeiten kaufen und geschminkte Frauen auf dem Weg zum Nachtclub sehen. Kunkku findet alle Frauen, die geschminkt sind, aber kein Abendkleid und keine Orden tragen, unglaublich schön.

Neben dem Mauertraining hat Kunkku das wöchentliche Training mit Heikki Kohtalonmäki, jeweils drei Stunden am Stück.

»Es musste echt aussehen, wenn Kunkku gegen mich gewann, darum zeigte ich ihm, welche Stoppbälle für mich schwer zu erreichen waren«, erzählt Heikki Kohtalonmäki. »Ich weiß nicht, ob ich wollte, dass er mit nach Deutschland kommt oder ob ich ihn im Spiel demütigen wollte. Der Tennisplatz war der einzige Ort, wo ich dazu die uneingeschränkte Möglichkeit hatte. Meine Gefühle gegenüber Kunkku waren schon immer zwiespältig gewesen. Auch sonst liebe und hasse ich im Leben dieselben Dinge. Nur Tennis habe ich schon immer ausschließlich gehasst.«

Rammelvolle Tennishalle in Kerava, Kunkku spielt gegen Heikki Kohtalonmäki. Vor der Halle die üblichen Stände mit Hausbier aus Lammi, mit Erdbeeren und Vanilleeis. Sport- und Kulturereignisse sind in Finnland stets gut besucht, weil sie kostenlos sind. Bei beidem schauen die gleichen Leute zu, der finnische Verbraucher ist für absurdes Theater ebenso empfänglich wie fürs Bandyspiel.

Kunkku verteidigt und stoppt, verteidigt und stoppt, und ein Stoppball nach dem anderen bringt ihm einen Punkt. Das Publikum bewundert die langen Ballwechsel der Jungen, die Kunkku zumeist für sich entscheidet. Nur selten einmal schlägt Hessu einen unwiderstehlich angeschnittenen Ball, nach dem Kunkku vergeblich rennt oder hechtet.

»Nach dem ersten Satz dachte ich, jetzt mache ich ihn aus reiner Boshaftigkeit fertig«, erzählt Heikki Kohtalonmäki. »Dann sah ich ihm kurz in die Augen. Es stand bestimmt fünf-null oder so. Er lächelte so unfassbar doof, ganz und gar vertrauensselig. Da wurde ich weich.«

Gegen Ende des Matches täuscht Hessu eine Knöchelverletzung vor, die seine Beweglichkeit einschränkt. Kunkku gewinnt den fünften Satz, und alles scheint im Geist eines fairen Spiels vonstattenzugehen.

Nun muss Kunkku in die Auswahlmannschaft der Junioren aufgenommen werden, die mit der Nationalmannschaft der Herren nach Berlin reisen darf. Kunkku und Heikki Kohtalonmäki sollen am Rande des Davis-Cup-Finales der Erwachsenen ein Schauturnier gegen die Deutschen spielen, das zugleich der Sichtung für die Jugendnationalmannschaft dienen wird.

Die Presse nimmt ausführlich Notiz von dem Match und dem Sieg Kunkkus, aber der gemeinsame Nenner aus der Vergangenheit, der die beiden Jungen verbindet, wird nicht auf Anhieb entdeckt. Dazu braucht es einen wie Markku Veijalainen, der als Sommerpraktikant im Feuilleton von *Das neue Finnland* tätig ist.

»Ich hatte eine Nase für Scoops«, sagt Markku Veijalainen. »Ich wusste sofort, dass ich eine heiße Story in den Händen hielt. Ich rief bei Frau Kohtalonmäki an und hoffte, sie zum Quatschen bringen zu können. Aber damals war die Monarchie noch eine streng geschlossene Gesellschaft, und alle, die daran irgendwie beteiligt waren, hielten den Mund. Frau Kohtalonmäki legte sofort auf, nachdem ich meinen Namen genannt hatte. Es war eine unglaublich interessante Geschichte. Zwei Kinderfreunde in einer Mannschaft, als Konkurrenten und Doppelpartner. Ein ungewöhnlicher Junge in gewöhnlicher Umgebung. Ein gewöhnlicher Junge in ungewöhnlicher Umgebung. Ein Angehöriger des Königshauses, der statt Cricket oder Bärenpolo eine so ordinäre Sportart wie Tennis ausübt. Was haben der künftige König und der Sohn der Amme gemeinsam? Wie lange kann eine solche Freundschaft halten?«

Seit dem Qualifikationsturnier hat Kunkku ein leichtes Dauerlächeln im Gesicht, auch wenn um ihn der basische Geruch der Mutter, der Staub aus Samtvorhängen und schwerer Zigarettenqualm in der Luft liegen. Der Königinmutter ist die Aufmerksamkeit nicht geheuer, die ein solches Hobby mit sich bringt. Das ist alles die Schuld des freisinnigen Dandy-Präsidenten von Amerika. Sie fragt ihren Sohn, ob er sich seines Status und des Ernstes der Lage bewusst sei. Kunkku schwört, dass dem so sei.

Bliebe Kunkku allerdings zu Hause, dann würde Veijalainen und die übrige gierige Presse anfangen, nach den Gründen dafür zu suchen. Sie würden interne Konflikte im Königshaus erfinden, einen Machtkampf zwischen Mutter und Sohn, noch Schlimmeres vielleicht.

Die Königinmutter pickt eine blaue und eine rote Pille aus dem Döschen und gibt dem Hofmarschall Anweisungen bezüglich der Aufsicht, der Isolierung und der Störung des Funkverkehrs während der Reise. Als Kunkku schließlich aufbricht und seine Eltern umarmen möchte, zieht ihn die Königinmutter drei Mal an den Haaren.

»Und mach mir in Gottes Namen keine Dummheiten!«

MS Royal Finland, Baujahr 1959. Das größte Kreuzfahrtschiff der Welt bietet alles: von der Schlittschuhbahn über Glücksspielautomaten bis hin zum eigenen Chirurgen und zum Sterbehilferaum auf Deck acht. In Finnland besitzen die Menschen neben einem guten und menschenwürdigen Leben auch das Recht auf einen guten und menschenwürdigen Tod.

Aus steuerlichen Gründen ist die *MS Royal Finland* als Gemeinde registriert, weshalb sich an Bord auch ein Gesundheitszentrum, eine Bibliothek, ein Friedhof und ein Arbeitsamt befinden. Kreuzfahrtschiffe sind eine finnische Spezialität, schwimmende Amüsierbetriebe und Nervenkurorte für Lohnempfänger und Arbeitgeber, deren Erholung der Staat mit Kreuzfahrtmarken unterstützt.

Für Kunkku ist das oberste Deck reserviert. In seiner Kabine spielt er mit dem Hofmarschall *Stern von Afrika*, isst Hacksteaks à la Wallenberg und Püree aus lappischen Kartoffeln. Das Gemüse schiebt er an den Tellerrand.

»Auf der ganzen Hinfahrt war Kunkku betrübt, obwohl ich ihm Lakritzpfeifen, Limonade und Plundergebäck aufdrängte«, erzählt der Hofmarschall. »Ich hatte den Befehl der Königinmutter, dafür zu sorgen, dass der Junge in seinem Separee blieb. Verständlich, wenn man bedenkt, dass auf solchen Schiffen schon so manches Leben aus den Fugen geraten ist. Kunkku wusste, dass ich ihn nicht an mir vorbeilassen würde, darum legte er sich auch schon um acht Uhr abends hin. Als Mann der alten Schule konnte ich den Burschen nicht einmal trösten.«

Kunkkus Missmut verstärkt sich noch, als er auch an Land nicht zum Rest der Mannschaft darf. Der Bus der Königlichen Militär- und Tennisakademie fährt voraus, Kunkku folgt in einem langen, schwarzen Auto. Es wird den ganzen Tag gefahren, zwischendurch an Raststätten Halt gemacht, um zu essen und sich um die sonstigen Bedürfnisse zu kümmern, aber Kunkku ist dabei immer allein und muss dann zum Auto zurückkehren.

Durch die verdunkelten Scheiben sieht er, wie Heikki Kohtalonmäki die Junioren anführt, und er sieht Jorma Ojaharju, die Nummer eins, zu der alle aufschauen. Ojaharju hat eine tolle, um die Stirn herumgelegte Wasserfrisur, breite Schultern und kräftige Oberschenkel, die ihm allein in diesem Jahr schon acht Turniersiege eingebracht haben.

»Ich sag immer, man muss die junge Generation unterstützen«, sagt Jorma Ojaharju in einem Radiointerview aus dem Jahr 2005. »Zwanzig Jahre war ich unterwegs, Tausende Turniere, Tausende Siege, aber ich kann mich gut erinnern, als Kunkku mit von der Partie war. Tennis ist halt mehr als Sport, es ist eine Lebenseinstellung. Da kommst du mit bestimmten Ritualen rein. War bei mir auch so. Wir haben unsere eigenen Regeln und Sitten. Die Tanten mit den Blumen am Hut kapieren das nicht, aber das müssen sie auch nicht. Du brauchst im Verhältnis zu den anderen deine eigenen Gesetze. Und auch wenn du Kunkku heißt, bist du unter deinen Tenniskameraden nur einer von vielen.«

In Berlin hält der Bus vor einem großen Gefängnis, und das lange schwarze Auto hält neben dem Bus. Der Hofmarschall öffnet das Fenster der Limousine einen Spaltbreit. Auf der Straße hat sich eine große Menschenmenge versammelt, und wenig später erscheint auf der Gefängnismauer ein Mann in Häftlingskleidung mit langen Haaren und glattem Kinn. Vor ihm, hinter ihm und neben ihm stehen vier bewaffnete Wärter.

»Was ist hier los?«, fragt Kunkku.

»Adolf Hitler, Eure Hoheit«, sagt der Hofmarschall.

»Wer?«

Die Naziverbrecher sitzen im Spandauer Gefängnis ihre lebenslangen Strafen ab. Ursprünglich waren sie zum Tod verurteilt, aber Finnland hat die übrige Welt davon überzeugt, dass man mit neuen Toden keine alten Tode wiedergutmachen kann. Die schlimmste Strafe für Übeltäter und Massenmörder bestehe darin, die Last ihrer Taten zu tragen. Die als Schuldbericht bekannte Eingabe verfasste eine Gruppe von Intellektuellen unter der Leitung von Minister Ahti Karjalainen und Marimekko-Chefin Armi Ratia, und ihre Vorschläge wurden in vollem Umfang übernommen.

Adolf Hitler wird täglich um vierzehn Uhr auf die Mauer gebracht. Dann wird zwei Mal der Gong geschlagen, worauf Opfer des Zweiten Weltkriegs und ihre Angehörigen ihre Geschichten, Schicksale, Anklagen und Trauerreden vorlesen. Die ersten zehn Jahre ertrug Hitler diese Stunden der Wahrheit mit versteinertem Gesichtsausdruck, sogar spöttisch, aber die langjährige Therapie hat ihn gebrochen wie jeden anderen Kriegsverbrecher vor ihm auch. Heute fließen die Tränen bereits beim ersten Opfer, und er macht den Mund auf, um etwas zu sagen, schließt ihn aber sofort wieder.

Der Hofmarschall fährt das elektrisch betriebene Fenster hoch.

Kunkku versteht nicht ganz, was er da sieht, macht aber mit seiner Reisekamera mehrere Fotos von Adolf Hitler.

Das Show-Match der Jungen wird am ersten Davis-Cup-Tag gespielt – vor der Begegnung zwischen Jorma Ojaharju und Klaus Klopp. Die deutsche Tenniskultur hat nicht das Niveau der finnischen, die Halle ist kalt, die Ränge sind nur zur Hälfte gefüllt, und das Publikum macht während der Aufschläge Radau, aber Heikki Kohtalonmäki und Kunkku schlagen das Doppel Mögenburg-Bugenmörg mit 6–1, 6–0. Hessu wirft den Schläger in die Luft, brüllt hemmungslos und umarmt Kunkku ungestüm.

»Er ist total erstarrt«, erzählt Heikki Kohtalonmäki. »Ich bin ja auch nie ein Umarmer kontinentaler Art gewesen, aber wenn man Erfolg hat, muss man den auskosten. Dann hat sich ja auch schon der Herr Obermacker dazwischengedrängt.«

Der Hofmarschall trennt die Jungen, denn so steht es in den Sicherheits- und Schutzbestimmungen. Das Recht, Seine Majestät zu berühren, haben nur die biologischen Eltern, das prinzipielle Züchtigungsrecht außerdem noch der Führer der Lehrerschaft.

Kunkku hebt fast unmerklich die Hand mit dem Schläger und verlässt hinter Hessu das Feld. Das professionelle Repräsentationslächeln und sein scheues eigenes Lächeln beherrscht er, aber nicht hemmungsloses Gebrüll oder Jubelgesten. Schwer, sich gehenzulassen, unmöglich, sich zu öffnen. Das Problem setzt sich fort, als der Eigentümer der deutsch-österreichisch-rumänischen Profiliga den Jungen einen Vertrag anbietet.

»Ich suchte damals in erster Linie gute Spieler, aber eine Persönlichkeit, die sich absetzt, war mindestens ebenso wichtig«, erzählt Horst Hrts, der Gründer von Tennis-Inter. »Ein echter Prinz, das wäre ein Ding gewesen. Aber ich musste mich mit dem Eismann abfinden, mit Hessu Kohtalonmäki. Ich kann nichts Negatives über ihn sagen, außer dass er zu früh aufgehört hat. Ich hab drei Millionen geboten und hätte noch mal die Hälfte draufgelegt.«

Kunkku fragt den Hofmarschall, ob drei Millionen viel oder wenig seien. Dieser antwortet, das hänge vom Empfänger ab.

Kunkku kann sich nichts Schöneres vorstellen, als mit seinem besten Freund durch die Welt zu reisen, Sportgetränke zu trinken und jeden Tag einen neuen Schläger auszupacken. Doch der Hofmarschall hat sich den Vertragsentwurf geschnappt und per Telex an die Königinmutter geschickt. Wenige Minuten später kommt ratternd das Antwort-Telex: *Der künftige König spielt nicht Ball. Er trägt die Verantwortung für die Zukunft der ganzen Nation. Die Hand, die jetzt den Schläger hält, wird einst das Zepter halten. Vergiss das nicht, Junge!*

Nachdem er seine Spiele absolviert hat, schnappt sich Jorma Ojaharju seine Kameraden Kunkku und Hessu als Maskottchen. Das ist Kunkku recht, der auf seine Mutter und die ganze Welt sauer ist, weil man ihm einen Lebensweg versperrt hat. Die Presse hält den Jungen Mikrofone vor die Nase und verlangt Kommentare über einzelne Phasen des Spiels und die Gefühle danach.

»Veijalainen war der dreisteste unter den Journalisten«, erzählt der Hofmarschall. »Überall drängte sich dieses Weichtier dazwischen. Jedes Mal, wenn ich die anderen weggeschoben hatte, schlüpfte mir Veijalainen unterm Arm durch. Ich bemühte mich, in Kunkkus Nähe zu bleiben. Und dem Veijalainen drohte ich damit, ihm Probleme zu bereiten, wenn er so weitermache. Er schrieb sich das genau auf. Die Lage wurde noch schlimmer, als sich der Riesenkerl von Ojaharju die Jungs schnappte, um ihnen Bratwurst und Sauerkraut zu spendieren. Der suchte mit aller Macht das Spektakel und die Aufmerksamkeit. Ich gebe zu, dass ich die Medien nicht im Griff hatte. Wir hätten schon damals Hilfe gebraucht. Ich bin ein Mann vom alten Schlag, gut in dem, was ich kenne und beherrsche, schlecht, wenn zu viel Neues auf einmal kommt.«

Jorma Ojaharju trinkt das erste Bier gegen den Durst und erzählt Geschichten aus seiner Karriere, zum Beispiel von dem Match in Südafrika, das die Apartheid beendete und ihm den höchsten Orden der Finnischen Rosenritterschaft einbrachte. Ojaharju sagt, er habe damals absichtlich gegen einen mittelmäßigen Mann aus der Masse verloren, damit im Land ein nationales Selbstwertgefühl entstehen konnte. Er erzählt von den gesellschaftlichen Anlässen, zu denen Tennishelden Zugang haben, zieht Fotos von seinen Bräuten aus dem Portemonnaie, denen er keine Namen, sondern Nummer gegeben hat. Auf die Art habe man einen besseren Überblick.

Heikki und Kunkku hören sich die Geschichten des erfahrenen Kollegen begeistert an; schließlich sind sie in einem sensiblen Alter und sehen sich natürlich selbst in Ojaharjus Position. Als Könige der ganzen Welt.

Der Hofmarschall hält sich im Hintergrund und bestellt sich ein alkoholfreies Bier. Er beobachtet die Szene und hofft auf einen günstigen Moment, in dem er Kunkku herausholen kann, ohne dass es nach einem verzweifelten Rettungsversuch aussieht.

Nach dem zweiten Bier bekommt Kunkku Lust, sich mit allen zu unterhalten, alles Mögliche zu fragen und sich an das gerade absolvierte Match zu erinnern. Er fragt Jorma Ojaharju, wie man mit Frauen reden müsse, und Ojaharju erwidert, man müsse gar nicht mit ihnen reden.

»Es ist das Auftreten«, erklärt er im Interview. »Die obersten Knöpfe offen. Du weißt, wer du bist, du tust, was du tust. Du hast eine große Uhr, nicht weil du schlecht siehst, sondern damit man sie auch noch in der hintersten Reihe sieht. Kunkku wollte was lernen, das war mir schon klar, und ich wollte ihm helfen, aber du kannst jemandem vielleicht beibringen, wie man eine bessere Rückhand schlägt, und kannst ihn antreiben, härter zu trainieren, aber wie soll man einem erklären, was man mit einer Tussi anstellt? Sollte ich, ein Tennisarbeiter, dem finnischen König so etwas beibringen? Es war schon eine komische Situation, aber prima Kerle waren sie beide, er und Hessu.«

Nach dem dritten Bier verliert Kunkku den Boden unter den Füßen. Gleichzeitig tauchen Mädchen und Frauen auf, die Ojaharjus Autogramm wollen, und Hessu und Kunkku dürfen ein paar Frauen auch was mit Filzstift auf den Arm schreiben, einer sogar auf die Brüste. Für Kunkku ist das einfach nur phantastisch, wie in der großen Welt des Rock 'n' Roll. Außer Ojaharju kann er sich nur einen Sänger wie Ilkka Lipsanen in dieser Rolle vorstellen.

Er trinkt noch einen Schluck Bier und noch einen und dann noch eine ganze Tasse.

Der Hofmarschall kommt mit dem Vorschlag, schlafen zu gehen.

»In Deutschland schläfst du nicht«, schnaubt Jorma Ojaharju. »In Deutschland trinkst du. Du weißt, dass Deutschland ein großartiges Land ist, hier kommt dein Name in die Zeitung, wenn du den Schläger hochhältst.«

»Herrn Ojaharjus Stimmung wurde immer ausgelassener, weshalb ich es weiterhin nicht wagte, einzuschreiten«, erzählt der Hofmarschall. »Ich sah außerdem, dass Kunkku die Situation außerordentlich genoss, sogar seine Schultern wirkten irgendwie entspannter. Ich hatte das Gefühl, ihm einen freien Abend zugestehen zu können, so wie allen anderen auch.«

Die Blitze der Kameras flackern, Markku Veijalainen fragt Kunkku, was es für ein Gefühl sei, die ganze Zeit bewacht zu werden. Heikki Kohtalonmäki antwortet für Kunkku und fordert Veijalainen auf, sich zum Teufel zu scheren. Dieser schreibt den Satz sogleich in sein Notizbuch.

Jorma Ojaharju stellt fest, ein Rausch sei ein Rausch, und schlägt seinen jungen Tenniskollegen mit der flachen Hand auf den Rücken. Aber ihm genügt es nun nicht mehr, sich im eigenen Hotel auszutoben, er braucht eine größere Kulisse. Er weiß, wo man einen Helikopter bestellen kann, damit wäre man leicht bis zum Morgen zurück.

Er zieht drei VIP-Karten für einen Nachtclub aus der Tasche. Dort würden die Jungs einiges zu Gesicht bekommen: Wunder der Anatomie, Kooperation zwischen unterschiedlichen Rassen, Mädchenliebe und Tischtennisbälle, die aus den verrücktesten Ecken direkt ins Glas mit dem Drink flogen.

Kunkku studiert die Karte, auf der die Silhouette einer vollbusigen Frau zu sehen ist. Ojaharjus Vorschlag klingt interessant, es ist der interessanteste Vorschlag seines gesamten bisherigen Lebens.

»Wir waren so zwölf, dreizehn«, erzählt Heikki Kohtalonmäki. »In dem Alter ist man zu allem bereit. Mit Ojaharjus Hubschrauber von der geschlossenen Tennisschule auf die Reeperbahn, und dann ins Getümmel. Was morgen ist, interessiert uns nicht. So ist das. Womöglich behauptet jemand, wir wären noch Kinder gewesen. Ich war keins mehr. Ich hatte überhaupt keine Kindheit gehabt. Kunkku war ein Kind, eine Rotznase sogar.«

Plötzlich hängt Kunkku schlimm in den Seilen.

Sein zweiunddreißig Kilo schwerer Körper verträgt keinen Jägermeister, und da sieht der Hofmarschall seine Chance gekommen. Er nimmt Kunkku auf die Schultern und schert sich nicht mehr um Kameras und Fotografen.

»Minimiere die Verluste, rette, was zu retten ist, so brachten es mir meine Vorgesetzten, die ihre Militärausbildung im 19. Jahrhundert erhalten hatten, seinerzeit bei«, stellt der Hofmarschall fest. »Opfere dich, wenn nötig. Ich schnappte mir sicherheitshalber auch den Kohtalonmäki, damit Kunkku ihm nicht nachweinte. Dem Liftboy rief ich zu, er solle die Tür aufmachen, wir wären auf dem Weg in den Tiefschlaf. Veijalainen hätte sich lieber fernhalten sollen, denn das Hotelzimmer zählte zum Privatgelände des Finnischen Königshauses, und dort wuchsen meine Befugnisse beträchtlich.«

Im Hotelzimmer angelangt, lässt der Hofmarschall Kunkku aufs Bett fallen. Er zieht ihm die Schuhe und die Überkleider aus. Hessu will wissen, was er da treibe, der Hubschrauber von Jorma Ojaharju warte auf dem Dach. Der Hofmarschall erinnert die Jungen daran, dass sie noch ziemlich minderjährig seien und weder mit Ojaharju noch mit sonst jemandem einfach irgendwo hinfliegen könnten. Vor allem deshalb nicht, weil einer von ihnen zufällig der künftige König von Finnland sei.

»Das stand immer zwischen uns«, sagt Heikki Kohtalonmäki. »Wir hätten viel Spaß miteinander haben können, wenn Kunkku nicht Kunkku gewesen wäre.«

Kunkku lässt sich vom Bett auf den Fußboden fallen, kriecht auf allen vieren zum Klo und erbricht sämtliche Würste, Sportgetränke, Biere und Schnäpse, die er an diesem Tag zu sich genommen hat.

Er entschuldigt sich dafür, dass er sich übergeben hat und dass Heikki Kohtalonmäki nicht mit Jorma Ojaharju auf die Reeperbahn darf, und dafür, dass er König wird. Und er entschuldigt sich für den furchtbaren Geschmack, den er gerade im Mund hat. Er schwört, nie wieder Alkohol zu trinken, keinen Tropfen.

Heikki ist inzwischen dazu übergegangen, die Minibar in Augenschein zu nehmen, und macht sich ein Bier auf. Der Hofmarschall reißt ihm die Flasche aus der Hand, Heikki brüllt, der Hofmarschall habe kein Recht, über ihn zu bestimmen. Im Hintergrund hört man Kunkku kotzen. Der Hofmarschall beschwört Heikki, über die Ereignisse dieses Abends den Mund zu halten.

»Ich bin kein Spitzel«, betont Heikki Kohtalonmäki. »Ich schicke nicht für drei Mark Fotos oder Enthüllungen an die Zeitung. Ich bin ein sehr viel klügerer Mensch. Drei Millionen sind natürlich was ganz anderes.«

Heikki reicht Kunkku ein Handtuch. Der Hofmarschall rät zu einer Dusche. Aber Kunkku schläft auf dem Bett ein, und Heikki torkelt in die Bar im Erdgeschoss und von dort zum Helikopter auf dem Dach. Der Hofmarschall lässt sich in einem Sessel nieder und atmet mit einem Gefühl zwischen Beklemmung und Erleichterung tief durch, bis er im Sitzen im hell erleuchteten Zimmer einschläft.

Markku Veijalainens Artikel »Tenniskings in Germania« erscheint im Nachrichtenmagazin *Finnische Illustrierte,* noch bevor Kunkku und Heikki Kohtalonmäki wieder in Finnland sind. Der Ton ist bissig und verständnisvoll zugleich. Am übelsten schlägt Veijalainen auf Tennislöwe Jorma Ojaharju ein.

»Ich wollte in meiner Karriere vorwärtskommen«, erzählt Markku Veijalainen. »Die Leser interessierten sich besonders für Kunkku, aber man kann einen Dreizehnjährigen nicht gnadenlos fertigmachen. Darum konzentrierte ich mich auf Ojaharju; der hatte das dickste Fell und das dickste Portemonnaie. Der Artikel tat durchaus seine Wirkung, im Guten wie im Schlechten. Für mich und für die Monarchie.«

Im Parlament stellt die Innenministerin sofort eine Zwischenfrage zur patriarchalischen Tradition im Tennis, einer Sportart, in der sich ein von der übrigen Gesellschaft losgelöster Moralkodex etabliert habe. Im Jahr der Gleichberechtigung und Emanzipation 1960 könne man nicht mehr leben wie in der Steinzeit.

Sie fragt, wie es möglich sei, dass man sich im Ausland aufführe, als gehöre man noch immer einem Volk von Eroberern an. Ihrer Meinung nach missachtet die Tennisgemeinschaft die Frauen, den allgemeinen Sittenkodex und die finnischen Werte. Was einmal eine Disziplin höherer Herrschaften gewesen sei, sei inzwischen eine Disziplin von Frauendiskriminierern der schlimmsten Sorte. Siege würden gefeiert, als lebe man im finstersten Mittelalter, und minderjährige Jungen würden in Aktivitäten hineingezogen, die auf finnischem Boden illegal wären.

»Musstest du unbedingt Dummheiten machen?«, fragt die Königinmutter, als Kunkku die hohe Treppe zum Königsschloss erklommen hat und über die Schwelle getreten ist.

Sein Tennisdress ist voll Erbrochenem, der Schläger kaputt, Mitbringsel hat er auch keine dabei. Er zieht das Schweißband und die schmutzigen Kleider aus und bittet einen Diener, ihm ein warmes Bad einlaufen zu lassen. Die Königinmutter steht vor dem Badezimmer und erklärt, welch große Schande ein solches Benehmen für sie sei. Es wäre wirklich peinlich, bei der nächsten königlichen Hochzeit oder einer anderen Gelegenheit zum Anstoßen den Verwandten zu begegnen.

Kunkku taucht den Kopf so weit unter Wasser, dass er die Stimme seiner Mutter nicht mehr hört, er hört nur noch seinen Atem und das Geräusch der Füße an der Wanne. Wenn er genau über die Reise nachdenkt, findet er nichts, wofür er sich schämen bräuchte. Seine Mutter hat unrecht. Es war schön gewesen in Deutschland, egal, was eine Innenministerin gesagt haben mochte oder das Protokoll. Es hat Spaß gemacht, Bier zu trinken und Jägermeister und einen Abstecher mit dem Hubschrauber zur Reeperbahn zu planen. Das Einzige, was ihn fuchst, ist die Tatsache, dass Heikki Kohtalonmäki allem Anschein nach unterwegs seine Jungfräulichkeit verloren hat, er, Kunkku, aber nicht.

Er steigt aus der Wanne, lässt sich vom Diener abtrocknen und zieht einen flauschigen Bademantel an. Sehr förmlich bittet er die Königinmutter um Verzeihung und verspricht ihr, so etwas werde nicht mehr vorkommen. In seinem tiefsten Inneren hofft er jedoch, alles möge sich sofort und an jedem Tag des Jahres wiederholen – bis auf das Erbrechen.

In der Nacht wacht Kunkku wie so oft von etwas Feuchtem auf. Von etwas anderem Feuchten. Er untersucht seine Hose und bittet leicht panisch das Dienstmädchen zu sich. Er reicht ihr die Schlafanzughose und fragt, ob ihn eine schlimme Krankheit erwischt habe. Das Mädchen untersucht das Laken, nimmt etwas von der Flüssigkeit mit dem Finger auf und riecht daran. Dann wischt sie den Finger eilends ab und schüttelt den Kopf, nein, es sei nichts

Ernstes. Kunkku bittet sie, ihm zu sagen, was es denn sei. Bis jetzt habe er so etwas jedenfalls noch nicht gehabt.

»Das ist Priem.«

»Was ist Priem?«

»Das trau ich mich nicht zu sagen«, sagt das Mädchen und verlässt rasch das Zimmer.

AUF DEM WEG ZUM MANN

1961–1967

PENA

Einmal im Monat gehe ich mit Irma aufs Sozialamt. Die Sachbearbeiterin Hilja Liukko hat gesagt, sie werde sich für unsere Anträge einsetzen, weil mein Lohn nicht ausreicht, wofür man im normalen Leben aufkommen muss. Ich wünschte, er würde ausreichen, ich möchte ein Mann sein, der seine Familie ernähren kann.

Aber man kann nicht alles auf einmal haben. Großartig, dass es ein System gibt, das hilft, wenn ein Mensch Schwierigkeiten hat. Ich erkundige mich, ob es möglich ist, Unterstützung für Weihnachtsgeschenke und das Weihnachtsessen zu erhalten. Hilja Liukko sagt, in einigen wenigen Fällen habe es das gegeben, aber dafür sei ein gesonderter Antrag erforderlich.

Es interessiert sie, wie es uns geht. Ob wir uns an die neuen Umstände gewöhnt hätten, ob Irma schon Pläne für die Zukunft schmiede. Meine Tochter antwortet nicht. Sie starrt fest auf den Fußboden oder träge an Hilja Liukko vorbei aus dem Fenster. Man sieht zum Haus gegenüber. Ein alter Mann gießt Blumen oder vielleicht Kräuter.

Ich kann mich an alle Situationen und Orte anpassen. Mein Wunsch wäre, sage ich, vom Lager in den Laden zu wechseln und ein möglichst schönes Weihnachten zu feiern. Hilja Liukko schreibt etwas in ihr Notizheft und nickt. Sie sagt, ich hätte das Recht, müde zu sein, nach den großen Veränderungen, die ich durchgemacht hätte. Ich bin allerdings gar nicht müde und habe auch nicht das Recht dazu, noch nicht. Ich will schließlich noch meinen Sohn finden. Hilja Liukko sagt, sie wisse aus Erfahrung, dass volljährige Kinder, die in einer Konfliktsituation verschwinden, sich irgendwann melden.

Das hoffe ich sehr.

Dann dreht sich Hilja Liukko mit ihrem Stuhl zu Irma um und legt ihr die Hand aufs Knie. Meine Tochter zieht das Bein unter der wohlwollenden Hand weg.

Hilja Liukkos Meinung nach ist es wichtig, einen regelmäßigen Tagesrhythmus zu finden und beizubehalten. Man könne sich nicht immer nur treiben lassen. Ordnung helfe, aber der Mensch müsse auch den Willen mitbringen, seine Verhältnisse zu verbessern. Mit einfachen Dingen könne man anfangen: den Müll wegbringen, einkaufen gehen, regelmäßig staubsaugen.

Irma tut zwei Dinge regelmäßig. Wenn sie aufwacht, schaltet sie den Fernseher ein, und meistens denkt sie auch daran, ihn vor dem Schlafengehen auszuschalten.

Ich selbst versuche die Ratschläge von Hilja Liukko zu beherzigen. Den Müll wegzubringen ist immer eine spannende Angelegenheit, denn in der Altpapiertonne findet man häufig fast ungelesene Zeitschriften mit Hochglanzpapier. Auf solchen war Irma früher abgebildet und einige Male auch ich. Ich bringe Irma die Zeitschriften, aber die Welt, die sie verlassen musste, interessiert meine Tochter nicht mehr.

Ich erzähle Hilja Liukko, dass auch ich als Kind und Jugendlicher einsam gewesen sei. Nicht so wütend auf die Welt wie Irma, aber meine Umgebung sei mir immer viel vollständiger vorgekommen, wenn ich mit einem Spielkameraden zusammen sein durfte. Natürlich braucht Irma Gesellschaft, wir alle brauchen das, aber Freunde kann man sich nicht mit Gewalt beschaffen.

Irmas Problem liegt wohl am ehesten darin, dass sie sich zu sehr daran gewöhnt hat, diejenige zu sein, als die sie geboren wurde. Viele Male wurde sie zur schönsten und begehrtesten Frau des Landes gewählt. Es gab jede Menge potenzielle Bräutigame, die sich mit ihr treffen wollten: Mopedfahrer und Adelige und alles, was es dazwischen gab, und ich wusste, was sie im Schilde führten.

Sie wollten ihren Kumpels erzählen können, sie hätten die Prinzessin flachgelegt.

Hilja Liukko druckt Blätter aus, mit denen Irma und ich uns vertraut machen können, wenn wir möchten. Bewerbungsformulare, offene Stellen, Berufsausbildungen. Hilja Liukko erzählt von der offenen Universität, an der Irma verschiedene Studiengänge ausprobieren und sich ein Fach suchen könne, das sie interessiere. Sie blickt auf Irmas Geburtsdatum und stellt fest, es sei keineswegs zu spät, damit anzufangen. Heutzutage sei in beruflicher Hinsicht alles möglich.

Valma ist diejenige in unserer Familie, die liest. Irma hat sich immer mehr für Make-up, Kleider und Reisen interessiert. Ich frage Hilja Liukko, ob es in der Richtung Ausbildungsmöglichkeiten gebe. Irma dreht sich mit wütend zusammengekniffenen Augen zu mir um. Das soll wohl heißen, dass ich besser den Mund halte.

Ich nehme die Blätter an mich und stecke sie ein.

Hilja Liukko schaut auf die Armbanduhr und sagt, der nächste Klient komme jeden Moment. Falls wir einen Antrag auf Weihnachtsgeschenkgeld stellen wollten, müsse das jetzt geschehen.

Ob sie den Antrag für mich ausfüllen könne, erkundige ich mich, das ginge sicher am schnellsten. Sie fragt nach meinem Namen, meiner Anschrift, meiner Kontonummer und meinem Ausbildungsniveau.

Was damit gemeint sei, frage ich.

Hauptschulabschluss? Abitur? Abgeschlossene Berufsausbildung? Hochschulabschluss?

Abitur habe ich. Möglicherweise das schlechteste der Welt. Ich absolvierte alle schriftlichen Prüfungen, ohne wirklich etwas geschrieben zu haben. Wenn ich zur Schule gehen sollte, guckte ich in den Himmel. Hätte die Schule abends angefangen, wäre ich vielleicht rechtzeitig aus dem Bett gekommen. Donnerstags ging ich immer hin, weil es da Suppe mit Brühwurst und Pfannkuchen mit Sahne und Moltebeerenmarmelade gab. Hätte ich eine anständige Ausbildung, würde ich im Elektrohandel schnell vom Lager zum

Laden aufsteigen. Und wenn ich in den Laden käme, wäre ich näher bei Helena.

Hilja Liukko bittet auch Irma um ihre Angaben.

Irma hat auf die gleiche Art Abitur gemacht wie ich. Unser beider Durchschnitt liegt bei 3,5.

Während Hilja Liukko die Daten in den Computer eingibt, überrascht sie uns mit einer frohen Botschaft. Bei unseren Lebensumständen und gemeinsamen Einkünften steht uns eine Erhöhung der Sozialhilfe zu. Diese wird rückwirkend für die drei Monate bezahlt, die ich inzwischen Sozialamtskunde bin.

Ich freue mich darüber so sehr, dass ich versuche, Irma mit einem Auge zuzuzwinkern.

Das gelingt mir nie. Immer gehen dabei beide Augen zu.

Hilja Liukko ist vielleicht der edelste Mensch, der mir je begegnet ist. Und ich bin immerhin Mahatma Gandhi begegnet.

Auf dem Heimweg schlage ich Irma vor, zur Feier des Tages in einen Laden zu gehen und etwas Schönes zu kaufen, jetzt, da wir mehr Geld bekämen. Sie sagt dazu nichts, sondern setzt die Sonnenbrille auf, obwohl es bewölkt ist. Irma ist Kind und Erwachsene zugleich. Ich hoffe, der Kleinkindzorn wird irgendwann aus der Erwachsenen verschwinden. Allerdings habe ich nicht das Recht, darauf zu drängen.

Im Zug sagt Irma schließlich: Wieso hast du mit der Tussi über meine Angelegenheiten geredet? Du weißt gar nicht, wie es in meiner Schule war. Beim nächsten Mal sprichst du gefälligst über deine eigenen Erfahrungen.

Das finnische Gesamtschulsystem wurde 1944 begründet, und die Resultate waren sofort blendend. Schon im Alter von sechs Jahren waren die Fähigkeiten der finnischen Kinder im Lesen, Schreiben und Schlussfolgern auf höherem Niveau als bei den Gymnasiasten in anderen europäischen Ländern. Es gelang schnell, die gesellschaftlichen Klassenunterschiede auszugleichen, und dadurch verschwanden im Laufe der sechziger Jahre nahezu sämtliche sozialen Unterschiede.

Die qualitativ hochwertige Schulausbildung führt massenhaft Schüler an die Hochschulen, wo sie im Schnitt nach drei Jahren abschließen. Danach gelingt ihnen sofort der Einstieg ins Berufsleben. Finnland bleibt von radikalen Studentenbewegungen verschont, weil die Jugend keinen Grund hat, gegen die alte Macht aufzubegehren. Kein Aufstand gegen die Väter, kein Wille zu Kampfgesängen. Alles ist gut. Besser könnte es nicht sein.

Zwar gibt es in Finnland vier Trotzki-Stalinisten, aber denen hat man einen Sitz im Parlament verschafft, wodurch auch diese Zelle verstummt. Hinter den Lernerfolgen stehen eine bestmöglich ausgebildete und psychologisch scharfsichtige Lehrerschaft, Solidarität zwischen den Schülern sowie täglich mit Steuermitteln angebotenes protein- und vitaminreiches Essen. Die individuellen Eigenschaften der Kinder werden verstanden und berücksichtigt und auf jede erdenkliche Weise gefördert.

Aber je älter Kunkku wird, desto lernunwilliger zeigt er sich.

Es ist das Jahr 1961, und er empfindet es als schreckliche und unnötige Pflicht, die Mittelstufe der königlichen Gesamtschule zu besuchen. Auf seine Klassenkameraden wartet eine Zukunft in Miami, Rotterdam oder Peking; sie werden Führungspositionen im Verkauf oder Marketing einnehmen, werden als Juristen bei multinationalen Konzernen arbeiten, als Diplomaten oder Galionsfiguren oder Manager bei Wohltätigkeitsorganisationen. Kunkku aber findet keine Lernmotivation, weil seine Laufbahn bereits vorbestimmt ist. Warum in die Schule gehen, wenn man kein Tennis spielen darf? Sein Durchschnitt liegt bei 3,5, so wie allen Königen der Penttinens, seit Kalle Aukusti Magnetofon af Hällström Penttinen im Jahr 1745 die Turkuer Meisterklasse besuchte. Der Grund dafür liegt nicht in den Fähigkeiten, sondern in der Einstellung. So lange es in Finnland etwas wie einen Notendurchschnitt gibt, sind die Penttinens unter denen, die nicht lesen können, aber in der Psychologie-Doppelstunde einschlafen. Keine Störenfriede oder Untäter, sondern Faulpelze.

Die gesamte Lehrerschaft des Landes kennt den Begriff *Dreinhalb*. Er ist ausschließlich den Königlichen gewidmet, bei den anderen wird der Schnitt, wenn er sich dem Wert annähert, auf 3,4 hochgerechnet. Mit *Dreinhalb* schafft Kunkku die siebte und die achte Klasse.

»Das Haus musste abbezahlt werden«, sagt eine Lehrerin, die nicht genannt werden möchte. »In so einer Lage will man am Arbeitsplatz keine Schwierigkeiten haben. Ich selbst hatte keine Meinung zur Monarchie an sich, ich dachte einfach, dass der Hof eben über einer gewöhnlichen Erdkundelehrerin steht. Darum ließ ich Kunkku in Ruhe. Wenn er nicht in die Schule kam, trug ich ihn trotzdem als anwesend ein, so machten wir es alle, das war ein unausgesprochenes Gesetz. Mit dem Schreiben war es bei ihm so la la, und mit dem Lesen ging es noch schlechter. In den Mathematikstunden spielte er Poker mit dem Sohn von Jarl Noormarkku. Es geht nicht darum schwarzzumalen, ich will einfach die Wahrheit erzählen, die man schon damals laut hätte aussprechen sollen. Kunkku selbst hat wahrscheinlich am meisten unter der Gedankenlosigkeit von uns Erwachsenen zu leiden gehabt. Als Person war er recht unscheinbar. Hätte man es nicht gewusst, man wäre nicht daraufgekommen, den künftigen König vor sich zu haben.«

Kunkku versucht, auch andere Schüler vom Alltag abzulenken und die Haus- und Zusatzaufgaben für eine Weile zu vergessen. Er schlägt vor, in der Essenspause ins Kino zu gehen oder am Freitag in eine Kneipe in der Innenstadt. Aber er findet keine Freunde, er ist Kunkku, und außerdem behält der Hofmarschall Seine Majestät genau im Auge.

»Seine große Brille war nicht gerade der Hit«, erzählt Juhis, ein ehemaliger Klassenkamerad. »Am Anfang hatte er auch noch einen Sprachfehler, der dann allerdings behoben wurde. Aber nicht mal ich habe mich getraut, ihn zu ärgern, ich habe ihn kein einziges Mal in eine Pfütze geworfen, nichts.«

Die Tatsache, dass es sich um eine reine Jungenschule handelt, vermindert Kunkkus Eifer, morgens zu erscheinen, noch weiter. Es gibt ein paar Putzfrauen und zwei schwergewichtige Köchinnen. Aber die Brüste, die unter dem Kostüm der Erdkundelehrerin wogen, sind das Einzige der realen Welt, woran Kunkku gelegentlich denkt, um sich ein bisschen fröhlich zu stimmen.

Unter den Mitschülern fühlt er sich durchaus wohl, er kann sich nur nicht dafür begeistern, ein Referat über einen bedeutenden Roman des 20. Jahrhunderts zu halten. Er sieht Bücher lieber verfilmt und am liebsten die *Dick-und-Doof*-Version.

Sein bescheidener Teenageraufstand findet im Keller des Königsschlosses statt.

»Wenn ich meine Forschungen zugrunde lege, hätte Kunkku bei seiner Schädelform durchaus ein Nichtsnutz werden können, zum Beispiel wenn er in einer schwedischen Trabantenstadt wie Saltsjöbaden geboren worden wäre«, sagt der Leibarzt. »Den Entwicklungskurven nach hätte er Drogen verkauft und wäre von einer Beziehung und Wohnung in die nächste gedriftet. Womöglich hätte er auch gestohlene Autos verkauft. Aber weil er nichts anderes kannte als das Schloss mit seinen Mauern, war er nur im Kopf zu verbotenen Taten fähig. Seine Majestät kam damals einfach nicht dazu, sich an Ladendiebstählen zu beteiligen oder mit Gleichaltrigen süßen Wein zu trinken und Petting auszuprobieren. Das versuchte ich auch seiner Mutter einzutrichtern, die keine gute Meinung von den Fähigkeiten ihres Sohnes hatte.«

Allwöchentlich flieht Kunkku in den Schlosskeller. Bei sich hat er einen tragbaren Plattenspieler sowie die neueste Ausgabe des hochwertigen journalistisch-visuellen Druckerzeugnisses *Kurzweil*. Er legt eine Platte auf und betrachtet interessante Fotos von Pos, Brüsten und Muschis. Es gibt auch bekannte Gesichter in der *Kurzweil*: Jorma Ojaharju ist zum beliebtesten Mann des Landes und John F. Kennedy, der inzwischen nicht mehr als Präsident, sondern als Consultant arbeitet, zum schönsten Mann der ganzen Welt gewählt worden. Kunkku schaut sich Fotos von Wilma Rudolph und Brigitte Bardot an und spielt in seinem Kellerzimmer Einzel. Er sieht im Fernsehen, wie Ilkka Lipsanen den Grand Prix de la Chanson gewinnt und empfindet dabei das erste und einzige Mal in seinem Leben ein Begehren, das sich aufs gleiche Geschlecht richtet. Die Musik wirkt entspannend, man würde am liebsten aus sich herauswachsen und diese universale Ungezwungenheit mit einem gleichgesinnten Menschen fortsetzen.

»Ich hab so Anrufe gekriegt, bei denen ich gleich aufgelegt hab«, erzählt Marjatta Kohtalonmäki. »Manchmal hat man eine schüchterne Stimme gehört, die versucht hat, älter zu klingen, als sie war. Die fragte dann, ob Hessu daheim ist, aber da zog der ja schon durch die Welt, der war ja grade mal vierzehn, als er sich auf die Reise machte. Ich fragte, ob es Kunkku ist, der anruft, und bat ihn, sich mal sehen zu lassen. Dann würde ich ihm einen Brei schaumig schlagen, so wie er es als kleiner Kerl gern gehabt hat.«

Eines Tages ist in der *Kurzweil* ein großes Foto von einem aufsteigenden Tennishelden abgebildet, dazu der Turnierkalender von Heikki Kohtalonmäki für das kommende Jahr. Kunkku bittet den Hofmarschall, die Namen und Telefonnummern der Hotels herauszusuchen, in denen Heikki Kohtalonmäki wahrscheinlich übernachten wird. Und als der Tenniszirkus in Luxemburg Halt macht, erreicht ein Anruf das Zimmer von Heikki Kohtalonmäki. Der Hofmarschall gibt Kunkku den Hörer und zieht sich zurück.

»»Mitten in der Nacht wachte ich auf«, erzählt Heikki Kohtalonmäki. »Am anderen Ende faselte Kunkku was von Lipsanen und wollte von mir Begeisterung hören. Ich sagte ihm, ich hätte keinen Nerv für Telefonate mit Besoffenen, er solle nicht ständig anrufen. Ich würde mich im Sommer melden, in meinem Urlaub von fürstlichen sechs Tagen. Er redete immer noch enthusiastisch von der Deutschlandreise, als wäre bei ihm seitdem nichts Bedeutendes passiert. Er wollte bei mir sein, weil es im Schloss doof war und in der Schule ebenfalls. Das war das Wort, das er benutzte: doof. Aber von einem Hotel zum nächsten zu rennen, ist auch kein Spaß. Und in jeder Stadt sind die Plätze und Spielfeldlinien gleich. Letztendlich war es sogar ziemlich doof, die Preisschecks in Empfang zu nehmen.«

Kunkku setzt die Nadel auf die Platte, und schon kommt Ilkka Lipsanen mit seiner Band durchs Telefonkabel: *I Want to Be So Tender to You What Do You Want to Be to Me to Be or Not to Be Me.* Kunkku bittet Hessu, auf das Solo am Anfang zu achten. Und auf das Bass-Solo in der Mitte. Und auf das vierminütige Schlagzeugsolo am Schluss.

Mit geschlossenen Augen ist Kunkku voll dabei, dreht sich in einer Art Tanz und heult mit dem Sänger. Als er zwölf Minuten später, nach dem Schlagzeugsolo, den Hörer wieder in die Hand nimmt und versucht, Verbindung zu seinem Freund Heikki Kohtalonmäki aufzunehmen, tutet es nur noch.

Im Sommer 1963, nach der neunten Klasse, möchte Kunkku die Schule beenden, aber die Königinmutter verbietet es. Sie fragt ihn, was er mit seinem Leben anfangen will. Er meint, er werde in die Fremdenlegion oder in die Berufsschule eintreten. Die Königinmutter lacht kurz auf und erinnert ihn daran, es sei von seiner Geburt an beschlossene Sache, dass er Abitur mache. So stehe es in der Königlichen Ausbildungsregel.

Im Gymnasium wird er täglich als anwesend eingetragen, obwohl er in Wahrheit morgens mit dem Hofmarschall segeln geht oder im Keller Lipsanen hört oder sich bei Karhu OY neue Schläger, Schuhe oder Bälle zum Testen bestellt.

Das Zeugnis kommt vor Weihnachten und vor den Sommerferien, und immer liegt der Notenschnitt bei 3,5. So ist es im elften, im zwölften, im dreizehnten und im vierzehnten Schuljahr, das in Finnland für alle obligatorisch ist, damit jeder Schüler eine vierte Fremdsprache erlernen und Mathematik als Leistungskurs absolvieren kann.

Die schriftliche Abiturprüfung darf Kunkku aus Sicherheits- und Öffentlichkeitsgründen im Lern- und Bildungszimmer des Schlosses ablegen, und zwar im März 1967.

»Ich fungierte offiziell als Aufsicht«, erzählt der Hofmarschall. »Ich brachte also die Aufgaben per Fahrstuhl ins Untergeschoss, wo Erstsemester von verschiedenen Fakultäten der Universität Vantaa die Antworten schrieben. Das war eine lange königliche Tradition, alle wussten davon, und darum verschwendeten wir auch keinen Gedanken daran, ob es moralisch richtig war oder nicht. Seine Majestät schaute währenddessen aus dem Fenster und betrachtete Wolken und Flugzeuge.«

Kunkkus Abituraufsatz mit dem Titel *Die Freiheit aus machiavellistischer Perspektive* wird in einer Sammlung der besten Arbeiten veröffentlicht, und Sirkka Turkka, die wahre Verfasserin des Textes, wird mit einem Früchtekorb belohnt, den ihr ein Bote bringt. Die schriftlichen Arbeiten werden etwas über dem Durchschnitt mit Cum laude approbatur bewertet, und Kunkku bekommt eine Abiturientenmütze aufgesetzt. Die findet er ganz toll, fast so was wie eine Kapitänsmütze.

Es wird versucht, ein offizielles Familienporträt zu machen, aber irgendwie ist Kunkkus Kopf nie im Bild.

»Die anspruchsvollste Aufgabe, die ich je hatte«, erzählt die Fotografin Maj Bremer. »Entweder war zu viel oder zu wenig Licht da. Die psychischen und physischen Abstände zwischen den Personen vollkommen falsch. Immer bewegte sich einer oder Kunkku drehte den Kopf zum Himmel. Ich bat ihn, die Mütze abzunehmen und sich leicht nach vorne zu beugen. Seine Eltern saßen vor ihm, und ich schlug vor, er solle sich etwas mehr auf ihre Ebene begeben, ihnen zum Beispiel die Hände auf die Schultern legen. Die Königinmutter erschrak, als die Hand ihres Sohnes sie berührte, der alte König wühlte in den Taschen seiner Rauchjacke und fing mitten beim Fotografieren an zu rauchen. Kein einziges Foto hat es ins Königliche Jahrbuch geschafft.«

Während die Abiturfeier gezwungen und langweilig ist, fällt der folgende Geburtstag Kunkkus wesentlich erfreulicher aus. Auf einer mit Blattgold belegten Torte brennen zwanzig Kerzen. Es wird feierlich zu Abend gegessen, und anschließend bringen diverse gesellschaftliche Organisationen, Delegationen und Privatleute aus den Rand- und Grenzgebieten und aus den Ballungsräumen der Nation ihre Geschenke.

Kunkku bekommt Räucherlachs, gestopfte Fäustlinge, persönliche Gedichtbände, allerlei Zeug, das direkt ins Magazin oder in die Entwicklungshilfe wandert. Er bekommt auch ein Sonnenbrillenetui und eine Sporttasche mit der modischsten Kleidung der Zeit. John F. Kennedy schickt eine Single, auf der er zusammen mit dem samtstimmigen Martin L. King den Song *I have a Dream: You* singt.

Aber Kunkku hat nur Augen für ein Geschenk.

Es ist in goldenes Papier eingewickelt, trägt eine blutrote Schleife und wartet, umringt von Leibwächtern, im Innenhof des Schlosses.

»In dem Jahr gingen die ersten Sportwagen vom Band«, erzählt Margin Narvakangas, der Geschäftsführer von Sisu-Verrari. »Es war klar, dass wir eine limitierte Edition produzieren und dass wir das erste Exemplar dem Thronerben anlässlich seines Eintritts in die Volljährigkeit übergeben. Ein Verrari 450. Finnische Handarbeit von vorne bis hinten, aus der Fabrik in Suomussalmi, für Seine Majestät. Meinen Kindern habe ich mal eine Packung Weltraum-Legos geschenkt, und da haben sie genau so gestrahlt wie Kunkku an jenem Tag gestrahlt hat. Das sind großartige Momente, wenn man beim Beschenkten echte Freude spürt.«

Die Königinmutter rümpft die Nase, ihre Arme schwitzen unter den langen Handschuhen. Irdische Gaben für ihren Sohn – begreift denn niemand, welches Risiko man damit eingeht? Hätte ein ferngesteuertes Auto nicht genügt? Oder ein Segelboot aus Holz, wenn es schon etwas zum Fahren sein soll?

Heimlich schluckt die Königinmutter zwei Betablocker, zwei Schlaftabletten und etwas Sherry. Der alte König schaut mit ehrlichem Neid auf das Geschenk für seinen Sohn und knurrt, er habe zum Zwanzigsten eine Pferdekutsche geschenkt bekommen – ohne Pferde.

»Thanks«, sagt Kunkku und umarmt selig den Geschäftsführer von Sisu-Verrari.

Er bekommt den Schlüssel in die Hand, hört sich die ersten drei Sätze der Rede des Handels- und Industrieministers an, kann sich dann aber nicht mehr beherrschen. Er rennt über den Hof und stürzt zwischen den Leibwächtern hindurch ans Steuer.

PENA

In einem einzigen kleinen Geschäft gibt es unfassbar viele Produkte, zum Beispiel Zahnpasten. Verschiedene Geschmäcker, für Kinder und Erwachsene, Tuben in allen Farben und Größen. Und ich darf aus all denen diejenige aussuchen, die ich haben will und für die das Geld reicht. In meinem früheren Leben wurden Zahnpasta und Klopapier oft schon gewechselt, wenn sie noch gar nicht aufgebraucht waren.

Ich nehme eine Tüte Paprikachips aus dem Regal und lege sie in den Wagen. Außerdem nehme ich Mikrowellenhamburger, Milch, Pommes frites und noch ein paar andere Sachen mit.

Schlange stehen macht Spaß. Man hat Zeit, sich umzuschauen und zuzuhören und sich zu überlegen, ob man doch noch was braucht. Vielleicht eine Lakritzstange. Die sind billig, und am besten schmecken die mit Zitrone drin.

Irma vergisst, sich mit der Schlange vorwärts zu bewegen. Darum drängeln sich alle möglichen anderen Kunden vor. Ich schubse Irma am Ellbogen nach vorn, und unseren Wagen schubse ich ebenso weiter.

Dann lege ich die Waren aufs Band. Dahinter kommt ein Trennholz, damit nichts durcheinandergerät. Der Mensch ist fähig, die Dinge so zu durchdenken, dass alles reibungslos vonstattengeht. Ich bitte Irma beim Einpacken um Hilfe, finde aber keinen Kontakt zu ihr. Manchmal schläft sie im Stehen.

Dann vergesse ich meine Sorge um die Faulheit und Abwesenheit meiner Tochter, denn ich sehe etwas, womit ich im Supermarkt nicht gerechnet habe.

Helena. In der anderen Schlange, mit einer Packung Mehl im Arm.

Ich zahle mit einem Schein und bekomme zwei Münzen zurück. Sie fallen auf den Boden, denn ich schaue noch immer auf Helena. Ich lächle ihr zu und hebe instinktiv die Hand.

Helena merkt es nicht, sie muss ihren Einkauf bezahlen. Aber beim Weggehen wirft sie ganz kurz einen Blick auf mich. Sicher sucht sie in den Windungen ihres Gehirns nach der Antwort auf die Frage, wer der Winker ist. So ging es mir in meinem früheren Beruf immer, denn ich konnte mich nie an Namen und Titel erinnern. Ich bin Tausenden Herzogen, Geschäftsführern, Bürgermeistern, Sportlern und Delegationsleitern begegnet. Normalerweise erinnerte ich mich an niemanden und nichts. Aber Helena nickt mir zu! Dann ist sie weg.

Ich bitte Irma, die kleinere Tüte mit den drei Eis zur Feier der unerwarteten Sozialhilfe zu tragen. Sie sagt: bestimmt nicht. Aber ich lasse mir davon nicht die Laune verderben.

Wir gehen über den Parkplatz, Irma voraus, ich langsamer hinterher. Die Einkaufstüten sind schwer, weil Milch darin ist und eine Kilopackung Pommes. Ich stelle die Tüten ab und gönne meinen Armen eine Pause.

Helena zu sehen, war ein Zeichen. Es kann kein Zufall sein. Unsere Beziehung kommt ein Stück voran, und gerade als ich das denke, passiert wieder etwas.

Helena hat ihr Auto auf dem Parkplatz stehen. Sie legt die Mehlpackung auf den Beifahrersitz des Kombis und setzt sich ans Steuer. Dann öffnet sie das Fenster und zündet sich eine Zigarette an.

Der Kombi bedeutet, dass sie manchmal viele Sachen oder Kinder zu transportieren hat, vielleicht auch Hunde. Zumindest Kinder, die Hefewecken essen, denn sie hat Mehl gekauft.

Ich winke erneut, aber diesmal sieht sie mich nicht. Sie fährt auf die Straße und nach dem Kreisel rechts unter der Eisenbahnbrücke hindurch und dann auf eine der vier Straßen, die vom nächsten Kreisel abzweigen.

Ich liebe Brötchen und Hefewecken. Aber am meisten liebe ich Autos. In meinem früheren Leben fuhr ich normalerweise auf dem Rücksitz eines langen schwarzen Wagens, aber einen Sommer lang hatte ich einen Sportwagen, wie ihn noch nie jemand besessen hatte. Dieses Auto brachte mir etliche Vorteile ein, an die ich nicht mehr denken mag, damit ich nicht wieder anfange zu spinnen. Ich kann die Marken der Autos an ihrer Form erkennen, schon als Kind konnte ich das. In der Reihe da drüben stehen ein Benz, ein Opel, ein Mitsubishi, ein Lada, ein Sisu 900 und ein uralter schwedischer Saab, aus der Zeit, bevor dort die Autos verboten wurden.

In unserem Haus fragt Irma im Fahrstuhl: Wer war eigentlich die Fette, die du im Supermarkt gegrüßt hast?

Ich sage ihr, dass Helena eine außergewöhnliche Frau ist. Ich weiß noch nicht genau, in welcher Hinsicht außergewöhnlich, aber irgendwie merke ich ihr das einfach an.

Irma sagt: Deine scheiß außergewöhnlichen Frauen kennt man.

In diese Diskussion steige ich erst gar nicht ein.

Ich mache meiner Tochter einen Hamburger, gieße Cola in einen großen Becher und bringe ihr die Mahlzeit ins Wohnzimmer.

Da fallen mir die Unterlagen ein, die mir Hilja Liukko gegeben hat. Ich lege sie auf den Küchentisch, zu den anderen offiziellen Dokumenten: Stromvertrag, Wasserrechnung und der Zettel, auf dem steht, dass meine frühere Tätigkeit offiziell beendet ist. Ich denke an die Schule und an Autos. Ein Stellplatz ist vorhanden, ich bezahle dafür Monatsmiete. In einen Kombi würden alle meine Kinder mit ihren Sachen passen. Ich müsste vorher nur Veikko finden.

Wo würden wir mit dem Kombi hinfahren? Nirgendwohin, Hauptsache fahren.

Kunkkus Gesäß wird umschmeichelt vom Leder eines manichäischen Zuchthengstes und dem eines Rinds aus Orimattila, seine Hände streicheln ein Sportlenkrad. Er dreht den Zündschlüssel. Der Acht-Liter-Einspritzturbo brüllt auf. Kunkku sieht, dass der Tachometer bei dreihundert Kilometern pro Stunde endet, und er nimmt sich vor, das auszureizen. Im Handschuhfach findet er eine nagelneue und signierte Platte des Eurovisionsgewinners von 1966: Als Soundtrack für seinen Initiationsritus eignet sich *House of Horizon – An Invitation* von The Popeda's bestens.

Kunkku lässt die Kupplung kommen und tritt aufs Gas. Er hat das Gefühl, selbst ein kleines Teil dieser glänzenden Kombination aus Metall, Mechanik, elektronischen Elementen und fossilem Brennstoff zu sein. Vor sich die freie Straße, all die Autobahnprojekte, die er selbst eingeweiht hat, indem er mit einer großen Schere ein Band durchtrennt oder eine Champagnerflasche gegen Beton geschmettert und die Brücke auf den Namen Kalles Brücke oder die Straße auf Penttinen-Zubringer oder Kunkkubogen getauft hat. Jetzt zahlt ihm das Straßennetz alles in Form von glattem Asphalt zurück.

Ein Soldat der Leibgarde öffnet das Tor, damit der Verrari nicht gegen das schmiedeeiserne Geflecht prallt. Kunkku fährt über Pflastersteine zum Kreisel von Pakkala hinunter, bewegt sein Auto auf die Tikkuraitti in Tikkurila und dann über Hiekkaharju in Richtung Korso, auf die A4 zu, auf der Suomi-Autos der niedrigen Steuerklasse Menschen, Waren und Erfindungen transportieren.

Nichts kann ihn aufhalten. Nicht einmal seine Mutter. Er hat vor, den ganzen Sommer auf der Straße zu verbringen und erst nach Hause zurückzukehren, wenn das jährliche Tennisturnier von Hiekkaharju beginnt.

Er setzt die von Einwohnern der Jugendstrafanstalt Kerava gefertigte Sonnenbrille auf und lässt dem Auto freien Lauf. Der Wind verweht die Haare, und als es regnet, drückt Kunkku auf einen Knopf, worauf sich das Dach schließt. Er schaut in den Rückspiegel und erblickt eine Kombination aus Steve McQueen und James Dean.

Von da an variieren die täglichen Strecken zwischen hundert und fünfhundert Kilometern. Entspanntes, ungeplantes Fahren, Gitarrenrock, warme Tage, im Zickzack kreuz und quer durch Finnland. Kunkku hält an einem Dorfladen oder einer Tankstelle, trinkt inmitten des Volkes mit ungekämmten Haaren Kaffee, in lässiger Sommerkleidung und mit Sonnenbrille auf der Nase.

»Ich hab gedacht, den kennste doch außem Fernsehen«, erzählt Laurila, der Besitzer einer Teboil-Tankstelle. »Mir sind bloß ums Verrecken der Name und die Sendung nicht eingefallen. Oder hatte ich ihn irgendwo anders gesehen, war der Kerl ein Gebrauchtwagenhändler? Nie wär ich drauf gekommen, dass es Kunkku persönlich war. Das Gesicht konnte man sich einfach nicht merken. Man konnt sich locker mit ihm unterhalten, drei Tassen Kaffee lang, am Ende hab ich nicht mal dran gedacht, ihm Geld fürn Sprit abzunehmen.«

Kunkku bringt es fertig, dass sich die Leute wichtig und wahrgenommen fühlen; wenn er anwesend ist, kommen Unbekannte miteinander klar. So sind die Finnen ja ohnehin: offen, gesprächig; sie nehmen Rücksicht aufeinander, umarmen sich, wenn sie sich sehen, verstehen sich, wenn sie auseinandergehen.

Eines Tages kommt Kunkku ins Stadthotel von Sotkamo. Er vergewissert sich am Empfang, dass es im Keller eine Tennishalle gibt und schlägt dort eine Dreiviertelstunde lang Bälle gegen die Wand.

Danach in die Sauna und unter die Dusche.

Anschließend nimmt er eine Flasche Apfellimo aus der Minibar und trinkt sie in einem Zug aus. Er schnappt sich die Tüte mit den Erdnüssen und isst eine große Handvoll. Dann muss er eine zweite Flasche Limo trinken. Im Koffer hat er Kleidergarnituren, die ihm der Textilhersteller Luhta zum Geburtstag geschenkt hat. An diesem Tag kommt das Kordsakko dran, das mit den Lederflicken auf den Ellbogen. Kunkku zieht sich an und betrachtet sich im Spiegel. Er sieht einen Jüngling, aus dem ein Mann geworden ist. Die Lederflicken haben eine erstaunliche Wirkung. Nur die Pfeife fehlt, auch ein Gesprächsthema aus dem Bereich der Literatur wäre nicht schlecht, auf diese Weise würde das Bildungsniveau enorm gehoben.

Am Restauranttisch raucht er langsam eine Zigarre und lässt sich einen Espresso schmecken. Durchs Fenster schaut er auf die weite Wildnis, auf das schöne finnische Land, dessen Bäume gefällt und mit Bedacht gewinnbringend veredelt werden. Aus dieser Gegend stammt Erkki »Eki« Autio, der ein umwälzendes Möbelkonzept entwickelt hat, bei dem die Bäume bloß gefällt und dann mit Kreissäge und Bauanleitung an den Verbraucher geschickt werden. Aus den Buchstaben von Erkkis Namen ist der Name der Firma entstanden: EKIA. Inzwischen gibt es Vertretungen in über hundert Ländern, die jüngsten Kooperationspartner sind Sri Lanka und Lettland.

Schon lange sind die Holz- und Forstindustrie gute Knechte der finnischen Monarchie, Kunkku erinnert sich an die Worte seines Geschichtslehrers in den ersten Stunden des Wald- und Forstunterrichts in der Grundschule: Jeder Wald hat die Aufgabe, seinem Besitzer Gewinn und Naturerlebnisse zu bescheren.

Aber über berufliche Dinge zu sinnieren, macht auf Dauer keinen Spaß. Heute denkt Kunkku an Frauen. Schließlich ist er schon mit welchen zusammen gewesen. Von Berufs wegen am Esstisch und allein beim Betrachten von Bildern in einem Heft, aber eine wahrhaftige Begegnung fehlt noch. Zeit seines Lebens war er noch nie in einer Situation, in der ein Junge ganz natürlich ein Mädchen trifft. Beim Einkaufen, in der Bibliothek oder bei einem langen

Spaziergang auf einer Uferpromenade. Außerdem ist es seiner Mutter zufolge unnötig, nach Liebe zu suchen, die Stammbücher sagen einem schon, wer sich mit wem vermehrt.

Kunkku bekommt ein Trompetenpfifferlingrisotto und ein Glas Milch, so wie er es bestellt hat. In dem Moment kommen die Titten ins Lokal. Große, schaukelnde, nachdenkliche, wippende Brüste fallen Kunkku immer auf. Sie gehören zu Liisa-Hilkka Haavikko-Kemppainens zweiundvierzigjährigem Körper, aber es dauert noch eine Weile, bis Kunkkus Blick von den Brüsten nach oben klettert, zu Liisa-Hilkkas graugrünen Augen.

Liisa-Hilkka hat nach ihrer Schicht in der Sperrholzfabrik geduscht und die Kinder zu ihrem Vater gebracht. Scheidungen sind in Finnland üblich, denn die Gesellschaft und die von ihr klar getrennte Kirche begegnen den unterschiedlichen familiären Lebensformen mit Verständnis. Am wichtigsten ist es, die Einzelnen bei ihren Problemen zu unterstützen, Väter, Mütter und Kinder, von Anfang an. Die Unterstützungsmaßnahmen greifen, das Leben geht weiter, im Finnland der sechziger Jahre ist das vernünftige geteilte Sorgerecht weit verbreitet.

Liisa-Hilkka trägt Rexona unter den Armen, sie ist bereit zum Tanzen. Normalerweise sieht man in dieser Gegend nur die Sisu-900-Autos der Fabrikarbeiter, weshalb ihr der Sportwagen vor dem Hotel gleich aufgefallen ist.

»Es hat mich schon angemacht, das Auto«, gibt Liisa-Hilkka Haavikko-Kemppainen zu. »Der Besitzer nicht so, weil er so jung war. Ein Milchgesicht. Obwohl er auch ganz nett war, das muss man sagen. Nette Männer gibt es nicht im Überfluss. Andere schon. Schüchtern? Ja. Wurde rot, als ich an seinen Tisch ging. Schrecklich erregend. Hab ich erregend gesagt? Ich meinte interessant. Er wollte mich zu einem Drink einladen, obwohl er kein Geld hatte. Sein Vater hatte angeblich welches. Einer von den Bengeln, für die immer der Papa blecht, dachte ich. Aber was soll's, Hauptsache einer zahlt. Er selbst hat nichts getrunken.«

Kunkku und Liisa-Hilkka Haavikko-Kemppainen essen, tanzen und essen noch mehr. Liisa-Hilkka lässt sich ein paar Longdrinks schmecken, Kunkku gibt sich mit Apfellimo zufrieden.

Liisa-Hilkka bewundert die Kordjacke mit den Lederflicken, Kunkku genießt die Aufmerksamkeit und macht Liisa-Hilkka ein Kompliment: Sie sei echt hübsch.

»Ich bin zweiundvierzig. Hättest mich mal sehen sollen, als ich zweiundzwanzig war.«

»Das ist das beste Alter.«

»Zweiundzwanzig?«

»Zweiundvierzig.«

»Wie alt bist du denn, mein Junge?«

In Kunkkus Zimmer stößt Hilkka-Liisa den Jüngling aufs Bett und ist zart, wild, warm, wunderbar zu ihm. Achteinhalb Minuten dauert es, danach sind sich Kunkku und Hilkka-Liisa ziemlich gleichgültig.

»Ich bin immer der Meinung gewesen, dass zusammen schlafen allemal besser ist als allein schlafen«, sagt Hilkka-Liisa. »Die Haut eines Menschen auf der eigenen Haut. So sind wir geschaffen worden, die Frau für den Mann, der Mann für die Frau. Sonst ist mit Männern eigentlich nichts anzufangen.«

Am nächsten Morgen sieht Hilkka-Liisa in Kunkkus Augen wie ein hässlicher Sack aus. Für Hilkka-Liisa sieht Kunkku wie ein unbedarfter Streber aus, der sich zu viel auf sich einbildet. Beide tun so, als schliefen sie noch, und Kunkku überlegt, was er zu Hilkka-Liisa sagen könnte, die trotz ihrer Hässlichkeit das Schönste ist, was er bisher erlebt hat. Unterhalb des Nabels äußert sich eindeutig, dass die Maßnahmen des Vorabends unbedingt fortgesetzt werden sollen. Kunkku überlegt so lange, dass Hilkka-Liisa genug Zeit hat, ihre Sachen aufzuklauben und sich davonzustehlen. Zu den Kindern, Brei kochen, sich auf die Nachtschicht vorbereiten, zurück ins eigene Leben.

»Einen mittelgroßen Pimmel hatte er«, enthüllt Hilkka-Liisa.

»Größer als der von Tero Pajala. Ein wenig. Aber dass es wirklich Kunkku war, das hab ich nicht kapiert. Später hab ich mich geärgert, dass wir ein Kondom benutzt haben. Wär schon was gewesen, Königin Liisa-Hilkka zu sein oder wenigstens die Mutter von Kunkkus Bankert. Aber ich mach da kein großes Bohei drum, ich hab ein Bild von ihm an der Wand hängen, und mein jetziger Kerl und die Kinder können fragen so viel sie wollen, warum der immer da hängt.«

Kunkku bereut es, nach dem Aufwachen nichts zu Hilkka-Liisa gesagt zu haben, aber das Wichtigste ist nun erreicht. Mitten im Wald, als Bursche ohne Persönlichkeit, aber mit Lederflicken, und gleich hat's geschnackelt.

Im Lauf der Nacht ist ein Stoß Telegramme für Kunkku eingetroffen, allesamt vom selben Absender. Die Königinmutter fordert ihren Sohn auf, sofort heimzukommen. Kunkku geht in Kajaani aufs Post- und Telegrafenamt, um eine Antwort für seine Mutter zu diktieren: *Reise noch nicht zu Ende. Stopp. Gestern mit Frau zusammen. Stopp. Also richtig. Stopp. Nicht jammern. Stopp.*

Erleichtert fährt er auf der Straße Nummer 23 von Uurainen in Richtung Pori. Ringsum tun sich postkartenhafte Seelandschaften auf; Sommerhäuser, Tonpfeifenläden und international wettbewerbsfähiges Kleingewerbe huschen vorbei.

Der vor kurzem vollzogene Beischlaf lässt Kunkku ein paar elementare Dinge erkennen. Dass er Kunkku ist, heißt, er hat bestimmte Freiheiten. Dass er ein seltenes und schnelles Auto fährt, ist keine Kleinigkeit für einen Mann. Weichheit ist eine Stärke, aber man darf kein Schluffi sein. Unnötig, sich unter Sportlern und Schauspielern minderwertig zu fühlen, unnötig, sich über die Kindheit hinter Mauern zu grämen, wenn man jetzt mit einem schnellen Wagen unterwegs ist. Man kann einen Fußballer im bildhaften Vergleich als König bezeichnen, aber Kalle XIV. Penttinen wird eines Tages wirklich einer sein.

Man muss stark sein und sich alle Frauen nehmen, die man will, denkt Kunkku, als er bei Wurst-Maras Imbiss eine Fleischpirogge mit vier Bockwürstchen verzehrt. In ausreichendem Maß zuhören, genügend Weichheit, Haare von der Stirn hinters Ohr streichen, keine unnötigen Schnörkel und vor allem keine Unsicherheit verraten. Es ist viel schöner, bei einer Frau als allein zu sein, erkennt Kunkku. Allein zerbricht man sich über komplizierte Dinge den Kopf, die dadurch kein bisschen besser werden. Ist eine Frau da, kann man unter oder auf der Decke oder auch auf der Flugzeugtoilette aktiv werden, wenn die Gefahr besteht, dass man ins Grübeln kommt. Eventuell kann man mit der Frau sogar ein bisschen reden, auch das würde vielleicht Erleichterung bringen. Solange man Prinz ist und noch nicht König, besteht jedenfalls die Möglichkeit, außerhalb des Schlosses seine eigenen Sachen zu machen, und genau das hat Kunkku vor.

Auf den Parkplatz von Wurst-Mara rollt ein riesiger Bandbus mit der Aufschrift: *Licht und weibliche Energie!* Er gehört Drag-Künstler Dannii, dem Mann, dessen unendliche Gitarrensoli und mythische Gedankenstromtexte Kunkku genauso innig liebt wie die erstaunlichen Zustände, in die man durch diese Musik geraten kann.

»Ich war der bedeutendste Musiker Finnlands«, erzählt Ilkka Lipsanen. »Das Schema für meine Hits war simpel: Ich schrieb einen Song, und das Publikum liebte ihn. Darum überrascht es mich nicht, dass Kunkku im Rhythmus meiner Musik aufwuchs. Das ist die Erfahrung, die ich ihm und seinen Altersgenossen verschafft habe, der ganzen Generation.«

Dannii bestellt sich Bratkartoffeln mit Bratwurst. Er sieht blendend aus in seinem wallenden Abendkleid, geschminkt und auf fünfzehn Zentimeter hohen Absätzen. Es dauert eine Weile, bis Kunkku begreift, dass es seine eigene Mutter ist, die von Dannii nachgeahmt wird, und dann merkt er, dass die Backgroundsänger als alter König und als Kunkku verkleidet sind, was beim einen der künstliche Bauch und beim anderen die übertrieben große Brille verrät. Kunkku prustet vor Lachen, Senf fliegt durch die Gegend, Gurkenrelish verziert seine Hose.

»Lachst du über mich, Freundchen?«, fragt Dannii. »Willst du eins auf die Fresse?«

Kunkku schüttelt den Kopf und sagt, er schätze das gesamte Werk von Lipsanen ungeheuer. Den Menschen und die Kunst.

Darauf lässt Kunkku es sich in einer Disco in Saarijärvi, im Lift des Fernsehturms in Tampere, in einem Nationalpark in Nordwestlappland und an der Polarmeerküste unter den Sommerwitwen der Ölbohrer gutgehen. Die Frauen genießen es, Kunkku genießt es, jeder bekommt das Stück vom Dasein ab, das in solchen Stunden gegeben, genommen und geteilt wird. Jeder nutzt jeden aus, jeder tut jedem einen Gefallen. Als Kunkku auf die Idee kommt, die Sonnenbrille abzunehmen und sich den Scheitel zu verstrubbeln, erkennt ihn niemand mehr. Er ist nur noch ein Typ mit Stil, ein Erfolgsmensch mit geilem Auto.

So geht der Sommer dahin, mit Spritztouren im Verrari, mit dem Vernaschen von Müttern und Töchtern, einzeln und zusammen. Bis die Tage kürzer werden, die Straßenbeleuchtung wieder angeht und die Augen der Frauen langsam erlöschen. Dann ist das Feuer, das die pausenlos am Himmel brennende Sonne jeden Sommer im finnischen Volk entfacht, nicht mehr da, und mit ihr schwindet der Glaube ans ewige Leben und nie versiegende Lebenssäfte.

Es kommt der Herbst, die Schule beginnt, die Arbeit, der Alltag, ein erneuter Aufschwung im finnischen Wohlfahrtsstaat. Seit fast einem halben Jahrhundert weist die Konjunkturkurve nun schon nach oben.

Kunkku beschleunigt den Verrari auf die Höchstgeschwindigkeit von 304 Stundenkilometern. Zwischen den Beinen melden sich der Duft der letzten Nacht und die Erinnerung an die letzten Freundinnen dieses Sommers: Sannika und Penelope Toropainen im zweiten Stock einer Pension, in einem Zimmer, das man nicht abschließen konnte, weshalb sich auch die Mutter zu ihnen verirrte. Diese Erinnerung ist gut, schmutzig und schön. Kunkku hat vor, sich unbedingt noch mehr solcher Erinnerungen zu verschaffen, vielleicht schon morgen nach dem Tennisfinale, wenn im Nachtclub viele hübsche Hintern unterwegs sind, denen Kunkku mit seinem Zepter gern den Weg weist.

Im Radio läuft die Übertragung des Halbfinales der Vantaa Open, und als das Match entschieden ist, hält Kunkku kurz am Straßenrand an, um zu jubeln. Heikki Kohtalonmäki hat den Chilenen Augusto Vulva wie ein Panzer überrollt.

»Ich war zwanzig«, erzählt Heikki Kohtalonmäki. »Ich war übermächtig. Und ich hatte total die Schnauze voll von dem ganzen Mist. Heimturnier, volle Tribünen, in jeder Zeitung meine Visage. Es hat mich nur noch angekotzt, aber das konnte ich niemandem sagen. Ich hab gehofft, Kunkku beim Finale nicht zu sehen, weil die Vergangenheit in der Gegenwart vieles verdirbt.«

Im Radio werden die Stärken und Schwächen der Finalgegner analysiert. Die Hoffnungen Tschechiens liegen auf einem Jüngling namens Vaclav Havel, der besonders für seine Rückhandstopps und seinen unwahrscheinlichen ersten Aufschlag bekannt ist; man nennt ihn spaßhaft auch Neutronenbombe. Heikki Kohtalonmäki wiederum gilt als Allroundspieler ohnegleichen.

»Damals hätte ich gegen Kohtalonmäki neun von zehn Matches verloren«, erzählt Vaclav Havel. »Er war eine Maschine. Skrupellos, irgendwie eiskalt und wütend in der Art, wie er den Ball traf. Ich hatte oft das Gefühl, dass Heikki zwar nichts für seinen Gegner empfand, den Ball aber hasste.«

Kunkku will auf keinen Fall zu spät zum Finale des offenen Tennisturniers von Vantaa kommen, zum Match des Jahrhunderts.

PENA

Während ich bei der Arbeit war, ist ein Brief gekommen mit einem schwarzen Kreuz auf der linken oberen Ecke. Ich bitte Irma, ihn mir vorzulesen.

Die Grabstätte meines Vaters hat sich geändert, denn das Areal, wo mein Geschlecht begraben liegt, wird in einen Hundepark umgewandelt. Man hat die Überreste der Toten auf einen gewöhnlichen Friedhof überführt, die Kosten teilen sich der Staat und die Angehörigen. Dreißig Jahre lang muss bezahlt werden, die Jahresgebühr für das neue Grab wird am ersten Montag jedes Jahres fällig.

Auf dem Papier stehen Buchstaben und Zahlen neben einer Karte, mit deren Hilfe wir das Grab meines Vaters finden sollen.

Noch bevor ich etwas denken oder sagen kann, klingelt mein Telefon. Es ist meine Tochter Valma, die unbedingt mit mir reden will. Ich frage, was so dringend sei. Valma sagt, nur was Kleines, kein Grund, nervös zu werden.

Ich erzähle ihr von dem Brief, den ich bekommen habe, und schlage vor, dass wir uns auf dem Friedhof von Martinlaakso treffen, im Sektor D14. Valma könne Blumen für das Grab meines Vaters mitbringen, weil sie etwas von Schönheit verstehe. Ich zahle, weil wir jetzt doppelte Sozialhilfe bekommen. Valma sagt, auch ihr Problem habe mit Geld zu tun.

Ich frage Irma, ob sie mitkommt. Irma sagt: Seh ich so aus?

Sie sieht tatsächlich nicht so aus.

Auf dem Friedhof schaue ich einer geschäftigen Frau zu, die genau weiß, wie man sich dort verhält. Wo man eine Gießkanne findet, wo ein Gestell für die Blumengebinde, einen Rechen. Zwischendurch hält sie an und bleibt still vor einem Grabstein stehen, nur die Lippen bewegen sich ganz leicht. Sie wischt sich die Augenwinkel, dann recht sie wieder den Sand vor dem Grab.

Friedhöfe sind stille Parks inmitten der Städte. Hier hört man seine Schritte, man hört den Gesang der Vögel, das Husten einer alten Frau, obwohl auch S-Bahnen und Baustellengeräusche zu hören sind.

Hier könnte man seinen Proviant verzehren und den ganzen Tag verbringen. Hier könnte ich mit Helena herkommen.

Meine Tochter kommt mit dem Kinderwagen durchs Friedhofstor. Im Wagen schläft mein Enkel Elmeri, der auch aus neutraler Sicht das niedlichste Baby der Welt ist. Immer wenn ich Valma sehe, strahle ich übers ganze Gesicht. Sie sieht mir sehr ähnlich. Also ohne Bart, Glatze und große Brille. Sie ist hübscher als ich, weil sie eine junge Frau und die Tochter ihrer Mutter ist; ich bin inzwischen ja eher ein alter Kerl.

Valma studiert an der höchsten Schule Entwicklungshilfe und Frauenangelegenheiten. Sie wird mal eine Doktorin.

In meinem früheren Leben bin ich in Ländern gewesen, in denen die Kinder hungern und die Erwachsenen sich mit Kriegführen beschäftigen. Trotzdem sah man dort zwischen Fliegen und Sturmgewehren auch fröhliche Kinder. Ihr Lächeln kam nicht in die Nachrichten, ihr Lächeln mochte ich. Was ich auch furchtbar gern mochte, waren die zitternden Pobacken bei Stammestänzen.

Valma umarmt mich jedes Mal, wenn wir uns treffen. Davon wird mir warm, und es fällt mir leicht, sie zu umarmen. Sie weiß bereits, dass Vaters Grab verlegt worden ist, denn darüber ist an der Universität eine theologisch-ökonomische Diskussion geführt worden. Sie sagt, sie habe im Netz nachgesehen, wo genau das neue Grab liegt.

Ich gehe neben ihr her; sie wickelt die Blumen aus und nimmt die Friedhofsgerätschaften ebenso geschickt in Gebrauch, wie es die alte Frau vorhin getan hat. Valma erkundigt sich nach allem Möglichen. Was ich bei der Arbeit gemacht habe, was ich zu Mittag gegessen habe, wie das Wetter gewesen ist. Dann fragt sie mich, ob es mich traurig macht, dass sie meinen Vater umgebettet haben. Natürlich nicht, antworte ich, ich wundere mich nur ein bisschen. Auf Erinnerungen an mein früheres Leben bin ich nicht erpicht; je mehr ich meine Ruhe habe, desto besser.

Valma sieht an allem immer die guten Seiten. Jetzt sagt sie, zu dem neuen Friedhof hier sei der Weg nicht so weit wie zu dem alten. Auf dem alten Friedhof bin ich nur gewesen, wenn es unbedingt sein musste, wenn der Tag der alten Könige war oder der zehnte Todestag meines Vaters, der zwanzigste, der dreißigste.

Ich bin glücklich, sage ich zu Valma, und das meine ich auch so. Nur Veikko will ich noch finden. Und Weihnachten feiern.

Ich spähe in den Kinderwagen. Elmeri schläft fest. Er kam am selben Tag auf die Welt, an dem ich rausgeschmissen wurde. Ich erkundige mich, ob der Kleine nachts schläft, ob seine Eltern genügend Schlaf bekommen. Valma sagt, sie zähle nicht die Minuten, sondern versuche einfach, nach Elmeris Rhythmus zu leben, und bis jetzt habe ihre Kraft gereicht. Außerdem werde es immer leichter, je älter der Junge werde. Er sitze jetzt schon ohne Hilfe und lache viel, bloß aus Lust am Lachen. Ich frage sie, wie es ihrem Mann geht, Jalle Kulkki. Valma antwortet nicht, sie bückt sich, um den Blumenstrauß zu richten.

Der Grabstein ist ein anderer. Auf dem alten Friedhof stand eine große Skulptur, hier ist es ein viereckiger schwarzer Stein. Darauf steht der Name meines Vaters mit Geburts- und Todestag.

Ich hole mit der Gießkanne Wasser, nehme den Rechen und streiche den Sand glatt.

Dann sind wir einen Moment still. Wenn ein Toter hören kann, hört er bestimmt auch die Gedanken. Valma fragt mich, wie mein Vater gewesen sei. Sie hat ihren Großvater nie kennengelernt.

Zwischen meinem Vater und mir hat immer irgendwas gestanden. Zum Beispiel ein Jagdhund, ein Munitionskasten oder der Herrscher eines fernen Landes. Kleine Räume betraten wir nie zu zweit, weil es im ehemaligen Schloss keine kleinen Räume gab. Mein Vater nahm mich nicht auf den Schoß, obwohl es Kinder mögen, auf dem Schoß zu sitzen und Hoppe-hoppe-Reiter zu machen, und obwohl ihr Lachen ansteckt. Mein Vater mochte es, auf Tiere zu schießen, die dann ausgestopft wurden. Darum hingen in meinem Zimmer die Köpfe eines Wildschweins und eines Rehs.

Valma nickt, Valma kann zuhören.

Wenn man nicht weiß, wie es ist, auf dem Schoß zu sitzen, kommt man gar nicht auf die Idee, es zu vermissen. Erst wenn man selbst Kinder hat und sie auf den Schoß nimmt, versteht man, was man verpasst hat. Ein Kind auf den Schoß zu nehmen, verlangt nichts, aber Kind und Erwachsener bekommen dabei das, was am wichtigsten ist: die Berührung mit einem anderen Menschen. Zu zweit ist es leichter und schöner als allein. Darum habe ich mir auch gern Tänzerinnen auf den Schoß gesetzt.

Valma sagt, sie sei derselben Meinung. Das ganze Leben sei eine Reise zum anderen hin.

Ich weiß nicht, was die Lieblingsspeise meines Vaters war. Ich weiß nicht, ob er große Titten lieber mochte oder kleine. Den obersten Hemdknopf hatte er immer geschlossen. Würde er noch leben, würde ich ihn an Weihnachten zu uns einladen. Dann würden wir lernen, über alles Mögliche zu reden, oder wir würden einfach am Tisch sitzen und um den Senf bitten.

Na gut. Ich glaub, das war jetzt … allerhand.

Ruhe in Frieden, Vater.

Eines noch. Hättest du nur Elmeri noch kennengelernt. Du hättest ihn bestimmt sehr gemocht. Wir alle mögen ihn.

Valma will sich auf eine Friedhofsbank setzen. Ich gebe ihr das Geld für die Blumen, und sie bedankt sich. Sie sagt, mit dem Geld könne es bei ihr in nächster Zeit knapp werden. Ich sage ihr, dass uns die Sozialhilfe erhöht wurde. Ich kann helfen. Zwar müsste ich eine Waschmaschine kaufen, aber wenn Valma wichtigere Bedürfnisse hat, kann das warten.

Sie bittet mich, ihr zuzuhören.

Sie ist in eine Wohngemeinschaft gezogen. Ich will wissen, ob das so etwas wie ein Hotel ist. Sie nickt, und ich weiß, was das bedeutet. Ich nickte immer, als Valma klein war und Sachen fragte, die ich nicht genau beantworten wollte und oft auch gar nicht konnte. Ich frage sie, ob es teuer sei, dort zu übernachten. Sie sagt, sie benutzten dort kein Geld, sondern tauschten Arbeitsleistungen. Wenn jemand Hilfe bei der Kinderbetreuung braucht, bekommt er sie, und kann als Gegenleistung zum Beispiel Fenster putzen.

Genial.

Ich will wissen, wie Jalle Kulkki mit dieser Wohnform zurechtkommt. Kulkki ist nämlich immer hinter großen Anwesen, großen Autos und meinen hübschen Töchtern her gewesen.

Valma streckt den Rücken durch, und man sieht ihr an, dass jetzt etwas Wichtiges kommt.

Es gibt keinen Jalle mehr.

Es hat Unstimmigkeiten gegeben. Sie haben beschlossen, sich scheiden lassen.

Ich versuche ruhig zu atmen. Wie hat all das passieren können? Ursprünglich wollten wir einen Generationswechsel vollziehen, Valma sollte meine Aufgabe übernehmen und mit Jalle Kulkki ins Schloss ziehen, meine Frau und ich wären dann auf eines der Landgüter gezogen.

Valma sagt, das sei es ja gerade. Sie selbst ziehe gern in eine WG, aber Jalle nicht. Sie stelle sich ein gutes Leben völlig anders vor als er.

Auf so eine Mitteilung darf man nicht zu schnell reagieren, erst recht nicht, wenn sie von der eigenen Tochter kommt. Das ist nun die zweite Trennung in unserer Familie innerhalb eines Jahres. Großer Gott! Rauswurf, Scheidung, Verschwinden des Sohnes, Absturz der jüngeren Tochter …

Mein Puls beschleunigt sich. Irgendwie hat mich die Wirklichkeit jetzt überholt, und die Zukunft dahinter ist schwer zu erkennen.

Ich sage Valma, eine Frau wie sie finde jederzeit einen neuen Mann, auch wenn sie vielleicht ein paar Kilo abnehmen müsse. Die meisten Männer störe das Dicksein allerdings nicht. Nicht einmal, dass die Brüste hängen und ein Bauch da ist, störe sie, sogar die Augen könnten fast wie die eines Schweins sein, weil Männer mehr auf die Brustwarzen schauten.

Valma sagt, sie möge keine Männer. Sie habe sie nie gemocht.

In ihrem früheren Leben habe sie sich das nicht eingestehen wollen, auch mir nicht oder den Fotografen und Journalisten, nicht dem Erzbischof, nicht dem Minister und ihrer Mutter ebenfalls nicht. Sie habe es nicht gekonnt, obwohl sich Männer für sie unmöglich anfühlten und bei allem, was sie sagten, die Einzelheiten und Gefühle fehlten und dabei ihr Denken immer von einer Sache zur nächsten sprang.

Sie schaut mir tief in die Augen, als sie das sagt.

Dann schaut sie auf Vaters Grabstein.

So ehrlich und überhaupt nicht traurig. Mein Mädchen, das Mädchen mag. Valma will wissen, ob ich ein Problem damit habe.

Nein. Natürlich nicht.

Ich habe Mädchenliebe in Filmen und in Stripclubs gesehen. Einmal habe ich mitgemacht, im Keller einer bestimmten Feuerwache. Es war mein dritter Wunsch gewesen.

Valma erzählt, eine gewisse Tuulikki habe sich darauf eingelassen, das Leben mit ihr zu teilen. Sie wollen versuchen, ein Schwesterchen oder ein Brüderchen für Elmeri zu bekommen. Ich frage, ob sie vorhaben, ein Baby aus Bangladesch zu kaufen oder beim westlichen Nachbarn zu bestellen, wo es noch immer ein Waisenproblem gibt. Wie bringt man so einem Kind dann unsere Sprache bei? Und wenn man sich keines holt, wer bringt es zur Welt, wenn es zwei Mütter gibt? Valma erzählt etwas von künstlicher Befruchtung. Ich verstehe kein Wort, aber es ist besser, die gute Stimmung aufrechtzuerhalten, als sie mit dummen Fragen zu verderben. Valma sagt, wir seien auf dieser Welt alle Brüder und Schwestern.

Der Kinderwagen wackelt, eine kleine Hand taucht auf.

Darf ich Elmeri auf den Schoß nehmen?

Natürlich, sagt Valma.

Mit der Mütze auf dem Kopf sieht der Kleine wie seine Mutter und ich aus. Auf meinem Schoß schmatzt er vor sich hin. Er hat ganz kleine Augenlider, Lippen, Öhrchen.

Ich frage Valma, ob sie etwas von meiner Frau gehört habe. Hat sie nicht. Sie vermutet, dass ihre Mutter nach allem, was passiert ist, in einen langen Urlaub gefahren sei. Irgendwann werde sie zurückkommen und sich melden, ganz bestimmt. Ich solle daran denken, wie zornig sie werden konnte, wie sie dann kochte und man abwarten musste, bis sich alles in Luft aufgelöst hatte. Trotzdem war da im Verlauf der Jahrzehnte auch allerhand anderes gewesen. Ich frage Valma, ob sie etwas von Veikko gehört habe. Veikko ist keiner, der überall klarkommt, er ist nicht wie Valma. Als kleiner Junge hat er Kleeblätter untersucht. Aber Valma tröstet mich. Veikko sei volljährig, vielleicht sei er auf einer Interrail-Tour oder habe einen Ferienjob auf einer Baustelle.

Wir schweigen eine Weile, weil es auf all diese Frage keine fertigen Antworten gibt.

Plötzlich fällt mir das Wort Alimente ein. Ich will wissen, ob Jalle Kulkki welche an Valma zahlt. Sie sagt, sie wolle von ihm nichts haben.

Das klingt großartig. Eine starke Frau, die allein zurechtkommt.

Aber Jalle will etwas haben, fügt Valma hinzu.

Jalle Kulkki ist der Meinung, Valma müsse Geld auf der hohen Kante haben, und wegen des gemeinsamen Kindes habe er ein Recht darauf. Das Schwein glaubt, es gebe irgendwo eine Schatztruhe, Immobilien, Bilder, Diamanten oder bewegliche Habe, zumindest auf meinen Namen.

Aber wir dürfen doch gar nichts besitzen, sage ich. Überhaupt nichts. Das kann man sich von sieben Ministerpräsidenten bestätigen lassen. Gerade habe ich selbst mit angesehen, wie das Mobiliar des Schlosses im Müllcontainer gelandet ist.

Valma weiß das, aber unser Wissen ändert nichts an Jalles Meinung. Es kann sein, dass der Sachverhalt auch vor Gericht so beurteilt wird, wie ihn Jalle beurteilt. Überhaupt ist es richtig teuer, vor Gericht zu gehen, wenn nur die geringste Gefahr besteht, zu verlieren.

Verflixt noch mal.

Ich hatte diesen Eishallenunternehmer von Anfang an nicht in unserer Familie haben wollen. Als wir uns zum allerersten Mal trafen, hatte ich andere Dinge im Kopf und gab Valma und Kulkki wider besseres Wissen die Erlaubnis zum Heiraten. Seitdem lag er mir in den Ohren, wollte sich meinen Sportwagen ausleihen, wollte Tipps, wollte Beziehungen, wollte klüngeln. Angeblich kannte er eine bessere Grillsoße als unser Koch. Er schlängelte sich wie eine Schlange, flog überall herum wie eine Möwe.

Und so ein schmieriger Kerl hat ein so niedliches Kind hervorgebracht. Ich küsse Elmeri auf die Stirn. Er versucht nach meiner Brille zu greifen.

Valma sagt, sie werde mir ihre neue Partnerin beim nächsten gemeinsamen Essen vorstellen. Sie würden etwas mitbringen, Soja-Linsen-Suppe und Beerensaft. Ich sage, das sei bestimmt schmackhaft, obwohl es in Wirklichkeit furchtbar klingt. Auch als Vegetarier könnten sie ohne weiteres Ferkel essen, weil ein Ferkel viel Gemüse frisst.

Jalle werde ich an Weihnachten nicht zu uns einladen. Ich streiche seinen Namen komplett aus meinem Kopf.

Auf Elmeris Gesicht erscheint ein breites Lächeln. Valma erzählt ihm in Kindersprache, da liege sein Opa, den sie nie zu Gesicht bekommen habe. Ich verspreche Valma, ihre Angelegenheit irgendwie zu regeln. Wenn sie Alimente zahlen müsse, sei es meine Pflicht, das Geld zu beschaffen. Valma sagt, sie sei dankbar, vermutet aber, es werde noch dauern, bis sich die Dinge klären. Sie habe sich das alles nur mal von der Seele reden wollen. Ich gebe ihr alle Scheine und Münzen, die ich im Portemonnaie habe.

Zu Elmeri sage ich, die Überreste meines Vaters lägen dort unter der Erde, er sei kein besonders guter Vater gewesen, aber er hätte ein schrecklich guter Opa werden können. Ein bisschen so, wie ich es selbst werden will.

Zu Hause schneide ich alle Fotos von Jalle aus den Familienalben und Jahrbüchern. Es gibt viele Fotos von uns als Familie. Nach Valmas Geburt lächle ich richtig echt. Meine Frau ist auf denselben Fotos ein bisschen ernst. Meine Mutter scheint überhaupt nie gelächelt zu haben. Auf dem Abiturbild sind mein Vater, meine Mutter und ich zusammen zu sehen, aber bei mir fehlt der Kopf.

Ich muss an die verschiedenen Generationen denken, an die Ältesten und die Jüngsten des Geschlechts, an Elmeri. Schon in der Steinzeit hat es einen Menschen gegeben, mit dem unsere Existenz hätte enden können, wenn dieser Mensch in eine Grube gefallen oder von einem Felsen gestürzt oder in der Schlacht von Pultava umgekommen wäre, bevor er es geschafft hätte, sich fortzupflanzen. Aber zum Glück hat er es geschafft und mein Vater auch, obwohl er eigentlich ein bisschen zu früh gestorben ist, was sein und mein Leben betrifft.

DER KÖNIG IST TOT, ES LEBE KUNKKU!

1967–1970

Tschechien hat im Frühling 1967 die sowjetischen Panzer zurückgeschlagen und sich aus den Klauen der Sowjetunion befreit, um sich dem Kapitalismus mit menschlichem Antlitz zuzuwenden. »Tschechien ist der neue Frühling der Menschheit«, schreibt Olof Palme in seinem Theaterstück *12 Panzer.*

Die Drohgebärden der Sowjetunion und die unzeitgemäße Anwendung von Waffengewalt werden für bemitleidenswert erachtet, und das sowjetische Offizierskorps bereut im betrunkenen Zustand die Entscheidung, Prag anzugreifen. Das Land wird mit einem Handelsembargo belegt, Nikita Chruschtschow schläft bei seiner Rede vor der UNO betrunken ein, vergisst seinen Schuh auf dem Tisch und wird unverzüglich zum Entzug nach der Minnesota-Methode geschickt.

»Vielleicht hatte ich was getrunken, vielleicht auch nicht«, sagt Nikita Chruschtschow. »Mir missfiel sowohl die Art der Kapitalisten als auch die meiner Genossen, meine berufliche Kompetenz danach zu beurteilen, dass ich ab und zu mal einen über den Durst trank. So weit ich später Kunkkus Laufbahn verfolgt habe, sollte man meinen, dass wir in ihm einen guten Verbündeten gehabt hätten.«

In Finnland stellt der alte König in einer Rede zur Lage der Welt die Frage, warum Politik und Alkohol miteinander vermischt werden, warum Alkohol überhaupt mit irgendetwas vermischt werde. Wer ist so verrückt, mit betrunkenem Kopf einen dritten Weltkrieg anzuzetteln? Der alte König findet, die hohe Moral der Bürger und ihrer Anführer minimiere Fehler. Passiere einem Einzelnen trotzdem mal ein Ausrutscher, müsse der Nachbar unterstützend eingreifen, nur so komme man reinen Herzens und mit steigender Konjunkturkurve von einem Jahrhundert ins nächste. Darum unterstützt Finnland die isolierte Sowjetunion. Allerdings auch, damit der Handel blüht, die Volkswirtschaft stärker wird und die weltpolitische Position Finnlands klarer zutage tritt. Auf allen Seiten gibt es Freunde, und die anderen Länder sind immer mehr auf Finnland angewiesen.

Die weltpolitischen Ereignisse spiegeln sich auch im Tennisheiligtum von Hiekkaharju wider. Die zähen Hartplatzspezialisten Tschechiens werden als Symbole des Unrechts, das ihrem Land widerfahren ist, und des tapferen Widerstands betrachtet.

»Sport war das Richtige«, erzählt Vaclav Havel. »Ich wollte nicht an Friedensdemonstrationen teilnehmen. Und über Finnland wusste ich, dass der alte und der künftige König sich für Tennis begeisterten.«

Kunkku hält mit seinem Sportwagen vor dem Haupteingang des Tennisheiligtums an. Er schafft es gerade rechtzeitig zum Finale.

Auf dem Weg zur königlichen Loge wird ihm ein Mikrofon vor die Nase gehalten. Markku Veijalainen will wissen, wer das Finale gewinnt.

»Ich musste einfach frontal angreifen«, erzählt Markku Veijalainen. »Er kannte mich noch von der Deutschlandreise, aber zum Glück ist er nicht nachtragend. Er antwortete sachlich und sagte, Heikki sei richtig stark und Havel gefährlich. Das ermutigte mich, ihn zu fragen, ob er vorhabe, einen möglichen Sieg mit Jorma Ojaharju und Kohtalonmäki zu feiern. Da kam der Hofmarschall, um ihn zu holen, und ich war meinen Scoop los. Bestimmt hätte Kunkku noch etwas Unvergessliches gesagt.«

Unter der großen Werbebanderole des Hauptsponsors setzt Kunkku sich neben seinen Vater auf einen weichen Ledersitz. Auch in diesem Jahr wird die *Pertti Pasanen Spiele und Spiele AG* dem Turniersieger zwei Millionen starke finnische Mark und ein goldenes Springseil überreichen.

Der alte König sitzt würdevoll auf seinem Stuhl, für den Anlass viel zu fein bekleidet und mit Pfeifenhusten. Er fragt seinen Sohn, warum dieser so eine schlampige Kordjacke trägt. Kunkku möchte am liebsten sagen, die Jacke habe den ganzen Sommer über gewirkt wie eine ansteckende Krankheit, genau wie der lässig über die Schulter geworfene Pullover, die bauschige Frisur und die runde Sonnenbrille – und wie das rätselhafte »So, So«, mit dem er die Frauen angesprochen hat. Er begnügt sich jedoch damit, zu sagen, es sei unterwegs so viel Verkehr gewesen, dass er sich nicht mehr habe umziehen können.

Die Spieler verneigen sich vor den Angehörigen des Königshauses, Kunkku nickt Havel zu und versucht Blickkontakt mit Heikki aufzunehmen, aber der ist ganz auf das bevorstehende Match konzentriert.

Im ersten Satz halten beide Spieler ihren Aufschlag. Im Tiebreak führt Kohtalonmäki dann 5 : 1, aber Havel gleicht überraschend aus und verwandelt wenig später den Satzball. Es fällt Kunkku schwer, seine Enttäuschung zu verbergen, während die Kameras sein verschwitztes Gesicht filmen.

»Kämpfen, Hessu!«

Vorsichtig drückt der alte König seinem Sohn das Knie. Angehörige des Königshauses ergreifen nicht einseitig Partei, geschweige denn, dass sie aufspringen. Kunkku setzt sich wieder hin, hat aber trotzdem das Gefühl, selbst auf dem Platz zu stehen. Von der Tribüne aus sieht man gut, dass man Havel weichkriegen könnte, indem man die Schlagrichtung ändert, mit starkem Spin, von innen nach außen, von außen nach innen oder die Linie entlang. Havel bewegt sich nicht so gut wie Hessu, diese Schwäche müsste man ausnützen.

Der alte König reicht dem Hofmarschall seine Pfeife. Dieser klopft sie aus und reicht sie an den Anzünder weiter. Sobald der alte König wieder an der Pfeife zieht, hustet er. Er hustet und zieht, und das Husten hallt in der gesamten Tennisarena wider.

Vaclav Havel wartet, bis der Hustenanfall nachlässt, bevor er zum Aufschlag ansetzt. Kunkku wirft einen Blick auf den generösen Busenspalt der eine Reihe unter ihm sitzenden Herzogin von Muonio. Die eigenen Aufschläge werden gehalten, über dem Glasdach gleiten Wolken am blauen Himmel dahin, das Spiel geht weiter.

Vaclav Havel wirft den Ball in Aufschlaghöhe, einen Moment lang bleibt er wie eine kleine, haarige Sonne in der Luft stehen. Von der VIP-Tribüne hört man einen Aufschrei. Gedämpft zwar, aber ein Schrei ist es doch. Die Herzogin von Muonio kreischt.

Kunkku steht auf seinem Stuhl.

Der alte König zuckt.

Gerade hat es sein Herz zerrissen.

Er macht eine Bewegung auf seinen Sohn zu, kämpft kurz und fällt dann mit dem Gesicht auf den Fußboden der königlichen Loge.

Das Schreien wird immer lauter und höher, es erreicht die Frequenz von kleinen Mädchen, und es steckt an; bald kreischt der ganze Adel, die Oberklasse kreischt, die Prominenz kreischt, nur das Volk ist stumm erstarrt. Die Fernsehdirektübertragung wird zugunsten eines klassischen Konzertmitschnitts unterbrochen, über dem der Text steht: EINEN MOMENT BITTE. Vaclav Havel weiß nicht, wohin. Heikki Kohtalonmäki zieht sich an den Rand des Platzes zurück.

»Ich kann mich an jede Sekunde erinnern«, erzählt Heikki Kohtalonmäki. »Ich nahm ein Handtuch aus der Sporttasche und legte es mir über den Kopf, um nichts und niemanden zu sehen. Dann kramte ich eine Banane aus der Tasche, schälte sie, biss ein Drittel davon ab und nahm einen Schluck Wasser. Der Turnierleiter kam und teilte mit, der diesjährige Wettbewerb werde annulliert. Scheißegal. Ich würde in meinem ganzen Leben kein Tennismatch mehr spielen. Wenn es so etwas wie ein Zeichen von oben gab, dann war es das. Ein deutlicheres Zeichen als den Tod gibt es nicht. Auch dafür könnte ich meinem Freund Kunkku Vorwürfe machen. Oder ihm danken.«

Das Ärzteteam eilt vom Spielfeldrand in die königliche Loge.

Kunkku will sich setzen, aber seine Beine gehorchen ihm nicht. Zum ersten Mal erfasst er, wie ein Toter aussieht. Wie etwas, das gerade noch gelebt hat, jetzt aber nicht mehr, wie die Bananenschale, die Hessu in dem Moment auf den Boden fallen lässt.

Heikki Kohtalonmäki wirft die Schläger in die Tasche, schultert sie und geht in die Umkleidekabine. Kunkku steht verwirrt in der Loge, schwer und nutzlos hängen die Arme an ihm herab wie fremde Gegenstände. Sein Freund aus Kindertagen hat den Platz verlassen und sein Vater das Leben. Alles geschieht einfach, unweigerlich, ohne dass jemand um Erlaubnis bittet. Das Turnier wird annulliert, in Finnland und sämtlichen Nachbarstaaten werden die Fahnen auf Halbmast gehisst.

Noch am selben Abend stehen die Königinmutter und Kunkku im Totenzimmer des Königsschlosses. Die Mutter sagt zu ihrem Sohn, das komme vom Ballspiel. Immer muss was organisiert werden, immer gibt es Artikel in der Zeitung, immer haben wir wegen euch Kerlen Probleme, egal ob ihr lebendig oder tot seid. Sie zerteilt eine blaue Pille auf der Handfläche. Kunkku kann dem Toten nicht ins Gesicht sehen. Die Zehen sind schon blau. Der Tod des Vaters ist für ihn nicht so einschneidend, wie er angenommen hat. Es ist einfach so, als wäre jemand für längere Zeit verreist.

»Leb wohl, Vater«, sagt Kunkku.

»Der König ist tot, es lebe Kunkku«, stellt die Königinmutter leise fest und schluckt eine halbe Pille.

Könige leben noch drei Wochen nach ihrem Tod. Der entsprechende Paragraph ist in der Heiligen Karte und im Grundgesetz verzeichnet, es ist Gottes Wille. Das betreffende Gesetz wurde nach dem so genannten Krieg der Ebenbürtigen auf dem Eis des Sees Katumajärvi bestätigt; es sollte verhindern, dass sich im Machtvakuum die Horden und Kätner zum Aufstand erheben.

Während der Trauerzeit ziehen sich Kunkku und die Königinmutter aus der Öffentlichkeit zurück, und für Kunkku ist es tatsächlich eine Zeit der Trauer. Er ist traurig, weil er nicht mit seinem

Sportwagen durch die Gegend fahren kann. Er ist traurig, weil er nicht aus den Schlossmauern herausdarf. Er ist traurig, weil das Leben des Freiherrn, das er gerade erst entdeckt hat, nun hinter Schlössern und Regeln ins Unerreichbare rückt. Er steigt den Schlossturm hinauf und schaut auf die Stadt hinunter, wo die Neonlichter blinken und an das nächtliche Leben erinnern, an dem er nicht mehr teilnehmen kann.

»Den Sarg zimmerte ich in der Nacht vor der Beerdigung«, erzählt der Hofmarschall. »So ist es immer gemacht worden, in der Schlosswerkstatt, im Kerzenschein, neben der Box, in der das Pferd des verstorbenen Königs steht. Verzahnt wurden die Teile mit Holzzapfen. Das hätte der alte König zu schätzen gewusst. Kunkku kam, schmirgelte mit Sandpapier ein bisschen über die Oberfläche und schlug zwei Zapfen ein. Er sagte, es würde ihm Spaß machen, etwas mit den eigenen Händen zu tun. Vielleicht wollte er sich damit bei mir bedanken oder seinen Vater betrauern.«

Am Tag der Beerdigung sitzen die Königinmutter und Kalle Penttinen im Dom von Vantaa in der ersten Reihe. Kunkku hat überraschenderweise einen Kloß im Hals. Der Vater war sein Vater, mag er noch so distanziert gewesen sein. Ein Blut, ein Fleisch, dieselben eckigen Knie. Als er vor Rührung zuckt, zupft die Königinmutter ein Taschentuch aus dem Ärmel. Sie verbietet ihrem Sohn zu heulen, schiebt ihm das Taschentuch in die Faust und flüstert, die Teilnahme an diesem Begräbnis sei eine berufliche Pflicht, die man trockenen Fußes beziehungsweise Auges zu bewältigen habe. Kunkku dürfe das Königshaus nicht beschämen.

Der Trauerzug des alten Königs geht den uralten Kuhpfad am Vantaanjoki-Ufer entlang. Das Volk steht am Wegrand oder sitzt in Booten auf dem Fluss, kleine Jungen sind zu den Kameramännern in die Bäume geklettert. Gemäß den Vorschriften müssen alle außer der Königinmutter die gesamte Strecke vom Dom bis zum Königlichen Totenhain zu Fuß gehen. Drei Pferde und ein Esel ziehen den Sarg und die Königinmutter.

»Ich war mit meiner Tochter da«, erzählt ein Mann namens Tappi. »Vom Wegrand aus haben wir die ganzen weltberühmten Beerdigungsgäste gesehen. Meine Tochter saß auf meinen Schultern und rief mir immer zu, wer gerade kam. So ein Mann mit langem Hals, direkt hinterm Sarg, sagte sie. Wir waren schon stolz auf unseren Kunkku und gespannt, wie sich der junge Prinz machen würde. So waren sie, die Angehörigen des Königshauses, fast wie Familienmitglieder. Man lachte freundlich über sie, mochte sie aber wirklich gern.«

Mit aufrechter Haltung geht Kunkku hinter dem Sarg her. Er schaut auf die übrigen Trauergäste: auf die Politiker, für die es eine Pflicht ist, zu kommen, auf die Diplomaten, die Angehörigen anderer Königshäuser und auf die Vertreter der Presse.

Wer von ihnen weiß schon, worum es hier geht? Hier geht es um seine Zukunft. Es gibt niemanden, dessen Leben sich von morgen an so sehr ändert wie seines. Morgen wird er, der gerade erst ein Mann geworden ist, König sein.

Der Zug hält vor dem offenen Grab, und der alte König wird in die Erde hinabgelassen. Anschließend erschießt die Leibgarde die Pferde und den Esel, wie es dem Brauch entspricht. Die Tiere bekommen eine eigene Grube, einen Grabstein und einen Gedenktag, und der Hofkomponist komponiert ihnen ein Gedenkstück. Der Erzbischof sagt etwas auf Latein, und Kunkku steht unmittelbar daneben, schenkt den Worten aber keine Aufmerksamkeit. Er schluchzt kurz auf, fragt sich, warum ihm kein Karenzjahr zugestanden wird. Warum darf er nicht in ein warmes Land fliegen, am Strand Limonade schlürfen und die Mädchen ohne Bikinioberteil betrachten, ihnen sagen, wie schön sie sind, und nett zu ihnen sein?

Still nimmt die Königinmutter die Beileidsbekundungen entgegen. Nikita Chruschtschow torkelt vom Grab an seinen Platz zurück, die Krawatte mit großem Knoten gebunden, die Hosenträger auf der Erde schleifend.

»Wir sind Gefühlsmenschen«, schluchzt Nikita Chruschtschow.

»Wir trauern mit einem Lied. Wenn ich den alten König traf, sangen wir jedes Mal *Die Eberesche vom Ural*. Wir kannten uns seit Jahrzehnten, rangen um den Mietvertrag für den Saimaa-Kanal und umarmten uns zum Schluss. Bei der Beerdigung schaute ich Kunkku in die Augen und fing an zu singen.«

Das ganze Trauergefolge stimmt in das auf Finnisch und Russisch gesungene melancholische Lied ein, das schrecklich schön klingt, weil es verstümmelt ist und überhaupt nicht zu Beerdigungen passt.

... wie die junge Braut mit bekränztem Haupt ...

Der Leichenschmaus findet in den Staatlichen Königlichen Magazinen in der Nähe des Hauptbahnhofs von Vantaa statt. Kunkku isst Karelischen Braten aus Bisonfleisch und trinkt Malzbier. Es wird eine Gedenkrede von ihm erwartet, und der Hofmarschall hat eine vorbereitet.

Kunkku erhebt sich.

Aber die Zeit vergeht, und man ist schon bei der dritten Gedenkminute angelangt, bis Kunkku sagt, er müsse auf die Toilette. Tatsächlich geht er nach Hause.

Sucht sich einen Ball und einen Schläger und schlägt Bälle gegen die Wand.

Die Trauergäste logieren in den besten Hotels der Stadt und in den königlichen Anwesen des ganzen Landes, auf Gut Orimattila, im Jagdrevier Lieksa, in den kargen, wilden Granitschlössern entlang der Eismeerküste. In wenigen Tagen wird es für sie an der Zeit sein, sich in Gäste der Krönungszeremonie zu verwandeln.

»Das hat seine Routine und seine Etikette«, erzählt der Hofmarschall. »Krone, Mantel und Zepter werden zwei Tage vor der Krönung aus der Schatzkammer geholt. Man lässt kurz Luft daran, bevor Krone und Zepter poliert werden. Der Mantel wird überprüft und gegebenenfalls trockengereinigt und ausgebessert. Kunkku, der an den Schultern etwas schmaler als sein Vater ist, aber einen ziemlich großen Kopf hat, probierte die Ausstattung einmal an. Der Mantel musste etwas abgenäht, die Krone etwas vergrößert werden. Ich sagte ihm, er werde einen guten König abgeben. So habe ich es gelernt, jeder König ist gut, weil er der König ist.«

Vor den Feierlichkeiten legt man Kunkku den Hermelinmantel um und drückt ihm das Zepter in die Hand. Der Hofmarschall hält ihm einen großen Spiegel hin, und Kunkkus Auge gefällt, was es sieht. Nur noch die Krone auf den Kopf, dann wird die Mösenjagd mindestens so gut funktionieren wie mit Kordjackett und Lederflicken.

Kunkku hat einen Wunsch. Er will zwei Namen auf die Gästeliste setzen, die dort fehlen. Als die Königinmutter erfährt, um wen es sich handelt, verbietet sie es strikt. Sie verstehe zwar seine Beweggründe, aber es entspreche in keiner Weise den Interessen des Königshauses, Angehörige des gewöhnlichen Volks bei der Krönung zuzulassen. Es werde ohnehin Veränderungen geben, und der Hof mache einen Fehler, wenn er den Wandel selbst beschleunige.

Kunkku sagt, er sei der König. Wenn er etwas wolle, dann bekomme er es auch. Auch die Königinmutter habe von nun an die Befehle des Königs zu befolgen.

Am nächsten Tag sitzt Kunkku auf seinem Thron, und die Herzöge von drei Steuerprovinzen sowie einer der Hofaffen setzen ihm die Krone auf. Das Volk schaut sich das Ereignis an neuen Farbfernsehgeräten an, deren Verkauf sich dank der Direktübertragung der Krönung vervielfacht hat.

Der Erzbischof weiht Kunkku zum König.

»Die Geschichte folgt stets dem Schwert des Siegers«, sagt der ehemalige Erzbischof. »Mit diesen Worten habe ich die Zeremonie eingeleitet. Ich hatte noch drei Jahre bis zur Pensionierung, mir fehlte die Energie, mir neue Geleitworte auszudenken. Dann erzählte ich eine Anekdote aus Kunkkus Kindheit, denn ich kannte ihn ja von klein auf. Ich hatte ihn getauft und konfirmiert. Noch heute erinnere ich mich an seine Pickel, ei, ei. Und die Oblate bekam der Junge auch nicht herunter, da musste der Hofmarschall zu Hilfe eilen. Aber Gott hatte es so beschlossen, ihn hatte Gott erwählt, und damit muss sich der Mensch zufriedengeben.«

Zum Schluss sagte der Erzbischof die lateinisch-finnische Liturgie auf, die zwar Kunkkus Gehörgang erreicht, ihn aber nicht penetriert. Die Krone wiegt ziemlich viel, sie drückt auf die Brillenbügel und damit auf die Ohren.

Kunkku betrachtet die Ornamente und die Kronleuchter im großen Saal, er betrachtet die Porträts an den Wänden und die Namensschilder darunter, und dann wächst in ihm eine Erkenntnis. Jedes dieser gekrönten Häupter war zu seiner Zeit der Größte. Wenn etwas aus diesen verstaubten, verpesteten Jahren in Erinnerung bleibt, dann die Könige. Von ihnen wird in den Geschichtsbüchern erzählt, über sie haben die Troubadoure ihre Lieder und die Dichter ihre Dramen geschrieben.

Bis zu Kunkkus Vater ist die Geschichte Finnlands eine Geschichte der Könige und ihrer Taten gewesen. Warum sollte sich daran etwas ändern? Kunkku überlegt sich, dass auch er etwas tun könnte, das den Menschen in Erinnerung bleiben, seinen Namen in die Zeitung bringen und die Volksüberlieferung mit Geschichten bereichern wird. Er ist die Nummer eins, nicht die Zwei und nicht die Drei, er ist der König, der Anführer des ganzen Volkes. Warum sollte man vor so einer Tätigkeit Angst haben? Weg mit den Sorgen, her mit dem Zepter! Und die Klamotten hier, die kann man durchaus jeden Tag tragen.

Die Erkenntnis des Königs ist am Lächeln zu erkennen, das sich auf seinem Gesicht ausbreitet, die Mundwinkel ziehen sich von Ohr zu Ohr, und eine kleine Röte der Begeisterung zeigt sich auf den Wangen.

Nach dem offiziellen Teil empfängt Kunkku die geladenen Gäste. Er sitzt auf dem Thron, die Gäste bleiben davor stehen und wählen zwischen Kopfnicken, Verneigung, Knicks oder Kniefall. Zwar ist der Kniefall im Namen der Gleichberechtigung verboten, für ältere

Gäste aber noch immer die natürliche Art, den neuen Regenten zu begrüßen.

»Ich war mit Heikki in der Mitte der Schlange«, erzählt Marjatta Kohtalonmäki. »Hinter dem Gouverneur von Bosnien und dem Windbeutelkaiser von Dänemark. War schon herzerwärmend, noch einmal im Leben ins hellste Licht und in die höchsten Räume zu kommen.«

»Wäre meine Mutter nicht gewesen, ich hätte die Show ausgelassen«, sagt Heikki Kohtalonmäki. »Auf steifes Getue in Kindheitsumgebung war ich nicht besonders scharf. Aber für meine Mutter war es wahnsinnig wichtig, darum hab ich meinen Surfurlaub in Laos abgebrochen und bin nach Vantaa geflogen.«

»Furchtbar viel Parfüm überall«, erinnert sich Marjatta Kohtalonmäki. »Mir hat Wasser aus dem See und einmal im Monat ein bisschen Seife gereicht. Mein verstorbener Mann hat immer gesagt, das ist der Frauengeruch, guter Arbeitsschweiß. Aber was red ich da … Für mich hat Kunkku genauso ausgesehen wie als kleiner Bub.«

»Leck mich, was für Klamotten«, schnaubt Heikki Kohtalonmäki. »Ich hatte alle engen Kleider gegen möglichst bequeme Baumwolle getauscht. Und er sitzt im Hermelinmantel da und mit einem Kragen, der einem das Hirn durch die Nasenlöcher ins Freie drückt. Und dann die Krone. Meine Fresse.«

Kunkku bemerkt die Kohtalonmäkis schon von weitem. Er möchte Marjatta am liebsten umarmen, weiß aber, dass er damit einen Skandal auslösen würde. An den Still-Skandal erinnern sich die Leute noch immer, die politische Bollywood-Komödie, die sie in Indien daraus gemacht haben, ist zehn Jahre lang der Film mit den meisten Zuschauern gewesen.

Marjatta Kohtalonmäki kniet sich hin und steht mithilfe ihres Sohnes etwas schwerfällig wieder auf. Kunkku fragt Hessu flüsternd, ob er warten kann, bis der offizielle Teil vorbei ist.

»Er hat garantiert nicht kapiert, was auf ihn zukam«, erinnert sich Heikki Kohtalonmäki. »Wenn du König wirst, hört der offizielle Teil erst auf, wenn du stirbst. Der Zirkus, der an diesem Tag anfing, würde ewig weitergehen. Das sagte ich ihm auch. Ich sagte es und schaute ihm dabei als Freund in die Augen. Eigentlich sprach ich ihm mein Beileid aus, und zwar längst nicht nur, weil sein Vater gestorben war.«

Kunkku schaut Heikki und Marjatta Kohtalonmäki kurz hinterher, denkt an das, was Heikki gesagt hat, kann die Worte aber zum Glück nicht verinnerlichen.

»Ich hab's so schön gefunden, dass sich die Jungs noch mal wenigstens kurz gesehen haben. Meine zwei Buben. Mir kommen gleich wieder die Tränen, wenn ich daran denke«, seufzt Marjatta Kohtalonmäki.

Nach der Krönung zieht man sich ins Geheimzimmer zurück, benannt nach dem an der Bluterkrankheit gestorbenen Kleinen Prinzen Ahma Penttinen. Zugegen sind der Ministerpräsident, der Hofmarschall, der Finanzminister und die Königinmutter.

Mit einem Dolch wird Kunkku ein Schnitt in den linken Arm versetzt. Das Blut rinnt in den Goldpokal von König Arthur, den man einst als Mitgift erhalten hat. Darin darf das Blut auf dem Blut aller früheren Könige gerinnen. Kunkku will wissen, ob er nun das Volk anführe und wann die Zwerge kämen, um vor seinem Thron Saltos zu schlagen.

Der Ministerpräsident wirkt leicht verzweifelt. Er ist schon der sechste Ministerpräsident zu Kunkkus Lebzeiten, aber der kann sich an keinen Namen erinnern. Diese Männer versehen ihr Amt und werden nicht zu menschlichen Individuen.

Der Ministerpräsident hebt Kunkku die Krone vom Kopf und legt sie zur Aufbewahrung in die Kiste zurück. Er nimmt ihm das Zepter aus der Hand und verlangt auch den Hermelinmantel. Kunkku wehrt sich, wenn es nach ihm ginge, würde er täglich in dieser Aufmachung herumlaufen. Daraufhin zieht der Ministerpräsident die Ergänzung des Grundgesetzes aus der Aktentasche und reicht sie dem Hofmarschall, damit dieser sie vorlese. Es stellt sich heraus, dass die Insignien der königlichen Macht nur am Tag der Krönung getragen werden dürfen.

Es folgt eine lange Stille, während der alle zuschauen, wie Kunkku sich aus seinem Mantel schält. Der Hofmarschall hilft ihm und holt danach einen Bademantel als Ersatz. Kunkku schlägt vor, eine Rede zu halten, um das Volk zu einigen und aufzumuntern. Der Ministerpräsident schüttelt den Kopf. Das Volk sei einig und munter, dank der vernünftigen Innen- und Außenpolitik, für die er als Ministerpräsident verantwortlich zeichne.

Kunkku erkundigt sich, ob er vielleicht einen Krieg beginnen solle, ob das nicht ein guter Start für einen neuen König wäre. Man könnte sich irgendwelche Gebiete zurückholen, Sandwüsten, Obstdschungel, was auch immer.

Der Ministerpräsident lacht.

Kunkku ärgert sich über den ständigen Widerspruch und die Überheblichkeit des Mannes. Er fragt den Hofmarschall und den Finanzminister, ob man den Ministerpräsidenten feuern solle. Beide weichen der Frage und Kunkkus Blick aus.

Nun wendet sich Kunkku an die Königinmutter. Warum tut niemand was? Auf das Lachen des Ministerpräsidenten folgt ein barscher starrer Blick seiner Mutter. Kunkku bittet für die erste Nacht im Königsbett um sechs Bauerntöchter, so wie seinerzeit König Kunelius Mastodontti Penttinen, ein Mann, der für seine persönliche Hygiene Sorge trug, indem er sich regelmäßig mit Mädchen vom Lande paarte, die halb so alt waren wie er.

Der Ministerpräsident schaut die Königinmutter und den Hofmarschall an, die ihrerseits Blicke tauschen. Jetzt ist es so weit, jetzt muss Kunkku die Wahrheit gesagt werden, die er offenbar nicht kennt.

»Kalle«, sagt die Königinmutter. »Mein Lieber.«

Dieses Wort hat die Königinmutter noch nie benutzt, es bringt Kunkku dazu, aus der Deckung zu kommen und zuzuhören.

»Wir haben keine Macht. Die Macht ist uns genommen worden.«

»Was heißt hier keine Macht? Wir sind doch die Königlichen. Wir sind von allen die ... Ich bin der höchste ...«

»So ist es nun mal nicht mehr.«

Kunkku hört, was seine Mutter sagt, aber er will nicht glauben, was er hört. Er erzählt von den getöteten Drachen und den weltweiten Eroberungen, so wie er es in der Schule gelernt hat. Stimmt, aber die gehörten zum Lehrplan der Unterstufe, die Mittelstufe habe Kunkku ja nicht mehr besucht. Da hätte man ihm erzählt, wie die Lage heute ist.

Tiefe Stille macht sich im Raum breit, man hört nur das regelmäßige Knacken der künstlichen Zähne im Mund der Königinmutter.

Kunkku sitzt im Sessel und fühlt sich, als hätte er gerade einen Schlag in die Magengrube bekommen. Er bittet den Ministerpräsidenten, es ihm genauer zu erklären.

»Weil es sonst niemand tat, musste ich ihn aufklären«, erzählt der damalige Ministerpräsident. »Die Monarchie war unter das Mühlrad der Geschichte geraten. Sie wurde als undemokratisch betrachtet, wie der Faschismus, der Nazismus oder der Bolschewismus. Nach dem Zweiten Weltkrieg verlor die Alleinherrschaft ihren Glanz. Die Nationen, die im Krieg gelitten hatten und sich allmählich wieder erholten, akzeptierten nicht, dass wenige Angehörige des Königshauses für sie entschieden, ein einziges Geschlecht, das sie nicht einmal gewählt hatten.«

Kunkku versucht sich gegen die übermächtige Realität zu wehren. Immer wieder beharrt er darauf, dass die Finnen ihre Königsfamilie liebten, so sei es auch in den Nachrichten gesagt worden.

Der Ministerpräsident nimmt ein Werk des Beat-Poeten Olof Palme aus dem Regal. Es heißt *Aufschrei! Jetzt!* und bringt vielleicht am stärksten die Ansicht der Jugend zum Ausdruck, die Welt solle reinen Tisch machen, neue Generationen dürften die Fehler der alten nicht wiederholen. Palmes Aufschrei wird von der finnischen, im Selbstverlag erschienenen Publikation *Unter der Erde, in der Kanalisation hallt die Stimme des Volkes wider* unterstützt.

Kunkku sagt, er habe jetzt keine Zeit, so etwas zu lesen, und was für Fehler soll er eigentlich gemacht haben? Der Ministerpräsident zieht seine Krawatte gerade, striegelt die Haare straff über den Schädel und zündet sich eine Zigarette an. Seiner Meinung nach ist es sinnlos, weiter über das Thema zu reden.

»Wenn ich keine Macht habe, was habe ich dann?«, fragt Kunkku.

»Das Königshaus ist ein Werbeinstrument der Republik«, antwortet der Ministerpräsident.

»Werbe … was?«

»Wenn du mir nicht auf die Zehen trittst, trete ich dir nicht auf deine. Vergiss nicht, wo dein Platz ist, dann kriegt ihr eure Steuergelder und dürft euer Theaterstück behalten.«

»Was für ein Theaterstück?«

»Er meint unser Leben«, sagt die Königinmutter leise und zerdrückt ein paar rote Pillen auf der Handfläche.

»Das Grundstück hier ist übrigens vom finnischen Staat gepachtet«, komplettiert der Ministerpräsident seinen Redebeitrag.

In Kunkkus Bauch rumoren schon den ganzen Tag kaltgeräucherter Lachs, Karelischer Braten, Roggenbrot, Eibutter und Tomaten-Zwiebel-Salat. Außerdem Kaffee, Kuchen, Schlagsahne, Eierkuchen. Und dann kommt noch eine so niederschmetternde Nachricht dazu.

Der Finanzminister eilt ihm hinterher, und wenig später hört Kunkku durch die Toilettentür versöhnliche Worte; er hört, die überwältigende Mehrheit der Finnen wolle die Monarchie bewahren. Kunkku ächzt lange, aber die Ausscheidung erweist sich als schmerzlich kompakt.

»Seine Majestät reagierte psychophysisch«, erzählt der Leibarzt. »Schon als kleiner Junge war das bei ihm stark ausgeprägt. Wenn alles gut ging, funktionierte sein Darm. Wenn er aufgeregt war oder in eine fremde Umgebung kam, war der Darm im Nu verstopft. In den ersten Königsjahren mischte ich etliche Malzextrakte, um Seiner Majestät Erleichterung zu verschaffen.«

Mit leidendem Gesichtsausdruck kommt Kunkku von der Toilette, wäscht sich die Hände und schaut den Finanzminister im Spiegel an. Der Toilettendiener bringt ein Handtuch, und der Finanzminister legt ihm die Hand auf die Schulter. Er bittet ihn um eine professionelle Einstellung. Morgen stünde bereits eine Reise mit dem Ministerpräsidenten nach Dubai an.

Nachdem die Gäste sich verabschiedet haben und es still geworden ist im Schloss, wandert Kunkku über die dunklen Gänge, steigt die breite Marmortreppe hinauf und geht ins Bad im zweiten Stock. An diesem Abend lässt er sich vom Diener die Zähne putzen und zieht danach den Pyjama an. Die Enttäuschung ist gewaltig, das Opfer noch viel größer. Er muss eine Arbeit annehmen, die aller Vorteile, die sie lohnenswert gemacht hätten, sie anzunehmen, beraubt worden ist.

Zum ersten Mal tritt er als König ins alte Schlafzimmer seiner Eltern, das nun sein neues Schlafzimmer ist. Er zieht die Nachtstrümpfe aus Wolle an und setzt sich die Bettmütze auf. Dann streckt er sich auf dem Bett aus, in dem sein Vater und seine Mutter zusammen, aber distanziert von einander geschlafen haben und in dem er laut Königlichem Jahrbuch gezeugt worden ist.

Im Bett liegt ein vertrauter basischer Geruch, aber nicht nur der, sondern auch die Person, die ihn verströmt. Kunkku wundert sich laut. Hat seine Mutter wirklich vor, mit ihm in einem Bett zu schlafen? Die Königinmutter verspricht, das Bett zu verlassen, sobald Kunkku eine Gefährtin finde, aus der man eine prächtige Königin formen könne. Dieses Bett sei das Bett der Königin.

Kunkku schnaubt enttäuscht.

Das bedeutet: Für geraume Zeit keine wilden Spiele in diesen Kissen.

Darauf zieht die Königinmutter ihn heftig an den Haaren.

»Autsch! Warum?«

»Du wirst uns ja doch Schande machen, früher oder später.«

Und so bricht im Königsschloss Vantaa und im ganzen Reich die Nacht an. Eine dunkle Nacht, in der Kunkku wach liegt und schwitzt. Am nächsten Morgen muss er sieben Stunden in die Wüste fliegen, obwohl er eigentlich Lust hätte, zum Fischen aufs Meer hinauszufahren, Tennisbälle zu schlagen, Softeis zu essen, E-Gitarre zu spielen und sich wohlgeformte Pos an sommerlichen Stränden anzuschauen. Wenn schon Eroberungskriege und Kreuzzüge auf der Liste der verbotenen Freizeitvergnügen stehen.

Zur gleichen Zeit hört Marjatta Kohtalonmäki in ihrer Ein-Zimmer-Wohnung in Kerava die letzten Nachrichten und die Nationalhymne und geht ins Bett.

»Ich hab mich gefragt, ob der arme Teufel das aushält. Ob ihm die Stiefel seines Papas zu groß sind, ob er darin versinkt. Ich hab Kunkku genau das Gleiche gewünscht wie meinem Heikki. Dass er ein anständiges Mädchen findet, so ein sympathisches. Dass er nicht bloß nach den hübschen guckt, sondern mehr nach den netten. Jeder Mensch verdient sein Glück. Man darf es bloß nicht zu weit weg und zu umständlich suchen.«

PENA

Ich reiße die Waschmaschinenangebote aus den Anzeigenblättern, die mit der Post kommen, und versuche Irma nach ihrer Meinung zu fragen, aber sie sagt bloß: egal. Ich mag die lieber, wo die Tür vorne ist. Wenn sich die Wäsche dreht, ist das fast wie fernsehen.

In meinem früheren Leben sind die Kleider einfach auf dem Bett und im Schrank aufgetaucht, und zwar immer gebügelt. Am liebsten wäre ich die ganze Zeit im Tennisdress herumgelaufen, aber das wurde mir verboten, nachdem ich es einmal versehentlich bei einem feierlichen Dinner getragen hatte.

Ich wage es nicht, die Waschmaschine im eigenen Geschäft zu kaufen. Dann wäre Helena die Verkäuferin, und ich würde mich nicht trauen, die billigste zu nehmen, aber die billigste muss es sein, weil Valma eventuell Alimente zu zahlen hat.

Also gehe ich eines Tages durch den kleinen Wald zum benachbarten Elektrogeschäft. Dort tragen die Verkäufer orangefarbene Hemden. Wir haben blaue. Ich zeige einem von ihnen das Inserat mit dem Angebot, und er stellt mir die Maschine vor.

Er erklärt mir alles Mögliche über Waschprogramme, Energieverbrauch und eine Versicherung, die extra kostet, aber absolut alles abdeckt. Ich verstehe nicht so richtig, was er sagt. Ich habe mir die Maschine doch bereits ausgesucht; kann man sie nicht einfach einpacken und zu mir nach Hause bringen, damit ich meine Arbeitskleider und Irmas Bettwäsche waschen kann? Ist das zu viel verlangt?

Kommen wir ins Geschäft?, fragt der Verkäufer schließlich.

Wir gehen zu einer Theke. Alle Gegenstände, die den Verkäufern zur Verfügung stehen, sind großartig. Sie haben Stifte in der Brusttasche, und vor ihnen liegen allerlei Vordrucke und Ordner. Ich wäre ein guter Verkäufer, das weiß ich.

Der Mann will wissen, ob ich bar oder in Raten zahle.

Was ist der Unterschied?

Er erklärt, dass man bar sofort bezahle, während man bei Ratenzahlung die Belastung auf mehrere Monate verteilen könne. Ob ich irgendeine Karte hätte. Ich ziehe meine Visa-Elektron aus der Tasche. Der Verkäufer wirft nur einen kurzen Blick darauf und sagt, die hat keine Zahlungsfunktion.

Ist das kompliziert. Ich hätte Valma bitten sollen, mitzukommen, aber ich kann sie nicht ständig belästigen. Sie hat ein kleines Baby und eine Scheidung am Hals, vielleicht auch Alimente und eine neue Beziehung.

Wie es aussieht, werde ich mit der Situation nicht fertig. Mir fehlen die Fähigkeiten.

Ich versuche Kreditzahlung vorzuschlagen, weil ich auf dem Friedhof mein ganzes Bargeld Alma gegeben habe. Ich könnte zahlen, wenn die Sozialhilfe für Irma und mich aufs Konto kommt. Der Verkäufer schaut mich irgendwie böse an.

Er holt unter der Theke ein Formular hervor, das ich ausfüllen soll. Ich bitte ihn, es für mich zu tun. Als Ausrede erfinde ich eine Entzündung an der Schreibhand. Lipponen hatte das mal, darum fällt es mir ein.

Der Verkäufer stellt die gleichen Fragen wie Hilja Liukko auf dem Sozialamt, nur komplizierter. Bruttoeinkommen. Name und Telefonnummer des Arbeitgebers. Ich sage, ich arbeitete im benachbarten Elektroladen im Lager.

Telefonnummer und Name des Vorgesetzten?, wiederholt der Verkäufer.

Lipponen ist der Lagerverwalter, antworte ich, aber das reicht nicht. Der Verkäufer will wissen, ob ich mich über ihn lustig mache. Wieso? Ich will nur eine Waschmaschine.

Er bittet mich um eine Unterschrift auf dem Kreditantrag und macht davon eine Kopie, die er übers Computernetzwerk irgendwohin zur Überprüfung schickt. Wir warten eine Weile. Keiner hat etwas zu sagen. In regelmäßigen Abständen geht die automatische Schiebetür auf: Elektronik brauchen die Menschen immer. Ein junges Paar sieht sich einen riesigen Fernseher an, und ein Kind wühlt in einer Kiste mit DVDs. Ich bin in einem Dokumentarfilm und in einer Komödie aufgetreten, weiß aber nicht, ob die noch verkauft werden.

Die Minuten vergehen, dann wird die Waschmaschine mit einer Sackkarre gebracht. Die Lagerarbeiter sind so mürrisch wie Ahti Martti und Lipponen und sehen auch sonst so aus.

Eigentlich ist es phantastisch, sich ganz allein etwas Großes zu kaufen. Ich tätschle die Maschine ein bisschen und überlege zu fragen, ob es noch etwas umsonst dazu gibt. Normalerweise fragen die Leute so etwas. Zum Beispiel eine Packung Waschmittel oder einen Film auf DVD.

Im Computer des Verkäufers geht eine Nachricht ein. Er liest sie und nimmt per Telefon Kontakt mit dem Lager auf. Dieselben Männer, die gerade die Maschine gebracht haben, holen sie nun wieder ab. Der Verkäufer sagt, ich hätte nicht versuchen sollen, ihn auf so primitive Art übers Ohr zu hauen. Mein Name stehe auf keiner Gehaltsliste, nicht im Steuerverzeichnis und auch nicht im Kreditregister. Und einem, der nicht arbeiten geht, aber mit seiner Sozialhilfe angibt, gewähre man keinen Kredit.

Ich schwöre ihm, dass ich arbeiten gehe, auf der anderen Straßenseite. Der Verkäufer sagt, er müsse andere Kunden bedienen. Wenn ich die Maschine haben wolle, müsse ich Bargeld mitbringen. Das sei in diesen Zeiten die beste Währung. Wer keinen Kredit bekomme, müsse eben sparen.

Wie in meinem früheren Leben habe ich auch jetzt keine Macht. Diesseits der Mauer bedeutet Geld eigentlich Macht, aber mein Lohn reicht nicht, und die Sozialhilfe reicht nicht, und aus irgendeinem Grund arbeite ich nicht einmal im Lager.

KUNKKU UND DIE SOFI – ZWEI, DIE ZUEINANDER PASSEN

1970–1974

Kunkku tut, was man ihm befiehlt, worum man ihn bittet und was man von ihm wünscht. Das erste Jahr als König ist voller Staats- und Stadtbesuche und Veranstaltungen mit Kaffee und Kuchen, die voneinander nicht zu unterscheiden sind, das zweite und dritte Jahr ebenso. Eine kleine Veränderung bringt im Jahr 1970 der Wehrdienst bei der Königlichen Luftwaffe.

»Wir haben sechs Monate lang Starpoker gespielt«, erzählt Stabsfeldwebel Häiskä. »Seine Majestät durfte ja nicht an gefährlichen Orten eingesetzt werden, diesbezüglich hatten wir eine klare schriftliche Anweisung. Beim einzigen Erben geht man kein Risiko ein. Er hat auf einer ganz normalen Stube geschlafen, hat aber immer ein bisschen abseits gestanden, weil er außer an den Mahlzeiten an keinen gemeinsamen Aktivitäten teilnehmen durfte. Das heißt, zwei Mal war er beim Exerzieren dabei, ja. Prompt ging alles durcheinander, weil es ihm schon schwerfiel, rechts und links auseinanderzuhalten. Ich ließ ihn eine Wand bauen, gegen die er Bälle schlagen konnte, während ich mit den neuen Rekruten im Waldlager war. Dafür haben sie mir dann die Leviten gelesen. Nicht mal die Wand hätte er bauen dürfen. Er hätte sich ja mit dem Hammer auf den Daumen schlagen können. Als Mensch habe ich ihn gut in Erinnerung, obwohl Seine Majestät nicht besonders viel zu erzählen hatte. Immerhin erinnerte er sich, dass er einmal in eine Straße mit Huren gehen wollte, es dann aber doch nicht getan hatte.«

Im Januar 1971 werden die finnischen Streitkräfte in Bereitschaft gesetzt.

In Schweden dauern die Unruhen unter den Studenten und in

den Trabantenstädten schon über einen Monat an und drohen sich bis in die Zentren der großen Städte auszuweiten. Der Hofmarschall holt Kunkku aus der Kaserne, denn das Gebiet ist strategisch wichtig und daher gefährdet, bombardiert zu werden.

Der Grund für die Unruhen ist der Strukturwandel in Schweden, der für enorme Arbeitslosigkeit, Armut und Perspektivlosigkeit sorgt. Die ländlichen Regionen leeren sich, aber in den Städten reicht die Arbeit nicht für alle. Die staatlichen Maßnahmen zur Lösung des Problems sind unzureichend, und alle Parteien beschuldigen sich gegenseitig. Olof Palme und Agnetha Fältskog schreiben die Operette *Skitbullar*, in der die Machthaber verspottet und in der es um die Dynamik der Macht geht. Sie bringt beiden drei Wochen Untersuchungshaft ein.

»Ich wollte einfach nur singen«, erinnert sich Agnetha Fältskog heute. »Ich war begeistert. Ich wollte mit den besten Leuten zusammenarbeiten, ich wollte meine Jugend voll ausleben. Natürlich bin ich am Gefängnis zerbrochen, ich bin es nach wie vor, selbst nach vierzig Jahren noch.«

Die Unruhen werden gewaltsam niedergeschlagen, und Kunkku kehrt in die Kaserne zurück, diesmal jedoch in ein eigens für ihn eingerichtetes Zimmer mit dreifach verstärkten Wänden und kugelsicheren Fenstern.

Finnland bietet jedem Schweden, wenn nötig, Asyl, Wohnung und Arbeit. Schon immer ist die Arbeitsmigration von West nach Ost stark gewesen, aber zwischen 1968 und 1974 kommen sage und schreibe eine Million Schweden nach Finnland. Diese sprachunkundigen, etwas steifen und zum Alkoholmissbrauch neigenden, aber fleißigen Svenssons, Larssons und Transfårmers bevölkern die finnischen Fabriken, in denen die Schichtarbeit kein Ende nehmen will. Und wenn es mal keine Arbeit gibt, erfinden die Ingenieure ein Erfolgsprodukt, das auf dem Weltmarkt weggeht wie warme Semmeln, und schon können wieder Overalls und Stechkarten an neue Arbeiter ausgegeben werden.

Die billigen Arbeitskräfte ermöglichen eine größere Produktion, größere Gewinne, bessere Expansionsmöglichkeiten. Mithilfe der Schweden verdoppelt sich das Bruttosozialprodukt, und das wiederum bedeutet, dass auch die letzten Wegstrecken asphaltiert werden, dass man Schülern einen Lohn bezahlt und jedem Bürger Finnlands eine Woche Palma de Mallorca garantiert. Die Wehrpflicht wird abgeschafft, und an ihre Stelle tritt eine Berufsarmee, deren hauptsächliche Aufgabe darin besteht, bei den drei Mal im Jahr stattfindenden Paraden gut auszusehen.

Kunkku gehört dem letzten Jahrgang an, der zu hundert Prozent Wehrdienst leistet.

Damit ist es jetzt vorbei.

»Aus war's!«, ruft Stubenkamerad Kassila. »Natürlich luden wir Kunkku ein, mitzukommen; wir wollten kegeln gehen und dann zum Feiern nach Tikkurila. Er hat fast feuchte Augen gekriegt, wahrscheinlich allein deshalb, weil er eingeladen wurde. Aber gerade als wir bester Stimmung aus dem Kasernentor schlenderten, fuhr ein schwarzes Auto vor. Danach habe ich Kunkku nur noch im Fernsehen zu Gesicht bekommen. Und in diesen Zeitschriften halt.«

Während die anderen Entlassenen in die Kneipen und in die Freiheit ziehen, wird Kunkku vom Ministerpräsidenten vernommen und muss schon wenige Tage später wieder zu Staatsbesuchen und mit Handelsdelegationen auf Reisen gehen.

Sein Leben läuft in den gleichen Bahnen weiter wie vor dem Wehrdienst. Er reist mit dem Ministerpräsidenten im Privatflugzeug und auf dem Rücksitz eines schwarzen Autos um die Welt.

»Ich wollte Kunkku in die Arbeit einbeziehen«, erzählt der damalige Ministerpräsident. »Die hatte nichts mit Glamour und Feiern im Hotel zu tun, es war öde, harte Arbeit zum Wohle des finnischen Volkes und der ganzen Menschheit. Vielleicht hat er dabei das eine oder andere gelernt, dank meiner Wenigkeit.«

Kunkku will etwas ganz anderes als Verhandlungen und Sitzungen, aber auf seine Wünsche wird nicht gehört. In Ungarn darf er aus Sicherheitsgründen nicht auf die Go-Cart-Bahn. In den Vereinigten Staaten interessiert er sich für den größten Autoersatzteilhandel der Welt, aber der muss zuerst geräumt und sicherheitsüberprüft werden, und dann wird Kunkku auf einem schnellen Rundgang durch die leeren, hallenden Gänge geführt. Er darf nicht an den Jam Sessions von Martin Luther King teilnehmen und nicht mit dem Fallschirm vom Mount Rushmore springen. Auf der Amerika-Tour wird auch in den Appalachen Halt gemacht, wo sich der charmant gealterte John F. Kennedy inzwischen niedergelassen hat. Er zeigt Kunkku seine Bibliothek, sein Museum und sein Schulungszentrum.

»Der Junge war zu einem … na … größeren Jungen herangewachsen«, erzählt Kennedy. »Ich glaube, er war ein bisschen von mir enttäuscht, weil ich das lockere Leben hinter mir gelassen und auch meinen Speisezettel entschlackt hatte. Irgendwann merkt man einfach, dass man allmählich langsamer machen muss, wenn man seine Enkelkinder heranwachsen sehen will. Ich hatte dem Leben viel gegeben und viel von ihm bekommen. Kunkku bot ich Gesundheitskost an statt Hamburgern. Zu der Zeit hatte ich nämlich bereits die Tatsache akzeptiert, dass zu leben leiden bedeutet und das Leiden aufhört, wenn der Lebensdurst erlischt. Kunkku hatte einen starken Lebensdurst, und darum warnte ich ihn dann auch freundlich. Es interessierte ihn, ob ich noch so viele Frauen hätte wie früher, ob es wenigstens Fotos gab, die ich ihm mitgeben könnte, ob der Zauber noch lebendig war. Ich schüttelte den Kopf, denn ich war der Mann einer einzigen Frau, alle Fotos von meinem früheren Leben hatte ich vernichtet. Beim Abendessen lernte Kunkku sie dann kennen, meine Einzige, das Licht meines Lebens, meine Yoko.«

Zum Abschluss des Abends präsentiert Frau Yoko Ono-Kennedy der finnischen Delegation ihre mimische Tanzerzählung *Yoko Onos Kaiserschnitt*. Kunkku findet die Frau hässlich und böse, aber das sagt er nicht laut, sondern zieht mit leichtem Unmut und von Kennedy enttäuscht weiter in die nächste Stadt.

Überall stößt er auf Wände.

Auch im Kreml gibt es eine gewaltige Mauer, von der allerdings der Tennisball hervorragend zurückprallt. Von der Chinesischen Mauer springt er in alle Richtungen, so wie die Rede des Dalai Lama. Mit dem glatzköpfigen Mann wird lang über die politischen Gefangenen und ihre Situation beraten, insbesondere über den seit über zwanzig Jahren im Gefängnis schmorenden Mao Tse-tung, dem gerade in Abwesenheit der Königliche Finnische Friedenspreis verliehen worden ist.

Kunkku kommt es so vor, als führe er mit angezogener Handbremse. Er ist jetzt fünfundzwanzig, verbringt seine Zeit aber mit Staatsoberhäuptern, die dreimal so alt sind wie er, und mit Frauen von Industriebonzen, die süßen Likör schlürfen, lachen, dass die Amalgamplomben blitzen, ihn als Jungchen bezeichnen und ihm auf den straffen Hintern klopfen – also die Frauen der Industriebonzen. Die Staatsoberhäupter können sich nach dem ersten Händedruck gar nicht mehr an Kunkku erinnern.

Indessen ruft die Königinmutter ständig an und schickt Telegramme, in denen sie Kunkku immer drängender ermahnt, eine Gattin zu finden. Zum einmal monatlich stattfindenden Dinner im Königsschloss Vantaa werden Cousinen aus Belgien und Dänemark eingeflogen. Kunkku gibt sich Mühe, ernstes Interesse an den schielenden Mädchen zu bekunden, aber es gelingt ihm nicht, an die Untersuchung zu glauben, die im 17. Jahrhundert an der Königlichen Akademie der Wissenschaften über die Zärtlichkeit der Cousinen gemacht wurde. Die Mädchen sind nahezu imbezil. Das gilt auch für die älteste Tochter des Jarls von Mazedonien, die nicht mehr zurückfindet, wenn sie sich einmal vom Tisch entfernt hat.

Bei aller Amtsausübung, allem Winken, allem Smalltalk gibt es für Kunkku einen entfernt am Horizont aufscheinenden Fixpunkt der Erleichterung: die Olympischen Spiele von Hintersibirien.

PENA

Ich versuche zu schlafen, aber meine Gedanken lassen es nicht zu. Durch den Türspalt fällt das blaue Licht des Fernsehers. Ich gehe ins Wohnzimmer und schaue aus dem Fenster; die Kleider, die ich im Waschbecken gewaschen habe, trocknen auf dem Balkongeländer.

Irma schaut sich eine Sendung an, in der freundliche Polizisten betrunkenen Menschen in den Laderaum ihres Fahrzeugs helfen. Sie fahnden nach Kindern, die Fenster zerschmissen haben, löschen ein brennendes Auto. Ich setze mich zu Irma auf die Couch, und sie rückt ihren Hintern ein bisschen zur Seite. Wir schauen uns im dunklen Zimmer drei Folgen an, während draußen ab und zu ein langsamer, endloser Güterzug vorbeifährt. Ich fordere Irma auf, die Augen zuzumachen, aber sie sagt: Bin nicht müde.

Obwohl ich mir alle Mühe gebe, scheint in meiner Familie alles immer mehr aus den Fugen zu geraten.

Ich bin benommen, habe vielleicht zwei Stunden geschlafen. Ich beschließe, direkt in Lipponens Büro zu gehen und ihm meine Lage zu schildern. So habe ich es auch in der Armee gemacht, bin zum Büro des Oberfeldwebels, habe mutig angeklopft, salutiert und mein Anliegen vorgetragen. Zum Beispiel dass ich Milch im Kaffee brauche.

Lipponen sitzt an seinem Computer.

Ich klopfe, stehe in aufrechter Haltung da, bitte um eine Gehaltserhöhung.

Lipponen unterbricht seine Arbeit und dreht sich zu mir um.

Sein Gesichtsausdruck verspricht nichts Gutes. Ich sage ihm, dass meine Tochter Geld für Alimente brauche und bei uns Briefe mit Sichtfenster durch den Schlitz fallen. Das Geld reiche nicht für eine Waschmaschine. Strom-, Wasser- und Telefonrechnung müssten bezahlt werden, und für all das reiche mein Lohn samt Sozialhilfe nicht aus.

Lipponen sagt, er könne mir nicht helfen.

Nur ein bisschen, sage ich. Oder ein bisschen Vorschuss.

Lipponen sagt, das hänge nicht von ihm ab.

Nein?

Nein. Mein Lohn werde nicht von dieser Elektrohandlung bezahlt. Mein Lohn werde vom Arbeitsamt bezahlt, ich sei im Rahmen einer Arbeitsförderungsmaßnahme beschäftigt, ob ich das nicht wisse. Für das Elektrogeschäft sei ich eine kostenlose Arbeitskraft.

Es verstimmt mich, das zu hören.

Ich habe mit eigener Kraft einen Sechzig-Zoll-Fernseher in einen Lieferwagen geladen. Ich lerne die ganze Zeit hinzu und beklage mich nicht einmal über das Gewicht einer Tiefkühltruhe, im Gegensatz zu Ahti Martti. Ich bin ein guter Arbeiter. Warum muss Lipponen so gemein zu mir sein? Warum kann man andere nicht fair behandeln, da vergibt man sich nichts.

Zum ersten Mal seit meinem Rauswurf irren meine Gedanken umher. Der Schlafmangel und die Sorgen ballen sich in meinem Kopf zu einem Klumpen, und ich habe nicht übel Lust, meine und Irmas Sozialhilfe ein paar Stripperinnen in die Strumpfbänder zu stecken, alle Vernunft fahren zu lassen und was Unvernünftiges zu tun.

Aber wenn ich das tue, fällt meine Familie in sich zusammen, so wie das Schloss eingestürzt ist.

Lipponen befiehlt mir, wieder an die Arbeit zu gehen. Er sagt, für Träumereien zahle nicht einmal das Arbeitsamt. Null Interesse.

Ich nehme zwei Mal etwas Falsches aus dem Regal, und Lipponen tadelt mich noch mehr. Ich muss an etwas Schönes denken, um nicht in Tränen auszubrechen.

An Weihnachten ist alles gut. An Weihnachten wird das Evangelium vorgelesen, gut gegessen und unter den Menschen herrscht guter Wille. Warum fällt das Paket, das ich zusammenhalten will, jetzt auseinander? Ich bräuchte Schlaf. Wenn ich schlecht schlafe, bin ich ein schlechter Mensch. Ich weiß nicht einmal, wann ich zuletzt etwas gegessen habe. Hungrig bin ich ein noch schlechterer Mensch. Ich müsste zu Hilja Liukko aufs Sozialamt, vielleicht könnte sie mich beruhigen und mir helfen, diese Gedanken aus dem Kopf zu bekommen.

Ist der Morgen erst einmal um, ist es im Lager bis zum Nachmittag etwas ruhiger. Ich sitze auf der Gabelstaplerpalette und betrachte meine Finger. Mein kleiner ist fast so groß wie der Ringfinger.

Ahti Martti und Lipponen kommen vom Rauchen zurück. Lipponen fragt, was ich da so faul rumhänge.

Ich zucke mit den Schultern, mache aber keine Anstalten, aufzustehen. In mir ist eine unbändige Lust, zu sagen: Leck mich am Arsch, Lipponen.

Ahti Martti findet, dass ich wohl allmählich dahinterkäme, wie man in einem Lager arbeitet. Bei dem Tempo, das ich sonst drauf hätte, kämen auch alle anderen ins Schwitzen. Sogar der Gabelstapler. Ahti Martti setzt sich ans Steuer und fährt los. Ich sitze immer noch vorne auf der Palette und springe ab, als Ahti Martti eine Waschmaschine aufgabelt.

Da höre ich von hinten eine tiefe Engelsstimme: Ahti, verdammt! Es ist Helena. Ahti Martti erschrickt ein bisschen und flieht mit dem Gabelstapler ans andere Ende des Lagers. Lipponen geht ins Büro und zieht die Tür hinter sich zu. Helena hat großen Einfluss auf die beiden. Ich stehe nur da und lächle.

Helena hält eine graue Schachtel Belmont in der Hand und zwischen der Schachtel und der Handfläche ein rotes Feuerzeug der Marke Colt. Ich habe das beobachtet, ich weiß das. Die Marken kenne ich von den Rauchgewohnheiten meiner Mutter fast ebenso gut wie Automarken.

Ich stehe wie ein begossener Pudel da, den Kragen des Overalls hochgeschlagen. Helena fragt mich: Was guckst du? Dann fällt ihr etwas ein, und sie will wissen, ob ich das gestern im Supermarkt gewesen sei, mit meiner Tochter.

Ich nicke.

Ich bin immer mit Frauen zusammen gewesen. Frauen haben mich erzogen oder es bleiben lassen. Ich bin mit Frauen in Problemsituationen und im Bett gewesen. Ich weiß nicht, warum sie mich so interessiert haben, weiß nicht, ob ich nur willenlos von einer Situation in die andere gedriftet bin.

Vor lauter Müdigkeit, Ärger und Helena bin ich ganz durcheinander. Womöglich hält sie mich für schwachsinnig. Ich muss mich zusammenreißen.

Irgendwie fangen Gespräche immer an. Man kann nicht endlos schweigen. Da fällt mir ein, was Lipponen und Ahti Martti immer auf der Laderampe sagen: Haste ma ne Kippe.

Ich nähere mich Helena und forme innerlich die Worte: Dürfte ich vielleicht eine Zigarette haben? Irgendwie kommt es dann aber so, dass ich sage: Hilfe.

Hilfe, Hilfe, Hilfe. Ich brauche Hilfe!

Beim Tragen?, fragt Helena. Sie sagt, sie trage nichts, wenn es nicht sein müsse. Wegen ihres Rückens habe sie damals auch vom Lager in den Laden gewollt. Ich sage, ich bräuchte ganz andere Hilfe. Mein Mund geht auf, und in schneller Folge kommen die Ereignisse der letzten Zeit heraus.

Meine Tochter ist abgestürzt.

Meine zweite Tochter hat sich von ihrem Mann getrennt und ist jetzt mit einer Frau zusammen. Wir können uns die Alimente nicht leisten und auch nicht die Gerichtskosten.

Ich bekomme keine Gehaltserhöhung.

Mein Sohn ist verschwunden.

Ich hatte eine Frau, aber von der weiß ich auch nichts.

Ich überstehe das alles vielleicht nicht.

Ich versuche glücklich zu sein, aber heute bin ich es nicht. Gestern war ich es, morgen will ich es wieder sein. Ich habe Angst: vor dem, was passiert, vor dem, was ich tue. Wenn ich rückfällig werde, habe ich bald wieder den Kopf zwischen zwei Titten und die Nase im Pulver.

Okay, sagt Helena. Sonst noch was?

Ich überlege kurz, ob ich ihr auch den Rest noch sagen soll, aber da kommt es auch schon aus mir raus. Die Worte sind so lange in mir drin gewesen, weiß Gott wie lange schon.

Ich kann nicht richtig lesen und schreiben. Ich bin nicht ganz sicher, wie man sich auf dieser Welt verhalten soll. Ich kann meine Busfahrkarte nicht aufladen. Wenn die Weckfunktion, die meine Tochter in meinem Handy eingestellt hat, gelöscht wird, weiß ich nicht, wann ich zur Arbeit gehen muss. Trotzdem bin ich ein ganz guter Mensch.

Nun muss ich seufzen. Ich bin völlig außer Atem, schwitze, als hätte ich ein anstrengendes Tennismatch hinter mir, gegen einen Gegner mit besserer Vorhand.

Helena sagt nichts. Sie könnte mal etwas sagen.

Mir fällt ein, was ich in meinem früheren Leben darüber gelernt habe, wie man sich bei öffentlichen Anlässen zu benehmen hat. Das hilft mir jetzt nicht. Das hier ist kein öffentlicher Anlass. Im Gegenteil. Privater geht es nicht.

Ich bezahle dich, sage ich.

Wofür willst du mich bezahlen?, fragt Helena. Was bist du denn für einer?

Für deine Hilfe. Ich brauche Hilfe. Hilf mir!

Was soll das hier eigentlich? Verschwinde jetzt, sagt Helena.

Aber ich gehe nicht, und sie geht auch nicht. Ich bitte sie um eine Chance, ich bitte Helena, mir zu helfen und dann an Weihnachten zu uns zu kommen. Ich würde Hamburger machen, oder nur Kaffee, falls sie Vegetarierin sei.

Das soll jetzt ein Witz sein, oder?, fragt sie. Und sie sagt, sie lasse sich nicht verkohlen.

Meine feuchten Augenwinkel und die Tatsache, dass ich Helena fest an den Schultern packe, sind sicher hilfreich. Ich bin zwar glücklich, sage ich, aber die Familie ist traurig. Und das ist meine Schuld.

Helena tritt die Zigarette aus und zündet sich noch eine an. Sie schaut mir die ganze Zeit in die Augen, ich schaue zurück. Sie zieht ein Kreuz aus dem Ausschnitt und zeigt es mir.

Du bist in Not, das sehe ich. Das nehme ich dir ab. Ich glaube an Gnade und Vergebung. Wenn du es ernst meinst, bin ich praktisch gezwungen, dir zu helfen.

Danke.

Aber die Verantwortung bleibt bei dir.

Danke, danke.

Ich begleite Helena zur Tür zwischen Lager und Laden. Ich will sie ihr aufhalten, aber dafür bräuchte ich eine Schlüsselkarte. In meiner früheren Wohnung mussten mehrmals die Schlösser gewechselt werden wegen einer solchen Karte. Immer wurde sie irgendwo vergessen. Einmal borgte ich sie einem netten Schlagerstar mit großen Brüsten. Das gab vielleicht einen Aufstand!

Helena hält ihre Karte ans Lesegerät, und die Tür geht automatisch auf. Ich habe ein gutes Gefühl bei Helena, ein bisschen so, wie ich es vor langer Zeit bei meiner Frau hatte, als ich sie zum ersten Mal sah, in der hintersten Ecke der Welt, zwischen kalten Bergen.

Wir schreiben das Jahr 1974, in dem auf der ganzen Welt ein verblüffend widerstandskräftiger und allergiefreier Jahrgang geboren wird, mit einer außergewöhnlich hohen Anzahl linkshändiger Eishockeyspieler, Tischtennisspieler und bildender Künstler von Weltklasse. Die Astrologen meinen, das habe mit dem Stand der Planeten zu tun, die Soziologen meinen etwas vollkommen anderes, aber auf jeden Fall ist es Fakt.

Kunkku sitzt im Zug nach Sibirien. Im Zug deshalb, weil der Ministerpräsident Steuergelder sparen will.

Er hält Kunkku einen Vortrag über den bevorstehenden Zusammenbruch des sozialistischen Wirtschaftssystems und über die Chancen, die sich für Finnland auftun, wenn die staatlichen Unternehmen privatisiert werden. Dann werden in der Sowjetunion Rohstoffe in gewaltiger Menge für den Markt frei sowie Hunderte Millionen Menschen, die sehr wohl etwas kaufen wollen, wenn nur dafür gesorgt wird, dass sie ein gewisses Grundeinkommen erhalten.

Kunkku geht im Zug auf den Gang, öffnet hier und da ein Fenster einen Spaltbreit und weicht dem Ministerpräsidenten aus. Er schaut sich die vielfältige Landschaft entlang der Transsibirischen Eisenbahn an, die Sümpfe, die Tundra und das plötzlich aus dem Nichts auftauchende Menschengewimmel, in dessen Mitte der Zug für vierundzwanzig Stunden hält, an einem unbekannten Bahnhof, der nach Steckrüben riecht.

Abends tauscht Kunkku seine Ganghosen gegen Pyjamahosen

und klettert ins obere Bett. Er hätte Lust, in den Speisewagen zu gehen, sich ein braunäugiges, dunkelhaariges Mädchen zu suchen und mit diesem eine gemeinsame Sprache zu finden oder wenigstens ein gemeinsames Schlafwagenabteil. Aber das ist unmöglich, die Kontrolle ist strikt, und jede Form von Öffentlichkeit muss vermieden werden. Wenn der Zug steht, traut man sich nicht auszusteigen, weil der nächste Zug womöglich nie kommt.

»Ich wollte Seiner Majestät Selbstbeherrschung beibringen«, erzählt der damalige Ministerpräsident. »Während der Zugreise lernte ich ihn etwas kennen. Ich hatte selbst einen Sohn im gleichen Alter, das sind nun mal Testosteronbündel. Kunkku war durchaus fähig, sich auf etwas zu konzentrieren, wenn es ihn interessierte. In einer französischen Autofabrik erkundigte er sich zum Beispiel unaufhörlich nach Höchstgeschwindigkeiten. In einen richtigen Dialog haben wir allerdings nicht so recht gefunden. Er schlug die private Richtung ein, ich die allgemeine.«

Kunkku sucht nach dem Wettkampfkalender und schaut sich die Fotos an. Das Rodeln darf er nicht verpassen, allein bei der Vorstellung bekommt er gute Laune, denn die fahren wie Kinder den Hang hinab. Zum Eishockeyfinale muss er ebenfalls, weil Finnland wieder Gold holt. Beim Eiskunstlauf der Frauen bekommt man die stilechtesten Pos der Winterspiele zu Gesicht, und der Eiskunstlauf der Männer steht auf der Liste, weil man dort die edelsten männlichen Hinterteile sieht. Biathlon ist faszinierend, wegen der ulkigblöden Kombination und weil einem die Schnelligkeit und Zielgenauigkeit der afghanischen Staffel den Atem raubt.

Eine Woche geht das so: außenpolitisch-wirtschaftliche Vorlesungen des Ministerpräsidenten, Spazieren auf dem Gang, Studieren des Wettkampfkalenders. Lähmende Langeweile, quälende Einsamkeit und ein Zug, der sich vom glühenden Ofen in eine kalte Falle verwandelt. Ab und zu flüchtet sich Kunkku zum Hofmarschall ins Nachbarabteil und sitzt dann einfach still da.

Am Ziel angekommen, quartieren sich Kunkku und der Ministerpräsident im Hotel Finski ein, wo alles ist wie daheim. Die Architektur, die Handtücher, eine Grafik von Henrik Tikkanen an der Wand, Konfekt von Fazer auf dem Kopfkissen. Finski hat es neben dem Erfrischungsgetränk Jaffa als einziges westliches Unternehmen auf den sowjetischen Markt geschafft. Für das Sowjetvolk ist es der erste Hauch des westlichen Lebensstils: saubere Fassade, unpersönliche Sachlichkeit und Funktionalität.

Kunkku träumt von einer warmen Dusche und all dem, was man darunter in aller Ruhe tun kann. Sein heimlicher Traum besteht allerdings darin, in einen Nachtclub zu flüchten, zu den Eiskunstläuferinnen, zum Feiern. Zuerst aber bräuchte er ein paar Stunden im Hotelzimmer für sich. Vielleicht findet sich im Fernsehen ein Kanal, der *Dick und Doof* bringt.

Zu Kunkkus Erschütterung hat der Ministerpräsident ein Doppelzimmer für sie beide reserviert, in der Sparkategorie. Der Ministerpräsident sucht sich das bessere Bett aus und geht als Erster unter die Dusche. Man hört ihn pfeifen, plappern, man hört das Geräusch tüchtigen Einseifens und plätschernden Wassers, und als Kunkku endlich ins Bad kann, gibt es kein warmes Wasser mehr. Wie eine Handvoll Eiswürfel knallt ihm kaltes Rostwasser in den Nacken.

»Die Sowjetunion war ein einziges Chaos«, sagt der Ministerpräsident. »Bei uns sollte aber alles seine Ordnung haben. Ich trieb Kunkku zur Eile an; nicht träumen und ewig pritscheln. Zugegebenermaßen kommandierte ich ihn gern herum, denn wann erhält der Sohn eines Schlossers schon mal die Gelegenheit, einen König zu schikanieren? Ich riet ihm, einen Schal mitzunehmen, denn der sibirische Wind hatte es in sich.«

Etwas später setzt man ihnen in der riesigen Fertigungshalle des Autoindustriekombinats Barska-Harel-Mongolia rote Helme auf. Finnland liefert Edelholzpaneele und Imitationen aus Laminat für Sowjetautos und erhält dafür hoch ausgebildete Ärzte für die Gesundheitszentren in dünn besiedelten Gebieten.

Nach der Führung zieht sich der Ministerpräsident mit dem Werksleiter, den Bezirksleitern und Gruppenleitern zu Beratungen hinter verschlossenen Türen zurück. Kunkku fällt wieder einmal die Aufgabe zu, die Frauen der hochrangigen Herren zu unterhalten.

»Da«, sagt Tatjana Kulakowa. »Was für ein reizender junger Mann! Wir mussten uns mit diesen groben sibirischen Klötzen zufriedengeben, unseren Männern, dickhäutig und dumm. Dann kommt so ein höfliches, bescheidenes Exemplar mit zarter Seele, ei, ei, noch dazu ein echter Monarch. Ich bin ganz nah an ihn herangegangen, in meinem Alter muss man schon mal ein Risiko eingehen. Während der ganzen Führung hielt ich mich in seiner Nähe, suchte Blickkontakt und kicherte, wenn er mal was sagte.«

Zusammen mit den Damen lauscht Kunkku einem Referat über die Geschichte der sowjetischen Autoindustrie, das in etwa so interessant ist wie die Beobachtung einer verstopften Sanduhr. Er schaut sich Modelle, Vehikel, Produktionsmengen und Pyramiden an, gibt Fließbandarbeitern die Hand und legt am Denkmal für Lew Jaschin, dem größten Sowjetplaner aller Zeiten, einen Kranz nieder.

Er nickt, als die Frauen der Planungsabteilungsleiter die in Finnland herrschende Monarchie des Proletariats und die Freisinnigkeit gegenüber den marxistisch-trotzkistischen Gedanken und Theorien loben. Er sagt, er sei froh über die Qualität und Dauerhaftigkeit der Kooperation beider Länder, denn der Ministerpräsident hat ihm befohlen, es so zu sagen.

Am Ende der Führung wartet eine Überraschung auf ihn.

Eine Volkstanzdarbietung auf dem Fließband.

»Der finnische König war eindeutig mehr an diesen leichten Mädchen interessiert«, schnaubt Tatjana Kulakowa. »Da half es auch nicht, dass ich den Rocksaum hob und ihm zuzwinkerte. Der Blick des Königs klebte am Fließband. Sie waren ja auch hübsch, aber es war doch nichts weiter als Illusion und optische Täuschung. Solche netten kleinen spitzbrüstigen Mädchen waren nichts gegen einen sibirischen Puma wie mich. Ich hatte die Erfahrung auf meiner Seite, Mut und Unvoreingenommenheit. Was ich Kunkku bieten konnte, bewegte sich schon fast auf metaphysischer Ebene.«

Tatsächlich sieht sich Kunkku interessiert die Tänzerinnen an, aber ebenso sehr will er einfach nur von der Kulakowa wegschauen. Die Tänzerinnen gehören zum Moskauer Volks- und Jazzballett und sind schön wie ein Frühlingsmorgen oder eine Herde springender Weißwedelhirsche auf einem Feld. Obwohl die Frauen für Kunkkus Geschmack zu viel Volkstracht und zu wenig Brust an sich haben, blitzt hier und da bei einem Heber oder Hüpfer ein Unterrock auf oder sogar ein Schlüpfer.

In regelmäßigen Abständen bricht das Publikum in begeisterten Applaus aus. Kunkku klatscht jedes Mal mit, springt vom Stuhl auf und ruft Hurra wie die anderen. Die Einzige, die nicht aufsteht, ist Tatjana Kulakowa. Sie bleibt sitzen und betatscht Kunkkus Beine, flüstert ihm heiße russische Kosenamen ins Ohr und schert sich nicht um seine gequälten Abwehrversuche.

»Man lernt, die Gelegenheit beim Schopf zu packen«, verteidigt sich Tatjana Kulakowa. »Lieber nehme ich mir, was ich will, anstatt jammernd außen vor zu bleiben.«

Kunkku fühlt sich hilflos. So war das nicht geplant. Außerdem darf man andere Leute nicht in der Öffentlichkeit bedrängen, das kann Schlagzeilen und Skandale geben. So haben es ihm die Königinmutter und der Hofmarschall gesagt. Die Kulakowa ist die Frau des Werksleiters, da kann es zu einer diplomatischen Krise kommen, mit einem Eifersuchtsdrama oben drauf.

»Manchmal bedeutet nein eben ja«, stellt Tatjana Kulakowa fest. »Ich schlug vor, in der Pause in etwas intimerer Atmosphäre weiterzumachen. Die Finnen hatten dem Kombinat einfach großartige sanitäre Anlagen geschenkt, die mussten sozusagen eingeweiht werden.«

Obwohl eine lange Zugreise hinter Kunkku liegt, bei der sich allerhand angestaut hat, will er nicht bei Frau Kulakowa auf den

Schlitten steigen. Aber je länger sie flüstert und ihn peinigt, desto schwieriger ist es, der schnurrbärtigen Dame auszuweichen. Mit jeder beliebigen Tänzerin würde er sofort verschwinden, er würde drei auf einmal davontragen und mit ihnen tun, was sie sich wünschten. Aber guter Gott, gib mir Kraft, Frau Kulakowa zu widerstehen, fleht er innerlich.

Die Situation wird nur noch schlimmer, als sich Arbeiterinnen in Overalls der Tanzdarbietung anschließen und an einer großen Kurbel drehen, den Hammer schwingen, dass die Funken fliegen, und nach und nach die Stoßstange und die Karosserie eines Autos Gestalt annehmen. Kunkkus Kopf ist voll, der Hodensack ebenfalls, er hält es nicht mehr aus. Eine Programmnummer noch, und die Kulakowa sieht bald aus wie Miss Universum.

Kunkku flieht auf die Toilette, um dort eine schnelle Lösung zu suchen.

»Ich bin ihm nach, aber die Tür war abgeschlossen«, sagt Tatjana Kulakowa mit Bedauern. »Seine Majestät hielt sich bestimmt fünfzehn Minuten im Sanitärbereich auf. Ich klopfte und drängelte, sagte, die Vorführung sei zu Ende, aber die eigentliche Feier finge erst an.«

Kunkku betrachtet sich im Spiegel.

Er blickt auf das Papierknäuel in seiner Hand.

Er fühlt sich ruhiger, aber er schämt sich auch, und er will unverzüglich fort von hier.

Als er die Halle wieder betritt, kommt der Ministerpräsident gerade die Treppe herunter. Er trägt ein breites Lächeln auf den Lippen und nimmt zwei Tänzerinnen in den Arm.

»Man hatte da seine ganz eigene Art, mit den Sowjets zu verhandeln«, erzählt der Ministerpräsident. »Kein Tropfen Schnaps für sie. Mir hätte er sowieso nicht geschmeckt. Die ganze Zeit nur bei der Sache bleiben. Da verstanden sie dann schon die Zahlen und kamen zur Vernunft. Kunkku behauptete, er wäre erschöpft. Er wollte ins Hotel und schlafen, dabei hatte der Kerl bloß mit den Damen Kaffee getrunken.«

Der Werksleiter, der Hofmarschall, der Ministerpräsident und Kunkku treten ins Freie. Es weht ein gnadenloser Nordwind. Eine wärmende Flasche geht um, und jeder Parteibonze, Minister und Abteilungsleiter hat seine eigene Tänzerin im Arm. Kunkku hat Tatjana Kulakowa neben sich und ihren energischen Griff am Oberschenkel. Er betrachtet die jungen Tänzerinnen, und diese schauen voller Mitgefühl zurück. Sie sind Schicksalsgenossen.

»Ein gut erzogener Junge«, erzählt Tatjana Kulakowa. »Im Hotelrestaurant saß er den ganzen Abend neben mir und hörte sich meine Lebensgeschichte an. Und das, liebe Leute, ist keine kurze Geschichte. Er war auch bereit, mich nach Hause zu begleiten. Zumindest glaube ich das. Ich bin mir allerdings nicht sicher.«

Doch, Kunkku ist dazu bereit, denn der Ministerpräsident hat es befohlen. Die vom georgischen Schaumwein schwer betrunkene Tatjana Kulakowa schläft zu Kunkkus Glück schon in der Diele auf dem Fußboden ein, nachdem sie durch ihre Wohnungstür getorkelt ist. Auf der Fahrt zum Hotel zurück denkt Kunkku im Auto zum ersten Mal, dass seine Mutter vielleicht doch recht hat. Vielleicht sollte er sich eine Frau suchen. Hat man einen Ring am Finger, halten die Tatjana Kulakowas mehr Abstand. Und der Ministerpräsident befiehlt einem nicht mehr, den Gigolo zu spielen.

Am nächsten Morgen ist Kunkkus Bauch voller Würstchen, Speck und Kaviar. Noch ein paar Salzgurken und zwei Stück Schokoladengebäck, dann flieht er aus dem Hotelrestaurant. Dem Hofmarschall teilt er mit, er werde im Swimmingpool ein bisschen im Flachen planschen.

»Mir unterlief eine krasse Fehleinschätzung, und ich trage dafür die Verantwortung«, lamentiert der Hofmarschall. »Ich wäre nie auf die Idee gekommen, dass Seine Majestät nicht das tat, was er zu tun vorgab.«

Kunkku hat von der Kontrolle des Ministerpräsidenten die Nase voll und beabsichtigt, den Tag auf eigene Faust unterwegs zu sein, unerreichbar für den Ministerpräsidenten und den Hofmarschall.

Der Ministerpräsident hat die ganze Nacht geschnarcht, es ist einfach unmöglich, einen weiteren ganzen Tag mit ihm zu verbringen.

Kunkku geht an den Sprungschanzen und am Eislaufstadion vorbei zu den Abfahrtshängen, neben denen sich die Rodelbahn befindet. Er nimmt die große Sonnenbrille aus der Tasche und verstrubbelt sich die Haare. Und wieder geschieht es: Ohne königliche Insignien, ohne Krone, Waffenrock, Medaillen und Schwert sieht Kunkku eher wie ein Elektrohändler als wie ein Monarch aus. Er fragt sich, ob er noch mutiger sein und seiner eigenen Wege gehen soll.

Die Gebirgslandschaft ist schön und wild, und dort, wo die scharfkantigen Berge den Himmel berühren, sieht man ein außergewöhnliches Licht. Noch vor einem Jahr waren die Berge heilige Orte der Ureinwohner, aber als die Olympischen Spiele an Hintersibirien vergeben wurden, packte man die Völker in einen Zug und suchte ihnen ein paar Sowjetstaaten weiter nordöstlich einfach andere Berge. In der neuen Wohngegend errichteten finnische Baufirmen innerhalb von drei Monaten eine Siedlung mit Saunas und Fahrradschuppen. Außerdem brachten sie die Tradition der Einwohnerversammlung und der Gemeinschaftsarbeit mit, worauf die Naturvölker vergaßen, dass sie welche waren.

Kunkku bleibt unterhalb des Slalomhangs, am Schutzzaun vorm Zieleinlauf, stehen. Die Skilifte fahren leer auf und ab; um diese Zeit am Morgen sieht man nur ein paar Abfahrer als schwarze Punkte auf dem leuchtend weißen Schnee. Einer der Punkte ist allerdings gelb-rot und hell. Kunkku bewundert die näher kommende, immer größer werdende Gestalt, die mit eleganten Schwüngen geschickt und ganz und gar weiblich den Abfahrtshang herunterkommt. Jede Kurve, die sie in den Schnee zieht, gleicht dem Bogen einer imposanten Hüfte oder Brust.

»Die Produktionsfirma hatte mich verpflichtet, sechs Stunden am Tag zu trainieren, an fünf Tagen die Woche«, erzählt Sofi Lipkanski. »Sport war mir fremd. Slalom – was ist das? Es war mir fremd, über die Physis in eine Rolle hineinzugehen. Meiner Meinung nach vollzieht sich der Prozess zwischen den Ohren, und da hilft schwitzen kein bisschen.«

Kunkku schlüpft durch eine Lücke in der Absperrung und geht auf die Stelle zu, wo die gelb-rote Abfahrerin seiner Einschätzung nach auslaufen wird. Genau dort stellt er sich auf, wie der größte Trottel in einem Stummfilm. Die Gelbrote versucht zu bremsen, ist aber noch zu schnell. Schnee stiebt auf, die Skistöcke schlagen ihm an den Kopf, die Beine von Mann und Frau stoßen zusammen. Kunkku fliegt in die Luft und landet auf der Skifahrerin. Man hört ein schmerzhaftes Stöhnen und danach einen scharfen estnischen Fluch.

Kunkku stemmt sich hoch und sieht das Gesicht der Abfahrerin. Er findet darin die gleichen symmetrischen Formen, die die Frau eben gerade in den Schnee gezeichnet hat. Der kleine Schwung der Nase, der Bogen der Lippen, der Abstand der Augen. Die Frau fragt wütend auf Englisch, ob ihm klar sei, wie schlimm das hätte ausgehen können. Warum er so dumm im Weg gestanden habe. Kunkku hört nur auf den Klang der Stimme und sieht die Lippen, die sich so wunderbar bewegen. Er fragt die Frau, ob sie nicht wenigstens ein bisschen Finnisch spreche, weil er keine ausländischen Sprachen könne.

»Was für ein Scheißspinner bist du denn?!«, brüllt die Frau auf Finnisch mit ganz zartem Akzent.

Kunkku klopft den Schnee von seinen Kleidern und dann von dem Skianzug der Frau. Er nimmt ihr die Mütze vom Kopf und schlägt sie sich mehrere Male gegen den Oberschenkel. Sobald sie schneefrei ist, setzt er sie der Skifahrerin wieder auf die kurzen blonden Locken, und erst dann fängt er an zu sprechen. Er sagt, die Mütze stehe ihr wirklich gut, aber ohne Mütze wäre es am allerbesten und -schönsten. Sie schauen sich kurz in die Augen.

»Als ich die Augen und das Dauerlächeln sah, konnte ich nichts mehr machen«, seufzt Sofi Lipkanski. »Er war ein bisschen älter als ich, aber irgendwie trotzdem ein kleiner Junge. Er sah mich an, als hätte er eine lange verschollene Freundin wiedergefunden. Dann wurde er rot und begann zu schwitzen. Das war wahnsinnig süß. Echt, vor allem war es echt.«

Kunkku streckt die Hand aus, um sich vorzustellen. Er will schon seinen richtigen Namen sagen, überlegt es sich im letzten Moment aber anders. Er sagt, er heiße Pena. Sofi ergreift seine Hand und drückt sie kräftig; Kunkku führt Sofis Rechte an die Lippen und küsst den Handrücken, so wie man es ihm bei der Arbeit beigebracht hat.

Nichts dergleichen hat er je erlebt. Auch wenn in seinen Leisten die Funken sprühen, ist das nicht der übliche Drang in den Schlüpfer einer vielversprechenden Frau. Die Fabriktänzer vom Vortag sind vergessen, Kunkkus Kosmos füllt sich mit dieser goldhaarigen Schönheit, die nun Anstalten macht, sich zum Skilift zu begeben. Kunkku gelingt es, Sofi zu fragen, ob sie Lust auf Speck habe.

»Alle Sätze bekamen eine tiefere Bedeutung«, erzählt Sofi. »Das war mein Problem als junge Frau. Er fragte mich, ob ich Lust auf Speck hätte, und das klang für mich so, als hätte er mich gefragt, ob ich Lust hätte, meinem Leben eine andere Richtung zu geben. Er fragte mich, ob mich der Skischuh drückt. Ich hörte: Lösen wir die Fesseln, lass uns fliehen. In die Freiheit.«

Sofi Lipkanski mustert den Mann, dessen Mund ein wenig zuckt, dessen Augen aber aufrichtig sind wie die eines Kindes. Sie wischt ihm etwas Schnee von den Schultern, hebt die Brille auf, säubert sie und setzt sie Kunkku auf die Nase.

Dann öffnet sie die Bindungen. Sie wird in kein Dutzendhotel gehen, um dort Würstchen und Speck zu essen. Kunkku lässt die Schultern fallen und blickt zu Boden. Wie soll er sich in diesem kurzen Moment etwas Schönes für Sofi einfallen lassen? Die Enttäuschung ist echt und tief, die Frau ist wütend auf ihn, eine große Chance zerstiebt wie Schneestaub über einem hintersibirischen Abfahrtshang.

»Wie oft habe ich mich all die Jahre gefragt, warum ich damals eine so radikale Entscheidung traf«, erzählt Sofi. »Ich kann mir viele Erklärungen ausdenken: Ein Abschnitt war zu Ende, und dieser Mann war die Tür zum nächsten. Ich war noch keine fertige Erwachsene. Ich war mit so vielen geltungsbedürftigen, mit schlechtem Selbstbewusstsein ausgestatteten Männern zusammen gewesen, dass er mir wunderbar gewöhnlich vorkam. Ruhig und auf andere Menschen achtend. Seine Schweigsamkeit wandelte sich in meiner Vorstellung in verborgene Intelligenz. Er strahlte das Versprechen aus, nie absichtlich gemein zu mir zu sein. Vor allem aber waren wir jung. Wer jung ist, schwebt, wer jung ist, stolpert. In Büchern und Filmen ist das schön, aber muss man sich wirklich so viele Beulen holen?«

Sofi nimmt Kunkku an der Hand und rennt los, weshalb auch Kunkku rennen muss. Sie verlassen den alpinen Bereich, laufen durchs Tor des olympischen Dorfs, steigen in ein Lada-Taxi und fahren zum Flughafen von Hintersibirien.

Sofi drückt Kunkkus Hand, Kunkku drückt fest zurück. Wärme geht von einem Menschen zum andern über. Kunkku hat das Gefühl, dass es für ihn keine andere Möglichkeit gibt, als Sofi zu folgen, egal wohin sie geht.

Und so hebt die Maschine der EstoAir von der Startbahn ab. Kunkku sitzt neben Sofi Lipkanski und wundert sich, dass es der Frau gelungen ist, ihn ohne Pass und ohne Visum an den sowjetischen Zollbeamten vorbei ins Flugzeug zu bringen. Seine persönliche Habe bleibt im Hotelzimmer zurück, wie auch der Ministerpräsident und der Hofmarschall. Kunkku sagt, er sei noch nie zuvor geflüchtet. Mehrmals wollte er es mit Heikki Kohtalonmäki tun, aber jedes Mal hatte ihn noch vorm Packen der Mut verlassen.

PENA

Ich habe mich mit Helena am Grab meines Vaters verabredet. Ich komme jeden Tag hierher, sehe der alten Frau zu, die das Grab ihres Mannes pflegt, lausche den Vögeln, beobachte die fleißigen Ameisen.

Helena findet, dass der Friedhof ein guter Ort ist, um über meine zukünftige Entwicklung nachzudenken. Sie schaut mir in die Augen und fragt, ob ich ein trauriger Mann sei. Meine Frau fragte mich einmal, ob ich ein trauriger Junge sei. Wie kommen sie auf so etwas? Ich bin nicht traurig, als Kind war ich es wohl manchmal, und kurz einmal in Mäntsälä.

Helena sagt, man könne glücklich und traurig zugleich sein, denn so sei das Leben.

Wir machen eine Liste. Bei welchen Dingen ich Hilfe brauche und wie Helena mich unterstützen kann. Das mit dem Lesen, dem Schreiben und den praktischen Dingen ist Helenas Meinung nach einfach. Da müsse ich mir nur ein Ziel setzen und das, was ich in der Schule gelernt habe, erneut an die Oberfläche kommen lassen. Jeden Tag solle ich einen Buchstaben mehr lernen als am Tag zuvor, einen Satz mehr als gestern, und das könne ich durchaus auch im Pausenraum des Elektrogeschäfts tun. Wenn Ahti Martti und Lipponen eine rauchen gehen, solle ich die Überschriften der Boulevardzeitung lesen. Aber Lesen und Schreiben sind jetzt zweitrangige Ziele.

Helena bittet mich, über die Prioritäten nachzudenken.

Der Junge muss gefunden werden. Irma kann nicht immer nur rumliegen. Valma braucht finanzielle Unterstützung. Die Kinder sind am wichtigsten, die Menschen.

Helena schreibt alles auf.

Ich sage, es wäre ebenfalls schön, meine Frau zu finden. Andererseits ist sie auch früher schon weggegangen, wenn ich Mist gebaut habe. Einmal ist sie ziemlich lange mit einem Rocker und einem Liedermacher durch die ganze Welt gezogen, ohne dass wir uns ein einziges Mal gesehen hätten.

Helena will wissen, ob ich irgendeine Ahnung hätte, wo der Junge stecken könnte.

Nein, habe ich nicht. Als man uns auf die Straße setzte, ging er einfach davon, in eine andere Richtung als Valma, Elmeri, Irma und ich. Dem Gesetz nach ist er erwachsen, er hat die Freiheit, hinzugehen, wo immer er will. Aber ich muss Kontakt zu ihm haben.

Helena sagt, wir könnten um Hilfe beten, aber es existierten keine wissenschaftlichen Beweise über die Effektivität des Gebets. Es spende einem jedoch Trost und schaffe eine Verbindung zu Gott, der dann die Sorgen der Menschen der Priorität nach betrachte, so wie wir es gerade getan hätten.

Sie fragt mich, ob ich schon versucht hätte, meinen Sohn anzurufen. Ich habe die Nummer nicht. Sie will wissen, ob mein Sohn ein Telefon hat. Ich weiß es nicht, ich kann ja mein eigenes kaum benutzen. Für Valma muss ich die Eins drücken, für Lipponen die Zwei und für Helena die Drei.

Helena hat ein Telefon mit Berührungsbildschirm. Solche tollen Sachen werden im Elektrogeschäft verkauft. Im Lager sind sie eingeschlossen. Helena tippt auf den Bildschirm und sucht etwas. Ich frage sie, was sie da tue.

Nummernsuche, sagt sie.

Wenn ich in meinem früheren Leben eine Nummer oder eine Information oder einen Gegenstand brauchte, kümmerten sich der Hofmarschall und der Pressechef darum.

Helena rollt mit dem Finger die Anzeige nach unten. Sie sagt, im Wirtschaftsgroßraum Vantaa gebe es über vierzig Personen mit dem Namen Veikko Penttinen. Ob wir die Suche irgendwie einschränken könnten.

Ich sage ihr den ganzen Namen meines Sohnes: Veikko Sakarias Pauli Hendricks Tuomas Tapani Kallenpoika Vapainen Penttinen.

Wir warten auf die Antwort von Helenas Telefon. Zwei kleine Vögel flitzen an uns vorbei und kreuz und quer über den Rasen. Dann fliegt einer von ihnen mit einem fetten Wurm im Schnabel auf einen Baum. Sogar der ist fähig, seinen Kindern zu helfen.

Helena sagt, es gebe tatsächlich einen, der so heißt. Soll ich anrufen?

Plötzlich kommt es mir so vor, als passte ich nicht mehr in meine Kleider, ja nicht mal mehr in meine Haut, so groß bin ich vor Glück. Natürlich, ruf an, und gib mir den Hörer. Meistens regeln sich die Dinge ganz von allein, wie meine Amme Marjatta Kohtalonmäki oft gesagt hat.

Das zweite, das dritte, das vierte Klingeln. Ich schaue auf Helena, vielleicht ist es doch die falsche Nummer.

Dann meldet sich jemand.

Es meldet sich Kriminalkommissar Juha Seppälä.

Falls ich der Vater meines Sohnes sei, dürfe ich ihn im Polizeigefängnis Tikkurila besuchen.

Aus der Freude wird Trauer.

Ich habe solche Angst, dass ich Helena allen möglichen Unsinn erzähle. Ich sage ihr, wir hätten meinen Sohn Veikko schneller gefunden als der Hofmarschall mich damals in Tallinn. Ich hätte Bassist werden wollen, erzählte ich ihr, ich sei echt entspannt gewesen da, so wie ich mir das Leben in meinen besten Stunden ausgemalt hatte.

Helena bestellt ein Taxi. Am besten, wir fahren so schnell wie möglich zum Polizeigefängnis.

Ich habe Angst, dass mein Sohn tot ist; warum sonst meldet sich die Polizei an seinem Telefon. Helena versucht mich zu beruhigen, sie erkundigt sich, warum man mich in Tallinn gesucht habe. Ob ich geflohen sei. Was ich dort eigentlich getan hätte.

ICH KÖNNTE BASSIST WERDEN

1974

Dank des gnadenlosen, auf Blut, Schweiß und Tränen beruhenden Kampfes eines kleinen Volkes konnte das Vordringen Deutschlands und der Sowjetunion im Zweiten Weltkrieg gestoppt werden. Dank Estland erreichten die westlichen Alliierten Berlin zuerst und nahmen Europa als Ganzes in ihren Besitz. Millionen Menschen wurden aus den Konzentrationslagern gerettet, und die geplanten Vernichtungsbombardierungen wurden – abgesehen von der einen Atombombe, die Norwegen versehentlich auf Schweden fallen ließ – nicht realisiert. Der von Estland an zwei Fronten geführte Winterkrieg von 1939 sowie der Fortsetzungskrieg 1943–1947 sind in der ganzen Welt als unglaublicher Triumph des Willens über die materielle Übermacht bekannt, und noch immer werden darüber Filme gedreht und Bücher geschrieben, die sich als Geschenk zum Vatertag eignen, es werden Comic-Hefte gemacht und Kapuzenpullis mit der Aufschrift »Danke« hergestellt. In der Tat ist es Estland zu verdanken, dass der Siegeszug des Sozialismus und des Nationalsozialismus endete. Als einziger Satellitenstaat der Sowjetunion blieb Tschechien übrig, das unablässig gegen seine Besatzer aufbegehrte.

Mitte der siebziger Jahre ist die estnische Wirtschaft vielfältig und kreativ, ein frei fließender Strom von Menschen, Gedanken und Kapital. Estland arbeitet in großem Umfang mit der finnischen Industrie zusammen, insbesondere im Rahmen der Musikproduktion. Estnische Familienunternehmen fungieren als Entwickler ansteckender Melodien, und die meisten Hits von The Popeda's, Hector Doctor und Katri-Helena stammen aus estnischer Feder. Als letzter estnischer Triumph gilt die Metamorphose von Ilkka Lipsanen alias Dannii von der Drag Queen zum schwedischen Folksänger Dan Ny.

Aber Kunkku weiß von Estland nichts.

Und er weiß auch von Sofi nichts.

»Meine erste Filmrolle spielte ich mit drei«, erzählt Sofi Lipkanski. »Ich spielte den Luziferius in *Die Dunkelheit des Mondes*. Von den Dreharbeiten weiß ich nur noch, dass wir in den Pausen immer Eis bekamen. Mit siebzehn gewann ich in Cannes den Preis für die beste weibliche Hauptrolle in einem pseudotiefsinnigen Beziehungsfilm, dessen Titel ich vergessen habe. Der Oscar war allerdings verdient. Die Rolle der Bonnie war für mich auch die wichtigste. Als ich nun diesem Mann von meiner Karriere erzählte, stellte sich heraus, dass er keinen einzigen der Filme kannte. Er fragte mich, ob ich *Dick und Doof* gesehen hätte. Ob ich da mitgespielt hätte. Ob Bonnie und Clyde so was Ähnliches wären wie Dick und Doof. Ob ich *Schrecken der Kompanie* gesehen hätte. Ich musste lachen, ich hielt diese Unwissenheit für eine Art lässige Gleichgültigkeit gegenüber allem, was irdisch und was Mainstream ist.«

Kunkku betritt im Gefolge von Sofi Lipkanski den Boden der estnischen Republik, als beträte er einen Urwald oder ein Schlachtfeld. Er folgt Sofi wie ein Kind, ohne zu fragen, wo es hingeht, und sieht all das Gute vor sich, das diese Flucht unweigerlich mit sich bringen wird. Diese Frau duftet auch noch wunderbar.

»Er war leidenschaftlich«, erzählt Sofi. »Aber nicht schmeichlerisch, wie viele andere, sondern schüchtern und heißblütig zugleich. Höflich war er außerdem. Ich brauchte ihm nur auf die Finger zu klopfen, und seine Hände hielten sofort still. Dann lehnte er einfach seinen Kopf an meine Schulter. Ein Naturkind, dachte ich. Er hatte etwas Besonderes an sich. Unser Vertrauen beruhte auf Gegenseitigkeit, obwohl wir uns da nicht einmal vierundzwanzig Stunden kannten.«

Sofi Lipkanski zeigt Kunkku die alten Gemäuer ihrer Heimatstadt. Sie passieren den Heldenfriedhof und das Stadtzentrum, das zwar unter den Bombardierungen gelitten hat, jedoch komplett restauriert worden ist. Überall wehen die blau-schwarz-weißen Fahnen des Landes. Es gibt Denkmäler von Kämpfern aus Bronze und in Stein gehauene Poeme über die Geschichte eines Volkes von Kriegern. Kunkku betrachtet eine Statue, auf dem ein sterbender estnischer Soldat mit letzter Kraft einem Sowjetkämpfer das Bajonett in den Leib stößt. Der Anblick ist beeindruckend. Kunkku sagt, in Finnland stammten die letzten Kriegsdenkmäler aus weit, weit zurückliegenden Zeiten, in denen es noch keine Feuerwaffen gab.

»Mein Heimatland klebte am Krieg«, erzählt Sofi Lipkanski. »Aber meine Generation hatte die Nase voll vom Heldentum und von den ewigen Kriegsfilmen, in denen ich selbst in jungen Jahren heldenhafte Frauen gespielt hatte, die an der Heimatfront zurückblieben und ihren Männern nachweinten. Ich wollte nach vorn schauen. Ich wollte im Morgen leben, nicht im Gestern. Vielleicht kam er nicht zuletzt auf diesem Weg in mein Leben. Mich interessierte, was er wollte. In welche Richtung der Wille dieses Mannes ging, das wollte ich wissen.«

Kunkku hält den Mund; er betrachtet Sofi, bemerkt Einzelheiten wie den kleinen Leberfleck am Hals und den außergewöhnlichen Ohrring, der aus einem Knochen gemacht zu sein scheint.

»Rätselhaft kam er mir vor«, sagt Sofi. »Bald sah ich in ihm all das, was ich sehen wollte. Ich brauchte einen verlässlichen Mann, der keine Sperenzien machte, und nun glaubte ich, ihn gefunden zu haben. Zu einem gewissen Teil war es auch so, im Großen und Ganzen aber absolut nicht.«

Sofi wird auf den Straßen, an den Ecken, auf Treppen, Rolltreppen und in Parks von den Leuten angehalten. Sie gibt Autogramme und spricht mit ihren Bewunderern. Dann setzt sie die Sonnenbrille auf und bindet sich ein Kopftuch um. Sie erzählt Kunkku, anfangs sei es noch ein gutes Gefühl gewesen, prominent zu sein, man kam sich wichtig vor, und es machte Spaß, sich auch mit Leuten auszutauschen, die man nicht kannte. Inzwischen sei es unerträglich, aber das könne man den Fans nicht ins Gesicht sagen.

Kunkku weiß genau, was Sofi meint, stellt zu seiner Freude aber fest, dass ihn hier den ganzen Tag lang noch kein Mensch erkannt hat.

»Als junger Mensch starrt man auf seinen Nabel und fragt sich, wer kennt mich, wer interessiert sich für mich«, sagt Sofi. »Ich hatte keinen Schimmer von einem finnischen König. Ich dachte keinen Moment daran, dass dieser Mann jemand sein könnte, den ich kennen müsste.«

Kunkku mag Sofis Redestrom, den man sich anhören kann, ohne zuhören zu müssen. So hat er es schon immer getan, von Kind auf hat er gelernt, sich Fremden gegenüber so zu verhalten, als hätten sie eine Bedeutung, auch wenn man dabei über die Startbeschleunigung eines Düsenflugzeugs nachdenkt. Aber jetzt war das Hören keine Arbeit, denn die Worte umspülten Kunkku wie warmes Badewasser.

Nervös klappert der Hofmarschall die Wettkampfstätten in Hintersibirien ab. Der Ministerpräsident erwartet Kunkku zum offiziellen Abendessen, aber dieser ist nirgendwo zu finden. Der Hofmarschall muss eine schnelle Entscheidung treffen.

»Ich verkündete, Seine Majestät sei erkrankt«, erzählt er. »Ich behauptete, er sei per Krankentransport in sein Heimatland zurückgebracht worden, wenn auch in einer normalen Linienmaschine, um keine unnötigen Kosten zu verursachen. Ich kaufte sogar ein Flugticket auf den Namen Seiner Majestät. Dadurch gewann ich ein paar Tage Zeit. Ich bin ein Mann vom alten Schlag und wusste, dass mir ein schwerer Sicherheitsfehler unterlaufen war. Seine Majestät war bislang nie irgendwo hingegangen, ohne sich abzumelden. Und jetzt war er verschwunden wie ein Furz in der Tundra.«

Der Hofmarschall zieht zwei Tage lang persönliche Erkundigungen ein, bis er der Königinmutter vorschriftsgemäß Meldung machen muss. Für das Telefonat mietet er einen Raum des KGB, der bestimmt nicht abgehört wird, weil es der Abhörraum selbst ist. Die Verbindung kommt nur schleppend zustande, und danach hört man die Stimme der Königinmutter nur bruchstückweise.

»Ihr Zorn war am schlimmsten, wenn er still war«, erzählt der Hofmarschall. »Ich fürchtete um mein Leben, obwohl sie keine Hinrichtungsgewalt mehr besaß. Ich hatte Angst, Ihre Majestät, die Königin von Finnland, werde mich eigenhändig erwürgen. Sie sagte, sie müsse mit jemand telefonieren und befahl mir, ihren Rückruf abzuwarten.«

Die Königinmutter bittet den östlichen Nachbarn um Amtshilfe bei der Suche nach dem finnischen König.

»Es gab also noch andere Leute, die sich manchmal verliefen«, stellt Nikita Chruschtschow fest. »Als mich der Anruf wegen des Verschwindens Seiner Majestät erreichte, dürfte ich wohl gerade mit ein paar ungarischen Eiskunstläuferinnen in einem Heißwasserbottich gesessen haben. Mit Schlittschuhen an den Füßen. Ich versprach der Königinmutter, unser Geheimdienst werde im Namen der Freundschaft, der Zusammenarbeit und der gegenseitigen Hilfeleistung alles Erdenkliche tun. Noch bevor ich die nächste Bierdose aufriss, hatte ich mein Versprechen bereits vergessen. Das war übrigens eine prächtige kapitalistische Erfindung, dieses Export-Bier in Dosen, das achtprozentige.«

Die Königinmutter bittet den Leibarzt zu sich und bekommt von ihm eine passende Mischung, die beruhigt, aber auch die Gedanken schärft. Dann drückt die Königinmutter den Knopf und stellt die Verbindung zum wartenden Hofmarschall her.

»Die Angelegenheit musste geheim gehalten werden«, erzählt der Hofmarschall. »Am schlimmsten wäre es gewesen, wenn etwas durchgesickert wäre und eine finnische Zeitung Kunkku vor uns aufgespürt hätte. Mit der Hand auf der Bibel und bei meinem eigenen Leben schwor ich, Seine Majestät zu finden. Die Königinmutter befahl mir, jede Tennishalle und jedes Freudenhaus von Hintersibirien zu inspizieren.«

Nach dem Telefonat ruft die Königinmutter den Chef des Geheimdienstes ins Schloss und teilt ihm die höchstmögliche Alarmstufe mit, über die jedoch Stillschweigen bewahrt werden müsse. Sorgen um die Sicherheit ihres Sohnes macht sie sich nicht, denn sie weiß, dass er sich nicht groß wehtun wird. Aber wenn er seinen Träumen und Trieben hinterherläuft, ist er in der Lage, alles zu zerstören, was ihm bei der Geburt zugefallen ist und was er geerbt hat.

Sofi nimmt Kunkku in ihr ruhiges Lieblingscafé mit.

»Ich befand mich in einer beruflichen Sackgasse«, erzählt sie. »Mein Wert war derart gestiegen, dass ich nur noch in Filmen spielte, die einem ein volles Konto, aber innere Leere einbrachten. Ich fragte diesen Mann, warum ich überhaupt an meine Karriere dachte. Was war das eigentlich? Der kleinste Graben leitet Wasser in größere Gewässer, aber meine Laufbahn führte nirgendwohin. Wäre es möglich, nur Filme mit Bedeutung zu drehen? Ich beantwortete mir die Frage selbst und stellte mir dabei vor, dass er es an meiner Stelle tat. Immer mehr gab ich mich dem Verständnis und der Wärme des Mannes hin, der mir da gegenübersaß.«

Kunkku rührt mit dem Silberlöffel im Kakao. Wenn man nicht umrührt, bildet sich auf der Oberfläche ein Schleimteppich.

»Ich dachte an meine ungelebte Kindheit zurück«, sagt Sofi. »Meine erste Beziehung zu einem Mann war die Hölle. Ich erzählte von Anfang bis Ende, wie wir uns gegenseitig gequält hatten.«

Kunkku trinkt einen Schluck Kakao, aber er ist immer noch zu heiß. In diesem Moment wagt er es nicht, zu zeigen, dass er sich die Zunge verbrannt hat, in diesem Moment muss er den routinierten Cafébesucher spielen.

»Da er auf meinen Monolog nicht einging, redete ich weiter, ging zu der Beziehung zu meinem Vater über«, sagt Sofi. »Ich erzählte, dass ich aufgrund des militärischen Hintergrunds meines Vaters immer Pazifistin gewesen war. Er hörte einfach nur unverdrossen zu.«

Kunkku beißt ein Stück Zimtschnecke ab, sie schmeckt großartig. Er lobt das Gebäck. Wenn er jetzt anfängt, über seinen eigenen Vater zu sprechen, rutscht ihm bestimmt etwas Ungehöriges heraus. Er tunkt die Schnecke in den Kakao, sie saugt sich wunderbar voll und landet als weiche Masse im Mund. Kunkku schaut auf Sofis herrliche Lippen, Nase und Augenbrauen. Nach der Zimtschnecke könnte er noch ein Stück Erdbeerkuchen essen, mit reichlich Schlagsahne.

»Ich erzählte ihm, wie ich meinen Oscar in den Ganges geworfen hatte«, sagt Sofi. »Wir hatten in Indien *Bringt mir den Kopf von Naseem Hasapatilalati* gedreht, und während der Dreharbeiten sah ich, welche Not auf dieser Welt herrscht. Und die Statuette kam mir wie die Verkörperung der abendländischen Großtuerei vor.«

Kunkku holt sich ein Stück Erdbeerkuchen und schiebt es sich komplett in den Mund. Sofi lacht und sagt, sie habe die ganze Zeit nur über sich geredet. Nun sei der geheimnisvolle Mann an der Reihe, zu erzählen, wer er sei, was er tue und wie er sich überhaupt auf dieser Welt bewege. Welche Meinung er zu allem habe und was ihm wichtig sei.

Kunkku kann nichts sagen. Es wäre ohnehin schwer genug, von sich und seinem Leben zu berichten, aber zu lügen und eine Geschichte aufzutischen, die zu dieser großartigen Situation gepasst hätte, dazu wäre er nicht fähig gewesen. Er schaut Sofi nur in die Augen, schaut und leckt sich dabei die Sahne aus dem Mundwinkel, schaut und lächelt.

Sofi lehnt sich an ihn.

Sie bittet Kunkku, sie einfach im Arm zu halten; wenn er nicht reden will, muss er hier keine Geständnisse ablegen. Kunkku hält Sofi fest, und sie passt so gut in seinen Arm wie ein weiches Katzenjunges.

Sofi sagt, sie könne alle möglichen Wahrheiten ertragen, ganz gleich, was. Aber in Sachen Lügen liege ihre Toleranz bei Null.

Keine Lügen zwischen uns, sagt Sofi. Oder wir machen sofort Schluss. Noch bevor wir einen Schritt weitergehen.

Kunkku fragt sich, ob es Lüge oder Betrug ist, wenn er nicht alles oder gar nichts erzählt. Wenn er sagt, dass er Pena heißt, obwohl er Kalle XIV. Penttinen ist.

In seinem Fall ist Schweigen viel besser als die Wahrheit. Mit den schönen freien Tagen wäre es nämlich in der Sekunde vorbei, in der er zugeben würde, er sei der finnische König.

Das Café liegt im Souterrain eines alten, schönen Hauses, vor den Fenstern sieht man die Winterstiefel der Passanten, ein paar Hunde, Autoreifen. Es wimmelt da draußen, während man hier drinnen seine Ruhe hat. Kunkku ist ruhig, solange Sofi in seinem Arm ruht; hier gibt es keine Repräsentationspflichten, keinen Ministerpräsidenten, keinen Hofmarschall, keinen Zwang, in einem Autoindustriekombinat Damen zu unterhalten. Auch der Kakao ist endlich abgekühlt. Alles ist vollkommen.

Am nördlichen Rand eines schönen Parks steht ein vierstöckiges Haus, in dessen oberster Etage sich eine verstaubte Wohnung befindet.

Sofi schließt auf und geht hinein; aus dem Wohnzimmer dringt gedämpftes Licht. Die Bücherregale reichen vom Boden bis zur Decke, auf den Tischen stapeln sich Bücher und Zeitschriften, auf dem Fußboden liegen Werbeplakate, und in der Ecke läuft mit kratzender Nadel ein Plattenspieler. Auf leeren Weinflaschen stehen Kerzen, deren Flammen flackern, als Sofi die Tür schließt. Ein bärtiger älterer Mann sitzt im Sessel, in der Hand ein Glas mit schottischem Whisky.

Sofi nimmt die Nadel von der Platte, worauf der Mann erschrickt. Vater und Tochter Lipkanski sehen sich zum ersten Mal seit langer Zeit wieder; es folgen ungehemmtes Weinen und erleichterndes Lachen – eine für Kunkku fremde Welt der Begegnung und der Zärtlichkeit. Gleichzeitig überkommt ihn die Lust zu verschwinden und bei der Umarmung mitzumachen.

Sofi stellt Kunkku ihrem Vater vor, sagt, er heiße Pena.

»Nicht der stärkste Händedruck der Welt, aber auch kein feuchter Hering«, erinnert sich Jaan Lipkanski. »Das Mädchen hat etliche Kerle gehabt, aber ich hab darüber nur in der Zeitung gelesen. Sie hat sie nie nach Hause mitgebracht. Der Junge war wahrscheinlich ein bisschen schüchtern wegen mir. Man bleibt eben Offizier, auch wenn man pensioniert ist. Aber ich bin ein freier Geist. Die Verteidigung des eigenen Landes erfordert keine politische Meinung oder eine konservative Einstellung. Als wir mit dem Russen rangen, habe ich manch eine Einkesselung mit Anarchie und Kreativität gelöst. Kaum machte der Junge den Mund auf, wusste ich, dass er Finne ist. Die haben so einen hohen Ton. Ich hatte einst in der Geheimdienstausbildung diese Sprache gelernt, weshalb ich mich mit ihm unterhalten konnte.«

Kunkku sagt guten Tag und dass er sich freue, ihn kennenzulernen. Außerdem fügt er die eine oder andere leichte Floskel hinzu, etwa: Sie haben aber einen Haufen Bücher, Herr Lipkanski. Sofis Vater lacht. Einen finnischen Freund habe seine Tochter noch nicht gehabt. Kunkku gefällt es, als Sofis Freund bezeichnet zu werden. Er schaut sie an. Sie zieht ihren Mantel aus und bittet ihren Vater etwas verlegen, still zu sein.

Sie wirft den Mantel lässig auf den Fußboden, Kunkku tut es ihr gleich. Sie kicken die Schuhe von den Füßen, gehen in ihr Zimmer und legen sich aufs Bett. Kunkku bemerkt die breiten dunklen Streifen an der Zimmerdecke.

Sofi erzählt ihm, wie sie sich als kleines Mädchen vorgestellt habe, über die Decke verliefen Flüsse mit Dörfern an den Ufern. In den Dörfern wohnten Fischer, Gnome und gute und böse Stiefmütter. Und auf einem der Flüsse war ihre Mutter davongefahren. Kunkku versucht die Flüsse in den Streifen zu erkennen, aber es gelingt ihm nicht.

Sofi erzählt, sie sei erst sieben gewesen, als ihre Mutter an einer Lungenentzündung starb.

»Auch das vertraute ich dem Mann an, nachdem wir uns gerade mal zwei Tage kannten«, sagt Sofi. »Dabei hatte ich das immer für mich behalten, um anderen nicht zu viel Spielraum zu geben. Er hatte einfach etwas an sich, das einen Redefluss bei mir in Gang setzte und damit auch die Tränen.«

Kunkku kitzelt Sofis Ohrmuschel. Es ist ein gutes Ohr, mit einem weichen Läppchen. Er wischt ihr die Tränen aus den Augen und fragt sich, ob er Sofi wohl jemals seiner Mutter vorstellen kann. Vielleicht sollte er es gar nicht erst versuchen? Seine Mutter ist die Königin und kann einen anderen Menschen allein mit dem Blick zu Eis erstarren lassen.

Wäre es ihm möglich, aus seiner Welt komplett auszusteigen? Sich einen Bart stehen und die Haare wachsen zu lassen, sich einen afghanischen Pelz und hohe Stiefel zu besorgen, Cannabisdrogen zu kaufen und sich in Dichterkreisen zu bewegen? Sich einen Bass anzuschaffen und sich einer Band anzuschließen? Das könnte ein gutes Leben sein. Man würde einige Jahre vergehen lassen und dann als der verschwundene König wieder auftauchen. Nach der Rückkehr könnte man dann jemandem seine Lebensgeschichte diktieren, die sich wahnsinnig gut verkaufen würde, und mit dem Geld könnte man dann von Neuem ein lockeres Leben führen. Außerdem wird Sofi ja wohl Geld dafür kriegen, dass sie in weltweit erfolgreichen Filmen mitspielt.

»Ich empfand immer eine tiefe innere Ruhe«, erzählt Sofi. »Nun kam es mir zum ersten Mal seit vielen Jahren so vor, als stünde alles still, und das war ein gutes Gefühl. Mein Vater hantierte in der Küche, ich kuschelte mich an diesen Mann, und er hielt mich fest, ohne zu drücken.«

Der Lammtopf ist dunkel und hat ein ausgeglichenes Aroma mit kräftigem Nachgeschmack. So etwas Gutes hat Kunkku noch nie gegessen. Außerdem darf man hier beim Essen reden und sogar während der Mahlzeit rauchen, so wie Sofi es tut.

Kunkku hält sich gern im Hintergrund und hört zu, was Vater und Tochter reden; in seinen Ohren verwandelt es sich in Musik. Hier wird nicht gezwickt, nicht an den Haaren gezogen, und hier gibt es auch keine Ohrfeigen. Die beiden lassen sich gegenseitig ausreden und hören aufmerksam zu. Als Jaan Lipkanski die erste

Flasche Wein geleert hat, kommt ihm auch ein Lied über die Lippen, nämlich die nicht besonders schöne, aber sehr pathetische estnische Nationalhymne.

»Beim Singen kann man die Truppe beobachten und den Verräter ausfindig machen«, sagt Jaan Lipkanski. »Da merkt man, wer das Stück nicht kann. Wer zu eifrig mitsingt. Wem der Text nichts bedeutet, aber der Rhythmus, oh der Rhythmus! Auch wenn man selbst etwas zu verbergen hat, versteckt man sich besser hinter einem Lied als hinter Schweigen.

»Ich beobachtete diesen Mann, der Pena hieß. Er versuchte mitzusingen, obwohl er bestimmt kein Wort des Textes kannte. So etwas kann redliches Bemühen, aber auch blanke Dummheit sein. Ich wollte nur Gutes von ihm glauben, und ich denke auch jetzt noch gut über ihn.«

Jaan Lipkanski zwinkert Kunkku zu, und das findet dieser lustig. Zuletzt hat ihm John F. Kennedy zugezwinkert. Er versucht zurückzuzwinkern, aber es gehen weiterhin beide Augen gleichzeitig zu.

Markku Veijalainen wird von seinem baltischen Informanten kontaktiert. Veijalainen ist mittlerweile zum Chefredakteur der Zeitschrift *Das Grinsen* aufgestiegen, zu deren größten Verkaufstrümpfen Gerüchte über das finnische Königshaus gehören. Im Wesentlichen hält man sich an das Abkommen, demzufolge nur so lange Informationen und Bilder aus dem Schloss in die Redaktionen strömen, wie der Ton der Artikel positiv und respektvoll bleibt. Sie dürfen nicht steif sein und niemanden beleidigen, weder die Betroffenen noch die Leser.

»Meiner Meinung nach stand das im Widerspruch zur Pressefreiheit«, sagt Markku Veijalainen. »Journalisten suchen ja wohl nach der Wahrheit. Ist es möglich, zwei Geschichten übereinander zu erzählen? Die schlimmsten Probleme in zwischenmenschlichen Verhältnissen sind ja gerade die Geschichten, die nicht zusammenpassen. Ich hatte Lust, dieses Eis zu brechen.«

Seit der Eröffnung der Olympiade von Hintersibirien ist Kunkku nicht mehr öffentlich aufgetreten, und das hat in Finnland für Spekulationen gesorgt.

»Ich kannte seinen Charakter«, sagt Veijalainen. »Ich hab sofort was gerochen. Von meinem Informanten bekam ich unscharfe Bilder, aufgenommen mit einer Kastenkamera, aber ich konnte Kunkku darauf erkennen, auch wenn er sehr unauffällig wirkte. Er trug keine Brille und hatte die Haare anders, die Kleider sahen aus wie eine Uniform ohne Abzeichen. Per Kurier schickte ich dem Fotografen Valuta in ausreichender Menge und den Befehl, die Beobachtung fortzusetzen. Einen Hauch bessere Bilder, und sie kämen sofort ins Blatt. Topschlagzeilenniveau. Das finnische Volk hatte diese Wahrheit verdient.«

Das Leben in Tallinn ist gemütlich und schön. Kunkku trägt Jaan Lipkanskis Kleider und eine alte grüne Mütze.

Das Liebespaar fährt mit dem Zug aufs Land, durch Sofis schnell wechselnde Kindheitslandschaften; sie lernen die schönsten Seen und die ältesten Festungen kennen. Kunkku ist es vollkommen egal, wo sie hinfahren, was sie tun, wenn er nur mit dieser Frau allein sein darf. Für seinen Geschmack sind ihre Brüste etwas zu klein, dafür aber angenehm symmetrisch. Sofi ist insofern eine besondere Frau, als er sich bei ihr auch dann wohlfühlt, wenn sie nicht ineinander stecken.

Er hat das Gefühl, als wäre er gar kein König, sondern nur ein Mensch, und das macht alles leichter. Bei Sofi kommt es nach dem Umhertollen im Bett auch nicht zu einem Zustand, in dem die Frau hässlich wird und sich in die Falsche verwandelt und man sich selbst ebenfalls falsch und hässlich findet und möglichst schnell aus der Situation herauswill.

»Man erinnert sich ja lebhaft, wie es sich anhörte, wenn das eigene Kind spielte«, sagt Jaan Lipkanski. »Bauklötze stapeln, mit der Puppe spielen, mit den Schwertern rasseln. Und dann hört man aus dem Kinderzimmer plötzlich einen ganz anderen Lärm. Das ist der Lauf des Lebens. Mein eigenes Bett hat seit einer Ewigkeit keinen Krach mehr gemacht, solche Träume habe ich aufgegeben. Ich ließ die beiden glücklich sein, ohne sie mit meiner Einsamkeit zu stören. Morgens machte ich Rührei, meine Spezialität, dazu Gurke, Tomate und Basilikum vom eigenen Balkon. Mit Pena konnte man sich über alles Mögliche unterhalten. Es gab nur zwei Dinge, um die ich ihn bat. Ich bat ihn, gut zu meiner Tochter zu sein. Und ich bat ihn, ehrlich zu sein. Aber um so etwas kann man letztlich nicht bitten, so etwas kann man nur hoffen.«

Eines Tages gehen Sofi und Kunkku in die Markthalle, um für Jaan Lipkanski einzukaufen. An einem kleinen Obststand bleiben sie stehen, um sich ein paar Apfelsinen auszusuchen, da sieht Kunkku auf der Abendzeitung ein Gesicht, das ihm erschreckend bekannt vorkommt.

Er versteht den Text nicht, ahnt den Inhalt jedoch, und darum ergreift er Sofis Hand und fordert sie zu einem spielerischen Wettlauf heraus.

»Ich hielt es für eine seiner herrlich verrückten Ideen«, erzählt Sofi. »Ich muss lachen, wenn ich daran denke, wie kindisch ich damals war, mein Gott. Er brachte mich in die Dachgeschosswohnung und verriegelte sämtliche Sicherheitsschlösser.«

Kunkku verlangt, dass sie die Wohnung nie mehr verlassen.

»Er sagte, er könne nicht in seine Heimat zurückkehren«, erzählt Sofi. »Wir müssten in Tallinn bleiben, wo wir in Sicherheit wären. Als ich ihn fragte, warum, sagte er, das werde er mir später erklären. Er schloss mich in die Arme, und das war so pathetisch, dass es romantisch war.«

Was Kunkku empfindet, ist nicht Romantik, sondern Horror und Panik. Er kann nicht schlafen. Er erledigt alles, wozu man die Wohnung verlassen muss, allein; wenn Jaan Lipkanski einen Spaziergang machen will, geht Kunkku mit und sucht dann Routen, auf denen einem keine überraschenden Schlagzeilen ins Auge springen.

Eines Tages kocht Jaan Lipkanski den Nachmittagstee. Das Radio läuft. Kunkku versteht die Sprache nicht, weshalb er nicht begreift, was gesagt wird.

Jaan Lipkanski wundert sich über die Hauptnachricht des Tages, derzufolge der finnische König nicht von den Olympischen Spielen nach Hause zurückgekehrt ist und man diese Tatsache mehrere Wochen lang vertuscht hat. Er findet es merkwürdig, dass die inoffizielle Galionsfigur eines Landes einfach so verschwinden kann. Würde Finnland jetzt angegriffen werden, befände es sich im Zustand völliger Beschlussunfähigkeit.

Es kommt zur Diskussion zwischen Vater und Tochter über den Namen des finnischen Königs. Kunkku schließt die Augen und hält sich die Ohren zu. Dann öffnet er die Augen und nimmt die Hände von den Ohren, denn das beruhigt die Lage nicht. Jaan Lipkanski versucht sich zu erinnern, wie der neue König aussieht. An den alten König kann er sich erinnern, an den neuen nicht. Seiner Meinung nach ist die finnische Monarchie angenehm kleinformatig im Vergleich zu vielen anderen Ländern.

Für Kunkku ist die Situation beängstigend und schrecklich, es wird etwas kaputt gemacht, das gerade erst beginnt. Er fällt – scheinbar versehentlich – aufs Radio, sodass die Antenne abbricht und die Sender nicht mehr richtig zu hören sind. Dann schlägt er vor, Jazzplatten zu hören und Ort und Zeit zu vergessen.

Sofi wundert sich, dass es in Finnland noch immer eine Monarchie gibt, eine so altmodische Staatsform in einem so fortschrittlichen Land. Jaan Lipkanski erklärt, die Macht des Königs sei zwar sehr stark eingeschränkt, aber offenbar sei es schwierig, von so einer langen Tradition loszukommen. Als Soldat halte er die Tradition in Ehren, auch wenn sie bei der Infanterie und im Kleinkrieg für Steifheit sorgt.

Kunkku flieht ins Schlafzimmer, löscht das Licht, zieht die Vorhänge zu und schlüpft unter die Decke.

In den folgenden Nächten schläft er immer nur kurz ein und wacht verschwitzt wieder auf, und morgens eilt er in den Flur, um sich als Erster die Zeitung zu schnappen, die durch den Briefschlitz gefallen ist. Auf den ersten Seiten sieht man Bilder von ihm und dem Ministerpräsidenten im Autoindustriekombinat, das offizielle Abiturporträt, Schulbilder aus der Kindheit. Jeden Tag reißt Kunkku die Seiten heraus, zerknüllt sie und benutzt sie zum Feuermachen.

Jaan Lipkanski macht sich seit mehreren Tagen Notizen.

»Der finnische König hatte mich auf eine Idee gebracht«, erzählt er. »Ob ich wohl ein Königsdrama schreiben könnte? Immerhin hatte ich unter dem Pseudonym Raivo Lehvusmäk drei Kriegsromane veröffentlicht. Mir fiel ein, dass unser Mädchen, als sie noch klein war, nie Prinzessin sein wollte, sondern immer Ritter. Sie wollte reiten und das Schwert schwingen, meine kleine Jeanne d'Arc.«

Kunkku ist verzweifelt. Er möchte am liebsten einen Knopf drücken, mit dem Königsgerede Schluss machen und die Gesprächsthemen zurückholen, die noch vor zwei Tagen die Dachgeschosswohnung beherrscht haben.

Man müsste die Wahrheit sagen, aber wie soll das jetzt noch gehen?

Warum gibt es Zeitungen und Radio? Kann man die Menschen nicht in Ruhe in Vergessenheit geraten lassen? Wenn der Hofmarschall anfängt, ihn zu suchen, findet er ihn auch. So war es schon als Kind, auch wenn Kunkku und Heikki Kohtalonmäki überzeugt waren, in ihren geheimen Höhlen und Dachbodenverstecken niemals entdeckt zu werden.

Kunkku fällt das Dach ein. Täglich geht er mit Sofi hinauf; sie nehmen sich Proviant und eine Thermoskanne Kaffee mit. Oben staunen sie, wie weit weg und doch so nah Vantaa ist. Bei guter Sicht kann man das Denkmal für Tapio den Eroberer von Tallinn aus sehen. Abends kontrolliert Kunkku die Schlagzeilen der Abendzeitungen, und nach und nach verblasst die Neuigkeit, es kommen neue Geschichten und neue Gerüchte. Die Esten haben Besseres zu tun, als die Machenschaften eines Königs zu verfolgen, der aussieht wie ein Mann vom TÜV, wie der Kolumnist Jaak Uudmäe schreibt.

An einem jener Tage auf dem Dach sagt Sofi, sie müssten nun mit dem Picknickspielen aufhören. Sie zeigt Kunkku den Brief, den sie von einem Filmstudio bekommen hat, und bittet ihn vorzulesen, was darin steht. Kunkku sagt, er verstehe die Sprache nicht. Sofi liest den Brief selbst und teilt ihm mit, dass die Dreharbeiten in wenigen Tagen am Mount Everest anfangen.

»Was denn für Dreharbeiten?«, fragt Kunkku.

»*James Bond und die acht Todeskugeln*. Ich werde der erste weibliche James Bond sein.«

Kunkku weiß nicht, wer James Bond ist, aber das sagt er nicht laut.

»Mich interessiert das kein bisschen, aber ich kann den Vertrag nicht auflösen«, sagt Sofi.

An all den freien Tagen hat Kunkku immer neue Möglichkeiten für sein Leben gesehen. Er will Sofi nicht einfach so hergeben, und nun erblickt er die Chance, völlig zu verschwinden. Er verspricht Sofi, als Helfer, Träger, Tontechniker mitzukommen.

»Ich liebe dich«, sagt er.

Sofi antwortet nicht. Bei dem Mann hat man ständig mit allem Möglichen zu tun, nur nicht mit Worten, die so gut wie gar nicht kommen. Und wenn er mal etwas sagt, dann schießt er übers Ziel hinaus.

Sie steigen vom Dach hinab, Kunkku wartet auf eine Antwort von Sofi, aber er bekommt keine. Diesmal bringt sie ihn mit dem gleichen Mittel zum Schweigen, mit dem er sie in vergleichbaren Situationen zum Schweigen gebracht hat. Indem sie ihn küsst und die Hand an eine Stelle schiebt, wo nackte, warme menschliche Haut zu finden ist.

Die Königinmutter flucht laut – sie, die noch nie laut geflucht hat. Ihre rechte Hand schlägt auf die Armlehne, der Fuß stampft auf die alten Eichenbohlen. Blaue und gelbe Pillen werden verbraucht. Warum lernt der Junge nicht, wie man sich zu benehmen hat? Lieber eine Kulissenehe mit einer passenden Prinzessin und ein gut gehütetes Intimleben mit diversen Geliebten als dieser ständige Wirbel.

»Was soll das denn für ein Flittchen sein?«

Die Königinmutter wirft die Fotos, die ihr der Hofmarschall gegeben hat, auf den Fußboden. Sie fragt, ob die Presse davon weiß. Der Hofmarschall verneint, vermutet jedoch, dass sie es bald in Erfahrung bringt, weshalb rasch gehandelt werden muss.

Die Kulissenehe ist eine funktionierende Tradition, sagt die Königinmutter. Auch sie hat seinerzeit mit ihrem Mann die Dinge auf diese Art geregelt. Einen Liebhaber konnte man auf den dunklen Gängen treffen, manchmal sogar auf der Rückbank der königlichen Limousine. Wenn man da nur den Rock hob, war man für einen kurzen Moment von allem entbunden. Dieser kleine Moment Leben war wie das Leben der anderen, man durfte eine Frau in den Armen eines Mannes sein, eine Frau ganz und gar. Danach war es leichter, wieder in den Alltag zurückzukehren und die Rolle einzunehmen, die von der Königin verlangt wurde.

»Prioritäten!«, ruft die Königinmutter. »Das kann doch nicht so schwer sein! Wieso ist das so schwer?«

Ihr Sohn hat den größtmöglichen Fehler begangen, den man sich in diesem Beruf zuschulden kommen lassen kann. Er hat sich verliebt. Lieber Blausäure als sich verlieben.

Die Königinmutter will nicht mehr wissen, aber der Hofmarschall gibt ihr eine Mappe. Sie enthält weitere Fotos von Kunkku und Sofi auf den Straßen von Tallinn, in der Dachgeschosswohnung, beim Streicheln von Pferden im ländlichen Estland. Der Hofmarschall erklärt, der Geheimdienst beobachte die Lage und sei bereit, auf einen Befehl hin das Objekt nach Hause zu bringen.

Am nächsten Abend klopft es an der Tür der Lipkanskis. Jaan Lipkanski macht auf. Der Hofmarschall tritt ein, Kunkku hört dessen Stimme bis ins Schlafzimmer. Er isst gerade mit Sofi geröstete Datteln und spielt Schere, Stein, Papier.

»In mein Haus dringt man nicht einfach so ein«, sagt Jaan Lipkanski. »Ich suchte hinterm Regal nach meiner Luger-Pistole und war bereit, mein Heim und meine Tochter zu verteidigen. Aber sie waren zu viele. Leise, schwerbewaffnete, ruhige Männer; ich wusste, dass sie zu einem Sonderkommando gehörten. Ich rief Pena um Hilfe, aber da hatte ich auch schon einen schwarzen Handschuh vor dem Mund.«

Kunkku versucht durchs Fenster zu fliehen.

Der Hofmarschall entwindet Lipkanski die Pistole.

Kunkku traut sich nicht zu springen, es sind zehn Meter bis zur Erde; jetzt ist er wieder der kleine Kunkku, der Blödsinn gemacht hat.

»Ich begriff, dass etwas Fürchterliches geschah«, erinnert sich Sofi. »Ich erstarrte auf der Stelle. Nicht mal der Aufschrei meines Vaters konnte mich in Bewegung versetzen. Die Beine des anderen Mannes, den ich mir ausgesucht hatte, der geschworen hatte, mich zu lieben und zu beschützen, rauschten an mir vorbei. Dann war er auch schon halb aus dem Fenster. Zwei Männer hielten ihn fest und zogen ihn ins Zimmer zurück.«

Der Hofmarschall setzt Jaan Lipkanski aufs Wohnzimmersofa und beruhigt ihn, sagt, es bestehe kein Grund zur Sorge, sie wollten Kunkku und nähmen Sofi nur sicherheitshalber mit. Vater Lipkanski bekommt einen Kognak und einen kurzen Überblick über die Situation.

»Ich sah den königlichen Stempel auf der oberen Ecke des Ausweises und verstand alles«, erzählt Jaan Lipkanski. »Man musste mir nichts mehr erklären. Dieser Hofmarschall war nicht mein Feind und auch nicht meinetwegen in die Wohnung eingedrungen, er hatte eine Aufgabe. Nun gut. Als Soldat glaubte ich an das Wort eines Soldaten.«

Der Hofmarschall fragt Kunkku, ob es sich so verhalte, dass Sofi nicht wisse, was los sei. Kunkku nickt. Darauf legt der Hofmarschall ihm und Sofi Decken über und führt die beiden aufs Dach, wo sie mit dem Stahlseil zu einem in der Luft surrenden Hubschrauber hochgezogen werden.

»So etwas vergisst man nicht«, seufzt Sofi. »Wir saßen im Helikopter nebeneinander, man schnallte uns an und setzte uns Helme auf. Ich rief über das Rattern der Rotoren hinweg, was hier eigentlich los sei. Ob man mir das mal sagen könne. Ob sie nicht wüssten, wer ich bin. Und wer, zum Teufel, der Mann neben mir sei?!«

»Ich erachtete es als ausreichend, dass ich ihr den Titel nannte«, sagt der Hofmarschall. »Als Mann vom alten Schlag bin ich der Ansicht, dass niemals Grund zur Hysterie besteht. Ich erklärte ihr, es handle sich um Seine Majestät den finnischen König. Und anschließend äußerte ich die Hoffnung, dass alles, was in Tallinn geschehen war, auch in Tallinn blieb.«

PENA

Kriminalkommissar Seppälä plaudert nicht so nett wie die Polizisten im Fernsehen, aber korrekt ist er. Das Polizeigefängnis befindet sich in der Nähe der Stelle, wo das Schloss gestanden hat, unauffällig neben Geschäften und einer Sporthalle.

Ich frage nach meinem Sohn. Der Kommissar antwortet nicht, sondern zeigt mir und Helena die Richtung und folgt uns dann. Wir gehen durch einen Durchleuchtungsapparat, so wie ich es in meinem früheren Leben oft getan habe, bei der UNO und den großen Galas. Auf den Flughäfen kam man um die Durchleuchtung herum, wenn man es eilig hatte und ein Privatflugzeug zur Verfügung stand.

Ich frage Kommissar Seppälä, ob mein Sohn versucht habe, in einen Kiosk einzubrechen. Das ist das erste Verbrechen, das mir in den Sinn kommt, weil in den Nachrichten kürzlich die Rede von einem norwegischen Marathonläufer war, der in Oslo so etwas getan hat.

Der Kommissar verrät so viel, wie es in diesem Stadium der Ermittlungen möglich ist. Unser Veikko wird verdächtigt, Eigentumsdelikte verübt zu haben und gewalttätig geworden zu sein. Es besteht außerdem der Verdacht, dass er mit schlimmeren Gaunern zu tun hat. Mit solchen, die man jetzt schnappen wolle.

Warum hätte Veikko so etwas tun sollen?

Mein Sohn schlägt niemanden. Er sucht vierblättrige Kleeblätter. Bevor ich rausgeschmissen wurde, war er gerade mit dem Gymnasium fertig geworden, und man hatte für ihn ein Amt als Repräsentant in München ins Auge gefasst. So einer schlägt und betrügt niemanden und verbricht auch sonst nichts.

So heiße es immer bei Omas Liebling und Papas Strolch, sagt der Kommissar. Aber die Indizien seien nun mal belastend. Veikko habe jedoch die Chance, mit einer kleinen Strafe davonzukommen, wenn er zur Zusammenarbeit bereit sei. Dann wird die Stimme des Kommissars strenger, als er sagt, den Unterlagen nach habe auch Veikko Penttinens Vater gewisse Verbindungen zur Unterwelt.

Das musste allerdings wirklich ein Versehen sein. Es waren damals meine Freunde, ich wusste nicht, dass sie auch Banditen waren. Und stimmte das überhaupt? Helena sagt, wenn man mir nichts vorzuwerfen hat, muss man mich zu meinem Sohn lassen. Sie will mitkommen, aber Seppälä sagt, das sei nur Verwandten erlaubt. Helena behauptet, sie sei mein Rechtsbeistand und begleite mich überallhin. Sie hat etwas Erstaunliches an sich, denn Hauptkommissar Seppälä gibt auf und erlaubt ihr, mitzukommen.

Wir gehen durch eine Tür. Ständig braucht man hier eine Sicherheitskarte und für einige Türen auch einen Schlüssel. Es ist wirklich ein unheimlicher Ort. Ganz allein muss man hinter Schloss und Riegel sitzen, darf nicht mit der Konsole spielen, darf nicht rauchen und nicht hauen.

Veikko sitzt in einem Raum mit einem Tisch und drei Stühlen. Ich verstehe nicht, wie er sich in so kurzer Zeit so verändern konnte. Er hat ganz kurze Haare, Tätowierungen auf den Armen, alle möglichen Schlangen und Symbole aus fernen Ländern. Als ich Hallo sage, schaut er mich an. Als ich seine Augen suche, wendet er sich ab.

Muss denn alles in die Binsen gehen, wenn man rausgeschmissen und geschieden wird? Oder wäre das alles auch so passiert? Kann ich jetzt noch Einfluss auf mein erwachsenes Kind nehmen? Elternschaft löst sich ja nicht in Luft auf, bloß weil die Kinder erwachsen werden. Trotzdem ist es zu einem großen Teil meine Schuld und mein Verdienst, dass sie durch diese Welt hier wandern.

Kriminalkommissar Seppälä bringt uns eine Thermoskanne Kaffee und ein Tablett mit Brötchen, die mit Schinken, feuchter Gurke und glitschigem Käse belegt sind. Solche gibt es auch in dem Café neben dem Elektrogeschäft. Sie sind richtig gut, aber jetzt habe ich keine Lust darauf.

Ich frage Veikko, was es mit den Behauptungen der Polizei auf sich hat. Er schaut Helena an, die neben mir sitzt. Sie sagt, sie heiße Helena und begleite mich bei meiner irdischen Wanderung. Veikko sagt, er sei Veikko.

Auch an seinem Hals blitzt ein Bild auf, eventuell der Schwanz eines Drachen. Außerdem hat er Löcher in der Haut. Ich frage ihn, warum, und ob die je wieder zuheilen. Er sagt, dass sie einem die Piercings herausnehmen, wenn man ins Gefängnis kommt.

Ich frage ihn, was ein Piercing ist.

Ich frage ihn, warum er im Gefängnis sitzt.

Zu viele Fragen, weshalb wir alle ein bisschen ins Stocken geraten. Ich versuche zu erkennen, ob in Veikkos Augen noch Freude und Leben ist oder ob die Freude und das Leben sich in den neuen Muskeln und den Löchern in der Haut aufgelöst haben. Ich nehme seine Hand. Er knurrt, zieht die Hand aber nicht weg. Als ich einmal im Hubschrauber die Hand meiner Frau nahm, ließ sie los. Kann sein, dass ich sie nie wieder richtig zu fassen bekomme.

Ich bitte Veikko, mir etwas zu erzählen, was auch immer, Hauptsache er redet mit mir.

Er sagt, er habe nichts getan. Er sei bloß Putzkraft gewesen. Ich wundere mich, dass Putzkräfte Eigentumsdelikte begehen und Personen misshandeln. Veikko sagt, es komme darauf an, für wen man putze, und außerdem sei er zuerst geschlagen worden.

Ich verspreche ihm, die Angelegenheit in Ordnung zu bringen.

Du kannst mir nicht helfen, sagt er.

Wenn ich etwas Schlechtes verursacht habe, werde ich ja wohl auch was Gutes zustande bringen können. Ich weiß, was das für ein Gefühl ist, wenn ein großes Fest in einem freudlosen Absturz endet. Aber man kommt immer wieder hoch.

Der Junge löst seine Hand aus meiner und starrt die Wand an.

Ich sitze in der Scheiße, Vater, sagt er.

Ich gebe mir Mühe, die Lücken zwischen seinen Worten mit Überlegungen und Verständnis zu schließen. Es ist ein gutes Gefühl, dass er mich Vater nennt. Ich frage ihn, ob er die Absicht hat, sein Brötchen aufzuessen. Falls nicht, würde ich es Irma mitbringen. Irma wohne nämlich bei mir, und für ihn wäre auch noch genug Platz in der Wohnung. Wir können zusammen Weihnachten vorbereiten und alles lernen, was so zum Leben dazugehört.

Der Junge sagt nichts.

Ich sage, die Polizei hasse Kriminelle nicht, sondern wolle ihnen nur auf den rechten Pfad zurück helfen, auf dem sich jeder Mensch ja ursprünglich befunden habe.

Ich will nicht ins Gefängnis, Vater, sagt der Junge.

Du kommst auch nicht rein.

Ich will nicht sterben, Vater, sagt der Junge.

Natürlich stirbst du nicht, du bist doch ein gesunder junger Mann. Alles wird sich regeln.

Der Besuch endet viel zu früh damit, dass Kommissar Seppälä hereinkommt und sagt, wir müssten jetzt gehen.

Es zerreißt mir das Herz, als Kommissar Seppälä meinem Veikko Handschellen anlegt und ihn abführt. Ein anderer Polizist lässt Helena und mich in die freie Welt hinaus. Ich frage ihn, was jetzt passiert. Er antwortet, die Haftsituation werde Anfang nächster Woche erneut überprüft.

Draußen frage ich Helena, wie es so weit kommen konnte. Sie beschließt, die helle Seite zu sehen, sagt, das sei doch schon mal ein Fortschritt. Wenn man etwas Falsches tue, sei es gut, erwischt zu werden, denn erst dann könne man anfangen, sich zu bessern. Jetzt haben wir Kontakt zu Veikko, jetzt beginnt der gemeinsame Weg.

Ich frage Helena, ob sie noch eine Weile mit mir durch die Stadt gehen möchte, einfach so. Bis jetzt bin ich erst ein Mal frank und frei auf den unebenen Straßen meiner Heimatstadt mit einer Frau spazieren gegangen.

Wir machen in einem Café Halt, wo ich Helena zu einem Stück Kuchen einladen will. Sie entscheidet sich jedoch für eine Fleischpirogge mit einer Ladung Senf und Ketchup. Ich frage mich, ob Dummheiten bei uns in der Familie liegen, und werde diesen Gedanken nicht mehr los.

Helena meint, für mich wäre es nun das Wichtigste, gut zu essen und zu schlafen, denn als müdes Wrack würde ich niemandem nützen. Ich beiße ein Stück von ihrer Pirogge ab und trinke einen großen Becher kalte Milch.

Dann spazieren wir weiter, und das befreit meinen Kopf von allen Gedanken.

Helena geht nach Hause. Ich gehe nach Hause. Ich habe tatsächlich einen Ort, den ich Zuhause nenne.

Ich bin so müde, dass ich nicht einmal mehr die Kraft habe, Irma zu erzählen, was an diesem Tag alles passiert ist. Ich sage ihr gute Nacht und setze mich auf den Rand meines Bettes. Erst als ich die Strümpfe ausziehe, bemerke ich die großen Blasen an meinen Fersen. Nun muss ich auch Strümpfe in den Turnschuhen tragen, die mir das Sozialamt geschenkt hat. Wie es wohl für Veikko ist, hinter verschlossenen Türen schlafen zu gehen? Wie einsam ist er dort? Mein einziger Sohn, der als Erster erwartet, aber als Letzter geboren wurde.

Die Königinmutter nimmt das Abendbrot ein, die Dienerschaft beobachtet die Lage im Hintergrund, und der Hofmarschall sitzt auf seinem Platz neben der Tür. Kunkku schwitzt am anderen Ende des Tisches. Neben dem Teller der Königin liegt, in der Mitte aufgeschlagen, eine Ausgabe der *Finnischen Illustrierten*.

Das Essen beruhigt Kunkku, er schnappt sich mit den Fingern ein dampfendes Fleischklößchen aus dem goldumrandeten Porzellanpokal, so wie er es sich bei den Lipkanskis angewöhnt hat. Sofi steht schweigend im Türrahmen, sie betrachtet die sieben Meter hohen Wände, die an die Decke gemalten Schlachten und die schweren blauen Samtvorhänge. Der Esstisch ist endlos lang, und der Kronleuchter sieht so schwer aus wie das Leben selbst. Die Königinmutter schickt das Personal aus dem Speisesaal und tätschelt mit der flachen Hand den Stuhl neben sich. Sie scheint die junge Frau im Türrahmen gar nicht zu bemerken.

»Kunkku hatte mich angelogen. Er hatte mir nichts erzählt«, sagt Sofi. »Ich hatte ihm alles erzählt. Ich war wütend, ich schämte mich und analysierte zugleich alles kühl. Eines war sicher: In diesem Schloss würde ich nicht bleiben.«

Kunkku erhebt sich und begibt sich gehorsam ans andere Tischende. Die Königinmutter setzt die Lesebrille auf, nimmt die *Finnische Illustrierte* in die Hand und liest Kunkku eine Kolumne vor, in der jemand unter dem Pseudonym Voitto Riski über die außenpolitischen Folgen der Beziehung zwischen Kunkku und Sofi Lipkanski schreibt. Die Sowjetunion sei sauer. Die Spannung zwischen Estland und der Sowjetunion wachse erneut bis an den Rand eines Atomkrieges, Schweden und Norwegen bräuchten für den Kriegsausbruch ohnehin nicht mehr als eine kleine verbale Schmähung. Wenn es nicht zu einem Atomkrieg komme, dann zum Kalten Krieg. Und bei all dem werde Finnland der große Verlierer sein.

»Können wir uns das leisten? Ist es das, was ihr wollt?«

Kunkku weicht dem Blick seiner Mutter aus.

»Sofi ist wunderbar. Ich hätte dir Mozartkugeln mitgebracht, aber alles ging so schnell. Ein Mitbringsel habe ich trotzdem.«

Kunkku zieht eine zerdrückte Schachtel aus der Tasche und reicht sie seiner Mutter. Er sagt, der Erdbeerkuchen schmecke in Estland wesentlich besser als in Finnland. Langsam legt die Königinmutter die *Finnische Illustrierte* auf den Tisch und legt die Lesebrille auf das Heft. Sie schiebt die Gebäckschachtel, aus der die Sahne quillt, von sich weg und wendet sich ihrem Sohn mit demonstrativer Beherrschung zu.

»Als ich sie so sah, war ich glücklich, dass ich bei meinem Vater aufwachsen durfte«, sagt Sofi. »So eine stumme Spannung hatte ich bis dahin nur in den Stücken von Tennessee Williams gesehen.«

Kunkku will dem Blick seiner Mutter noch immer nicht begegnen, weshalb er den Deckel der Schachtel abnimmt und mit dem Zeigefinger Sahne schaufelt. Nachdem er sich ein paar Fingervoll in den Mund geschoben hat, murmelt er, sie wollten einfach nur zusammen sein, er und Sofi.

Sofi schmunzelt im Hintergrund.

Hätte der Hofmarschall sie nicht gefunden, wäre Kunkku gern bis ans Ende seines Lebens in jener anderen Welt geblieben. Die Königinmutter will wissen, was er in der anderen Welt denn hätte tun wollen.

»Ich hätte mich ja zum Beispiel als Bassist versuchen können.«

Die gezwungene Ruhe der Königinmutter hält noch einige Atemzüge lang.

»Ihr könnt nicht zusammen sein!«

»Sofi ist das Beste, was mir je passiert ist.«

»Du. Dir. Dein!«

Die Königinmutter kehrt ebenso schnell in die Ganzkörpersteifheit zurück, wie sie sie verlassen hat. Sie fragt Kunkku, ob er nicht verstehe, dass es hier nicht nur um seinen Willen und seine Wünsche geht.

»Natürlich geht es auch um Sofi«, sagt er. »Um uns beide.«

»Es geht um keinen von euch!«

Kunkku legt seine mit Sahne verzierte Hand auf den Handrücken seiner Mutter. Durch die Haut hindurch spürt er den heftigen Rhythmus ihres Pulsschlags. Die Königinmutter sagt, vor hundert Jahren hätte sie ihren Sohn zum Schämen auf eine åländische Gefängnisinsel schicken können. Und Sofi noch weiter weg, ins Verließ einer Kolonie, mit Geld oder Gewalt. Kunkku überlegt kurz und versucht dann, mit gleicher Münze zurückzuzahlen.

»Ich hätte dich … äh … zum Sterben in die Berge schicken können.«

Die Königinmutter schlägt so heftig mit der flachen Hand auf den Tisch, dass es von den Wänden widerhallt. Sie brüllt, in diesem Haus werde nicht gestritten.

»Es war ein eisiger Moment«, erzählt Sofi. »Ich war in Entwicklungsländern gewesen, hatte unter schwierigen Bedingungen gedreht, hatte unter Irren und Kriminellen gelebt, um mich auf meine Rollen vorzubereiten, aber diese ein Meter fünfzig große, fünfzigjährige Frau strahlte etwas aus … Horror? Nein, das war es nicht. Es fühlte sich aber so an. Oder doch, es kam einem wie der blanke Horror vor.«

Die Königinmutter mahnt, die inneren Konflikte der Familie dürften nicht nach außen sichtbar werden.

Sofi zwingt sich, näher an die Königinmutter heranzugehen. Sie nimmt allen Mut zusammen, blickt abwechselnd auf Kunkku und dessen Mutter und sagt dann möglichst gelassen:

»Ich werde euer Problem lösen. Ich werde gehen.«

»Wenn das so einfach wäre«, sagt die Königinmutter.

Der Nachrichtendienst ist nicht die einzige Instanz, die Kunkku und Sofi im Auge hat. Auch die Fotografen des von Markku Veijalainen angeführten Medienkonzerns kauern auf Dächern und Balkonen. Außerdem hat Jaan Lipkanski offenbar ein paar Fotos, die fürs Familienalbum bestimmt waren, verkauft und führenden Blättern große Interviews gegeben.

»Ich wollte mir für das Geld ein kleines Segelboot aus Holz und eine handliche Reiseschreibmaschine kaufen«, erklärt Jaan Lipkanski. »Das würde mein Mädchen schon verstehen. Ich käme mit meinem Theaterstück weiter, jetzt, wo auch noch so unwahrscheinlich viel neues Material aus der eigenen Sippschaft hinzukam.«

Kunkkus Leben und Taten verkaufen sich in Finnland, aber Sofi Lipkanskis Werk und Leben und Gesicht verkaufen sich weltweit. Und so breitet sich das, was eigentlich in Tallinn bleiben sollte, überall aus: in Reihenhäusern, in Friseursalons, auf Flughäfen, in Gesundheitszentren, Kiosks. Aber die Nation ist nicht erschüttert, sondern voller Verständnis und Begeisterung. Die Liebe zählt, die Zärtlichkeit.

Die neue Anwärterin passt nicht ins Schema. Sie ist wie eine aus dem Volk und ist es zugleich nicht annähernd. Früher kamen Königinnen aus fernen Seglerkreisen oder aus der Oberschicht. Sofi Lipkanski ist die Tochter eines Offiziers, hat aber nichts von Upper Class an sich. Sie stammt aus einem kleinen, unternehmungslustigen, tapferen Nachbarland. Die Zeitungen wissen dem Volk zu berichten, wie die feenhafte Sofi bei Minusgraden im Winter barfuß ihre Schritte setzt, wie sie schon mal den BH vergisst, dass sie eine Sprache spricht, die alle verstehen.

Die Experten prophezeien Probleme zwischen Schwiegertochter und Schwiegermutter.

Markku Veijalainen dreht für das Fernsehen den Dokumentarfilm *Verdammt, Bilder aus dem Königshaus!*.

»Kunkku wurde für mich zu einer gewissen Ganzheitserfahrung«, erzählt Markku Veijalainen. »Er hatte etwas von uns allen.

Er war aus echtem Fleisch und Blut, es wohnten ein Engel und ein Teufel in ihm. Ich gebe zu, hier und da übers Ziel hinausgeschossen zu sein. Aber das konnte ich in meiner späteren Karriere noch korrigieren.«

Das Volk identifiziert sich mit den Problemen des täglichen Lebens, mit den Widersprüchen in den beteiligten Personen, nicht zu vergessen mit Sofis junger, blühender Schönheit, die von Kunkku, den Fotos nach zu schließen, angebetet wird.

Sofi Lipkanski hat ihre eigene Meinung und traut sich auch, sie zu sagen. Sie kennt die finnische Kultur. Aus einem alten Interview mit der Zeitschrift *Variety*, das irgendwo auftaucht, geht hervor, dass ihr Lieblingsschriftsteller Veikko Huovinen heißt. Davon angespornt schreibt Huovinen sein bekanntestes Buch *Gekrönte Häupter wie die Geier*, das schamlos jeglichen Glanz der Macht geißelt und später mit dem Monarkia-Preis ausgezeichnet wird.

Aber die Wirklichkeit innerhalb der Mauern ist eine andere als die aus der Zeitung.

»Ich blieb als Gefangene dort«, erzählt Sofi. »Die Türen und Tore des Schlosses waren offen, aber wenn ich gleich gegangen wäre, hätte es geheißen, ich wäre nur auf Geld und Status aus gewesen. Ich rief meinen Agenten an, bat ihn, mich zu holen und mein Image in Ordnung zu bringen. Seiner Meinung nach war mein Aufenthalt im Schloss durchaus nützlich für meine Karriere. Ständige Präsenz in der Öffentlichkeit, tieferes Verständnis der obersten Gesellschaftsschicht. Ich sollte es ruhig ein Jahr aushalten und mich dann aus dem Staub machen. Ein Jahr?! Niemals. Ich versuchte meinen Vater zu erreichen, aber der segelte irgendwo über die Weltmeere.«

All das Unbefangene und Leichte zwischen den jungen Leuten, ihr Abstecher in die Ecke der echten Liebe, ist im Königsschloss anhaltendem Schweigen, Distanz, Enttäuschung und Bitterkeit gewichen. Kunkku versucht sich Sofi zu nähern und sie um Verzeihung zu bitten.

»Warum hast du Morschkopf mir nichts erzählt? Und wieso hast du dich Pena genannt, verdammt noch mal? Pena ist ziemlich weit weg von Kalle XIV. Penttinen.«

Kunkku weiß nicht, was er hätte anders machen sollen. Hätte er ihr die Wahrheit gesagt, wäre die Beziehung zu Ende gewesen, bevor sie angefangen hätte, aber jetzt ist er für Sofi ein Lügner und für seine Mutter ein Idiot. Dennoch präsentieren sämtliche Zeitschriften auf der Welt Kalle und Sofi als heißes Paar. Man spricht sogar im Singular von ihnen, nennt sie zusammen Kalfi.

»Immer geht alles schief, auch wenn man sich noch so viel Mühe gibt«, murmelt Kunkku und schlägt eine Rückhand nach der anderen auf einen bestimmten Stein, der aus der Mauer hervorspringt.

Nach drei Stunden Ballspielen geht er zu Sofi zurück. Diese schaut gerade aus dem Schlafzimmerfenster; auf dem Bett liegt ein gepackter Koffer.

»Er kam, um sich bei mir zu entschuldigen«, erinnert sich Sofi. »Dabei versuchte er es wieder mit dem Hundeblick, aber ich wandte mich rechtzeitig ab. Er flehte mich an, und so etwas ist doch ziemlich unangenehm. Ich hatte vieles an ihm gemocht, das konnte ich nicht bestreiten. Aber ich mochte eben Pena, den stillen Intellektuellen, und nicht Kunkku, der vielleicht doch ein bisschen … ähm …«

Kunkku starrt Sofi flehend an. Sie hat vor, am nächsten Morgen nach Hongkong zu fliegen und von dort weiter mit einer Privatmaschine zum Mount Everest zu den Dreharbeiten für den James-Bond-Film. Bis zum Abflug ist noch diese eine Nacht Zeit, und Kunkku bettelt darum, sie gemeinsam zu verbringen. Sich einfach nur zu unterhalten, zu zweit.

»Da machte ich den Fehler, ihm in die Augen zu schauen«, seufzt Sofi. »Gleich darauf machte ich den Fehler, na gut zu sagen. Na gut dann. Wegen dieser drei Worte hat sich mein ganzes Leben geändert.«

Kunkku ist begeistert, er bittet die Diener, drei Flaschen Wein und einen Plattenspieler ins Zimmer zu bringen. Er verspricht, all das von sich zu erzählen, was er in Tallinn nicht erzählen konnte, auch wenn er weiß, dass er damit nichts wiedergutmachen kann. Trotzdem ringt er sich Worte ab, die er zuvor noch nie zu jemandem gesagt hat. Verzückt denkt er daran zurück, wie Sofi mit ihrem Vater redete, wie leicht sich die beiden über ihre Gefühle austauschten. Er zwingt sich, etwas über seine Mutter zu sagen, die ein bisschen schlecht rieche und hauptsächlich furchterregend sei, und über seinen Vater, der im toten Zustand wie ein Fisch ausgesehen habe. Er muss fast weinen, und es graut ihm, aber er fährt fort. Er erzählt von seinem einzigen Spielkameraden Heikki Kohtalonmäki und sagt, wenn er nicht Kunkku wäre, würde er als Tennisprofi durch die Welt reisen. Dann hätte er sich auch diese Woche wieder mindestens einen neuen Sportwagen gekauft. Sofi trinkt Wein und hört zu, sie trinkt ein Glas nach dem anderen.

»Er, den ich für einen Intellektuellen gehalten hatte, war ein Vollblutproll«, sagt Sofi. »Ein liebenswerter Proll zwar, aber doch ein Proll. Auf keinen Fall hätte ich den Rest meines Lebens mit diesem Menschen in diesen düsteren Räumen verbringen können.«

Kunkku will Sofi sein Kellerversteck zeigen.

Inzwischen wird die Treppe elektrisch beleuchtet und nicht mehr mit Kerzen, wie noch in seiner Kindheit, aber der Gang ist weiterhin kalt und feucht, und es gibt viele dunkle Ecken.

Kunkku öffnet die Tür zu seinem Geheimraum. Es ist warm dort, denn er liegt neben dem Holz-Gas-Brenner, und es sieht darin so aus, als hätte der Teenager Kunkku nur eben kurz sein Reich verlassen, um draußen ein paar Bälle gegen die Wand zu schlagen. Die Platten, die Zeitschriften und die Cannabisbeutel, die ihm Jorma Ojaharju zum Geburtstag geschickt hat, liegen dort, wo sie hingehören, im verlässlichen Durcheinander auf dem Fußboden.

Er präsentiert Sofi stolz seine Plattensammlung. Aus der Hülle von *Abbey Road* von den Beatles rutscht eine Nummer der *Kurzweil* und fällt zu Boden. Sofi hebt sie auf, aber aus dem Durchblättern wird nichts, weil sich die Seiten nicht voneinander trennen lassen.

»Dieser Raum …«, sagt Sofi. »Der gehörte meiner Meinung nach einem wirklich traurigen Jungen. Ich fragte ihn, ob das stimmte. Ob er ein trauriger Junge gewesen sei.«

Kunkku steckt sich einen Joint an und denkt über die Antwort auf Sofis Frage nach. Er will ihr die Wahrheit sagen und nicht nur Sätze, die sie vielleicht hören will.

»Die meiste Zeit war ich fröhlich«, sagt er.

»Du hast allein im Keller fröhlich vor dich hin gewichst?«

Kunkku reicht Sofi den Joint, und sie nimmt einen Zug, ohne sich weiter Gedanken zu machen.

»Ja, genau. Hier hatte ich meine Ruhe. Und keinen Grund, traurig zu sein.«

Er legt eine seiner Lieblingsplatten auf, bläst den Staub von der Nadel und erhält endlich die Gelegenheit, mit einem anderen Menschen das Stück *I Want to Be So Tender to You What Do You Want to Be to Me to Be or Not to Be Me* von der Ilkka Lipsanen Band zu teilen.

»Und ich wurde weich«, schnaubt Sofi jetzt. »Ich war jung und allein. Dazu ein bisschen Wein und Cannabis und Schmusemusik. Ich vergaß meine Wut, oh heilige Sylvi. Das ist das Schlimmste an diesem Mann, dass man ihm unmöglich lange böse sein kann. Er ist unzurechnungsfähig, obwohl das Gegenteil zutrifft. Schuldig ist er. Ich war so dumm, ihm einen letzten Tanz zu gewähren.«

Als nach dem ersten Stück das langsamere *Autumn Leaves, Springtime Comes, I Wanna Be Somebody* anfängt, kommen sie sich näher.

Nachdem die Platte zu Ende ist, kratzt die Nadel weiter in der Rille. Kunkku schließt die Augen und spitzt die Lippen vor Sofis Mund. Beide lachen, und in Sofis benebeltes Bewusstsein schleicht sich der Vorschlag ihres Agenten, das Ganze einfach als Rolle zu nehmen …

Kunkku trägt Sofi Lipkanski vom Keller in sein Zimmer. Sofi muss immer heftiger über die Vorstellung lachen, dass sie zum ersten Mal in ihrem Leben Prinzessin spielt, und zwar in einem echten Königsschloss.

Kunkku legt Sofi aufs Bett, wirft das Sakko von sich, reißt sich den Schlips herunter und die Hosenträger, zieht Sofi Kleid und Strumpfhose aus und dann auch den Slip. Sofi lässt sich auf den Fußboden gleiten und befiehlt Kunkku, sich auf den Bettrand zu setzen.

»Das war wohl so was wie ein Moment der freien Liebe«, sagt Sofi leicht sarkastisch. »Aus irgendeinem Grund schien es mir eine gute Idee zu sein, das Zepter Seiner Majestät zu lutschen. Dabei hatte ich auch so etwas wie Rache im Sinn. Ich wollte ihm in dieser Nacht etwas bieten, das er für den Rest seines Lebens vermissen würde.«

Da geht das Licht an.

Die Königinmutter nimmt die Stöpsel aus den Ohren, richtet ihre Bettmütze und setzt sich auf. Sie schaut kurz auf das junge Paar, seufzt, nimmt Decke und Kissen unter den Arm und verlässt das Zimmer.

»Kinder werden anders gemacht«, hört man sie noch sagen, bevor sie endgültig das Schlafzimmer verlässt, ohne je wieder dorthin zurückzukehren.

PENA

Es klingelt. Plötzlich steht Veikko vor der Tür. Er trägt ein Gerät am Fußgelenk, das der Polizei verrät, wo er sich gerade aufhält. Mir fällt ein, dass meine Frau einmal gesagt hat, ich müsste auch so etwas haben.

Veikko geht vom Schlafzimmer ins Wohnzimmer, vom Wohnzimmer auf die Toilette, von dort auf den Balkon, vielleicht um die Waggons des Güterzuges zu zählen, der gerade vorbeifährt. Obwohl ich väterlich-freundlich und auch ein bisschen unwirsch versuche, ein Gespräch anzufangen, sagt er kein Wort. Er isst fast nichts, nascht nur ein paar Knusperflocken, die der Vormieter im Schrank zurückgelassen hat.

Er sagt: Lass mich in Ruhe. Ich kann nichts erzählen.

Jetzt habe ich also zwei Nichtstuer im Haus.

Ich frage ihn, ob er bis Weihnachten bei uns bleiben kann. Er nickt und meint gleich darauf, er könne bis Weihnachten aber auch im Gefängnis sein oder tot.

Da ich ihn gerade erst zurückbekommen habe, will ich ihn nicht so schnell wieder hergeben. So ist es oft in meinem Leben gewesen. Nahestehende Menschen kommen ungebeten und gehen ungebeten. Das muss sich ändern.

Ich überlasse Veikko mein Bett und meinen Schlafsack, den ich von Hilja Liukko bekommen habe. Er schläft sofort ein, aber hin und wieder hört man kurze Angstschreie.

Mehrmals in der Nacht schaue ich nach meinen Kindern. Wenn sie schlafen, könnte man meinen, sie hätten keinen Kummer. Genauso sahen sie als Babys aus, in dem Gitterbett, das von Generation zu Generation weitergereicht wurde. Irma sagt: Glaubst du vielleicht, ich schlafe? Was schnüffelst du hier herum?

Ich lege mich hin. Im Bad ist die Fußbodenheizung an, eine Decke brauche ich nicht. Die Wärme erinnert an die Wärme eines anderen Menschen, an die einer Frau. Ansonsten fühlt es sich ziemlich anders an. Frauen sind nicht platt, sondern herrlich gewölbt. Weich und rund oder weniger rund.

Im Schloss gab es keine Fußbodenheizung, das Denkmalschutzamt ließ es nicht zu, und der Ministerpräsident auch nicht. Es gab dort aber ein richtig großes Badezimmer mit Wanne, in welche die Diener lange Wasser einlaufen ließen und Schaumbad aus der Flasche drückten. Ich weiß noch, wie die Diener manchmal alle meine Kinder zusammen in die Wanne setzten, wie sie dort mit Gummienten, Krone, meinen Tennisschlägern und meinen Bällen spielten. Ich selbst bin oft in Whirlpools gewesen, zusammen mit so mancher Frau.

Ich stehe vor sechs Uhr auf, nehme einen Hamburger aus dem Gefrierfach und stecke ihn zum Auftauen in die Tasche. Dann laufe ich zur Bushaltestelle.

Ich treffe Helena jetzt jeden Morgen vor der Arbeit auf dem Friedhof. Sie hat Kaffee in der Thermoskanne und Brote in Pergamentpapier dabei. Ich lege meinen Hamburger dazu, und dann teilen wir die Brote.

Ich erzähle ihr, dass Veikko nach Hause gekommen ist. Sie hält das für eine großartige Neuigkeit. Als Nächstes müssten wir herausfinden, was eigentlich los ist, sonst können wir dem Jungen unmöglich helfen. Ich sage, meine erwachsenen Kinder seien sonderbar verschlossen. Ganz der Vater, es fällt ihnen schwer, über die eigentlichen Dinge zu reden.

Helena meint, durch Zwang sei nichts zu erreichen. Es sei höchst unwahrscheinlich, dass sich ein Junge, der Dummheiten gemacht habe, ausgerechnet seinen Eltern öffne. Sie verspricht, uns am Wochenende gleich nach dem Gottesdienst zu besuchen.

Über diese Hilfe bin ich so froh, dass ich später im Elektrolager keinen einzigen Fehler mache. Ich reiße sogar einen Witz. Es ist die wahre Geschichte von einem Sowjetführer, der betrunken ins Kühlbecken eines Atomkraftwerks fällt. Lipponen schlägt mir mit der flachen Hand auf den Rücken und sagt, dass ich offenbar langsam lerne, wie man sich in einem Lager benimmt. Faulenzen und Witze über Besoffene – so wird das vielleicht doch noch was mit dir, Penttinen.

Am Sonntag kommt Helena, wie sie es versprochen hat. Im Fernsehen fängt gerade das Formel-1-Rennen an, und ich bitte Irma, den Ton abzustellen.

Veikko erinnert sich an Helena und fragt: Ist die von der Polizei? Ich sage ihm, Helena sei meine Helferin in weltlichen Angelegenheiten. Veikko meint, er brauche keine Hilfe. Ihm könne niemand helfen. Helena findet, er gebe anderen Menschen zu wenig Vertrauensvorschuss. Es gebe immer jemanden, der einem helfen könne. Wir seien auf dieser Welt aufeinander angewiesen, wir hingen an einem Seil über dem Abgrund. Mittel, das Seil zu stärken, seien Barmherzigkeit, Vergebung und Gebet.

Dann steht sie auf und geht zum Balkon. Sie bedeutet Veikko, mitzukommen. Offenbar hat sie wirklich etwas an sich, denn aus irgendeinem Grund folgt er ihr. Helena schließt fest die Tür hinter ihnen.

Durchs Fenster sehe ich, wie Veikko sich bückt und aus Helenas Feuerzeug Feuer für seine Zigarette saugt. Ich wusste gar nicht, dass mein Sohn raucht. Aber das ist jetzt die geringste Sorge. Sie lehnen sich ans Geländer, Helena sagt anscheinend etwas. Ich frage Irma, was die beiden da reden. Irma sagt: Hynynen ist Dritter, muss aber bald die Reifen wechseln.

Ich vertraue Helena, will die beiden in Ruhe lassen. Aber ich will auch wie verrückt wissen, was auf dem Balkon geredet wird.

Veikko schüttelt den Kopf, Helena sagt ein paar Worte. Dann

sind sie still, und Helena drückt die Zigarette am Geländer aus. Sie zündet sich eine zweite an. Ein Güterzug rumpelt vorbei. Irma sagt: Jetzt ist ihm der Heckflügel kaputtgegangen.

Plötzlich ändert sich Veikkos Haltung.

Er redet, und er redet lange.

Ich versuche, ihm etwas von den Lippen abzulesen, aber um das zu können, müsste ich taub sein. Veikko redet so lange, dass Irma sagt: Stolttenberger hat gewonnen, Best ist Zweiter, Hynynen Dritter.

Als auch die nächste Sendung im Fernsehen zu Ende ist, sehe ich, dass Veikko weint. Er legt den Kopf auf Helenas Schulter. Helena schlingt ihre starken Arme um ihn.

Als Kind wollte Veikko nicht auf den Schoß und auch nicht umarmt werden. Die Not musste schon sehr groß sein, wenn er meiner Frau erlaubte, ihn zu trösten. Manche Menschen wollen ständig umarmt werden, andere messen ihren Kummer zuerst ab, bevor sie sich gehenlassen.

Veikko kommt vom Balkon zurück, trinkt ein Glas Wasser und geht ins Bett. Er ist außer Atem und vielleicht ein bisschen erleichtert.

Helena schaut mich ausdruckslos an. Was ist eigentlich passiert?, frage ich. Hat er es dir erzählt? Sie sagt, dass sie alle zum Reden bringt, wenn es nötig sei. Sie habe so eine Gabe. Sie öffne Energieströme, Rede- und Tränenkanäle.

Ich nicke. Warum sollte es nicht so sein.

Helena sagt, der Junge suche nach einer Vaterfigur. Seiner Meinung nach sei ich nicht einmal fähig, mein eigenes Leben zu meistern. Darum sei er nach meinem Rauswurf fortgegangen. Zusammen mit einem Mann, der sein Leben in Ordnung gebracht hatte.

Wohin? Bis wohin hat er es in dieser Zeit geschafft?

Zum Arbeiten bei einem gewissen Watte, sagt Helena. Angeblich kenne ich den Mann.

Na klar kenne ich Watte, wir haben mal was zusammen gemacht.

Er verschaffte mir einen Tag als echter König. Er besorgte mir weißes Pulver, ein Dachzimmer und die wunderbarste Sängerin der Welt.

Was, um Himmels willen, hat Veikko mit Watte zu tun, will ich wissen. Was haben sie zusammen angestellt?

Helena erzählt, Veikko habe für die Watte-Bomull-Building-Company geputzt.

Putzen ist doch nichts Kriminelles.

Helena seufzt und sagt, er sei nicht wirklich Raumpfleger gewesen. Veikko habe wichtig und bedeutsam sein wollen. Er habe die Spuren von Verbrechen beseitigt.

Was für eine dumme Methode, seine Männlichkeit unter Beweis zu stellen!

Helena fragt, ob meine Methoden besser seien. Bestimmt nicht. Sie sagt, keiner auf der Welt dürfe den ersten Stein werfen. Wir haben alle schon mal falsch und unbedacht gehandelt. In jedem Menschen steckt eine Sünde.

Was für Spuren hat Veikko denn beseitigt?

Er hat Nummernschilder ausgetauscht und für Wattes Abfallunternehmen Problemmüll in den Fluss und in Abwasserkanäle geschüttet. Lauter Sachen, die zu Wattes Geschäft gehörten. Außerdem hat Veikko Blutspritzer aufgewischt, Beweismaterial und Buchhaltungsunterlagen verbrannt.

Wie haben sie ihn erwischt? Und wobei?

Er hat etwas gesehen, was er nicht hätte sehen sollen. War zu früh am Tatort und wurde unfreiwillig Zeuge. Wurde zum dritten Beteiligten an einem Verbrechen, dessen Täter man verhaftet hat. Und jetzt soll er alles auf seine Kappe nehmen.

Veikko ist der Verbindungsmann der Polizei zu Watte.

Er hat Angst um sein Leben. Er glaubt, es im Gefängnis nicht auszuhalten. Und wenn er erzählt, was er gesehen und für wen er gearbeitet hat, gilt er als Spitzel.

Was machen wir jetzt? Was können wir tun?

Man muss mit diesem Watte reden, sagt Helena. Wir müssen versuchen, Klarheit zu schaffen. Und noch bevor ich alles aufgenommen habe, was Helena mir gerade erzählt hat, sagt sie, da wäre noch etwas.

Nämlich?

Auch deine Frau ist mit Watte weggegangen.

Kunkku bekniet Sofi, zu bleiben. Was soll aus seinem Leben werden, wenn sie geht, es wird nur noch aus Leere und Sehnsucht bestehen. Er muss in sein altes Leben zurückkehren, sich dem Hofmarschall unterordnen, parfümierte Damen unterhalten. Sofi sagt, es gebe keine andere Möglichkeit, sie könne nicht im Schloss bleiben, denn das würde ihr ganzes Leben kaputt machen. Bis zum Start des Flugzeugs sind es noch zwei Stunden.

Kunkku versinkt immer tiefer in Verzweiflung; er schlägt vor, erneut zu fliehen, sich das Gesicht operieren zu lassen und so dick zu werden, dass man sie nicht mehr erkennt. Während er über Fluchtmöglichkeiten nachdenkt, spürt Sofi einen Druck im Bauch. Sie rennt auf die Toilette, wo der Brechreiz lange im Magen kreist. Kunkku steht vor der Toilettentür und überlegt, ob sie sich in der Tiefgarage unter dem Schloss ein Auto schnappen und damit wegfahren könnten. Sofi kann jetzt nirgendwohin, weil alle Kraft aus ihr gewichen ist wie aus einem zerstochenen Luftballon.

»Ich vertrug Alkohol besser als die meisten Männer und war ohne Impfungen in allen möglichen Urwäldern gewesen«, erzählt Sofi. »Ich konnte nicht begreifen, warum mir gerade in dem Moment so schlecht wurde. Ich wollte so schnell wie möglich raus aus dem Schloss. Ich bat Kunkku, meinen Koffer zu schließen, sich auf den Deckel zu setzen und den Reißverschluss notfalls mit Gewalt zuzumachen. Das bisschen Kotzeritis würde mich nicht aufhalten.«

Kunkku ruft den Hofmarschall zu Hilfe, und gemeinsam schaffen sie es, den Koffer zu schließen. Kunkku schluckt. Endlich kommt Sofi von der Toilette und greift nach dem Koffer. Der Hofmarschall will ihr beim Tragen helfen, aber sie lehnt es ab. Sie gibt Kunkku einen raschen Wangenkuss und sagt, vielleicht würden sie sich irgendwann wiedersehen. Kunkku bleibt untröstlich auf der Bettkante sitzen, denn gerade verlässt seine Zukunft den Raum.

»Keine Schwelle hätte ich lieber überschritten«, sagt Sofi. »Hinter einigen großen Türen, dem Haupttor und dem Wassergraben wartete die Freiheit auf mich. Ich wäre zurück in meinem eigenen Leben! Würde den Albtraum hinter mir lassen.«

Außer dass Sofi im selben Moment wieder auf die Toilette rennen muss.

Die Königinmutter hört durch den Belüftungskanal die Geräusche der Liebsten ihres Sohnes und weiß sofort, was los ist. Sie steigt die Treppe hinauf und steuert an ihrem niedergeschlagenen Sohn vorbei auf die Toilette zu. Die Königinmutter und Sofi sind sich aus dem Weg gegangen, um Konflikte zu vermeiden, das war der ausdrückliche Wille der beiden und von Vorteil, aber jetzt ist es für die Königinmutter an der Zeit, einzuschreiten. Sie lässt lauwarmes Wasser in einen Becher laufen und reicht ihn Sofi. Dann gibt sie ihr ein Handtuch, damit sie sich das Gesicht abtrocknen kann.

»Jetzt ist es also passiert«, sagt die Königinmutter.

Sofi nimmt einen Mundvoll Wasser.

»Trink! Geh ins Bett und ruh dich aus! Zähle keine Monate, Tage, Stunden, nicht einmal Minuten! Lass die Zeit vergehen, es wird dann schon irgendwann kommen.«

Sofi versucht zur Tür zu taumeln, denn sie muss den Flieger erreichen. Die Königinmutter sagt, die Flugzeuge würden jetzt ohne Sofi Lipkanski starten und landen. Kunkku und der Hofmarschall helfen Sofi ins Bett.

Die Königinmutter steckt sich eine Zigarette an, behält sie beim Sprechen zwischen den Lippen und sagt, so habe es bei ihr auch angefangen. Frühe Übelkeit deute darauf hin, dass es ein Junge werde. Was aus der Sicht der Monarchie und ihrer Fortdauer eine absolut positive Nachricht sei.

»Habt Ihr Wünsche?«, fragt der Leibarzt.

»Eine Zigarette könnte ich brauchen«, antwortet Sofi.

»Das geht jetzt neun Monate lang nicht. Danach empfehle ich ausschließlich Mentholzigaretten. Weil die für frischen Atem sorgen.«

»Eine Abtreibung wäre mir auch recht.«

»Eure Hoheit verfügen über einen ziemlich schwarzen Humor.«

»Welchen Humor? Und wieso Eure Hoheit? Das kann nicht sein. Ich nehme die Pille.«

»Die Penttinens haben einen brutal starken Samen.«

»Einen brutal starken Samen? Ist das die offizielle Erklärung?«

»Kein Medikament ist hundertprozentig. Für Eure Hoheit ist es nun wichtig, auszuruhen und Kräfte zu sammeln. Möge das Jahr des Herrn und Königs neunzehnhundertfünfundsiebzig unserer Königin gewogen sein.

KALLE, DER EROBERER

1975

Kunkku schneidet Sofi aus einer estnischen Wochenzeitung aus und hält sie neben das Hochzeitsfoto seiner Mutter. Die Mutter ist klein und wie aus einem Stamm gemacht. Sofi hingegen eine rassige Frau, groß und schlank, blond, mit schönen Kurven um die Taille, wenn auch mit kleinen Brüsten. Das Bild wirkt eher beklemmend als erhebend oder erregend, weshalb er es zerknüllt und in den Kamin wirft.

Sofi liegt schweigend im Bett.

Sie kann unmöglich schwanger sein, sie hat die Kronjuwelen eines finnischen Arzneimittelherstellers geschluckt, die Pille der zweiten Generation, jeden Tag eine. Eine Pille ohne jegliche Nebenwirkungen: kein Kopfweh, keine Unterleibschmerzen und erst recht keine Schwangerschaften. Nur Freiheit, gute Noten, gute Examen und lange Karrieren für moderne, willensstarke und selbstbewusste Frauen.

Sie wurde nicht von Robert Redford schwanger und auch nicht von einer Lichtgestalt wie Julius Erving, warum dann jetzt von Kunkku? Aber schwanger ist sie, sie spürt, wie ein Hügel heranwächst, auch wenn es sonst niemand merkt. Ihr Bauch wird ständig runder. Das ist schön, aber beängstigend. Und wenn sich ein Nachkomme des Königs ankündigt, müssen dessen Eltern so bald wie möglich heiraten. Das ist Geheiß Nummer zwei der Königlichen Gesetzgebung, unumstritten und allgemeingültig seit dem Jahr 1021.

Der Hofmarschall organisiert die Hochzeit, die Königinmutter erklärt den Dienern, wo auf dem Dachboden des Schlosses das

Hochzeitskleid zu finden ist. Man wird Sofis Maße nehmen müssen und die notwendigen Änderungen am Kleid machen, das seit Rosamunda Kaulaliina Penttinen im Einsatz ist, seit der Morgendämmerung der Geschichte.

Für Kunkku ist es perfekt, dass Sofi im Schloss bleibt und dass sie heiraten werden wie sein Vater und seine Mutter. Hauptsache, sie werden nicht ebenso ein Paar. Kunkku will mit seiner Angetrauten zärtlich und mit Liebe in einem Bett schlafen. Man muss sich ganz nah sein, Seite an Seite, die ganze Zeit muss man zusammen sein und mehrmals die Woche miteinander umhertollen. Er will ein guter Ehemann sein, wenn Sofi ihm nur die Gelegenheit dazu gibt. An das Kind kann er nicht allzu intensiv denken, denn es ist schon ziemlich merkwürdig, dass durch seinen Samen ein Kind in Sofis Bauch heranwachsen soll.

»Mithilfe von Hypnose ist es mir gelungen, bis in meine frühe Kindheit zurückzugehen«, erzählt Sofi. »Ich habe noch einmal meine Geburt durchlebt und hinter das Tor zum Tod geschaut, aber von meiner ersten Schwangerschaft weiß ich nichts mehr. Als wäre ein Teil meines Gehirns weggewischt worden. Bei Stress und zu hohem Traumapegel kann es so weit kommen, habe ich gelesen. Der Mensch schützt sich damit sozusagen selbst.«

Sofi lässt Kunkku nicht an sich heran. Er fragt seine Mutter, ob Sofi immer so bleiben wird. Die Königinmutter sagt, es gebe mittlerweile bessere Medikamente als zu der Zeit, in der sie eine junge Frau war. Kunkku versteht nicht, was seine Mutter meint und verlangt eine klare Antwort. Wird Sofi ein stummes Bettbündel bleiben, oder kommt die alte Sofi irgendwann zurück?

»Hauptsache, ihr bringt eure öffentlichen Auftritte mit Anstand über die Bühne. Wie ihr den Alltag über die Bühne bringt, ist eure Sache. Und das Kind sollte ein Junge sein.«

Kunkku redet der stillen Sofi zu, leistet ihr Gesellschaft, sitzt besorgt und aufmunternd summend auf einem Stuhl neben dem Bett. Er versucht die gleiche Verbundenheit herzustellen, die in Tallinn zwischen ihnen geherrscht hat; ihm sind noch die leichten Stunden in Erinnerung, die glücklichen Momente, in denen sie nichts taten oder redeten, sondern sich bloß ein bisschen kitzelten, während sich die Zeiger auf der Uhr bewegten.

»An die Gerüche kann ich mich erinnern«, erzählt Sofi. »Besonders an einen muffigen Geruch. An den Mief von alten Stoffen und Vorhängen. An Geräusche. Der Hofmarschall hatte einen anderen Schritt als Kunkku. Ich wusste immer, wer gerade ins Zimmer kam. Aber ich wollte niemanden sehen. Von niemandem angefasst werden. Mein Mann legte mir seine schüchterne Hand auf die Schulter, und ich zuckte unter der Berührung zusammen.«

Der Hofmarschall bringt Kunkku aus dem Bibliothekszimmer das Jahrbuch von 1932, das eine Bildergeschichte von der Hochzeit des Königs und der Königinmutter enthält. Kunkku kann sich von seiner Kindheit her an das Buch erinnern und erzählt Sofi, wie er damals die Fotos von seinem jungen Vater und seiner jungen Mutter betrachtete, ohne die beiden zu erkennen. Im Buch sind auch die prächtigen Kanonen abgebildet, mit denen anlässlich der Hochzeit zehn Mal Salut geschossen wurde, außerdem gibt es Bilder von der Ehrenkompanie, von der finnischen Marine, vom ersten Flugzeugträger und vom größten Luftschiff der Welt, nach Kunkkus Vater auf den Namen *Seppoliini* getauft. Kunkku zeigt Sofi Fotos von glänzenden Kutschen und Fahnen schwenkenden, Hurra rufenden Bürgern. Schwerter, Troddeln, Orden. Aufmarsch der Zwerge, Harmonikavorführung der Kastratenspielmänner und Feuerwerk. Und beim Hochzeitsball im Schloss kommen alle Staatsführer Europas und Asiens in schönster Eintracht zusammen.

Sofi nimmt das Buch in die Hand, klappt es zu und lässt es auf den Boden fallen. Sie flüstert und schreit zugleich, die James-Bond-Dreharbeiten hätten begonnen, und das Letzte, was sie in ihrem Leben zu tun beabsichtige, sei Kunkku zu heiraten. Sie versucht aufzustehen, aber die Beine tragen sie nicht. Der Leibarzt eilt herbei, um Sofi eine Spritze zu geben, die sich daraufhin wieder etwas weiter vom Rest der Welt entfernt.

Während sie schläft, werden ihre Maße genommen. Kunkku rollt seine künftige Ehefrau auf die eine Seite und dann auf die andere, und der Schneider legt das Maßband an. Kunkku sagt, es sei schlimm, Sofi so zu sehen. Wie würden sie es schaffen, sie bis zur Hochzeit aufzupäppeln, und was habe es überhaupt für einen Sinn, zu heiraten, wenn es so ist, wie es ist? Die Königinmutter befiehlt ihm, sich eine Beschäftigung zu suchen, und versichert ihm, es werde ganz bestimmt gelingen, Sofi bis zur Hochzeit zu kurieren. Dafür seien Traditionen, Befehle und medizinische Hilfe ja da.

Im Schlosshof liegt Schnee. Man kann nicht Tennis spielen.

Da fängt Kunkku an, ein anderes Spiel zu verfolgen.

PENA

Helena bringt mir einen schwarzen Anzug und sagt, es sei der alte von ihrem Vater. Wir müssen Glaubwürdigkeit ausstrahlen, wenn wir zum Hauptsitz des größten Bauunternehmens des Landes gehen.

Ich bin bei Verhandlungen über die Eroberung des Weltraums, das Schicksal eines Nachbarlandes und die Veranstaltung Olympischer Spiele dabei gewesen, aber im Vergleich zu dem, was jetzt bevorsteht, waren das Kleinigkeiten. Die Verhandlungen von damals helfen mir jetzt nicht weiter.

Ein bisschen zu groß ist der Anzug, und eine Krawatte kann ich immer noch nicht binden, weil das stets der Hofmarschall für mich getan hat. Helena hat mein Problem vorausgeahnt und eine Bildfolge ausgedruckt, die Schritt für Schritt zeigt, wie ein Krawattenknoten entsteht. Die ersten Knoten geraten mir zu groß oder zu straff, aber schließlich kommt etwas Brauchbares heraus. Irma sagt: Wo geht'n ihr hin? Macht die Vorhänge zu und bringt Limo mit.

Ich sitze in Helenas Kombi auf dem Beifahrersitz. Ich sehe Hundehaare, einen randvollen Aschenbecher und viele Kaffeebecher aus Pappe. Auf dem Rücksitz liegt ein vom Lesen abgenutztes, in Leder eingebundenes Buch mit dem Titel *Das Neue Testament und die Psalmen*. Ich will auch so ein Auto haben, in dem man das Leben und die Weltanschauung seines Besitzers erkennen kann. In meinem Auto gäbe es auf jeden Fall Flaschen mit Apfellimo und vielleicht das Gesamtwerk von Ilkka Lipsanen im CD-Paket, die Tennissachen kämen in den Kofferraum.

An meinem ehemaligen Arbeitsplatz wurde das lange schwarze Auto täglich gewaschen und gereinigt. Es durften keine Lebenszeichen erkennbar sein. Es war ganz egal, wer darin saß und wer es fuhr. Darum hieß es auch Dienstwagen.

Helena raucht auf dem Weg zwei Zigaretten, im Radio singt jemand, er habe am Montagmorgen einen Kater und zittere und starre in der Toilette an die Wand.

Schon von weitem sieht man den vertrauten Schornstein.

Im Hinterhof der alten Feuerwache von Tikkurila gibt es einen Parkplatz. Hier war ich während der Olympiade von Vantaa jeden Abend; starke Männer trugen mich in den Keller. Damals war das eine Wäscherei, in der man anschauen und anfassen durfte, was man wollte. Ich versuche die Bilder, die in meiner Erinnerung aufsteigen, zu löschen, denn meine Gedanken schweifen in eine vollkommen falsche Richtung ab.

Die Innenwände der Feuerwache sind gesäubert und gestrichen worden, außerdem hat man das Gebäude um mehrere Etagen aufgestockt.

In der hohen Eingangshalle steht die vergoldete Stange, von der ich weiß, dass sie durch alle Stockwerke läuft.

Helena meldet uns am Empfang an. Irgendwie hat sie es geschafft, einen Termin beim Geschäftsführer des Unternehmens für uns zu bekommen.

Ich warte auf einer Bank im Flur. An der Wand hängen Bilder von verschiedenen Objekten, die das Unternehmen reinigt und baut. Ein Bandy-Stadion für zigtausend Zuschauer in Tornio. Ein Atomkraftwerk in Monaco. Und als wichtigstes Projekt die Zwillingstürme in Stockholm, die in fünf Jahren fertig sein sollen.

Helena bedeutet mir mitzukommen.

Wir betreten den Lift. Dort schaue ich in den Spiegel. Dieselbe Brille wie immer, der Bart jeden Tag ein bisschen länger; ich habe überhaupt keine Lust mehr, mich zu rasieren.

Als der Lift sein Ziel erreicht und sich die Tür zum obersten

Stockwerk öffnet, steht Watte davor. Er lächelt wie in seinem früheren Leben, aber heute treffen wir uns nicht heimlich und tauschen auch keine Beutel mit Pulver gegen alte Silbergegenstände. Wir gehen in den Sitzungsraum, wo eine Wand aus Glas ist und die Decke ebenfalls. Von hier sieht man noch weiter als vom Schloss aus. Watte erzählt, an guten Tagen könne man bis Tallinn schauen, und wenn es nach ihm ginge, bald noch weiter, denn Wolkenkratzer seien die Zukunft der Städte im Ostseeraum.

Auf dem Tisch steht eine Flasche Apfellimo und ein Becher für mich. Helena bekommt Kaffee.

Watte schmunzelt und schaut uns an. Er trägt nicht mehr so dicke Goldketten um den Hals und an den Handgelenken wie früher, aber die Uhr ist größer geworden und mit Diamanten besetzt. Er fragt, wie es in meinem neuen Leben so läuft.

Ich erzähle ihm, dass ich mich im Wohnblock und im Warenlager des Elektroladens wohlfühle, weil es Orte meines Formats seien. Diese Formulierung habe ich aus der Einrichtungssendung, die sich Irma immer anschaut. Watte sagt, er habe schon immer gewusst, dass ich nicht viel brauche, um zufrieden zu sein.

Helena unterbricht unser Geplauder mit der Feststellung, wir drei wüssten, warum wir hier wären. Wir hätten ein gemeinsames Problem, das gelöst werden müsse.

Watte hört nicht auf sie, er erzählt, das Schlossgrundstück sei die teuerste Investition seines Lebens, aber er bereue nichts. Ich gratuliere ihm zu dem Geschäft, obwohl ich meine Zweifel habe, ob man auf so einem Grundstück einen Wolkenkratzer bauen kann. Watte meint, das sei alles eine Frage der Fundamente. Wenn die gut genug gemacht seien, dann könne man draufsetzen, was man wolle, von Beton bis Betrug.

Watte nimmt sich ebenfalls Kaffee, lässt fünf Stück Zucker hineinfallen und rührt um, gießt Milch hinzu und rührt erneut. Er redet ganz anders als damals, als ich ihn zum ersten Mal sah. In meinem früheren Leben benutzte er Slang- und Dialektwörter, und er hatte einen ausländischen Akzent. Jetzt spricht er die saubere

Hochsprache, die auch die Sprache meiner früheren Umgebung war.

Er wendet sich an Helena und fragt sie, was es mit dem gemeinsamen Problem auf sich hat. Watte habe viel zu verlieren, meint Helena, all das Materielle, das er um sich herum angehäuft habe. Das könne bald verloren gehen, falls man in Veikkos Angelegenheit nicht zum Einvernehmen finde.

Kein Geschäft ist so wertvoll wie das eigene Blut, sagt Watte. Die eigenen Kinder. Man sollte meinen, dass der einzige Sohn einen höheren Preis hat als Autos, Immobilien und künftige Millionenverträge.

Dann dreht er sich zu mir um.

Er gibt zu, dass Helena die Wahrheit sagt. Aber was können wir tun? Wo ist der Kompromiss, der uns alle rettet?

Er findet, für besagten Veikko, den er selbstverständlich nicht kenne und nie gesehen habe, wäre es am klügsten, die Strafe abzusitzen, die man für eine solche Tat bekomme. Als Ersttäter müsse er in Finnland nicht mehr als ein Viertel der Strafe verbüßen.

Ich sage, dass Veikko nichts getan hat. Er hat nur etwas gesehen, was er nicht hätte sehen sollen. Ich hingegen hätte alles Mögliche getan, und Watte ebenfalls. Uns müsste man bestrafen, nicht einen Unschuldigen.

Watte trinkt einen Schluck Kaffee.

Er gibt ein weiteres Stück Zucker hinein und rührt um.

Er dreht seinen Ring am Finger und streicht sich das Haar nach hinten.

»Was sollte ich jemandem antun?«, sagt er schließlich. »Ich wasche Wäsche, baue Räume für Menschen. Veranstalte manchmal Boxkämpfe und Konzerte. Ich bin ein legaler Unternehmer, Geschäftsführer, ich bin Måns Wilander. Herrgott aber auch. Ich werde mich doch nicht auf irgendwelche kriminellen Geschichten einlassen.«

Ich koste von meiner Apfellimo, aber süß schmeckt die nicht mehr. Watte findet, dass hier bestimmte Geschichten miteinander im Konflikt liegen, nicht Männer, Frauen oder Kinder. Manchmal würden die Geschichten halt so kompliziert, dass man die Lösungen auf dem einfachsten Weg suchen müsse. Um Veikko kümmere man sich im Gefängnis, um uns kümmere man sich hier in der Freiheit. Wenn Veikko entlassen würde, könne man eine Stiftung gründen, die ihm für den Rest seines Lebens Sicherheit biete.

Watte schaut Helena an.

Helena schaut Watte an.

Watte sagt, mein Geschmack in Sachen Frauen habe sich bedeutend geändert. Meiner Meinung nach hat das nichts mit Veikko zu tun.

Watte will wissen, wie viel Helena auf der Drückbank stemmt. Helena antwortet nicht.

Das Gespräch kommt nicht voran.

Watte sagt, dass er gleich den nächsten Termin hat und wir leider gehen müssen. Es sei angenehm gewesen, uns zu sehen, und er wünsche uns allen ein gutes restliches Leben. Ein möglichst langes, auch für Veikko. Besonders für Veikko. Sollte er etwas vergessen haben, werde er sich bei mir melden, wir sollten uns nicht wieder an ihn wenden, nie mehr.

Bevor ich den Konferenzraum verlasse, frage ich Watte, wo meine Frau ist.

»Das weiß ich nicht«, sagt er. »Ich weiß es wirklich nicht. Sofi ist schon vor langer Zeit weggegangen.«

Wir fahren zur Eingangshalle hinunter, gehen hinaus, setzen uns ins Auto. Helena schaut mich an. Sie sagt, es sehe schlecht aus, weil dieser Mann schlecht sei. Meiner Meinung nach hat Watte trotz allem auch sympathische Züge. Helena meint, Veikko müsse sich entscheiden, auf welcher Seite er stehen wolle. Wenn er der Polizei einfach alles erzählt, was er weiß, müssten er und wir anderen uns für den Rest unseres Lebens verstecken, der kleine Elmeri eingeschlossen. Mit Mathematik habe ich schon immer Schwierigkeiten gehabt. Und bei dieser Aufgabe hier kommt man zu keinem Ergebnis. Ich kann Veikko nicht ins Gefängnis gehen lassen, meinen unschuldigen Jungen. Ich kann aber auch nicht die anderen wegen Veikko leiden lassen, meine unschuldigen Familienmitglieder.

Als ich wenig später daheim bin, klingelt das Telefon. Aus dem Hörer dringt die Frage, ob der Verräterbastard zu Hause sei. Dem Verräterbastard würden bald die Eier abgerissen. Ich frage den Anrufer, ob er meinen Sohn meint oder ob er sich verwählt hat. Da knallt er mir den Hörer aufs Ohr.

Irma und Veikko sehen fern, etwas bringt sie zum Lachen. Ich schärfe ihnen ein, weder die Wohnung zu verlassen noch die Tür aufzumachen, noch die Gegensprechanlage zu benutzen. Ich schließe die Balkontür und ziehe die Vorhänge zu.

Irma sagt: Bist du das da?

Wer, wo?

Ich setze mich zu ihnen auf die Couch. Auf dem Bildschirm sehe ich einen mäßig begabten Schauspieler, den man mithilfe von Brille und Kunsthaar als Kunkku maskiert hat. Er sitzt in einem Büro und telefoniert mit dem Präsidenten der Vereinigten Staaten. Was das für eine Sendung ist, frage ich meine Kinder. Der Mann im Fernsehen lässt achtlos eine Erdkugel aus Gummi auf der flachen Hand hüpfen.

Apollo-Joukahainen 13, sagt Veikko. Preisgekrönter Hollywood-Film, mit Meryl Streep, Hulk Hogan und Götz George in den Hauptrollen. Veikko will wissen, ob ich wirklich an der Eroberung des Weltraums beteiligt gewesen sei.

Ich schmunzle. Mehr als das. Von damals bis hierher ist es ein weiter Weg gewesen. Ich war bei der Eroberung des Alls einer der Dirigenten, ohne mich wäre der Mond heute noch nicht betreten worden.

Finnland, die Vereinigten Staaten und China wetteifern darum, wer es als Erstes auf einen anderen Planeten schafft. Das ist für Kunkku beinahe ebenso interessant wie *Dick-und-Doof*-Filme. Das Weltall ist so weit weg und so riesig, und doch hat der Mensch die Möglichkeit, sich auf dem Mond fortzubewegen, ihn vielleicht sogar in einer fernen Wirklichkeit zu besiedeln, ein bisschen wie in der Serie *Star Trek*, von der Kunkku ein paar Folgen gesehen hat.

Den Vereinigten Staaten ist es gelungen, einen künstlichen Mond mit einer Ratte an Bord in den Himmel zu schießen. China antwortete, indem es einen Satelliten in die Erdumlaufbahn schickte, der mit einem politischen Gefangenen ausgestattet war. Beide verbrannten bei der Rückkehr in die Atmosphäre. Finnland verfügt seit dem frühen 19. Jahrhundert über ein Raumfahrtprogramm, und nun befindet sich die Trägerrakete *Joukahainen I* in der Entwicklung. Aber sowohl in den Vereinigten Staaten und in China wie auch in Finnland fehlen entscheidende Bestandteile. Die hätte man zwar im Weltraumprogramm der Konkurrenten finden können, aber der Wille, gemeinsame Sache zu machen, fehlt.

»Mein Wunsch wäre es gewesen, sich auf den Ausbau des Schienennetzes zu konzentrieren«, erzählt der Hofmarschall. »Aber Kunkku war Feuer und Flamme für dieses Weltraumabenteuer. Ich bin ein Mann vom alten Schlag, ich habe mich gefragt, warum man auf den Mond muss, wenn man noch nicht einmal jede Gemeinde Finnlands besucht hat. Selbstverständlich nahm ich Kontakt mit dem Ministerpräsidenten auf, weil Kunkku es verlangte. Er wollte etwas zu tun haben, etwas Leichtes und Angenehmes. Seine junge Frau war so zänkisch, insofern verstand ich Seine Majestät. Der Zorn einer Frau ist schwer zu ertragen.«

Kunkku schlägt dem Ministerpräsidenten vor, Gespräche über Zusammenarbeit und gegenseitige Hilfeleistung zu führen. Der Ministerpräsident empfiehlt Kunkku, sich auf seine eigenen Angelegenheiten zu konzentrieren, aufs Winken und Händeschütteln. Darauf, seine Braut zufriedenzustellen, und auf die Millionen von Steuergeldern verschlingenden Hochzeitsvorbereitungen.

Die Illustrierte *Die Gesellschaft* bringt als Beilage ein Pappmodell der Trägerrakete *Joukahainen I*, das Kunkku abends im Bett zusammenbaut. Er zeigt es Sofi, die sagt, das Weltall sei kalt, dunkel und weit weg. Man dürfe es nicht antasten, das nütze niemandem, das Leben sei ein finsteres Universum.

»Doch, es ist wichtig«, sagt Kunkku. »Es hat was Spezielles.«

Er dreht das Pappmodell in den Händen und überlegt, wie er Einfluss nehmen könnte, ob er, als König und künftiger Vater, irgendwie an der Eroberung des Weltalls teilnehmen könnte.

Schon eine Woche später reagiert man auf Kunkkus Hoffnungen. Er wirft sich gerade mit dem Hofmarschall im Büro Tennisbälle zu, als das rote Telefon läutet und an der Decke ein Licht in der gleichen Farbe zu blinken beginnt. Dieses Telefon hat während Kunkkus gesamter Königszeit noch kein einziges Mal geklingelt; die Leitung ist ein Überbleibsel aus den Zeiten, als der Monarch noch die Innen- und Außenpolitik bestimmte. Inzwischen werden die Anrufe der roten Leitung an den Ministerpräsidenten umgeleitet.

Verdutzt nimmt Kunkku ab und nennt seinen Namen. Am anderen Ende der Leitung wird Englisch gesprochen, Kunkku bittet den Sprecher, kurz zu warten. Er reicht den Hörer an den Hofmarschall weiter, der ihm übersetzt, was er hört.

»Man hatte mich als Chef des Raumfahrtprogramms meines Vaterlandes angeheuert«, erzählt John F. Kennedy. »Dafür braucht man Beziehungen, wie in der Politik und allem anderem, was mit Menschen zu tun hat. Ich sollte die bestmöglichen Kooperationspartner suchen, und in Finnland war nun mal die größte Kompetenz versammelt. Also rief ich den einzigen Finnen an, der positive Assoziationen in mir weckte. Mit den Chinesen wollte ich nicht zusammenarbeiten, das sind größenwahnsinnige Extremkapitalisten, für die nur Geld einen Wert hat.«

Kunkku bittet den Hofmarschall, Kennedy zu sagen, dass er solche Dinge nicht entscheiden kann, da der Ministerpräsident ihm Alleingänge strikt verboten hat. Wenn er Mist baut, werde das Königshaus unter die Lupe genommen. Außerdem werde er Vater und die Hochzeit stehe bevor, weshalb die Stimmung zu Hause ein bisschen angespannt sei.

»Fragen der Form interessierten mich nur, wenn es um weibliche Hüften und Brüste ging«, sagt John F. Kennedy. »Kunkkus Privatleben war nicht mein Problem. Ich kannte ihn als pfiffigen kleinen Jungen, der einen starken Drang zum Spielen hatte. Ich verglich ihn mit anderen einflussreichen Leuten in Skandinavien: alles Streber und verklemmte Weiber, auch wenn es sich meistens um Männer handelte. Sitzungen und Entscheidungen zogen sich in die Länge, für alles brauchte man sieben Meinungen, sieben Beamte und sieben Ausschussbeschlüsse, vom Vetorecht ganz zu schweigen. Mit solcherlei Reden kochte ich Kunkku weich, ich schmeichelte ihm, und natürlich ging es dann gleich sprunghaft vorwärts.«

Kunkku bittet den Hofmarschall, Kennedy zu fragen, in welchem Stadium sich das Weltraumprojekt der Vereinigten Staaten befindet und warum Finnland Amerika dabei helfen soll.

»Wir brauchten die finnische Kompetenz in Sachen Holzchemie«, erzählt John F. Kennedy. »Holzteflon. Teerisolationen. Außerdem wäre die dort entwickelte industrielle Synthetisierung von Lebensmitteln bei langen Weltraumflügen eine große Hilfe. Als Gegenleistung versprach ich Finnland Hilfe bei der Aerodynamik, beim Marketing und in der Werbung.«

Kunkku nickt und denkt, so schnell er kann. Hier liegt seine Chance, Geschichte zu schreiben – vom Softie-Kunkku in die Garde der wahren Eroberungskönige aufzusteigen. Kann man so eine Chance ziehen lassen?

Seine Mutter wird wütend sein und der Ministerpräsident außer sich geraten, aber das Volk wird ihn lieben und Sofi wird ihn vielleicht wenigstens achten oder sogar lernen, ihn auch wieder zu lieben. Sein Kind hätte später viel über das Projekt zu erzählen. Jetzt ist für ihn der Moment des Handelns gekommen, er ist erwachsen und muss irgendwann mal zupacken wie ein Mann. Er bittet den Hofmarschall um den Hörer.

»Mistö President. Wie häf ä diehl.«

Und so kommen finnische Waldchemiker zur NASA, und die Ingenieure Michael, Sharonda und Steve werden aus dem Mittleren Westen ins Königliche Raumfahrtzentrum von Mikkeli gebracht. Als die Information über die Zusammenarbeit bis zum Ministerpräsidenten vordringt, gerät diesem beim Mittagessen im Parlament, das ihm jemand spendiert hat, ein Stück Leber in den falschen Hals. Er eilt zum Königsschloss, schlägt Türen und Soldaten der Leibgarde, bis er in Kunkkus Büro steht. Er erklärt, Kunkku sitze nun in der Scheiße, und zur Bekräftigung knallt er ein Blatt Papier auf den Tisch, auf dem er kraft seiner Unterschrift genau das konstatiert.

Kunkku telefoniert gerade. Er legt den Zeigefinger auf den Mund und bittet den Ministerpräsidenten, sich zu mäßigen. Dann fragt er ihn, ob er eventuell John F. Kennedy etwas zu sagen habe, ob er seinen Zorn auch am berühmtesten Redner und Friedensstifter Amerikas auslassen wolle. Der Ministerpräsident muss klein beigeben, eine andere Möglichkeit gibt es nicht. Die Eroberung des Weltalls wäre für Finnland fraglos ein gewaltiger PR-Erfolg. Ihn wurmte aber, dass Kunkku dabei den ganzen Ruhm ernten würde.

Kunkku besucht Mikkeli, um bei der Herstellung von Betonelementen für die Trägerrakete dabei zu sein, den neuen Ingenieuren die Hand zu schütteln und eine ermutigende Rede zu halten, deren

Inhalt darin besteht, dass es früher über die Meere und hinter die Berge gegangen sei, jetzt aber senkrecht nach oben; dort läge unberührte Wildnis, wie sie Finnen und Amerikaner schon immer erfolgreich erobert hätten.

Bei seiner Rückkehr in die Hauptstadt begegnet er in der Schlossgarage einem Mann, den er kennt und der gerade vom Flughafen abgeholt worden ist.

»Ich habe Kunkku immer verstanden«, sagt Jaan Lipkanski. »Man kann mir Weichherzigkeit vorwerfen oder dass ich wegen dem Mädchen nicht streng genug mit ihm war. Aber ich dachte, das regelt sich leichter mit diplomatischen Mitteln als mit Präzisionskanonen.«

Kunkku verteidigt sich, bevor man ihn beschuldigen kann, sagt noch vor der Begrüßung, er liebe Sofi und garantiere ihr ein gutes Leben. Jaan Lipkanski nickt, schmunzelt ein wenig und legt Kunkku die Hand auf die Schulter. Dessen Angst und Anspannung verflüchtigen sich daraufhin sofort.

Man geht ins Schloss und macht es sich im Gesellschaftssaal bequem. Kunkku erzählt vom Weltraumprojekt und denkt dann erst daran, zu erwähnen, warum die Hochzeit so schnell stattfinden muss. Weil Jaan Lipkanskis einziges Kind im zweiten Monat schwanger ist.

»Das war schon eine Bombe«, erinnert sich Jaan Lipkanski. »Ich griff nach der Rotweinflasche, aber Kunkkus Mutter, die alte Schmolllippe, schnippte mit den Fingern. Sofort fuhrwerkten Lakeien um mich herum. Sie nahmen mir die Flasche aus der Hand, drückten mir ein Glas in die andere und fragten mich, was ich trinken wolle und wie viel. Bei so einer Party war der alte Lipkanski noch nie gewesen. »An der Front tranken wir ein paar Schnäpse, und einmal gaben wir uns mit der ganzen Mannschaft fürchterlich die Kante mit Selbstgegorenem. Oft kam mir in den Sinn, dass ich aus Kunkku einen guten Soldaten gemacht hätte. Nicht mehr als einen Gefreiten zwar, aber doch einen, der gut Schlitten ziehen und Maschinengewehre tragen kann.«

Die Königinmutter mustert Jaan Lipkanski. Wer glaubt dieser krawattenlose, gut gelaunte Bohemien eigentlich zu sein? Er ist gefährlich, so einer kann jederzeit etwas sagen, was dem Königshaus schadet. Der versteht die ungeschriebenen Gesetze nicht und befolgt vermutlich die geschriebenen genauso wenig, falls ihm gerade nicht danach ist. Und diesen Mann bekommt sie als Nebenwirkung der guten Partie nun zum Verwandten.

»Ich hörte der Schmolllippe zu«, erzählt Jaan Lipkanski. »Und fragte mich, was für eine das eigentlich ist. Dann spürte ich ihren Worten nach. Mein Mädchen war also von Pena schwanger. Das hat viele Gefühle aufgewühlt. Der Kerl ist in mein Haus gekommen, dort mit blanken Eiern rumgelaufen, hat mein Mädchen als Gefangene mit ins Schloss genommen und geschwängert. Andererseits war Pena der König, verdammt. Ich hatte demnächst einen Prinz oder eine Prinzessin in der Verwandtschaft! Natürlich sagte ich nichts davon laut, denn beim Poker zeigt man seine Karten nicht.«

Jaan Lipkanski starrt Kunkku in die Augen, Kunkku befürchtet, dass gleich eine Faust auf dem einen oder anderen Augenwinkel landet. Aber Jaan Lipkanski hebt das Glas und stößt damit gegen Kunkkus Apfellimoglas.

»Prost, Pena. Oder wie soll ich dich nennen? Mein Sohn?«

Die Königinmutter sitzt schweigend auf ihrem Stuhl und nimmt einen tüchtigen Schluck aus ihrem Sherryglas; sie windet sich, ohne sich zu bewegen, eine ihrer Spezialitäten.

Kunkku will Jaan Lipkanski sein Weltraummodell zeigen und holt es aus dem Büro. Lipkanski ist ein alter Einhandsegler und versteht deshalb den Wunsch, das All zu erforschen, denn dort, irgendwo hinter Sirius, ist man als Mann so frei wie nirgendwo sonst.

»Diese eine Albernheit gebe ich gerne zu«, sagt er. »Ich hatte außer meinem Mädchen keine anderen Kinder. Bei Pena hatte ich das Gefühl, er war so etwas wie der Sohn, der mir immer gefehlt hat. Der Wirbel um den Weltraum war Größenwahn. Aber die besten Vorhaben der Menschheit sind verrückt gewesen.«

Lipkanski erzählt, er habe seinen Traum vom Drama-Schreiben aufgegeben und wolle nun Weltumsegler werden. Große Unternehmen, die auf sich aufmerksam machen wollten, gäben dafür riesige Sponsorengelder her. Vor allem in Finnland sei für dergleichen viel Geld vorhanden. Dass seine Tochter in die königliche Familie einheirate, sei sicher nicht zum Schaden für seine Pläne. Die Königinmutter gibt kurz angebunden zurück, in diesem Haus habe noch nie die Notwendigkeit bestanden, über Geld zu reden, das sei vulgär und beleidige Gott.

»Alte Geschlechter mit geerbtem Vermögen …«, schnaubt Jaan Lipkanski. »Dass die so verklemmt sind, wenn's um Geld geht, hat damit zu tun, dass es ihnen nie daran gemangelt hat. Erst wenn man mal arm gewesen ist, lernt man, relativ unbefangen darüber zu reden. Man lernt, zu überlegen, wie man an Geld kommen könnte. Nimm solchen Leuten den Besitz ab, und sie stehen da wie begossene Pudel. Es ist etwas vollkommen anderes, sich selbst Eigentum zu schaffen, als es zu erben. Das habe ich der Schmolllippe auch genau so mitgeteilt.«

»Hast du dir Eigentum geschaffen?«, fragt die Königinmutter.

»Hab ich nicht. Das ist es ja gerade.«

Kunkku gefällt dieser Tonfall nicht, er bringt das Gespräch wieder auf die Weltumseglung und will wissen, ob Jaan Lipkanskis Boot einen Namen habe. Seiner Meinung nach würden Pena oder Stan Laurel sehr gut funktionieren.

Nach dem Abendessen darf Lipkanski zusammen mit Kunkku seine Tochter sehen, die im Schlafzimmer liegt und schläft.

»Ganz trübe Augen und das Gesicht geschwollen«, erinnert er sich. »In dem Moment ist der Hass auf diese Bande in mir aufgestiegen. Ich wollte wissen, was zum Teufel die Monarchen mit meinem einzigen Kind gemacht hatten. In der Zeitung hatte ich was vom großen königlichen Glück und einem verliebten jungen Paar gelesen. Das hätte ich akzeptiert. Aber hier wurde mein Mädchen mit irgendwelchen Pillen ruhiggestellt.«

Kunkku verspricht, Sofi werde bis zur Hochzeit wieder auf den Beinen sein, und danach werde er sein ganzes Leben Sofis Glück widmen. Man holt den Leibarzt, der erläutert, für das gute Voranschreiten der Schwangerschaft müsse Sofi möglichst ruhig gehalten werden, mit niedrigem Blutdruck und ausgeglichenem Zuckerspiegel. Sofi öffnet die Augen, bemerkt ihren Vater, und in ihrem Blick blitzt ein wenig Leben auf. Jaan Lipkanski streichelt ihr die Stirn, begrüßt sie, fragt sie, wie es ihr geht.

»Ich will fernsehen«, sagt Sofi.

Der Hofmarschall bringt einen TV-Empfänger auf Rollen ins Zimmer. Anschließend werden ein Biedermeiersofa und drei Sessel gebracht.

Bald sitzt die überraschend vereinte Familie vor dem Fernseher. Kunkku und Hofmarschall helfen Sofi aufs Sofa. Jaan Lipkanski versucht, die Hand seiner Tochter zu ergreifen, aber Sofi weicht zurück.

»Das Pokerspiel ging weiter«, erzählt Lipkanski. »Ich habe Tatsachen immer erkannt und anerkannt; da ich den finnischen Hof gegen mich hatte, kam ich allein nicht klar. Ich musste mich zumindest am Anfang mit diesen Leuten verbünden. Also brachte ich meine Freude über das Baby zum Ausdruck und strich meinem Mädchen vorsichtig über den Bauch. Ich sagte ihr, dass sie jetzt vielleicht Angst habe, dass später aber eine Zeit reinen Glücks kommen werde. So sei es bei mir auch gewesen. Ich log nicht, ich lüge mein Mädchen nicht an. Ihre Geburt war der glücklichste Moment meines Lebens, und es wird nie wieder einen glücklicheren geben.«

Sofi nickt ganz leicht. Kunkku lächelt, denn Jaan Lipkanski beherrscht die Form der kleinen, aber treffsicheren Rede.

Als Nächstes weint Sofi.

Die Königinmutter zerdrückt eine blaue Pille auf der Handfläche, schiebt sie unter die Zunge und wartet einen Moment ab. Dann sagt sie zu Jaan Lipkanski, sie müsse unter vier Augen mit ihm reden.

»Die Schmolllippe kommandierte einen schlimmer herum als ein General«, sagt Jaan Lipkanski lachend. »Sie nahm mich mit auf den Balkon und erklärte mir, dass wir nach außen hin Einigkeit demonstrieren müssten. Angeblich wurden wir außerhalb des Schlosses ständig beobachtet. Ich glaube, sie hatte Angst und sogar ein bisschen Respekt vor mir und möglicherweise gefiel ihr auch mein Charme.«

Zur gleichen Zeit legt Kunkku eine Wolldecke über Sofis Beine. Er erzählt ihr von dem unangenehmen Job, den er am nächsten Tag erledigen muss, von der Eröffnung des Flughafens Iisalmi. So macht es Kunkku jeden Abend, er erzählt dieses und jenes, denkt sich alles Mögliche aus, um Sofi ein bisschen zum Lachen zu bringen.

»Wir werden ein gutes Leben haben. Mit viel Urlaub. Du musst so gut wie nichts tun. Bestimmt können wir mit dem Boot deines Vaters wer weiß wohin segeln ... zum Beispiel nach Madagaskien.«

Sofis Weinen nimmt kein Ende.

Im Fernsehen läuft eine Sketchsendung, in der die Königsfamilie parodiert wird. Leo Lastumäki spielt den König und Elina Salo die Sofi. Kunkku denkt, dass Elina Salo auch sehr schön ist, aber überhaupt nicht so anziehend wie die echte Sofi Lipkanski – also wenn die echte Sofi Lipkanski sie selbst ist, lebendig und munter.

Die Königinmutter und Jaan Lipkanski kommen zurück. Sie setzen sich nebeneinander hin, das Eis zwischen ihnen ist gebrochen. Die Königinmutter deutet auf die Sherryflasche, und man bringt ihnen Gläser. Jaan Lipkanski deutet auf die Zigarrenschatulle, und ein Diener nimmt eine kubanische heraus, befeuchtet sie mit dem Zigarrenbefeuchter, zündet sie an und reicht sie ihm. Leo Lastumäki hält einen riesigen Tennisschläger in der Hand. Eine Ballkanone schießt zig Bälle in der Minute auf ihn ab. Das Live-Publikum biegt sich vor Lachen, als die Bälle von Lastumäkis Kopf, Schultern und Bauch abprallen und er immer nur den Schläger schwingt, schwingt und schaufelt.

Eines sonnigen Samstags übergibt Jaan Lipkanski Kunkku seine Tochter. In der im Dorf Pöntsö gelegenen, von Ritter Mäkkäri Hii-Hoo-Moilanen begründeten größten Steinkirche der Welt ist es kühl, die Atmosphäre feierlich steif, und Sofis Atem riecht leicht nach Erbrochenem. Sofi ist schön und blass, ihr Blick trüb. Kunkkus Gesicht leuchtet, er lächelt breit und schwitzt angemessen.

»Es war schon aufregend für mich«, gibt Jaan Lipkanski zu. »Das Mädchen war in ungnädiger Stimmung. Sie war zu jung für derart große Veränderungen. Aber wenn ich jetzt mal ganz ehrlich bin, war es verdammt prächtig, das eigene Mädchen unter den Blicken so einer Bagage zum Altar zu führen. Ich hatte dank Sondererlaubnis die Armeeuniform an, samt Schwert, damit ich in die besseren Kreise passte.«

Die Königinmutter sitzt auf ihrem Platz und trägt ein Kleid, so dunkel, wie es laut Protokoll bei einer Hochzeit gerade noch schicklich ist. Als Morgenmedikation hat sie sechs North Star ohne Filter zu sich genommen sowie eine Tablettenmischung, die sie vom Leibarzt erhalten hat.

»Willst du, Sofi Lipkanski …«, hallt es von den Wänden der Kirche wider.

Vom Altarbild, das Väinö Raitiovaunu gemalt hat, schaut der Erlöser am Kreuz auf das Brautpaar herab, und für Kunkku sieht es aus, als nicke ihm der Gekreuzigte billigend zu.

»Ich kann mich nur schlaglichtartig an meine Hochzeit erinnern«, erzählt Sofi. »Ich schaute aufs Altarbild, wandte den Blick aber gleich ab, wegen der Assoziationen, die mir kamen. Jungfräuliche Empfängnis. Geburt. Blut. Dammriss. Das Schicksal, das für den Menschen vorgesehen ist und dem sich der Ärmste nicht entwinden kann. Die Mühen und Anstrengungen. *Eli, eli, lama sabachtani*. Mein Gott, mein Gott, warum hast du mich verlassen?!«

Sofi starrt vor sich hin, als warte sie an der Tankstelle auf die Quittung oder als wühlte sie in ihrem Kopf nach der richtigen Antwort in einem Quiz. Die ganze Kirche, das ganze Land wartet darauf, dass Sofi etwas sagt.

»Äh …«, sagt sie.

Die Königinmutter stampft einmal mit dem Fuß auf.

Kunkku dreht sich zu seiner Mutter um, und diese zieht den Mund so straff, dass Kunkku die Angst in die Glieder fährt. Wenn er nicht sofort etwas unternimmt, wird es die Königinmutter tun.

»Ja, wir wollen!«, ruft er in seiner Not.

Und so fliegen die Sisu-Destroyer-S80-Düsenjäger über die Kirche und über die Stadt und an allen Grenzen des Landes entlang, von Hanko bis Petsamo, von Vaasa bis Viipuri. Sie zeichnen die Gesichter von Sofi und Kunkku an den Himmel, und in Zusammenarbeit mit der estnischen Luftwaffe zeichnen sie das Bild über dem Himmel von Tallinn noch einmal. Den Ministerpräsidenten wurmt der Preis für diese Eitelkeit, aber dieses eine Mal muss er wohl noch bezahlt werden.

»War schon schön«, seufzt Marjatta Kohtalonmäki. »Ich bin extra nach Vantaa gefahrn, um mir das Spektakel anzugucken. Hab mir im Hotel Martta ein Zimmer genommen, zum halben Preis. Für Kunkku hab ich mich gefreut. Im Fernsehen hat er genauso zufrieden ausgesehen wie als Kind, wenn er gerade seine Milch getrunken hatte.«

Gleich nach der Zeremonie hält Jaan Lipkanski dem Brautpaar eine Rede, die überrascht, weil sie so persönlich und offenherzig ist. In der Fernsehübertragung sieht man, wie sich der Ministerpräsident Finnlands, der Finanzminister, John F. Kennedy und Nikita Chruschtschow die Tränen abwischen.

»Ich wollte meine Begabung als Redner ausprobieren«, sagt Jaan Lipkanski. »Und so hab ich erzählt, was mein Mädchen für einen Weg hinter sich hat. Sie war noch ein ganz kleines Würmchen, als ihre Mutter starb. Wegen meinen vielen Versetzungen mussten wir oft umziehen. Dazu erfand ich ein paar Krankheiten, Hirnhautentzündung und Polio. Von den Verhältnissen in der Kindheit ging ich dann zu dem Moment über, da ich Pena zum ersten Mal sah. Das färbte ich auch ein bisschen ein, damit ich die Zuhörer ganz bestimmt auf meiner Seite hatte. Ich behauptete, ich hätte damals einen anständigen jungen Mann vor mir gesehen, bescheiden und ehrlich. Dann behauptete ich, mein Mädchen gefragt zu haben, ob ihr klar wäre, was so eine Entscheidung für ihre Karriere bedeutet. Sofi habe mir angeblich geantwortet: Pena ist mir lieber als ein Oscar. Ich konnte ihr nicht in die Augen sehen, als ich das sagte.«

Kunkku fragt sich, warum Jaan Lipkanski lügt, aber vielleicht sind das Notlügen, die für eine lockere Stimmung unter den Festgästen sorgen.

Jedenfalls ist in der Kirche von Pöntsö noch nie so herzlich gelacht worden, noch nie hat dort eine solche Atmosphäre der Liebe geherrscht. Die Einzige, die nicht lacht, ist Sofi Lipkanski, deren Tränen der Hofmarschall verbirgt, indem er mit einem Fächer vor ihrem Gesicht wedelt.

»Man hatte mich plötzlich und überraschend mit einem Menschen verheiratet, den ich überhaupt nicht kannte«, sagt Sofi. »Ich landete in Räumlichkeiten und in einer Familie, wie ich sie immer verabscheut hatte. Man kann auch aus geringerem Anlass in Panik geraten.«

Die Königinmutter beißt sich auf die Zunge, und weil das nicht reicht, nimmt sie eine rote Pille aus der Handtasche. Ihrer Meinung nach zeichnet Lipkanskis Rede ein Bild des Königspaars als ganz normale Menschen. Das setzt sie herab, wo sie doch erhaben sein sollten. Aber das gehört zum Plan, sie muss das einfach aushalten.

Denn es ist gerade die Rede von Jaan Lipkanski, an die sich die Welt später erinnert. Kolumnisten, Professoren und Monarchologen preisen die Ehrlichkeit und die gekonnte Improvisation des Brautvaters. Es sei ein großer Schritt vollzogen worden: von der Epoche der königlichen Steifheit in die Zeit der königlichen Bodenhaftung. Kunkkus Porträt werde später nicht neben die kriegerischen Vorväter gehängt, vielmehr komme er in die Reihe jener Könige, die zum Aufstieg der Sozialdemokratie, des Feminismus und des Pazifismus im Königreich Finnland beigetragen haben.

»Das haben wir Seiner Majestät verschwiegen«, sagt der Hofmarschall. »Ihm lag mehr daran, ein Eroberer zu sein als ein Feminist, glaube ich.«

Die Hochzeitsreise führt auf die Insel Suursaari. Auf der königlichen Jacht starrt Sofi vor sich hin und spuckt ab und zu in eine Tüte. Kunkku fragt sie, warum das alles keine schöne Sache für sie sei, so wie für ihn.

Sofi antwortet nicht. Kunkku will wissen, ob das heißt, dass keine wilde Hochzeitsnacht zu erwarten ist, die in einen noch wilderen Morgen und neuen Tag übergeht. Sofi klatscht Kunkku die Spucktüte ins Gesicht.

»Ich habe gekocht vor Zorn«, erzählt Sofi. »Mein Zorn kochte und sprudelte, und dann verdunstete er. Und wehe, jemand hätte versucht, Wasser nachzufüllen. Ich konnte Kunkku nicht einfach mir nichts, dir nichts verzeihen, dass er mir meine Freiheit geraubt hatte.«

Während der gesamten Hochzeitsreise spielt Kunkku allein Tennis und regelt telefonisch Angelegenheiten der Weltraumorganisation. Sofi bleibt in ihrem privaten Schlafzimmer, und wenn sie es verlässt, dann nur bei Sonnenuntergang zu einem Spaziergang auf die lange Sandbank, um allein zu sein. Kunkku gehen die Trauer, der Kummer und der Groll seiner Frau an die Nieren und auf die Nerven, aber andererseits sorgt das in Sofi heranwachsende Leben auch für ein unglaubliches Glücksgefühl.

PENA

Ich denke über die Dinge anders als jemals zuvor, und je mehr ich nachdenke, desto weniger schlafe ich. Was mir gerade noch gut und voller Freiheit vorgekommen ist, verwandelt sich in einen geschlossenen Raum. Zwar verfüge ich jetzt tatsächlich über eine neue Freiheit, aber die anderen haben davon weniger als vorher.

Bei unserem morgendlichen Treffen auf dem Friedhof bemerkt Helena meine Tränensäcke und mein Gähnen. Sie sagt, meine Last müsse verringert werden. Zwar werde die Last des Menschen von der Masse her nie weniger, aber es sei möglich, sie auf mehrere Schultern zu verteilen.

Sie findet, wir sollten eine Familiensitzung abhalten, und bittet mich, Valma mit Tuulikki und Elmeri zum Essen einzuladen. Ich solle für meine Kinder Hackfleischsuppe kochen, denn es sei an der Zeit, auch mal etwas anderes als Hamburger zu essen. Ich kann aber nichts anderes als Hamburger.

Hilfst du mir, bringst du es mir bei?

Helena ist der Meinung, das sei Teil unserer Abmachung und meiner Ausbildung. Ein Mensch, der für sich und seine Nächsten nicht kochen könne, sei mindestens so hilflos wie einer, der nicht lesen und schreiben könne. Darum gehen wir zuerst in die Bibliothek und dann einkaufen.

Ich habe nicht gewusst, dass sich die Bibliothek direkt neben dem Café und dem Pfandleiher befindet, im Obergeschoss. Helena erklärt mir, wie eine Bibliothek funktioniert. Man nimmt ein Buch aus dem Regal, zeigt einem Mitarbeiter oder einem Apparat eine Karte, und wenn man das Buch zu Hause oder im Zug gelesen hat, gibt man es zurück. Ich wundere mich immer von Neuem über den Erfindungsgeist der Menschen. In meinem früheren Leben bin ich durchaus in Bibliotheken gewesen, aber das waren die größten in der Stadt. Man wollte mich für die Eröffnung haben, genauer gesagt wollte man den Titel, den ich trug. Vor Ort waren dann immer irgendwelche Filzwalkerinnen und ein wichtiger Schriftsteller, Dichter oder Gitarrenspieler. Danach wurde Kaffee getrunken. In jenen Jahren trank ich kannenweise Kaffee, um nicht einzuschlafen. Auf den großen Fotos in den Zeitungen macht es sich nicht gut, wenn man schläft.

Ich muss nur einen Antrag ausfüllen, schon bekomme ich meinen eigenen Bibliotheksausweis. Die wichtigsten Angaben kann ich schon selbst schreiben: Personenkennziffer, Adresse, Telefonnummer.

Ich leihe mir ein Tim-und-Struppi-Album aus, die habe ich mir schon als kleiner Junge gern angeschaut. In diesem Band sind die Hauptfiguren auf Abenteuerfahrt in Finnisch-Kongo, und mit dabei ist eine Figur, die aussieht wie mein Vater. Außerdem leihe ich Jorma Ojaharjus *Großen Tennisführer* aus.

Die Bibliothekarin bringt das Buch unter einem Gerät zum Piepsen, dann spuckt ein kleineres Gerät den Leihschein aus. Ich bedanke mich und empfinde Leichtigkeit, weil ich wieder etwas Neues beherrsche. Nun folge ich Helena zum Supermarkt.

Dort gibt sie mir eine Aufgabe: Ich muss Kartoffeln aussuchen, wiegen und den Zettel aus der Waage auf die Tüte kleben. Es gibt Kartoffeln mit und ohne Erde. Die ohne Erde sind hübscher, aber Helena erklärt mir, die mit Erde hätten mehr Geschmack und Vitamine. Vitamine brauche man. Wenn man nur Hamburger esse, bekomme man Skorbut. Das Wort kenne ich aus den alten Büchern über Seekriege, aus denen mir manchmal Gutenachtgeschichten vorgelesen wurden.

Außer Kartoffeln nehme ich Karotten, eine Steckrübe und ein

paar Zwiebeln. Die Brühwürfel müssen wir sehr lange suchen. Helena vermutet, dass sich Irmas Stimmung schon allein durch anderes Essen aufhellen werde. Das Mädchen brauche mehr Gemüse, Milch und Obst.

Bei so vielen Essern empfiehlt sie eine Siebenhundert-Gramm-Packung gemischtes Hackfleisch für die Suppe. Dann wählen wir ein frisches Hefebrot und einen Laib Roggenbrot aus. Eine Packung Butter aus dem Kühlregal und Edamer Käse. Da fällt mir ein, dass Valma Vegetarierin ist. Helena sagt, dann würden wir bei ihrem Essen das Hackfleisch weglassen und den Fleischbrühwürfel durch einen Gemüsebrühwürfel ersetzen. Brühwürfel klingt nach einem spannenden Gegenstand.

Zu Hause sucht Helena das Schneidebrett und legt es auf den Tisch. Ich lege die eingekauften Sachen in den Kühlschrank. Helena wühlt in ihrer Tasche; sie hat mir eine Schürze als Geschenk mitgebracht. Die wird mir jetzt umgehängt und dann mit einer Schleife am Rücken zugebunden.

Ich hatte schon mal eine Schürze um. An jenem Abend sorgte ich für den bedeutendsten Wasserschaden in der Geschichte Finnlands.

Demütig danke ich Helena für das Geschenk. Aber das war es noch nicht an Gaben. Helena sagt, sie habe im Zusammenhang mit einem Zeitschriftenabonnement ein Messerset bekommen. Schöne japanische Messer. Das Schälmesser sieht anders aus, und Helena zeigt mir, wie man es benutzt. Ganz leicht lässt sich damit die Schale von den Karotten und allem anderem lösen, man muss nur lange Streifen abziehen.

Ich schneide die Kartoffeln, die Karotten, die Steckrübe und eine Zwiebel. Die Zwiebel bringt mich zum Weinen, und die aus dem Nichts kommenden Tränen bringen mich zum Lachen. Ich schneide mir gar nicht mal so oft in den Finger. Das Hackfleisch wird gebraten und in der Pfanne gelassen. Wer Fleisch essen will, kann sich davon selbst etwas für seine Suppe nehmen. Von dem Gemüsebrühwürfel bleibt ein guter Geruch an den Fingern zurück.

Das Essenmachen ist insofern angenehm, als ich beim Schneiden, Kochen und Braten überhaupt nicht über meine neuen Probleme nachdenke. Ich denke nur an das Gemüse und an die Brühe, die leise vor sich hin köchelt.

Eine Suppe, die ich ganz allein gemacht habe, köchelt da. Da gart etwas Essbares!

Irma und Veikko zucken auf der Couch zusammen. Irma sagt: Machst du Essen, Papa? Helena schneidet für beide ordentliche Scheiben Roggenbrot ab und bestreicht sie dick mit Butter. Die Kinder verschlingen das Brot, als hätten sie noch nie etwas zwischen die Zähne bekommen. Haben sie auch lange nicht, wenn man Hamburger nicht zum richtigen Essen zählt.

Helena demonstriert, wie man Messer und Gabel hinlegt und wie man aus Küchenpapier eine Serviette faltet. Mir gelingt es überraschend gut, den Falz zu ziehen. Helena bittet mich, auch die Kaffeemaschine bereit zu machen. Freundlich erinnert sie mich an die Filtertüten. Ich habe nicht gewusst, dass es so etwas gibt, mich aber immer gewundert, warum so viele Krümel im Kaffee sind.

Als das Essen fertig ist, klingelt es an der Tür.

Tuulikki hat ganz kurze Haare und trägt ein gestreiftes Hemd. Ich sehe sofort, dass es mir lieber ist, wenn meine Tochter den Rest ihres Leben mit dieser Person teilt als mit Jalle Kulkki.

Elmeri sitzt im Kinderwagen und untersucht seinen Zeigefinger. Als er mich sieht, lächelt er, was sofort die Atmosphäre auflockert. Guten Tag, sage ich zu Tuulikki, angenehm, dass wir uns kennenlernen, Sie haben aber schöne Schuhe. So wie ich es in meinem früheren Leben gemacht hätte. Ihre Schuhe sind gewöhnliche Springerstiefel, schmutzig und ohne Schnürsenkel. Oder es sind Arbeitsschuhe, wie man sie auf Baustellen benutzt.

Auch Tuulikki lächelt. Ich hätte eine tolle Schürze.

Sie hat ein Mitbringsel für mich im Rucksack. Was sind die Menschen heute so freundlich! Ich hätte auch daran denken müssen, etwas für die anderen zu besorgen. Tuulikki sagt, sie habe alles

Überflüssige weggegeben, als sie mit Valma zusammenzog. Dabei sei etwas beim Sperrmüll gelandet, auf das Valma aufmerksam wurde und das sie für mich aufzubewahren bat.

Eine alte Spielkonsole, genau die gleiche wie die, die bei dem Wasserschaden damals kaputtging. Tuulikki erzählt, sie habe in jungen Jahren damit viele Boxspiele gemacht, aber dann sei ihr das richtige Leben dazwischengekommen. Die andere Tüte ist voller Spiele, eine Art Tanzmatte ist auch dabei, und ich darf alles behalten.

Ich bringe die Spiele ins Wohnzimmer und bedanke mich dann noch einmal mit Handschlag bei Tuulikki. So einfach sei es, ihren Vater für sich einzunehmen, sagt Valma. Wir müssen alle lächeln, außer Irma, die sich die Konsole genau anschaut. Und wo kommt jetzt dieser Scartstecker rein?, fragt sie.

Nachdem wir die ersten Teller von meiner ersten Hackfleischsuppe mit oder ohne Hackfleisch gegessen haben, ist es an der Zeit, zu reden.

Ich bitte meinen Sohn Veikko, seine Lage selbst zu schildern. Er sagt, entweder er erzähle alles und müsse danach für immer Angst vor Watte haben, oder er halte den Mund und gehe unschuldig ins Gefängnis.

Helena meint, es gebe für alle Probleme eine Lösung. Tuulikki ist der gleichen Ansicht. Das Gebet sei eine große Kraft, sagt Helena, aber man dürfe davon nur Hinweise und Hinführung erwarten. Da ist Tuulikki ganz anderer Meinung, aber sie brechen den Religionsstreit ab, bevor er richtig anfängt.

Ich will nichts weiter als eine gute Weihnacht. Eine schlechte Weihnacht wird es, wenn Veikko ins Gefängnis muss oder stirbt. Weihnachten wird auch dann schlecht, wenn Valma von Alimente und Gerichtskosten erdrückt wird.

Veikko nimmt noch eine große Kelle Suppe. Ich habe nicht gewusst, dass sich das so gut im Herzen anfühlen kann. Mein Sohn sagt, er habe es sich überlegt. Er sagt, er gehe ins Gefängnis, er werde das aushalten und dort schon zurechtkommen.

Ich müsste eigentlich ins Gefängnis.

Irma sagt: Genau.

Veikko bedankt sich fürs Essen und hilft seiner Schwester beim Installieren der Spielkonsole. Er findet es sinnlos, weiter auf dem Thema herumzureiten.

Ich gehe mit Helena, Valma und Tuulikki auf den Balkon und schaue von dort durchs Fenster ins Wohnzimmer. Elmeri liegt zwischen seinem Onkel und seiner Tante auf der ausgezogenen Bettcouch. Sie haben ihren Spaß. So soll das Leben sein.

Ohne Vorwarnung schmettert Helena: Nur die Wahrheit wird euch befreien.

Ich frage sie, was sie damit meint.

Das, wonach es klingt. Jeder sagt in jeder Lage immer nur die Wahrheit. Wer unschuldig ist, wird nie unter der Wahrheit leiden. Unsere Wahrheit werde die Wahrheit der Gegenseite enthüllen. Nur mithilfe der Wahrheit überwinde das Gute das Böse. Von Watte könnten wir nicht erwarten, dass er die Wahrheit sagt, aber von uns selbst müssten wir es verlangen.

Ich erinnere mich, dass Marjatta Kohtalonmäki manchmal genauso geredet hat. Was sie damit meinte, darüber habe ich mir nie richtig Gedanken gemacht. Ich dachte, ich tue, was ich tue. Ich verstand nicht, dass alles, was die Menschen treiben, sich auf das Leben anderer Menschen auswirkt.

Valma und Helena überlegen nun gemeinsam, mit welchen Instanzen man sich in Verbindung setzen müsste oder ob es besser wäre, allein eine Lösung zu finden. Ich höre nicht mehr zu, was sie reden; mich überkommt die Angst, dass alle diese Menschen, die zu mir gekommen sind, wieder weggehen. Angst wie vor langer Zeit, als meine Frau zum ersten Mal ins Schloss kam und sah, wo ich eigentlich wohnte. Sie wollte sofort flüchten, noch bevor wir uns richtig kennengelernt hatten. Vielleicht hätte sie dann ein leichteres Leben gehabt.

Helena fasst mich am Arm an. Ab morgen werden wir anfangen, etwas zu unternehmen. Hörst du, Penttinen?

Das Raumfahrtprojekt wird vor dem Volk ebenso lange geheim gehalten wie Sofis Schwangerschaft, aber als drei Monate vergangen sind, gibt es von beidem schon deutliche Anzeichen. Künstliche Monde sausen über den Himmel, und Sofis Bauch wölbt sich auf heimlich geschossenen Fotos in der *Abendzeitung.*

Kunkku muss auf dem Schlossbalkon eine Rede ans Volk halten, und er spricht nach, was ihm der Hofmarschall vom Boden des Balkons zuflüstert. Er sagt, dass die nun beginnende internationale Zusammenarbeit die umfassendste und friedlichste in der Geschichte der Menschheit sei. Er berichtet von zwei gleichzeitigen Raketenstarts, der eine von Cape Canaveral und der andere vom Königlichen Raumfahrtzentrum in Mikkeli. Der Mond werde synchron erreicht, ohne Drängeln, ganz ruhig. Das Vorhaben werde vom finnischen Parlament sowie vom Ober- und Unterhaus der Vereinigten Staaten unterstützt. Was gäbe es Schöneres, als einen neuen Thronfolger und die Eroberung des Weltalls angeschoben zu haben. Kunkku zeigt dem Volk Modelle der Raketen *Joukahainen I* und *Apollo 1.3*, die in aller Stille vollkommen kompatibel gemacht worden sind.

Nachdem er seine Rede gehalten hat, verlässt er frohen Mutes den Balkon. Gedämpft dringt der Jubel des Volkes zu ihm herein. Kunkku hält noch immer die Modelle in der Hand, läuft los und lässt sie vom Schlafzimmer aus übers Badezimmer in die Küche fliegen.

Er vermisst Jaan Lipkanski, der nach der Hochzeit seine Weltumseglung fortgesetzt, aber versprochen hat, zur Taufe zurück zu sein, sofern die Götter des Meeres es zuließen. Immerhin hat er eine Postkarte geschickt und in jedem Hafen ein gut gefülltes Whiskyglas auf sein Mädchen und Kunkku getrunken. Für Kunkku ist es schade, denn Jaan hat für freundliche Erleichterung in dieser Festung komplizierter zwischenmenschlicher Beziehungen gesorgt.

Die Königinmutter und Sofi haben Kunkkus Rede nicht gehört. Sie sitzen am Frühstückstisch, und die Schwiegermutter erklärt der Schwiegertochter, wie wichtig es für das Königshaus sei, dass Sofi und Kunkku als erstes Kind einen Jungen bekämen.

»Bei ihren Worten fiel mir ein, dass anderswo unerwünschte Mädchen in den Fluss geworfen wurden«, knurrt Sofi. »Das sagte ich ihr auch ziemlich unwirsch. Sie war der Meinung, mein jugendlicher Idealismus würde im Lauf der Jahre von mir abfallen, weil er sinnlos sei. Sie behauptete, nicht grausam, sondern nur realistisch zu sein.«

Kunkku lässt *Joukahainen* und *Apollo* in den Speisesaal fliegen und unterbricht den beginnenden Streit zwischen seiner Mutter und seiner Frau. Er schlägt vor, das Kind nach der Weltraumfähre Apollo zu nennen, das ginge bei einem Jungen wie bei einem Mädchen. Die Königinmutter übergeht den Namenseifer ihres Sohnes und erklärt Sofi, wie ein Junge den Wert der jungen Königin und auch den Wert des Königshauses steigere. Sofi sagt nichts, weil sie wieder weinen muss und das Weinen sie wütend macht.

»Die Schwangerschaft verstärkte Charakterzüge in mir, die ich hasste«, sagt Sofi. »Trotzdem musste ich sie akzeptieren. Ich konnte ja nicht vor mir fliehen.«

Kunkku lässt die Raumfähre, die man von der Rakete lösen kann, am Fallschirm auf dem Tisch landen wie auf dem Mond. Wenn man die Tür der Fähre aufmacht, findet man zwei Plastikastronauten aus Plastik, der eine trägt ein Sternenbanner auf der Armbinde, der andere das blaue Kreuz auf weißem Grund.

»Das ist ein Spiel«, sagt die Königinmutter fast freundlich zu Sofi.

Sofi wischt sich die Tränen mit dem Taschentuch ab, das ihr die Königinmutter reicht, und schaut dieser in die Augen.

»Das ist ein Schachspiel«, fährt die Königinmutter fort. »Es gibt Bauern und Königinnen und Könige und das Volk, für das kein Platz auf dem Brett ist. Die Regeln ändern sich ständig, nur dass man uns davon nichts sagt.«

Kunkku versteht nicht, ob die Königinmutter das Spiel als Vergleich heranzieht oder ob sie ein echtes Schachbrett mit Figuren meint. Schach ist schwierig: langsame Bewegungen auf einem Brett, stundenlang. Kunkku nimmt die Männchen aus der Raumfähre und bewegt sie auf dem Tisch. Er lässt sie zu seiner Mutter und zu seiner Frau hüpfen, aber beide wischen die Astronauten samt Kunkku mit einer Handbewegung weg.

»Wir sind für diese Aufgabe auserwählt worden«, sagt die Königinmutter. »Du bist nicht mehr bloß du. Je schneller du das akzeptierst, umso leichter wird dein restliches Leben sein. Du bringst das Kind auf die Welt und fängst als Königin an. Und du hörst auf mit dem Gejammer. Durch Jammern ist auf dieser Welt noch nie etwas besser geworden.«

In Kunkkus Arbeitszimmer wird der Golfteppich durch ein Modell des Weltraumzentrums ersetzt. Als Lampe kommt eine weiße Kugel, die den Mond darstellen soll, an die Decke, und an der Wand werden Uhren mit der Zeit verschiedener Länder aufgehängt sowie eine, die anzeigt, wie lange es noch bis zum errechneten Geburtstermin des Erstgeborenen dauert. Kunkku darf einen Weltraumanzug testen, der finnischen Schaumstoff enthält und mit Teerteflon isoliert ist.

Von morgens bis abends läuft Kunkku nun im Weltraumanzug herum.

Er findet es angenehm, sich täglich mit John F. Kennedy zu unterhalten, obwohl er so gut wie kein Englisch versteht.

»Unsere Zusammenarbeit lief reibungslos. Wir machten innerhalb kurzer Zeit so große Fortschritte, dass ich Kunkku dafür richtig belohnen wollte«, erzählt John F. Kennedy. »Ich wusste, dass er bald achtundzwanzig wurde, und das ist für mich ein wichtigeres Datum als der Dreißigste, weil so viele junge Sterne mit siebenundzwanzig Jahren für immer erloschen sind. Also organisierte ich ein ordentliches Bacchanal, zu dem ich als Star eine gute Freundin von mir einlud, die gern mit mir nach Vantaa fuhr.«

Und tatsächlich ist Kunkku dankbar, als eine Frau namens Marilyn im großen Saal des Hotels Kaivohuone in Vantaa ihm das Flüsterlied *Happy Birthday Mr. Penttinen* singt.

»Fräulein Monroe war eine Vagina auf zwei Beinen«, seufzt John F. Kennedy. »Man hat mir immer wieder Chauvinismus vorgeworfen, aber was ich hier über Marilyn sage, ist eine wissenschaftlich erwiesene Tatsache. Solche Wunder gibt es einmal in zweitausend Jahren. Ich selbst war nicht mehr so scharf auf Süßes, weshalb ich die Szene von außen betrachtete, mit einer Tasse Tee in der Hand. Frau Monroe brachte die Spitzen der finnischen Gesellschaft ganz schön durcheinander, und ich merkte Kunkku an, wie es ihn in den Hoden kribbelte. Allein die Stimme von Frau Monroe brachte das zustande.«

Gebannt sieht und hört Kunkku Marilyn zu und vergisst dabei sogar die zahlreichen Helium-Raumschiffe, die an der Decke des Galasaals schweben. Nach ihrem Lied begibt sich Marilyn Monroe an Kunkkus Tisch, setzt sich für einen Moment ganz dicht neben ihn, sodass ihr Oberschenkel unter dem knappen Kleid Kunkkus Oberschenkel streift. Gleichzeitig legt sich eine kleine, warme Hand auf seinen Handrücken. Zum Schluss bekommt er noch einen lippenstiftreichen Kuss auf die Wange, den er am liebsten nie mehr wegwischen möchte, es wegen Sofi aber tun muss. In diesem Augenblick kommt es ihm geradezu kosmisch verkehrt vor, mit einer wütenden Frau verheiratet zu sein, deren Bauch inzwischen so groß ist, dass sie nicht mehr an den Esstisch passt. Könnte er nur der ganzen Versammlung hier zuwinken und Marilyn in sein Zimmer tragen, in sein Bett!

»Wir gingen ein bisschen zu früh«, erzählt John F. Kennedy.

»Aber ich sah, wie heikel die Lage für Kunkku wurde, und in so einem Fall ist der Rückzug die einzige Möglichkeit. Unsere Weltraumprojekte hätten in diesem Stadium kein Dreiecksdrama verkraftet.«

Von Marilyn erhitzt, schlägt Kunkku seiner Frau beim Zubettgehen gewisse geschlechtliche Aktivitäten vor. Seit sie schwanger ist, hat nichts dergleichen mehr stattgefunden. Auch jetzt sagt Sofi: Vergiss es.

Wenige Tage später sitzt Kunkku mit dem Telefonhörer am Ohr im Wohnzimmer und erhält aktuelle Informationen über die Landung eines Hubschraubers auf dem Dach der Frauenklinik und über die Landung von *Joukahainen-Apollo-I* auf dem Mond. Sofi Lipkanski wird in den Kreißsaal gebracht. Der Finnonaut Mauri Antero wagt sich auf die dunkle Seite des Mondes, der Amerikaner Buzz Aldrin entscheidet sich für das Licht. Sofi Lipkanski verlangt eine Epiduralanästhesie. Mauri Antero sagt im Fernsehen: »Das ist schon ein ziemlicher Dreisprung für einen wie mich. Und für solche wie euch. Schönen Gruß in die Heimat nach Hätilä!« Die königliche Hebamme verweigert die Narkose, weil sie für das Kind gefährlich sein könnte. Sofi schreit, betäubt mich, verdammt noch mal. Sie zieht die Beine an, reißt sich auf Anweisung der Hebamme die Strümpfe herunter und presst.

»Von dem Moment an kann ich mich an alles erinnern«, sagt Sofi. »An jede Minute der Geburt. Ich wollte den Quälgeist aus meinem Leib heraushaben. Ich erinnere mich an die Wut, die ich auf meinen Mann und das Pflegepersonal hatte. Ich gab ihnen für alles die Schuld, für mein so früh verpfuschtes Leben. Ich erinnere mich an die Kraft, die kurz in meinen Körper zurückkehrte, weil ich in der Situation nicht mehr das Opfer oder die Depressive sein konnte.«

Kunkku ruft den Hofmarschall zu sich. Dieser stellt eine direkte Verbindung zu John F. Kennedy her und übersetzt Kunkkus Worte.

Sie wären jetzt so etwas wie die Kapitäne einer Expedition in alten Zeiten. Kennedy ist der gleichen Meinung, man komme sich vor wie Kolumbus, der Jamaika gefunden und wie Mikael Agricola, der Amerika entdeckt habe.

Sofi strengt sich an, Sofi schreit. Buzz Aldrin bringt kein Wort heraus, obwohl jetzt eine gute Gelegenheit dafür wäre, denn immerhin würden ihm alle Menschen auf Tellus zuhören. Aber Buzz ist blockiert und kehrt ins Mondmodul zurück. Sofis Muttermund ist sperrangelweit offen, und ein kleiner Mensch von drei Kilo wird den Lichtern der Welt entgegengeschoben. Mauri Antero ruft Buzz auf den Mondboden zurück. Sie müssen noch die geplanten Sprünge absolvieren, Mondsteine und Proben sammeln und sich im Meer der Stille *High Five* geben, so wie es im Drehbuch steht.

Den Kopf sieht man schon.

Sie hätten den Mond gemeinsam entdeckt, übersetzt der Hofmarschall die Worte Kennedys. Nun sei der richtige Moment, sich eine Zigarre anzuzünden. Die Hebamme zieht das Kind aus dem Geburtskanal. Kennedy fragt sich, ob er seine letzte Kubanische im Höschen einer Sekretärin vergessen hat. Kunkku lacht. Er und Kennedy sprechen dieselbe Sprache, wenn auch in verschiedenen Sprachen.

Plötzlich muss Kunkku sich Tränen aus den Augen wischen. Bei Kennedy zittert der Unterkiefer. Es kommt ihnen vor, als wären sie selbst vor Ort, auf dem Mond.

Da blinkt die gelbe Telefonleitung.

Kunkku bittet Kennedy um Verzeihung, aber er müsse abheben.

Der Ministerpräsident teilt mit, das Kind sei gesund und der Vater dürfe in die Klinik kommen, man werde ihn mit dem Helikopter abholen.

Dieser Tag, der 6. April 1975, geht in die Geschichte ein. Ein Baby erblickt das Licht der Welt, und auf dem Mond werden Wasser, organische Fossilien sowie eine unbekannte Lebensform entdeckt.

Kunkkus linker Fuß tippt unablässig auf den Boden, die Hände sind feucht, der Mund klappt auf und zu. Die Königinmutter empfiehlt gegen die Nervosität das gleiche Mittel, das sich beim alten König bewährte, als Kunkku geboren wurde.

Er fuhr für drei Wochen mit adeligen Freunden in sein Jagdhaus bei Kuhmo. Sie nahmen den Hofzwerg mit, sangen zusammen, ließen den Zwerg springen und kippten Schnäpse. Dann wurde Karten gespielt, gesoffen und mit örtlichen Wolf- und Bärenjägern auf die Pirsch gegangen. Solche Ausflüge hielten den alten König bei Laune, und bei der Rückkehr wusste er dann wieder die Wärme der Zivilisation und die gewachsene Zahl seiner Angehörigen zu schätzen.

Aber die Zeit ist eine andere, innerhalb von drei Jahrzehnten haben sich die Geschlechterrollen auf der ganzen Welt verändert, vor allem in Finnland. Dort steht seit 1936 der Vaterschaftsurlaub im Gesetz. Während der Rest der Welt im Zweiten Weltkrieg Leichenwagen schob, lernten die finnischen Väter, Kinderwagen zu schieben, und die Mütter erhielten die Gelegenheit, sich im Arbeitsleben zu verwirklichen, was wiederum die Entstehung neuer Innovationen und die Entwicklung des Wirtschaftslebens beschleunigte.

»Mir ist es lieber, Sofi zu besuchen«, sagt Kunkku.

Die Königinmutter reicht ihrem Sohn eine Pillendose. Er lehnt ab, sein Zittern sei gut, er wolle es unverfälscht genießen. An ein und demselben Tag hat er den Mond erobert und einen Sprössling bekommen. Er hat das Gefühl, seinen Platz in der ehrwürdigen Abfolge der Könige auszufüllen, ganz gleich, was seine Mutter sagt.

Die Tür zum Kreißsaal öffnet sich, der Leibarzt erteilt mit einem Kopfnicken die Erlaubnis, einzutreten. Sofi schläft, das Kind schläft an ihrer Brust. Bei diesem Anblick bricht Kunkku sofort in Tränen aus, und die Königinmutter, die ihm gefolgt ist, fragt, wie oft sie ihm eigentlich noch sagen muss, was es auf sich hat mit der Zurschaustellung von Gefühlen.

Kunkku beugt sich dicht über das Baby und betrachtet das kleine Gesicht. Die Hebamme berichtet, die Mutter habe bei der Geburt zwei Liter Blut verloren, und die Nabelschnur habe dem Kind um den Hals gelegen, aber nun sei alles den Umständen entsprechend gut. Die Königinmutter tritt näher, öffnet die Windel und sucht nach den äußeren Kennzeichen des Geschlechts.

»Das habe ich mir gedacht«, sagt sie und schließt enttäuscht die Windel.

Durch die Berührungen wird das Mädchen wach und weint. Die Königinmutter zündet sich eine Zigarette an, aber die Hebamme pflückt sie ihr sofort aus den Fingern. Darauf zündet sich die Königinmutter eine zweite an und gibt dem Hofmarschall Anweisungen. Das Volk muss so bald wie möglich über die Enttäuschung unterrichtet werden.

»Enttäuschung?«, fragt Kunkku, nimmt seine Tochter auf den Arm und beruhigt sie. »Entschuldige, Baby, aber deine Oma ist ein bisschen aufbrausend.«

Die Königinmutter bestreitet, Oma zu sein, in diesem Raum sei sie für alle Anwesenden Ihre Königliche Hoheit oder die Alte Königin.

Das Baby hört nicht auf zu weinen, und die Hebamme sagt, es habe wahrscheinlich Hunger. Man müsse die Mutter wecken, die noch angenehm unter der Wirkung von Betäubungsmitteln stehe. Kunkku bläst Sofi auf die Lider, das ist die zarteste Art des Weckens, die er kennt.

»Sofi … Sofi … das Baby … bräuchte was zu essen.«

Sofi wacht automatisch auf, die Natur übernimmt am Verstand vorbei und über den Schmerz hinweg die Regie. Sie schiebt sich die Kissen in den Rücken, nimmt das Baby auf den Arm und knöpft das königliche Klinikhemd auf. Gebannt verfolgt Kunkku, wie sie stillt, und freut sich, als er merkt, dass Sofis Brüste gewachsen sind, von der moderaten Körbchengröße A zu einer üppigen C.

Als dem Baby die Brustwarze aus dem Mund rutscht, zuckt Sofi zusammen.

»Das Kind war mir ganz fremd«, erzählt sie. »Ich hielt mich für die einzige Mutter auf der ganzen Welt, deren Baby keine Gefühle in ihr weckt. Ich schämte mich und hasste die ganze Situation. Mir fiel nichts Besseres ein, als um Weißwein zu bitten.«

Kunkku nimmt das Baby, das Sofi ihm hinhält.

Es schreit so laut, weil es von seiner Mutter getrennt wurde, dass Kunkku sich am liebsten die Ohren zuhalten würde. Aber das geht nicht, er und niemand sonst hält das Kind auf dem Arm, von einem Augenblick auf den anderen ist ihm diese Verantwortung übertragen worden. Er kann nicht die Ohren vor unangenehmen Dingen verschließen, weil sonst das Kind auf den Boden fällt. Kunkku geht auf den Gang und sucht die Hebamme. Er bittet sie, seinem Nachkommen so schnell wie möglich Nahrung zu beschaffen. Schnuller, Flasche, Fleischklößchen, Nudeln mit Soße, Eis, Lakritz, was Neugeborene eben nun mal essen.

Vom Krankenhaus fährt Kunkku, chauffiert vom Hofmarschall, direkt nach Kerava. Dort muss er eine zweite Meinung in der Baby-Angelegenheit einholen, eine neue Perspektive.

»Da kam dann so ein langes schwarzes Auto angefahren«, erzählt Marjatta Kohtalonmäki. »Kunkku stieg aus wie in den alten Zeiten. Als Mitbringsel hatte er das Modell von so einem Weltraumdingsbums dabei. Das hab ich auf die Kommode gestellt, neben die Bilder von meinem Alten und von Hessu. Er machte sich große Sorgen, der Kunkku. Er wollte, dass ich sein Kleines stille. Ach, der Junge! Ich hab uns erst mal Ochsenschwanzsuppe geschöpft und dunkles Roggenbrot mit echter Butter dazu gelegt. Dann sagte ich ihm, ich wär für so was nicht mehr zu gebrauchen. Er hatte einen guten Appetit, war aber furchtbar besorgt. Ich hab gesagt, wir werden schon eine Lösung finden. Wir müssen nur feste nachdenken.«

Kunkku sitzt im Fond des Wagens und fragt den Hofmarschall, ob dieser noch seine Werkstatt habe und ob es dort eine Nähmaschine gebe.

»Ich musste ihm eine Spezialweste nach seinen Maßen nähen«, erzählt der Hofmarschall. »Vorne kamen zwei Öffnungen für Fläschchen rein. Ich besorgte das Material, holte die Nähmaschine und ließ bei der Vihtori-Kosola-Kinderschutzorganisation Flaschen in der passenden Größe anfertigen. Ich bin ein Mann vom alten Schlag, aber ich habe Respekt vor den modernen Vätern. Ich hätte damals auch mehr Zeit mit meinen Kindern verbringen sollen.«

Kunkku lernt, die Milch im Wasserbad zu wärmen. Dann schiebt er die Fläschchen in die Stillweste und bittet den Hofmarschall, sie hinten zuzumachen. Und schon liegt das Baby, das den Namen Valma bekommen hat, zufrieden an der Brust seines Vaters.

Kunkku erinnert sich an die Ratschläge von Marjatta Kohtalonmäki: Alles ist gut, wenn man nur daran denkt, den Kopf des Babys zu stützen, und dafür sorgt, dass die Flüssigkeit bis in den Magen läuft. Er rückt den Schnuller auf der Flasche zurecht und schiebt ihn Valma besser in den Mund. Es ist schön, einem Kind in die Augen zu schauen, das gerade noch unleidlich und elend gewesen ist, sich aber beruhigt, sobald es etwas in den Magen bekommt.

Alles geht gut, bis die Königinmutter von ihrer Australienreise zurückkehrt, wo sie an der Seite des Ministerpräsidenten und einer Handelsdelegation den im Vaterschaftsurlaub befindlichen Kunkku vertreten hat.

»Man hätte daran denken müssen, die Tür zum Stillzimmer zu schließen«, ärgert sich der Hofmarschall. »Warum ist mir damals ein ums andere Mal etwas danebengegangen? Ich hatte es verpasst, rechtzeitig aufzuhören, und mir keinen Nachfolger herangezogen. Darunter haben Kunkku und seine Tochter mit Sicherheit zu leiden gehabt.«

Die Königinmutter kreischt und stampft gleichzeitig, als sie Kunkku seine Mutterschaft ausüben sieht. Sie rennt zu ihm, packt ihn am Ohr und bittet einen Diener, das Baby zu nehmen. Erst als Valma in Sicherheit ist, dreht die Königinmutter Kunkku das Ohr um und schimpft ihnen eine verrückten Idioten und kindischen

Rüpel. Was er glaube, was los wäre, wenn jemand von außerhalb des Schlosses ihn so sähe.

»Aber … Mama … so ist es am einfachsten … Ich habe den Rat von Marjatta bekommen.«

»Verbrennt diese Weste! Sofort! Je älter ich werde, desto gottlosere Dinge geschehen hier.«

Valma weint, die Königinmutter atmet schwer und schaut allen nacheinander in die Augen.

»In gewisser Weise hatten beide recht«, sagt der Hofmarschall. »Am meisten tat es mir für das kleine Mädchen leid, denn das brauchte ja seine Milch. Ich hob die Fläschchen vom Boden auf und versuchte, dem Kind zu trinken zu geben.«

Da erscheint Sofi blass und verschlafen im Stillzimmer und fragt, was los sei. Warum ständig jemand weinen müsse.

»Ich konnte die Heulerei nicht ertragen«, erzählt sie. »Meine nicht und die vom Baby nicht. Und wenn das Baby weinte, weinte ich auch. Wenn ich weinte, weinte das Baby. Da blieb nur die eine Möglichkeit, sich von dem Baby fernzuhalten.«

DAS KÖNIGSDOKUMENT

1976–1977

PENA

In meinem früheren Leben besuchte ich einmal ein Altersheim. Meine Frau und ich trafen schwedische Kriegsveteranen und Lagerhäftlinge. Nicht allen konnte man die Hand geben, weil sie keine hatten, in dem Fall drückte man ihnen das Ohr oder tätschelte den Kopf. Einem war ein Kinn aus Holz angefertigt worden. Ich bat den Ministerpräsidenten, dafür zu sorgen, dass in Schweden eine Fabrik für finnische Implantathersteller gebaut wurde. Jeder Mensch muss ein Kinn haben, sonst läuft ihm der Kaffee aufs Hemd.

Jetzt befinde ich mich wieder auf dem Weg zu einem Altersheim, diesmal mit Helena. Den Kombi stellen wir auf dem Parkplatz neben einigen Mopedautos ab. Er sieht aus wie deren großer Bruder.

Das Heim liegt außerhalb der Stadt an einem See. Laut Helena darf man nicht Altersheim sagen, sondern Seniorenresidenz oder Einrichtung für betreutes Wohnen. Das Haus sei barrierefrei, verfüge über Gemeinschaftsräume im Erdgeschoss samt Speisesaal für die gemeinsame Verköstigung. Stündlich verkehrten Elektrobusse in die Stadt.

Ich war schon immer schlecht darin gewesen, mir Erklärungen anzuhören. Mein Pressechef hatte deshalb Drei-Wort-Sätze benutzt, wenn wir etwas besprachen, aber die Ministerpräsidenten waren nicht geübt darin. Von dem, was sie mir sagten, weiß ich nichts mehr. Ich frage Helena, ob wir uns etwa ansähen, wo ich im Alter einmal wohnen werde, ich hätte doch gerade erst meine neue Arbeitsstelle angetreten. Sie antwortet, ein Lagerist könne sich eine solche Pflege nie und nimmer leisten, wir wären nicht meinetwegen hier.

Wir waren hier, weil Helena sich für Marjatta Kohtalonmäki interessierte. Sie hatte im Computernetz nachgeforscht und die Verbindung zwischen Marjatta und mir entdeckt. Dabei hatte sich herausgestellt, dass der bekannte Tennisspieler Heikki »Hessu« Kohtalonmäki, der unter Verdacht stand, zahlreiche Wirtschafts- und Drogendelikte begangen zu haben, ohne jemals verurteilt worden zu sein, Marjattas Sohn und mein Freund ist.

Auch die gemeinsamen Geschäfte von Watte und Hessu waren ans Tageslicht gekommen. Helena dachte, dass sich darin womöglich die Wahrheit verbarg. Wenn wir Heikki fänden, könnten wir vielleicht Einfluss auf Watte nehmen. Vor allem aber, fügt Helena hinzu, sei ein Besuch bei Marjatta ein Akt der Nächstenliebe. Man müsse zu allen Menschen, die einem im Leben etwas bedeutet haben, Kontakt halten. Das sei ein Tauschgeschäft, wenn man etwas gebe, bekomme man auch etwas zurück.

Helena drückt sich schön aus, ein bisschen wie es meine Frau getan hat, oder mein Schwiegervater. Man hört gern zu, selbst wenn der Inhalt zum großen Teil an einem vorbeigeht.

Ich bin aufgeregt, denn ich bin Marjatta Kohtalonmäki zuletzt begegnet, als ich bei ihr Ratschläge zum Füttern meines ersten Kindes einholte.

Ein junger Mann mit weißem Kittel und dämlichem Kinnbart zeigt uns den Weg. Seine Gesundheitssandalen verursachen klatschende Geräusche auf dem Steinfußboden. Dies ist ein altes Haus. Wir ziehen blaue Plastiktüten über die Schuhe. Der junge Mann heißt Staffan und lobt Marjatta als die rüstigste Bewohnerin im Haus. Er hat einen genauso lustigen Akzent wie Watte, vielleicht kommen sie aus der gleichen Gegend Schwedens.

Staffan klopft leicht an eine Tür, öffnet sie mit dem Schlüssel und lässt uns eintreten. Marjattas Zimmer sieht fast wie eine normale Mietswohnung und nur ein bisschen nach Krankenhaus aus. Staffan sagt, Marjatta bekomme selten Besuch, meistens besuche sie die anderen oder komme ins Schwesternzimmer, um sich zu unterhalten. Ihr Gehör sei schwach, ihr Herz habe einen Schrittmacher und ihre Hüfte mehrere Schrauben, aber ansonsten sei sie in guter Verfassung.

Sie sitzt im Schaukelstuhl, neben sich den Rollator und auf dem Schoß eine Zeitung. Darin unterstreicht sie etwas. Sie sieht ganz anders und doch genauso aus wie früher. Sie ist sozusagen geschrumpft

Helena nimmt ihr die Zeitung ab, Marjatta hebt den Kopf und lächelt breit. Sie fragt, ob schon Essenszeit sei oder ob es vielleicht Kaffee gebe. Helena fordert mich auf, näher heranzukommen und laut zu sprechen. Hier ist Kalle Penttinen, guten Abend, sage ich ins Hörgerät.

Mein zweiter Sohn!, ruft Marjatta sofort vollkommen klar aus und schlägt die Hände zusammen. Jessesmaria, mein zweiter Sohn, so was aber auch!

Von da an ist alles wie früher. Marjatta sagt, wenn sie nicht so krumm und rheumatisch wäre und ich nicht so ein langer Lulatsch, würde sie mich umarmen. Sie denke jeden Tag an mich, erzählt sie. Ich möchte über alles Mögliche mit ihr reden, aber jedes Mal fängt mein Kinn an zu zittern. Marjatta fragt, wer denn die große, freundliche Frau sei. Helena sagt, ich bin Helena. Marjatta sagt, endlich hat Kalle einen richtigen Schatz gefunden.

Unsere Beziehung habe lediglich Beistandscharakter, entgegnet Helena. Marjatta findet, das gelte für alle zwischenmenschlichen Beziehungen. Helena gibt zu verstehen, dass sie ebenso denkt.

Er lässt sich selten blicken, sagt Marjatta dann.

Wer?

Heikki.

Als hätte sie geahnt, was wir als Nächstes fragen wollen.

Ihr gefallen Heikkis Geschäfte nicht, sagt sie. Aber er ist der einzige Sohn und darf immer nach Hause kommen, ganz gleich, was er angestellt hat, das hat sie ihm immer eingebläut. Wenn er sich trotzdem nicht traut, zu Besuch zu kommen, dann muss er etwas ganz besonders Schlimmes angestellt haben.

Ich gebe zu, ebenfalls schlimme Dummheiten gemacht zu haben.

Aber du bist hier, sagt Marjatta. Heikki nicht.

Wenn ich es mir genauer überlege, würde ich mich allerdings auch nicht trauen, meine Mutter zu besuchen. Ich weiß nicht einmal, wo sie sich aufhält. Ob sie überhaupt noch lebt. Man hat sie irgendwohin gebracht, als ich rausgeschmissen wurde und meine Familie eines gewöhnlichen Morgens im Schlosshof auseinanderfiel, gleich nach dem Frühstück. Jener Tag war so chaotisch, dass ich eigentlich alles vergessen habe. Im Sozialamt hat Hilja Liukko gesagt, das sei eine Traumareaktion.

Marjatta will wissen, wie es den Mädchen geht. Als sie klein waren, hat sie jeden Artikel über meine Töchter und jedes Foto von ihnen ausgeschnitten. Sie hat ein Album mit Zeitungsausschnitten geführt, bestimmt steht es noch irgendwo in diesem Zimmer oder es liegt in einem Karton. Außerdem hat sie sich alle Interviews und Berichte im Fernsehen angeschaut. Wir hätten ausgesehen wie die glücklichste Familie der Welt, auch in dem Film, der jedes Jahr zu Weihnachten und zu Mittsommer wiederholt werde.

Eben.

Es geht den Mädchen gut, aber ein kleines bisschen auch schlecht, sage ich. Meinem Sohn mehr schlecht als gut. Marjatta entschuldigt sich, weil sie sich an den Jungen nicht mehr erinnern kann. Irgendwann hat das mit dem Zählen nicht mehr geklappt. Sie hat Herzanfälle gehabt und zum Schluss ist dann ja auch die Versetzung nach Utsjoki gekommen, wo sie als Putzfrau im Lager mit den eisernen nationalen Vorräten gearbeitet hat. Da oben im Norden bleibt man nicht so auf dem Laufenden, was in der Hauptstadt passiert.

Von dort ist sie hierher gekommen, wo man sie bedient, als gehöre man dem Königshaus an. Heikki hat ihr den Platz besorgt.

Das Zimmer verfügt über eine automatische Klimaanlage. Der höre ich zu. Und Marjattas Atem.

So weit ist es also gekommen, sagt Marjatta schließlich, mit eurer Familie und dem Königshaus. Alles geht einmal zu Ende.

Ich nicke.

Sie legt mir die Hand aufs Knie und sagt, es ist sinnlos, sich deswegen zu grämen. Ich frage sie, ob sie es mir von Anfang an angesehen habe. Dass ich Dummheiten machen werde.

Nein, nichts dergleichen, sie hat sich nur gedacht, dass ich ein viel zu lebhafter und fröhlicher Bub bin für diesen Beruf. Meine Eltern hätten mir mehr helfen müssen. Aber die hätten eben ihre eigene Geschichte gehabt. Ich will wissen, welche.

Marjatta verstummt. Ich frage noch einmal, was für eine Geschichte meine Eltern gehabt hatten.

Die übliche Geschichte, die Lebensgeschichte.

Wir fahren alle zusammen mit dem Lift nach unten und gehen in den Garten, wo es einen Springbrunnen und einen Platz für Rollstuhltennis gibt. Dort schlagen Männer und Frauen großartige Spins. Der Gebäudekomplex enthält auch einen Kindergarten, es ist drollig, die Kleinen neben den langsamen Alten spielen zu sehen und ihre Stimmen zu hören.

Marjatta stützt sich auf ihren Stock und fragt mich, ob es mich auf den Tennisplatz zieht. Ich schüttle den Kopf. Die Knie machen nicht mehr mit.

Marjatta zeigt auf die Stelle, wo sie immer die Schwäne füttert. Dort gehen wir hin, ans Ufer, zum Schilf.

In meinem früheren Leben wohnte ich einmal an so einem ähnlichen Ort am Waldrand. Es gab dort Schwäne, Rehe, einen still dahinströmenden Fluss und vollkommenen Frieden. Ich fühlte mich dort überhaupt nicht wohl. Ich dachte mir alle möglichen Beschäftigungen aus, zum Beispiel eine Olympiade.

Es dauert einen Moment, bis ich begreife, dass wir uns genau an diesem Ort befinden. Man hat lediglich den Wald umgepflügt und das Haus erweitert und anders gestrichen. Aber es ist tatsächlich das Landgut Mäntsälä.

Plötzlich sagt Marjatta, sie weiß, wo meine Mutter ist.

Was?!

Wir waren zusammen bei der Wassergymnastik, erzählt sie.

Die Patienten mit Gedächtnisstörungen hat man mit Winden und Seilen bewegt. Es hätte ihnen sehr gut getan, und der Staat hat alles bezahlt. Man hat sie abwechselnd in warmes und kaltes Wasser getaucht, dazu spielte Musik, und sie hätten sich treiben lassen können, schön war das gewesen.

Irgendwo ist meine Mutter. Müsste ich sie suchen? Helena notiert sich etwas und spricht ein Stück entfernt mit einer Pflegerin.

Marjatta nimmt meine Hand und zwickt mich in die Wange. Ich frage sie, ob sie Hessu wirklich nicht gesehen habe. Sie schüttelt den Kopf. Ich bitte sie, ihm von meinem Besuch zu erzählen, falls er sich doch einmal blicken lässt. Marjatta bittet mich um das Gleiche.

Im Kombi sagt Helena, es sei ein guter Besuch gewesen, obwohl wir keine direkte Lösung für unser Problem gefunden hätten. Aber ich bräuchte offensichtlich Marjattas Barmherzigkeit, um meinen Weg so gehen zu können, wie es richtig sei.

Ich bitte Helena, anzuhalten, damit ich nachschauen kann, ob es neben dem Tennisplatz auch eine Schlagwand gibt. Es gibt eine, und ein alter Mann mit steifem Nacken schlägt davor eine Rückhand nach der anderen. Er denkt sogar daran, die Kraft für die Schläge aus den Beinen zu holen, deren Kräftevorrat allerdings nicht unerschöpflich ist. Ich erzähle Helena, dass ich früher im Schlosshof genauso gespielt habe. Jahr für Jahr, bis es zu einem Unfall kam. Der andere Unfall habe nur wenige Meter entfernt seinen Mittagsschlaf gehalten. Ich weiß nicht mehr, ob damals schon dieser verflixte Dokumentarfilm existierte. Der war eine Geschichte für sich, und der Regisseur einer der sonderbarsten Menschen, denen ich je begegnet bin.

Seit Valmas Geburt ist ein Jahr vergangen, und fast zwei Jahre ist es her, dass sich Kunkku und Sofi kennenlernten. Das Königliche Jahrbuch von 1975 nennt diese Phase spielerisch »Kunkkus verrücktes Jahr«, weil damals die Liebe, die Schwangerschaft, die Eroberung des Weltraums und die Vaterschaft in sein Leben traten: »Wie das Haupt des Königshauses die viele Verantwortung meistern wird, mögen die nächsten Jahre und Jahrbücher zeigen«, schreibt Tito Colliander im Vorwort der Publikation.

In Wirklichkeit hört Kunkku im Jahr 1976 im Keller Prog-Rock, schlägt im Hof Bälle gegen die Wand und kümmert sich so viel und so gut er kann um seine Tochter. Die Königinmutter bleibt in ihrem Stockwerk und gesellt sich nur zu den Essenszeiten zu den anderen sowie an den Feiertagen, wenn alle Angehörigen des Königshauses auf dem Balkon gebraucht werden.

Für Sofi ist dieses Jahr das längste ihres Lebens.

»Ich aß Knäckebrot mit Käse und Gurke und starrte an die Decke«, erzählt sie. »Dort gab es keine Flüsse, die sich schlängelten. Es gab eine mehrere hundert Jahre alte Tapete, Ornamente, seltsame Schnörkel. Kein Grund aufzustehen.«

Entspannte gemeinsame Stunden sind selten, außer zwischen Kunkku und der kleinen Valma. Die anderen merken davon nichts, jeder führt sein eigenes Leben. Das Zusammensein von Kunkku, Baby, Königinmutter und Sofi besteht hauptsächlich aus angespannten Nerven, Unsicherheit und misstrauischen Blicken.

»Eine Sackgasse erkannte man schon«, sagt der Hofmarschall. »Ich bin ein Mann vom alten Schlag. War unwahrscheinlich schwer, offene Worte zu sprechen mit denen da oben, von unten aus. Aber eines wusste ich: Würde das mit der gedrückten Stimmung so weitergehen, würden wir alle den Arbeitsplatz verlieren. Also dachte ich über eine Lösung nach. Doch dann kam die Episode mit den Dreharbeiten, und die beschleunigte das Ganze.«

Kunkku und Valma haben einen regelmäßigen Tagesrhythmus. Nach dem Aufwachen nehmen sie ein ausgiebiges Frühstück zu sich sowie zwei Pralinen, um etwas Süßes im Mund zu haben. Anschließend baden die Diener zuerst das Baby, dann Kunkku. Das Kind wird angekleidet, Kunkku zieht sich an den Tagen, an denen er Tennis spielt, auch schon mal alleine an. Er nimmt Piqué-Hemd, Shorts, Socken und Schweißband aus dem Schrank, einen funkelnagelneuen Schläger direkt aus der Fabrikverpackung und Bälle aus dem Ballvorrat.

Das frisch gebadete und angekleidete Baby wird in einen Schlafsack und dann in den Kinderwagen gesteckt, den Kunkku in den Hof schiebt. Valma betrachtet den Himmel über den Mauern, Kunkku schlägt Bälle gegen die Wand, und bei dem rhythmischen Geräusch schläft das Kind ein. Sauber und mit vollem Bauch schläft es sich gut, und man träumt was Schönes.

Außer an diesem Morgen, als ein Hubschrauber am Himmel knattert.

Er kommt so dicht heran, dass sich der Luftstrom auf die Schlagrichtung auswirkt.

Kunkku schaut nach oben. In der offenen Tür des Helikopters schwankt ein Objektiv, der automatische Auslöser schnappt zu. Valma erschrickt und schreit aus vollem Hals. Kunkku flüchtet nach drinnen, aber bevor er erleichtert aufatmen kann, fällt ihm ein, dass er den Kinderwagen draußen vergessen hat.

Der Hofmarschall beeilt sich, ihn zu holen. Hinter der schweren Eingangstür fragt Kunkku, was das, um Himmels willen, zu bedeuten habe. Der Hofmarschall ist sich nicht ganz sicher, aber vermutlich würden die Schlagzeilen des nächsten Tages diese Frage beantworten. Und das tun sie dann auch.

Lebensgefährliche Spiele im Schloss!
Müßiggang eines Königs.
Wer trägt die Verantwortung?
Kleine Prinzessin in Lebensgefahr wegen spielenden Königs!

Experten zufolge ist es extrem riskant, neben einem wehrlosen Baby den Schläger zu schwingen. Vom Helikopter aus wurden Kunkkus Schläge mit einer Geschwindigkeit von 165 km/h gemessen. Wenn ein Ball mit solcher Wucht den Kinderwagen trifft, kann das Kind schwere innere Verletzungen davontragen. Der Wagen kann umkippen, und das kann tödlich enden. In seinem Leitartikel schreibt Markku Veijalainen, ein Mensch wie der König müsse irgendwann unweigerlich den Sinn für die Realität verlieren.

Der Hofmarschall trommelt Kunkku, die Königinmutter und Sofi im Konferenzsaal zusammen. Kunkku versteht nicht, was er falsch gemacht haben soll, die Königinmutter zieht ihren Sohn an den Haaren, Sofi starrt an die Wand.

»Wir brauchten Hilfe von außen«, erzählt der Hofmarschall. »Überall auf der Welt wurden Pressechefs eingesetzt, jetzt war es höchste Zeit für uns, auch einen zu engagieren. Ganz gleich, was der Ministerpräsident davon hielt. Wir brauchten jemanden, der zu steuern fähig war, welches Bild in der Öffentlichkeit entstand.«

»Bis jetzt ist es auch ohne gegangen«, sagt die Königinmutter.

Für den Hofmarschall wäre die einzige Alternative zu einem Pressechef ein Psychotherapeut gewesen, der im Unterbewusstsein und in den Erinnerungen der Problemfamilie wühlt. Die Königinmutter nimmt zwei blaue Pillen aus der Dose. Ein Schädelbohrer komme nicht in Frage! Der letzte Schädelbohrer in diesem Schloss sei König Paavali »Schädelbohrer« Penttinen gewesen, der im 16. Jahrhundert mit Schrumpfköpfen Schrecken verbreitet habe, das müsse reichen.

Der Hofmarschall hat bereits Vorarbeit geleistet. Er reicht der Königinmutter den Lebenslauf des besten Kandidaten und erklärt Kunkku, was auf dem Papier steht. Als Sofi nach ihrer Meinung gefragt wird, zuckt sie mit den Schultern.

»Es interessierte mich nicht die Bohne«, sagt Sofi. »Ihre Probleme waren nicht meine.«

Der Hofmarschall betont, man müsse den Mann einstellen, da dieser Journalist sonst das ganze Königshaus fertigmachen werde. Diesem Menschen bliebe nichts verborgen. Es handle sich um den gefürchtetsten investigativen Journalisten. Alle Politiker, Beamte und Wirtschaftsleute sagten ihm die Wahrheit, denn wenn sie nicht die Wahrheit sagten, käme sie mit noch unangenehmeren Folgen hinter dubiosen Grundstücksgeschäften zum Vorschein. Man nenne ihn auch »Herr Saubermann«, »Caterpillar« oder schlicht »Die Wahrheit«.

Kunkku will wissen, ob besagter Kandidat, Herr Veijalainen, Tennis spiele.

Der Hofmarschall vermutet, er werde es lernen, wenn man es in seinen Arbeitsvertrag hineinschreibe.

Markku Veijalainen kommt im Maßanzug, mit polierten Schuhen und geweißten Zähnen ins Schloss. Er beherrscht die Etikette, er weiß die Besonderheiten eines jeden menschlichen Charakters zu berücksichtigen. Mit Sofi wechselt er einige warme Worte auf Estnisch, Kunkku überreicht er als Mitbringsel das sowjetische Testexemplar des ersten Videotennisspiels der Welt. Dann kommt er zur Sache.

»Ich schuf Tatsachen«, erzählt Markku Veijalainen. »Ich ersetzte alte Realitäten durch neue, reparierte, was kaputt war, kaschierte zumindest die Wunden. Im Königshaus gab es Probleme, aber von denen brauchte niemand etwas zu wissen. Ich war der Journalist, vor dem sie am meisten Angst haben mussten. Jetzt war diese Angst weg. Ich wechselte die Seite, war auf ihrer Seite. Mit großem Ehrgeiz übernahm ich diese Aufgabe.«

Veijalainen kommt mit Prozentzahlen. Mit einer Wahrscheinlichkeit von 78 Prozent werde es zum großen Krach kommen, wenn man weitermache wie bisher. Verfahre man aber so, wie er es vorschlage, könne man mit hundertprozentiger Wahrscheinlichkeit Eklats vermeiden. Die Königinmutter fordert ihn auf, seine Behauptung zu präzisieren.

»Heutzutage ist Nähe so wichtig, wie es früher die Distanz war«, sagt Veijalainen.

»Drücken Sie sich so aus, dass ich es auch verstehe!«, befiehlt ihm die Königinmutter.

»Heutzutage sind Dinge möglich, von denen man letztes Jahr noch nicht einmal zu träumen gewagt hat.«

»Zum Beispiel Weltraumflüge«, mischt Kunkku sich ein.

Veijalainen sagt, solche Hubschrauberattacken seien Einzelfälle, aber in den kommenden Jahren würden sie alltäglich werden. Dann würden an den erstaunlichsten Stellen Kameras auftauchen. Die Öffentlichkeit wachse wie Unkraut, die Maschinerie brauche Stoff. Sobald man ein geeignetes Objekt gefunden habe, pumpe man es bis auf den letzten Tropfen aus. Man könne gegen solche Attacken klagen, die Verfahren sogar gewinnen, wegen Schutz der Privatsphäre und so weiter. Aber diesen Weg wolle er nicht einschlagen. Das sei genau das, was die Pressehäuser wollten, denn jedes Verfahren bringe sechs neue Artikel. Ein Leser bringe zehn andere Leser. Ein Verfahren bringe hunderttausend neue Leser. Veijalainen legt eine Kunstpause ein und nennt seinen Lösungsvorschlag.

»Ich sagte ihnen nur ein einziges, entscheidendes Wort«, schmunzelt Veijalainen. »Das war in der Situation der perfekte Cliffhanger. Ich sagte, wir würden einen Film über sie drehen.«

Ein halbes Jahr später kommt Veijalainen aus seinem bisherigen Arbeitsverhältnis samt Karenzzeit heraus. Bis dahin soll sich die königliche Familie bedeckt halten und nur die offiziellen Aufgaben erfüllen.

Am 1. Januar 1977 reist der neue Pressechef Veijalainen dann als Erstes nach Dänemark. Dort sucht er den bekanntesten finnischen Regisseur aller Zeiten auf und schildert ihm den Auftrag: Benötigt werde das ehrliche Bild eines kleinen Menschen auf dem Weg zum Menschsein.

»Ich hab ihn gefragt, ob ich endlich meinen Arbeiterfilm drehen darf«, erzählt Edvin Laine, der weltweit unter dem Namen Ed Wave bekannte Regisseur. »In Finnland durfte ich das ja nicht. Da durfte ich bloß alle möglichen Kassenschlager und den diskreten Charme der Bourgeoisie machen. Von so was hast du irgendwann die Schnauze voll.«

Markku Veijalainen gibt Laine ein Foto, auf dem man die königliche Familie an einem ganz normalen Tag sieht. Kunkku im Tennisdress. Valma im Kinderwagen. Die Königinmutter und Sofi etwas abseits von ihnen unter einem Sonnenschirm im Schlosshof.

Der Regisseur wiegt enttäuscht den Kopf.

»Dasselbe wie immer, bloß anders verpackt«, lamentiert er. »Der Gockel wollte, dass ich mit oberflächlich tiefer Klugscheißerei und Empathie daherkomme. Oder wie das heißt.«

Veijalainen will alle sechs Minuten eine Botschaft im Film haben, aber nicht zu durchsichtig. Es soll komische Passagen geben und große Gefühle. Es soll gezeigt werden, wie die Eltern von dem Baby lernen. Die Monarchie als Institution soll komplett außen vor gelassen werden. Die Mutter darf zur Heldin und zum Mythos stilisiert werden, sofern es aus dem Alltag und der Realität heraus entwickelt wird. Regisseur Laine studiert das Drehbuch und brummt, was soll's, dann machen wir halt dasselbe wie immer.

»Zeigen Sie den ganz gewöhnlichen Menschen in ihnen«, brieft ihn Veijalainen. »Der Zuschauer soll das Gefühl haben, für anderthalb Stunden das Leben eines stinknormalen Johannes zu verfolgen.«

Der Regisseur ist skeptisch. Veijalainen erklärt, so entstehe Vertrauen zwischen der Welt des Films und dem Zuschauer, weil dieser die Geschichte auf der Leinwand glaube. Alles müsse schön aussehen. Die Beziehungen zwischen den Personen, die Zimmer, die Alten, die Babys. Sogar das Hässliche müsse schön sein. Und die Müdigkeit.

»Der hat geglaubt, er hat die Klugheit mit Löffeln gefressen«, schnaubt Laine. »Ich hab ihm gesagt, hör auf, mich zu belehren.

Ich werde dich was lehren. Schön und realistisch, immer dieses Realistische. In letzter Zeit hatte ich mir oft überlegt, was das überhaupt sein soll. Er hat bloß trocken gefragt, ob ich die Arbeit annehme oder nicht.«

Regisseur Laine nickt, er hat schon öfter Auftragsarbeiten übernommen. In jungen Jahren waren das die Ruhephasen zwischen den eigenen Projekten. Man musste nicht mühselig Ideen einbringen, man musste sich übers Ergebnis nicht den Kopf zerbrechen und sich in der Phase des Schnitts nicht die Nächte um die Ohren schlagen. Die Höhe des Honorars tilgte die künstlerisch-moralischen Probleme, die eine Auftragsarbeit manchmal mit sich brachte. Jede dieser Arbeiten finanzierte den nächsten eigenen abendfüllenden Film.

»Und was bezahlst du mir dafür, du Gauner?«

Veijalainen reicht ihm einen Blankoscheck.

»Dann nichts wie an die Arbeit. Aber du musst mir versprechen, dass du mir nicht ins Handwerk pfuschst.«

»Und ob ich das tun werde. Ich werde die letzte Schnittfassung erstellen.«

Pressechef Veijalainen hat für den Regisseur alles zusammengetragen, was es an Archivmaterial über das erste Lebensjahr von Prinzessin Valma gibt. Lainen erhält die Freiheit, einige Szenen zu stellen. Was die Schätze aus dem Archiv betrifft, können sie ohne urheberrechtliche Schwierigkeiten frei verwendet werden. Der Film mit dem Arbeitstitel *Das Königsdokument* könnte mit dem Wort beginnen:

»Pa!«

Das heißt Papa, und damit ist Kunkku gemeint. Aber Laine entscheidet sich in der letzten Fassung für das siebzehnte Wort. Ein Wort, das bewegt, aber nicht überrascht, ein Wort, das immer die richtige Wahl ist.

»Ma.«

Danach eine Szene, in der Sofi mit dem Kind im Tanzsaal des

Schlosses spielt. Was macht es schon, dass Valma in Wirklichkeit die Dienerin, von der sie hauptsächlich betreut wird, Mama nennt.

Der Regisseur möchte das freie Zusammensein von Mutter und Tochter an einem ganz normalen Tag zeigen, aber Sofi ist damit nicht einverstanden. Sie kommt nicht vor die Kamera, sie will in ihrem Zimmer bleiben.

Die wahrhaftige Sofi fällt immer wieder aus der Wirklichkeit, sie bemerkt die Bedürfnisse oder Versuche der Kontaktaufnahme ihres Kindes nicht. Sie hat sein erstes Wort und sein hundertstes Weinen nicht registriert, sie hat nicht gemerkt, wie ihr das Kleine über die Füße krabbelte oder auf ihren Schoß wollte.

»Verflixtes Weibsstück, du versuchst es ja nicht mal«, knurrt Laine frustriert.

Sofi schlurft in ihr Zimmer zurück, in ihr Bett.

»Von mir aus hätte irgendjemand anders meinen Part übernehmen können«, sagt Sofi. »An mir gab es schlicht und einfach nichts zu zeigen. Ich wollte mich nicht sehen lassen, ich war fertig und kam mir fett vor. Ich wollte mich vor der Welt verstecken.«

Markku Veijalainen sucht im Drehbuch nach Szenen, die man schon mal in den Kasten bringen kann, solange die Mutter-Tochter-Szenen nicht in Schwung kommen. Meistens führt das zu einer Panoramaaufnahme von Kunkku bei einer seiner Lieblingsbeschäftigungen. Wenn er mit Valma auf dem Arm vom Schlossturm aus in den Himmel guckt und auf Flugzeuge deutet. Oder wenn er interessiert heraneilt, sobald ein Auto in den Schlosshof gefahren kommt und ein Staatsgast, eine Lebensmittellieferung oder der fahrbare Rasenmäher aus der Gartenabteilung eintrifft. Dann will Kunkku alles über Pferdestärken und Höchstgeschwindigkeiten wissen und plaudert ungezwungen mit Chauffeuren und Gärtnern. Das Hobby, das am meisten Zeit in Anspruch nimmt, ist jedoch Tennis. Kunkku testet Bälle oder probiert aus, wie hoch er einen Ball schlagen kann. Die härtesten Schläge befördern den Ball schließlich über die Mauer, sie prallen auf dem Pflaster des Alten

Marktplatzes von Vantaa auf und rollen gegen den Sockel des uralten Gasthofs, wo sie sich allmählich anhäufen.

Zuerst war die Königinmutter gegen die Dreharbeiten, aber schließlich akzeptiert sie das Projekt als berufliche Pflicht und beklagt sich nicht mehr. Sie will dem Volk zeigen, dass sie ein Rückgrat hat und sie sich in den Dienst ihrer Aufgabe stellt. Abends übt sie vor dem Spiegel steifes Winken und die Repliken, die Veijalainen für sie geschrieben hat.

»Merkwürdige Tage waren das«, erzählt der Hofmarschall. »Ich selbst hütete mich, vor die Kamera zu geraten, weil ich ja kein Tauno Palo bin. Man sah schon, dass Ihre Alte Majestät die Königin während der Dreharbeiten genauer auf ihr Make-up und ihre Kleider achtete als sonst.«

Veijalainen und Laine bringen die ganze Familie ans Grab des alten Königs, und Laine setzt den Wechsel von Nah- und Fernaufnahme ein, den er bei Sergio Leone aufgeschnappt hat. Dramatische Zooms auf Einzelheiten, auf Kunkkus schwitzende Hände, auf Sofis schöne Augen. Laine hofft auf Tränen, aber die kommen erst, als alle das Grab wieder verlassen, Valma hinfällt und sich ein bisschen das Knie aufschlägt.

»Ich hab gesagt, Mensch, Leute, jetzt fühlt mal was«, sagt der Regisseur gequält. »Wenn einen der Tod des eigenen Vaters nicht zum Heulen bringt, muss man beim Tod einer Katze erst recht nicht weinen. Aber nein. Die standen alle rum wie auf Golgatha.«

Als nach einem Monat Dreharbeiten die Beute des Regisseurs noch immer sehr bescheiden ist, wird Valma weinerlich. Ständig tut ihr etwas weh. Es beginnt eine Mittelohrentzündungsspirale. Das Kind muss getröstet werden, man kommt nachts nicht zum Schlafen, muss das lange Weinen aushalten. Dieses Ereignis beschert dem Regisseur endlich schöne Widersprüche, Erschöpfungszustände und Konflikte. Er verlegt sich auf Nahaufnahmen. Auf Kunkkus schläfrige Augen, wenn er versucht, das Töchterchen zu beruhigen, und mit ihr auf den Gängen des Schlosses auf und ab geht. Schnitt – dann Sofi, die aufwacht, die Füße in die Pantoffeln schiebt und das Beruhigen des Kindes übernimmt. Der Regisseur filmt die Wanduhr, auf der tickend die dunklen Stunden der Nacht vorrücken, und dann geht er auf die Augen der unendlich geduldigen Eltern.

»Ich musste Stuntleute einsetzen«, gibt Laine zu. »Die echten Eltern hielten ja gerade mal zwei Nächte durch und mussten anschließend immer früh schlafen gehen. Aber so ist das, wenn man Filme macht.«

Vesa-Matti Loiri spielt den Rücken des Königs und Kirsti Wallasvaara den Busen der Königin. Kunkku schnarcht im Ostflügel im königlichen Bett, und Sofi schläft ihren flachen Schlaf im Westflügel. Valma befindet sich ein Stockwerk tiefer, unter den immer wachen Augen des Kindermädchens.

»Ich wollte mal was anderes ausprobieren«, sagt Laine. »Ich wollte das Schutzschild durchdringen. Und da hab ich mich entschieden, so ein Assoziationsspiel mit ihnen zu machen.«

Leben?

KUNKKU: Natürlich besteht das ganze Leben daraus, aus Leben. Es ist ganz erstaunlich, wenn man bedenkt, wie viele Menschen geboren werden, obwohl natürlich auch welche sterben. Im Lauf eines Lebens kann man ziemlich viel tun, vor allem, wenn es lauter Sachen sind, die Spaß machen.

SOFI: Dem Tod entgegen.

Kind?

KUNKKU: Wann ist es zum letzten Mal gefüttert worden? Ich sehe gern zu, wenn Kinder essen. Oder schlafen. Oder sich vom Bauch auf den Rücken drehen. Sich das Weinen anzuhören, ist nicht so schön, aber daran gewöhnt man sich auch. Unsere Valma ist genauso hübsch wie ihre Mutter, obwohl sie auch mir ähnlich sieht.

SOFI: In den westlichen Ländern muss niemand verhungern. Es ist genug Nahrung für die Kinder da. Es ist ein großer Unterschied, unter Hunger zu leiden oder hungrig zu sein.

Liebe?

KUNKKU: Wenn man albern daherredet. Wenn man herumtollt. Wenn man die Hand unters Hemd schieben darf. Darf ich?

SOFI: Mein Gott!

KUNKKU: Kinder liebt man anders als Frauen. Manche lieben, glaube ich, Vater und Mutter.

SOFI: Es war einmal.

Geld?

KUNKKU: Seht ihr die Seitentür da drüben? Da bin ich einmal mit Hessu raus, um Eis zu kaufen, mit seinem Kleingeld. Es war in so einer Waffel. Auf den Dienstreisen mit dem Ministerpräsidenten war auch von Geld die Rede, also wie man genug davon nach Finnland und in die Welt bekommt. Das ist ständig die große Frage, wie man Geld dorthin bekommt, wo keines ist. Meiner Meinung nach müsste man einfach mehr davon drucken und meinetwegen Notendruckereien nach Uganda verkaufen.

SOFI: Honorar. Alles hat seinen Preis. Schulden. Schulden begleichen, irgendwann.

Tod?

KUNKKU: Kohtalonmäki gegen Havel, zweiter Satz. Da ist mein Vater umgekippt. Ich hab nicht sofort geweint, weil so wenig Zeit vergangen war, seit er noch lebte. Ein Fingerschnippen bloß.

SOFI: Lebendig begraben. Aufrecht gestorben. Tot geboren.

Gedicht?

KUNKKU: Ich weiß, dass sich Titten auf Sitten reimt. Stimmt doch, Veijalainen, oder?

SOFI: Nur die Mütter allein, in der Hoffnung starke Frauen, können Gott schauen. Sie haben die Macht, im Schlaf aus den Wolken zu gehn und alles von oben zu sehn. Hab ich mal gelesen. So was soll man glauben, an den Geburtstagen hören, in Todesanzeigen lesen. Scheinheiligkeit ist das.

Gestern?

KUNKKU: War es gestern, dass Valma zuletzt gekackt hat? Man muss aufpassen, dass sie nicht wieder Verstopfung kriegt. Was war die Frage?

SOFI: Es kommt nichts wieder, auch wenn man es sich wünscht.

Freunde?

KUNKKU: Moment, ja, genau! Die Deutschland-Tour. Rechts und links von Jorma Ojaharju! Bei einem guten Freund gibt es Sachen, die der andere weiß, ohne dass man sie sagen muss. Sachen, die man sich nicht traut, anderen als Hessu zu erzählen, also dem Freund.

SOFI: Wie lange soll das hier eigentlich noch gehen?

Himmel?

KUNKKU: Immer wieder geht die Sonne auf.

SOFI: Ich geh jetzt schlafen.

Das größte Problem bereitet dem Regisseur die Rolle der Sofi. Er weiß, welches Potenzial in dieser zweiten Hauptfigur steckt, aber es kommt nicht zum Tragen, weil ihr Ich irgendwo verborgen ist.

»Du weißt, dass die Kamera dich liebt«, beschwört sie der Regisseur. »Lass es raus, Mädchen. Du kannst das doch, Mensch, mach dich doch nicht kleiner als du bist?!«

Sofi verzieht keine Miene. Aber gerade da, in diesem Moment, weiß sie, dass sie von nun an dem Regisseur gehorchen wird.

»Es kam eine brutale Klarheit über mich«, erzählt sie. »So war das immer mit meinen Rollen. Plötzlich wusste ich ganz genau, was ich tun musste, wo, wann und wie. Mein gekränktes Ego drängte sich nicht mehr vor mein innerstes Ich. So fand ich in die Arbeit zurück, obwohl ich versuchte, die Distanz und den Widerwillen gegen das Projekt beizubehalten. Aber keine Chance. Das Unterbewusstsein hatte die ganze Zeit gearbeitet, und allmählich ging ich ganz in meiner Rolle auf.«

Königin Sofi wird in dem Moment geboren, in dem Sofi Lipkanski aus der Königin eine Rolle macht. Der rote Faden in Veijalainens Drehbuch besteht darin, dass Sofi trotz anfänglicher Schwierigkeiten und Widerstände ihren Beruf erlernen und nicht bloß die Königintradition erneuern will.

»Ich bin das nicht gewesen«, sagt Sofi. »Aber so war die Figur angelegt. Und in diese Rolle bin ich dann hineingegangen.«

Veijalainen hat für Sofi die gleichen Probleme mit der Königinmutter ins Drehbuch geschrieben, die es zwischen jeder Schwiegermutter und Schwiegertochter auf der ganzen Welt gibt, und Probleme mit dem Ehemann, wie sie alle Schwestern und Brüder zwischen Montreal und Martinlaakso kennen.

»Ich wurde kein weiblicher James Bond«, sagt Sofi Lipkanski. »Die Rolle der Maria Magdalena in dem Film *Jesu Liste* ging an Ritva Valkama. Die Königin Sofi war die größte Rolle meines Lebens. Sie wurde zu meinem Leben.«

Und so treten königliche Gesten an die Stelle der Gesten einer jungen, freien Frau. Die Redeweise wird förmlich, und Sofi spricht von sich in der dritten Person. Als Regisseur Laine um warme Mütterlichkeit bittet, kommt auch die plötzlich ganz mühelos.

»Schnitt. Cut. Leck mich, Lipkanski«, bedankt sich Laine. »Nichts hinzuzufügen. Du bist der King, Sofi!«

Sofi lächelt, aber weil sie in ihrer Rolle lebt, darf sie es mit den Gefühlen nicht übertreiben.

Für den hundertsten Drehtag hat Veijalainen eine Liebesszene geschrieben. Sofi, wie neugeboren, lernt die Repliken auswendig, Kunkku wirft nicht einmal einen Blick auf das dicke Manuskript. Seiner Meinung nach passiert alles, wie es sich ergibt und Kamerateam, Regisseur, Regieassistent, Beleuchter und Tontechniker nehmen ihre Plätze rein zufällig ein. Undenkbar, dass ein Dokumentarfilm Fiktion sein könnte. Im Grunde hält Kunkku auch *Dick und Doof* für die Wirklichkeit an sich: köstliche Kapriolen, die eben passiert und auf Film gebannt worden sind.

»Ich dachte, ich mach an dem Tag mal lässige Liebe im Stil von Butch und Kid«, erzählt der Regisseur. »So ne Collage, mittlere Brennweite, schön Musik drüber, paar Seufzerpausen für die Zuschauer. Bisschen Avantgarde. Der Zuschauer soll mit den Liebenden am Tisch sitzen.«

Als die Sonne untergeht, wird Kunkku von einem Diener auf die Dachterrasse gebeten, wo die Kulisse wartet, die später für das von Laine produzierte TV-Format *Der Bachelor* verwendet werden soll. Candle Light Dinner, weiße Tischdecken, die schönste Braut der Welt, die auf ihren Bräutigam wartet. Sofi sitzt bewusst nachlässig geschminkt und in jeder Hinsicht blühend auf ihrem Platz.

Der Regisseur will, dass es in dieser Szene zu einer Versöhnung kommt, der ein neuer Anfang entspringt. Kunkku betrachtet Sofi und lächelt. Sofi lächelt zurück. Kunkku nimmt Platz.

»Die Augen«, flüstert Laine.

Kunkku gießt Sofi Wein und sich selbst Apfellimonade ein. Sofi lässt ihr Lächeln bis in die Augen aufsteigen, und der Regisseur hebt den Daumen. Kunkku wirft einen Blick auf den Regisseur. Er findet, der Mann kann jetzt gehen. Sofi sagt die Replik, die im Drehbuch steht.

»Das Wichtigste ist, dass wir jetzt hier sind. Ich bin so weit weg gewesen von allem, so weit weg von dir.«

Kunkku trinkt einen Schluck Limonade. Sofi nimmt die Deckel von den Schüsseln. Der Duft der Doppelhamburger ist köstlich, aber nicht so raffiniert und erregend wie Sofis Parfüm.

»Meine Leibspeise«, seufzt Kunkku.

Dann setzen die Geigen ein, *Károly Garam und die Schlingel mit den Geigen* tauchen per Hebebühne wie aus dem Nichts auf, und Sofi bittet Kunkku um einen Tanz. Laine nimmt alles ungeschnitten auf.

»Wir müssen uns einfach nur lieben«, sagt Sofi.

»Genau.«

»Ich verspreche dir, eine gute Ehefrau zu sein. Wir haben eine Berufung. Eine Aufgabe. Wir können nicht nur an uns denken.«

»Ich denke die ganze Zeit an dich«, sagt Kunkku, und in seinen Augen schimmert es feucht.

Sofi küsst ihn so lang, bis die Hose spannt. Das Musikstück darf zu Ende gespielt werden, der Kuss geht in einen Zungenkuss über. Dann verschwinden Károly Garam und die Schlingel mit den Geigen dorthin, wo sie hergekommen sind; der Regisseur hält das Königspaar in der Bildmitte, filmt abwechselnd ihre Augen, lässt sie ihren Tanz beenden, während man im Hintergrund die Lichter der Stadt sieht.

Gerührt von seiner eigenen Vision ruft Laine schließlich: Cut!

Sofi setzt sich sofort auf einen Stuhl, lässt sich eine Wolldecke über die Schulter legen und trinkt einen Schluck Wein aus der Flasche. Kunkku steht mit einer schweren Erektion in der Hose auf der Terrasse.

»Gehen wir jetzt ein bisschen herumtollen?«, fragt er Sofi.

Sofi lässt ihn einfach auf der Terrasse stehen.

Er begreift nicht, was passiert, warum sie weggeht. Er streckt die Hand nach ihr aus, aber da bauscht sich das Abendkleid bereits im Türrahmen, und seine Frau ist verschwunden. Der Hamburger mit Käse schmeckt jetzt nach nichts, die Salzgurke nach Gummi.

Der Regisseur setzt sich, gießt sich ein großes Glas Wein ein und schaut Kunkku lange in die Augen. Er sagt, man dürfe sich nie in seinen Filmpartner verlieben. Wenn man das tue, sei entweder der Film im Eimer oder das Leben.

»Sofi ist meine Frau«, sagt Kunkku.

»Mensch, Pena! Wir trinken einen, wie wär's? Der Sinn des Lebens besteht darin, die Sorgen zu verscheuchen.«

Kunkku schüttelt den Kopf. Der Regisseur ist ein sonderbarer und netter Mann, aber Kunkku hat jetzt schlechte Laune, er ist gekränkt, die Erektion lässt immer mehr nach und nichts hat mehr einen Sinn.

So soll es weitergehen, doch Kunkku hält es nicht aus, dass Sofi während der Dreharbeiten die Traumfrau ist, spontan, zärtlich, humorvoll, flirtend, sich ihres Werts bewusst, sexy, neckisch, danach aber weit weg und kalt wie ein unbekanntes Meer.

»Ich konnte nicht anders«, erzählt Sofi. »Ich tat es nicht aus Bosheit. Zu mehr war ich einfach nicht fähig. Beim Drehen war ich lebendig, aber fürs Leben übte ich erst.«

Kunkku teilt Markku Veijalainen und Regisseur Laine mit, dass ihm der Kopf bald explodiert.

»Man darf niemanden zwingen«, sagt Laine. »Zwischendurch braucht jeder mal ein paar Tage Pause. Wenn es im Norden kalt und dunkel wird, fahren wir Jungs eben in den Süden, wo es hell und warm ist.«

SOMMARTIDEN HEJ, HEJ

1977–1978

PENA

Ich bin eigentlich immer ziemlich gesund gewesen. Hin und wieder eine Geschlechtskrankheit, aber dagegen hat mir der Arzt dann was verschrieben. Das Jucken war erträglich, der Zorn meiner Frau weniger. Ein Krankenhaus habe ich zuletzt von innen gesehen, als mein Sohn Veikko auf die Welt kam.

Ich würde meine Mutter heute bestimmt nicht besuchen, wenn Helena nicht dabei wäre. Im Krankenhaus ist das Licht grell, die Böden glänzen, und alle Türen gehen von selbst auf. Die Hände wäscht man sich zuerst mit Seife, dann mit Desinfektionsmittel. In Marjattas Seniorenresidenz herrschte immerhin Leben, wenn auch langsames, aber hier ist es so still wie an der Pforte zum Tod.

Schon im Schloss wurde meiner Mutter ein eigenes Krankenzimmer eingerichtet. Ich war allerdings nicht besonders oft drin. Ich hatte sowieso Angst vor ihr, und als sie dann krank wurde, konnte ich gar nicht mehr mit ihr zusammen sein. Manchmal erinnerte sich meine eigene Mutter nicht einmal, wer ich war. Vielleicht erinnerte sie sich auch an sich selbst nicht mehr. Sie driftete allmählich in eine ganz andere Welt ab. Valma war die Einzige, die immer von ihr erkannt wurde.

Irgendwann vergaß ich, dass es meine Mutter überhaupt gab.

Helena und ich fahren in den Keller. Im Aufzug gibt es einen Spiegel. Ich trage immer dieselbe Sonnenbrille. Nun frage ich Helena, wie man an eine Sonnenbrille kommt.

Wir gehen zum Optiker, du machst einen Sehtest und bestellst eine neue.

Tut das weh?

Helena lacht ein bisschen. Ich frage sie, ob Brillen teuer sind, ob wir gleich zum Optiker gehen können, nachdem wir meine Mutter besucht haben.

Helena schätzt, dass ich vom Sozialamt eine Kostenübernahme für eine Brille bekommen könnte. Die Aufzugtür öffnet sich, wir verlassen die Kabine, und ein schlafender Mann im Rollstuhl wird hineingeschoben.

In Mutters Zimmer riecht es schlecht und nach Reinigungsmittel zugleich. Es gibt drei Betten, in jedem schläft eine alte Frau, uralt, jedenfalls sieht es so aus. Im leise gestellten Radio läuft Tennis, am Geräusch der Saiten höre ich, ob Vorhand, Rückhand oder ein Stoppball gespielt wird.

Helena liest die Namen auf den Schildern am Fußende der Betten und tritt an das Bett am Fenster.

Ich will hier raus. Ich schaue anderswohin, aus dem Fenster, an die Decke, auf meine Füße. Im Radio sagt der Kommentator, Wahlroos müsse seinen ersten Aufschlag in den Griff bekommen, ansonsten könne das ein langer Nachmittag für ihn werden. Mutter sieht wie eine Rosine aus. Sie ist zwar immer klein gewesen, aber mehr Hartholz als Rosine.

Ich frage Helena, ob meine Mutter hier irgendwo rauchen könne.

Das ist meine älteste Erinnerung: Zigarettengeruch, der Duft meiner Kindheit. Viel Qualm um meine Mutter. Ich weiß noch, dass sie mir den Rauch ins Gesicht blies, wenn ich krank war, weil das angeblich half. Der Mensch erinnert sich an sonderbare Sachen, an lauter unzusammenhängende Einzelheiten, wie wenn eine Schachtel Halsbonbons auf den Boden fällt. Man will sie aufheben, findet aber bloß ein paar davon. Wenn man richtig sucht, vielleicht noch ein paar mehr. Manche Erinnerungen kleben dann aneinander, an anderen hat sich allerlei Dreck festgesetzt.

Vielleicht könnte man Mutter über Weihnachten zu uns holen. Vielleicht will ich meine Mutter unter keinen Umständen an Weihnachten bei uns haben.

Helena sagt, auf eigenen Beinen komme meine Mutter nirgendwo mehr hin. Sie könne nicht einmal vom Bett aufstehen.

Ich frage sie, was es für einen Sinn hat zu leben, wenn man so wird. Helena findet, ans Bett gefesselt zu sein, das Gedächtnis zu verlieren und langsam aus der Welt zu verschwinden, sei ebenso Bestandteil des Lebens wie das Toben kleiner Kinder oder die Ballprügelei von irgendwelchen Tennistrotteln, die kein Schwein auseinanderhalten könne.

Mutter öffnet die Augen und schaut uns an. Vertraute graue Augen, weit, weit weg.

Sie fragt uns, wer wir sind. Ihre Hände umklammern die Bettränder. Man sieht die Adern und auch einen blauen Fleck auf ihrem Handrücken. Sie will, dass ich näher herankomme. Ich mache einen Schritt auf sie zu, beuge mich nach vorne, komme mir aber blöd dabei vor.

Mutter fragt mich, ob ich Erkki sei.

Ich bin Kalle. Pena. Ich bin Kalle Penttinen. Der Sohn von Seppo und Irmeli, vor kurzem noch Kalle »der Vierzehnte« Penttinen.

Nein, du bist Erkki.

Sie blickt sich etwas verängstigt um und will wissen, wo wir sind. Daheim oder in den Stallungen. Ob wir wieder mal im Heu waren. Ob uns jemand gesehen hat? Gib mir den Büstenhalter, und hilf mir mit dem Korsett.

Wieder schaut sie mich an und sagt: Erkki, mein Schatz. Komm her!

Ich sehe die Furchen in ihrer Haut, die dunklen Flecken und die Schnurrbarthaare. Sie ist furchtbar hässlich, schon immer gewesen. Das sage ich aber nicht laut, denn man darf sich nicht über das Aussehen anderer Leute auslassen. Das ist unhöflich. Mutter selbst hat mir das beigebracht, nachdem ich den Führer der Sowjetunion als Krapfen bezeichnet hatte.

Mutter nimmt meine Hand und drückt zu. Ich versuche mich zu befreien. Sie küsst den Handrücken, es trieft Speichel darauf.

Erkki, mein Schatz, lass uns fliehen, sagt sie.

Ich schaue Helena an. Was soll ich nur tun? Helena fordert mich auf, so zu bleiben und keine Angst vor meiner Mutter zu haben. Ich frage sie, wie das noch mal gewesen sei, ob es nicht geheißen habe, die Wahrheit wirke befreiend. Helena meint, wir müssten jetzt eben mal kurz in der Wahrheit meiner Mutter leben. Wahrheiten könnten wechselten, am wichtigsten sei die Aufrichtigkeit.

Mutter sagt, es werde immer schwieriger, ein Stelldichein zu ermöglichen. Sie wolle sich von ihrem Mann scheiden lassen, aber das sei nicht möglich. Eine Königin könne sich nicht scheiden lassen. Aber fliehen könnten wir.

Ich frage sie, was für einen Erkki sie meine, verdammt noch mal, und was für eine Scheidung? Ich bin geschieden, sie nicht. Sie lacht, aber es sieht nach einer Grimasse aus. Ich reiße meine Hand los und mache einige Schritte rückwärts.

Mutter sagt, sie werde das Kind behalten. Es gehe nicht anders, der Leibarzt habe die Schwangerschaft bereits bemerkt. Ich bekomme Kopfschmerzen. Meine Mutter sagt, das Kind gehöre ihr.

Was für ein Kind denn nur? Meine Kinder kenne ich, es sind drei, alle von derselben Frau. Bei anderen Frauen habe ich immer Hilfsmittel aus Gummi benutzt. Und wegen der drei Kinder, die ich kenne, sind wir heute unterwegs.

Eine Pflegerin kommt mit dem Essenstablett ins Zimmer. Kartoffelbrei, der einigermaßen gut aussieht, und viel schlimm aussehendes Gemüse. Ich bin ganz verschwitzt. Helena blickt verständnisvoll auf mich, auf meine Mutter und auf die Pflegerin.

Ich muss hinaus, um durchzuatmen und mich zu beruhigen. Ich sage, ich muss auf die Toilette, dabei gehe ich schnurstracks zum Aufzug und verlasse das Gebäude.

Bei fernen, unbekannten Menschen oder Staaten kann man an seinem Zorn wer weiß wie lange festhalten und Raketen auf militärische Ziele abschießen, aber mit Menschen, die einem nahestehen, möchte man einen harmonischen Umgang haben. Mit meiner Mutter ist das nie der Fall gewesen. Obwohl sie im Krankenhaus liegt, an der Schwelle des Todes, ist sie noch fähig, mein Leben durcheinanderzubringen. Dabei bräuchte ich Hilfe.

Valma ist mit ihr besser zurechtgekommen. Vielleicht wäre das auch jetzt so. Vielleicht sollte ich mich davonmachen und alles hinter mir lassen, vielleicht hätten es die anderen dann leichter. Vielleicht verschwinden die Probleme, wenn der Grund für sie verschwindet.

Sollte ich einfach irgendwohin fahren, weit weg, und die anderen erledigen lassen, was ich vergebens versucht habe? Soll ich an einen Strand im Süden fahren, zum Beispiel nach Torremolinos, so wie ich es schon einmal getan habe?

Das gemeinsame Bestreben von Regisseur Laine und Pressechef Veijalainen besteht darin, Kunkkus gewöhnlicheres Ich hervorzulocken, und zwar an einem Ort, an dem nicht seine Mutter, sein Rang, seine Beziehung und seine Pflichten als Babyfamilienvater auf ihm lasten. Darum fliegen Laine und Kunkku im Frühjahr 1977 nach Spanien.

Für Kunkku ist der Flug in einer Linienmaschine eine spannende Erfahrung. Er trägt eine moderne Dauerwelle, und eine große Sonnenbrille verdeckt die Hälfte seines Gesichts. So muss er keine Angst haben, erkannt zu werden.

Im Flugzeug kauft er sich eine Schachtel Wiener Nougat und klatscht mit den anderen Passagieren, als die Maschine auf der holprigen Landebahn aufsetzt. In Regisseur Laines Hand surrt eine Schmalfilmkamera, und ein kleines Mikrofon nimmt den Ton auf. Die anderen Reisenden glauben, da werde bloß ein Urlaubsfilm gedreht, niemand schenkt dem Gespann übermäßige Aufmerksamkeit.

»Ich wollte was Echtes haben«, erzählt Laine. »Ich wollte raus aus dem Drehbuch. Manchmal musst du ein Skript einfach in den Graben schmeißen. Ich wollte Momente, wo das Ich offen ist, verstehst du. Also hab ich Kunkku aufgefordert, einfach so zu sein, wie er quasi in echt ist.«

Kunkku findet die Idee gut, aber er weiß nicht so genau, wie er ist. Der Regisseur erklärt ihm, die Menschen würden ihr Ich an ganz verschiedenen Stellen finden. Er habe es als junger Mann oft unter dem Tisch und im Bett anderer Frauen und an verrückten

Drehorten gefunden. Manchmal hätten die Tische und die Betten in Hämeenkyrö gestanden, manchmal in Los Angeles oder Hongkong. Einmal hätten sie in Kenia Flusspferde gejagt. Man tue viel, bereue ein bisschen was und gehe dann erhobenen Hauptes neuen Erfolgen entgegen. Entscheidend sei es, sich vom Strom treiben zu lassen, wenn man keine klare Richtung habe. Der Strom habe noch jeden Menschen auf dieser Welt vom Start ins Ziel gezogen.

Vom Terminal aus gehen sie zum Bus des Reiseveranstalters. Markku Veijalainen hat für Laine und Kunkku die Namen Virtanen und Nieminen angegeben.

»Guck mal auf den Strand«, fordert der Regisseur Kunkku auf. »Es gibt massenhaft junge Mädels auf der Welt. Was bleibt uns jungen Männern da übrig? Nichts wie hin. Du weißt schon, was ich meine.«

Kunkku schaut genau hin, er sieht spitze Brüste, er sieht Brüste, die breit auf dem Brustkorb liegen, und er sieht mittelgroße Halbkugeln. Er sagt, er könne nicht so richtig nach fremden Frauen gucken, weil er ja verheiratet sei und auch ein Kind habe.

»Das wird uns nicht daran hindern, zum Strand zu gehen. Ich gehe vor, du kommst nach. Wenn du dich selbst ein bisschen auslüftest, wirkt sich das auch auf die Stimmung deiner Frau positiv aus.«

»Sie ist in letzter Zeit wirklich schlecht gelaunt gewesen.«

»Ich hatte sieben Frauen auf drei Kontinenten. Wenn du wüsstest, was ich jeden Monat an Alimente zahle.«

Kunkku und Laine kaufen sich auf der Uferpromenade Bermudashorts, Hawaiihemden und Ledersandalen. Laine hält das für eine gute Tarnung und für die notwendige komische Auflockerung im fertigen Film.

»Des Kaisers neue Kleider, das sind diese Shorts«, lacht er.

Kunkku ist noch nie an einem Badestrand gewesen, weshalb er alles nachahmt, was Laine ihm vormacht. Der Regisseur kennt das alles von der Westküste der Vereinigten Staaten, er legt sich auf den Rücken und zieht die Hose aus.

»Ich lass gern auch mal die Glocken ein bisschen atmen. In Amerika will keiner Bräunungsstreifen haben. Die rasieren sich sogar, überall. Na ja.«

Laine hat sich tatsächlich alle Haare abrasiert, von der Arschfalte und den Hoden über die Brust bis zu den Achseln. Mit leichtem Zögern zieht Kunkku die Hose aus; es kommt ihm etwas seltsam vor, und er schämt sich auch irgendwie, weil es bei ihm so üppig sprießt.

Der Regisseur erinnert sich, schon drei Mal in Spanien gewesen zu sein, um Alkohol- und Parfümwerbung zu drehen. Die Werbeagentur damals sei von einem originellen Typen namens Frank O. geführt worden, dessen Absonderlichkeit man ertragen konnte, weil er verdammt gut bezahlte. Dann sinnt Laine über seine Karriere nach und seufzt, er habe den allerletzten Job. Den besten und den furchtbarsten zugleich. Die Leute sehen nur das Resultat, die lächelnden Schönheiten und die Männer mit den glänzenden Haaren auf dem roten Teppich. Sie sehen nicht den Schmerz, durch den all das entsteht.

»Was würdest du denn lieber machen?«, fragt Kunkku.

»Kartoffeln anbauen.«

»Kartoffeln gehen wahrscheinlich immer.«

»Und ich drehe hier einen scheiß romantischen Dokumentarfilm über die königliche Familie.«

Laine erzählt von seinen zwei großen Träumen: einem Arbeiterfilm und einem Kriegsfilm. Die würden ihm jedes Mal vor der Nase weggeschnappt. In Hollywood, in den Kinos des Ruhr-Gebiets und an der Cinema-Akademie Vantaa denken alle, ein finnischer Regisseur bekäme da nicht die nötige Tiefe und Strenge hinein, die echte Barbarei des Krieges. Laine findet, dass gerade jemand wie er dazu imstande wäre, weil er die Dinge zwangsläufig wie ein Soldat sehen müsse, der an die Front kommt und seine Feuertaufe zu bestehen hat, aus dem Nichts heraus, von jetzt auf gleich. Kunkku sagt, er verstehe Laine vollkommen. Auch er habe einen Krieg beginnen wollen, aber keine Genehmigung erhalten.

»Du wolltest einen Krieg anfangen?«

»Ist eine lange Geschichte. Soll ich sie erzählen?«

Unbedingt, sagt Laine. Er lässt wieder die Schmalfilmkamera laufen und nimmt den Ton mit dem Vier-Spur-Tonbandgerät auf. Kunkku legt dar, was es für ein prächtiger Start in seine Amtszeit es gewesen wäre, etwas zu okkupieren. Grönland zum Beispiel. So ein Land aus Eis, wo überhaupt keine Menschen wohnten, sondern bloß Eskimos. Die Kriege sind es, die von den Königen bleiben, findet Kunkku.

Der Regisseur bittet ihn, mehr von seinen unerfüllten Träumen zu erzählen. Kunkku überlegt kurz, dann sagt er, es wäre wirklich klasse, mal zu sehen, wie ein Flugzeug gebaut wird. Laine nickt, und Kunkku fährt fort. Er hätte im Tennis etwas werden können. Mit Sicherheit wäre er jetzt unter den Top Drei auf der Welt. Der Regisseur ist begeistert, er spornt Kunkku an, weitere Träume aufzuzählen. Kunkku überlegt eine Weile.

»Einmal richtig große Dinger kneten zu dürfen.«

»Genauer?«

»Ich habe schon immer Titten gemocht, zwischen die man den Kopf stecken kann. Aber wenn ich das täte, dürfte ich mir gewaltig was anhören. Obwohl ich niemandem was Böses will.«

Laine überlegt lange, zündet sich eine Zigarette an und raucht sie bis zur Hälfte, bevor er zugibt:

»Ich hab's mehr mit Pos.«

»Ich habe das Gefühl, dass ich meine Mutter nicht liebe. Sollte ich es tun, wo sie doch meine Mutter ist?«

»Einen Film würde ich über große Dinger schon machen.«

»Hast du schon mal Filme über Titten gedreht?«

»Ich kenne Regisseure, die es getan haben. Bertolutschi, Skorsiesie, Eisenstein.«

Nach einer Stunde Herumliegen ist Kunkku überall heiß. Er dreht sich auf den Bauch. Nach einer weiteren Stunde ist sein Rücken ebenfalls verbrannt. Kunkku hat sich immer im Kühlen wohlgefühlt und bei Bedarf seinen Kopf mit einem Schirm vor der Sonne schützen lassen; jetzt kocht überall im Körper das Missbehagen. Er schlägt vor, sich irgendwo abzukühlen und ein kaltes Getränk zu sich zu nehmen.

In der Bar gibt es keine Apfellimo, also akzeptiert Kunkku den halben Liter Lagerbier, den ihm der Barkeeper vorschlägt.

»Ich hab die Kamera und das Tonbandgerät in die Tasche gepackt«, erzählt Laine. »Ich dachte, ich heb jetzt erst mal in aller Ruhe einen. Ein paar kalte Bier, dann ein bisschen Carillo und meinetwegen Sangría. Schließlich warn wir in Spanien. Außerdem hatte ich an dem Tag Material in den Kasten gekriegt, mit dem meine Rente gesichert wäre, falls nötig.«

Die Männer leeren die ersten kalten Biere wortlos; sie haben Durst, sie glühen, Sandkörner jucken am ganzen Körper. Kunkku sieht sich in der dämmerigen Bar um, betrachtet die Fußballtrikots an den Wänden und die Ruder, die an der Decke hängen. Er hält die Bar für eine ulkige Mischung aus Fußball- und Fischerkneipe.

»Dockma«, stößt Regisseur nach dem dritten Glas aus.

»Hä?«

»Ganz neue Schule. Keine Effekte, keine Beleuchtung, pure Geschichten pur gefilmt. So wie deine Geschichte. Daraus könnte man echt einen guten Film machen, was anderes als den Reklamemist, den ich machen soll.«

Das kalte Bier ist überraschend gut, obwohl nach dem vierten Glas auch etwas Süßeres schmecken würde, zum Beispiel ein Longdrink. Laine empfiehlt »Schintonnick«, aber der ist für Kunkkus Mund zu bitter. Ein bisschen so, als wollte man Himbeeren essen und merkt dann, dass es Preiselbeeren sind.

Aus den Logen im hinteren Teil des Lokals hört man lautes Reden, das später am Abend in Weinen und das Geräusch zersplitternder Gläser übergeht. Die Sprache ist unbekannt, aber Finnisch ist es nicht. Laine findet, sie sollten an einen anderen Tisch umziehen, um neue Leute kennenzulernen.

»Die Schweden hat man gleich rausgekannt«, sagt der Regisseur.

»Immer dasselbe mit denen. Am frühen Abend immer ganz leise. Aber dann wird alles durcheinandergesoffen und die Tische kippen um. Am nächsten Morgen schämen sie sich dermaßen, dass sie gleich wieder trinken müssen. Sind halt Naturkinder. Mir hat das immer gefallen, ich bin ja Viertelschwede von der mütterlichen Seite her.«

Zwischen Kunkkus Fingern brennt eine Gauloise, die er vom Regisseur bekommen hat. Ihr Rauch geht spielend durch die Lunge und sorgt für Erleichterung; sie wirkt stärker als die Cannabiszigaretten, die er in jungen Jahren geraucht hat.

Ingmar Bergman hat hartnäckig eine Karriere als Regisseur volkstümlicher Komödien verfolgt. Es ist nicht leicht, solche Filme in Schweden zu drehen, wo man schon Vergnügungssteuer zahlen muss, wenn man nur einen Lachreiz spürt, wo vor allem aber die innenpolitische Lage in den letzten drei Jahren immer instabiler geworden ist. Die linksextreme Partei ist an die Macht gekommen, und jetzt sind die Meinungsfreiheit und der freie Markt in Gefahr. Schweden isoliert sich von der übrigen Welt, sogar Gerüchte über ein Atomwaffenprojekt gehen um.

Aber gerade in schweren Zeiten will das Volk etwas Unbeschwertes sehen, und Bergman fühlt sich verpflichtet, diesem Wunsch zu entsprechen.

Laine knallt einen Krug Sangría auf den Tisch und fragt Bergman, ob die schwedische Runde bereit sei, zwei Finnen aufzunehmen. Der schüchterne Mann erkennt sofort sein großes Vorbild und ist sprachlos. Nach einigem Stottern sagt Bergman schließlich, er würde sein gesamtes Werk gegen eines der großartigen Beziehungsdramen von Laine eintauschen, zum Beispiel gegen dessen Debütfilm *I Feel the Earth Move*. Auch *Die Insel der Menschen* und *Die Heimkehr des Häftlings* sind Bergmans Meinung nach blendende Studien über das ständige Ringen des Menschen zwischen Gut und Böse.

Kunkku fragt die beiden Männer, was sie von den *Dick-und-*

Doof-Filmen halten. Laine findet, man hätte auf sie verzichten können, während Bergman in ihnen Momente erkennt, die ein erhellendes Licht auf die Existenz werfen. Mit dieser Antwort ist Kunkku zufrieden.

Laine will wissen, was Bergman und die anderen Schweden in Torremolinos machen. Einen Film, antwortet Bergman schüchtern. Laine will eine schnelle Schilderung des Plots hören, um das Projekt akzeptieren oder ablehnen zu können.

Bergman setzt ihm die Geschichte in groben Zügen auseinander: Eine schwedische Touristengruppe kommt nach Torremolinos, darunter der Protagonist Börje Hammarberg. Dieser ist aus Versehen dabei, denn ursprünglich sollte er als Biologe auf die Färöer fahren. Eine Farce ist eben eine Farce und muss auch so gemacht werden. Bisschen Humor unter der Gürtellinie, viel Alkohol, Missverständnisse, hübsche Mädchen, mal ein paar Titten, die aus einem Bikinioberteil hüpfen. Der Held ist ein Held wider Willen oder aus Versehen.

Laine sagt, dass er sich nach genau so etwas sehnt, nach echtem Prolokram. Kunkku strahlt, als ihm Laine die Worte »ein paar Titten, die aus einem Bikinioberteil hüpfen« übersetzt.

Je leerer die Weinkrüge werden, desto weniger mag Laine übersetzen, und Kunkku versteht weder das miserable Finnisch der Schweden noch das schlechte Schwedisch des finnischen Regisseurs. Aber das macht überhaupt nichts, denn Kunkku richtet seine Aufmerksamkeit auf die Frau, die still am Tisch sitzt und ab und zu den dicken Rauchvorhang vor ihren Augen zur Seite schiebt.

Als die Bar schließt, begibt sich die Gesellschaft in Laines Hotelzimmer. Die stille Frau sitzt neben Kunkku auf der Couch, und er findet es erleichternd, weit weg von allem zu sein. Die stille Frau ist interessant, ihre Schüchternheit wunderbar. Gespannt sitzt Kunkku neben ihr, während eine Weinflasche kreist und der Zigarettenqualm immer dichter wird.

Kunkku will wissen, warum Filme von schrecklich hässlichen

Männern produziert, gedreht und geschrieben werden, die aber immer wahnsinnig schöne Frauen um sich haben. Sofi kommt aus diesen Kreisen, und seit sie ein Teenager war, sind weiß Gott was für Mogule um sie herumgeschlichen. Laine findet, dass Kunkku gerade eine große Wahrheit ausgesprochen hat. Die Welt des Films sei ein Überlebenskampf, reiner Darwinismus. Filme würden gemacht, damit man ein Nest und Dollars bekomme. Ingmar Bergman schüttelt den Kopf.

»Ich sagte, dass es mir um die Ehrlichkeit geht«, erzählt Bergman. »Ich will mit meinen Filmen für Lockerheit und Unterhaltung sorgen, denn die Zuschauer haben es im Alltag oft verdammt schwer. Unterhaltung ist das höchste Gebot meiner Ästhetik. Irgendwo kommt sie einfach her, meine Leichtigkeit, aus den Kindheitserinnerungen, als Gegenreaktion auf die ballerströmsche Kleinkariertheit.«

Laine will wissen, ob Herr Bergman auch dann noch Unterhaltung machen würde, wenn man ihn nicht dafür bezahlte.

Bergman überlegt kurz und nickt.

Vollkommen überraschend versetzt Laine ihm daraufhin eine Ohrfeige. Er höre sich so eine Scheiße nicht an, brüllt er. Dann umarmt er Bergman so plötzlich, wie er ihn geschlagen hat, und bittet zutiefst um Verzeihung.

»Ich vertrage keinen Schnaps«, erzählt Laine. »Wenn ich Schnaps trinke, ertrag ich die Menschen nicht. Das vergess ich manchmal.«

»Der junge Mann in unserer Runde, der war klüger als Laine und ich«, erinnert sich Bergman. »Der rührte keinen Alkohol an. Stattdessen interessierte er sich für meine Lebensgefährtin. Ich hatte damals tolle Ideen, von wegen man darf den anderen nicht besitzen, wir dürfen uns nicht gegenseitig gefangen halten. Aber bald ging es in meinem Kopf dermaßen drunter und drüber, dass ich nur noch so schnell wie möglich in mein Bett wollte. Ich bat Laine um Verzeihung und versuchte zu gehen.«

Wenn Regisseur Laine feiert, dann verlässt man die Party nicht, wann man will, sondern erst, wenn man hinausgejagt wird. Also reißt Laine den Leuten die Flaschen aus der Hand, sorgt für eine Schlussszene, wie sie dieser Abend verdient hat, und gießt sämtliche Flüssigkeiten in den Abfluss. Dann jagt er alle aus dem Hotelzimmer, bis auf Bergman. Den lässt er nicht gehen, denn er will genau jetzt, in dieser Sekunde, als Mentor mit ihm über dessen Drehbuch sprechen. Er will dem schwedischen Burschen zeigen, wie man einen Kassenschlager macht.

»Er hatte die Idee«, sagt Bergman, »dass sich die Hauptfigur ein Kondom aus einer Plastiktüte bastelt. Der Gag war so bescheuert, dass ich selbst nicht darauf gekommen wäre.«

Auf seiner Reiseschreibmaschine schreibt Bergman das Drehbuch nach Laines Ratschlägen um. Zwischendurch legt er die fertigen Seiten aus der Hand, stöhnt und jubelt zugleich.

»Ihr seid arm, aber echt, ihr seid Menschen der Winterdunkelheit«, ruft Laine aus. »Ich bewundere euch. Herr Bergman, ich verbeuge mich so tief vor dir, wie es so ein verflucht stolzer Mensch wie ich nur kann. Aber es kann auch sein, dass ich dich kaltmache. Weißt du nämlich was, Bergman? In dem anderen Zimmer drüben, da liegt Pena. Der braucht Erfahrung. Und dem wirst du eine scheiß Rolle geben. Du wirst es nicht bereuen. Auf mein Wort kannst du dich verlassen.«

Im Zimmer nebenan versucht Kunkku zu schlafen, aber er muss ständig an das schöne, schüchterne Lächeln und die gut proportionierten Brüste der Schwedin denken. Die Stimmen der Regisseure verstummen am Morgen um halb sieben, als Laine endlich einschläft und Bergman es wagt, sich davonzustehlen.

Beim Frühstück erkundigt sich Laine bei Kunkku, was am Vorabend eigentlich passiert sei. Kunkku erzählt, Laine habe Bergman einen Backenzahn gespalten. Außerdem habe er ein Drehbuch korrigiert, den Abend mit dreißig Liegestützen beendet und als Allerletztes ihm, Kunkku, eine Filmrolle verschafft.

»Normaler Abend also«, stellt Laine fest. »Aber heute ist ein neuer Tag.«

Kunkku hat in Ingmar Bergmans Komödie einen einzigen Satz zu sagen, der nach zwanzig Aufnahmen im Kasten ist. Es ist ein schwedischer Satz, und niemand sagt Kunkku, was er bedeutet. Nachdem er *härliga tjejer*, herrliche Mädchen, gesagt hat, hüpft ihm die Schauspielerin Harriet, die er vom Vorabend kennt, in einem winzigen Bikini auf den Schoß.

»Ich hatte mich den ganzen Morgen mit Harriet gestritten«, erzählt Ingmar Bergman. »Typisches Katerlamento. Ich schrie sie an, sie solle sich ruhig dem finnischen Grünschnabel in die Arme werfen. Solle ihm den Arsch hinhalten, falls er noch tauge, schließlich sei er so breit wie ein Scheunentor. Harriet erwiderte kein Wort, starrte mich aber an wie eine böse Hexe. Daraus ist dann wohl auch die Stärke der Szene entstanden.«

Die Szene wird zwanzig Mal wiederholt, zwanzig Mal spürt Kunkku den Po auf seinem Schoß, das vibrierende Fleisch. Die Folgen sind unausweichlich. Er dankt dem Schöpfer dafür, dass die Shorts weit geschnitten sind.

»Nicht an die Kamera denken«, ruft Laine. »Denk an gar nichts. Leg einfach los!«

Nach dem Dreh versammeln sich alle in der Stammkneipe. Bergman will einen ausgeben, aber beim Budget der Schweden müsste man das billigste Essen und den billigsten Wein bestellen. Laine sagt, er zahle gern, schließlich bekomme er Spesen und könne auch was von der Steuer absetzen. Als er kein Geld gehabt habe, hätte ihm keiner was bezahlt. Aber jetzt, wo er jede Menge Kohle habe, bekomme er plötzlich alles umsonst.

»Wisst ihr, was das Leben ist?«, fragt er. »Ein Paraochs. Ein falschrummer Paraochs.«

Kunkku sucht die Nähe seiner Filmpartnerin Harriet, die einfach eine großartige Frau ist. Schüchtern weicht sie seinen Blicken aus, und das kann nichts anderes bedeuten, als dass sich in ihr etwas Saftiges, Sprudelndes verbirgt. Sie ist auf typisch schwedische Art ein bisschen hässlich und hat ein paar Kilo zu viel drauf, doch an den wichtigen Stellen macht sich der Speck gut.

»Du hast … äh … tolle Möpse«, sagt Kunkku.

Die Frau antwortet mit einem schrillen Lachen. Sie finden sofort eine gemeinsame Sprache und spüren das gegenseitige Verlangen von Menschen, die von der Arbeit, von der Sonne und vom vielen Wein müde sind.

»Ich hatte so viele«, erzählt Harriet. »Ingmar war die Liebe meines Lebens, aber ich musste die Liebe einfach in viele Richtungen erleben und ausprobieren. Es war albern und verrückt, aber es waren auch wunderbare Jahre. Kurz bevor sich alles in eine Familienhölle verwandelte, und dann fing in Schweden ja auch die Zeit der Unterdrückung an. Dieser Finne war auf gewöhnliche Art gutaussehend. Ich hielt ihn für verlässlich. Er lobte sich nicht ständig selbst, so wie die meisten Leute in meiner Branche. Dass es sich um Kunkku handelte, ging mir erst später auf. Aber hätte das eine Rolle gespielt? Ich glaube nicht an Hierarchien. Wir sind gleich, wenn wir auf die Welt kommen, und wir sind gleich, wenn wir sterben. Die Liebe ist das größte Geschenk, damit darf man nicht geizen. Im Buddhismus gibt es viele positive Gedanken dieser Art.«

In der Nacht liegt eine gemischte Gruppe von Leuten in Laines Hotelsuite auf dem Fußboden, die Männern alle in bunten Polohemden und mit spanischen Zigaretten, die zwischen ihren Fingern qualmen. Kunkku kitzelt Harriet auf der Couch, und seine Filmpartnerin knöpft ihm die Shorts auf. Sie kichert, als ihr Kunkku die Zunge ins Ohr steckt.

»Es ist so schön in Spanien. Keine Kinder mit Ohrenentzündungen, keine meckernde Mama. Und keine zornige Ehefrau.«

»Hast du eine Ehefrau?«, fragt Harriet in dem altmodisch klingenden Finnisch, das man in schwedischen Schulen lernt.

»Sozusagen. Hast du einen Mann?«, will Kunkku wissen.

»Schnödes Thema. Oder wie sagt man? Öde? Blöde?«

Harriet setzt sich auf Kunkkus Schoß und hilft ihm hinein.

»Der Finne war wie ein gespannter Flitzebogen«, erzählt Harriet. »Dann wurde er schlaff und wieder hart. Es war ein gutes Gefühl, dass mich jemand so sehr haben will, das werde ich nie vergessen. Der Finne versuchte mich als Ganzes zu fassen, er streichelte mich, drehte mich, rollte mich hin und her, bewegte sich in mir. Er fand Punkte, die noch niemand bei mir entdeckt hatte.«

Laine sieht das Geschehen vom angrenzenden Raum der Suite aus, nimmt Blickkontakt mit Kunkku auf und zwinkert ihm zu. Kunkku weiß nicht genau, was der Regisseur damit sagen will, aber dann verliert er ihn auch schon wieder aus dem Blick und hat nur noch die wunderbare Frau in den Händen und im Sinn. Aus welch angenehmem Fleisch die Hüften dieser Harriet doch sind, und für welch primitive Handlungen so ein schwedisches Naturkind fähig ist! Harriet schaukelt hin und her und weiß das Kommen ihres Partners ganz anders hinauszuzögern, als je eine zuvor.

»Ich hab dann die Tür zum Schlafzimmer zugemacht«, erzählt Laine. »Damit die Jugend für sich ist. Dem Bergman hab ich nachgeschenkt und mich für den Vorabend entschuldigt. Außerdem meldete ich mich als Regieassistent für alle seine zukünftigen Projekte. Ich wollte noch mal von vorne anfangen.«

»Ich wollte nach Hollywood«, erzählt Bergman. »Wenn der Preis dafür darin bestand, dass es meine Partnerin im Nebenzimmer mit einem jüngeren Mann trieb, dann musste dieser Preis eben bezahlt werden.«

Kunkku hat keinen Moment lang das Gefühl, Sofi zu betrügen. Der Erzbischof hat sie für ewige Zeiten getraut, so ein kleiner Abweg kann daran nichts ändern. Im Gegenteil. Er festigt die Beziehung. Außerdem hat Laine ihn dazu getrieben, vielleicht stand es sogar im Drehbuch, wer weiß das schon. Sie sind beide nicht mehr unschuldig. Sofi hat sich aus der Kinderpflege und den ehelichen Pflichten rausgezogen, er sich in eine Schauspielerin hineingeschoben.

Kunkku verbringt einige leichtlebige Tage mit Harriet. Es werden Mitbringsel gekauft, es wird über die Strandpromenade spaziert, man isst gegrillte Fleischbatzen, schaut sich eine Musikaufführung an und besucht ein Schweinefest. Der eifersüchtige Bergman dreht seinen Film zu Ende und bleibt allein.

»Ich wollte den Scheißkerl mit der Dauerwelle züchtigen, dessen Geruch an meiner Frau hängen blieb«, faucht Bergman. »Als der Film geschnitten war, verließ ich Harriet. Den Schmerz und den Hass behielt ich für mich, und gab mir für alles die Schuld. Kunkku war mir insofern nützlich, als ich ihn später als Figur in meinem wenig beachteten Film *Forrest Klump* missbrauchen konnte.«

Regisseur Laine fällt ins Delirium. Kaum kommt er aus der Ausnüchterungszelle heraus, verschwindet er für vier Tage.

»Ich musste weg«, erzählt er. »Ich bin in ein Kloster, um mich zu beruhigen. Ich fastete, suchte Kraft bei was Höherem. Gestand mir ein, wie scheiß klein ich bin, verdammt.«

Als Laine aus dem Kloster zurückkommt, fehlt ihm ein Schuh. Außerdem hat er zwei blaue Augen.

Über all das wird nicht gesprochen, auch nicht über Dogma oder sonst etwas, Laine ist bereit, das *Königsdokument* fertigzustellen, und Kunkku ist bereit, zu Sofi zurückzukehren. Beim Rückflug sitzen zwei stille Männer nebeneinander im Flugzeug, die vereinbaren, dass alles, was bei den Dreharbeiten zum Film *Sommartiden* passiert ist, bei den Dreharbeiten zu *Sommartiden* bleibt.

Kunkku bringt Valma einen großen Teddybär, seiner Mutter Mozartkugeln und Sofi hübsche Ledersandalen und den Tripper mit. Als es ihn am schlimmsten juckt und die Tabletten und die Spritzen noch nicht angeschlagen haben, sehnt sich Sofi nach Umarmung.

»Während mein Mann weg war, hatte ich keinen, an dem ich meinen Zorn auslassen konnte«, erzählt sie. »Das Kindermädchen kümmerte sich um Valma, und vor meiner Schwiegermutter hatte ich Angst. Sie unterstützte mich irgendwie auf perverse Art. Sie führte mich in meine Aufgaben ein, nahm mich zu Diskussionsveranstaltungen der Teepartybewegung und zur Taufe eines Eisbrechers mit. Abends hatte ich im leeren Bett dann Sehnsucht nach meinem Mann, echte Sehnsucht. Es war ein gutes Gefühl, als er zurückkam. Ich hoffte aufrichtig, dass er eine schöne, entspannte Reise gehabt hatte. Aber dann war ich ihm auf einmal nicht mehr gut genug.«

Kunkku hat Angst, ertappt zu werden, und er hat Angst vor den Schmerzen, aber er zweifelt auch an der Echtheit von Sofis Benehmen. Surrt irgendwo Laines Kamera? Spielt Sofi ihm ihre Lust nur vor?

Sie kuschelt sich an ihren Mann und redet leise mit ihm. Sie erzählt, sie habe sich während seines Urlaubs Gedanken über ihre Position gemacht, habe mithilfe von Veijalainens Drehbuch über ihr Leben nachgedacht. Dann habe sie lange Telefonate mit ihrem Psychotherapeuten in New York sowie mit ihrem Vater im Hafengebiet von Johannesburg geführt. Aus jeder Richtung komme die gleiche Botschaft: Nimm diese Lebensphase an, überstürze nichts. Sofi sagt, sie könne der Situation nicht entfliehen, und die richtige Lösung bestehe darin, sich wie eine erwachsene Frau zu verhalten und nicht wie ein beleidigter Teenager.

Sie schiebt eine Hand unter Kunkkus Pyjama, wickelt zärtlich einige Brusthaare um die Finger. Kunkku legt seine Hand auf Sofis Hand und versucht sie am Vorrücken zu hindern. Das Schlimmste ist, dass jeden Moment das Blut in die Schwellkörper strömen und es dann noch mehr brennen wird.

»Er wurde unter meinen Händen hart«, erzählt Sofi. »Eine irrsinnige Situation. Gleichzeitig sprach ich mit ihm offen über meine Gefühle. Dass ich eine Familie hätte, ein Kind, was sicher auch außerhalb des Königsschlosses hätte passieren können. Die Pille hätte auch bei den Dreharbeiten zu einem Film versagen können.«

Kunkku hört nicht, was Sofi sagt, sondern versucht die Schmerzen ohne Schreien zu ertragen. Und dann wälzt sich Sofi auf ihn und bittet ihn um Verzeihung für ihre Distanz. Kunkku nickt und sagt, er verstehe sie, muss sie jedoch auf ihre Bettseite zurückschieben. Er schlingt die Bettdecke fester um sich und erklärt, er müsse sich nun leider verweigern. Er habe irgendwie Schlaf in den Augen, wie vom Sandmännchen, oder es sei der Sand vom Strand von Torre.

»Zuerst zweifelte ich an mir selbst«, sagt Sofi. »Hatte ich zugenommen? Natürlich. Ich hatte nur im Bett gelegen. Ohne Leibwächter durfte ich nicht laufen gehen. War ich so fett, das mich mein eigener Mann verabscheute?«

Kunkku windet sich, runzelt die Stirn, wie um Himmels willen kann er sich aus dieser Situation herausreden? Er sagt, er sei keine Maschine. Sofi fragt ihn, ob er sie abstoßend findet. Schlechtere Lügner als Kunkku wird man auf der Welt kaum finden, er weiß, dass er auffliegt, wenn er länger zaudert. Er will nicht ausweichen und auch nicht an beide Frauen gleichzeitig denken, sondern einfach nur sein Leben weiterführen. Also muss er Sofi unter seine Decke lassen, und mit Sofi unter einer Decke zu sein, fühlt sich anders an als mit Harriet. Zwar hat Harriet große Brüste, aber Sofi ist seine geliebte, angetraute Frau in guten wie in schlechten Zeiten.

Er versucht, seine Gedanken loszuwerden, aber dann kommt das Brennen. Vielleicht ist es morgen schon ein bisschen besser, redet er sich ein. Am stärksten bleibt jedoch das Schuldgefühl.

Noch in derselben Nacht klopft Kunkku an die Tür des Leibarztes und fragt, wie mit der Tatsache zu verfahren sei, dass er möglicherweise gerade seine Frau angesteckt habe.

»Das hatten wir schon im Grundstudium gelernt«, erzählt der Leibarzt. »Man bröckelt starkes Penicillin über die Frühstücksflocken, und danach muss sich Seine Majestät zwei Wochen lang des geschlechtlichen Kontakts enthalten. Aus medizinischer Sicht eine einfache Geschichte, innerhalb einer Paarbeziehung schon etwas schwieriger.«

Im Schatten dieser schmerzhaften Realität wird die endgültige Fassung des *Königsdokuments* geschnitten. Regisseur Laine möchte gern ein Kapitel mit der Überschrift »Der Fall Torremolinos« drin haben, aber dann siegt die Vernunft, und von der Reise werden nur zwei aus der Ferne gemachte Fotos aufgenommen, zu denen Kunkku aus dem Off über sein Heimweh spricht.

Kunkku geht Sofi und den anderen Menschen am Hof aus dem Weg, abgesehen von seiner Tochter. Er spielt mit Valma im Kinderzimmer, liest Bücher mit weichen Seiten, gibt Töne von sich und schneidet Grimassen. Es ist jedoch unmöglich, die Tatsachen aus dem Kopf zu verbannen, vor allem weil das Brennen regelmäßig in unregelmäßigen Abständen kommt. Und was noch schlimmer ist: Sofi rührt ihre Flocken nicht an.

»Plötzlich bekam ich jeden Morgen Cornflakes hingestellt«, erzählt Sofi. »Dabei hatte mein Frühstück immer aus zwei Deziliter frisch gepresstem Orangensaft, zwei Scheiben Finncrisp mit Butter und Käse und einem Apfel bestanden. Dazu starker Kaffee mit drei Stück Zucker.«

Das Königsdokument wird trotz der unter der Oberfläche gärenden Tripperkatastrophe fertig, und in den drei Tagen bis zur Premiere werden die Kopien in der königlichen Schatzkammer aufbewahrt.

Pressechef Veijalainen gibt Kunkku und Sofi eine kurze Erläuterung über den Ablauf, die Sicherheitsvorkehrungen und die Pressekontrolle. Wie das Filmtheater betreten wird, nach welchem Zeitplan. Wie viele Interviews gegeben werden müssen, aus welchem Winkel die besten Bilder gemacht werden und was beide der Presse gegenüber sagen sollen.

Kunkku fragt, ob er sich das *Königsdokument* nicht einfach im Filmraum des Schlosses anschauen könne. Darauf verbietet ihm die Königinmutter, Blödsinn zu reden und eine längst beschlossene Sache in Frage zu stellen. Kunkku muss schweigen und sein Schicksal annehmen, und bei den Schuldgefühlen, die er hat, fällt ihm das nicht einmal schwer.

Im Schlafzimmer probiert Sofi die Smaragdohrringe aus – vielleicht doch lieber die als die mit den Rubinen? Wie lassen sich Volkstümlichkeit und überbordender Prunk, wie ihn der königliche Kleiderschrank und das Schmuckzimmer ermöglichen, am besten miteinander kombinieren?

»Mein Mann benahm sich nach der Reise sonderbar, bis zur Premiere«, erzählt Sofi. »Ich schloss ihn aus meinen Gedanken aus, weil ich mich darauf konzentrieren wollte, die bedeutendste und schönste Frau bei der Premiere zu sein. Ich war wieder da, und mein Comeback sollte ein ganz großes werden. Ich sehnte mich nach dem roten Teppich, nach Blitzlichtern und Glamour. Wenn ich meinem doofen Mann nicht gut genug war, dann eben nicht. Ich würde trotzdem alles in vollen Zügen genießen.«

PENA

Ich kann meine Kinder nicht im Stich und Helena nicht bei meiner Unsinn redenden Mutter im Krankenhaus lassen. Auch wenn ich es noch so gern möchte, kann ich nicht einfach mit dem nächsten Flugzeug weit weg fliegen. Außerdem habe ich kein Geld, keinen Pass, keinen Plan und keinen Koffer. Ich rufe meine älteste Tochter an und bitte sie um Hilfe. Ich sage, sie sei mit Oma doch schon immer besser klargekommen als ich. Es gebe mal wieder eine kleine Krise.

Der Himmel ist hoch, ich schaue so lange hinauf, bis ein Flugzeug über mich hinwegfliegt und Valma und Elmeri kommen.

Valma erzählt, Elmeri habe an diesem Morgen krabbeln gelernt. Ich gratuliere dem Jungen zu den beeindruckenden Leistungen, zu denen er schon fähig ist. Ich nehme ihn in den Arm und in meine Obhut. Valma freut sich, dass ich ihre Oma besucht habe.

Hat sie gewusst, dass meine Mutter hier ist?

Sie nickt.

Warum hat sie es mir nicht gesagt?

Sie hat es getan. An dem Tag, an dem ich rausgeschmissen wurde, wurde Mutter mit dem Krankenwagen hergebracht. Die Rechnung ging an Valma, weil sie die Einzige von uns war, die eine Adresse hatte, im Büro der Eishalle, die ihrem Mann Jalle Kulkki gehört. Sie hat geglaubt, ich wolle meine Mutter nicht sehen.

Daran kann ich mich nicht erinnern, ich weiß wirklich nichts mehr von dem Tag, an dem ich rausgeschmissen wurde.

Ich erzähle Valma, dass meine Mutter mich für einen Erkki hält.

Von dem redet sie immer, sagt Valma. Sie hat eine Gehirnerkrankung, die sie allmählich in eine andere Welt führt. Sie lebt in einer ganz anderen Zeit als wir, in einer, die sie hinter sich hat oder die sich ihr Kopf ausdenkt.

Im Aufzug macht Elmeri Geräusche mit dem Mund und lächelt, als ich ihn anlächle.

Im Kellerzimmer füttert Helena meine Mutter noch immer mit dem Löffel. Sie tauscht mit Valma den Platz, die der Mutter den Mund mit einem Tuch abwischt und ihr Milch einflößt. Meine Mutter starrt mich wieder an. Sie freut sich, dass Erkki zurück ist. Sie fragt mich, ob ich Kalle auf dem Arm habe.

Ich bin Kalle!

Du bist Erkki.

Ach leck mich doch.

Für meinen Fluch werde ich von Helena, Valma und den Pflegerinnen zurechtgewiesen. Hier darf man nicht laut werden, die Patienten können dadurch komplett blockieren und sich lange ins Schweigen zurückziehen, in ihr Inneres.

Meine Mutter findet, das Kind habe meine Augen, meine Nase und meinen Mund, also Augen, Nase, Mund von Erkki.

Plötzlich sagt sie, dass sie mich liebt.

Das hat sie noch nie zu mir gesagt.

Auch dieses Liebesbekenntnis richtet sich eigentlich an Erkki.

Elmeri greift nach meinen Nasenlöchern. Mutters Gesicht verkrampft sich. Sie liebe Erkki, sagt sie noch einmal, und sie möchte mit ihm von hier fliehen, weit weg. Dann schläft sie ein, schlagartig. Ich schaue Helena und Valma an und sage nichts. Sie schauen mich an, und im Heizkörper gurgelt das Wasser.

Wir schweigen noch immer, als wir über den Flur gehen, den Aufzug betreten, die Eingangshalle erreichen, uns in der Cafeteria an einen Tisch setzen. Helena holt zwei Tassen Kaffee und eine Tasse Tee. Erst nachdem ich mein Vanilleeis gegessen habe, frage ich, was in Mutters Zimmer eigentlich gerade passiert ist. Hat es der Familienzusammenführung gedient? Helena und Valma schauen mich milde an.

Dann lasse ich den Gedanken in meinen Kopf: Ich habe jetzt einen anderen Vater als noch vor zwei Stunden.

Helena sagt, man müsse der Sache nachgehen. Valma ist der gleichen Meinung, aber die Entscheidung liege natürlich bei mir. Will ich Erkki lieber vergessen, oder will ich wissen, wer er ist?

An der Wand der Cafeteria hängt ein großer Fernseher, auf dem lautlos ein Programm des Filmkanals läuft. Zu meiner eigenen Erschütterung bin ich dort zu sehen. Als Wiederholung des Tages kommt nämlich eine schwedische Komödie, in die ich auf Bitten eines speziellen Regisseurs hineingeriet. Zum Glück haben Helena und Valma den Fernseher im Rücken und merken nichts. Auch wenn wir die Abmachung haben, dass uns die Wahrheit befreit, brauchen sie von diesem Teil der Wahrheit nichts zu wissen.

Das Bio Grand Real dient seit 1892 als Premierenkino für finnische Filme. Damals zeigten die Brüder Virtanen dem staunenden Volk den dreizehn Sekunden langen Film *Matti Möhkönen kommt am Morgen beschwipst zum Rangierbahnhof*. Ein dreihundert Meter langer roter Teppich führt zum Eingang, und als Erste betreten Kunkku und Sofi den Teppich. Der Hofmarschall drängt die Fotografen zurück.

»Ich kümmerte mich nicht um die Sicherheitsmaßnahmen«, erzählt Sofi. »Ich ging so langsam wie möglich und nahm jede Pose ein, um die mich die Fotografen baten. Ich war ein Star, das war nicht zu übersehen. Auch auf dem Filmplakat war ich größer als mein Mann abgebildet, obwohl der Dokumentarfilm nach ihm benannt war. Ich war selbstbewusst, ich war Mutter, ich war eine Frau, die geboren hatte. Jetzt fand ich mich nicht dick, sondern auf angemessene Weise kurvenreich. Wenn ich meinem Mann nicht gut genug war, dann eben allen anderen Männern auf der Welt. Die durften von mir aus über Fotos von mir in Filmzeitschriften und Königsblättern sabbern. Ich weiß absolut nicht, wohin mein Mann verschwand, aber plötzlich merkte ich, dass ich allein auf dem roten Teppich stand.«

Kunkku eilt wie ein Geher zum Kinoeingang. Sofi posiert für die Fotografen und beantwortet geduldig Fragen. Handküsse, ein im Schlitz aufblitzendes Bein, das Make-up einer Femme fatale, wie man es bei einer Angehörigen des Königshauses noch nicht gesehen hat.

Im Foyer des Kinos stürzt Kunkku hinter die nächste Säule, um dort auf Sofi zu warten. Aber die neue Königin kommt und kommt nicht vom roten Teppich herunter, und als sie endlich kommt, ist sie nicht mehr allein.

Kunkku hat einen Kloß im Hals, als würde er versuchen, mit Gewalt einen riesigen Apfel zu schlucken.

Das ganze Team von *Sommartiden, hej, hej!* ist anwesend, denn das Werk wird als Vorfilm zum *Königsdokument* gezeigt. Regisseur Laine erzählt der Presse, er sei trotz seiner Millionen ein Linker und ein Mann der Solidarität. Er wolle dem von ihm geschätzten schwedischen Humor zu Aufmerksamkeit verhelfen. Ingmar Bergman dankt Laine schüchtern für diese riesige Chance.

»Die eigenen Arbeiten zu vermarkten, ist die widerlichste Scheiße, die ich mir vorstellen kann«, sagt Bergman. »Ich musste nach Finnland kommen, um vor den Geldgebern zu kriechen. Und da erst begriff ich, wer meine Harriet gefickt hatte. Kunkku höchstselbst. Das hob nicht gerade die Stimmung, sage ich Ihnen.«

Von der Säule aus sieht Kunkku, wie sich Sofi mit den Schauspielern unterhält. Er schließt die Augen und probiert aus, was als Kind immer funktioniert hat. Macht man die Augen zu, ist man nicht mehr da, wo man ist, sondern wacht bald in einer besseren Zeit und an einem besseren Ort auf. Aber als Kunkku die Augen öffnet, ist alles noch schlimmer. Er sieht Sofi mit Harriet sprechen.

»Eine Diva«, erzählt Harriet. »Diesen Eindruck hatte ich von Sofi. Ich trug damals Sandalen ohne Absätze. Es kam mir ein bisschen so vor, als wären wir eine Zirkustruppe. Vertrottelte Schwedenfritzen, wie manche Kolumnisten uns nannten. Ich versuchte Pena zu erblicken, aber das Foyer füllte sich schnell, und bald konnte man nicht mal mehr seine eigenen Füße sehen.

Kunkku ist in Panik, er bittet Markku Veijalainen, ihn sofort heimlich in Sicherheit zu bringen. Veijalainen führt ihn durch den Notausgang zur königlichen Loge, wo Weißwein und Zigaretten für Sofi sowie Hamburger mit Käse, Popcorn und Cola für Kunkku bereitstehen.

Es schmeckt ihm nicht. Er muss mit dem Opernglas schauen, ob

Sofi noch mit Harriet quatscht. Haben sie alle drei den gleichen Tripper, sieht man es an den Augen, wird es zu einem fürchterlichen Dreiecksdrama kommen?

Als der Vorspann beginnt, setzt sich Sofi auf ihren Platz neben Kunkku und nimmt seine Hand.

»Ich war glücklich über das Projekt«, sagt sie. »Ich hatte zu mir zurückgefunden. Ich war auch glücklich, weil ich mich viel schöner fand als diese schwedische Kuh, mit der ich im Foyer reden musste. Ich hatte noch immer einen Marktwert.«

Im Saal gehen die Lichter aus. Kunkku überlegt sich einen Fluchtweg. Wie weit würde er kommen? Wohl kaum bis zum Ausgang. Sofi flüstert ihm zu, dass sie die Leute aus ihrer Branche vermisst hätte, die Spannung und die lockere Atmosphäre der Premierenlüge. Was sie allerdings etwas störe, sei, dass man sie zwinge, sich vor dem eigenen Film eine Stunde und sechzehn Minuten lang schwedischen Strandklamauk anzusehen.

Kunkku nickt mechanisch. Es juckt ihn am Ohr und am Kopf, und die Brille drückt unangenehm. Sein Gaumen ist trocken, und es kommt ihm so vor, als könne er seinen eigenen Bart wachsen hören. Der Kragen ist zu eng, die Fliege eine idiotische Erfindung, und im Smoking ist es so heiß wie in der Sauna. Vor lauter Entsetzen kann er dem Film nicht folgen, sondern starrt unablässig auf die Colaflasche in seiner zitternden Hand.

»Das ist Rhythmus, verdammt, das ist Rhythmus«, ruft Laine unter den Zuschauern und applaudiert derb. Das übrige Publikum stimmt ein. »Klasse Komödie!«

Kunkku geht nun dazu über, durch die Finger hindurch erste Blicke auf die Leinwand zu werfen. In der siebenundsechzigsten Minute passiert es.

Auf der Leinwand springt ihm Harriet auf den Schoß. Man sieht es im Hintergrund, denn im Vordergrund hat sich der Protagonist gerade ein Kondom aus einer Plastiktüte gebastelt, und das entlockt dem Publikum ungläubiges Lachen.

Aus dem Augenwinkel blickt Kunkku auf Sofi. Sie verzieht

keine Miene. Vielleicht hat sie ihn nicht erkannt, vielleicht hat sie gerade geblinzelt, als Kunkku und Harriet zu sehen waren.

Der Film endet in höflichem Applaus. Das Team geht auf die Bühne, um sich zu verbeugen.

»Das finnische Publikum ist arrogant, das hatte ich schon vermutet«, sagt Ingmar Bergman. »Trotzdem waren die Kritiken nicht angenehm.«

Kunkku lässt absichtlich die Popcornschale fallen und stürzt sich auf den Fußboden, um den Knallmais einzusammeln, damit niemand auf die Idee kommt, ihn ebenfalls auf die Bühne zu bitten.

Dann Pause, Kaffee, Kognak, Kalle-Gebäck und der Hauptfilm. Das von Pate Mustajärvi komponierte musikalische Thema zieht die Leute von der ersten Sekunde an in die Geschichte des *Königsdokuments* hinein. Nie hätte das Volk geglaubt, dass ihm einmal so etwas geboten wird.

Diesen Film traut sich Kunkku anzuschauen. Auf der Leinwand ist seine Familie von Liebe und Wärme erfüllt, sie wirkt so vollkommen, dass Kunkku ein Mitglied dieser Familie sein möchte. Hätte er in Wirklichkeit so eine Mutter und so eine Frau, fehlte es ihm an nichts. Nur Valma erscheint in dem Film als dieselbe kleine Philosophin wie in echt.

Die von Geigenmusik untermalte Liebesszene zwischen Kunkku und Sofi löst im Publikum Tränen und Szenenapplaus aus. Kunkku nimmt Sofis Hand.

Er streichelt seiner Frau den Nacken.

Sofi reißt sich los und zischt wie eine zornige Katze.

Die Vase aus dem Mittelalter zerschellt an der Wand im Schlafzimmer. Die nächste Vase zerschellt an der Decke. Sofi reißt die Vorhänge herunter und schlägt Kunkku drei Gemälde von Tyko Sallinen auf den Kopf.

»Ich weiß nicht, ob er wirklich dachte, ich hätte nicht gesehen, wie er auf der Leinwand diese schwedische Nutte kitzelt«, schnaubt

Sofi. »Man hatte mich schon wieder blamiert. In einer Drei-Mark-Komödie. Und das nachdem gerade ein schöner Dokumentarfilm über meinen Mann und unsere Familie gedreht und gezeigt worden war. Jetzt verstand ich, warum er sich nicht mehr für seine Frau interessierte: Weil er mit einem Flittchen namens Harriet herumgemacht hatte.«

Kunkku erklärt, Gelegenheit mache nun einmal Diebe und Bier sei auch getrunken worden. Außerdem habe Harriet große Titten … als Mensch bedeute sie ihm nichts.

»Große Titten? Hast du gerade große Titten gesagt?!«

Mit Sofi ist immer alles so kompliziert. Wie kann Kunkku ihr erklären, dass er ihren Charakter viel mehr mag als Harriets Brüste? Alle Wörter kommen falsch heraus, auch diejenigen, die richtig gemeint sind und sich im Kopf auch richtig anhören, bis sie ausgesprochen werden.

»Wenigstens brauchst du dir wegen dem Tripper keine Sorgen zu machen. Der ist schon viel besser. Brennt auch fast gar nicht mehr. Du hättest längst Symptome gehabt.«

»Tripper?!«

Kunkku holt tief Luft. Er müsste jetzt einfach den Mund zumachen, weil da nur falsche Sachen herausblubbern wie aus einem Abwasserkanal.

»Das heißt, ich habe einen Tripper *från Sverige*, ja?«

Kunkku steckt sich die Finger in die Ohren und schließt die Augen.

»Wäre in dem Moment eine Waffe zur Hand gewesen, hätte ich wahrscheinlich geschossen«, stellt Sofi fest. »Gerade hatte ich das Leben im Schloss akzeptiert. Ich bildete mir ein, wirklich etwas für meinen Mann zu empfinden, und war bereit, unser gemeinsames Kind großzuziehen, so wie es sich gehört, im eigenen Zuhause, unter einer Adresse. Ich hab geschrien. Und ich hab Geschirr zerschlagen.«

Sofis Zorn lässt bis zum Morgen nicht nach, sondern verwandelt sich in Taten, in die nächste Phase ihres Lebens.

Sie ruft Markku Veijalainen, die Königinmutter und Regisseur Laine im Luftschutzbunker des Schlosses zusammen.

»Sofi hat erzählt, was Sache ist, und ich hab sie verstanden«, sagt Laine. »Ich hab ihr dann auch gesagt, dass ich weiß, wie der Fall gelöst werden kann. Ich hatte ja Teilschuld an dem, was Kunkku getrieben hat, also musste ich die Verantwortung übernehmen.«

»Ich teilte Edvin Laines Ansicht«, erzählt Markku Veijalainen. »Es war Zeit, dass wir Sofi ein bisschen Leine ließen, wie man so sagt, damit es nicht zum Riss kommt. Von Krise zu Krise, so geht das ja oft.«

Die Königinmutter will Genaueres über Sofis Pläne hören. Sofi sagt, sie sei eine erwachsene Frau, sie wisse, was zu ihrem eigenen und was zum Vorteil der Allgemeinheit sei. Sie habe eine Variante parat, die alle zufriedenstellen werde. Aber sie wolle kein böses Wort hören und nicht sehen, wie die Königinmutter das Gesicht verziehe, auch das Dauergrinsen ihres Mannes wolle sie nicht sehen, hinter dem sowieso nichts stecke oder wenn, dann schweinische Gedankenlosigkeiten. Die Königinmutter fragt, ob das eine Erpressung sein soll, ob Sofi sie erpresse.

»Das waren sie mir schuldig«, sagt Sofi. »Wenn es auf der Welt so etwas wie Gerechtigkeit gab, dann waren sie mir mein Leben schuldig.«

Die gemeinsame Pressekonferenz von Königin Sofi und Regisseur Laine wird auf allen vierzehn finnischen Fernsehkanälen übertragen. Und Anfang 1978 nimmt der fünfzehnte Sender den Betrieb auf, Royal Music Television, der von Tampere aus Musikvideos sendet. Mit diesem Sender setzt sich der Siegeszug der leichten finnischen Musik, der mit der Troubadour-Tradition des 13. Jahrhunderts seinen Anfang nahm und mit der Eroberung Südamerikas durch Hiski Salomaa weiterging, auf natürliche Weise fort. Seit den 1930er Jahren nehmen Finnen die Spitzenplätze der weltweiten Charts ein: Kauko Käyhkö, Willberg and Bart, Hector Doctor, Dannii, Estnischer Winterkrieg 1939–1947. Es gibt allerdings auch Kritiker. Vor allem in Schweden sind die Inhaltslosigkeit der finnischen Musik, das Buhlen ums Publikum und die industrielle Art der Herstellung kritisiert worden. Aber all das hat in Finnland nie jemand bestritten. In den ethischen Regeln der finnischen Musik steht geschrieben: Bereite den Zuhörern Freude, unterstütze das Bevölkerungswachstum und beschere den Aktionären Gewinn.

Außer Musikvideos will der Sender exklusiv wichtige Dokumentarfilme bringen, und die erste große Investition ist eine auf vier Jahre angelegte Dokumentarreihe mit dem Titel *Das Königsdokument*. Regie führt Edvin Laine, in den Hauptrollen sind Königin Sofi, Pate Mustajärvi und der irische Singer-Songwriter Paul Hewson David zu sehen.

»Mein Mann hat mir keine andere Wahl gelassen«, sagt Sofi. »Ich wollte einfach nur fliehen. Ich wollte mich retten. Und das würde ich tun, indem ich die Welt rettete. Etwas anderes fiel mir nicht ein.«

In ihrem Statement erklärt Sofi, die Welt ändere sich und daher müssten sich auch die traditionellen Rollen ändern. Sie habe vor, aus den gewohnten Bahnen auszubrechen und ihren königlichen Einfluss in Richtung Wohltätigkeit auszudehnen. Für all das habe sie den Segen des Hofes. Sie werde aus dem Schloss herausgehen und der Welt entgegentreten. Nachdem sie das verkündet hat, begibt sich Sofi, von ihren Leibwächtern begleitet, aufs Dach des Königsschlosses.

»Kunkku zu verlassen, war leicht«, erzählt Sofi. »Geschah ihm nur recht, dem Scheißkerl. Aber ich ließ auch meine Tochter im Schloss zurück, und das war dann nicht mehr so leicht. Ich musste viele Gefühle unterdrücken und auch ein gewisses Quantum Weißwein trinken. Ich dachte mir alle möglichen Wiedergutmachungen aus, stellte mir vor, dass ich als besserer Mensch und bessere Mutter zurückkäme und dass später immer noch Zeit wäre, eine ganzheitliche Beziehung zu Valma aufzubauen.«

Sofi geht direkt zu dem Hubschrauber, auf den das Logo des Projekts gemalt worden ist, eine Friedenstaube mit Krone, exakt von einem tasmanischen Volkskünstler kopiert.

Laine rennt hinterher, er befiehlt dem Piloten, Mustajärvi in Tampere und Paul David Hewson in Belfast abzuholen.

Kunkku und Valma stehen auf dem Dach und schauen auf den Hubschrauber, der zuerst senkrecht aufsteigt, dann in einem Bogen nach links fliegt und schließlich aus dem Blickfeld verschwindet. Die Königinmutter tritt neben ihren Sohn und sagt leise, man habe von zwei Übeln das geringere wählen müssen. Wäre Sofi im Schloss geblieben, hätte sie über Kunkkus prollige Eskapaden nicht den Mund gehalten.

»Fosi im Hepilopter«, sagt Valma.

Kunkku sagt nichts. Valma macht mit dem Mund das Knattern des Helikopters nach.

Die Königinmutter empfiehlt ihrem Sohn, sich nun auf die Arbeit zu konzentrieren, die nicht darin bestehe, Bälle zu schlagen, Kinder zu stillen, sich mit der Ehefrau zu streiten oder in Filmen mitzuspielen. Sie bestehe darin, als Landesvater aufzutreten, so wie es das Motto des Geschlechts besage: als König von Wäldern, Land und Volk. Würde er von nun an ausdauernd seiner Arbeit nachgehen und sie gut und richtig machen, werde er auch seine Frau zurückbekommen.

PENA

Es fällt schwer, normal zu arbeiten, wenn der eigene Vater nicht der eigene Vater ist, sondern irgendein Erkki. Heute zittern meine Hände etwas. Kann ich meiner verwirrten Mutter glauben? Soll ich der Sache nachgehen, nachdem ich mehrere Jahrzehnte der Sohn von Seppo Penttinen gewesen bin? Schließlich habe ich auch noch andere Sorgen.

Ich hebe einen Flachbildfernseher an und habe ihn auch gut im Griff, aber meine wirren Gedanken bringen meine Beine durcheinander. Ich trete am Rand der Laderampe ins Leere und falle hin.

Lipponen brüllt, flucht, kommt angerannt und sagt, was machst du da fürn Scheiß, Penttinen, verdammt. Jetzt können wir einen Sonni Pravia für tausend Euro wegschmeißen. Ahti Martti befiehlt Lipponen, sich abzuregen. Der wird abgeschrieben, sagt er. Das haben wir schon lange nicht mehr gemacht.

Ich bitte um Entschuldigung.

Lipponen brummt, ihm sei es egal, aber er müsse jetzt mit den Bestelllisten weitermachen. Ahti Martti und ich heben den Fernseher auf. Seiner Meinung nach ist es im Warenlager wie in der Armee. Ich erzähle ihm, ich hätte bei der Armee jede Menge Kartenspiele gelernt. Hier hätte ich ein bisschen lesen gelernt und dass man Kaffee in der Mikrowelle aufwärmen oder kalt trinken kann.

Ahti Martti sagt weiter, genauso wenig wie in der Armee muss man sich in einem Warenlager entschuldigen. Wir stellen den Karton auf den Gabelstapler. Ich sage, ich sei in Gedanken gewesen, mich bedrückten Familienangelegenheiten, es drohe ein Gerichtsverfahren und noch mehr. Ahti Martti erzählt, er sei drei Mal geschieden, er wisse, was es bedeute, wenn die Anspannung zu stark werde; am besten feiere man dann krank.

Was heißt das?

Urlaub nehmen, weil man krank ist. Könne man im Gesundheitszentrum oder beim Betriebsarzt beantragen. Ich will wissen, was ich mit so einem Urlaub anfangen soll. Würde ich dann wie meine Tochter und mein Sohn in der Wohnung herumliegen? Ahti Martti zuckt mit den Schultern und vermutet, in einigen Monaten würde ich es schon zu schätzen wissen. Wie auch die Tatsache, dass es nicht nur darum gehe, seine Arbeit zu machen, sondern auch darum, unnötige Arbeit zu vermeiden. Zum Beispiel bei Fernsehern, die kaputt gehen. Da gebe es einen Trick, den er mir gern beibringen würde. Ich lasse ihn reden.

Ist ein Fernseher beschädigt, macht man eine Schadensmeldung und schreibt das Gerät ab. Auch wenn der Schaden bloß eine Schramme ist, kann man in die Meldung eintragen, dass der Apparat komplett hin ist. Dann bringt man ihn zum Schrott und holt ihn sich später für den Eigengebrauch. Ahti Marttis Meinung nach ist das praktisch Gebrauchtwarenhandel.

In meinem früheren Leben habe ich mir gebrauchte Sachen, die ich im Schloss auf dem Dachboden fand, zunutze gemacht und die Briefchen mit Gute-Laune-Pulver mit Gemälden, Vasen und Broschen bezahlt.

Die Pulverbriefchen vergisst man am besten für alle Zeiten. Inzwischen komme ich auch ohne aus. Lipponen bringt mir ein Schadensmeldungsformular. Meine Schreibfertigkeit ist noch nicht so weit entwickelt, dass ich so etwas einfach hinbekäme, aber das sage ich Lipponen nicht. Das Formular würde mich unter Umständen einen ganzen Arbeitstag kosten.

Als Lipponen und Ahti Martti das nächste Mal zum Rauchen auf die Laderampe gehen, rufe ich Helenas Mobiltelefon an. Sie kommt mit der Schlüsselkarte zur Tür zwischen Lager und Laden, von dort gehen wir zusammen in den vorderen Hof, hinter einen Lieferwagen der Firma.

Helena schreibt meine Angaben auf und fragt mich, wie es mir geht, wie ich mich nach dem anstrengenden Tag gestern fühle. Ich zucke mit den Schultern, ich kann es nicht sagen. Ich kann höchstens sagen, wie ich mich fühle, wenn ich gekniffen werde oder einen Samenerguss habe. Als ich das letzte Mal überlegte, wie ich mich fühle, taten mir kurz darauf die Zehen weh, weil ich einen Fernseher fallen ließ. Helena will wissen, was für eine Marke der Fernseher war.

Sonni Pravia, sage ich.

In meinem früheren Leben kannte ich eine wunderbare Sanni. Ich sah sie oft im Fernsehen. Sie sang englisch. Helena fragt, vom wem ich rede. Ich verspreche ihr, es später einmal zu erzählen. Es ist eine lange Geschichte und ein bisschen traurig für mich. Helena sagt, sie habe ein paar Nachforschungen betrieben, um herauszufinden, wer mein Vater Erkki sein könnte. Zum Personal des Schlosses gehörten zur Zeit meiner Geburt drei Erkkis. Sollte ich mehr wissen wollen, wäre das heutzutage möglich. Man könne sogar DNA-Tests und alle möglichen Zahnkarten machen lassen.

Ich sage, ich sei in Tests immer schlecht. Kümmern wir uns erst um die Probleme der Kinder.

Helena macht die Schadensmeldung fertig, steckt den Stift in die Kitteltasche und gibt mir von ihrem Proviant ein Roggenbrot mit Ei, Schinken, Tomate und Edamer ab. Das Blatt mit der Schadensmeldung faltet sie zusammen und steckt es mir in die Tasche. Sie findet, man sehe mir an, dass ich nicht esse und nicht schlafe. Wenn man nicht isst und nicht schläft, ändert sich die Persönlichkeit. Im müden und hungrigen Zustand tut der Mensch unüberlegte Dinge.

Während der finnischen Olympiade hatte ich überhaupt nicht geschlafen. Stattdessen machte ich allerhand. Und nach den Spielen fiel ich in ein Loch.

Helena öffnet wieder mit der Karte die Tür. Sie bleibt, wo die Kunden sind, ich gehe dorthin, wo die Geräte stehen. Den Rest des Tages mache ich keine Fehler mehr. Lipponen sagt mir, es hätten auch schon andere hier was fallen lassen. Seiner Meinung nach bin ich viel besser als die acht vorigen Zwangsbeschäftigten. Ich komme immer pünktlich, rede keinen Scheißdreck, rieche nicht nach Alkohol und bin nicht auf Drogen.

Genau.

Nicht mehr.

Lipponen muss heute früher Schluss machen, weil er was auf der Bank zu erledigen hat. Sobald er weg ist, stoppt Ahti Martti den Gabelstapler und verschwindet. Zuvor hat er mir noch gezeigt, wie ich seinen Code beim Verlassen benutze.

Ich bin der letzte Mann im Lager, setze mich auf einen Stapel zusammengefalteter Kartons und lasse wieder die Gedanken in meinen Kopf.

Kann sein, dass ich Geschwister habe. Irgendwo gibt es womöglich einen Halbbruder, der aussieht wie ich und Buchhalter, Polizist, Müllfahrer, Minister oder Verbrecher ist. Vielleicht habe ich eine Schwester mit der gleichen Nase.

Ich kann mir meine Eltern jetzt aussuchen. Soll ich die behalten, an die ich mich gewöhnt habe, die ich aber nicht so wahnsinnig mag? Das sind gute Gedanken, mir wird wie von selbst leichter zumute.

Nachdem ich etwas munterer geworden bin, tausche ich den Overall gegen den roten Jogginganzug, vergewissere mich, dass meine Busfahrkarte da ist und das Kleingeld für drei Tüten Paprikachips reicht. Dann tippe ich die Codenummern am Schloss ein, damit kein Alarm anfängt zu rasseln, zu wimmern oder zu blinken.

Der Abend bricht immer früher an, und auf dem dunklen Hof riecht es schon nach Winter. Bald kann ich die langen Unterhosen und die Steppstiefel aus dem Paket vom Sozialamt anziehen.

Ich gehe die Treppe an der Laderampe hinunter und will die Abkürzung durch das Waldstück zur Bushaltestelle nehmen, aber ich bin noch nicht weit gekommen, als vor mir helle Scheinwerfer aufleuchten. Ich lege die Hand vor die Augen, bitte darum, die Lichter auszumachen. Das Elektrogeschäft sei geschlossen, morgen um neun würde es wieder geöffnet.

An dem Auto vor mir gleitet ein Seitenfenster auf. Ist es Watte, der mir was antun will? Ich gehe ein Stück näher heran, obwohl ich vielleicht schnell wegrennen sollte. Am Auto wird das Fernlicht ausgeschaltet, nun blendet es nicht mehr so stark. Das Auto ist ein silberner BMW, ein Diesel, wie ich am Knattern des Motors erkenne.

Steig ein, sagt der Fahrer.

Es ist Heikki Kohtalonmäki.

Ich setze mich neben ihn und schaue ihn an. Auch er hat inzwischen ein paar graue Haare. Im Radio läuft bekannte Musik aus fernen Zeiten. Der Moderator erzählt, es sei ein zig Jahre alter Wohltätigkeitshit, an den sich die älteren Zuhörer vielleicht noch erinnern könnten. Musik und Text Paul Hewson David, finnische Version P. Mustajärvi. Durch das Lied steigen viele Erinnerungen in mir auf, und ich frage Hessu, ob er sich an das Stück erinnern kann oder ob er sich daran erinnern kann, wie meine Frau überall auf der Welt unterwegs war, aber nie zu Hause. Hessu sagt nichts. Er verriegelt die Türen und bittet mich, auf die Rückbank zu schauen. Dort läge etwas für mich.

ÜBELTÄTER, WOHLTÄTER

Die Jahre 1978–1982

Der Helikopter bringt Königin Sofi in den kommenden Jahren zuerst zu Skriptgesprächen und Werbe- und Marketingveranstaltungen der Konzertorganisation auf der ganzen Welt, dann zu Konzertsälen, Stadien und städtischen Freiflächen.

Der Kreml, Wembley, Oulunkylä, Mumbai und São Paulo. Als Gaststars der Tournee treten auf: Motörhead, Alla Pugatschowa, Ramones, Károly Garam, Sting, Jaakko Teppo und jeder bedeutende Musiker und jede wichtige Band der Welt. Und täglich zeigt RMT einen Zusammenschnitt der Konzerte sowie Sofis tagebuchartige Gute-Nacht-Lesung.

»Das Skriptschreiben blieb natürlich mir überlassen«, erzählt Markku Veijalainen. »Ich wusste, dass ich in der Lage war, auch dem internationalen Publikum Material zu bieten. Ich fing groß an, ließ einen äthiopischen Kinderchor den finnischen Hungermarsch singen. Danach wurden von Napalm verbrannte junge Männer auf die Bühne gebracht, mit Säure geschändete und vergewaltigte Frauen, aussterbende Tierarten. Immer hart an der Grenze des Erträglichen, aber wie schon Mikko Niskanen, mein Mentor in religiösen Dingen, seinerzeit sagte: Es muss so sein, dass es einen zum Weinen bringt, wenn man sieht, wie gut man ist, wie man die Dinge betrachtet.«

Paul Hewson David improvisiert vor jedem Konzert über ein Thema, das die Band *Popeda* dann zu einem Stadionrocksong arrangiert. Die Konzerte werden als großartige Kombination von Popunterhaltung, politischer Erregungsveranstaltung und religiösem

Erweckungsfest beschrieben. Sofi spürt den Schmerz der Notleidenden und genießt es, zu helfen und gesehen zu werden.

Im Jahr 1979 dringt die Tournee bis an die äußersten Ränder der Erde vor, nach Grönland, in die Antarktis und zu den Naturvölkern der Regenwälder.

Kunkku sieht all das täglich mit seiner Tochter und seiner Mutter im Fernsehen. Er ist eifersüchtig und neidisch, aber vor allem sehnsüchtig. Er unterzieht die Wangenküsse Pate Mustajärvis und die Echtheit der auf der Bühne stehenden schwulen Männer der eingehenden Betrachtung und fragt sich, ob Sofis strammer Hintern nicht doch erregend auf Elton John und Vladimir Vysotski wirkt.

Unterdessen fängt Valma fast unbemerkt zu laufen an. Und bald auch zu lesen, zu schreiben, zu denken.

»Sie war in jeder Hinsicht eine außergewöhnliche Begabung«, erzählt der Leibarzt. »Bei der ärztlichen Untersuchung stellte ich fest, dass sie nur deshalb Fremdsprachen konnte, weil sie so oft den Sender mit den Musikvideos sah. Mit vier Jahren schrieb sie vollständige Sätze. Dennoch war sie ein Kind. Das vergisst man bei Hochbegabten leicht. Die brauchen auch Spielsachen und müssen Quatsch machen dürfen.«

Mit fünf schickt Valma ihrer Mutter eine Postkarte, auf der sie mit Silbenstrichen geschrieben den Wunsch äußert, dass alle Mädchen dieser Welt eine Schule besuchen dürfen.

Von Sofi bekommt Valma immer die gleiche Antwort: eine Postkarte mit einem gezeichneten Herz.

Valma sieht auf RMT die herb-schöne Landschaft in den äthiopischen Hungergebieten, dann fahren die weißen Geländewagen von Sofis Friedensbataillon vor, und ein Kinderchor fängt spontan zu singen an: »Gemütlich liegt das Eichhörnchen auf seinem Bett aus Moos …« Die Kinder bekommen von den Transportflächen der Autos und aus Sofis Händen Knäckebrot von *Vaasa*, Schokolade Marke *Fazer* und ultrahocherhitzte Milch.

Königin Sofi wird zum Liebling der Jugend und zum Sexsymbol, aber auch zu einer ernst zu nehmenden Wohltäterin, die Finnlands Ruf als Trostpflaster der Welt weiterhin verbessert.

»Ich hielt meine Absichten für ehrlich«, sagt Sofi. »Na klar genoss ich es, jeden Abend auf der Bühne zu stehen. Es waren unglaubliche Jahre mit tollen Menschen, wunderbaren Kindern. Ich hoffe, wir haben damit auch etwas Gutes bewirkt.«

Als die Tournee 1980 nach Asien geht, nimmt die Zahl der Auftretenden weiter zu. Bei dem Konzert in einem von Napalmbomben zerstörten Dorf spendet Ozzy Osbourne auf der Bühne Blut für eine kambodschanische Mutter, die nur noch ein Torso ist.

»Länger als diese Tournee hätte man das nicht ausgehalten«, erzählt Ozzy. »Die Partys nach den Gigs – ich sag's euch, Freunde, da ging's ab.«

Als Zugabe wird einem kleinen Jungen aus Hanoi auf Sofis Schoß ein Augenimplantat eingesetzt. *The Popeda's* spielen dazu im Hintergrund Beethovens Neunte.

»Es war schon …«, murmelt Mustajärvi und bricht in Tränen aus. »Auch wenn das heute als noch so zynisch gesehen wird, wir waren immer mit dem Herzen dabei.«

Und überall in der Dritten Welt entstehen Mikro- und Makrounternehmen, und die Mädchen können tatsächlich in die Schule gehen. Von Nigeria wird eine direkte Ölpipeline nach Europa gelegt und im Gegenzug eine Medikamenten- und Vitaminluftbrücke von Europa nach Nigeria geschlagen. Es entstehen dauerhafte Demokratiezonen, in denen die Macht von Diktatoren und zerstrittenen bewaffneten Gruppierungen ans Volk übergeht.

Kunkku bekommt das nicht mit, denn er hat das Antennenkabel aus dem Fernseher gezogen und stattdessen eine Spielkonsole angeschlossen. Nachdem er seit drei Jahren allein und innerhalb der Schlossmauern enthaltsam ist, versucht er zu vergessen, dass er überhaupt eine Frau hat. Er wirft ein Auge auf die Dienerinnen, bettelt sie an, mit ihm in den Keller zu kommen, und ab und zu kommt auch mal eine mit. Dort hören sie dann Musik und rauchen sehr sparsam die beiden Selbstgedrehten, die noch übrig sind.

»Selbstverständlich hatte Seine Majestät Bedürfnisse«, sagt Markku Veijalainen. »Aber jede Zwanzigjährige, die mit ihm in den Keller ging, stellte eine Gefahr für das Königshaus dar. Ich musste das große Ganze im Auge behalten. Darum übertrug ich den Frauen immer neue Aufgaben, und irgendwann fügte ich dem Arbeitsvertrag einen Paragraphen hinzu, der besagte, dass mit Seiner Majestät kein Geschlechtsverkehr vollzogen werden darf. Einen gewissen Spielraum ließ ich, indem Oralsex nicht ausdrücklich erwähnt wurde.«

Als die Dienerinnen sich zu sträuben beginnen, konzentriert sich Kunkku auf Tennis und Fernsehen. Er schlägt den Ball gegen die Wand und spielt ein Konsolenspiel, das ihm der Hersteller geschickt hat. Es ist aber langweilig, gegen einen Apparat zu spielen, viel lohnender wäre ein Duell mit einem Freund. Aber wo sind die Freunde? Selbst von Kohtalonmäki hat er schon seit Jahren nichts mehr gehört.

Er und Valma haben eine gemeinsame Lieblingssendung, aber das Kind kann sich für keine Form von Sport begeistern. Wenn Kunkku versucht, durch *Tennis Champions III* zu kommen, sitzt Valma neben ihm, liest Olof Palmes erstes Kinderbuch *Die sonderbaren teuren Abende des Herrn Pettersson* und ermahnt ihren Vater, nicht mehr als vier Stunden am Tag zu spielen.

Abends sieht sich Kunkku ein ums andere Mal das *Königsdokument* an. Es ist so schön, dass er weinen muss, und Sofi als Filmfigur so wunderbar, dass er ganz schwach wird. Der Film enthält die Wärme des alltäglichen Zusammenseins, die Kunkku in seinem Leben völlig fehlt. Auf der Leinwand sitzen Kunkku und Sofi auf der Couch und reden mit Veijalainens Worten übereinander, und man würde das alles glauben, wenn man es nicht besser wüsste. Wenn das *Königsdokument* endet, schaut sich Kunkku im Film *Sommartiden hej, hej!* seine Szene mit Harriet an. Manchmal lässt er sie vor seinen Augen vorbeilaufen, manchmal benutzt er das Standbild und genießt das sechsmalige Schwingen von Harriets prächtigen Brüsten, auf und ab, ab und auf. Soll damit alles enden? Damit dass er es einen Moment lang schön mit einem anderen Menschen hatte? Was hat das überhaupt mit Sofi zu tun? Das nimmt ihr doch nichts. Wenn ein Mann nach einer Dummheit heimkehrt, ist er noch kleinlauter und braver gegenüber der besseren Hälfte als zuvor.

Kunkku schaltet den Fernseher aus, nimmt sich einen Armvoll Bälle und geht nach draußen. Valma ist oft dabei, sie liest das Periodensystem gern im Licht der Taschenlampe, die ihr der Hofmarschall hält. Das Aufprallen der Bälle erinnert an den Herzschlag, und wenn sie es hört, kann Valma die ganze übrige Welt aussperren. Die Zuschauertribünen auf Tennisplätzen sind für sie die besten Orte, um für Schularbeiten zu lernen, und noch als Erwachsene findet sie den tiefsten Frieden dort, wo ein Ball auf die Saiten eines Schlägers trifft.

Jetzt, im Mai 1982, macht Kunkku mit voller Wucht hundert erste Aufschläge. Der Hofmarschall rennt den Bällen hinterher und legt sie zurück in den roten Eimer, der neben Kunkku steht.

Dann schlägt Kunkku den hundertersten Ball gegen die Mauer.

Man hört ein kleines Krachen.

Kunkku blickt zum Hofmarschall, der mit den Schultern zuckt und sagt, das sei wahrscheinlich eine Fuge gewesen. Kunkku zielt noch einmal mit einigen kräftigen Rückhandschlägen auf dieselbe Stelle, jedes Mal etwas härter. Und plötzlich löst sich geräuschvoll ein größeres Stück aus der Mauer.

Das Geräusch erschreckt Valma. Sie steht von der Treppe auf, rennt zu ihrem Vater und nimmt seine Hand. Der Hofmarschall geht zur Mauer und bittet Kunkku und Valma zu bleiben, wo sie sind.

In der Mauer ist ein Loch.

Die Abendlichter der Stadt scheinen hindurch.

»Seine Majestät hatte knapp über siebenundzwanzig Jahre lang gegen diese Mauer gespielt«, sagt der Hofmarschall. »Die Mauer hat den Angriffen von Feinden und Räuberbanden standgehalten, aber Kunkkus Vorhand hielt sie nicht aus.«

Valma umklammert die Hand ihres Vaters und geht schüchtern auf die Mauer zu. Sicherheitshalber nimmt der Hofmarschall sie auf den Arm und zeigt ihr das Loch. Valma schaut hinaus und hinunter auf den Schlossplatz, wo die Menschen an den Tischen vor den Restaurants sitzen, wo Straßenmusikanten musizieren und die Leibgarde vor dem Wassergraben Wache hält, mit den bekannten dicht bepelzten Bärenmützen auf dem Kopf.

Auch Kunkku wagt einen Blick durch das Loch.

Eine japanische Touristengruppe sieht das Gesicht des Mannes in der Öffnung der Mauer und zückt sofort die Fotoapparate. Kunkku steckt einen Tennisball in das Loch. Er hat das Gefühl, dass man besser niemandem etwas davon erzählt, es kommt ihm vor, als hätte er etwas Böses getan.

»Ich habe die Jungs vom Kronen-Service gerufen«, erzählt der Hofmarschall. »Kössi Mattila sagte, dass der Hof sofort gesperrt werden muss. Ernste Probleme mit den Fundamenten und dem Mörtel zwischen den Steinen in der Mauer. Noch ein paar hundert Schläge an die falsche Stelle, und die ganze Scheiße wäre zerbröckelt.«

PENA

Im Halbdunkel erkenne ich auf der Rückbank von Hessus Auto eine Sporttasche. Ich frage ihn, was drin ist. Waffen? Drogen? So etwas rühre ich nicht an, ich bin inzwischen ein Mann, der keine Dummheiten mehr macht, ich repräsentiere die Arbeiterklasse und stimme bei den nächsten Wahlen wahrscheinlich für die Gemäßigte Demokratische Partei.

Hessu antwortet nicht.

Davon habe ich in meinem früheren Leben furchtbar oft geträumt. Dass ich mit einem Freund im Auto durch die abendlichen Straßen fahre. Ich frage Hessu, wie er mich gefunden hat und was er von mir will. Oder ist er nur zum Spaß gekommen? Der erwachsene Hessu ist ziemlich wortkarg. Als Kind hat er viel gequasselt und gelacht, ich weiß noch, wie wir uns zusammen vor Lachen gekringelt haben. Ob es allen so geht, dass sie als Erwachsene nichts mehr zu lachen haben? Ich frage mich laut, wann wir uns zuletzt gesehen haben. War das in der Nacht, als ein Helm mit Stachel vom Himmel und uns vor die Füße fiel? Als Hessu und ich vom Dach aus die große Schlacht anführten, mit einer Kuh als Feind?

Das war mit der King-Gang: Hessu, Watte und ich.

Ich erzähle Hessu, dass ich in einem Warenlager arbeite. Dass mir meine Arbeit und mein neues Leben gefallen, dass ich mit Helenas Hilfe viele Dinge gelernt habe und dass mich Ahti Martti heute übers Krankfeiern aufgeklärt hat. Vielleicht probiere ich das irgendwann mal aus. Meine Familie ist in letzter Zeit leidgeprüft, aber die meisten Probleme sind meine Schuld.

Weihnachten wird jedoch schön. Würde Hessu an Weihnachten zu uns kommen? Hat er Familie? Kinder?

Hessu beschleunigt, fährt auf die Ringstraße und überholt wie verrückt Lastwagen und andere Fahrzeuge. Sein Auto passt zu ihm, wie Helenas Auto zu ihr passt. Vom Armaturenbrett führt ein Kabel zu einem Telefon mit Berührungsbildschirm, das wahrscheinlich voller Musik steckt. Ich habe so etwas schon bei der Arbeit gesehen. Eine Wasserflasche und ein Energieriegel sind auch da. Außerdem ein paar Bücher mit komplizierten Titeln. Wenn ich lange genug buchstabiere, bekomme ich einen davon zusammen: *Einführung in die Jurisprudenz*.

Ich sage, meine Freundin Helena spreche oft von Führung, Fügung und Vorsehung. Hessu sagt noch immer nichts.

Nach langer Stille kommen wir zu einem Backsteingebäude, das ich kenne. Über dem Tor hängt nicht mehr das königliche Wappen. Stattdessen bilden dort Buchstaben drei Worte: Tennishalle der Republik. Ich frage Hessu, ob wir spielen gehen. Das wäre prima, wir könnten jede Woche einen Platz mieten. Meine Knie sind in äußerst schlechtem Zustand, aber ein paar leichte Ballwechsel … Ohne ein Wort zu sagen, steigt Hessu aus, und ich folge ihm. Ich sage, es wäre angenehmer, wenn er auch mal ein bisschen reden würde, und frage ihn schüchtern, ob er etwas von Wattes und Veikkos Machenschaften gehört habe.

Hessu zieht eine Postkarte aus der Tasche und will wissen, was der Scheiß soll. Ich kann auf der Karte lediglich die Unterschrift von Marjatta Kohtalonmäki lesen. Hessu will wissen, mit welchem Recht ich seine Mutter belästigt hätte. Marjatta Kohtalonmäki hat ihrem Sohn nach meinem Besuch eine Karte geschickt, auf der sie ihn bittet, mir zu helfen, seinem alten Freund.

Ich habe sie um Hilfe gebeten, sagte ich.

Hessu meint, ihm habe noch nie jemand geholfen.

Entschuldigung.

Entschuldige dich nicht dauernd, verdammte Scheiße!

Ich tu's nicht mehr. Entschuldigung. Das habe ich im Warenlager auch schon gelernt.

Während wir weiter schweigen, kommen lachende kleine Jungen und Mädchen aus der Tennishalle, mit umgehängten Taschen, aus denen Schlägergriffe herausragen. Sie steigen in die Autos ihrer Eltern ein, dann gleiten die Fahrzeuge an uns vorbei und zum Tor hinaus.

Ich sage, Helenas Plan habe perfekt funktioniert. Sie habe daran geglaubt, dass ich über Marjatta ihn, Hessu, finden würde und dass er mir bei den Problemen, die meine Familie mit Watte hat, helfen könne.

Hessu faucht, er habe nichts mehr mit Wattes Geschäften zu tun. Er habe seine Anteile verkauft und besitze jetzt so viel Geld, dass er es gar nicht schaffen würde, bis zu seinem Tod alles durchzubringen. Glücklich werde man dadurch nicht, aber es sei trotzdem besser, mit einem BMW zu fahren als mit dem Bus.

Das stimmt, obwohl ich es eigentlich klasse finde, mit dem Bus unterwegs zu sein.

Hessu sagt, er habe Gelegenheit zur Rache bekommen und bereue das alles sogar ein bisschen.

Ich weiß nicht, von welcher Rache er spricht. Ich habe mich noch nie an jemandem für etwas rächen wollen. Ich habe mich immer mit allen einigen können, von meiner Frau vielleicht mal abgesehen. Nach anfänglichen Schwierigkeiten habe ich mich sogar mit Olof Palme angefreundet.

Hessu sagt, wegen seiner Mutter helfe er mir noch dieses eine Mal. Ich frage ihn, ob er mit Watte reden könne, damit Veikko nicht ins Gefängnis muss.

Da helfe kein Reden. Es müssten Taten folgen. Und die könne er nicht für mich übernehmen, die müsse ich selbst vollbringen.

Was für Taten?

Hessu sagt, Watte sei auf zwei Dinge fixiert. Zum einen auf das Königshaus. Watte wolle das Königshaus größer machen. Das sei nicht mehr so schwierig, denn das Haus existiere ja gar nicht mehr und Watte sei auf dem überstaatlichen Bausektor tätig. Seine zweite Fixierung sei das Spielen. Immer wenn er Hessu treffe, fordere er ihn zu einem Tennismatch mit der gleichen Vorgabe, die er Hessu beim Boxen einräumen würde. Einsatz: eine Million Mark. Watte würde nur mit einer Faust boxen, Hessu nur mit einer Bratpfanne spielen.

Auf solche Spielchen lasse ich mich nicht ein, sagt Hessu.

Er öffnet die hintere Wagentür, nimmt die Tasche vom Sitz und wirft sie mir zu. Ich mache sie auf und sehe einen Tennisschläger, eine Packung Bälle, Schuhe, Kleider und Schweißbänder. Es liegt auch ein Zettel darin, auf dem Ort, Zeit und Einsatz notiert sind.

Watte wird da sein, sagt Hessu.

Er wolle meinen Skalp.

Ich bitte Hessu um Tipps für das Spiel gegen Watte. Er sagt, damit hätte es sich, das sei jetzt seine letzte Hilfestellung gewesen. Von nun an müsse ich mit eigenen Beinen und Schlägen klarkommen. Ich will wissen, ob er seine Mutter besucht. Sie vermisse ihn in dem schönen Heim nämlich. Hessu sagt, er wage es nicht, hinzugehen. Er habe im Lauf der Zeit Etliches getan, was seiner Mutter nicht gefalle, und er habe keine Lust, sich zu rechtfertigen.

Ich sage, nach Hause darf er immer kommen, zu sich nach Hause und zu mir nach Hause, da werde niemand an den Haaren gezogen.

Hessu lacht. Das Leben sei von Anfang bis Ende eine ziemlich beschissene Angelegenheit. Ich würde das so nicht sagen. Ich würde sagen, es ist eine überraschende, spannende, prima Achterbahn. Alles regelt sich immer irgendwie. Wie jetzt auch. Wozu ich nicht komme, ist ihm zu erzählen, dass ich der Sohn von irgendeinem Erkki bin, denn auf einmal springt Hessu in seinen BMW und fährt davon.

Von der Tennishalle in Kerava fahre ich mit drei verschiedenen Bussen nach Hause. Die Tasche, die ich von Hessu bekommen habe, verstecke ich im Kleiderschrank. Dann rufe ich Helena an und erzähle ihr, dass ich kurz vor Weihnachten auf einem überdachten und beheizten Tennisplatz um Veikkos Schicksal spielen würde. Nach Grand-Slam-Regeln.

Helena hält Glücksspiel für eine etwas fragwürdige Angelegenheit, aber andererseits hätten wir wohl keine andere Wahl. Meine Knie halten vielleicht gerade mal ein Match aus, aber kein physisches Training. Irgendwie muss ich trotzdem Spielgefühl bekommen und meinen Blick für den Ball entwickeln.

Irma spielt wieder das Tanzspiel auf der Konsole, die Tuulikki mitgebracht hat. Sie spielt es die ganze Zeit, ist mittlerweile viel braver, denkt daran, etwas zu essen und sich zu duschen und zeitig schlafen zu gehen. Videospiele tun jungen Leuten gut.

Irma will wissen, warum ich so spät nach Hause komme. Dabei tanzt sie schwierige und anstrengend aussehende Schrittkombinationen. Ich erzähle ihr, ich hätte einen Bekannten getroffen. Irma fragt, ob es ein gutes Treffen war.

Vermutlich gut und schlecht, so wie es oft der Fall ist, wenn man mit Menschen zu tun hat. Sie sind Übeltäter und Wohltäter zugleich, heute so, morgen so. Ich müsse jetzt wieder Tennis üben, das sei mir jedenfalls klar geworden, sage ich.

Irma hält das für eine gute Idee, für sie sei das Tanzen echt belebend. Sie sagt auch, sie vermisse ihre Mutter. Zum ersten Mal seit meinem Rausschmiss redet jemand über meine Frau. Mit den Kindern habe ich bisher kein Wort über sie verloren.

Ich frage mich, ob ich sie auch vermisse, ob ich darüber schon einmal nachgedacht habe. Ich fühle mich so schuldig, dass ich mir keine Sehnsucht gestatte. Außerdem gibt es da Helena. Ich habe oft zwei Frauen gleichzeitig gehabt, und meiner Meinung nach hatten sie nichts miteinander zu tun.

Aber das stimmt nicht. Menschen haben immer etwas miteinander zu tun, im Guten wie im Schlechten.

Während der Wohltätigkeitstournee verbraucht Kunkku 879 Dosen mit Tennisbällen, die er gegen die Mauer hämmert. Er besucht 119 Städte und Gemeinden, eröffnet 3 Flughäfen, ernennt 7 Generäle, macht 22 Staatsbesuche. Er erscheint auf einem Foto mit dem freisinnigen persischen Führer Khomeini, der finnische Holzgasunternehmen in seinem Land willkommen heißt und sich zu diesem Anlass von Kunkku feierlich den langen Bart stutzen lässt. Kunkku und Valma werfen beim Eröffnungsspiel der Eurasischen Eishockeyliga in Kouvola den Puck zum Anpfiff, und Kunkku ist zugegen, als in Naantali das nach ihm benannte erste transatlantische Passagier-U-Boot in See sticht.

Sofi und Kunkku treffen sich in diesen Jahren kein einziges Mal, ihre Wege kreuzen sich nicht einmal entfernt. Sie will ihren Mann erst wieder sehen, wenn ihre Wut verraucht ist.

Aber jetzt, im Herbst 1982, legt die Wohltätigkeitstournee eine zweimonatige Pause ein. Menschen, Maschinen, Instrumente und der Kerngedanke müssen überholt werden.

Sofi kommt nach Hause, um sich ärztlich untersuchen und impfen zu lassen, während Regisseur Laine mit dem Filmmaterial direkt nach New York fliegt, um in seiner Künstlerwohnung das erste eigentliche *Königsdokument* zusammenzustellen.

Der Hofmarschall holt Sofi vom Flughafen ab, parkt den Wagen auf der Zugbrücke des Schlosses und führt die müde Königin in den Hof, der voller Bauingenieure, Arbeiter und Maschinen ist. Die Mauer ist mit Planen abgedeckt und wird von verschiedenen Holzbalken und Metallträgern gestützt.

Pressechef Veijalainen hat eine Mitteilung herausgegeben, in der es heißt, auch am symbolisch wichtigsten Gebäude des Landes müssten hin und wieder Ausbesserungsarbeiten durchgeführt werden, wie in Privathäusern auch. Sobald die Mauer wiederhergestellt sei, werde es für die edlen Steuerzahler, für alle Menschen in Stadt und Land, einen Tag der offenen Tür im Schloss geben.

»Es war unheimlich, nach Hause zu kommen«, gibt Sofi zu. »Die Flucht hatte ein Ende, nun musste ich mich schwierigen Fragen stellen: Was habe ich meinem Kind angetan? Kann man fünf Jahre wegbleiben, ohne es endgültig zu verlieren? Ich schlug im Kalender das Alter meines eigenen Kindes nach. Es war bereits sieben. Die Wut auf meinen Mann hatte immer noch nicht nachgelassen.«

Für Valma ist ihre Mutter eine Person, die sie aus dem Fernsehen kennt und über die oft geredet wird, ansonsten aber ein fernes Wesen. Hin und wieder hat sie sich im Königlichen Jahrbuch die Hochzeitsbilder ihrer Eltern angeschaut und Pressechef Veijalainens schöngeistige Schilderungen der ersten Ehejahre gelesen. Auch Valma taucht auf einigen Fotos auf, als niedliche Prinzessin des ganzen Volkes.

Kunkku empfängt Sofi in der Eingangshalle des Schlosses, er ist begeistert, aber er weiß nicht recht, was er zu seiner Frau sagen soll, die so viele Jahreszeiten, so viele Schneefälle, Frühlinge, Hitzeperioden und Herbste weggewesen ist.

»Mein Mann war steif und weich zugleich«, erzählt Sofi. »Wie konnte es anders sein, ich wollte ihn drücken und prügeln. Seltsam, dass man solche Empfindungen gleichzeitig hat.«

Kunkku erzählt Sofi, was er in letzter Zeit alles getan hat. Grundsteine gelegt, mit Unternehmens- und Stadtführern Kaffee getrunken, mit einer Handelsdelegation in Belgien gewesen, um eine Notendruckerei zu verkaufen. Den im Schlosshof gezogenen Graben inspiziert, in dem Drainagerohre und Kabel für den Computerverkehr verlegt worden waren. Oft habe er sich auch Standpauken vom Ministerpräsidenten anhören müssen, und außerdem habe er wirklich Sehnsucht gehabt.

Kunkkus Alltag interessiert Sofi ziemlich wenig, angesichts der Tatsache, dass jede Minute irgendwo auf der Welt ein Kind an Malaria stirbt.

Kunkku weiß nicht, was Malaria ist.

Er will Sofi das *Four-Player-Wimbledon-Pro*-Spiel vorführen.

Sofi lässt Kunkku in der Halle stehen und sucht im Kinderstockwerk nach Valma. Sie klopft an die Tür zum Kinderzimmer und tritt vorsichtig ein. Als sie ihrer Tochter die Wange küsst, lächelt diese höflich. Sofi überreicht ihr eine Tüte voller Mitbringsel, Dunggravierungen von äthiopischen Kindern und Bildergeschichten über die Entstehung der Welt aus der Sicht eines indischen Mädchens.

»Mein Kind saß da und machte Hausaufgaben«, seufzt Sofi. »Schön wie der Frühling.«

Valma wundert sich über die neue Frau, die plötzlich bei ihr und ihrem Vater einzieht.

Kunkku ist Sofi gefolgt und fragt sie, ob sie vorhabe, zu bleiben. Dann wäre es schön, neue Tapeten fürs Schlafzimmer auszusuchen. Die jetzigen stammten aus dem Jahr 1633. Vielleicht könne man auch das Bad renovieren. Für die Fernsehantenne sei im Schlafzimmer endlich eine Steckdose gesetzt worden.

»Es war in keiner Hinsicht mehr mein Zuhause, und ich glaubte auch nicht, dass neue Tapeten daran etwas ändern würden«, sagt Sofi. »Ich fragte mich, ob es möglich wäre, so etwas wie ein gemeinsames Sorgerecht zu erreichen. Wie könnte ich den Hof dazu bewegen, einer Scheidung zuzustimmen?«

Kunkku möchte mehr Zeit mit seiner Frau verbringen, denn schließlich ist davon einst vor Gottes Angesicht in einer großen Kirche die Rede gewesen. Sofi sagt, sie habe schon immer an der Existenz Gottes gezweifelt, und nach den Erfahrungen der letzten Jahre sei dieses Gefühl noch stärker geworden. Es gebe keinen

Gott. Falls doch, würde er nicht mit dem Schicksal von Menschen und dem Leben äthiopischer Kinder spielen.

»Ich war wirklich gemein zu meinem Mann«, gibt Sofi zu. »Ich forderte ihn auf, sich im Keller einen runterzuholen. Aber ich fühlte mich einfach so verlassen, und ich glaube, das hat niemand verstanden.«

Kunkku fragt Sofi, ob er und Valma sie nicht auf ihrer Tournee begleiten könnten, John F. Kennedy sei doch auch immer bei den Vorlesungs- und Meditationstourneen seiner Frau Yoko dabei. Sofi lehnt das entschieden ab. Es sei ein zu großes Risiko, ein Kind mit in den Dschungel und in Hungergebiete zu nehmen.

»Das größte Risiko bestand darin, dass ich meinem Mann und meinem Kind verpflichtet gewesen wäre«, sagt Sofi heute. »So etwas versteht man erst mit einer gewissen Verzögerung.«

Kunkku läuft Sofi wie ein treuer Hund mit flehendem Blick hinterher. Er betrachtet sie bewundernd, sagt nichts, um sie nicht zu reizen, und hofft mehr als je zuvor, dass sie sich erweichen lässt und mit ihm herumtollt. Dass sie die Kribbelkrankheit und Harriet vergisst und versteht, dass Kunkku niemandem etwas Böses wollte. Das alles liegt ja auch schon wer weiß wie lange zurück, er findet, dass die Zeit die schlechten Tage in Luft auflöst, sodass nur noch die guten übrig bleiben.

»Es hat mich rasend gemacht«, platzt es aus Sofi heraus. »Wäre er bloß fähig gewesen, den Mund aufzumachen und zu reden! Wäre ich bloß dazu fähig gewesen! Aber er drängte sich die ganze Zeit nur an mich, um mich zu streicheln. Gleichzeitig versuchte ich, meinem Kind näherzukommen, und meine größte Angst bestand darin, Valma so auf die Nerven zu gehen, wie mein Mann mir auf die Nerven ging.«

Sofi geht Valma nicht auf die Nerven, aber das Mädchen ist reserviert, so wie es Kinder bei allen Neuerungen sind. Obwohl sie nach den Kirchenbüchern und bestimmten gemeinsamen äußeren Merkmalen Valmas Mutter ist, muss sich Sofi ihren Platz erobern.

Markku Veijalainen erhält ein Fax vom UN-Hauptquartier. Wegen eines Streiks der internationalen Roadie-Gewerkschaft muss die zweite Phase der Wohltätigkeitstournee verschoben werden. Die Roadies fordern Lohnerhöhungen und humanere Arbeitszeiten. Die Gigs sollen jeweils um sieben Uhr Ortszeit beginnen und nicht gemäß den willkürlichen Wünschen von Fernsehstationen.

So muss Sofi statt zwei Monate vier Monate im Schloss verbringen – lange genug, dass es sich lohnt, den Koffer auszupacken, die Repräsentationskleidung anzulegen und mit Kunkku ein paar Termine innerhalb des Landes wahrzunehmen.

Auch wenn Sofi weiterhin still und distanziert ist, sitzt Kunkku gern auf der Rückbank des langen schwarzen Autos neben ihr. Draußen wechseln die Landschaften, aber neben sich sieht er immer dasselbe schöne Gesicht.

Kunkku versucht Sofis Hand zu nehmen.

Anfangs kommt das für sie nicht in Frage. Aber eines Tages, nach einem langen Besuch in der alten Kirche von Janakkala, nach Gesprächen mit Kommunalpolitikern und unendlich vielen Tassen Kaffee mit Pfarrern und ehrenamtlich Aktiven aus dem Bereich Juniorensport, ist ihr Kunkkus Hand plötzlich genehm. Sofi merkt, dass Kunkku ihr von allen Menschen, denen sie an diesem Tag begegnet ist, am nächsten steht. Er ist weit weg, aber nicht so weit weg wie der Leiter des Kirchenchors von Janakkala. Er ist derjenige, der ihr Verständnis und Wärme entgegenbringt.

»Muss man es als Schwäche deuten, dass ich ihm langsam wieder vertraute?«, überlegt Sofi. »Meine Vernunft sagte das Eine, mein Gefühl das Andere. Die Vernunft riet mir, mich von meinem Mann fernzuhalten, um meiner Zukunft willen. Aber nun schlafe mal mit einem Nacht für Nacht im selben Bett, wenn der mit allen Mitteln versucht, sich gut, lieb und rücksichtsvoll zu zeigen. Ich konnte einfach nicht für immer und ewig wütend auf ihn sein. Außerdem nervte mich meine Schwiegermutter.«

Sofi und die Königinmutter treffen sich beim Frühstück und beim Abendessen.

Am Anfang reden sie gar nicht miteinander, dann geht es ums Wetter und die offiziellen Ereignisse des jeweiligen Tages. Schließlich bringt die Königinmutter bei jeder gemeinsamen Mahlzeit die ehelichen Pflichten zur Sprache.

»Ein entsetzlicher Begriff«, schnaubt Sofi. »Als wäre ich bloß eine zum Kalben bestimmte Kuh. Wenn ich mit meinem Mann schlafen will, dann tue ich das, weil ich es will, aus Liebe oder aus Einsamkeit, aber nicht, weil es mir meine Schwiegermutter befiehlt.«

Sofi nimmt gewissenhaft die Pille und verweigert sich noch eine Zeitlang, aber sobald sie das Gefühl hat, dass die Initiative bei ihr liegt und sie die Lage unter Kontrolle hat, hebt sie ohne ein Wort zu sagen die Bettdecke an und hat im Nu den bis zur Rührung erfreuten Kunkku neben sich liegen.

Einen Monat lang gelingt es ihnen bereits, wie ein Ehepaar zu leben, wie zwei bessere Hälften. Auch Valma freut sich darüber. Sie merkt, dass ihre Mutter ihren Vater tatsächlich mag und der Vater auch die Mutter. Bald sagt sie statt Fosi Sofi. Aus Märchen, Geschichten und Biologiebüchern für die höheren Klassen weiß Valma, wie Kinder gemacht werden, und jetzt erkennt sie, dass zwischen ihrem Vater und ihrer Mutter etwas ist, das auch nötig war, um sie, Valma Penttinen, in die Welt zu setzen.

Trotz allen Glücks rückt Sofis Abreise unweigerlich näher, doch Kunkku hofft, seine Frau werde zu Hause bleiben. Er zieht sämtliche Register: den Heul-und-Tobsuchtsanfall, die traurige Hundemiene, Anschuldigungen, Dankbarkeit, Hinweise auf das Wohlergehen des Kinds.

»Ich war meiner Arbeit total verpflichtet«, erzählt Sofi. »Ich wurde gebraucht. Von allen Kindern. Und ich brauchte die Auftritte. Die Kameras. Ich brauchte das Gefühl, gebraucht zu werden.«

Sofi kann von ihren Verpflichtungen nicht zurücktreten. Noch eine ärztliche Untersuchung, bevor die Reise weitergeht und der neue Fünfjahresplan der Wohltätigkeitstournee in Kraft tritt.

»Die Resultate sind einwandfrei. Keine Malaria, keine Würmer, kein Tripper.«

»Gut, danke. Kann ich mich jetzt anziehen?«

»Aber dieser andere …«

»Welcher andere?«

»Der Schwangerschaftstest.«

»Warum haben Sie einen Schwangerschaftstest bei mir vorgenommen? Das wäre nicht …«

»Eine Routinemaßnahme. Gut, dass ich ihn gemacht habe.«

»Ohne Erlaubnis haben Sie überhaupt keine Tests bei mir zu machen!«

»Der ist jedenfalls stark positiv.«

»Was bedeutet das?«

»Ein freudiges Ereignis.«

»Sind Sie verrückt? Was für ein Kurpfuscher …«

»Beruhigen Sie sich, Hoheit, es besteht kein Grund zur Aufregung. Es liegt keine Krankheit vor, keine Zellveränderung. Einen hohen Blutdruck sollte man in dieser Situation vermeiden.«

»Verdammte Scheiße aber auch!«

»Wir haben dieses Gespräch schon einmal geführt, Hoheit. Ich glaube nicht, dass wir das erneut tun sollten … Nun gut. Weinen Sie nicht, Hoheit … oder weinen Sie ruhig, wenn Ihnen danach ist … Sie können sich an meine Schulter lehnen … so.«

»Ich gehe. Das kann nicht schon wieder passiert sein. Ich gehe, machen Sie sofort die Tür auf!«

»Das ist leider nicht möglich.«

Kunkku starrt seine Frau mit offenem Mund an. Wie kann das sein?

»Eben!«, kreischt Sofi.

Kunkku schnappt sich seine Frau und jubelt.

»Ich bin ein Hengst, wie er im Buch steht. Ein echter Mann, ein Mann-Mann, ein Vatermann«, singt Kunkku vor sich hin und lächelt selig.

Valma weiß nicht, worum es geht, aber sie lässt das Schulbuch fallen und tanzt mit.

»Es war ein Schock«, seufzt Sofi. »Genauso ungefragt und ungebeten wie die erste Schwangerschaft. Alles passierte von vorn, ohne dass ich gefragt worden wäre. In irgendeinem alten Gesetz stand, dass eine Fehlgeburt mir angelastet würde. Eine Königin habe pro Fehlgeburt zwei Kinder zur Welt zu bringen.«

Das königliche Gitterbett wird aufpoliert und mit Blattgold versehen, die Milchfläschchen werden abgestaubt und der Klang der ursprünglich für Vojakki Amadeus Penttinen aus Elfenbein geschliffenen Rasseln wird überprüft. Markku Veijalainen sucht in Fotoalben und Königlichen Jahrbüchern nach Abbildungen des Gitterbetts.

»Geschichten sind notwendig«, sagt Veijalainen. »Fortsetzungen. Das Wissen, wie manche Dinge innerhalb einer Familie weitergegeben werden. Mit so etwas identifiziert sich das Volk: mit dem Taufkleid, das seit hundert Jahren in Gebrauch ist, mit dem Kinderbuch, das schon Vater und Mutter gelesen haben. Mit dem Gitterbett der großen Schwester.«

Abends, beim Einschlafen nimmt Kunkku vorsichtig den Bauch seiner Frau in Augenschein und streichelt ihn ganz sanft mit den Fingerspitzen. Er flüstert dem wachsenden Embryo zu, die Samenzellen seines Papas seien schon immer besonders eifrig dem Leben entgegengewuselt. Er sei gespannt, was für ein Typ diesmal im Bauch seiner Frau heranwachse, er freue sich schon aufs Kennenlernen. Er hofft, das Baby werde Freude am Dasein haben, immer und überall, man lebe schließlich nur einmal. Sofi macht die Augen einen Spaltbreit auf und bittet Kunkku, mit dem Streicheln und Brabbeln aufzuhören, sie könne nicht schlafen. Kunkku hat eine Frage an seine Frau: Sofi habe bereits der ganzen Welt geholfen, und zwar sehr gut, ob sie zur Abwechslung nun einer etwas kleineren Einheit behilflich sein könnte, nämlich ihrer Familie.

»Mein Mann hatte insofern recht, als meine Gereiztheit sich auf die unschuldige Valma auswirkte«, sagt Sofi heute. »Vielleicht auch auf das ungeborene Baby. Von da an schaute ich in den Spiegel und versuchte mich an den Gedanken zu gewöhnen, ein zweites Kind zu haben. Und damit noch weniger Raum und Möglichkeiten für mich. Aber ich wollte während dieser zweiten Schwangerschaft auch lachen und nicht nur weinen.«

KOKSKOPFKUNKKU

1983–1984

PENA

Irma und ich einigen uns, wer wann spielen darf. Sie nachts, morgens und tagsüber, ich drei Stunden nach der Arbeit. Im Karrieremodus von *Tennis Grand Slam 07* komme ich schnell vorwärts. Die alten Fähigkeiten und Instinkte werden wach, ich spiele auch im Schlaf, und manchmal macht Veikko als Sparringspartner mit. Dabei bin ich ihm unangenehm überlegen. Es ist ein mieses Gefühl, das eigene Kind beim Computerspielen mit 6–0, 6–0, 6–0 zu schlagen, aber genauso will ich auch Watte besiegen. Worauf ich mich vorbereite, werde ich nicht verraten, solange mich die Kinder nicht danach fragen. Lügen werde ich nicht, aber ich will selbst entscheiden, wie viel Wahrheit ich herauslasse.

Ich freue mich ziemlich über meine Tennisfortschritte, aber dann kommt etwas Unangenehmes dazwischen. Bei einem Spaziergang über den Friedhof erzählt mir Valma, dass sie sich mit Jalle Kulkki nicht einigen kann. Kulkki weicht von seinen Forderungen nicht ab, obwohl Valma nichts hat, das sie ihm geben könnte. Er droht mit unschönen Sachen, und man kann sich durchaus vorstellen, dass er seine Drohungen wahr macht. Warum sind die Menschen, die hier doch in Freiheit leben, so unfair, statt einfach offen und fröhlich zu sein. Man sollte ein guter Mensch sein, wenn man die Möglichkeit dazu hat.

Jalle Kulkki bin ich zum ersten Mal bei den Millenium-Feierlichkeiten begegnet, bei denen ich allerdings etwas Besseres zu tun hatte, als mich mit ihm zu beschäftigen. Ich glaube, Valma hat sich nur für ihn entschieden, weil sie dachte, ein Mann wie er wäre für mich und ihre Mutter der Richtige. Dabei vergaß sie, sich zu fragen, ob er auch für sie der Richtige war. Glaubte sie, es wie ihre Mutter machen zu müssen? Glaubte sie, sich früh einen passenden Ehemann suchen und dann Nachkommen fürs Schloss in die Welt setzen zu müssen? Gut möglich, dass sie in ihrer Gutherzigkeit sogar daran gedacht hat, dass ich früher in Rente gehen könnte, wenn sie beizeiten ihre Familienangelegenheiten geregelt hätte.

Jalle Kulkki trug immer und überall eine Sonnenbrille, sodass man seine Augen nicht sah. Und wenn das so ist, erfährt man von einem Menschen nicht genug. Er hatte vor, ein NHL-Team zu kaufen. Meiner Meinung nach ist Tennis die einzig richtige sportliche Disziplin, aber Jalle Kulkki hält Eishockey für den Sport der Gegenwart. Es hat Tempo, es fliegen die Fetzen, und es gibt Schlägereien. Er wollte mit Valma in Frauenzeitschriften und im Fernsehen auftreten, damit seine Firma präsenter wurde und Kunden bekam. Mit anderen Worten: Er war von Anfang an ein berechnender Schuft.

Nachdem ich mich von Valma verabschiedet habe, gehe ich zur Eishalle, um den Schuft zu treffen. Helena kommt mit. Sie ermahnt mich, die Fassung zu bewahren. Sie weiß, dass es übel ausgehen kann, wenn ein Vater seine Tochter verteidigt.

Jalle Kulkki sitzt auf der Tribüne in der obersten Reihe. Ich spüre das Treppensteigen in den Knien und merke, dass ich mich für das Match schonen muss; das viele Stoppen und Drehen gefällt dem Meniskus überhaupt nicht.

In der Halle ist es kalt, und die Sitze sind hart. Auf dem Eis laufen kleine Mädchen in einer sehr schönen Formation und machen Schnörkel. Eines ist ganz klein und kommt fast nicht mit, läuft aber immer weiter, obwohl es ständig hinpurzelt. Ich applaudiere ihm für seine Beharrlichkeit.

Dann setze ich mich neben Jalle Kulkki.

Er schaut mich nicht mal an.

Ich leiere ein paar einleitende Höflichkeiten herunter: Wie geht's, was macht die Firma, lange nicht gesehen und so weiter. Jalle Kulkki platzt sofort damit heraus, dass ein Teil des von mir versteckten Vermögens ihm gehöre. Ich mache die Augen zu, denke an Helenas Rat und versuche, die Fassung zu bewahren. Es gibt keine versteckten Gelder, wie oft muss ich das noch sagen.

Kulkki erklärt, durch meinen Murks habe seine Firma einen Imageschaden erlitten. Ich nehme Blickkontakt zu Helena auf, die unten an der Bande steht und mir ermutigend zunickt: Ruhig bleiben und immer die Wahrheit ansteuern.

Jalle Kulkki nimmt eine Dose Kautabak aus der Tasche und schiebt sich einen Priem unter die Oberlippe. Die kleinen Formationsläuferinnen verlassen das Eis, und eine Eishockeymannschaft läuft ein. Sofort krachen Pucks gegen die Bande und das Plexiglas. Vor dieser Geräuschkulisse erzählt Kulkki, er habe sich von einem Anwalt ausrechnen lassen, dass unsere Familie ihm sechshunderttausend Mark schulde. Er fordert mich auf, das Geld unverzüglich herbeizuschaffen.

Ich sage ihm, dass ich in einem Warenlager arbeite und sechsundvierzig Mark die Stunde bekomme.

Kulkki interessiert sich nicht für meine Arbeit und mein Einkommen, sondern für die Gerechtigkeit. Er beharrt auf dem, was ihm angeblich zusteht. Er will wissen, ob ich etwa wolle, dass er eine Medienlawine lostritt. Ob ich wirklich wolle, dass wieder alles ans Tageslicht gezerrt werde, alles, was ich angestellt und meiner Tochter angetan habe. Er sei jedenfalls dazu entschlossen, weil er derjenige sei, der am meisten gepiesackt und übers Ohr gehauen worden sei. Er sei entschlossen, Valmas Beziehung mit einer anderen Frau öffentlich zu machen. Das würde dann wahrscheinlich gegen sie verwendet, wenn über das Sorgerecht entschieden werde. Damit könnte er uns den kleinen Elmeri für immer wegnehmen.

Wäre ich dazu in der Lage, andere Menschen zu schlagen, würde ich Jalle Kulkki jetzt eine reinhauen.

Aber ich beherrsche mich, und währenddessen erkenne ich, worum es eigentlich geht.

Es geht nicht ums Geld. Es geht nicht um Schulden. Es geht um Eifersucht.

Auch ich war auf meine Frau eifersüchtig, als sie mit Rock-Leuten und Schauspielstars durch die Welt zog. Ich saß mit unserem Kind im Schloss oder ging allein auf Dienstreisen und sah meine Frau nur im Fernsehen. Sie wiederum war eifersüchtig, weil ich in dem Film zusammen mit Harriet auftrat. Bestimmt war sie später auch auf Sanni eifersüchtig. Von Yasminah hat sie ja nie erfahren, auch nicht von Gabriella, Tatjana und Cindee.

Das ist es, was Kulkki umtreibt: die Eifersucht. Er will sich an Valma rächen, weil sie ihn verlassen hat.

Zwischenmenschliche Beziehungen sind etwas Furchtbares. Ich frage Kulkki, ob er sich in einem so klaren Fall nicht mit Valma einigen könne. Ich bewahre die Fassung, versuche, das Ganze etwas von oben zu betrachten, und erinnere ihn an das gemeinsame Kind. Muss Elmeri unbedingt in diesen sinnlosen Streit hineingezogen werden? Kulkki schüttelt den Kopf und sagt, Valma habe ihre Entscheidung längst getroffen. Aber ich könne nun darauf einwirken, wie es weitergeht. Mit Geld.

Ich denke an das, was Helena gesagt hat. Man soll der Wahrheit entgegengehen. Probleme werden mithilfe der Wahrheit gelöst. Ob das wirklich stimmt? Ich beschließe, es auszuprobieren.

In sehr freundlichem Ton sage ich Kulkki, Valma habe nicht anders gekonnt. Sie habe ihn nicht aus Bosheit verlassen. Unser früheres Leben sei kompliziert gewesen, niemand habe ganz er selbst sein können. Kulkki sei gewissermaßen ein Zivilopfer, oder wie Militärführer das nennen.

Aber Kulkki gibt nicht nach und lässt nicht mit sich handeln. Sechshunderttausend bis Weihnachten, auf ein Konto, dessen Nummer er mir mit Kuli auf den Unterarm schreibt. Wenn das Geld nicht kommt, geht es vor Gericht. Außerdem wird es in der Öffentlichkeit ein Spektakel geben, wie es Finnland noch nicht gesehen hat.

Ich habe meine Mittel aufgebraucht, ich habe getan, was ich konnte.

Für einen Moment komme ich nicht von meinem Sitz hoch.

Während ich mich noch ums Aufstehen bemühe, erzählt Jalle Kulkki, die Mannschaft, die da unten auf dem Eis trainiere, sei komplett aus Schweden importiert. Dort gebe es nach den Ereignissen der letzten Jahrzehnte keine einzige Eishalle, dafür aber viele brauchbare Spieler, die sich ihre Fertigkeiten auf Natureis geholt hätten. Sie geben sich mit wenig zufrieden, essen und verdienen bescheiden und wollen einfach nur spielen. Sie sind strikte Disziplin und fehlende Infrastruktur gewohnt und als Menschen ein bisschen angeschlagen. Solche Spieler fühlen sich dem Vereinseigentümer stark verpflichtet, weil er ihnen ein Apartment, drei Mahlzeiten am Tag und die Ausrüstung beschafft. Die finnische Liga sei ein gutes Sprungbrett für sie, aber richtigen Gewinn mache man mit ihnen, wenn man sie nach Ungarn verkaufe, an die stärkste Eishockeyliga der Welt. Für sechshunderttausend bekomme man zehn vielversprechende Spieler aus dem Großraum Stockholm, die man zwei Jahre später für das Vierfache weiterverkaufen könne.

Schon Ende der siebziger Jahre hat die Rote Armee Fraktion im schwedischen Parlament die Mehrheit errungen. Im Handumdrehen erneuert die Gruppierung das Grundgesetz, indem sie es abschafft und an seine Stelle eine leicht aktualisierte Version des Codex Hammurapi einsetzt. Gewalttätige Horden terrorisieren Dörfer und Städte im ganzen Land, nehmen Intellektuelle gefangen und verhöhnen die Dummen.

Markku Veijalainen erklärt Kunkku, der sich noch über die Schwangerschaftsneuigkeit freut, dass der Grund für den Aufstand in der nicht vorhandenen Mittelschicht bestehe, die jede Gesellschaft zusammenhalte. In Schweden gebe es nur zwei Extreme: die Oberschicht, die alles im riesigen Überfluss besitze, und die Unterschicht, die nichts als Fleischpiroggen ohne Fleisch und unbezahlte Mieten hätte. Letztere habe genug davon, unentwegt Güter zu produzieren, die sie sich selbst nicht leisten kann, und suche einen Ausweg, indem sie den Leuten mit den wahnwitzigsten Versprechungen ihre Stimme gebe.

Kunkku schaut die Nachrichten, hört sich die wöchentlichen Rapporte an und will wissen, welche Folgen solche Ereignisse im schlimmsten Fall haben könnten. Veijalainen ist kein Hellseher, befürchtet aber Schlimmes. Laut Geheimdienstberichten ist in Schweden bereits damit begonnen worden, Teile der Bevölkerung in Internierungslager in der Gebirgsregion Åre zu verlegen.

Veijalainens Befürchtungen sind nicht unbegründet.

Bald nach der Roten Armee Fraktion kommt eine namenlose Firma an die Macht, die alle Schweden zwingt, ihre Bildung, ihr

Zuhause, ihre Gefühle und ihre verwandtschaftlichen Beziehungen aufzugeben. Im März 1983 werden die darstellenden Künste verboten, die Denkmäler gestürzt und die Zeitrechnung außer Kraft gesetzt. Von da an gibt es keine Tage, Wochen, Monate und Jahre mehr, sondern nur noch einen ewig währenden Dienstag. Die Elektrizitätswerke stellen den Betrieb ein, Staudämme werden gesprengt, Mietshäuser platt gemacht. Weil mit den primitiven Anbaumethoden keine ausreichenden Ernten zu erzielen sind, muss sich Schweden trotz seiner Isolation auf internationale Nahrungsmittelhilfe stützen. Satellitenbilder zeigen, dass undurchdringliche Dunkelheit das Land erobert hat.

Irgendwann teilt die Firma mit, dass der Name des Landes geändert beziehungsweise entfernt werde. Damit wird Schweden zu dem Land, das früher Schweden hieß. Alle Fahnen werden vernichtet, übrig bleibt nur ein Symbol: ein gerader Strich.

Kunkku, der mit Sofi in glücklicher Erwartung lebt, möchte dem Nachbarland, in dem er einst Zeuge finnischer Olympiasiege gewesen ist, irgendwie helfen. Immerhin ist Schweden eine ehemalige finnische Kolonie und hat Finnland beim Schlager-Grand-Prix immer zwölf Punkte gegeben. Also erkundigt er sich beim Premierminister, wie man Schweden helfen könnte.

»Eine militärische Intervention war ausgeschlossen«, sagt der damalige Premierminister. »Die Firma war schließlich durch Wahlen an die Macht gekommen. Mithilfe von Betrug, Erpressung und Bestechung zwar, aber direkte Beweise dafür hatten wir nicht. Es musste eine versteckte kluge Lösung her. Ich ahnte bereits, dass ein Flüchtlingsstrom nicht zu vermeiden sein würde. Darauf mussten wir vorausschauend reagieren, denn Zeltdörfer konnten wir in Finnland nicht gebrauchen.«

Und so werden Planierraupen in Gang gesetzt und Betonelementfabriken mit dem Bau neuer Wohnblocksiedlungen beauftragt. So lange es auch nur das geringste Leck in der Grenze gibt und sich die finnischen Rettungsboote noch an die schwedische Küste herantrauen, strömen Flüchtlinge nach Finnland.

Kunkku und Sofi besuchen die Baustellen, bis Sofis Schwangerschaft nicht mehr zu verbergen ist. Sie begegnen Flüchtlingen, hören sich deren Schicksal an, genauer gesagt: Sofi tut es, denn Kunkku denkt über andere Dinge nach, zum Beispiel über Lösungen fürs Tennis-Doppel auf dem höchsten Schwierigkeitsgrad der Konsole.

Dem finnischen Wohlstand und der finnischen Industrie tut die schwedische Invasion gut, weil Finnland bereits seit drei Jahrzehnten ein vollendetes Land ist. Eine frische Brise ist da durchaus willkommen. Die Organisation *Psychologen ohne Grenzen* bietet den Flüchtlingen kostenlose Therapie an, der Klerus versorgt die Seelen, Zahnärzte reparieren in drei Schichten die verfaulten Beißwerkzeuge der Schweden.

»Im Nachhinein betrachtet, hatten wir die richtigen Entscheidungen getroffen«, sagt der Ministerpräsident. »Die erste Welle war gewaltig, aber innerhalb einer Woche verfügte jeder Flüchtling aus Schweden über eine Wohnung. Dabei half der aufrichtige Wille der Bevölkerung, übergangsweise auch größere Massen bei sich einzuquartieren. Bald ging man dazu über, sie als Umsiedler zu bezeichnen.«

Als das Jahr 1983 anbricht, ist Schweden eine im vorindustriellen Zeitalter zurückgebliebene Agrargesellschaft. Wissenschaftler sprechen vom Kriegstrauma, das der ganzen Nation unwiderrufliche Schäden zugefügt habe. Eigentlich sollte es den Schweden möglich sein, ihr Unwohlsein wenigstens in Form sportlicher Erfolge oder technologischer Innovationen abzubauen, aber es passiert nichts. Zu viel Krieg innerhalb eines Jahrhunderts, am schlimmsten der Bürgerkrieg 1913–1915 mit den darauffolgenden Terrorakten zwischen den drei Bürgerkriegsparteien, den Weißen, den Roten und den Grünen. Schweden geht es wie einer Person, die in einer kranken Paarbeziehung Opfer von Gewalt wird. Sie weiß, dass es so nicht weitergehen kann, kommt aber trotzdem nicht aus der Beziehung heraus. Sie hofft, morgen werde sich alles ändern, auch wenn die Lage ständig schlimmer wird.

Wie entsetzlich die Lage ist, offenbart sich der Welt in vollem Umfang erst, als Olof Palme schwimmend von Umeå nach Vaasa flieht und die erschütternden *Åre-Tagebücher* veröffentlicht sowie wenig später den Gedichtband *Svenssons Blut verstopfte alle Abflüsse*.

Weil Kunkku seine Frau beeindrucken will, die zwischen ihren Hormonschüben die Entwicklung in Schweden sehr ernsthaft mitverfolgt, lässt er Olof Palme eine Einladung ins Königsschloss Vantaa zukommen, in der Apfellimonade und Schokoladenkekse in Aussicht gestellt werden. Palme ist einverstanden, denn er ist inzwischen mit allem einverstanden, was seinem Land irgendwie helfen kann. Außerdem schmecken ihm, der gerade noch im Internierungslager von Suppe gelebt hat, Limonade und Kekse besonders gut.

Palme bedauert, was er in seiner Jugend über Kunkku geschrieben hat, der nun ein anständiger Mensch zu sein scheint, der seinen Nächsten liebt und Humor hat. Der alte Groll wird beigelegt, und Kunkku verspricht, beim finnischen Premierminister dafür zu sorgen, dass Schweden alle notwendige Hilfe erhalte.

»Könnten wir vielleicht mal über etwas anderes als mein Heimatland sprechen«, bittet Palme. »Mir wird dabei nämlich schlecht.«

»Ich weiß, was dagegen hilft«, sagt Kunkku.

»Eine Prostituierte?«, schlägt Palme vor, aber Kunkku hört es nicht. Er stellt bereits ein neues Tennismatch auf der Konsole ein und gibt Palme einen Joystick.

Sie spielen die ganze Nacht. Palme lernt die Technik schnell und fordert Kunkku zu ausgeglichenen Fünf-Satz-Matches heraus. Als bereits der Morgen anbricht, bedankt sich Palme für die gemeinsamen Stunden beim Spiel.

»Ich litt unter Albträumen und Krämpfen, die eine Folge der Folter waren«, erzählt Palme in seinen Memoiren. »Das Videospiel führte meine Gedanken von der traurigen Wirklichkeit weg und linderte den Schmerz, der vom Trigeminusnerv ausstrahlte. Dafür bin ich dem finnischen König Kalle XIV. Penttinen, dem Repräsentanten des lockeren Lebens, dankbar.«

Bevor Palme an seinen Asylort Hämeenlinna zurückkehrt, wagt es Kunkku, ihn zu fragen, wie die Lage des Teams von *Sommartiden* sei. Palme seufzt, man habe die Leute dazu verdonnert, nationale Schönkunst zu machen, so wie man es auch bei ihm versucht habe. Wer damit nicht einverstanden ist, wird wegen staatsfeindlichen Denkens zu Zwangsarbeit verurteilt. Diejenigen, die einverstanden sind, sind angehalten, sich einmal im Jahr im Themenvergabezentrum ein Thema abzuholen, aus dem sie dann einen in nationaler Hinsicht akzeptablen Realismus machen müssen. Und da im modernen Schweden nicht nur Komödien, sondern überhaupt das Lachen und jede Form von aufkeimender Leichtigkeit verboten sind, dreht Ingmar Bergman nun düstere Filme über endende Beziehungen.

Auf Kunkkus Stirn bildet sich eine Falte. Er fragt Palme, ob er etwas von Harriet wisse, der schüchternen, aber fröhlichen Schauspielerin. Palme zuckt mit den Schultern, es ist unmöglich, über die Lage jedes einzelnen Landsmannes informiert zu sein.

Nach der Spielenacht mit Palme nimmt Kunkku mit seiner Familie ein langes Frühstück ein und ist dankbar für all das Gute, das ihnen beschert ist. Er hofft, dass die Schweden zur Vernunft kommen und mit ihrem böswilligen Blödsinn aufhören. Es sei etwas anderes, wenn man aus Versehen Mist baut und daraus lernt, als hunderttausenden Menschen absichtlich das Leben zu verderben.

Sofis zweite Schwangerschaft ist für Familie Penttinen eine gute, friedliche Zeit. Sie sind alle miteinander verbunden, aber die Schnur ist lang genug und die Knoten scheuern nicht. Diese Eintracht wird zwar von der Schwangerschaft erzwungen, ist aber immer noch besser, als wenn sie von Sitten und Erlassen bestimmt und erzwungen wäre. Man verlässt das Schloss so gut wie nicht mehr, denn niemand verspürt das Bedürfnis, vor dem anderen davonzulaufen.

»Ich nahm mir vor, diesmal vernünftiger zu sein«, sagt Sofi. »Valma sollte ihre Mutter nicht ständig heulend oder wütend sehen. Also beteiligte ich mich vom Schloss aus an Wohltätigkeitskampagnen und schrieb unter Pseudonym ein Fernsehspiel. Dadurch hielt ich mich bei Laune. Was die Arbeit betraf, beriet mich meine Schwiegermutter immer mehr, und irgendwie entstand nach und nach eine Verbindung zwischen uns. Ich bin zu dem Schluss gekommen, dass es sich dabei vermutlich um Respekt handelte, der beiderseitiger Angst entsprang.«

Im achten Monat kommt es dann zum Wendepunkt.

Sofi erleidet eine Präeklampsie und muss von da an das Bett hüten.

Das ist Kunkku nur recht. Er liegt gern neben seiner Frau, isst Kartoffelchips, trinkt Limonade und guckt *Dick und Doof*. Er bedient sie, so gut er kann, und befiehlt den Dienern, den Rest zu übernehmen.

»Es war eine schmerzhafte Zeit, aber mein Mann sorgte dafür, dass die schlimmsten Tage ein kleines bisschen weniger schlimm waren«, erzählt Sofi. »Er schwor auch, diesmal bei der Geburt dabei zu sein.«

Als das Fruchtwasser schließlich abgeht, überträgt *Royal Music Television* gerade das größte Benefizkonzert für Schweden. Auf dem Marktplatz von Viipuri lauschen zigtausend Menschen der strahlenden Diva, dem Sexsymbol und Mezzosopran Anneli Saaristo.

»*La Dolce Vita* war der Soundtrack für diese Geburt«, erzählt Sofi. »Das lief im Fernsehen, als man mich holte. Im Autoradio des Krankenwagens hörte ich es zu Ende. Die Schmerzen waren entsetzlich, und es dauerte lang. Vierundzwanzig Stunden.«

Kunkku, Königinmutter und Pressechef Veijalainen verabschieden den Krankenwagen. Dann bittet Kunkku den Hofmarschall, das lange schwarze Auto zu holen, denn er müsse ins Krankenhaus. Aber von Veijalainen und der Königinmutter kommt ein striktes Nein.

»Ich trug die Verantwortung für diese Entscheidung«, sagt Pressechef Veijalainen. »Die Zeit war noch nicht reif. Ich hatte es mir genau überlegt und sogar neutrale Meinungen bei den Regisseuren Mikko Niskanen und Edvin Laine und beim Erzbischof eingeholt. Alle teilten meine Ansicht, dass Seine Majestät nicht auch nur einen Blick auf den Spielplatz werfen dürfe, wie man so sagt, wenn wir einen Rest von Autorität bewahren wollten. In dem Stadium, in dem sich das freisinnige Finnland damals befand, war dieses kleine patriarchalische Relikt noch nötig. Der Hof musste Reibungsflächen bieten, damit wir ein Stück über dem Volk und dem Alltäglichen standen. Andererseits sah die jüngere Generation das Königshaus bereits ziemlich ironisch. Aber dann mag es eben eine kleine ironische Fußnote sein, dass Kunkku der Geburt fernblieb.«

Aber Kunkku macht Schwierigkeiten. Veijalainens Argumente interessieren ihn nicht, und er ist bereit, dem Verbot seiner Mutter zu trotzen. Er sagt, Sofi brauche ihn. Er habe sich entschieden, es sei sinnlos, ihn zurückzuhalten.

»Zuerst war ich strikt«, erzählt Veijalainen. »Ich sagte, er hoffe vergebens, es gehe einfach nicht. Dann versuchte ich ihn zu überreden. Ich schlug eine Neugeborenenparty vor. Sofort. Kumpels, Kognak, dicke Zigarren und morgen dann im vollen Saft in die Entbindungsklinik.«

Kunkku sagt, er habe keine Kumpels, die er einladen könne. Es gebe nur einen Freund, aber von dem habe er seit dem Tennisturnier, bei dem der alte König starb, nichts mehr gehört. Würde man diesen Heikki Kohtalonmäki jetzt auftreiben, wäre das allerdings eine schöne Sache. Und allmählich ändert Kunkku auch seine Meinung, denn der Gedanke an den einen oder anderen Schluck Kognak, an eine Zigarre und an alte Zeiten mit Hessu kommt ihm verlockender vor als das hilflose Leiden an der Seite einer gebärenden Frau. Veijalainen verspricht, sich darum zu kümmern. Er braucht dafür genau eine Viertelstunde.

»Ich weiß nicht, wie sie mich gefunden haben«, sagt Heikki Kohtalonmäki. »Nirgendwo trat ich unter meinem Namen auf, es musste also über die Firma gelaufen sein. Jedenfalls wollte dieser Veijalainen, dass ich Kunkku Gesellschaft leiste. Er versprach, mich dafür irgendwie zu entschädigen. Ein Abend mit Kunkku, und ich hätte beim Königshaus was gut. Im Hinblick auf meine Zukunft konnte das ein lohnendes Geschäft sein.«

PENA

Helena hat in der Cafeteria der Eishalle drei Krapfen und einen großen Kaffee gekauft. Auch wenn man keinen Hunger hat, soll man nach Momenten der Enttäuschung Nahrung zu sich nehmen. Zucker tröstet schnell. Ich berichte ihr, dass die Verhandlungen äußerst schlecht gelaufen sind. Helena sagt, das habe sie mitbekommen, obwohl sie nichts hören konnte. Ihrer Meinung nach haben da ein zutiefst gekränkter und ein zutiefst hilfloser Mann nebeneinander auf der Tribüne gesessen. Beide mit Trauer im Hemd.

Während wir die Halle verlassen und zum Parkplatz gehen, erzähle ich ihr von Kulkkis Forderungen. Helena sagt, sechshunderttausend könne auch sie nicht auftreiben. Höchstens ein paar Tausender, aber damit werde sich Kulkki nicht zufriedengeben. Sie fragt sich, ob man eventuell einen Bankkredit bekommen könnte. Allerdings würden solche Summen kaum jemandem gewährt, der von Arbeitslosenunterstützung lebt und gerade erst versucht, sich ins normale gesellschaftliche Leben einzufinden.

Der Kombi hat einen Kassettenrekorder. Ich habe Lust, etwas ganz Leichtes zu hören, weil auch dieser Tag wieder eher schlecht als gut ausgeht. Im Fußraum vor der Rückbank steht ein Karton mit Kassetten. Helena hat sie seit ihrer Teenagerzeit nicht mehr gehört, da sei alles Mögliche dabei, zum Beispiel so was wie … Time Machine.

Ich suche und finde die Kassette, die sie meint. Auf der Hülle schaut mich eine Frau an, die ich einmal gekannt habe. Genau dieses Bild hat damals in meinem Kopf alles durcheinandergebracht. Es zeigt die unglaublichste Busenform des Universums.

Plötzlich weiß ich, was ich tun muss.

Ich habe schon einmal andere Leute gebeten, in meinem Namen Briefe an diese Frau zu schreiben. Helena fragt, ob ich die Kassette nicht einlegen wolle. Ich bitte sie, sofort anzuhalten, und frage nach einem Stift und einem Blatt Papier.

Hallo Sanni,

seit langem hörst Du mal wieder was von mir und ich hoffentlich bald auch von Dir. Bei mir ist viel passiert, seit wir uns zum letzten Mal in deiner Penthousewohnung gesehen haben. Schade, dass man nur dieses eine Leben hat. Das zweite würde ich gern mit Dir teilen und das dritte mit Helena, die diesen Brief für mich schreibt.
Unser gemeinsamer Bekannter Watte hat Tonbandaufnahmen und Bildmaterial in der Öffentlichkeit verbreitet. Hoffentlich hast Du Dich darüber nicht aufgeregt! Du siehst auf allen Bildern klasse aus, mit und ohne Kleider, und du klingst phantastisch. Mich selbst wage ich allerdings weder zu hören noch zu sehen.
Es gibt Leute, die hielten das für die totale Katastrophe, aber ich fand dadurch einen neuen Start im Leben, meiner Meinung nach.
Jetzt stecke ich allerdings in ein paar Schwierigkeiten. Meine Kinder haben Probleme, für die man Geld braucht, aber ich habe keins.
Darum frage ich Dich direkt und ohne drum herumzureden, weil man immer auf die Wahrheit zugehen soll: Leihst Du mir sechshunderttausend Mark?
Ich werde sie Dir irgendwie zurückzahlen. Ich weiß, dass dies eine verzweifelte Bitte ist, aber so ist auch meine Lage. Verzweifelt.
Du kannst mich unter der Nummer erreichen, die ich unten hinschreibe. Aber wenn Du nichts mehr mit mir zu tun haben willst, kann ich auch das gut verstehen.

Mit freundlichen Grüßen
Kalle »Pena« Penttinen

Helena findet, wir sollten es versuchen. Sowieso solle man alte Bekanntschaften pflegen. Was einmal Liebe war, könne in den letzten Lebensjahren durchaus Freundschaft werden.

Oft führten die Ströme des Lebens die Menschen weit voneinander weg, obwohl sie sich gegenseitig so nützlich sein und sich Wonne und Freude geben könnten. Wenn ich von Sanni kein Geld bekäme, bekäme ich vielleicht Sanni zurück. Ich weiß allerdings nicht, ob das so eine gute Idee ist und was passieren würde, wenn ich sie wiedersähe.

Auch mein bester Freund Hessu hat im Erwachsenenalter nur ab und zu einen Abstecher in mein Leben gemacht. So war es auch damals, als ich in der Entbindungsklinik sein sollte, aber in einer Bar mit Stange landete und ein paar Linien zog.

Die ersten Einwanderer kamen zu Beginn des 20. Jahrhunderts aus Kallelasien nach Finnland, zur Landarbeit, als freie Bauern. Hatte ein Immigrant ein Jahr in Finnland gearbeitet, durfte er auf Kosten des Staats seine Familie in die neue Heimat nachholen, und für diesen Personenverkehr wurde eine Ozeanschiffsgesellschaft gegründet und eine Eisenbahnlinie durch Europa gebaut, von Nord nach Süd, über die Türkei bis nach Afrika. Die erste Generation von Einwanderern musste sich noch mit ausführenden Tätigkeiten begnügen, aber zur zweiten Welle gehörte bereits eine beträchtliche Anzahl von Zahnärzten, Architekten und Unternehmern. In den fünfziger Jahren konnte Finnland im Tourismus mit dem multikulturellen Reichtum seiner Städte auftrumpfen, mit Stadtteilen wie Klein-Ghana in Vantaa, Chinatown in Kuopio und vor allem mit dem extrem freisinnigen Lill-Stockholm in Viipuri.

Sprachen und Volksstämme mischten sich, es fand eine Veredelung der Gene statt, Kurzstreckenlauf und Boxen erlebten einen Aufschwung, ebenso Tanz, Theater und Bildende Kunst. Die Immigranten wurden durch Arbeit und Akzeptanz in die finnische Gesellschaft eingebunden. Freiheit und Pflicht gingen Hand in Hand; man wollte, dass diese Menschen ein Teil Finnlands werden, hatte aber auch Respekt vor den Besonderheiten ihrer Kultur, weshalb die Trennung zwischen Zugewanderten und angestammten Finnen nach und nach verschwand. Die Kinder der Neuankömmlinge tauchten sofort ins Sprachbad ein, in Fußballmannschaften, Theater-AGs oder Knabenchöre, in denen auch Mädchen singen durften.

Raimo Ilaskivi, der ideologische Kopf der Sozialdemokratischen Partei, schreibt in seinem Buch *Allen alles*: »In Finnland gibt es kein Flüchtlingsproblem, weil es in Finnland keine sozialen Probleme gibt. Finnland ist eine Chance für jeden Neuankömmling. Glück heißt lernen und sich mit dem Unbekannten vertraut machen. Wenn wir etwas kennen, haben wir keine Angst mehr davor. Wenn wir uns kennen, teilen wir unsere Gefühle.«

Watte, der eigentlich Måns Wilander heißt, ist der in Finnland geborene und sich als Finne fühlende einzige Sohn des Hamburger-Kaisers Fredrik Wilander. Nie hat der Vater vergessen, dem Land zu danken, das ihm eine Chance gegeben hat, aber Måns findet, das Land müsste seinem Vater danken, der aus dem Nichts eine erfolgreiche Hamburger-Kette aus dem Boden gestampft hat, der alles opferte, um seinem einzigen Sohn wenigstens etwas vererben zu können.

»Das Lebenswerk meines alten Herrn war trotzdem nicht mein Ding«, sagt Watte. »Fettgeruch war auch nicht mein Ding, zumindest nicht der von tierischem Fett. Schon als Kind hatte ich beschlossen, einmal erfolgreicher zu sein als mein Alter. Auf meine Art.«

Måns geht nicht auf die Restaurantfachschule und auch nicht auf die Wirtschaftshochschule, sondern bildet sich im Leben und auf der Straße zum Gewerbetreibenden aus. Schnell erwirbt er sich einen Ruf und den Spitznamen Watte, weil er knallhart ist, in zwischenmenschlichen Beziehungen wie im Eintreiben von Schulden.

Eine der größten Kontroversen zwischen Vater und Sohn betrifft die gerahmte Fotografie, die in jeder Filiale von Fredrik's Burger an der Wand hängt.

»Mein Alter war ein Fan der finnischen Königsfamilie«, erzählt Watte. »Ich hab nie kapiert, was daran so wichtig sein soll. Kunkku sah aus wie ein EKIA-Verkäufer. Wie kann man der Fan von so was sein, wenn man selbst vier Millionen Umsatz macht? Das Königshaus lebte von Steuerknete, so wie alle anderen sieben Arbeitslosen in Finnland.«

Der Vater erklärt seinem Sohn, er werde irgendwann schon noch verstehen, worum es geht: um den Glauben an eine Autorität, darum, dass man das Vertrauen hat, in guten Händen zu sein. Finnland hat Fredrik etwas ermöglicht, was Schweden ihm nicht bieten konnte. Watte erkennt zwar gewisse Autoritäten an, aber dazu gehören weder weltliche noch religiöse Machthaber.

»Ich hab mit zehn *Der Pate* gesehen«, erzählt Watte. »Da wollte ich sofort Berufskrimineller werden. Aber für die Mafia musste man in Sizilien geboren sein, und ich kam aus Mellunmäki. Scheiße. Aber ich hatte da einen Plan.«

Zwei Sommer lang schiebt Måns Wilander Dreifachschichten in den Hamburger-Restaurants seines Vaters und spart jeden Pfennig, den er verdient. Der Vater freut sich über den plötzlich entbrannten Fleiß und den Ehrgeiz seines Sohnes.

Seine Ersparnisse investiert Måns in Kokain. Er kauft möglichst große Mengen möglichst dicht am Anfang der Kette. Dort ist der Stoff am reinsten, man kann ihn je nach Geschmack und Marktanteil verlängern. Måns entscheidet sich für Kokain, weil sich Cannabis und Heroin in Finnland nicht verkaufen. Hippies, Yuppies und Verrückte gibt es im Finnland der achtziger Jahre nicht. Die unterste soziale Schicht ist die Mittelschicht, und die steht auf die Partydroge, die den Lebensstrom beschleunigt, ganz gleich, was sie kostet.

So hat Måns Wilander schon im Alter von vierundzwanzig Jahren die Putzkammer seines Ein-Zimmer-Apartments voller Geldscheine. Er will nun von der Straße auf die nächste Ebene wechseln, er will sein Geld waschen und als Unternehmer im Warmen arbeiten. Da lernt er im VIP-Raum einer illegalen Kneipe zufällig einen ehemaligen Tennisstar kennen.

»Ich brauchte einen Geschäftspartner«, erzählt Heikki Kohtalonmäki. »Watte hatte ein Bedürfnis, im Mittelpunkt zu stehen, das mir vollständig abging. Sein Ziel war es, dass die Kunden nur so in unsere Lokale strömten. Seine kriminellen Beziehungen eröffneten neue Kanäle und beschleunigten Genehmigungsanträge jedweder Art. Alles konnte mit ein paar Scheinen oder zwei, drei Telefonaten geklärt werden. Drohung und Erpressung waren Sachen, die ich lieber meinem neuen Geschäftspartner überließ.«

Als Watte zum Zweck der Geldwäsche in der alten Feuerwache von Tikkurila die erste richtige Wäscherei gründet, hängt er nicht die Königsfamilie an die Wand, sondern ein Bild von sich selbst.

Die Wäscherei befindet sich im Obergeschoss der Feuerwache. Im Keller wird ein Geheimlokal eingebaut, auf dessen Namen Watte in der Obstabteilung eines Selbstbedienungsladens kommt: Melonenfabrik.

»Mein Alter füllte die Bäuche der arbeitenden Bevölkerung für wenig Geld«, sagt Watte. »Mein Job war es, die Geldbeutel der besseren Herrschaften zu leeren. Und der wichtigste Wendepunkt meines Lebens kam, als ich Kunkku kennenlernte. Leck mich. Dieser Begegnung verdanke ich alles, was ich heute habe. Und ich habe alles.«

Die Sisu-Northern-Lights-Limousine hält vor dem Nebeneingang der alten Feuerwache. Auf der Straße steht ein Abfallcontainer, zu dem die Bauarbeiter alles bringen, was beim Umbau an Müll anfällt: Türen, Zwischenwände, Büromöbel, Isolationsmaterialien. Kunkku fragt den Hofmarschall, warum er ihn hierherbringe, warum sie nicht zur Klinik fahren. Der Hofmarschall sagt, er folge dem Befehl der Königinmutter und der Anweisung von Veijalainen.

Bevor Kunkku weitere Fragen stellen kann, erblickt er vor dem Eingang einen Mann, den er kennt.

Er ist massiger geworden und sieht irgendwie kleiner aus als früher, aber das Gesicht lässt keinen Zweifel zu. Kunkku stürzt aus dem Wagen, der Hofmarschall kommt nicht einmal dazu, ihm die Tür aufzuhalten.

Heikki Kohtalonmäki trägt die modischsten Kleider der Epoche. Das Sakko hat breite Schulterpolster, die Ärmel sind aufgekrempelt, die Segelschuhe aus braunem Leder. Er schiebt sich die große

Sonnenbrille auf die Stirn und lächelt leicht verdutzt. Kunkku begrüßt seinen Kindheitsfreund zunächst mit einem Händeschütteln, dann zieht ihn Kohtalonmäki in eine bärenhafte Umarmung.

»Am Anfang kam es mir vor, als wären wir wieder Sechsjährige«, sagt Heikki Kohtalonmäki. »Da war nichts von der Angst und der Distanz, die bei neuen Bekanntschaften immer da ist. Als hätte es die ganzen Jahre und Ereignisse gar nicht gegeben, das ganze eigene Leben.«

Die Männer gehen die Wendeltreppe hinunter in das noch unfertige Restaurant. Kohtalonmäki stellt mitten im Raum Bänke für sich und Kunkku auf. Einige Arbeiter streichen gerade die Wände rot an, andere befestigen Tische und eine Bühne am Fußboden.

Kunkku freut sich über die Überraschung. Er hat wirklich nicht damit gerechnet, Heikki ausgerechnet an diesem Tag zu begegnen, einfach phantastisch! Kohtalonmäki sagt, das finde er auch.

»Erst mal war es ein bisschen still, weil wir uns gegenseitig unter die Lupe nahmen«, erinnert sich Kohtalonmäki. »Kunkku wollte wissen, ob ich noch spiele. Ich sagte, ich hätte keinen Schläger mehr in die Hand genommen, seit ich die Halle in Hiekkaharju verlassen hatte.«

Kunkku sagt, auch er konzentriere sich mehr aufs Konsolentennis. Es wäre schön, wenn Heikki mal zum Spielen ins Schloss käme, den alten Zeiten zu Ehren.

»Allein der Gedanke war mir schon unangenehm«, sagt Heikki Kohtalonmäki. »Das hab ich ihm natürlich nicht gesagt, ich habe nur genickt.«

Kunkku fragt Hessu, was er in der Zwischenzeit so gemacht hat. Kohtalonmäki erzählt in groben Zügen, er habe hier und da Lokale betrieben, hauptsächlich im Fernen Osten, sei aber nach Finnland zurückgekehrt, als seine Mutter krank wurde. Jetzt müsste er diesen Laden hier zum Laufen bringen, in einem Monat sei Eröffnung.

»Deine Mutter? Krank?«

Kohtalonmäki erzählt, seine Mutter habe in drei Jahren zwei Herzinfarkte gehabt. Sie wohne noch immer in der kleinen Wohnung in Kerava, obwohl er ihr jede Wohnung kaufen würde, die sie haben wolle. Kunkku kann dazu nichts sagen, die Vorstellung der kranken Marjatta Kohtalonmäki treibt ihm die Tränen in die Augen.

»Mama sagt immer, was soll sie schon umbringen, wo sie doch eine so frohgelaunte gute Fee ist. Ihrer Meinung nach gibt es auf der Welt viel schlimmere Arschlöcher, die vorher abzutreten hätten.«

Das Lächeln kehrt auf Kunkkus Gesicht zurück.

Dann richtet sich die Aufmerksamkeit der Freunde kurz auf etwas anderes, auf einen muskulösen Mann, der eine lange Stange hereinträgt. Er stellt sie senkrecht und überprüft, ob sie gerade ist. Nach der Billigung durch den Muskulösen wird die Stange mit starken Schrauben an der Decke und am Fußboden befestigt. Kunkku fragt, warum dieses Ding mitten auf der Bühne installiert wird.

»Er wusste es wirklich nicht«, schmunzelt Kohtalonmäki. »Er hat mir praktisch alle Waffen selbst in die Hand gedrückt. Ich kannte den Charakter des Kerls durch und durch, und ich wusste, dass mir die Kombination Kunkku und Stange noch nützlich sein würde.«

Kunkku trinkt die Limonade, die ihm Kohtalonmäki spendiert hat, in einem Zug aus. Er ist guter Laune, begeistert und interessiert an allem um sich herum. Ein Arbeiter sprüht Poliermittel auf die Stange und reibt sie so lange mit Sämischleder, bis sie glänzt. Der Mann, der die Stange gebracht hat, tritt an Hessus und Kunkkus Tisch. Er schaut Kunkku lange an.

»Tach«, sagt der Mann. »Ich bin Watte. Und du?«

»Äh … Pena.«

»Tach, Pena. Sauschwer die Scheiße. Habt ihr was zu trinken?«

Kohtalonmäki gibt ihm eine Flasche Bier, Watte öffnet sie mit den Zähnen. Heikki erklärt, der Mann sei sein Geschäftspartner. Ihm gehörten 49 Prozent des Lokals. Er selbst besitze 51 Prozent, die endgültige Entscheidungsgewalt liege also bei ihm.

Kunkku findet, dass Watte ulkig aussieht, behaart, muskulös und klein. Er lächelt breit. Es würde bestimmt Spaß machen, mit ihm auf der Schlossterrasse zu sitzen und sich seine Geschichten anzuhören. Er sieht nämlich so aus, als hätte er eine Menge zu erzählen.

Watte sagt, er müsse noch fünfzehn Stangen von oben holen. Aber man sehe sich. Die Freunde von Kohtalonmäki seien auch seine Freunde. Kunkku nickt und hofft, dem Kerl noch einmal zu begegnen; je mehr gute Freunde man in diesem Alter findet, desto besser ist es.

Als Watte weg ist, um weitere Stangen zu holen, erzählt Kunkku die große Neuigkeit über Sofi und das Baby. Kohtalonmäki nickt, er hat die Monate seit der offiziellen Schwangerschaftsmeldung und Veijalainens Anruf gezählt. Er sagt, er beneide Kunkku, denn er habe Bilder von Sofi gesehen und sich gefragt, wie, zum Teufel, es Kunkku gelungen sei, sich so ein Schmuckstück zu angeln. Kunkku lächelt gerührt und stolz.

Kohtalonmäki schlägt vor, sich ein bisschen was reinzuziehen. Kunkku sagt, seit der Deutschlandreise habe er keinen Alkohol mehr angerührt. Außer in Spanien, und rausgekommen seien dann ein Film, ein Tripper und eine lange Trennung von seiner Frau.

Heikki nimmt eine flache Silberdose aus der Tasche und lässt daraus weißes Pulver auf den Tisch rieseln.

»Ist die Frau nicht ein bisschen zu gut für dich?«, meint er.

»Welche jetzt?«, fragt Kunkku.

»Die hast du nur gekriegt, weil du der König bist, stimmt's?«

Kunkku streitet es ab, er beteuert, Sofi habe nichts von ihm gewusst, als sie sich kennenlernten, sondern ihn nur für einen geheimnisvollen Pena aus Finnland gehalten. Hessu glaubt ihm nicht. Es liegt nun eine gewisse Förmlichkeit in der Luft, die zwischen Kindheitsfreunden leicht entsteht, wenn sie in der Gegenwart ankommen.

Unter angespannter Stille verteilt Kohtalonmäki das Kokain mit einer Kreditkarte auf zwei Linien und zieht sich eine davon in die

Nase. Kunkku hat außer *Dick und Doof* ein paar Gangsterfilme gesehen, weshalb er weiß, was für eine Welt sich hinter dem weißen Pulver auftut. Eine Welt mutiger, verrückter Männer und richtig sexy Frauen.

Er stellt sich die sexy Frauen vor. Wenn man mit so einer noch mal tanzen dürfte. Er fragt Hessu, ob er viele Frauen gehabt habe. Hessu fordert ihn auf, zuerst zu schnupfen und dann zu reden.

Zunächst scheint der Stoff überhaupt nicht zu wirken. Kunkku schnupft mehr davon. Dann knallt es, das Bewusstsein erweitert sich, der Kopf erweitert sich, der Raum erweitert sich, alles bekommt neue Proportionen. Alles wird urkomisch. Hessus Gesicht sieht so lächerlich aus, dass sich Kunkku in die Hosen pinkelt. Oder meint es zu tun, obwohl gar nichts kommt.

Plötzlich springt er auf, greift nach dem Telefon, ruft in der Klinik an und glaubt zumindest zu fragen, ob das Baby inzwischen auf die Welt gekommen sei. Einen Moment später ist er schon nicht mehr sicher, ob er angerufen hat, und warum er sich immer noch das Telefon ans Ohr hält. Wer ist das eigentlich am anderen Ende? Kann man selbst auf beiden Seiten der Leitung sein? Warum schlägt Hessu Purzelbäume, oder ist er es selbst, der sie schlägt?

Die Arbeiter beachten die beiden nicht. Es wird Nacht und es wird Morgen, die Sonne geht auf. Heikki lässt weißes Pulver auf den Tisch rieseln, sobald mit den vorigen Linien kurzer Prozess gemacht worden ist.

»Ich wusste, dass er mir überallhin folgen würde«, sagt Heikki Kohtalonmäki. »Ich war für ihn der erfahrene alte Freund. Er sollte ein bisschen Freude am Leben haben.«

Kunkku hat nun das Gefühl, drei Leben gleichzeitig zu führen, die zwei anderen gehören einem Rockstar und einem Fremdenlegionär. Keine Grenzen, keine Zweifel, nur Möglichkeiten und Mut und höllische Eier.

Er schnupft noch eine und noch eine und hat das Gefühl, sich mit der Weltseele zu vereinigen. Er zieht Hessu mit sich unter den Tisch. Diese Runde bringt kein Lachen hervor, sondern Bilder aus der Ferne, aus der Vergangenheit und der Zukunft. Kunkku sagt, er sehe mit Wasser gefüllte Ballons. Hessu erinnert sich ebenfalls daran, und an die Schneebälle. So etwas vergisst man nicht: Ein Mann mit Umhang, der mitten auf dem Schlosshof einen Purzelbaum schlägt. Der nicht einmal böse wird, sondern selbst einen Ball formt und eine Schneeballschlacht anfängt, seinen Leibwächtern befiehlt, mitzumachen. Auf die gemeinsame Erinnerung folgt Stille.

»Kunkkus Job war immer eine Spaßbremse in unserem Leben«, sagt Heikki Kohtalonmäki. »Wäre er nicht König gewesen, hätten wir wer weiß was anstellen können. Andererseits hatte alles, was ich damals war und tat, auch ein bisschen damit zu tun, dass Kunkku eben der König war. Ich beschloss, dass wir uns nicht mehr auf diese Art treffen würden. Von jetzt an sollte alles nur Business sein. Watte würde bei dem Plan, den ich im Lauf des Abends und der Nacht entwickelte, ganz sicher mitmachen.«

Da kommt der Hofmarschall ins Restaurant gerannt.

»Es ist geboren! Es ist geboren!«

Und so trägt der Hofmarschall Kunkku auf den Schultern ins Auto, aber zur Entbindungsklinik fährt er noch immer nicht. Das Kind sei mit der Nabelschnur um den Hals auf die Welt gekommen und stehe unter besonderer Beobachtung.

Kunkku müsse nun die offizielle Geburtsansprache vorbereiten. Der Hofmarschall bricht fast in Tränen aus, als er den vor Glück und wer weiß was noch berauschten Kunkku im Rückspiegel sieht. Wie macht man so einen zum Menschen, zum Vater eines Neugeborenen?

Kunkkus Ansprache kommt in lockeren Sätzen. Er plappert nicht nach, was Markku Veijalainen ihm vom Balkonboden aus zuflüstert, er assoziiert frei. Unter dem Balkon des Königsschlosses Vantaa und in ganz Finnland sieht und hört man im Fernsehen und Radio einen schniefenden Kunkku, dessen Puls hämmert und der nicht aufhören kann zu reden.

»Die ganze Welt ist praktisch eins, einheitlich, ein und dieselbe Sache, bloß Wurzel und Fels, und wenn dann ein Kind geboren wird, so ein kleiner Wurm, also unser zweites Mädchen, dann kann ich das kaum verstehen.«

Kunkku schnieft lange und andächtig. Er reibt sich die Innenseiten der Nasenlöcher, worauf Blut herausrinnt. Veijalainen steckt ihm ein Taschentuch zu, mit dem er den Blutfluss stoppen soll. Den Wortschwall hält er damit nicht auf.

»Wisst ihr, liebe Bürger, was ich mir gedacht habe, worüber ich mich wirklich ärgere? Dass Mädchen irgendwie schlechter sein sollen als Jungen oder dass Mädchen keine Thronfolgerinnen sein können.«

Er stützt sich aufs Balkongeländer, macht eine lange Pause und winkt einzelnen Zuhörern zu.

»Es war eine Liveübertragung«, erinnert sich Pressechef Veijalainen. »Ich konnte nicht aufstehen und ihn unterbrechen. Also zwickte ich ihn ins Bein, aber er versetzte mir einen leichten Tritt gegen den Brustkorb. Alles geschah wie bei einem Erdrutsch, ich hörte es und wusste, dass wir uns sehr weit weg vom Drehbuch bewegten. Meiner Einschätzung nach befand sich die Monarchie gerade auf dem Weg in ihre bis dato tiefste Krise.«

Kunkku nimmt Blickkontakt mit der Kamera eines Privatsenders auf, winkt auch den am Himmel kreisenden Hubschraubern verschiedener Produktionsfirmen sowie einigen ausländischen Royalfans, die auf Verkehrsschilder geklettert sind.

»Ich habe jetzt zwei Mädchen, und wenn eines von beiden, Gott bewahre, das Amt des Königs will, dann werde ich das nicht verhindern. So ist das.«

Viereinhalb Millionen Finnen sehen die Übertragung, unter ihnen Marjatta Kohtalonmäki.

»Kurz hab ich mich gefragt, ob die einen anderen für Kunkku da hingestellt haben«, erzählt Marjatta Kohtalonmäki. »Aber er war's. Ich hab ihn am Muttermal am Hals erkannt. Ich hatte ja den neuen, vornehmen Fernseher von Hessu gekauft bekommen, obwohl ich ihm wie oft gesagt hatte, in meinem Alter braucht man keinen neuen mehr. Aber Kunkku hat so komisch geredet, dass ich abwechselnd lachen und weinen musste. Mittendrin hat er dann auch noch singen wollen, dieses Alabama-Lied von den *Popeda's*. Herrschaftszeiten. So ändern sich die Menschen, wenn sie Kinder kriegen.«

Markku Veijalainen führt den Kokskopfkunkku ins Schloss und schließt die Türen ab. Nun muss in aller Ruhe der nächste Tag abgewartet und geschaut werden, welche Folgen die Rede hat.

»Weil Kunkku keinen Alkohol anrührte, kam ich nicht auf die Idee, dass Rauschmittel im Spiel sein könnten«, sagt der Pressechef. »Ich befürchtete eine Katastrophe, aber auch dieses Los brachte uns am Ende Glück.«

Bei Kunkkus Rede rückt nämlich etwas ganz anderes in den Vordergrund als sein seltsames Benehmen.

Finnischer König fordert Änderung der Thronfolgeregelung, heißt es am nächsten Morgen in einer Meldung von Reuters.

Experten zufolge habe Finnland einen außergewöhnlich reformfreudigen König. Kalle XIV. Penttinen habe unmissverständlich gesagt, seine Regentschaft werde einst auf seine Tochter übergehen, und dies mag unter Umständen auch bedeuten, dass der König und Königin Sofi keinen weiteren Nachwuchs mehr planen.

Der König selbst ist für eine Stellungnahme nicht zu erreichen, aber Veijalainen verspricht, über etwaige Veränderungen in Kürze näher zu informieren. Während Veijalainen auf der elektrischen Schreibmaschine eine Verlautbarung tippt, fragt Kunkku, ob er noch immer nicht in die Klinik dürfe, und als das bestätigt wird, begibt er sich in seinen Kellerraum und bestellt sich übers interne Telefon Hamburger mit extra viel Käse und extra Mayonnaise. Heikki Kohtalonmäki hat ihm einen Plastikbeutel zugesteckt, an dessen Inhalt er in den nächsten langen Tagen viel Freude haben wird.

Kunkku spielt Konsolentennis, geht aber zu früh in die Bälle hinein. Er versucht im Keller traditionelles Tennis zu spielen, trifft mit dem Schläger aber nicht den Ball, sondern die Stirn.

»Ich verfolgte von der Tür aus, was Seine Majestät trieb«, erzählt der Hofmarschall. »Zwischendurch fragte ich ihn, ob alles in Ordnung sei, und er antwortete immer auf die gleiche Art: Alles astrein wie acht Asse. Und dann lachte er über den Rhythmus seiner Worte. Ich fragte mich schon, ob er verrückt geworden war.«

Kunkku schläft nicht, sondern schnupft aus seinem Beutel und spielt. Nach achtundvierzig Stunden ohne Schlaf darf er endlich in die Klinik.

Er geht schnell unter die Dusche und tauscht den Tennisdress gegen einen schwarzen Anzug.

Auf dem Gang begegnet er seiner Mutter. Als Erstes zieht sie ihn an den Haaren, dann verpasst sie ihm mit der Handtasche Schläge auf die Ohren. Schreiend fragt sie, mit welchem Recht er eine eindeutige Thronfolgeregelung außer Kraft setzt. Sie befiehlt ihm, seine Rede zu widerrufen und dem Volk zu sagen, die Rede habe ein Kerl gehalten, der wegen der Geburt seiner Tochter vor Aufregung durcheinander gewesen sei und halluziniert habe.

Dazu ist Kunkku nicht bereit. Er schüttelt den Kopf. Endlich einmal trotzt er seiner Mutter, und außerdem weiß er nicht einmal genau, welche Rede sie meint. Seine Erinnerungen an die letzten Tage sind verschwommen, Schlaf- und Wachzustand durcheinandergeraten, vor allem weil er gar keinen Schlaf gehabt hat.

Die Königinmutter erinnert wieder einmal daran, dass im Schloss nicht gestritten wird. Und sie mahnt Kunkkus Pflicht an, mit Sofi einen Sohn zu zeugen.

»Ich habe es letztlich durchgesetzt«, erzählt Markku Veijalainen. »Sozusagen als Ausgleich dafür, dass Seine Majestät nicht bei der Geburt dabei sein durfte. Emanzipation. Frauen. Gleichberechtigung in der ganzen Gesellschaft, von unten nach oben.«

Für Sofi ist eine ganze Etage in der Klinik reserviert worden, und das eigentliche Zimmer hat man so wohnlich wie nur möglich gestaltet, mit Blumen, Teppichen, Fernseher. Am Fenster steht ein Aschenbecher, auf dem Nachttisch liegt ein Stapel Frauenzeitschriften. Valma füttert das Kind, das bei der Nottaufe den Namen Irma Hissukka Helpereenkukka Sikuriina Lumumba Makonda Penttinen bekommen hat.

Valma erklärt, sie liebe ihre kleine Schwester ganz, ganz doll. Kunkku schwankt in unsicherem Zustand hin und her, aber sein Blick hellt sich auf, als er das kleine Wesen sieht, das seiner Samenflüssigkeit entsprungen ist.

Er schaut dem Baby aus nächster Nähe in die Augen und empfindet sofort eine unanfechtbare Verbindung, aber gleichzeitig fragt er sich, ob er mit diesem Baby genauso viel Geduld haben würde, wie er es mit Valma hatte. Weil das nicht so locker von der Hand geht wie Tennis spielen. Bestimmt hätte er die Geduld, wenn er weiterhin Hessus angenehmes Pulver bekäme.

Die von Medikamenten benommene Sofi fragt Kunkku, wo er gesteckt habe. Er antwortet, er habe mit Hessu ein bisschen Billard gespielt, und Veijalainen habe ihn nicht in die Klinik gelassen, weil das Kind unter besonderer Beobachtung stand.

Sofi nickt. So war es.

Valma reicht Kunkku die kleine Irma. Mit dem Baby auf dem Arm beruhigt er sich. Er empfindet Dankbarkeit und Erleichterung. Die Drehzahlen gehen zurück, dem Tempo und der Hitzigkeit, die ihn in den letzten Tagen umgetrieben haben, geht die Luft aus.

Valma setzt sich aufs Bett, streicht ihrer Mutter über den Pony, pustet aufs Ohrläppchen und tupft ihr mit dem Taschentuch das Gesicht ab, auf dem Schweißperlen stehen, seit Kunkku den Raum betreten hat. Sofi lächelt das Mädchen an, ihr Kind.

Während der Wohltätigkeitstournee hat sie jeden Abend ein hungerndes Kind zu einem von Pepsi Cola gesponserten Sauerstoffgerät begleitet, aber jetzt hat sie ihre eigenen Kinder um sich, in vollkommener Sicherheit.

Sie kann davon ausgehen, dass sie am nächsten Morgen aufwachen, dass keine Fliegen um sie herumschwirren und ihnen keine Gliedmaßen fehlen, dass es ihnen nicht an Vitaminen, Nahrung,

Schlaf mangeln wird. Das Leben kommt ihr nicht mehr verloren vor, zum Bewusstsein der Ungerechtigkeit gesellt sich Dankbarkeit und eine sonderbare Wärme angesichts all dessen. Angesichts der Freude, dass dies möglich ist.

Sofi akzeptiert ihre Familie.

»Mama, he«, sagt Valma.

Sofi schaut ihr in die Augen. Nie zuvor hat das Mädchen sie Mama genannt.

»Darf ich neben dich kommen? Die beiden schlafen ja auch.«

Sofi dreht sich um und sieht Kunkku, der mit dem Baby auf dem Arm auf dem Stuhl eingenickt ist. Auch das Baby schläft, bald schlafen alle, nur das Personal wacht und der Hofmarschall und die Stadt draußen vor dem Krankenhaus; sie alle wachen über den glücklichen Schlaf der königlichen Familie.

PENA

Valma weiß, wo ihre Mutter ist. Meine Frau hat ihr strikt verboten, mir ihren Aufenthaltsort zu verraten, aber meine Tochter ist der Meinung, dass wir miteinander reden müssen. Daheim liege so viel im Argen, dass unter Umständen bald eine Mutter gebraucht werde. Irma findet das auch. Sie hat auf einmal ganz vernünftige Ansichten und sagt nicht mehr: Halt die Fresse, du Depp.

Eines Tages erklärt sie, sie wolle an einem Tanzkurs der Volkshochschule teilnehmen. Das Geld dafür beschafft sie sich, indem sie leere Pfandflaschen einsammelt. Das ist eine geniale Erfindung. Man bekommt die Flaschen von der Straße und kann sie neu verwenden, und meine Tochter wird von der Couch gerettet und lebt auf.

Heutzutage kommt man auf einer Brücke übers Meer nach Estland. In meinem früheren Leben habe ich sie eingeweiht. Helena raucht im Auto graue Belmonts. Sie raucht sechzehn Stück davon, bis man die Silhouette von Tallinn sieht. Helena will wissen, ob mich Sanni Artikka abholen wird. Ich verneine, sie sei eine viel beschäftigte Frau, eine weltberühmte Musikerin. Als Nächstes fragt Helena, ob ich noch Drohanrufe bekommen hätte. Zum Glück nicht, vielleicht hatte sich doch jemand verwählt, oder Watte ist zur Vernunft gekommen.

Und Kulkki?

Der gibt nicht auf. Der Gauner gibt sogar noch mehr Gas. Valmas Exmann hat tatsächlich einen Prozess angeleiert.

Wir könnten natürlich fliehen, untertauchen oder aufs Land ziehen, in die schwedischen Wälder, aber dazu bin ich nicht bereit, weil wir ja nichts Böses getan haben.

Die Pässe braucht man nicht, wir fahren direkt in die Stadt. Helena hält sich nicht an die Verkehrsregeln und schert sich nicht um die Ampeln. Sie erklärt, die Vorsehung funktioniere auf verschiedene Weise, vor allem beim Autofahren. Außer Jesus würden uns die lange Frontpartie des Kombis und die Airbags schützen. Unnötig, zu Fuß über das Pflaster hier zu gehen, ich solle meine Knie für das Match gegen Watte schonen.

Wir kommen zu einem Haus, das ich kenne. Helena hält vor der Tür.

Im Treppenhaus gibt es inzwischen einen Lift. Als ich damals, vor langer Zeit, hier war, stiegen wir die Treppe bis ins Dachgeschoss hinauf und konnten bei gutem Wetter bis nach Vantaa sehen. Schon wieder so eine Erinnerung, die man im Magen spürt und die beinahe alles an diesem Tag anhält: die Zeit, die Bewegung, die Trauer und die Freude.

Ich klopfe an die Tür.

Drinnen hört man leichte Schritte. Dann bleibt jemand kurz vor der Tür stehen und schaut durch den Spion ins Treppenhaus. Ich lächle möglichst nett. Da fällt mir ein, dass dieses Lächeln meine Frau in manchen Situationen unwahrscheinlich ärgern konnte.

Sofi sagt durch die Tür, sie habe mir nichts zu sagen. Wir hätten nichts miteinander zu reden. Sie habe sich schon gedacht, dass Valma mir irgendwann den Aufenthaltsort verraten würde, aber ich solle besser verschwinden, bevor sie die Polizei verständige, wegen Hausfriedensbruch.

Ich akzeptiere die Position meiner Frau, ich verstehe sie, im Gegensatz zu der von Jalle Kulkki oder Watte. Wenn sie mich nicht sehen will, kann ich nichts tun. Ich bin bereit, zu gehen. Da erklärt Helena, wir kämen jetzt rein. Meine Frau will wissen, wer da gerade den Mund aufgemacht habe. Helena sagt, sie kümmere sich um meine Angelegenheiten, sie sei eine Art menschlicher Krückstock und vertrete unser aller Interessen.

Und dann geschieht es wieder. Helenas Wirkung auf die übrige Menschheit ist erstaunlich.

Mit leichtem Zögern öffnet meine Frau die Tür, und wir treten ein.

Die Wohnung sieht aus wie zu Jaan Lipkanskis Zeiten. Gemütlich durcheinander, überall auf dem Fußboden Papiere, Bücherstapel, antike Waffen, Kleider, ein nicht zur Umgebung passendes Lachsnetz, Bilder, die darauf warten, aufgehängt zu werden, an der Wand ein Paar Ruder.

Würde ich es mir gestatten, fände ich schnell wieder in die Zeit zurück, die ich hier verbracht habe, und verwandelte mich in den jungen Mann, der ich einmal war. Aber meine Frau würde sich nicht verändern und dieses Haus nicht in die Vergangenheit zurückkehren, und außerdem würde es in dieser Vergangenheit keine Helena geben. Ich konzentriere mich also auf den Augenblick, auf unsere gemeinsamen Probleme.

Ich setze mich auf einen Stuhl und schildere die Lage unseres ältesten und unseres jüngsten Kindes. Meine Frau sagt, sie helfe den Kindern auf ihre Art. Zwischen ihr und mir bestehe keinerlei Elternbeziehung mehr. Ich hätte meine Fähigkeit zu Genüge unter Beweis gestellt, meine Fähigkeit, alles zu verderben.

Auf dem Wohnzimmertisch liegen offensichtlich alte, mit königlichen Stempeln versehene Dokumente und Gesetzesbücher. Ich frage, was hier vorgeht. Sofi sammelt alle Unterlagen ein und klappt ihren Computer zu. Sie will nichts sagen. Man werde mich, wenn nötig, informieren.

Schließlich traue ich mich, meine Frau etwas genauer anzuschauen. Sie ist älter geworden. Sie ist schön. Sie hat Silber in ihren blonden Locken. Ihre Brüste sind noch immer klein. Sie ist kein bisschen geschminkt und trägt alte Kleider aus dem Schrank in ihrem Zimmer. Die Plastikschalen von Mikrowellengerichten und der verschimmelte Kaffeerest in einer Tasse verraten, dass sie mit einer ganz wichtigen Arbeit beschäftigt ist. Ich frage sie, ob sie wieder in Wohltätigkeit mache.

Vielleicht mir selbst gegenüber, antwortet sie. Um die Welt dürften sich jetzt andere kümmern.

Ich lade sie zu Weihnachten zu uns ein und bitte sie, das Tennismatch zwischen mir und Watte anzuschauen. Dabei werde sich vieles entscheiden, und es wäre schön, wenn sie kommen könnte. Sie sagt, sie habe von dem Plan gehört und halte ihn für absurd. Watte sei ein Fall für die Polizei, sie kenne den Mann, bei dem dürfe man sich nicht auf Spielchen einlassen.

Ich erkundige mich, wie es meinem Schwiegervater geht.

Papa ist in der Biskaya ertrunken, sagt meine Frau kühl. Vor einiger Zeit ist ein Wrack entdeckt worden, das Vaters Floß gewesen sein könnte.

Ich spreche ihr mein Beileid aus und bin traurig, denn mein Schwiegervater war ein interessanter, freundlicher Mensch, ein Spezialmensch. Er behandelte alle, wie man Menschen behandeln soll. Auf Augenhöhe, den Eigenschaften eines jeden entsprechend.

Im Regal stehen unser Verlobungsfoto und Bilder von unseren Kindern. Ich frage meine Frau, ob sie nicht doch mit nach Finnland kommen wolle. Irma habe in letzter Zeit den Eindruck gemacht, als wolle sie bald ausziehen. Dann könne meine Frau das Schlafzimmer haben. Ich würde gern im Bad auf dem Fußboden schlafen. Gemeinsam wären wir stärker. Sie sagt, sie sei neuerdings allein stärker als je zuvor mit mir zusammen.

Ohne dass es meine Frau merkt, blättert Helena in den Papieren, nimmt ab und zu ein einzelnes Blatt in die Hand und liest. Dann nimmt sie das nächste.

Ich sollte das nicht fragen, tue es aber trotzdem. Ich frage meine Frau, warum sie das Schloss mit Watte verlassen hat.

Sie behauptet, er habe Geld und Beziehungen gehabt und sie habe beides gebraucht, um auf die Beine zu kommen. Außerdem seien die Königlichen ein Fetisch von Watte, es sei nicht schwer gewesen, ihn auszunutzen.

Fickt ihr?, rutscht es mir heraus.

Fickt ihr?, fragt meine Frau blitzschnell Helena.

Helena streitet es ab, unsere Beziehung sei nicht so eine.

Dann fickt ihr also noch nicht, sagt meine Frau.

Helena erwidert, wir würden wahrscheinlich nie ficken.

Ich kann dazu nichts sagen.

Als ich zuletzt Vermutungen über Fickereien zwischen meiner Frau und Watte anstellte, wäre ich fast ertrunken.

Nach einer unangenehmen Stille nenne ich ihr sicherheitshalber den Türcode an unserem Haus, damit sie hereinkommt, wenn ihr Zorn einmal verraucht sein sollte. Ich sage, es sei wahnsinnig schön gewesen, sie zu sehen. Ob ich sie umarmen dürfe.

Nein.

Ich gehe ins Treppenhaus, weil es mir zu stark die Tränen in die Augen treibt.

Helena bleibt noch in der Wohnung, um mit meiner Frau zu sprechen.

Erst eine Stunde später kommt Helena herunter. Ich kann sie nicht ausfragen, denn ich habe alle Kräfte aufgebraucht. Auch sie redet beim Fahren nicht. Als wir wieder auf der Brücke nach Finnland sind, frage ich schließlich doch, was sie eigentlich geredet haben. Worüber forscht meine Frau?

Formfehler.

Was bedeutet das?

Ob dein Rauswurf legal war.

Was bedeutet das?

Sofi will die Monarchie zurückhaben.

Ich will das nicht, auf keinen Fall! Großer Gott, könnte das tatsächlich passieren?

Helena zündet sich eine graue Belmont an. Sie sagt, sie kenne sich in Jura schlecht aus, aber Sofi habe einen zuversichtlichen Eindruck gemacht.

Dann sagt Helena, dies sei tatsächlich der schwierigste Fall in ihrer ganzen Helferinnenlaufbahn.

Es will einfach nicht leichter werden. Trotzdem muss ich stark bleiben und das Beste hoffen, denn nur dann kann das Beste auch eintreten.

Ich starre aus dem Fenster, die Auffahrt führt in einem so weiten Bogen auf die Brücke hinauf, dass ich Tallinn kurz unter uns sehen kann. Auch dort gibt es jede Menge Menschen, Autos, Häuser, Geschäftsräume, Betrieb und Zuversicht und große Enttäuschungen.

Dann blicke ich auf Helena, die rauchend neben mir sitzt. Ohne sie hätte ich nur große Enttäuschungen und überhaupt keine Zuversicht.

DAS SCHLOSSFEST

1984–1989

Die Sofas im Königsschloss sind alt und hart, darum besorgt Markku Veijalainen bei EKIA ein Modulsofa, das der ganzen Familie gefällt und auf dem alle Platz haben.

Sofi liest ein Einrichtungsbuch. Irma saugt an ihrer Brust. Valma hat in den Sommerferien mithilfe eines Intensivkurses Französisch gelernt und ist nun darauf bedacht, ihre Mutter mit der gleichen, für sie typischen Intensität kennenzulernen. Sie sitzt neben Sofi und macht sich Notizen, stellt Fragen, hört zu, erzählt von sich und ihren Gewohnheiten. Sie ist neun und nähert sich Problemen bereits jetzt am liebsten wissenschaftlich, nicht sentimental und auch nicht psychologisch. Das ist aber kein Widerspruch zu ihrer großen Fähigkeit zu Sympathie und Empathie. Sie braucht einfach genügend Information, um auch die Gefühle mitnehmen zu können.

Veijalainen will der Familie Zeit für sich einräumen, denn seinem Plan zufolge soll sie zu der Einheit zusammenwachsen, als die sie in der Öffentlichkeit schon die ganze Zeit dargestellt wird.

Aber überraschenderweise kommt es so, dass Kunkku zu den anderen auf Distanz geht. Gerade als alles gut ist, die ganze Familie zusammen, es keinen drängt, wegzugehen, kommt Kunkku alles leer und kompliziert vor. In Gedanken versunken sitzt er am Rand der Couch.

Der Pulverbeutel, den er von Heikki Kohtalonmäki bekommen hat, ist leer, er müsste nachgefüllt werden. Täglich versucht Kunkku anzurufen, aber jedes Mal sagt eine Stimme im Hörer, die Nummer existiere nicht mehr.

Die Couch ist voll, es ist schwer, in die Welt dieser drei Frauen einzudringen, in der sich Wissen, Einrichtungseifer und das Lachen über unbegreifliche Dinge kreuzen. Warum hat nicht einmal Valma etwas für *Dick und Doof* übrig? Vielleicht Irma später. Hoffentlich.

Morgens erträgt Kunkku das Familienleben und die Energie und die Lebendigkeit der Kinder besser. Trotz des Widerstands der Königinmutter und des Ministerpräsidenten ist auf dem Dachboden des Schlosses eine Spielwelt für die Kinder eingerichtet worden, die »das Schlachtfeld« genannt wird. Dort sitzt Kunkku mit Irma auf dem Schoß im Karussell; die Welt dreht sich langsam, und das Pferd schaukelt leicht auf und ab. Valma findet es kindisch, kichernd auf dem Trampolin zu hüpfen, aber um ihrem Vater einen Gefallen zu tun, saust sie sogar die Rutschbahn hinunter. Für Kunkku haben Spiele keine Altersgrenze, Erwachsene brauchen unter Umständen nur mehr Mut oder Rauschmittel, um mitzumachen.

Hin und wieder erscheint die Königinmutter an der Tür zum Schlachtfeld, um anzumerken, dass die Kindheit in der heutigen Zeit überschätzt werde. Als sie sich selbst im Wachstumsalter befunden habe, sei so etwas wie Kindheit schlicht und einfach unnötig gewesen. Aber ihre Ansichten interessieren keinen.

Kunkkus Stärke ist das Schaukeln. Stundenlang kann er Irma anschubsen, während Sofi das für monotones, absurdes Theater hält, für eine Verhöhnung der Erwachsenen. Verstecken würde Kunkku auch Spaß machen. Er erinnert sich noch an die besten Verstecke seiner Kindheit, wo er stundenlang verschwinden konnte, wenn er mit Heikki Kohtalonmäki oder seinen Phantasiekameraden spielte. Aber in dieser Familie begeistert sich außer ihm niemand fürs Versteckspielen.

Auf dem Schlachtfeld geht es noch, aber auf der Couch hält er es nicht aus.

Er langweilt sich und wird nervös; schließlich schlägt er vor, in den Süden zu fahren, in Urlaub. Sofi wiederum macht die Vorstellung nervös, wie sich Kunkku unter der südlichen Sonne möglicherweise aufführen wird. Darum ein striktes Nein zum Urlaub im Süden.

Dann will Kunkku in einem neuen finnischen Kampfflugzeug mitfliegen oder beim ersten kommerziellen Weltraumflug dabei sein, aber Pressechef Veijalainen fegt beide Träume vom Tisch. Zu gefährlich und zu schwierig, was die Kontrolle der Öffentlichkeit betrifft.

Irma wird zwei, Valma kommt in die fünfte Klasse und Kohtalonmäki meldet sich noch immer nicht am Telefon. Zu Kunkkus vierzigstem Geburtstag wird eine Feier mit viel Flitter, mit offiziellen Staatsgästen und den letzten königlichen Verwandten aus anderen Ländern ausgerichtet. Kunkku empfängt dreihundert Gäste und schläft im Stehen ein. Im Familienporträt einer Frauenzeitschrift beschreibt er sein ausgeglichenes Dasein als glücklich und heiter.

»Ab und zu ist mir auch mal ein bisschen der Stift ausgerutscht«, gibt Pressechef Veijalainen zu. »Allerdings musste ich in den Jahren Tausende von Seiten produzieren. In einem wahrheitsgetreuen Zeitschriftenporträt hatte ich Seiner Majestät die Begriffe ›abgestumpft‹ und ›spießig‹ in den Mund gelegt.«

Die Familie sitzt weiterhin jeden Abend auf dem EKIA-Sofa und Kunkku betrachtet weiterhin seine Familie und hat das Gefühl, losgelöst von ihr an der Decke zu schweben. Er hört Valma erzählen, was sie an diesem Tag in der Schule gelernt hat. Sackweise bleibt das Wissen an dem Mädchen hängen, jetzt weiß sie, dass man morgens und abends die Zähne putzen muss. Bevor man über die Straße geht, muss man nach rechts, nach links und noch einmal nach rechts schauen. Die Haupterwerbsquelle Bulgariens ist das Teppichknüpfen. Estland hat die zweitgrößte Luftwaffe der Welt. Der größte finnische See ist der Saimaa. John F. Kennedy hat für seine Essaysammlung *Half the Man I Used to Be, and Proud of It* den Literaturnobelpreis bekommen. Humus bildet sich aus dem Zerfall organischer Stoffe.

Valmas Notendurchschnitt liegt bei Eins plus, und zwar ohne einen Deut Monarchiezulage. Valmas Traumberuf ist wissenschaftliche Hilfskraft, dann Doktorin und schließlich Königin. Sie bereitet sich schon jetzt mit Eifer und Hingabe auf ihre Aufgabe vor.

Sofi überlegt, ob die Vorhänge nicht eine etwas frühlingshaftere Farbe haben sollten. Kunkku legt das linke Bein übers rechte. Dann ändert er die Position und legt das rechte Bein übers linke. Sofi nimmt Blickkontakt mit ihrem Mann auf, sein Zähneklappern ärgert sie, das Wackeln mit den Füßen, sein Schlürfen beim Kaffeetrinken, das Rülpsen und vor allem dieses ständig wechselnde Übereinanderschlagen der Beine.

Irma schläft neben ihrer Mutter ein, weshalb sich nun alle still verhalten müssen. Kunkku steht auf und läuft sechs Mal die Schlosstreppe von ganz unten bis ganz oben rauf und runter. Als er außer Atem ist und schwitzt, kommt es ihm so vor, als hätte er den Kopf eines anderen Menschen auf.

Er hält es nicht mehr aus und holt sich beim Leibarzt Medikamente gegen seine Ruhelosigkeit.

»Es reichte, dass bereits ein Familienmitglied Medikamente missbrauchte«, sagt der Leibarzt strikt. »Abgesehen von einer leichten Stammfettsucht war Seine Majestät für einen Mann mittleren Alters in guter Verfassung. Im Falle seelischer Belastung empfahl ich den Erzbischof, der auch eine Ausbildung in dänischer Psychoanalyse hatte.«

Frustriert geht Kunkku mit Tennisschläger und einem Korb Bälle nach draußen. Aber sofort nimmt ihm der Meister, der die Sanierungsarbeiten an der Mauer überwacht, den Schläger ab. Es wird gerade verputzt, da können unbedachte Schritte Schäden anrichten, von schweren Schlägen ganz zu schweigen. Außerdem hat man im Schlosshof ein mittelalterliches Soldatengrab entdeckt. Die Grube im Hof ist voller Archäologen.

Pressechef Veijalainen nimmt sich des bereits verzweifelnden Kunkkus an. Er setzt ihn in der Küche auf einen hohen Hocker und drückt ihm einen Hamburger mit extra viel Käse und eine Tube Mayonnaise in die Hand. Kunkku glaubt, als Zugabe noch irgendwelche Lebenshilfen zu bekommen oder ein Mittel gegen seine innere Leere, stattdessen hält Veijalainen eine Kamera in der Hand.

Beim Biss in den Hamburger tritt nämlich ein konditioniertes Lächeln auf Kunkkus Lippen, denn von klein auf ist der Verzehr von Klopsen mit Mayonnaise sein Tageshöhepunkt gewesen. Veijalainen lässt die Kamera klicken, und nachdem er mehrere Bilder geknipst hat, eilt er in den Keller, wo Kunkkus Lächeln dem Gruppenfoto der übrigen Familie hinzugefügt wird. So entsteht das Titelbild des Königlichen Jahrbuchs 1987.

1988 errichtet das Land, das früher Schweden hieß, eine Mauer von Tornio bis Alta. Kurz bevor das letzte Betonelement eingepasst wird, schlüpft ein Rentier auf die finnische Seite. Es hat ein Mitbringsel dabei, eine Krankheit mit vier Buchstaben, die in Kunkkus Mund die Lautfolge »Aitz« annimmt.

Die Menschheit hat Angst und gerät angesichts der unbekannten Immunkrankheit in Panik, im westlichen Nachbarland werden Kranke der Sodomie beschuldigt und auf Scheiterhaufen verbrannt. In Finnland begegnet man dem Phänomen mit medizinischer Kühle und nimmt sofort die Entwicklung eines Impfstoffs in Angriff. Aber das Land, das früher Schweden hieß, lässt sich nicht einmal vom Roten Kreuz helfen. Alle Appelle und Drohungen nützen nichts, je mehr man auf das Land zugeht und es unter Druck setzt, desto strikter zieht es sich in sein Schneckenhaus zurück.

Erschüttert verfolgt Sofi die Nachrichten.

»Dieser Kontrast«, ruft sie aus. »Ich hatte glückliche, gut genährte und ziemlich ausgeglichene Kinder. Gleichzeitig aßen irgendwo in Dalarna schwedische Waisenkinder Brot aus Rindenmehl, wurden von Insektenschwärmen geplagt und liefen in Holzschuhen herum, die Armen.«

Kunkku will keine Nachrichten mehr über die Epidemie in Schweden hören, weil darin gesagt wird, die neue Krankheit werde durch unsaubere Drogen- und Medikamentenspritzen verbreitet. Sofi wundert sich über Kunkkus Empfindlichkeit und Empathie.

Er kann ihr nicht sagen, dass er bei Drogenspritzen an das weiße Pulver von Heikki Kohtalonmäki denken muss, das ein Gefühl auslöst, das alles andere übertrifft.

Jeden Tag versucht er Kontakt mit Heikki aufzunehmen, immer ohne Erfolg.

»Mein erstrangiges Ziel bestand darin, Seine Majestät bei Laune zu halten, denn gute Laune verringerte das Risiko unberechenbarer Verhaltensweisen«, erzählt Markku Veijalainen. »Ich suchte in der alten Feuerwache nach Kohtalonmäki, fand aber nur Arbeiter vor, die dort renovierten. Also hinterließ ich ein versiegeltes Kuvert im Briefkasten, nur für Kohtalonmäkis Augen bestimmt.«

Einige Tage später ruft jemand im Schloss an und schlägt im Namen von Kohtalonmäki ein Treffen vor.

»Seine Majestät saß dermaßen auf glühenden Kohlen, dass ich ihn gehen ließ«, sagt Pressechef Veijalainen. »Ich schickte ihn mit dem Hofmarschall los und gab ihnen zur Unterstützung zwei Geheimpolizisten mit.«

Der Treffpunkt liegt in einer stillen Sackgasse unweit des Nationalparks Ruskeasanta in Vantaa. Kunkku wartet im Auto, so wie man es ihm aufgetragen hat. Bald hält neben dem Wagen ein Motorrad, und ein kleiner, inzwischen noch breiterer Mann steigt ab. Watte nimmt den Helm vom Kopf und legt ihn auf die Erde. Dann klettert er auf den Helm und uriniert bei Rückenwind. Die Geheimpolizei fragt den Hofmarschall per Funk, ob sie eingreifen soll. Kunkku verneint. Er kennt den Pinkler.

Watte trägt eine riesige goldene Uhr am Handgelenk und am Hals eine massive Goldkette. In Kunkkus Augen sieht er noch großartiger aus als seinerzeit Kugelstoßerin Wuolijoki. Kunkku rutscht an den äußeren Rand der Rückbank, damit der kleine Riese neben ihn passt.

»Ich fragte mich, was Seine Majestät da eigentlich tat«, erzählt der Hofmarschall. »Aber ich hielt den Mund, denn meine Aufgabe bestand nicht darin, mir den Kopf zu zerbrechen, sondern zu gehorchen.«

Kunkku schaut Watte in die grünen, gleichzeitig lebendigen und toten Augen. Neben dem einen Auge hat der Mann eine lange, helle Narbe.

»Ich war auch nervös«, sagt Watte. »Kohtalonmäki hatte mir nach dem ersten Treffen erzählt, um wen es ging. Mein Alter wäre so was von neidisch gewesen. Ich beim König im Dienstwagen beim Dealen. Halleluja!«

Watte legt Kunkku brüderlich den Arm um die Schulter und hält ihm eine Kreditkarte mit einer dünnen Linie aus weißem Pulver hin.

»In unserem Auto wurde gegen sämtliche finnischen Gesetze verstoßen«, ruft der Hofmarschall aus. »Seine Majestät verfügte zwar über Immunität, ich oder dieser Muskelprotz jedoch nicht. Aber was sollte ich tun? Ich bin ein Mann vom alten Schlag. Ich trat meinen Dienst in den vierziger Jahren an, als alles noch überschaubarer war. Die neue Sitten überraschten und verwirrten mich vollkommen.«

Kunkku schnieft das Pulver in die Nasenlöcher und hält das herausdrängende Niesen unter Kontrolle. Er will wissen, warum Hessu nicht gekommen ist, dann hätten sie zusammen ins Schloss fahren können. Watte sagt, er sei von nun an Kunkkus Kontaktmann. Wenn der richtige Zeitpunkt dafür gekommen sei, werde auch Hessu wieder auftauchen. Kunkku hätte sich darüber beschwert, wenn nicht das aus Kolumbien über die Vereinigten Staaten und Holland importierte Kokain gerade von der Nase ins Blut und von da ins zentrale Nervensystem übergehen würde. Watte wartet noch einen Moment, bevor er von einer kleinen Änderung in der Geschäftsbeziehung spricht.

»Von jetzt an musst du für unsere Ware bezahlen.«

Kunkku überprüft seine Tasche. Es ist noch immer kein Portemonnaie darin.

»Es muss nicht unbedingt Bargeld sein. Überleg dir einfach, womit du bezahlen willst. Dir wird schon was einfallen. Ich muss jetzt gehen. Hastalavista.«

Kunkku schaut Watte zu, der mit seinen breiten Schultern und hängenden Armen geht wie ein Gorilla in einer Tiersendung. Er setzt den Helm auf und braust davon. Die Männer vom Geheimdienst fragen über Funk, ob sie ihm folgen sollen. Kunkku findet, das sei nicht nötig.

»Unter den Rädern der Maschine sind Steinchen aufgespritzt und gegen die Limousine geschlagen«, erzählt der Hofmarschall. »Ich äußerte gegenüber Seiner Majestät, ob das wohl der richtige Umgang sei. Seine Majestät hatte immerhin Frau und Kinder, die daheim auf ihn warteten.«

Kunkku will einen Ausflug in die Stadt machen, er wisse schon, wie er sein Leben zu regeln habe. Wenn man in Fahrt sei, könne man viel mehr machen als bei normaler, fader Kohlenhydratdiät. Er halte Watte für einen sympathischen Menschen und frage sich, warum der Hofmarschall ihn schlechtmache. Ob da etwa ein bisschen Schwedenhass im Spiel sei, wo er doch angeblich ein Mann vom alten Schlag wäre.

PENA

Ich koche Nudeln im Topf und wärme Fischstäbchen in der Mikrowelle. Das ist mein erstes eigenes Rezept. Dann stelle ich Ketchup und Senf auf den Tisch und reiße uns von der Küchenpapierrolle Servietten ab.

Es ist Donnerstag, und ich habe versprochen, jeden Donnerstag zu kochen.

Helena, Irma, Veikko, Valma, Tuulikki und Elmeri sitzen auf ihren Plätzen. Im Sperrmüll habe ich für Elmeri einen Hochstuhl gefunden, der noch ganz gut ist. Nur ein Bein ist etwas wackelig.

Ich frage sie alle direkt, wer von ihnen ins frühere Leben zurückwolle, und wünsche mir offene und ehrliche Antworten, da wir jetzt in der Zeit der Wahrheit leben. Es genügt, ja oder nein zu sagen.

Valma verneint sofort. Es interessiert sie nicht einmal, hypothetisch über so etwas nachzudenken. Ich weiß nicht, was hypothetisch ist, vielleicht was Medizinisches. Irma könnte sich eine Rückkehr vorstellen, aber unter der Bedingung, dass alles so wäre wie vor zwei Jahren, bevor ich alles vermasselt hatte. Aber das ist nicht möglich. Es gibt keine Zeitmaschine, man kann nicht einfach einschlafen und über Nacht in die Vergangenheit zurückkehren.

Tuulikki meint, sie habe eigentlich kein Stimmrecht, aber ihre Meinung als Außenstehende sei stark negativ.

Veikko sagt: Egal. Vielleicht wenn die Machtrückgabe mit Immunität verbunden wäre.

Ich frage Helena, ob so etwas denkbar wäre. Sie weiß, dass Immunität nur ein Privileg des jeweiligen Herrschers gewesen sei. Daraus wird also nichts.

Eine Zeitlang essen wir schweigend. Höflich sagen die anderen, es schmecke ganz gut, auch wenn man viel Ketchup nehmen müsse.

Erst als die Teller mehr leer als voll sind, erzähle ich den Kindern, dass ihre Mutter als Königin ins Schloss zurückwolle.

Sie wundern sich, wie das gehen soll. Helena erklärt es ihnen genauer. Ihre Erläuterung enthält komplizierte Begriffe wie Grundgesetzergänzung, Kündigungsschutz und Schutz des Privatrechts.

Was immer diese Wörter auch bedeuten mögen, ich werde nicht zurückgehen, nein! Ich habe nicht um all das neue Gute hier und um meine Familie gekämpft, um wieder dort zu landen, wo ich herkomme. Wenn ich zurückgehe, werde ich rückfällig.

Aber meine Frau hat schon Nahrungsmittel und Bildung nach Afrika gebracht und sogar die Übermacht der Männer im olympischen Komitee gebrochen, es ist durchaus möglich, dass sie auch diesen Kampf gewinnt.

Helena sagt, sie habe eine Idee, die zwar ziemlich weit hergeholt wäre, doch schließlich fange man selten in nächster Nähe einen großen Fisch. Ihr Plan beruht auf einigen Zeugenaussagen, die sie gehört und innerlich miteinander in Verbindung gebracht hat.

Wir sollten aufs Land fahren, meint sie. Es wäre gut, wenn die Kinder mitkämen, alle außer Veikko, der sich aus Angst vor Watte nicht traut, die Wohnung zu verlassen.

Die letzten Stunden des nächsten Arbeitstages vergehen langsam, und als ich endlich Feierabend habe, mache ich mich so schnell auf den Weg nach draußen, dass ich fast gegen die Glastür pralle. Helena, die Mädchen und Elmeri warten im Auto auf mich. Als ich zu ihnen einsteige, ist mir ganz warm zumute. Einen Augenblick lang habe ich das Gefühl, für diese Menschen wichtig und notwendig zu sein. Ich weiß nicht, ob ich es bin oder ob sie sich nur verpflichtet fühlen, aufzuräumen, wo ich Schaden angerichtet habe. Am meisten gefällt mir, dass Irma dabei ist. Endlich hat sie sich von der Couch erhoben. Sie weiß, wie man Elmeri im Kindersitz anschnallt und ihm Milch aus der Flasche gibt. So ist das nun mal: Der Mensch muss das Gefühl haben, wichtig zu sein.

Helena fährt, ich sitze sorglos daneben. Inzwischen bin ich es gewohnt, dass sie mich zu Orten bringt, die ihr unvermeidlich scheinen; ich bin nicht skeptisch und habe keine Angst. Ich vertraue ihr, wie ich in meinem früheren Leben dem Hofmarschall vertraut habe, aber im Gegensatz zum Hofmarschall hört Helena nicht auf meine Befehle.

Die Kinder unterhalten sich auf der Rückbank und Elmeri lallt. Im Radio läuft leiser Rock, ich schaue Helena an und frage mich, ob ich was mit ihr haben könnte. Ich glaube, sie steht über solchen Dingen. Ich würde mich zwar in sie verlieben können, aber was wäre ich schon für sie? Ein Krümel auf ihrer offenen Hand. Würde sie die Hand schließen, würde sie mich in ihrer Faust zerquetschen.

Plötzlich will Helena wissen, was ich denke. Ich frage zurück, ob ich auch jetzt die Wahrheit sagen müsse. Sie scheint meine Gedanken zu erraten und wird rot.

Als wir das Ziel erreichen, wissen die Kinder sofort, wo wir sind: im größten Milchbetrieb Finnlands. Es gibt dort auch einen riesigen Schweinestall und eine Büffelzucht. Von hier aus gehen gewaltige Mengen Milchprodukte und Proteine in Haushalte, Schulen und ins Ausland.

Was hat dieser Ort mit unseren Problemen zu tun? Brauchen wir etwa Proteine?

Rechts und links der Zufahrt stehen großen Gebäude. Ich erkenne einen Kuhstall, einen Schweinestall und Getreidesilos. In meinem früheren Leben habe ich so etwas in der Sowjetunion, bei Landwirtschaftsausstellungen und in Island gesehen. Es gibt aber auch viele Gebäude, die ich nicht erkenne. Überall rauschen Ventilatoren, allerlei Motoren surren, und doch hört man das Säuseln der Blätter im angrenzenden Wald.

Irma hält sich die Nase zu. Sie fragt, ob jemand einen gelassen habe.

Das ist der Geruch, den man für Milch, Fleisch und Brot bezahlen muss, sagt Helena.

Elmeri ist begeistert, als er die Kühe auf dem Feld sieht, und noch begeisterter ist er, als mehrere Kühe muhen, während wir an ihnen vorbeifahren.

Das Hauptgebäude macht einen alten Eindruck. Eine breite Terrasse läuft darumherum; auf deren Treppe steht ein Mann in blauem Overall und Gummistiefeln, neben ihm eine Frau mit Kopftuch. Ich frage Helena, wer die beiden sind.

Sie sind die Lösung.

Der Mann erinnert mich stark an jemanden. Noch bevor wir ausgestiegen sind, steht er neben dem Wagen. Er gibt mir kräftig die Hand und sagt, er heiße Olavi Kuhnuri. Die Frau heißt Saara und ist Olavis Frau. Da wir viele sind und sie zu zweit, müssen jede Menge Hände geschüttelt werden, bevor Saara sagt, jetzt trinken wir erst mal Kaffee.

Irma fragt, ob sie mit Elmeri die Tiere anschauen darf, sie will sich nach der Fahrt im engen Auto die Beine vertreten. Olavi erlaubt es ihr gern, es kämen hier oft auch Schulklassen zu Besuch.

Im Haus kocht Saara Kaffee für uns. Ich muss Olavi unentwegt anstarren, weil er mir so bekannt vorkommt. Olavi starrt zurück, nicht im Bösen, aber aufmerksam. Er will wissen, was das für ein Test sei, wegen dem ihn Helena angerufen habe. Helenas Weste hat viele Taschen, in die Schraubenzieher, Stifte, Telefon, eine Schachtel graue Belmont und was man sonst so braucht hineinpassen. Eine Tasche mit Reißverschluss enthält eine Packung, auf der drei Buchstaben stehen. Der erste ist ein D.

Ich mag keine Tests und hasse Blutproben. Am schlimmsten waren die Tests auf Geschlechtskrankheiten, die ich in meinem früheren Leben machen lassen musste. Noch schlimmer als das Stechen und das Blutablassen war damals das Warten auf die Resultate.

Helena sagt, sie brauche einen DNA-Test. Beziehungsweise ich bräuchte ihn, denn damit sei viel zu retten.

So, so, und warum?, will Olavi wissen. Bei ihnen würden die

Tiere regelmäßig getestet und untersucht. Sie machten zur Hälfte Bioanbau, und die Ställe seien tiptop. Da sei nichts ansteckend, selbst wenn man hier ein Krankenhaus hinstellen würde.

Als Olavi »so, so« sagt, fällt mir ein, an wen er mich erinnert.

An mich.

Als würde ich im Vergnügungspark in einen Spiegel gucken, der mich ein bisschen dicker macht.

Helena meint, es wäre wichtig, zu verifizieren, ob eine verwandtschaftliche Beziehung zwischen Olavi und mir bestehe. So, so. Warum sollten wir verwandt sein?

Es wird nicht besser, wenn man drum herumredet, sagt Helena. Ein erwachsener Mensch kann die Wahrheit ertragen. Ich glaube, ihr habt denselben Vater: Erkki Kuhnuri.

Saara schüttet sich Kaffee auf die Bluse, und ich verschlucke mich.

Ist das jetzt die versteckte Kamera oder was?, fragt Olavi.

Helena hat wieder einmal Vorarbeit geleistet und legt einige Blätter mit Dingen vor, die sie aus dem Internet ausgedruckt hat. Alte Fotos von meiner Mutter und einem Mann, umgeben von Pferden. Helena fragt Olavi, ob der Mann sein Vater sei.

Olavi blättert in den Papieren, kann sich aber nicht richtig darauf konzentrieren. Ich an seiner Stelle könnte es auch nicht.

Hat Erkki Kuhnuri in den Stallungen des Finnischen Königs gearbeitet?

Olavi nickt. Dann sagt er leise, für kurze Zeit sei sein Vater sogar der Chef gewesen. Helena meint, für die großen Dinge des Lebens brauche man oft nicht mehr als eine kurze Zeit.

Ich kann das alles nicht hören. Ich vertraue Helena, aber nicht mir. Es tut weh, Olavi zu sehen, dessen Vorstellung von seinem Vater gerade über den Haufen geworfen wird.

Wenn ich am Tisch sitzen bleibe, fange ich womöglich zu weinen oder zu lachen an, und dann ist keine Mutter da, die mich an den Haaren zieht und zur Räson bringt. Darum entschuldige ich mich und stehe auf, um mir die Beine zu vertreten.

Zwischen dem Hauptgebäude und dem Kuhstall stehen riesige Arbeitsmaschinen und Fahrzeuge in einer Reihe, darunter ein Traktor mit großen Reifen und ein fahrbarer Rasenmäher. Mit beiden habe ich schon immer einmal fahren wollen.

Ich schaue mir die großen Reifen und die enormen Felgen des Traktors an, auch die Anhängerkupplung. Dann werfe ich einen heimlichen Blick auf die Terrasse. Helena redet, und ab und zu sagt Olavi etwas. Saara macht große Augen.

Schlechter Laune scheinen sie nicht zu sein.

Kurz darauf kommt Olavi zu mir.

Er schüttelt mir noch einmal gründlich die Hand. Ich frage ihn, ob sich bei einem Traktor die Hinterräder auch beim Lenken drehen, so wie bei einem Quad.

Als ich jünger war, hat es immer geheißen: Du siehst aus wie der König, sagt Olavi. Ich wäre nie draufgekommen, wo die Ähnlichkeit herkommt.

Ich sage, bei mir habe es immer geheißen: Du siehst gar nicht aus wie der König. Trotzdem sei es mir gelungen, die Monarchie zu stürzen.

Olavi lacht. Er scheint mich zu verstehen. Ich frage ihn, was für eine Zugkraft der Traktor besitze. Könnte man damit alle Kühe ziehen, wenn man sie auf einen Anhänger stellt? Wie breit ist die Schnittfläche des Mähdreschers? Ist es unangenehm, damit auf der Straße zu fahren, wenn die ganzen Autos hupen und so?

Olavi sagt, herzlich willkommen in der Verwandtschaft. Er fragt mich, ob ich den Traktor mal testen wolle.

Aber ja! Wir klettern in die Kabine, ich setze mich auf den Sitz, und Olavi gibt neben mir Ratschläge. Er zeigt mir, wie die Maschine angelassen wird. Wäre ich hier aufgewachsen, hätte es mir Erkki Kuhnuri wahrscheinlich genau so beigebracht.

Olavi erzählt, sein Vater sei ein netter Mann gewesen. Nicht besonders gesprächig, aber nett. Er sei stolz auf seine Arbeit in den Stallungen des Schlosses gewesen, aber über die Angehörigen des Königshauses habe er nie ein Wort verloren.

Unter Olavis Anleitung gelingt es mir, den Traktor ganz langsam an der Terrasse vorbeizufahren. Ich winke meinen Kindern zu, und sie winken zurück. Olavi schlägt vor, mit dem Hänger ein bisschen Heu zu holen und anschließend auf dem Feld einen Steinbrocken auszugraben. Nichts würde ich lieber tun.

Dann will Olavi wissen, ob ich Ansprüche hätte für den Fall, dass alle Behauptungen zutreffen. Ansprüche auf Erbanteile. Er habe diesen Hof aus dem kleinen Hof heraus, den sein Vater seinerzeit hatte, aufgebaut. Es sei ein beschissenes Gefühl, wenn plötzlich ein Bruder auftauche und seinen gesetzlichen Anteil haben wolle. Aber da könne man nun mal nichts machen.

Ich habe keine Ansprüche. Wenn ich hin und wieder Traktor oder meinetwegen Quad fahren darf, werde ich ewig dankbar sein.

Ich will wissen, ob Erkki seine Kinder auf den Schoß genommen hat. Angeblich ja, auch die Enkelkinder. Mit sieben Stück sei er gesegnet gewesen. Ich will wissen, ob Erkki sie auch mit in den Wald genommen habe, um Fasane oder Büffel zu schießen. Olavi sagt, sein Vater habe nicht gern gejagt.

Dann fällt mir doch noch ein Anspruch ein, ein bescheidener Wunsch. Würden Olavi und Saara an Weihnachten zu uns kommen?

Als wir von unserem Ausflug zurückkommen, legt uns Helena DNA-Streifen zum Ablecken hin. Anschließend legt sie die Streifen in Plastikdöschen, versiegelt sie und sagt, die bringe sie nun direkt zu einer Laborantin im exköniglichen Zentralkrankenhaus Vantaa.

Die Resultate würden dann irgendwann kommen.

Ich sage, das sei nicht notwendig, es bestünden keine Unklarheiten. Olavi ist der gleichen Meinung. Seine Leibspeise sind allerdings nicht Hamburger, sondern Fleischpiroggen mit zwei Würstchen. Und statt Tennis hat er immer Tischtennis gespielt, aber vermutlich nur deswegen, weil sie in seiner Kindheit eine Tischtennisplatte auf dem Dachboden stehen hatten.

Ich verabschiede mich von Saara und meinem Halbbruder.

Irma und Elmeri haben sich die ganze Zeit bei den Tieren aufgehalten, jetzt ist der Junge im Kinderwagen eingeschlafen. Er schläft weiter, obwohl Irma ihn in den Kindersitz im Auto hievt. Ich fühle mich wehmütig und gut zugleich.

Auf der Heimfahrt erklären mir Helena und Valma, warum es wichtig ist, nachzuweisen, dass ich kein Penttinen bin, sondern ein Kuhnuri.

Wenn ich kein Penttinen bin, habe ich nie ein Anrecht auf die Krone besessen. Dann ist alles, was passiert ist, dem falschen Mann passiert. Und wenn ich der falsche Mann bin, kann man mich auch nicht zurück ins Schloss beordern. Sofis Forderungen nach der Rückgabe des Königtums gehen mich dann nichts an.

Ich bin außer Atem.

Ich bin erstaunt.

Das ist das beste Weihnachtsgeschenk aller Zeiten.

Kunkku erlebt nun großartige, erhebende Tage, aber auch düstere und gedrückte. An den erhebenden Tagen erfüllt er den Kindern sämtliche Wünsche und denkt sich selbst noch welche aus. Irma darf mit ihrem Vater nach London zur Geburtstagsfeier des Schahs von Persien und in die Tax-Free-Shops auf dem Flughafen. Dort bekommt sie Wimperntusche, Haarspangen und einen türkisen Schmuck, den sie noch im Erwachsenenalter als Schatz aufbewahrt. Kunkku erklärt den Kindern und Pressechef Veijalainen, er ertrage den Renovierungslärm nicht und müsse darum in Bewegung bleiben.

In seinem Büro wird der heiße Draht umgestöpselt. Anstatt mit Kennedy ist er von nun an direkt mit Watte verbunden.

»Innerhalb einer Stunde war das erledigt«, sagt der beim Kronen-Service für Elektrik zuständige Sapponen. »Teile für dreißig Mark. Es hat überhaupt keinen Sinn, auch nur zu versuchen, uns da für irgendwas verantwortlich zu machen. Der Kunde entscheidet, was in der Leitung passiert. Und in der Buchhaltung ist als Kunde einfach der Hof eingetragen.«

Watte liefert Kunkku rechtzeitig Pulver in guter Qualität. Eine lockere Bewegung aus dem Handgelenk, und die in Zeitung eingewickelten Päckchen fliegen über die Mauer. Kunkku holt sie abends, wenn die übrige Familie auf der Modulcouch sitzt und fernsieht.

An schlechten Tagen, von denen es ebenso viele gibt wie gute, bleibt Kunkku bei zugezogenen Vorhängen im Bett, ängstlich und gereizt.

»Ich sah an seinen Pupillen und an seinem Verhalten, was los war«, berichtet der Leibarzt. »Eine Blutprobe lieferte die Bestätigung. Aber was hätte ich tun sollen? Mein Eid hinderte mich daran, gewisse Wahrheiten zu verbreiten. Hätte ich sie verbreitet, wäre ich meine Stelle losgewesen. Ich versuchte also, Seiner Majestät durch die Blume zu vermitteln, dass Rauschmittel ihre schlechte Seite haben, dass man für das Wohlbefinden, das sie einem bescheren, einen hohen Preis bezahlen muss. Dass es einem schlecht gehen kann. Sehr schlecht.«

»Ich bin Kaufmann, ich bin Unternehmer«, sagt Watte. »Ich hatte ein super Produkt und einen großen Markt. Ich hab nichts falsch gemacht. Irgendjemand hätte ihm das Zeug sowieso verkauft. Aber es ging mir langsam auf den Docht, dass er weiterhin nicht zahlte.«

Für Kunkku ist es ein glücklicher Zufall, dass Valma eine Aufgabe in Mathematik und Weltanschauungslehre bekommt, bei der es darum geht, zu Hause den Wert verschiedener Gegenstände zu schätzen. Was ist der wirtschaftliche Wert und was der ideelle Wert? Welche Gefühle, Verpflichtungen, Investitionen bringen die Menschen mit Dingen in Verbindung?

Valma hält die Preistabelle eines äußerst bedeutsamen Auktionshauses in der Hand, in dem sie nach Gemälden, Vasen, Teppichen und sonstigen geldwerten Dingen sucht, die dem Hausrat im Schloss entsprechen. Dabei wird Kunkku deutlich, dass zum Beispiel jedes der schwer zu verstehenden, aus Farbspritzern bestehenden Bilder von Kari Suomalainen, die er sein Leben lang an den Schlosswänden gesehen hat, mehrere Hunderttausend wert ist. Diese Hausaufgabe ist die einzige, die Kunkku mit seiner Tochter von Anfang bis Ende gemeinsam macht. Er nimmt eine Vase in die Hand und fragt Valma: Ist die kostbar? Alles im Schloss ist kostbar, was den Wiederverkaufswert betrifft, erklärt die Tochter ihrem Vater altklug, und Kunkku ist entzückt. Allein der Stempel des Königshauses steigert den Wert des Schreibpapiers erheblich. Und für ein Gemälde bekam man gut und gern eine ganze Handvoll Koks.

Von da an wirft Kunkku Gegengaben für Watte über die Mauer. Er durchsucht die Dachböden des Schlosses und entdeckt eine Truhe nach der anderen, vollgestopft mit Kriegsbeute, mit im Volk eingetriebenen Steuergegenständen, aus den Rahmen entfernte und zusammengerollte Gemälde, Schwerter, Zepter. Er findet Akseli Gallen-Kallelas Zeichnungen vom Vater des alten Königs, mit und ohne Kleider, mit Krone, ohne Hose, neben einem Löwen, mit einem Zwerg auf dem Schoß, mit einer Kurtisane auf dem Schoß, am Galgen hängend. Manche Zeichnungen sind so gewalttätig erotisch, dass einem beim Betrachten der Schweiß ausbricht. Kunkku findet außerdem unermesslich kostbare Papyrusrollen, Gesetzestafeln und die heimliche Beute des ersten Kreuzzugs: dreißig Silbermünzen.

Er sammelt die wertvollsten Sachen in einem Karton, den er dann unter alten Teppichen in der dunkelsten Ecke des Dachbodens versteckt. Dieser Karton ist seine Geldbörse.

Tag für Tag und Woche für Woche erhöht Kunkku seinen Konsum. Am Anfang hat ihm ein Beutel pro Woche gereicht, jetzt ist es einer pro Tag. Kommt es zu einer Lieferungsverzögerung, merkt man das sofort an seinem Umgang mit den Angehörigen. Dann rückt er ihnen erst sehr auf die Pelle, um sich gleich darauf wieder von ihnen zu distanzieren.

»Warum habe ich nichts gemerkt?«, fragt sich Sofi. »Es hatte wohl mit dem Abstand zu tun. Wenn man für sich sein wollte, bot das Schloss die beste Gelegenheit dafür. Ich konzentrierte mich lieber auf meine Kinder als auf meinen Mann. Und meistens war er ja auch sehr aktiv und präsent, also dachte ich, er hat eine ähnliche mentale Reise hinter sich wie ich und sich als Mensch verändert. So sind wir Angehörigen von Süchtigen oft: blauäugig. Habe ich gelesen.«

Als ein ganzes Jahr mit nichts als Schnupfen, Musikhören im Keller und Konsolenspielen vergangen ist, beschließt Kunkku, seine Freunde Heikki Kohtalonmäki und Watte zu einem Grillfest einzuladen. Watte macht auf Kunkku den Eindruck eines Mannes mit Sinn fürs Spiel, es könnte Spaß machen, sich mit ihm in *European-Asian Tennis Court Countdown '88* zu messen oder auch in einem von den Jump-'n'-run-Spielen, die vom Importeur wöchentlich ins Schloss geschickt werden.

»Ein paar Tage lang saß mein Mann auf glühenden Kohlen«, erzählt Sofi. »Ich fragte ihn, was ihn plage. Er stotterte lange herum, bis er herausbrachte, dass er zwei Freunde zum Abendessen einladen wolle. Wir waren inzwischen wer weiß wie lange verheiratet und hatten nur im beruflichen Zusammenhang andere Leute getroffen. Darum fand ich die Idee gut.«

Kunkku erklärt, der eine Freund sei Heikki Kohtalonmäki, den kenne Sofi ja, der andere heiße Måns Wilander. Genannt Watte. Irma, die bei ihrem Vater auf dem Schoß sitzt, muss über das Wort Watte lachen. Sofi findet es sympathisch, dass Kunkku auch einen schwedischen Freund hat. Im Hinblick auf die Toleranz wäre es gut, wenn diese Freundschaft auch nach außen sichtbar würde, über die Schlossmauern hinaus. Kunkku bezweifelt das. Er sagt, sie bildeten so etwas wie eine kleine Bande mit eigenen Sitten und Sprüchen, sie seien die Königs-Gang. Und das müsse nicht jeder wissen.

Kunkku nimmt über den heißen Draht Kontakt mit Watte auf und lädt ihn zur ersten Party der Königs-Gang ein. Die Einladung gelte auch für Heikki Kohtalonmäki, übermorgen um zwölf.

»Der Hammer«, sagt Watte. »Jetzt würde ich reinkommen, wo mein Alter immer reingewollt hatte. Aber nicht mal zum Monatsbrunch der Bürger hatten sie ihn jemals eingeladen. Eins war mir sofort megaklar: Ich würde der Königin an den Hintern fassen.«

»Ich hatte wirklich nicht daran gedacht, jemals wieder einen Fuß ins Schloss zu setzen«, sagt Heikki Kohtalonmäki. »Das war eine *Lose-lose*-Situation. Aber Kunkku war unser wichtigster Kunde, unersetzlich, vielleicht unsere Rentenversicherung. Die Antiquitäten, die wir von ihm bekamen, die waren unglaublich wertvoll, mein

Gott! Wir hatten dafür zu sorgen, dass er zufrieden war. Also musste ich meinen Stolz überwinden.«

Heikki Kohtalonmäki bereitet sich mit Yoga und Thai-Boxen auf den Abend vor. Watte geht zum Friseur, leiht sich einen Smoking, bringt sogar seine Fingernägel in Ordnung. Vor dem Spiegel übt er Seine Majestät, Eure Hoheit und vor allem den Namen Sofi so auszusprechen, dass der Buchstabe S ganz weich und das H und das F wie ein Hauch herauskommen.

Kunkku bittet Veijalainen, einen Gasgrill zu beschaffen, so einen, wie er ihn im Shopping-TV gesehen hat. Auch eine Schürze, auf der Kunkkus kompletter Name steht, wird benötigt, dazu die eine oder andere Grillzange, und eine Kochmütze mit dem königlichen Wappen wäre auch großartig …

»Steelmaster Chef«, erinnert sich Veijalainen. »Aus dem Kaufhaus Sokos in Martinlaakso, für dreieinhalbtausend. Ich steckte die Quittung ein und verbuchte die Summe unter Werbungskosten. Seine Majestät bat mich, ihm aus dem Kochbuch vorzulesen, wie man ein Rumpsteak klopft, mariniert und grillt. Von mir aus hätte er in Schürze und Kochmütze auftreten können, wenn ihm danach war, aber das Küchenpersonal sollte sich um das Fleisch kümmern. Brandwunden konnten wir uns nämlich nicht leisten.«

Der etwas enttäuschte Kunkku hat noch einen Wunsch an Veijalainen. Er will eine Stange für seinen Kellerraum, weil Hessu und Watte bei sich auch eine haben.

Ein Diener dreht die Hähnchen über dem Grill. Kunkku kontrolliert, ob genügend Küchenpapier auf dem Tisch ist, ob die Einwegteller da sind, ob es Senf für Hessu und Ketchup für ihn selbst gibt. Ab und zu stupst er ein Hähnchen mit der Grillzange an, um sich wenigstens etwas am Grillen zu beteiligen. Er ist begeistert. Dies ist eine der Sternstunden seines Lebens.

»Meine Aufgabe war es, für Kunkkus Kellerraum eine Leinwand und mehrere Rollen *Dick und Doof* zu besorgen«, erzählt der Hofmarschall. »Außerdem einen Kasten Bier, kalten Weißwein, alle möglichen Zigaretten; außerdem sollte auf jeder glatten Fläche eine Kreditkarte liegen, wer weiß, wozu. Die Kinder wurden mit Dienern aufs Land geschickt. Seine Majestät wollte ein unvergleichlicher Gastgeber sein.«

Für Kunkku sieht der optimale Ablauf des Abends so aus, dass Sofi zeitig schlafen geht und die Königs-Gang unter sich im Keller den Werken von Ilkka Lipsanen lauscht. Dazu kann ein bisschen weißes Pulver geschnupft werden. Heikki und Watte hätten außerdem bestimmt Telefonnummern von ein paar interessanten jungen Frauen.

Kunkku zieht ein Beutelchen aus der Tasche. Ein bisschen was ist noch drin, und kaum hat er es ins Nasenloch gesogen, hört er die Stimme der Königinmutter vom oberen Balkon. Sie will wissen, was er da eigentlich macht, von der Terrasse dringe unerträglicher Gestank in ihre Gemächer. Kunkku wischt sich mit dem Ärmel die Nase ab und richtet den Blick auf seine Mutter. Er setzt das traurige Hundegesicht auf und sagt, heute finde eine Party statt, ein paar Freunde kämen zu Besuch, und entschuldigt sich im Voraus. Sie solle die Fenster geschlossen halten, denn es würde bestimmt zwei Uhr werden.

»Ein König hat keine Freunde«, schnaubt die Königinmutter. »Ein König hat Untertanen. Nach meinem Vater und nach mir kommst du jedenfalls nicht, du Trottel.«

Der Hofmarschall holt Kohtalonmäki und Watte von der alten Feuerwache ab. Heikki steigt als Erster ein, pünktlich und ohne ein Wort zu sagen. Watte kommt eine Viertelstunde zu spät und knöpft sich noch Hemd und Hose zu. Er trägt schweres Gold am Hals, eine für diesen Anlass angeschaffte Rolex am Handgelenk und jede Menge Öl in den Haaren.

»Der alte Knacker mit den weißen Handschuhen hat mir die Tür aufgehalten, und ich bin eingestiegen«, erzählt Watte. »Hessu war genauso kalt wie der Champagner, der im Auto bereit stand. Ich bediente mich, klopfte dem Chauffeur auf die Schulter und sagte

Hallo zu Hessu. Er meinte, im Dienst trinkt er nichts, als ich ihm die Flasche hinhielt. Aber he, wenn man ein gutes Leben hat, gehen Arbeit und Freizeit fröhlich ineinander über.«

Heikki Kohtalonmäki starrt vor sich hin, der Hofmarschall starrt auf die Straße, Watte dreht den Kopf in alle Richtungen. Er nimmt die Bildschirme im Auto unter die Lupe, in denen in einer Endlosschleife fünfminütige Sketche von Dick und Doof laufen, er bemerkt den Kühlschrank, nimmt sich ein Bier heraus, öffnet es mit den Zähnen und leert die Flasche in einem Zug. Dann entdeckt er den Lautstärkeregler der Stereoanlage und dreht die Musik voll auf. Schreiend fragt er nach Musik von Suomiheavy, Motordreck und Gemeine Schwestern. Der Hofmarschall schreit zurück, Kunkkus Lieblingsmusik seien neuerdings Daniel Lipsanens alte Volkslieder. Watte testet die elektrischen Fensterheber und das Gebläse.

»Hör auf damit! Verdammte Scheiße! Nichts verstellen!«

Watte wundert sich. Was ist denn auf einmal in Heikki gefahren? Wie kann er sich über so eine Kleinigkeit aufregen? Immerhin haben sie zusammen Dienstreisen nach Mitteleuropa, Südamerika und in den Fernen Osten unternommen und überall die Sau rausgelassen, wie es unter jungen und auch ein bisschen älteren Männern üblich ist. Warum jetzt diese saublöde Steifheit und Anspannung?

»Ist schon erstaunlich, welche Zustände ein Ort in einem auslösen kann«, sagt Heikki Kohtalonmäki. »Gefühle kann man leugnen, man kann mit dem Verstand dafür sorgen, dass bestimmte Dinge außen vor bleiben, aber der Körper reagiert, wie er will.«

Der Hofmarschall fährt direkt in die Tiefgarage unter dem Schloss. Von dort geht es mit dem Aufzug in die Wohnetagen.

»Mythisch«, ruft Watte aus. »Ich war noch nie in so einer alten Hütte gewesen. Da kannst du dir auf einmal Ritter und alles vorstellen, Mann. Und die Königin persönlich hat uns empfangen. Hatte kein schlechtes Gestell. Maße wie ein Model und straff wie nur was.«

Sofi hält den Männern die Hand zum Kuss hin. Heikki tut, was die Etikette verlangt, und zuckt nicht einmal, aber Watte interessiert sich nicht für die Etikette, sondern für das Versprechen, das er sich und seinem Vater gegeben hat.

»Ich hab ihr ganz normal an den Hintern gefasst«, stellt Watte fest. »Da sieht man gleich, ob eine Frau Humor hat oder ob sie Feministin, Faschistin, Rassistin oder eine Trantüte ist. Ich hab mir vorgestellt, was mein Alter sagen würde, wenn er wüsste, dass ich meine Finger am edel geformten Gesäß der Königin hatte.«

Der Hofmarschall ist bereit, den Aufdringling mit der Elektroschockpistole oder mit Ju-Jutsu lahmzulegen, aber Sofi winkt ab. Vorläufig ist alles in Ordnung, man kann sich in die Gesellschaftsräume begeben.

»Du liebe Güte, was für ein Klischee«, meint Sofi verächtlich. »Rauer Räuberbart, die drei obersten Hemdknöpfe offen, und unter der Goldkette quollen die Brusthaare hervor. So muskulös, dass er kaum Arme und Nacken biegen konnte. Er ließ seine großen Finger kreisen und schnalzte mit der Zunge. Ich fragte mich, bei welchem Putzservice mein Mann diesen Trampel bestellt hatte.«

Sie finden den etwas ratlosen Kunkku hinter dem Fernseher. Er sucht vergebens nach den richtigen Löchern für den Scart-Stecker. Watte stampft großkotzig über die Eichenholzbohlen und springt ihm bei. Er sagt, er wisse, wie man einen Stecker ins richtige Loch schiebe, und zwinkert Kunkku zu.

Kohtalonmäki sieht sich um und vollführt dabei eine volle Umdrehung auf den Fersen. Er verzieht keine Miene, obwohl er innerlich kocht.

»Alles sah viel kleiner und schäbiger aus, als ich es in Erinnerung hatte«, erzählt Kohtalonmäki. »Als Kind hat man mich mit Gewalt aus meinem Zuhause geholt und ins Internat gesteckt. Warum? Weil ich und dieser Depp einen mit Wasser gefüllten Luftballon auf irgendeinen Fettsack geworfen haben. Mir war nicht klargewesen, dass das so an mir nagt. Zu allem Überfluss hat der Blödmann die ganze Zeit ätzend, endlos und versöhnlich gegrinst. So ein Kerl war König. Mit welchem Recht?«

Ein Diener bringt ein Tablett mit Champagner, Kunkku begnügt sich mit roter Limonade. Sofi heißt die Gäste noch einmal offiziell willkommen, und Watte, der hinter dem Fernseher hantiert, antwortet, die Freude sei ganz auf seiner Seite, die Ehre auch, und hoffentlich werde man bald auf den Tischen tanzen.

»Ich hatte die Hoffnung, dass Heikki Kohtalonmäki etwas über meinen Mann erzählen würde, das ich noch nicht kannte, etwas Neues«, sagt Sofi. »Dass dadurch eine Verbindung in die Kindheit und die Wachstumsjahre entstünde, die mir helfen würde, meinen Mann besser zu verstehen. Ich wollte wissen, ob sie sich von klein auf kannten.«

Heikki Kohtalonmäki nickt. Er will genauer antworten, sagt aber nur Dinge, die Sofi hören will. Sie fragt, ob Kunkku schon als Kind so gewesen sei, immer ein bisschen wie fehl am Platz, sanft und gedankenlos. Heikki Kohtalonmäki blickt auf Kunkku, der inzwischen mit Watte Konsolentennis spielt und sich über jeden gewonnenen Punkt freut, aber auch über alle Punkte, die Watte gewinnt.

»Was ich nicht sagte, war, dass ich ihn für verwöhnt hielt«, erzählt Heikki Kohtalonmäki. »Als ich klein war, spielte ich mit Kunkku, aber ich hätte auch mit einem Zaunpfosten oder einem Steinbrocken gespielt, wenn ich keine andere Wahl gehabt hätte. Ob ich sonst unter normalen Umständen sein Freund gewesen wäre? Da habe ich meine Zweifel.«

Heikki Kohtalonmäki nimmt einen Schluck Champagner, Sofi ebenfalls. Man schweigt eine Weile, die einzigen Geräusche sind das Piepsen des Videospiels, Kunkkus Seufzen und Jubeln und Wattes Ächzen und Brüllen. Sofi blickt auf ihre Füße. Sie legt ihre Hand auf Hessus Hand, tätschelt sie ein paar Mal. Schaut dem Mann in die Augen und lächelt richtig empathisch.

»Wollte die mich klarmachen?«, fragt sich Heikki Kohtalonmäki jetzt. »Haben die mich absichtlich gequält? Wussten die nicht, mit wem sie es zu tun hatten? Ich war so was von angefressen. Einen Moment lang überlegte ich, die Königin in irgendeine Ecke zu zerren und ihr die Seele aus dem Leib zu ficken. War es das, was sie wollte? Aber ich beherrschte mich. Stattdessen nahm ich eine entspannte Haltung ein. Das hier war Business. Es würde guten Gewinn abwerfen.«

Kunkku lässt den Controller auf den Boden fallen und reckt eine Faust in die Luft.

Watte knallt seinen Controller an die Wand.

Sofi will den Gästen das Schloss und insbesondere ihre eigene Kunstetage zeigen. Ein Diener trägt Watte einen Aschenbecher hinterher. Watte blickt aus den Fenstern und versucht sich ein Bild zu machen, in welche Himmelsrichtung man jeweils sieht. Er fragt Kunkku und Sofi, ob sie wüssten, wie hoch der Quadratmeterpreis in dieser Lage sei. Man könnte bestimmt eine Milliarde für die Immobilie bekommen. Kunkku erinnert sich, dass der Ministerpräsident einmal gesagt hat, das Schloss sei vom finnischen Volk gemietet.

Eines von Sofis Kunstzimmern ist voller äthiopischer und eritreischer *Art brut*. Besonders stolz ist Sofi auf eine Skulptur aus Kalbsmist, die sie mit einem kleinen Kind im Pietà-Stil zeigt. Es gibt allerlei Totenmasken und einen Ford Transit, den der indische Popkünstler Audi Viertausend aus Atommüll gemacht hat. Er füllt einen ganzen Raum aus, der maschinell belüftet und befeuchtet werden muss.

»Über den größten Teil von dem Krempel musste ich lachen«, tönt Watte amüsiert. »Dann griff ich der Königin noch mal an den Steiß. So als Joke. Pietà – was sollte das denn sein?«

Kunkku weiß nicht, was er von dem Betatschen halten soll. Es ist ganz und gar ärgerlich, und ärgerlich ist auch, dass sich Sofi das nicht verbittet. Außerdem ärgert ihn, dass er sich nicht einzumischen traut, weil er Wattes Pulver braucht.

»Ich betrachtete die drei und hatte irgendwie das Gefühl, dass das keine Königs-Gang war«, sagt Sofi. »Die hatten ja nichts miteinander gemein. Ich frage mich, wieso ich nicht ahnte, was die drei miteinander verband.«

Sofi bittet Hessu und Kunkku, schon mal in den Speisesaal vorzugehen, denn sie wolle Watte noch ein wenig mehr mit der Weltkunst vertraut machen, von der dieser offenbar ebenso wenig wisse wie von der Weltpolitik.

»Da wurde mir klar, dass ich ein Glückspilz bin«, erzählt Watte. »Sie nahm mich mit ins Schlafzimmer, ins Ehebett.«

Heikki Kohtalonmäki sitzt auf seinem Stuhl und schaut Kunkku an, der weißes Fleisch von einem Hähnchen abreißt und zwischen zwei Hamburgerbrötchenhälften stopft. Kunkku findet, sie sollten anfangen, solange das Essen noch warm ist.

»Und wieder kam so ein Flashback aus der Kindheit«, erzählt Heikki Kohtalonmäki. »Die Diener strichen Ketchup auf die Hamburger und schnitten Gurkenscheiben in der richtigen Größe. Wenn der Käse nicht am richtigen Platz lag, wurde der ganze Hamburger weggeworfen.«

Kunkku führt einen perfekten Hamburger zum Mund und beißt hinein. Beim Kauen murmelt er etwas Unverständliches. Heikki Kohtalonmäki muss seine Wut bändigen. Er leert seine Bierdose und stellt sie auf den Tisch. Die Diener beeilen sich, der Dose einen Untersetzer aus der Zeit des Huttujuntta-Krieges unterzuschieben.

Kunkku fragt Hessu, ob er jetzt mit ihm spielen wolle oder ob sie sich im Keller ein Video anschauen sollten. Dort gebe es auch eine funkelnagelneue, glänzende Stange, für die müsse man endlich mal Verwendung finden. Heikki Kohtalonmäki zieht kurz die Nase hoch, schaut woanders hin und sagt:

»Watte bumst gerade deine Alte.«

Kunkku schaut Heikki Kohtalonmäki mit offenem Mund an, voller Erstaunen.

»Der bumst alle. Du hast doch gesehen, was das für einer ist. Er kann nichts dafür.«

Ungläubig schüttelt Kunkku den Kopf.

»Das Zeug, das du dir reinziehst, hat seinen Preis.«

Kunkku sagt, das wisse er, und beteuert, er werde alle Zahlungen pünktlich leisten. Sollte er etwas schuldig sein, könne man auf den Dachboden steigen und nach passenden Zahlungsmitteln suchen.

»Hör mal! Hörst du das? Hörst du das Gepolter?«

Tatsächlich hört man ein gedämpftes Poltern durch die massive Decke. Ab und zu wird es stärker, dann schwächer und wieder stärker. Mal ist es rhythmisch, mal gibt es Pausen.

»Was willst du jetzt unternehmen, mein Freund?«, fragt Heikki Kohtalonmäki und schaut Kunkku in die Augen.

»Könntest du vielleicht einschreiten?«, fragt Kunkku zurück.

Heikki Kohtalonmäki zieht einen Zigarillo aus der Jackentasche und zündet ihn an. Er macht ein paar Züge, dann sagt er, er sei weder Kunkkus Leibwächter noch sein Rächer.

Kunkku geht auf und ab. Er wirft einen Blick auf das alte Schwert an der Wand, schaut auf den Hofmarschall und überlegt viele Sekunden lang, was zu tun wäre. Er erinnert sich an seinen Ehebruch in Torremolinos und an sein Interesse für alle schönen und großbusigen Frauen, unabhängig von Alter, Familienstand oder Nationalität. Er stellt fest, dass er schlechte Karten hat.

Wieder rumpelt es.

Wenn er Sofi jetzt wütend macht, nachdem sie ihn wütend gemacht hat – was wird das für eine Kollision geben? Weil sein Grips nicht ausreicht, um das Problem zu lösen, macht sich Kunkku eine Dose Bier auf und trinkt sie in einem Zug aus. Oben hört man Watte brüllen. Es ist das erste alkoholhaltige Getränk seit der Spanienreise, es schmeckt intensiv und schlecht, macht sich aber stark im Kopf bemerkbar.

Zur gleichen Zeit lässt Watte oben das Bett los, das er nun schon an alle vier Wände geschoben hat, aber Sofi ist noch immer nicht zufrieden. Eine Wohnungseinrichtung kann man sich schlecht vorstellen, man muss die Möbel an ihrem Platz stehen sehen. Dem Manöver ist eine kleine Ansprache darüber vorausgegangen, wie man sich in der Gesellschaft von Frauen und Menschen im Allgemeinen zu verhalten hat. Watte hat sechs Mal um Verzeihung bitten und schwören müssen, nie wieder eine Frau zu erniedrigen. Sofi sagt, sie habe ihn nicht vor seinen Freunden beschämen wollen, aber eine kleine Demütigung sei trotzdem nötig.

»Ehrlich gesagt war Watte einer der interessantesten Menschen, denen ich je begegnet bin«, sagt Sofi. »Durchaus auch erotisch, in all seiner … göteborgischen Primitivität.«

Das Poltern nimmt zu, der Schrank, der als Nächstes bewegt wird, stammt aus viktorianischer Zeit und ist so schwer, dass Watte seine ganze Kraft einsetzen muss. Davon ist nicht wenig vorhanden, dennoch ächzt er gewaltig, als er in rhythmischen Schüben den Schrank verrückt.

Kunkku hört die Laute und das Rumpeln, hält sich die Ohren zu und trinkt Rotwein mit dem Strohhalm.

»Ich zeigte Kunkku, wie sich Sofi gegen den Schrank stützt und Watte sie von hinten nagelt«, bekennt Heikki Kohtalonmäki. »Ich erklärte ihm, Watte habe ein relativ kurzes, aber dickes Ding. Ich hätte aufhören sollen damit, aber ich konnte es nicht. Ich genoss es, ihn leiden zu sehen.«

Die Diener befolgen die Anweisungen, die sie vorab erhalten haben, und servieren beim richtigen Glockenschlag ein dreigängiges Abendessen, das aber keiner anrührt. Kunkku ist bereits so betrunken, dass er sich wie ein Kreisel auf dem Fußboden dreht und singt. Zwischendurch bittet er Hessu, ihm irgendwie zu helfen.

»Hast du mir denn jemals geholfen?«, fragt Heikki Kohtalonmäki. »Hat mir überhaupt jemand geholfen? Ich habe immer allein in der Welt zurechtkommen müssen. Jetzt siehst du mal, wie das ist.«

Kunkku torkelt zum Tisch und bedeutet einem Diener, noch eine Bierdose aufzumachen. Er versteht nicht, warum Hessu so wütend ist und sich alles plötzlich von der besten Party in den schlimmsten Albtraum verwandelt. Er will doch noch ein Doppel spielen, bevor es in den Keller geht.

Schließlich kommen Watte und Sofi herunter. Sofi schwitzt ein bisschen, sie hat bei den letzten beiden Sesseln geholfen. Watte hat das Hemd ausgezogen, und sein muskulöser, tätowierter Oberkörper glänzt im Schein der Kronleuchter. Ohne etwas zu sagen, setzt er sich an den Tisch und isst alle Teller leer. Hühnerfett spritzt, die Schenkel werden in Ketchup und Dips getunkt, ganze Kartoffeln verschwinden in Wattes Rachen, aus den Mundwinkeln quillt Tiramisu.

Kunkku glotzt Watte schwer betrunken von schräg unten an. Sofi erkennt Kunkkus Verfassung und fragt ihn, was, um Himmels willen, passiert sei.

Da steht Heikki Kohtalonmäki auf, nimmt eine leichtfüßige, aber stabile Position ein und bedankt sich bei Sofi für den angenehmen Abend. Er müsse jetzt gehen, er habe im Büro noch Buchhaltungssachen zu erledigen. Und Watte sollte jetzt auch besser gehen.

Heikki Kohtalonmäki wirft Watte dessen Hemd zu und bittet die Diener, etwas zu essen einzupacken. Watte wundert sich, was in Hessu gefahren ist, sie haben sich doch gerade erst am Esstisch niedergelassen.

Kohtalonmäki zieht seinen Geschäftspartner entschlossen an den Achseln hoch und drückt ihm zusätzlich schmerzhaft den Nacken. Dann nickt er dem Hofmarschall zu, zwingt auch Watte, zu nicken, und sagt, sie fänden allein hinaus.

»Ich habe sie begleitet«, berichtet der Hofmarschall. »Wir fuhren mit dem Lift in die Tiefgarage, wo Herr Watte Herrn Kohtalonmäki anbrüllte, was das für eine Scheißtour gewesen sein soll. Kohtalonmäki gab daraufhin zu verstehen, man solle eine Feier immer dann verlassen, wenn man gern noch bleiben würde. Das war ein hervorragender Rat.«

Sofi schickt die Diener aus dem Speisesaal. Kunkku trinkt aus einem Becher eine Mischung aus Weißwein, Rotwein und Bier. Er schielt, und sein Stuhl schwankt. Sofi fragt ihn, was das soll, er habe doch seine Freunde hier haben wollen, warum er sich jetzt so benehme, ein erwachsener Mann.

»Ich weiß, dass ich mir die Schuhe nicht binden kann …«, lallt Kunkku.

»Was?!«

»Ihr braucht trotzdem nicht denken, dass ich total blöd bin. Du und Watte …«

Sofi versucht aus Kunkkus Gedankengang schlau zu werden, aber das ist schwer, weil sie seine Worte nicht versteht. Was steckt dahinter, was meint er?

»Warum hast du das getan?«

»Was soll ich denn getan haben? Was ist eigentlich los? Du hast vielleicht interessante Freunde … Der eine sagt nichts, und der andere fasst einem an den Hintern.«

»Aber muss man sich unbedingt von ihnen bumsen lassen, auch wenn sie noch so interessant sind?!«

Sofi traut ihren Ohren nicht. Sie nimmt Kunkku den Becher aus der Hand und stellt ihn außer Reichweite auf den Tisch.

Sie versucht die Fassung zu bewahren. In jungen Jahren hätte sie längst einige Gläser und vielleicht sogar Fenster zerschlagen, aber jetzt begreift sie, dass Kunkku schlafen muss. Mit dem da lohnt es sich nicht, klärende Gespräche zu führen. Seine Behauptung ist idiotisch, unverschämt, beleidigend und krank. Am nächsten Tag wird sie ihn dafür zur Rechenschaft ziehen.

Da kommt die Königinmutter in den Speisesaal. Sie sagt, sie könne nicht schlafen, weil zuerst oben gerumpelt und dann im Speisesaal gebrüllt worden sei. Kunkku reißt sich mitten im Raum die Kleider vom Leib und versucht sich einen Orden an die nackte Haut zu stecken.

»Seine Majestät gefährdete sich allmählich selbst«, seufzt der Hofmarschall. »Er bezeichnete seine Frau als Hure, nannte seine Mutter eine Kuh, die nach Pisse riecht, seinen Freund einen schlechten Rückhandspieler und den anderen Freund einen schwedischen Kanaken. Die kenne man ja. Er musste so schnell wie möglich ins Ausnüchterungszimmer gebracht werden.«

Der Hofmarschall packt Kunkku unter den Armen, und Soldaten

der Leibgarde heben ihn an den Beinen hoch. Auf dem Weg schläft Kunkku ein, wacht aber wenige Stunden später mit starken Kopfschmerzen und schlimmer Übelkeit auf. Er schleppt sich in den Sanitärbereich des Zimmers und würgt lange und andächtig in die Schüssel.

Dann dreht er sich zur Wanne um und dreht den Hahn auf.

Bei so einem entsetzlichen Katerwechselfieber tut ein Vollbad gut.

Schließlich schläft Kunkku ein.

Als die Nacht zu Ende geht und der Morgen anbricht, kommt Pressechef Veijalainen von einer Dienstreise in Belgien zurück. Er schreitet durch die Tür neben dem Haupttor und merkt, dass aus einem Fenster im dritten Stock Wasser dringt, die Fassade herabläuft und im Hof einen kleinen Bach bildet.

»Im selben Moment gingen die Feuchtigkeitsmelder los«, erzählt Pressechef Veijalainen. »Ich ließ die Aktentasche fallen und rannte in den dritten Stock. Als ich die Tür zum Ausnüchterungszimmer öffnete, schoss die Wassermasse über mich hinweg, und darin prustete Seine Majestät in Lebensgefahr.«

Veijalainen eilt zur Königin und zur Königinmutter, um zu sehen, in welchem Zustand sie sich befinden. Sie schlafen eine Etage über dem Ausnüchterungszimmer und würden noch lange schlafen, wenn nicht unverzüglich mit der Evakuierung des Schlosses begonnen würde. Männer der Leibgarde holen Sofi sicherheitshalber durchs Fenster aus dem Schlafzimmer, und sobald die Königin sicher auf festem Boden steht, steigen sie bei der Königinmutter ein. Diese ist jedoch nicht bereit, das Zimmer zu verlassen, um keinen Preis. Wenn das Schloss zerstört werde, gehe sie mit ihm unter.

Der älteste, zur Zeit des Punischen Krieges errichtete Teil des Schlosses stürzt fast komplett ein. Sein kulturhistorischer Wert ist laut Zentralrechner der UNICEF unermesslich. Die gerade erst renovierte Mauer zerbröckelt zur Hälfte. Die Deckenbalken in den Wohnetagen geben nach, und der aus Westindien eingeführte gelbe

Lehm verwandelt sich in Schlamm. Die Feuchtigkeit verursacht eine Zerstörung des Strom- und Heizungssystems.

»Es war eine riesige kulturhistorische Katastrophe, aber zum Glück war ich auf Krisenintervention spezialisiert«, sagt Pressechef Veijalainen. »Ich formulierte es so, dass es im Sanitätsbereich von Flügel F des Schlosses zu einer H_2O-Störung mit menschlichem Faktor gekommen sei. So stand es in der ersten Pressemitteilung, die ich an die Finnische Königliche Nachrichtenagentur FKNA faxte.«

Kunkku schlottert durchnässt auf der Schlosstreppe und weint. Ihm tut der Kopf weh, und allmählich erinnert er sich wieder, was er am Vorabend gesagt und getan hat. Pressechef Veijalainen legt ihm eine warme Wolldecke über die Schultern und redet auf ihn ein. Schweigen sei nun Gold. Darum keine Verlautbarungen, keine Interviews.

»Entschuldigung«, bringt Kunkku trotz des Zitterns über die Lippen.

Veijalainen verbietet den Gebrauch des Wortes Entschuldigung. Die Schuldigen seien anderswo. Schuld sei vor allem das viel zu alte Wasser- und Abwassersystem, für dessen Erneuerung der Ministerpräsident trotz unzähliger Bitten kein Geld zur Verfügung gestellt habe.

Genau in diesem Moment sieht Kunkku seine Spielkonsole und seinen Tennisschläger aus dem Fenster fliegen und im Bauschuttcontainer landen. Jetzt hat er alles Persönliche verloren. Auch das Schlachtfeld der Kinder und die *Dick-und-Doof*-Filme mit den Autogrammen von Stan Laurel und Oliver Hardy.

Während Kunkku noch sein elendes Schicksal beklagt, schreibt Veijalainen eine neue Pressemitteilung, exakt zwei Stunden nach der ersten. Darin wird dem allwissenden Gott und dem geliebten finnischen Königshaus dafür gedankt, dass die Kinder abwesend waren und Personenschäden vermieden werden konnten. Zwar ist einer der Bediensteten ertrunken, doch das gehört zu den natürlichen Risiken dieses Berufs.

PENA

Im Büro der Sozialarbeiterin Hilja Liukko hängen Kinderzeichnungen an der Wand. Die Menschen darauf haben große Köpfe und Streichholzarme, in einer Ecke scheint die Sonne. Vielleicht sollte ich es mal mit Zeichnen probieren. Als Kind gefiel es mir, Seeschlachten zu malen. Hilja Liukko erkundigt sich nach dem laufenden Monat.

Kann ich ihr alles erzählen, was seit unserem letzten Treffen passiert ist, ohne sie allzu sehr durcheinanderzubringen?

Ich versuche alles so zu erzählen, dass ich nicht lüge, aber dass es auch nicht ganz so aussieht, wie es ist.

Ich hätte neue Verwandte gefunden, erzähle ich. Olavi sei zwei Jahre jünger als ich und eindeutig mein Halbbruder. Meine Frau hätte ich auch gefunden, wir hätten Kontakt aufgenommen, allerdings habe sie ganz andere Wünsche für den Rest ihres Lebens als ich. Das würde womöglich ein paar Probleme bereiten.

Hilja Liukko meint, Scheidungen seien nie leicht.

Ich bin nicht sicher, ob meine Frau und ich geschieden sind. Oder ob wir überhaupt offiziell verheiratet sind. Das hängt ein bisschen vom DNA-Test ab.

Hilja Liukko hat noch nie gehört, dass im Zusammenhang mit Scheidungen DNA-Tests vorgenommen werden.

Ich erzähle ihr, dass ich mich auf ein Tennismatch vorbereite. Als junger Mann hätte ich diese Sportart ausgeübt. Es sei das, was ich auf der Welt beinahe am liebsten mochte, gleich nach großen Brüsten. Dann rutscht mir heraus, dass bei dem kommenden Match mehr auf dem Spiel steht als je zuvor.

Hilja Liukko ist der Meinung, bei meiner finanziellen Lage wäre es ratsam, auf Glücksspiele komplett zu verzichten.

Wir spielen nicht um Geld.

Hilja Liukko findet, eine Packung Kaffee oder auch ein Bierchen wären ein angemessener Einsatz.

Ich habe auch erfreuliche Dinge zu berichten. Irma ist nicht mitgekommen, weil sie bei der Aufnahmeprüfung für die Tanzschule ist. Sie hat die Schule in Hilja Liukkos Informationsblättern und an der Schule einen neuen Zweig entdeckt, den sie mir noch nicht verraten wollte.

Hilja Liukko sagt, sie freue sich aufrichtig für uns. Nach dem ersten Treffen habe sie nicht geglaubt, dass Irma so schnell wieder in Gang käme. Ich hätte es selbst nicht geglaubt, und man muss der Videospielkonsole dafür danken.

Da ich nun schon einmal angefangen habe, erzähle ich auch, dass Valmas Problem mit der Alimente noch nicht gelöst sei. Ich würde gerade auf die Antwort eines potenziellen Finanziers warten, man müsse mal sehen. Die Gegenpartei sei sehr schwierig und ein totales Arschgesicht.

Ich erzähle außerdem von den Besuchen bei Marjatta Kohtalonmäki und meiner Mutter. Ich hätte gesehen, wie man sich um die Alten kümmere, und da sei mir ein bisschen klarer geworden, wie ich selbst einmal enden wolle.

Hilja Liukko aktualisiert meinen Antrag und trifft eine positive Entscheidung. Sollten meine Einkünfte steigen, müsse das dem Amt sofort mitgeteilt werden, falls ich zum Beispiel befördert würde oder mehr Nachtschichten leisten sollte. Am Ende fragt mich Hilja Liukko noch, wie es mir geht. So ganz im Inneren, als Mensch, nicht bloß als Klient.

Da gibt es allerlei Gefühle, sage ich. Ich bin noch nie gut darin gewesen, sie auseinanderzuklamüsern. Hilja Liukko bittet mich, es zu versuchen.

Die Freiheit ist großartig. In der Freiheit trägt man Verantwortung. Im Fernsehen hat ein Politiker von großen Herausforderungen gesprochen. Ich habe genau verstanden, was er damit meint und wie seine dunklen Augenringe entstanden sind. Er hat Sorgen und viel Arbeit und versucht sein Bestes zu geben.

Und noch etwas gestehe ich: Man muss sich jeden Tag davor hüten, dass man nicht wieder in die Vergangenheit zurückfällt. Man muss sich auf die Familie konzentrieren und nicht begehren, was man im Musiksender sieht. Mehrere Menschen sind auf unterschiedliche Art auf mich angewiesen, und ich eigentlich auch auf sie.

Hilja Liukko sagt, wie mir gehe es auch den anderen, die das Schloss verlassen haben. Man müsse vom alten Freundeskreis loskommen.

Mit einem Fingerschnippen ist das nicht zu machen. Ich will nicht einmal alle loswerden, einige von ihnen brauche ich mein Leben lang. Aber ich übe noch. Wenn ich mich erst mal zehn Jahre als Mensch unter Menschen bewegt habe, bin ich darin vielleicht sogar gut. Wer weiß.

Helena meine, nur der Schöpfer wisse das. Ich sei mir nicht ganz sicher, ob es den überhaupt gibt.

Hilja Liukko fragt interessiert, wer Helena sei.

Eine Helferin. Eine Bezugsperson.

Sie rettet meine Familie. Es ist erstaunlich, dass es solche Menschen auf der Welt gibt.

Wissen Sie, wie man das nennt?, fragt Hilja Liukko. Berufung.

Was bedeutet das?

Sie überlegt. Wenn sie nachdenkt, kratzt sie sich am Ohrläppchen und nimmt die Brille ab. Sie sagt, es sei eine Art Zwang zu arbeiten, ohne an Lohn, Status oder sonstige äußere Zeichen der Anerkennung zu denken. Für so einen Menschen komme es nur darauf an, den Weg zu gehen, den er für den richtigen und den für alle nützlichen halte.

Draußen schneit es. Ich fange ein paar Flocken mit der Zunge auf und schaue in den Himmel. So langsam müsste ich mal was für Weihnachten tun.

Ich denke über Hilja Liukkos Worte nach.

Meine Berufung ist die Arbeit im Lager eines Elektrogeschäfts. Das ist mein Weg. Der für mich richtige und für alle nützliche. Ich will, dass die Menschen ihre Bestellungen pünktlich erhalten. Ich verstehe die Welt jetzt besser.

Mein jetziges Leben hat einen vollkommenen Inhalt, auch wenn mir viele große Steine und Gerichtsverfahren und wer weiß was für Berufsverbrecher den Weg versperren.

Das Beste ist, dass ich überhaupt nicht mehr einsam bin.

DER EINSAME MENSCH VON MÄNTSÄLÄ

1989–1990

Das Gut Mäntsälä ist von weitläufigen königlichen Feldern und Wäldern umgeben. Das Gebiet grenzt an zwei Seen, deren Fischereirecht ein königliches Privileg darstellt, so wie auch die Elchjagd im ganzen Land. Dieser Brauch hat sich seit uralter Zeit bis auf den heutigen Tag gehalten und wird vom Ministerpräsidenten akzeptiert, weil Fang und Jagdbeute am Erntedankfest in vollem Umfang den Bürgern geschenkt werden. Seit der Jarl von Hirvihaara 1974 bei einem Autounfall ums Leben kam, steht das Gut leer. Aber jetzt, fünfzehn Jahre später, quartiert sich die Königsfamilie hier in diesem friedvollen Wald ein.

»Die Bürger waren bereit, dem Königshaus ihre eigenen Wohnungen zur Verfügung zu stellen«, erzählt Veijalainen. »Dieses Vertrauen, dieser Glaube und diese Empathie – das war schon bewegend.«

Die Intimsphäre von Gut Mäntsälä wird durch zwölf königliche Wölfe geschützt, die innerhalb der Grenzen des Guts leben und vom finnischen Strafgesetz nicht betroffen sind. Dringen Paparazzi oder sonstige Wagehälse auf das Areal vor, werden sie von den Wölfen gefressen, und keiner hat das Recht, Fragen zu stellen.

Sofi und ihre Töchter verlieben sich sofort in die Ländereien von Mäntsälä und in das idyllische Dorf. Das Gut ist ein naturnahes Gebäude mit nur vierundfünfzig Zimmern.

»Ein menschlicherer Ort für heranwachsende Kinder als das Schloss«, sagt Sofi. »Das merkte man vor allem an Irma sofort, die in der Stadt viel öfter zornig gewesen war. Ihr sinnloses Rebellieren gegen Essen und Anziehen ließ rasch nach. In Mäntsälä lief sie das ganze Jahr im selben Ballettkleid herum.«

Kunkku fühlt sich nach dem Umzug nach Mäntsälä wie ein Achtjähriger, der beim Ladendiebstahl erwischt worden ist. Er weiß, dass er Dummheiten in fürstlichem Ausmaß begangen hat. Sofi hat ihm erklärt, woher die Geräusche im Obergeschoss kamen, und das hat sein Scham- und Schuldgefühl noch mehr verstärkt.

Auch die Strafe orientiert sich diesmal am Niveau seiner Dummheiten und ist somit schlimmer als sonst: vollkommene Stille. Außerdem ist die Entwöhnung von Hessus und Wattes Pulver eine Geschichte für sich, die hier besser nicht weiter vertieft wird.

Kunkku sitzt im Garten von Gut Mäntsälä, oder er verbrennt am Flussufer Holz, falls ihm einer der Bediensteten dabei hilft. Pressechef Veijalainen beantragt beim Ministerpräsidenten einen Tennisplatz für Mäntsälä, doch der Antrag wird auf die lange Bank geschoben. Man begründet das mit den Kosten für die Schlossrenovierung, vierhundert Millionen. Kunkku wird keine Gnade gewährt.

Als alle Umzugskisten ausgepackt sind, die Diener ihre Zimmer bezogen haben und die Küche betriebsfertig gemacht worden ist, fällt auf, dass etwas fehlt: die Königinmutter.

Kunkku merkt es, weil ihn niemand an den Haaren zieht. Erst jetzt begreift er, dass es sich bei dieser Maßnahme der Mutter um eine Art Vergebung handelte, nach der er frei war, neue Fehler zu machen. Da diese Absolution jetzt nicht kommt, scheint er auf ewig sündig.

Veijalainen eilt ins Königsschloss und findet die Königinmutter in ihrem Zimmer, in dem lebensgefährliche Zustände herrschen. Er teilt der Königinmutter mit, auf Gut Mäntsälä sei für sie eine eigene Etage reserviert. Die Königinmutter lehnt es jedoch strikt ab, irgendwohin zu gehen. Sie erklärt, sie habe unter keinen Umständen vor, ihr Zuhause zu verlassen und zu irgendwelchen Banjospielern in den Busch zu ziehen. Veijalainen muss sich einiges anhören.

»Einen erwachsenen Menschen kann man nicht zwingen«, seufzt Veijalainen. »Ich argumentierte zwar mit den Schimmelproblemen im Schloss und dem Mikrobenbestand, aber die Königinmutter sagte, dagegen sei sie immun. Und wenn die Zeit komme, sei sie bereit, von dieser Welt zu scheiden. Ich versuchte es noch mit dem Heranwachsen der Enkelkinder und damit, dass die Großmutter wichtig sei, aber das war alles in den Wind gerufen.«

Hin und wieder tritt die Königinmutter auf den Balkon, um den Menschen zuzuwinken, aber die interessieren sich überhaupt nicht für die alte Schmolllippe, die da auf der Baustelle die Arme schwenkt. Die Abkopplung der jungen Generation ist ein wesentlich faszinierender und besser verkäuflicher Vorgang, mit dem man sich auch leichter identifizieren kann.

»Ich fragte mich, ob bei der Kommunikation nach außen die Veränderung der Lebensumstände entscheidend sein müsste«, sagt Pressechef Veijalainen. »Das Alte hinter sich lassen? Schwere Erinnerungen tilgen? Ich bestellte bei ein paar Ghostwritern Texte über den Umzug aufs Land. Jussi Kylätasku war einer von ihnen, und er lieferte die beste Perspektive. Er konzentrierte sich auf das Thema Kind, hob Vater und Mutter aufs Podest, weil sie ihrem Nachwuchs die Ruhe der ländlichen Umgebung boten anstatt der Abgase in der Stadt. Auf dieser Basis gab ich eine Presseerklärung heraus, und wer wollte, durfte den ganzen Text drucken.«

Im Herbst geht Valma in die Mittelstufe, und deshalb warten am Tor des Gutshofs und vor der Schule die Fotografen. Valma trägt die bekannte finnische Unisex-Schuluniform und eine individuelle Mütze. Solche Kopfbedeckungen tragen die Kinder, um sich von den anderen zu unterscheiden. Auf Valmas Mütze steht »Titan«. Sie lächelt für die Fotografen, ohne ihre Zahnspange zu verstecken. In finnischen Schulen wird niemand wegen so etwas gehänselt, denn finnische Kinder finden Mobbing unlogisch und gemein.

Während sich das Landleben von seiner besten Seite zeigt, vermisst Kunkku den Schlossalltag mit all den Dingen, die er immer verabscheut hat. In Mäntsälä sind ihm die Räume fremd, an den Wänden hängen Bilder von fremden Verwandten, und wenn man aus dem Fenster schaut, sieht man nur Wald und See. Will Kunkku sich beim benachbarten Bauern die Frühjahrssaat und den neuen Traktor anschauen, gibt ihm der Hofmarschall drei Leibwächter mit. Das ist frustrierend, aber Kunkku fehlt die Kraft, die drei auszutricksen. Außerdem machen ihm seine Knie Jahr für Jahr mehr Probleme; allmählich macht sich das Treppensteigen im Schloss und das Tennisspielen auf dem Steinboden im Hof bemerkbar.

Sofi ist hingegen jeden Morgen voller Energie und neuer Ideen, sie schaut aus dem Fenster und sieht Schwäne und Prachttaucher und eine Rehfamilie, die in anmutigen Sprüngen ein Feld überquert. Kunkku schmollt, er findet wilde Tiere gefährlich.

»Wir waren immer abwechselnd deprimiert«, stellt Sofi fest. »Ich wusste, dass man dem anderen seine Traurigkeit zugestehen muss. Trotzdem war es frustrierend, einen ausgewachsenen Mann immer wieder dieselbe Leier anstimmen zu hören. Ich versuchte ihm zu vermitteln, wie schön es ist, dass man auf dem Land seine eigenen Gedanken hört.«

Kunkku erwidert, er möge seine eigenen Gedanken überhaupt nicht. Eigentlich wisse er nicht einmal, was er denke. In der Stadt hatte man zwar immer Mauern um sich herum, aber wenn man wollte, konnte man auf die Lichter der Stadt blicken. Mit dem Fernglas sah man vom Turm aus das Menschengewimmel und war fast einer von denen, die da unten vor dem Nachtclub anstanden. Auf Gut Mäntsälä sieht man nur den fernen Sternenhimmel und die am Waldrand aufblitzenden Augen eines Fuchses und hört, wie bei starkem Wind Äste aufs Dach schlagen.

Die Zeit vergeht, Kunkku sitzt im Fernsehzimmer und versucht, die Kinder in den Arm zu nehmen. Nicht um ihnen Geborgenheit zu geben, sondern um von ihnen welche zu bekommen. Aber Valma ist im Teenageralter, für sie ist es nicht mehr natürlich, Arm in Arm mit ihrem Vater auf der Couch zu sitzen. Irma wiederum will aus dem Haus, jetzt, da es möglich ist, oder sie will neue Zimmer erkunden. In einem davon hat sie ihr neues Lieblingsspielzeug gefunden, einen Schminkkopf aus dem Jahr 1888.

Fahrradfahren ist das gemeinsame Hobby von Mutter und Kindern. Sofi setzt Irma hinten auf den Kindersitz, und Valma fährt auf dem eigenen Rad voran. Sie besuchen das Haustiermuseum und fahren am Fluss entlang, der hier Porvoonjoki heißt, bis sie wieder nach Mäntsälä zurückkehren, zur fröhlich gelb gestrichenen, die klassische Architektur repräsentierenden Touristeninformation. Dort gibt es das beste Softeis, dort spielt ein Leierkastenmann, und jeden Tag steigen Luftballons zum Himmel auf; und wenn es dunkel wird, werden im Freien Kinderfilme gezeigt.

Kunkku kommt nicht mit, nicht nach Porvoo, nicht zur Touristeninformation, nicht zum alten Arbeiterhaus Ohkola, von dem es heißt, dort habe der endgültige Aufschwung des finnischen Wohlfahrtsstaats seinen Anfang genommen.

»Seine Majestät konnte nicht Fahrrad fahren«, erzählt der Hofmarschall. »Er übte ein paar Mal auf dem Gutsgelände, nachdem ich die Stützräder von Irmas Rad an seinem Dreigangrad befestigt hatte. Als ihm vom vielen Hinfallen die Knie noch schlimmer wehtaten, hörte er auf damit.«

Das Gleiche wiederholt sich, wenn es bei der Sauna am Ufer ums Schwimmen geht. Die Kinder planschen im Wasser, und obwohl Valma die Lebensrettungstechniken beherrscht, belässt Kunkku es dabei, sich im Flachen mit den Händen abzustützen und ein bisschen zu zappeln. Im Wald wiederum ist ihm der Boden zu weich und das Knarzen der Bäume zu unheimlich. In die Beeren oder in die Pilze kann man ihn auch nicht locken.

Also bleibt er drinnen, glotzt Sportsendungen und Musikvideos, die immer weiter fortgesetzt werden und in denen Jahr für Jahr jüngere, schönere, schlankere Frauen mit größeren Busen den Hintern schwenken. Dieses Phänomen gibt Kunkku sehr zu denken.

»Er fragte mich, wie eine ganz dünne Frau so große Brüste haben kann«, schmunzelt Pressechef Veijalainen. »Ich klärte ihn dann über Silikon-Implantate auf. Unser Gespräch ging mit einer Analyse Seiner Majestät weiter, derzufolge Frauen von mittlerer Dicke die absolut besten Brüste hätten. In gewisser Weise waren das legendäre Gespräche.«

Ab und zu bitten die Kinder ihren Vater, mit ihnen rauszugehen, ihnen bei den Hausaufgaben zu helfen oder sie beim Schaukeln anzustoßen, aber Kunkku fällt nach und nach aus der Vaterrolle heraus. Er entfremdet sich von Valma und lernt Irma im Grunde nie richtig kennen.

»Wenn man einen Abszess nicht rechtzeitig aufsticht, kann es zu einer ernsthaften Entzündung kommen, zu einer Eiterbeule, am Ende vielleicht sogar zu einer Amputation«, sagt Pressechef Veijalainen. »Wir mussten auch dafür eine Lösung finden.«

Bevor das Jahrzehnt zu Ende geht, unternehmen Kunkku und Sofi diverse Repräsentationsreisen, unter anderem auf die Insel Malcom vor der kanadischen Küste, wo fünfhundert Jahre zuvor Angehörige einer finnischen Expedition als erste Europäer an Land gingen.

»Zu zweit war es schwierig«, erzählt Sofi. »Abends im Hotelzimmer. Wir hatten ja nie richtig zusammengelebt. Aber auf Dienstreisen lagen wir dann im Ehebett und taten, was man in einem Ehebett nun einmal tut. Aber etwas war mit meinem Mann passiert. Da war nicht mehr die Ausgelassenheit und die Dummheit eines kleinen Jungen, die ihn früher jedes Mal überkommen hatte, wenn wir die Kleider auszogen. Ich fragte ihn, wie man ihm eine Freude machen und ihm das Ganze ein bisschen versüßen könne, aber er sagte nur, es wäre alles in Ordnung, er habe nur gerade keine Lust.«

Kunkku und Sofi besuchen in Moskau die Feier anlässlich der Beendigung des Kommunismus, bei der sämtliche Staatsführer der freien Welt in einer Parade aufmarschieren wie kurz zuvor noch die Sowjetsoldaten. Rechts von Kunkku winkt Ronald Reagan in die Menge, links von ihm der irische Präsident Paul Hewson David.

An alle werden Pelzmützen vom Ausverkauf der Kommunistischen Partei verteilt.

Auf den Dienstreisen liegt Kunkku abends im Hotelzimmer und spielt mit dem Hofmarschall Karten. Sofi geht einkaufen und freut sich über ihre Errungenschaften: Schmuck, Kleider, Longshirts, Tunikas, Bücher, Schnitzereien lokaler Naturvölker. Außerdem will Sofi unbedingt in die Slums der Millionenstädte, Kunkku dagegen auf keinen Fall.

»Rio«, erinnert sich Pressechef Veijalainen. »Sofi hielt Kinder auf dem Arm und küsste sie auf die Wange. Seine Majestät wischte sich mit dem Taschentuch die Finger ab und übergab sich, als man ihm in einer Favela Erdhörnchenragout servierte. Mir sagte er im Nachhinein, die Frauen in den Slums hätten hübsche Hintern, aber echt schlechte Zähne.«

Ist Kunkku allein auf Reisen, sucht er in den Gelben Seiten nach den Adressen und Telefonnummern von Bars mit Stange.

»Ich gewöhnte mir an, die Seiten herauszureißen, bevor Seine Majestät ins Zimmer kam«, erzählt Pressechef Veijalainen. »Wir konnten uns keine Skandale leisten, unser aller Leben, an das wir uns gewöhnt hatten, stand auf dem Spiel. Ab und zu zerrieb ich eine Schlaftablette und ließ sie in seinen Becher mit Apfellimo rieseln, damit er trotz Unruhe schlafen konnte. Wann immer es möglich war, schaute er sich Filme auf dem Pornokanal an, was man beim Auschecken an der Rechnung merkte.«

Auf seinen Reisen denkt Kunkku darüber nach, wie viel leichter es ihm fiele, den ganzen monarchieverrückten alten Frauen die Hand zu schütteln, wenn er eine Prise Pulver in der Nase hätte. Er würde die Bewunderer besser ertragen und vielleicht auch die Jahr für Jahr mehr werdenden Eierwerfer besser verstehen, die ihn für ein sinnloses Überbleibsel aus alten Zeiten halten. Und es wäre leichter, in den verschiedenen Ländern die jeweiligen Kulturschaffenden, Regionalkünstler, Leiter von Textilfabriken, Geschäftsführer, Gemeindevorsteher, Kommunalausschussvorsitzenden auszuhalten.

Er hat es satt, den Interessierten zu spielen, wenn ein Kulturbeauftragter von der Theater-AG an der Berufsschule schwärmt. Er hat es satt, sich die Sorgen von Werksleitern über die zu hohen Steuern und die Ängste von Kommunalpolitikern über Eingemeindungen und den Kummer von Präsidentengattinnen über die Zunahme der Kriminalität in Randgebieten anzuhören.

Hätte er Pulver, könnte er ein paar Mädchen aufs Zimmer bitten, jedenfalls dann, wenn Sofi nicht dabei ist. Aber Kunkku muss den Menschen mit klarem Kopf begegnen und sich Tag für Tag an Orten aufhalten, an denen er nicht sein will.

Bei allen Staatsbesuchen wundert er sich über seine Frau, die im Lauf der Jahre gelernt hat, die Sprache dieser Leute zu sprechen, in ihrem Rhythmus zu leben und mit der Schere Brücken zu eröffnen.

»Soll ich anfangen zu trinken?«, platzt es eines Tages auf der Rückbank des schwarzen Autos aus Kunkku heraus.

»Was redest du da?«, sagt Sofi.

»Die Betrunkenen lassen doch die Gefühle raus. Sie weinen und schlagen um sich. Vielleicht leben solche Typen intensiver.«

PENA

Der Morgen vor dem Spiel. Ich fühle mich so miserabel, wie während der drei verkaterten Tage meines Lebens, obwohl ich nichts getrunken habe. Mit ein paar Kniebeugen teste ich meine Gelenke. Das Gefühl ist nicht das schlechteste und nicht das beste, es knirscht ein bisschen.

Ich dusche mich, esse meinen Brei, trinke ein großes Glas Milch und schlucke dazu diverse Pillen, die mir Valma gegen Müdigkeit, Mangelerscheinung und Genervtheit mitgebracht hat.

Die Kinder warten im Wagen. Wir fahren eine kurze Strecke bis zu einer nagelneuen Wohnsiedlung. Ein Schild weist als Bauherrn die *Watte Bomull Building Company* aus. In den Fenstern brennt elektrische Weihnachtsbeleuchtung, und an den Scheiben kleben aus Pappe ausgeschnittene Wichtelmännchen.

Auf dem Areal zwischen den Häusern befinden sich vier mit leichten Konstruktionen überdachte Tennisplätze. Helena erklärt, seit Anfang dieses Jahres sei es gesetzlich vorgeschrieben, bei Neubauten einen mit Bodenheizung versehenen, das ganze Jahr über trockenen Tennisplatz anzulegen, zu dem auch in ihrer Beweglichkeit beeinträchtigte Menschen barrierefreien Zugang haben.

Ich nehme die Mütze ab und tausche die Winterschuhe gegen Tennisschuhe. Dann nehme ich die Linien, den Belag und das Netz in Augenschein. Alles von bester Qualität.

Die neue Tenniskleidung ist weiter als in meiner Jugend, die kurzen Hosen drücken nicht so an den Hoden.

Ich übe Aufschläge, wärme die Muskulatur auf. Gegen eine Person habe ich zuletzt in Deutschland gespielt, gegen Heikki Kohtalonmäki. Danach habe ich nur noch Bälle gegen Mauern geschlagen.

Helena gibt Saft zu dem heißen Wasser in der Thermoskanne, denn ihrer Meinung nach kann genau das den kleinen, aber entscheidenden Unterschied ausmachen. Auf jeden Fall würden dadurch Krämpfe und Flüssigkeitsverlust vermieden.

Die Zeit vergeht. Elmeri verlangt etwas zu essen und verzehrt ein Glas selbstgekochten Brei. Watte lässt sich nicht blicken. Irma macht einen Spaziergang, um warm zu werden, denn sie hat sich zu dünn angezogen. Watte lässt sich noch immer nicht blicken.

Ich habe keine Lust mehr, ständig Aufschläge zu machen, und will auch nicht zu viel Kraft vergeuden.

Helena, Valma, Elmeri, Tuulikki und Irma sitzen am Rand des Platzes auf einer Bank; sie unterhalten sich etwas gezwungen, die Stimmung ist angespannt. Ich setze mich neben Helena. Nur Elmeri muss lachen. Er muss immer lachen, wenn er mich sieht, und als Elmeri über das ganze Gesicht lacht, müssen auch wir lächeln. Ich sage, irgendwie würden wir schon alles in den Griff bekommen. Und eigentlich müsste ich jetzt einen Witz erzählen, wenn ich nur einen wüsste.

Endlich gleitet ein graues Auto den Fußweg entlang. Es hat anscheinend die Xenon-Lichter, von denen in Ahti Marttis Autozeitschrift die Rede ist. Ich ziehe die Strümpfe hoch, rücke die Schweißbänder an den Handgelenken und das Stirnband zurecht.

Dann stehe ich auf.

Watte hat einen Chauffeur, so wie ich in meinem früheren Leben den Hofmarschall hatte. Der Chauffeur ist zugleich der Balljunge. Er packt einen funkelnagelneuen Schläger aus und streut einen Satz Bälle auf den Platz.

Watte sagt, aha, die ganze Einwohnerschaft von Hinterfotzingen ist gekommen, um sich diesen Winterklassiker anzugucken. Er habe seine Familie gar nicht erst eingeladen, weil er dafür eine größere Tribüne gebraucht hätte. Er fragt mich, was ich vom Platz halte. Ich finde ihn sehr gut. Watte sagt, die Baupflicht von Tennisplätzen sei eine unglaublich rentable Angelegenheit.

Ich kann nicht mit ihm reden. Ich möchte, dass das Reden aufhört und das Spiel beginnt.

Watte brummt noch, er werde es sehr genießen, als schwedischer Bodybuilder den finnischen König in seiner Lieblingsdisziplin 3:0 zu schlagen.

Ich sage, ich sei Lagerist in einem Elektrogeschäft.

Watte behauptet, für ihn bliebe ich immer der König.

Helena wickelt mir Klebeband um Knie und Ellbogen. Ich frage Watte, ob wir uns zuerst ein bisschen einspielen. Seiner Meinung nach ist das irgendwie schwul. Also losen wir, wer anfängt, und das Los fällt auf mich.

Ich mache gleich zu Beginn einen Doppelfehler. Wattes Junge rennt und holt die Bälle aus der Ecke.

Das wird nichts. Konsolentennis ist etwas ganz anderes als richtiges Spielen. Ich habe das Gefühl, meinen Körper nicht im Geringsten zu beherrschen.

Helena kickt ab und zu Bälle, die ihr vor die Füße rollen, auf den Platz zurück. Sie setzt unterschiedliche Gesichter auf, die vermutlich so viel bedeuten wie: durchhalten, nicht aufgeben, und was war das denn jetzt für ein Schlag.

Elmeri lacht, wenn das gelbe Spielgerät hin und her saust. Die Köpfe meiner Angehörigen drehen sich, und auch auf den Balkons der umliegenden Häuser erscheinen Leute, um zu verfolgen, was auf dem Platz passiert. Watte ruft ihnen zu, er mache gerade mit dem König kurzen Prozess.

Ich brauche den ganzen ersten Satz, um ein Gefühl für die richtige Reichweite zu finden. Ich schlage Luftlöcher. Ich stolpere. Die Knie tun mir richtig weh. Ich weiß, dass ich es besser kann. Irgendeine Einstellung in meinem Kopf ist falsch. Ich muss meinen Kopf klar bekommen. Ich muss mich konzentrieren.

Ich muss etwas schaffen, woran niemand glaubt. Ich muss schlagen und laufen, ich muss den Ball mit einem so starken Faden an mich binden, dass er kein einziges Mal entweicht, und ich muss daran glauben, jeden Schlag des Gegners erreichen zu können.

Egal ob es dumm, plump, blöd, behindert oder besoffen aussieht. Hier geht es nicht um Haltungsnoten, sondern um den Sieg. Meinetwegen lande ich per Handykamera in den Zusammenfassungen der doofsten Sportereignisse des Jahres. Die sind mir auch früher schon nützlich gewesen.

Watte wird uns Weihnachten nicht verderben.

CITIUS. ALTIUS. TITTIUS

1990–1994

Im Sommer 1990 erhält Kunkku per Kurier ein Paket VHS-Kassetten von Regisseur Laine. Leni Riefenstahl, die Grand Old Lady der deutschen Fernsehkomik, hat das skandalträchtige Olympiavideo *Münchner Murks* gedreht, das die Klobigkeit von Sportlern glorifiziert, die schlechtesten Leistungen, die unschuldigsten Formen des Scheiterns, die komischsten Missgeschicke, die grausamen Demütigungen. Kunkku sieht einen Geher losrennen, er sieht einen Bogenschützen den Pfeil auf eine falsche Zielscheibe schießen und einen Boxer in der letzten Runde in Tränen ausbrechen, als er in Führung liegt und erkennt, dass er eigentlich immer davon geträumt hat, als Bergführer zu arbeiten.

Laine hat einen Zettel auf die Hülle der Kassette geklebt, auf dem steht: *Das bringt mich zum Heulen. Das ist so verdammt schön. Wenn das einer versteht, dann du. Edvin.*

Kunkku muss nicht weinen, aber das Video veranlasst ihn, über die Olympischen Spiele nachzudenken. Als Kind waren sie das wichtigste Ereignis im Leben, nicht nur weil ihm dort die Amme weggenommen wurde. Während der olympischen Wochen hatte alles eine Bedeutung, und man stand nicht selbst im Mittelpunkt. Man durfte im Stadion den Sportlern applaudieren, und daheim durfte man sich auf der Couch gehenlassen, wenn die Finnen ihre Triumphe feierten; sogar sein Vater war begeistert, wenn im Tennis und im Hockey gewonnen wurde. Und die Weitspringerinnen hatten von Olympiade zu Olympiade perfektere Pos.

Kunkku drückt auf Stopp und bittet den Diener, ihm drei Hamburger mit extra viel Käse und einen großen Becher Apfellimo ohne Eis zu bringen. Er legt eine neue Vier-Stunden-Kassette ein und drückt auf den Play-Knopf der Fernbedienung.

Seit langer Zeit fühlt er sich wieder einmal leicht. Er lacht leise, wenn Radfahrer kollidieren, wenn ein Hase auf die Ringermatte flitzt und ein lettischer Basketballspieler mit seinem Dunking das Korbbrett in eine Million Glasfasersplitter zerschlägt und anschließend mit dem Hintern auf dem Parkett landet. Danach erleidet der Präsident des Olympischen Komitees bei der Eröffnungsrede eine Durchblutungsstörung im Gehirn, wodurch sich die Rede in ein einziges Gestammel verwandelt. Zum Schluss springt der Mann vom Rednerpodest und wirft sich den Blumenmädchen in die Arme.

Die Kinder kommen ins Fernsehzimmer, um nachzusehen, was ihren Vater so zum Lachen bringt. Ohne weitere Fragen zu stellen, stimmt Irma ins Gelächter ein. Valma hingegen blickt ernst auf den Bildschirm.

»Hat denen das wehgetan?«, fragt sie.

»Dick und Doof passieren noch ganz andere Sachen«, sagt Kunkku.

Riefenstahls Film gibt Kunkku den Lebenswillen und den Humor zurück, darum sieht er sich auch die Fortsetzung an, *Stümpereien in Montreal*, zuerst mit den Kindern und dann mehrmals allein.

Valma begeistert sich für sportliche Wettkämpfe als historisch-soziologisch-ökonomisches Phänomen, und infolge dessen entdeckt sie die Olympiade von Stockholm. *Das Große Olympiabuch* erzählt interessante Anekdoten von den Spielen, zum Beispiel dass der Finne Algot Niska im Gewichtheben das Vierfache seines Körpergewichts stemmte und ein gewisser Urho Kekkonen als schlechtester finnischer Hundertmeterläufer aller Zeiten nur Siebter wurde. Valma wird außerdem klar, wie anders Schweden im Jahr 1954 war, als dort die Olympischen Spiele stattfanden. Damals gab es noch eine urbane Struktur und vorsichtige Anzeichen von Demokratie. Das Buch enthält auch Fotos von ihrem Vater an der Brust von Marjatta Kohtalonmäki.

Kunkku erzählt Valma, das Stillen habe eine lange Tradition gehabt, die mit ihm beendet worden sei. Zwar habe er versucht, sie bei Valma fortzusetzen, aber das habe nicht recht funktioniert. Er denkt über die Bedeutung der Olympischen Spiele für sein Leben nach und erklärt Valma und Irma, ohne die Spiele von Hintersibirien wären sie beide nicht auf der Welt.

Die Kinder lachen über ein Bild von den hintersibirischen Spielen, auf dem Kunkku und Sofi von einem Herz eingefasst zu sehen sind – in den Farben der Epoche gekleidet, mit großen Brillen und bauschigen Frisuren. Die Überschrift lautet: *Doppelslalom der Liebe!*

Kunkku fragt die Mädchen, was sie davon hielten, ihre eigene Olympiade zu bekommen. Ohne die Antwort abzuwarten, ruft er Pressechef Veijalainen zu sich.

»Ich hatte Seine Majestät lange nicht mehr lächeln gesehen«, erzählt Veijalainen. »Er wollte wissen, wo die nächsten Olympischen Spiele ausgetragen würden. Das sollte eigentlich in Barcelona sein, aber auf spanischem Territorium ging gerade der Autonomieprozess Katalaniens vonstatten, weshalb man drauf und dran war, die Spiele zu streichen.«

Kunkku erklärt sofort, die Spiele gehörten nach Finnland. Er hat kein eigenes Projekt mehr gehabt seit den Weltraumflügen, die inzwischen zu banalen Urlaubs- und Geschäftsreisen verkommen sind. Das Geld geht Finnland nicht aus, denn im Bereich der leichten Musik fließen die Tantiemen, Holz verkauft sich, und einer Forschungseinrichtung in Kainuu gelang es, die Ausscheidungen sämtlicher Säugetiere in erneuerbaren Brennstoff zu verwandeln und zu verpacken. Die Wettkampfstätten sind da, mithilfe des vorhandenen Flugschanzenformats entsteht innerhalb von drei Monaten eine Skisprunganlage. Der Ministerpräsident fragt, warum, beim besten Willen, Finnland eine Olympiade ausrichten soll.

»Ich nahm die Zügel in die Hand«, sagt Veijalainen. »Als ich genügend Fakten und Daten auf den Tisch legte und zum Schluss eine emotionale Zusammenfassung der finnischen Olympiageschichte lieferte, musste der Ministerpräsident einfach zustimmen.

Alles war lückenlos. Finnland profitierte in wirtschaftlicher und ethisch-moralischer Hinsicht, und für das Image des Landes wäre es ebenfalls nützlich.«

Kunkku und Veijalainen verlassen das Parlamentsgebäude mit einem Lächeln. Sie überlegen, wie man in so kurzer Zeit ein Organisationskomitee zusammenstellen könne.

»Wir nahmen vom Auto aus Kontakt mit John F. Kennedy auf«, erzählt Veijalainen. »Er hatte sich völlig aus der Öffentlichkeit zurückgezogen, fand aber, dass er Kunkku noch einen Gefallen schuldig war, als Dank für das Weltraumprojekt. Ein Honorar wollte er nicht haben, sondern lediglich ein Paket mit dem berühmten, in der Sauna luftgetrockneten finnischen Schinken.«

John Eff ist nun mal John Eff, stellt Kunkku fest, und als Nächstes fahren sie ins Künstlerhaus Lallukka. Dort wohnt, abgeschottet im fünften Stock, Olof Palme, der seit einem Jahrzehnt kein Buch oder Pamphlet mehr veröffentlicht hat.

»Palme freute sich, als er Seine Majestät sah«, erzählt Markku Veijalainen. »Ein so melancholischer Mensch. Er versprach, sich für das Projekt zu engagieren, wollte aber unbedingt die Zusage haben, dass auch Schweden etwas von den Spielen habe. Das Land war so isoliert, dass es bei der restlichen Welt allmählich in Vergessenheit geriet.«

Kunkku findet, eine Olympiade in Finnland sei das Beste, was dem Nachbarland passieren könne. Viel Prestige, viel Präsenz, wir machen das. Wir holen die Nachbarn einfach ungefragt mit dazu, schaffen die Sportler meinetwegen mit Militärfahrzeugen, die auf dem Radar nicht zu sehen sind, auf Ringermatten und Laufbahnen. Für kleinere Völker gibt es keinen besseren Ort, Aufmerksamkeit zu wecken, als Olympische Spiele.

»Alles klar«, sagt Palme und reicht Kunkku die Hand.

Bis jetzt sind also Kunkku, Kennedy und Palme dabei. Pressechef Veijalainen hält das für ein starkes Trio, aber man brauche zusätzlich junge, starke und schöne Leute als Galionsfiguren. Und man brauche eine starken weiblichen Blickwinkel.

Sofi hat ihre Zweifel. Die Kinder fühlen sich in der Schule wohl, im Porvoonjoki fließt das Wasser, die Nachbarn lächeln, der Ehemann hat die schlimmste Niedergeschlagenheit hinter sich gelassen, der Druck der Öffentlichkeit ist nicht zu groß. Sie haben in Mäntsälä ihre ökologische Nische gefunden. Wird das Gleichgewicht verloren gehen, wenn man eine Olympiade in Angriff nimmt?

Kunkku beteuert, Sofi sei unersetzlich, die beste und von allen bedeutsamen Frauen der Welt die Einzige, mit der er Kinder gezeugt habe. Sofi erinnert sich daran, wie Kunkku in früheren Situationen seinen Willen durchgesetzt hat, und stellt fest, dass für die Familie selten etwas Gutes dabei herausgekommen ist. Kunkku ist da ganz anderer Ansicht, beide Kinder seien auf seinen Wunsch entstanden, und er und Sofi hätten sich gar nicht kennengelernt, wenn er es nicht so sehr gewollt hätte. Veijalainen schiebt Kunkku beiseite und hält sein Plädoyer.

»Ich konnte schon immer mit Menschen umgehen«, stellt Veijalainen fest. »Bei Sofi bedeutete das: Schmeichelei, die nach Analyse klang. Ich sagte ihr, wie schön, intelligent und schlagfertig sie sei. Auch vergaß ich nicht zu erwähnen, man sehe ihr absolut nicht an, dass sie näher am vierzigsten als am dreißigsten Lebensjahr sei.«

Und so arbeitet das Königspaar zum ersten Mal auf dasselbe Ziel hin. Die Aufgabe lautet, die Mitglieder des Olympischen Komitees davon zu überzeugen, dass Finnland trotz des knappen Zeitplans in der Lage ist, die Olympischen Spiele 1994 auszurichten. Die Tatsache, dass das Duo so ungleich ist, wird zur absoluten Stärke des Projekts.

»Mein Mann lächelte immer«, erzählt Sofi. »Während des Projekts nahm ich ganz neue Seiten an ihm wahr. Diese Wärme bei Verhandlungen, bar jeglichen divenhaften Getues. Im Gegensatz zu mir. Und dafür gibt es einen Grund. Ich kenne meinen Wert. Das gehört zur Schauspielerei und zur Wohltätigkeit dazu.«

Kunkku lobt auch kleine Dinge und ist aufrichtig in dem, was er sagt: »Klasse Spekulatius«, sagt er beim Kaffeetrinken in den Räumlichkeiten des Ringerbundes.

Und: »Ihr habt aber einen tollen Asphalt auf dem Parkplatz!«

Oder: »Schön weiches Toilettenpapier hier in der Ballsporthalle Jorvi.«

Und: »Da hat sich der Herr Außenminister aber großartig die Schuhe gebunden. Ich selbst trage ja lieber welche mit Klettverschluss.«

Auch Sofi bringt ihre Sicht der Dinge furchtlos ein. Sie kichert nicht, überspielt Irritation oder Unwissenheit nie mit einem kleinen Lachen. Stattdessen fragt sie: Warum ist das so? Warum muss das so gemacht werden? Behauptest du Mann mit Bierbauch das nur, weil du der Präsident des Belgischen Olympischen Komitees und des Bogenschützenverbands bist, der es gewohnt ist, sich wegen seines Geldes und seiner Beziehungen überall durchzusetzen? Wenn jemand sie als Mädchen bezeichnet, verlässt Sofi die Veranstaltung oder schlägt dem Betreffenden einen Aktendeckel auf den Kopf.

»Klassische Momente«, seufzt Veijalainen. »Sofi knallte die Tür hinter sich zu, öffnete sie wieder und kam herein, um alle zur Schnecke zu machen. Meine Aufgabe bestand darin, den führenden Männern der Welt zu erklären, dass man der finnischen Königin nicht dumm kommen kann.«

Sofis Vision ist klar, bunt, grell, frivol – ganz anders als das, woran man im steifen olympischen Zirkel gewohnt ist. Ihr Ausgangspunkt sind der *Mardi Gras* und die Pride-Paraden. Transvestiten als Fahnenträger, Elton John und Ilkka Lipsanen – neuerdings Don the Dennie – als Top-Acts. Die Vierhundert-Meter-Laufbahn symbolisiert eine Vagina und der Stadionturm einen Penis, im positiven Geist. Kunkku versteht das alles nicht so recht, mischt sich aber nicht ein.

»Ihre Majestät die Königin hatte etwas an sich, das die Dinge vorantrieb«, sagt Veijalainen. »Wäre ich in meinem schwarzen Anzug und mit meinem Titel als Pressechef mit den gleichen Vorschlägen angekommen, hätten mich die Kerle lachend aus der Konferenz gejagt.«

Sofi genügt es nicht, dass die Olympiade die Jugend der Welt vereinigt, sie soll auch die Religionen, die Ungläubigen, die Vertreter verschiedener sexueller Orientierungen und alle Rassen vereinigen. Gleichzeitig soll die Kunstolympiade wieder zum Leben zu erweckt werden, mit modernem Tanz und Videokunst als neuen Disziplinen.

»Tock, tock und fertig«, ruft Veijalainen aus. »Alles per Hammerschlag durchgewinkt. Sofi wickelte die Kerle um den kleinen Finger. Kunkkus Stärke war das Gegenteil. Er war seinen Verhandlungspartnern unterlegen, begegnete ihnen bestenfalls auf Augenhöhe. Aber auch dabei entsteht ein gewisses Vertrauen. Die Energiefelder waren perfekt verteilt.«

Ein halbes Jahr ist bereits Lobbyarbeit für die Olympischen Spiele gemacht worden, als Kunkku an seine Mutter denkt. Hätte man sie irgendwie einbeziehen sollen?

»Kunkku und Sofi standen für die neue Zeit«, sagt Pressechef Veijalainen. »Sie traten als volksnahes Paar auf. Zum Teil dank meiner Schöpfung, manchmal auch ganz echt, das spielte keine Rolle. Die Königinmutter hätte das Vorhaben eher gebremst als gefördert.«

Kunkku glaubt das und konzentriert sich darauf, an seinem eigenen Image zu arbeiten. Im Kleidermagazin seines Vaters findet er eine großartige Seemannsmütze und beschließt, diese fortan zu tragen. Ein König braucht etwas, an dem man ihn erkennt, besonders wenn ihm Zepter, Mantel und Krone untersagt sind. Seemannsmütze auf den Kopf und Klunker an die Brust, teilweise von seiner Mutter geborgt, dazu zwei Friedensabzeichen von Valma und ein Button seiner Lieblingsband.

Der einzige Widerstand gegen das olympische Vorhaben kommt von Kalervo Kummola, dem renommierten Vorsitzenden der Union der Öko-Volksbewegung. Er hält die Monarchie für falsch. Die Olympiade ist ebenfalls falsch. Wettbewerb ist falsch. Spielen ist richtig. Siegeswille ist falsch. Streicheln ist richtig. Man kann Bäume umarmen, aber noch wichtiger ist es, fremde Menschen, die einem auf der Straße entgegenkommen, zu umarmen, denn jeder lebt in der Gefahr, sich zu verlieren, sagt Kummola zu Kunkku.

»Das war so ein Hammel im Wollpullover, dem man am liebsten die ganze Zeit gesagt hätte: Halt die Fresse«, erinnert sich Pressechef Veijalainen. »Ich musste eine Sprache finden, in der man mit den Kummulas dieser Welt reden konnte, ohne dass sie sich gleich an den nächsten Baum ketteten. Also zeigte ich ihnen Entwürfe von Windtunneln, durch die Flughörnchen auf dem Weg in den Urwald die Sprungschanze passieren konnten. Wenn man mit dem ganz großen Pinsel malt, kann man sich solche Weicheier nicht leisten.«

Kunkku beteuert, die Spiele würden umweltfreundlicher werden als je zuvor. Durch diese Spiele werde weltweit eine Botschaft verbreitet, die Botschaft von Kunkku und Kummola. Transport der Sportler mit Holzgasfahrzeugen, Schießen mit Armbrust und Steinschleuder, Reiten mit Wildpferden und Bioreitern. Kummola diktiert seine Bedingungen: Kein Eintritt. Behindertenrampen. Beim Essen immer auch eine vegetarische Alternative. Keine Platzierungen.

Darauf weiß Kunkku nicht zu reagieren. Was für einen Sinn haben die Spiele, wenn niemand der Beste sein darf, aber er nickt trotzdem.

Als Kummola endlich mit im Boot ist, kann das Projekt dem Ministerpräsidenten vorgestellt werden. Hauptsponsor sind Pertti Pasanen OY und mit etwas geringerem Engagement die Gummientenfabrik Herlin sowie Fredrik's Burger. Sir George Orwell unterschreibt einen Autorenvertrag für das Olympiabuch, Arbeitstitel: *1994*.

Und so setzt sich das Königreich Finnland in der Abstimmung mit 135:0 Stimmen gegen das olympische Komitee von Nepal durch. Kalervo Kummula umarmt Kunkku, und diesem kommt es für einen Moment so vor, als stecke sein Kopf zwischen großen Brüsten.

Valma und Irma sind dabei, als das Abstimmungsergebnis gefeiert wird. Valma besucht das klassenlose Gymnasium nach eigenem Gutdünken, mit dem Ziel, dreizehn Mal ein »Sehr gut« zu erreichen. Sie kann nicht lange bleiben, denn sie muss noch zwei zusätzliche Quellenwerke zur Integralrechnung studieren, aber sie bringt den offiziellen Teil anständig und routiniert hinter sich. Sie reift zur bestmöglichen Thronfolgerin heran; sie ist klug und akzeptiert ihr Los, bleibt zugleich aber völlig selbständig.

Für Irma ist die Feier ein großes Ereignis, denn sie ist nun in dem Alter, in dem sie stundenlang beim Friseur und bei der Kosmetikerin sitzen kann. Sie schaut genau zu, wie der Hof-Coiffeur seine Arbeit macht und die Hof-Maniküristin ihr die Nägel feilt. Das Anprobieren des Schmucks ist vielleicht noch toller, und am tollsten ist es an der Festtafel, wo Vater und Mutter glücklich und schön nebeneinander sitzen.

Valma unterhält sich mit den Vertretern Nepals über die Wassersituation des Landes, Irma bestaunt alles um sich herum, und Sofi küsst ihren Mann. Es sind die Spiele des ganzen Königreiches, aber es ist auch die Stunde der Familienzusammenführung, ein Ausdruck des guten Willens an die ganze Welt, von Mann zu Frau, von Frau zu Mann.

»Gemeinsam sind wir stärker«, sagt Sofi in Interviews, und Kunkku nickt bestätigend im Hintergrund. Jetzt steht nichts mehr im Drehbuch, jetzt ist alles echt.

»Du warst großartig«, sagt Sofi zu Kunkku mit einem Seufzen. »Die ganze Zeit, während der gesamten Phase der Bewerbung.«

Eigentlich ist Kunkku noch nie so aufrichtig gelobt worden. Er fragt Sofi, ob sie das ernst meint, und sie muss es ihm mehrmals und mit vielen Küssen versichern.

»Es ist halt wichtig, sein eigenes Ding zu finden«, sagt Sofi. »Wir sind ein echt gutes Paar. Wir haben wunderbare Kinder und ein wunderbares Leben.«

Sie küsst Kunkku erneut, und der Rest ist wie im Kino. Kunkku ist so zufrieden mit sich und seiner Familie, dass er nicht mal eine kleine Nasevoll Pulver vermisst, nicht von fremden Frauen träumt und auch nicht von einem freien Leben außerhalb des Königtums. Drei Stunden später trägt er seine Frau zum Ehebett und sprüht vor Eifer, Jugend und Männlichkeit.

Die Eröffnung der Olympiade von Vantaa-Forssa 1994 ist das größte Spektakel seit dem Zweiten Weltkrieg. Der bewegendste Moment der feierlichen Zeremonie, für die Regisseur Laine das Drehbuch geschrieben hat und bei der er Regie führt, kommt, als eine Gruppe von sechs Männern und zwei Frauen das Stadion betreten. Die Fahne mit dem gelben Kreuz wird vom Hammerwerfer Thomas Brolin getragen. Er erhält den größten Applaus und rührt das ganze Stadion zu Tränen. Laina wagt mutige Gegenschnitte zwischen Olof Palme, der neben Sofi und Kunkku steht, und Brolin. Es ist ein erhabener, inniger Moment.

Die vierstündige Eröffnungsshow bietet einen Streifzug durch die finnische Geschichte, von der ersten steinernen Urkunde im Kiefernwald von Mannila bis in die Gegenwart. Man sieht die Entwicklung von der Agrargesellschaft bis ins postindustrielle Zeitalter, als dessen Manifestation Flugzeuge, Computer und Nebelmaschinen eingesetzt werden.

Kunkku ist seit dem Morgen schrecklich aufgeregt gewesen.

Er hat sich ankleiden lassen, hat Interessensgruppen und Journalisten getroffen, hat mit Palme einen Kranz sowie Hilfspakete in die Westsee gelegt, als symbolische Geste in Richtung Schweden. Dabei ist auch eine Flaschenpost auf die Reise geschickt worden, deren Inhalt man der Öffentlichkeit nicht verraten hat.

Kunkku ist den ganzen Tag nicht zum Essen gekommen, und jetzt packt ihn gnadenlos der Hunger. Er hat weiche Knie, Kopfschmerzen und ist wahnsinnig gereizt. Zu allem Überfluss säumen das Stadion riesige Reklametafeln von Fredrik's Burger, der für die Nahrungsmittelversorgung der Spiele zuständig ist, und darauf prangen dicke Doppelcheeseburger, Bacon-Eggs-Hamburger und Doppel-Doppelstock-Burger.

»Mitten in der Eröffnung fragte Seine Majestät, ob wir uns ein paar Burger holen könnten«, erzählt der Hofmarschall. »Aber wir konnten nicht einfach mal so verschwinden. Seine Majestät sagte, das sei ein Befehl. Er falle sonst in Ohnmacht oder bekomme einen Tobsuchtsanfall, wenn sein Blutzuckerspiegel nicht bald steige. Das würde sich im Fernsehen nicht gut machen. Da schlug ich vor, allein zu gehen.«

Das ist Kunkku nicht recht, er will sich seinen Hamburger selbst aussuchen, unmittelbar an der Bestellsäule kann man es sich nämlich noch mal anders überlegen. So ist es schon oft gewesen. Also machen Kunkku und der Hofmarschall verstohlen ein paar Schritte zurück und schlüpfen durch eine Privattür zum Privatlift, der in die Tiefgarage führt.

»Ich wunderte mich, wo mein Mann, zum Teufel, hinging«, sagt Sofi. »Ausgerechnet als Simona Salminen anfing, das offizielle Gedicht der Spiele aufzusagen. Ich konnte jedoch nichts machen, denn ich wusste, dass die TV-Kameras liefen; mir blieb nichts anderes übrig, als zu lächeln und zu winken und gerührt auszusehen.«

Der Hofmarschall fährt durch das in den olympischen Farben geschmückte Vantaa zum nächsten Drive-in von Fredrik's Burger. Kunkku will seine Bestellung selbst in die Lautsprechersäule sprechen, seiner Meinung nach ist so eine Säule eine geniale Erfindung. So etwas müsste es weltweit in jedem Haushalt geben, damit die Menschen mitteilen könnten, worauf sie an diesem Tag Lust haben. Kunkku entscheidet sich für seinen Lieblingsburger: den Royal with Cheese in zwei Stücken und mit extra viel Mayonnaise.

Aus der Säule kommt die Aufforderung, zur Luke Nummer zwei zu fahren, außerdem bittet man um Geduld beim Warten. Es gebe kleine Probleme mit der Fritteuse. Fredrik's Burger biete jedoch in der Wartezeit Kaffee und Donuts an.

Der Hofmarschall befolgt die Anweisung.

Luke zwei ist dunkel.

Der Hofmarschall merkt sofort, dass etwas nicht stimmt. Ehe Kunkku begreift, was los ist, huscht eine kleine, breite Gestalt an der Motorhaube vorbei. Als Nächstes wird die hintere Tür aufgerissen, und jemand setzt sich neben Kunkku. Der Hofmarschall tastet nach der Waffe unter seiner Achsel, aber vergebens, denn nach der jüngsten Gesetzesnovelle sind Handfeuerwaffen überall in Finnland verboten.

Watte drückt dem Hofmarschall den kalten Lauf an den Kopf. Der Hofmarschall hebt die Hände. Im Spiegel schaut er Kunkku in die Augen.

Kunkku nickt beruhigend und fragt den Hofmarschall, ob er sich nicht an Watte erinnere. Hören wir einfach, was er will. Kunkku bedauert das Missverständnis bei ihrer letzten Begegnung, als Watte und Hessu vorzeitig das Schloss verlassen mussten. Dann fragt er Watte, wie es ihm geht, so wie er es nach den heiligen Regeln des Smalltalks jeden fragt, mit dem er kommuniziert.

»Mein Alter war gerade gestorben«, erzählt Watte. »Herz und Gefäße haben versagt. Kein Wunder, wo er sein ganzes Leben lang seinen eigenen Fraß gegessen hat. Im Krankenhaus musste ein gerahmtes Bild von der Königsfamilie auf dem Nachttisch stehen, und als ich das sah, fiel mir Kunkku wieder ein. Laut Testament, das mein Alter gemacht hatte, ging die ganze Scheiße an mich. Und als klar war, dass Finnland die Olympiade kriegt, hab ich sofort ein Angebot gemacht. Ich wollte Kunkku wieder in meiner Nähe haben.«

Watte befiehlt dem Hofmarschall, den Wagen zu starten und in Richtung Uusi Viipurintie zu fahren. Der Hofmarschall erinnert Kunkku daran, dass er die Aufgabe hat, die Olympischen Spiele zu eröffnen. Kunkku findet, das habe noch Zeit, bei der gestrigen Generalprobe sei er eingeschlafen, weil der Auftritt der Turner aus

Hauho einfach nicht aufhören wollte, und so weit sei die Eröffnungsfeier noch nicht.

Widerwillig lässt der Hofmarschall den Wagen an, und so fahren sie durch den Tunnel unterm Vantaanjoki hindurch nach Westen, dort am Campus der Universität vorbei und in Richtung Heizanlage. Kunkku erklärt Watte, er hätte ihm eine Karte für die Eröffnung besorgt, wenn er sich nur zu fragen getraut hätte. Aber es sei so lange her, dass sie sich gesehen hatten und dann wären da noch die ganzen Missverständnisse gewesen. Für Watte ist alles in Ordnung, er hat keine Lust, zurückzuschauen.

Schließlich erreichen sie ihr Ziel.

Watte steigt schon aus, als der Wagen noch rollt, und fordert Kunkku auf, mitzukommen.

Der Hofmarschall steigt ebenfalls aus, aber Watte verbietet ihm, das Gebäude zu betreten. Der Keller der Feuerwache ist privat, dort kommen nur wenige Auserwählte rein.

»Mir blieb keine Wahl«, seufzt der Hofmarschall. »Herr Watte war bewaffnet. Der Befehl Seiner Majestät war für mich Gesetz.«

Watte verspricht, Kunkku innerhalb einer Stunde zum Wagen zurückzubringen, und setzt Kunkku großspurig eine Mütze des Landwirtschaftsgroßhandels *Der Lieferant* auf.

Das Treppenhaus der Feuerwache befindet sich im Umbau-Chaos, aber der Saal im Untergeschoss zeigt sich in voller Pracht: mehrere Bühnen, eine hundert Meter lange Bar, Ton- und Lichtanlage der Spitzenklasse. In der Mitte jeder Bühne ist eine Stange installiert, rundherum Sitzplätze, Halterungen für Getränke, Aschenbecher und Spielautomaten, aus denen man kleine, nicht markierte Scheine bekommt.

Watte lotst Kunkku in die vornehmste Loge. Kunkku setzt sich und schaut sich schüchtern um. Kurz darauf stolziert ein kakaobohnenfarbiges Mädchen aus Outokumpu auf hohen Absätzen und in Mikroshorts an ihm vorbei. Am Arbeitsplatz trägt sie den Namen Yasminah, zu Hause heißt sie Kaarina Felinda Perälä-Coicau. Watte schlägt ihr mit der flachen Hand auf den Hintern, dass für einen Moment das Fleisch vibriert.

»Da gab's echt gute Trinkgelder«, erzählt Kaarina Felinda Perälä-Coicau. »Aber es hat genervt, dass Watte einem ständig auf den Hintern geklatscht hat. Der Typ hat geglaubt, wir mögen das, dabei hatten alle bloß Angst vor ihm. Ich hab Kunkku für einen Bauern gehalten, der mit seiner *Lieferant*-Mütze ankommt, um die Ernte zu verballern.«

Watte erklärt Kunkku, in den sechziger Jahren seien mehr als tausend brasilianische Gastarbeiter nach Outokumpu gekommen, um am dortigen Holzgaskraftwerk mitzubauen. Dabei seien für Watte günstige Mischungen herausgekommen, deren Wert besonders dann deutlich werde, wenn sich zweiundfünfzig Kilo finnisch-brasilianische DNA an der Stange schlängelten. Das gleiche genetische Erbe habe auch Top-Leute für die Fußball- und die Handballnationalmannschaft hervorgebracht.

Kunkku bringt kein Wort über die Lippen. Sein Blick haftet auf dem Hintern von Kaarina Felinda Perälä-Coicau. Und plötzlich hält sich an jeder Stange eine Tänzerin fest, an den besten sogar zwei. Kunkku ist es peinlich, hinzuschauen, obwohl er nichts lieber täte. Vorsichtig richtet er den Blick von einer Stange zur nächsten. Rothaarige, Blonde, Langhaarige, sogar welche mit kurzen Haaren. Kopf nach unten, Kopf nach oben, Beine gespreizt, Beine geschlossen. Wenn sie nicht den Hintern präsentieren, lassen sie die Brüste schaukeln, als gäbe es keine Grenzen und keine Hemmungen auf dieser Welt.

»Eine Apfellimo, für den Herrn hier«, sagt Watte zum Barkeeper. »Willst du Erdnüsse dazu?«

»Die bleiben immer im Hals stecken«, bringt Kunkku mit Mühe heraus, ohne den Blick von den Stangen abzuwenden.

Wenig später merkt er, dass in den Logen weitere Mädchen sitzen und sich pudern und schminken und die Fingernägel lackieren. Sie lächeln ihn mit ihrem ganzen weißen Zahngarten an. Von ehrlicher Begeisterung erfüllt, lächelt Kunkku zurück.

Er nimmt einen Schluck Apfellimo. Die Vorstellung, was man hier alles tun könnte, bringt ihn zum Schwitzen und Zittern. Watte sagt, er wolle ihm eine Zusammenarbeit anbieten. Jetzt fingen ja die Olympischen Spiele an, und da müsse Kunkku für das Amüsement vieler Männer sorgen, für die Watte Verwendung habe. Politiker, Herren, Männer mit Geld. Vorschlag: Die Ehefrauen zum Schlafen ins Hotel, die Kerle in die Feuerwache.

»Ich weiß nicht, ob das einfach so geht«, sagt Kunkku.

Watte schnippt mit den Fingern. Drei Frauen lösen sich von ihren Stangen und gehen auf Kunkku zu. Sie schmiegen sich an ihn, küssen ihm Hals und Ohren. Watte geht an die Bar und mixt sich einen Korn Mineral.

»Mein Alter war der Hamburger-Kaiser«, sagt Watte. »Kohtalonmäki war der Tennis-King. Kunkku war der König. Und ich war auf dem Weg, ebenfalls was zu werden. Irgendein King wollte ich auch sein.«

Kunkku werden schöne Sachen ins Ohr geflüstert, wie gut er aussehe und wie es mit einem schweißtreibenden Nachmittag wäre. Von der Bar aus ruft Watte, Kunkku könne das alles haben, und noch ein bisschen was dazu. Alles, was ihm einfalle.

Kunkku kann den Frauen nicht in die Augen schauen, auf die Titten allerdings schon.

»Meiner Mutter wird das nicht gefallen.«

»Wir sagen's ihr einfach nicht.«

»Meine Frau regt sich mit Sicherheit auf.«

»Das bleibt unter uns. Das Privatzimmer Nummer acht gehört dir.«

Watte übergibt Kunkku ein Tütchen weißes Pulver und Kaarina Felinda Perälä-Coikau.

Mit kalten Hamburgern kehrt Kunkku zur Eröffnung der Olympiade und an die Seite seiner Frau zurück. Er bemüht sich um einen Gesichtsausdruck, der Sofi nicht gleich verrät, wo er gewesen ist. Am Himmel von Vantaa fliegt ein brennender Pfeil, den ein junger, beidarmig amputierter mongolischer Veteran namens Tsen Khon Man mit dem Mund schnappt und in die Schale des olympischen Feuers fallen lässt. Für die Zeit der Spiele hat Finnland auch das Schwedische zur offiziellen Landessprache erklärt, und nun ist es am Hamburger kauenden Kunkku, die eingeübten Sätze zu sprechen.

»Hiermit … äh … erkläre ich … wie heißt das auf Schwedisch?«

PENA

Der Arzt ruft mich mit meinem Namen auf, und Helena schiebt mich im Rollstuhl ins Behandlungszimmer. Wenn es unbedingt sein müsste, könnte ich auf eigenen Beinen gehen, aber es muss nicht mehr unbedingt sein, das Spiel ist aus.

Nie zuvor hat mir Tennis so wehgetan. Nie zuvor sind die Schläge so schwer gewesen. Nie zuvor habe ich mitten im Match gekotzt und geheult.

Der Arzt bittet mich, mich umzudrehen. Er biegt und dreht meine Gliedmaßen. Ab und zu tut es weh, dann wird noch einmal gedreht und gefragt, tut das weh? Er fragt, ob es auf dem Tennisplatz zu der Verletzung gekommen sei. Er errät es an meiner Kleidung und am Schläger, den ich nach wie vor in der Hand halte, und an den Bällen, die aus den Taschen meiner Tennishose rutschen und über den Fußboden hüpfen.

Der Arzt meint, mit sechzig sollte man nicht mehr spielen wie ein junger Mann. Er will eine Magnetaufnahme machen lassen. Ich befürchte, das wäre zu teuer, aber er sagt, es koste nur die Praxisgebühr, acht Mark.

Ich melde mich bei Lipponen krank. Eventuell könne ich morgen und übermorgen nicht zur Arbeit kommen. Ich höre Ahti Martti im Hintergrund sagen, endlich hat Penttinen gelernt, wie man krankfeiert.

Am Knie müsse eine Endoskopie gemacht werden, sagt die Magnetfrau. Sie ist dunkelhaarig und ziemlich schön, sie erinnert ein bisschen an Sanni auf einem Plattencover und an zwei andere, als

Krankenschwester kostümierte Frauen aus meinem früheren Leben. Warum fallen mir schon wieder solche Sachen ein?

So eine Operation ist ein kleiner Preis.

Von mir aus könnt ihr das ganze Bein amputieren.

Den Sieg nimmt mir keiner mehr.

Watte glaubte, zehn Jahre Altersunterschied und die Wildheit, die er von der Straße mitbringt, würden reichen. Aber ich hatte die größere Motivation. Er zerschlug anschließend seinen Schläger am Auto, und damit war auch das Auto kaputt. Außerdem schlug er seinen Balljungen so heftig, dass Helena dazwischengehen und Watte in den Schnee schmeißen musste.

Aber nachdem er sich in aller Ruhe ausgetobt hatte, war er ein guter Verlierer. Er gab zu, mit offener Jacke, also überheblich ins Match gegangen zu sein.

Jetzt hat Veikko seine Erlaubnis, alles zu erzählen, was er gesehen hat, lediglich Wattes Namen darf er nicht nennen. Ich weiß nicht, warum Watte gnädig war und Veikko eine Chance gab, aber er hat es getan, und das genügt mir. Oder muss ich mich dafür doch bei Hessu bedanken? Oder bei Marjatta?

Ich habe 3:2 gewonnen.

Aus diesem Grund denke ich an die schaukelnden Brüste unter dem Kittel der Krankenschwester und an den Medikamentenschrank, in dem es bestimmt Mittel gibt, die für ein leichtes Gefühl sorgen. Der Sieger darf sich belohnen, und das kann man mit einem guten Essen tun, mit einem Auto, mit einer Massage, mit Koks, mit was auch immer. Hauptsache, die Belohnung geht direkt ins Befriedigungszentrum des Gehirns. Das gibt es nämlich. Der Leibarzt hat mir einmal davon erzählt und mir befohlen, es mit meinen Gelüsten genau zu nehmen.

Solche Gedanken gehören zum Ich meines früheren Lebens. Nichts wie raus aus diesem Befriedigungsdenken! Sofort raus! Stattdessen Geduld. Wenn ich wieder Dummheiten mache, löst sich alles, was ich erreicht habe, in Luft auf, und ich werde wieder zu allen möglichen Feuerwachen dieser Welt chauffiert.

Jeden Abend fahren an der alten Feuerwache vier Lieferwagen vor, voll beladen mit Teppichen. Männer in Overalls des Straßenreinigungsamtes steigen aus und schultern arabische Teppiche, einer schwerer als der andere. Selten hat die Geheimpolizei so nahtlos mit den Männern einer Rockerbande zusammengearbeitet. Drinnen werden die Teppiche in der Waschküche an Trocknern, Mangeln, Waschmaschinen und Schleudern vorbeigeschleppt, bis vor der größten Maschine in der mittleren Reihe Halt gemacht wird. Sie gleitet auf Schienen zur Seite, und darunter kommt eine Treppe zum Vorschein.

Vorsichtig tragen die Männer die Teppiche in den Keller, aus dem ein immer lauter werdendes, gleichmäßiges Stampfen dringt. Am Ziel angekommen, werden die Teppiche behutsam abgelegt und ausgerollt. Als Erstes kommt Kunkku zum Vorschein. Er muss wegen der Teppichflusen niesen, und Watte reicht ihm eine Allergiepille und ein Glas Wasser. Nachdem er die Pille geschluckt hat, schaut Kunkku lächelnd und schniefend, wer heute Dienst hat.

Immer mehr Teppiche werden in den Keller mit dem Namen Melonenfabrik gebracht. Zum Vorschein kommen Iker Canervas vom Spanischen Olympischen Komitee, Basketballprofis wie der grobknochige finnische Center Aake Kalliala, der Lette Arvidas Sabonis und die komplette norwegische Nationalmannschaft, außerdem werden prominente Besucher der Olympiade, Diplomaten und zur Überraschung aller auch Kalervo Kummola, der Vorsitzende der Union der Öko-Volksbewegung ausgewickelt. Nur die Leichtathleten sind so ernst und moralisch, dass sie die Melonenfabrik auslassen und sich auf die Vorausscheidungen am nächsten Vormittag konzentrieren.

Die leeren Teppiche werden wieder nach oben getragen, einmal durch die Trockenreinigung gejagt, damit keine Spuren zurückbleiben, und dann gestapelt und in Folie verpackt ins Lager des Olympiastadions zurückgebracht.

In der Melonenfabrik gibt es zwölf Stangen, an denen zwölf Tänzerinnen hängen. Für die Spiele sind Privaträume eröffnet worden, die Namen wie »Regenwald«, »Fegefeuer« oder »Nektar« haben. In diesen Räumlichkeiten werden den Kunden individuelle Tanzvorführungen und Dienste nach Wahl geboten, die man sich aus speisekartenähnlichen Heften aussuchen kann.

»Ich war ein Diener des Publikums«, meint Watte. »Unsere Produkte waren im Topzustand, Qualitätsfleisch mit Stempel, und der Kunde hatte immer recht. Bei uns war der Kunde König.«

Anfangs betrachten die in den Teppichen hineingeschmuggelten Männer die Stangentänzerinnen noch etwas schüchtern, aber nachdem Wein geflossen und Pulver von den Glastischen in den Nasenlöchern verschwunden ist, gehen die Türen auf und zu. Die jüngsten Mädchen sind gerade achtzehn geworden, die ältesten achtunddreißig, und auf Vorbestellung beschafft Watte auch Begleiterinnen ohne Altersbeschränkung. Die Rechnung für alles wird erst am Ende des Abends oder, genauer gesagt, zu Beginn des Morgens gebracht.

»An der Sitzhaltung konnte man sehen, wer mit der eigenen Kreditkarte unterwegs war und wer auf Kosten der Firma auf die Pauke haute«, erzählt Watte. »Die Karten von diversen Organisationen und Staaten brummten nur so, und das Bargeld kam in solchen Massen rein, dass wir es in Müllsäcken in den Tresorraum tragen mussten.«

Kunkku sieht sich das alles von seinem Stammplatz aus an und hat das Gefühl, der olympischen PR und den finnischen Auslandsbeziehungen nachts einen mindestens ebenso großen Dienst zu erweisen, wie seine Frau es tagsüber tut.

»Seine Fähigkeit, für Unterhaltung zu sorgen, verdient Anerkennung«, meint Alexander Solschenizyn, der erste Präsident der 1985 gegründeten Vereinigung der Selbständigen Staaten. »Ich war immer der Meinung gewesen, im befreiten Moskau gebe es die anständigsten Klubs, aber die Melonenfabrik ... aah ... eine erweichende Erfahrung, an die ich mich auch nach Beendigung meiner politischen Karriere noch gern erinnere. Oft können Menschen, die nach den herrschenden gesellschaftlichen Normen ein schmutziges Gemüt haben, trotzdem eine reine Seele besitzen. Das will ich gerne unterstreichen.«

Anwesend sind viele Vorstandsmitglieder von Großunternehmen, denen man wesentlich leichter Holzgastechnologie verkaufen kann, wenn sie zuvor hinter einem Samtvorhang Dienstleistungen von höchstem Niveau erhalten haben. Es gibt Mitglieder der Formel-1-Organisation, und nachdem diese mit Cherry und Suzie in Handschellen im Raum »Nektar« gewesen sind, ist der Große Preis von Vantaa wieder ein Stück näher gerückt. Kunkkus persönliche Spezialität ist der sogenannte Doppelcheeseburger, bei dem er als Hacksteak zwischen Yasminah und Belle liegen darf.

»Ich musste später in der Zeitung nachsehen, ob er es wirklich war«, erzählt Belle alias Marjo Katikainen. »Kunkku erinnert nämlich eher an meinen Onkel Tapio als an einen König. Ein stiller Genosse, wirkte immer ein bisschen so, als täte es ihm leid, aber voller Gelüste und voll im Saft.«

Wenn der Abend in den Morgen übergeht, bringen der Hofmarschall, die persönlichen Referenten und sonstige, am Wohlergehen ihrer Arbeitgeber interessierte Personen die Feiernden in ihre Hotels und manchmal sogar direkt zu den Wettkampfstätten zurück. Kunkku schafft es gerade so, in Mäntsälä die Kleider zu wechseln, bevor er zum Olympiagelände, zu einem Treffen mit Sponsoren oder zum Anstoßen beim Frühstück in eine Botschaft aufbricht.

Oft sind die Kinder gerade auf dem Weg zur Schule, wenn er morgens aufs Gut kommt. Sofi schläft noch hinter den Verdunklungsvorhängen im Schlafzimmer.

»Ich war so auf meine Arbeit konzentriert, dass ich keinen Verdacht schöpfte«, sagt Sofi. »Jede Nacht war ich bis zwei oder drei Uhr auf. Dann schlief ich im Hotel oder zu Hause sofort ein.«

An den Wettkampfstätten schnarcht Kunkku hinter seiner großen Sonnenbrille und verpasst viele der großartigen Wettkämpfe, die von dieser letzten richtigen Olympiade in Erinnerung bleiben. Das Duo Lehtola-Eskelinen holt Gold beim Optimistenjollensegeln auf dem Stausee von Forssa. Über 10 000 Meter laufen die Finnen in der Formation Aberdabi-Virtanen-Hakunov einen Dreifachsieg heraus.

Wenn Kunkku dann vom Applaus des Publikums mit etwas Speichel im Mundwinkel und auf dem Hemd aufwacht, sucht er die nächste Toilette auf und zieht sich schnell eine Nase aus einem der Tütchen von Watte rein, die er jetzt immer bei sich hat.

Die Spiele dauern zwei Wochen, und zwei Wochen lang verbringt Kunkku seine Tage im Halbschlaf, feiert munter die Nächte durch und hält sich mithilfe des Pulvers in Gang.

Dann naht die Abschlussfeier. Bären und Schwäne weinen gerührt, bevor man sie in die freie Natur entlässt, auf dem Weg zum nächsten olympischen Ereignis, den Sommerspielen in Santiago de Chile 1998. Sofi seufzt, sie hat ihre Arbeit getan, sie sehnt sich nach den Kindern in Mäntsälä und hofft, dass Kunkku mitkommt.

»Bei großen Projekten wird das Gesamtbild erst mit Verzögerung deutlich«, sagt Sofi. »Ich war so mit meinen eigenen Aufgaben beschäftigt, dass ich meinen Mann während der ganzen Spiele nicht richtig zu Gesicht bekommen hatte.«

Kunkku kommt nicht mit. Er sagt Sofi, er müsse ein paar wichtige Kerle und Weiber zum Flugzeug begleiten. Sobald der Wagen mit Sofi verschwunden ist, steigt Kunkku beim Hofmarschall ein. Es ist Zeit für die Schlusszeremonie von Olympiade und Melonenfabrik.

In der alten Feuerwache ist es still, niemand wird in Teppichen hineingetragen, und im Restaurant brennen alle Lichter. Die Deckenkonstruktion wird abgebaut, die Tänzerinnen falten die Vorhänge zusammen, Flaschen werden in Zeitungspapier eingewickelt und in Kartons verstaut. Eine Stange steht noch, und nur wenige finnische Industriebonzen sitzen wie Überreste aus alten Zeiten um die Bühne herum.

»Alles ist vergänglich«, sagt Watte zu Kunkku.

Zur gleichen Zeit kommt Sofi nach Hause. Die Kinder warten am Tor. Sie haben die Abschlussfeier im Fernsehen gesehen, dabei wurden auch ihre Eltern gezeigt, die unter den Letzten das Olympiastadion von Vantaa verließen.

Jetzt laufen Valma und Irma ihrer Mutter entgegen. Irma hat ein Bild gemalt, auf dem ein Bär weint und ihr Vater mit der Sonnenbrille auf der Nase schläft. Über seinem Kopf sieht man den Buchstaben Z. Valma hat sich für die Vorprüfung in Finnisch vorbereitet, indem sie sämtliche bedeutende Romane des 20. Jahrhunderts gelesen hat, und nun will sie wiederholen, was sie gelernt hat, und sich mit ihrer Mutter und ihrem Vater vor dem Schlafengehen darüber austauschen.

Sie fragt, wo Papa ist.

Kunkku sieht sich um. Wo sind Leah, Cinderella, Yasminah, Cleopatra, Giovanna B und Giovanna DD? Wie kann das, was gestern noch bordellrot war, jetzt ein hell erleuchteter Gewerberaum sein? Watte erklärt, jedes Projekt habe einen natürlichen Verlaufsbogen. Nach diesen Wochen wäre so viel Geld in der Kasse, dass man wieder zu legalen Geschäften übergehen könne. Er habe da ein paar Ideen, Hauptsächlich Bauvorhaben und Reinigungssachen, aber auch Management würde ihn interessieren.

Kunkku lässt sich auf eine Ledercouch fallen. Wieder wird ihm die Freiheit entzogen. Das ist unfair und brutal. In diesen zwei Wochen hat er mehr gelebt als je zuvor, und im Pulverrausch fühlte es sich noch besser an, hat noch mehr Spaß gemacht als bei den Olympischen Spielen von Stockholm und Hintersibirien.

Watte sagt, Kunkku solle sich nicht grämen. Er habe eine Überraschung für ihn. Er wolle ihm drei Wünsche erfüllen.

Zu Hause tauscht Sofi ihre Arbeitskleidung gegen T-Shirt und Jogginghose. Sie schaltet den Fernseher ein, will aber nicht das Geringste über Olympia sehen. Schließlich findet sie einen Sender, der eine Ballettaufführung bringt, und Sofi lässt sie ohne Ton laufen. Zwei Wochen fremde Sprachen und fremde Menschen, die Kakophonie in ihrem Kopf braucht keine Zugabe. Natürlich wäre es schöner, das alles jetzt mit ihrem Mann zu teilen, eine Art Abschlussgespräch zu führen, das Herz auszuschütten und nebeneinander einzuschlafen.

Watte fragt Kunkku, ob er ihn verstanden habe.

Er habe versprochen, ihm drei Wünsche zu erfüllen.

Kunkku schaut Watte in die Augen. Die braunen Knöpfe schauen zurück, sie sind ganz tot und ganz lebendig zugleich. Kunkku ist verwirrt. Was soll er sich nur wünschen?

»Sag einfach, was dir als Erstes einfällt.«

Aus tiefstem Herzen und mit aller Aufrichtigkeit sagt Kunkku:

»Zwerge. Ich will möglichst viele Zwerge Saltos schlagen sehen. Meine Vorfahren haben das gesehen, ich noch nie.«

Ob Watte das organisieren könne. Watte sagt, er habe schon wesentlich verrücktere Wünsche erfüllt, hier sei nichts weiter als ein Anruf nötig. Und bevor Kunkku sein nächstes Glas Apfellimonade geleert hat, kommen sieben kleinwüchsige Menschen zur Tür herein, die einen Thron tragen. Kunkku muss sich auf den Thron setzen, und man drückt ihm ein Zepter und einen mit Diamanten verzierten Pokal in die Hand.

»Das Demütigende der Auftritte stand in ziemlich guter Relation zu dem Honorar, das wir bekommen haben«, erzählt M. L. Onerva. »Dieser Auftritt wurde sogar kriminell gut bezahlt. Aber es gab dafür auch besondere Anweisungen. Zum Glück hatte ich an der Theaterhochschule Kurse in Mimik und Akrobatik besucht.«

Watte verfolgt das Geschehen von der Bar aus. Dabei vergewissert er sich, dass die Sicherheitskameras noch laufen.

»Ich fragte, in welcher Zeit wir eigentlich leben«, sagt M. L. Onerva. »Der Mann, der den König spielte, wollte die Rückkehr in eine Vergangenheit, wo der König noch unbegrenzte Macht besaß, die Frauen daheim blieben und so weiter. Ziemlich knackige patriarchalische Performance; zwei Stunden haben wir gewirbelt, dass die Beinmuskeln Hosianna geschrien haben. Zuerst war der Mann ganz ernst, aber langsam kam er in Fahrt und lachte und klatschte im Rhythmus. Ich versuchte ihn zu ein paar Saltos zu animieren, aber er bekam nicht mal einen Purzelbaum hin. Beim Versuch, ein Rad zu schlagen, hat er die komischste Figur abgegeben. Danach schlug er lieber mit dem Zepter den Takt, und das ging einem, ehrlich gesagt, dann schon langsam auf den Geist. Aber was soll's. Neuntausend pro Nase.«

Zur gleichen Zeit hört Sofi in Mäntsälä ein leichtes Schnarchen aus dem Kinderzimmer und schaut sich die Hüpfer, Heber und Sprünge von *Schwanensee* an. Durchs Fenster sieht man weit weg über der Stadt das die ganze Nacht anhaltende Abschlussfeuerwerk der Olympiade.

»Ich habe den Künstlern einen Taxibus bestellt«, erzählt Watte. »Dabei machte ich einen Scherz, von wegen, ihr hättet auch in ein kleineres reingepasst, aber der kam nicht gut an.«

Nun bittet Watte um Wunsch Nummer zwei. Nach dem ersten ist es schwer, sich etwas Besseres auszudenken, aber Kunkku ist jetzt in der richtigen Stimmung. Er fühlt sich wie ein König aus der alten Zeit. Er fürchtet sich vor nichts, und er will alles.

»Krieg. Ich will einen Krieg.«

Wenig später chauffiert der Hofmarschall Kunkku und Watte in ein Gewerbegebiet im Helsinkier Stadtteil Punavuori. Dort hat man zwei Eishockey-Juniorenmannschaften hingebracht, die Wattes Wäscherei seit Jahren sponsert, zur Pflege gesellschaftlicher Beziehungen, wegen des Renommees und wegen der Geldwäsche.

Die Kräftigsten der C-Junioren tragen Kunkkus Thron aufs Dach einer Gewerbehalle, und von dort aus dirigiert er die mit Farbkugel- und Luftgewehren ausgerüsteten Truppen so, wie der Erobererkönig Risto »Frisch-Verrückt« Väkileuka einst seine Armee durch den eiskalten Ladogasee geführt hat.

In Reihen wird dem Tod entgegenmarschiert, dem Kleinkrieg in toten Winkeln und Abwasserkanälen. Die Gefangenen werden in zuvor ausgehobenen Erdlöchern gehalten.

Kunkku beobachtet die Schlacht mit Gefallen, und die Junioren spielen ihre Rolle großartig. Aber etwas fehlt. Es fehlt der Herrscher der Gegenseite, mit dem man in einem gemeinsamen Feldherrenzelt verfolgt, welche Seite mehr tapfere Männer auf dem Schlachtfeld zu Fall bringt, und mit dem man sich, wenn das Ergebnis feststeht, über Gebietsabtretungen und Sklavenaustausch einigt.

Watte bittet die Kampfabteilung und Kunkku um einen Moment Ruhe, weil er telefonieren muss. Er weiß, wer als Gegenspieler bedeutsam genug ist.

»Ich hatte mich aus allen sichtbaren geschäftlichen Aktivitäten zurückgezogen«, erzählt Heikki Kohtalonmäki. »Die Organisation ging an Watte, und auch ihm konnte man kein nennenswertes Verbrechen nachweisen. Man hatte uns zwar mehrfach verhört, zusammen und einzeln, aber die Ermittler der Wirtschaftskriminalität hatten nichts gegen mich in der Hand, und die finnische Drogenpolizei ist ein Witz. Darum wollte ich nicht kommen, als Watte mich anrief. Aber er brachte es fertig, mich zu überreden. Überzeugend erklärte er mir, welche Vorteile es mir bringen würde, wenn ich mich für ein paar Stunden dorthin bemühe.«

Kunkku freut sich riesig, als er Heikki Kohtalonmäki mit dem Taxi ankommen sieht. Ohne große Reden zu halten, steigt Kohtalonmäki über die Feuerleiter aufs Dach und nimmt die Hälfte der Farbkugelschützen unter sein Kommando.

Die Juniorenmannschaften stellen sich in genau ausgerichteten Reihen einander gegenüber auf. Sie laden und schießen auf Kunkkus und Heikkis Befehl. Kunkku ruft seinem Freund zu, das sei genau wie früher, als sie mit Wasser gefüllte Luftballons warfen.

»Ich kann Nostalgie nicht leiden«, schnaubt Heikki Kohtalonmäki. »Nostalgie ist kritiklose Bewunderung der Vergangenheit. Jeder hinterlässt auch viel diffusen Scheißdreck. Und wenn man in der Scheiße stochert, schwirren die Fliegen.«

Kunkkus Armee gewinnt, was natürlich ausgemacht war, und Kunkku jubelt und schießt mit zwei Farbkugelwaffen in die Luft, so wie Saddam Hussein aus dem Zweistromland, der bei der Olympiade das Gewehrschießen gewonnen hat.

Heikki gratuliert Kunkku mit einem kühlen Händedruck. Er erkundigt sich förmlich, ob er in Wattes Obhut angenehme Stunden verbracht habe. Da entströmen Kunkkus Mund die Ereignisse und Geschichten der vergangenen zwei Wochen. Ihre Bedeutung potenziert sich, wenn man sie mit jemandem teilt, der sie mit Sicherheit für sich behalten kann. Watte hält ihm eine Plastikkarte hin, und Kunkku zieht sich das Pulver routiniert in die Nase.

»Ich hatte mit Drogen meine eigene Geschichte«, erzählt Heikki Kohtalonmäki. »Man muss verstehen, was das für ein Loch in einem ist, das man mit dem Zeug stopft. Ich kapierte, dass ich meine Ziele nie erreiche, wenn ich Metamphetamine schnupfe. Das war es nämlich, obwohl Kunkku es für reines Kokain hielt.«

Im Fernsehen endet der *Schwanensee* des Bolschoi-Theaters. Sofi schaut auf die Uhr, es ist bald fünf Uhr morgens und von Kunkku noch immer keine Spur. Um neun sollen sie gemeinsam ein Radiointerview geben, zu dem die Sportredaktion der BBC nach Mäntsälä kommt. Sofi ruft den Hofmarschall auf dem Autotelefon an.

»Großer Gott …«, seufzt der Hofmarschall. »Ich bin ein Mann vom alten Schlag. Ich musste Ihre Majestät die Königin anlügen, wir wären noch immer auf dem Flughafen, um die letzten Gäste zu ihren Maschinen zu begleiten. Sie wollte wissen, was für ein Lärm und Gelächter da im Hintergrund zu hören wäre. Ich sagte, die Verbindung sei schlecht und legte auf.«

Als Nächstes fährt Watte einen Wagen mit offener Ladefläche ins Gewerbegebiet, auf dem eine Kuh muht. Er hat sie im Milchbetrieb Kuhnula gekauft und bar bezahlt, wobei er vorgab, einen Biohof gründen zu wollen, und dafür ein erstklassiges Exemplar als Erstes Produktionstier brauche.

Kunkku muss lächeln. Kühe haben ihn schon immer zum Lächeln gebracht. Es sind Tiere, die gleichzeitig reizend und total dumm aussehen. Ein bisschen wie Dick und Doof, vor allem wie Doof.

»Ich dachte, dass unsere Mütter jetzt nicht besonders stolz auf uns wären«, sagt Heikki Kohtalonmäki.

Kunkku und Heikki steigen vom Dach, die Eishockeyjunioren gehen nach Hause, um weiterzuschlafen. Watte drückt jedem drei Essensmarken als Belohnung in die Hand und verlangt totale Verschwiegenheit über die Ereignisse dieser Nacht.

Kunkku und Heikki folgen dem Lastwagen auf ein unbebautes Areal. Watte bringt eine Rampe an der Ladefläche an, auf der die Kuh hinuntergehen kann. Er führt sie an der Leine zum Waldrand und bindet sie an einen Baum. Dann setzt er der Kuh eine Pickelhaube der preußischen Armee auf, die er in einem Privatzimmer der Melonenfabrik auf dem Fußboden gefunden hat.

Anschließend trabt er zu Kunkku und Heikki Kohtalonmäki zurück. Sie dürfen sich aus den alten und neuen Uniformen auf der Ladefläche aussuchen, was ihnen gefällt. Als Waffen können sie zwischen Maschinengewehr, Stutzen und Panzerfaust wählen.

»Ich sah mir das alles aus der Entfernung an«, sagt der Hofmarschall gequält. »So ganz traute ich meinen Augen nicht, als Kunkku plötzlich mit der Panzerfaust in der Hand dastand, verkleidet als Panzergeneral Patton.«

Kunkku legt sich selbstbewusst die Panzerfaust auf die Schulter, schließlich hat er bei der Armee so etwas schon mal gesehen. Er muss nur mit aufgerichtetem Oberkörper in die kniende Schießposition gehen, zielen und abdrücken. Eine Panzerfaust ist insofern eine schöne Sache, als sie überhaupt keinen Rückstoß hat. Kunkku verlagert das Gewicht auf ein Knie. Er blickt durch den Sucher und fragt Heikki, ob er nicht auch schießen wolle. Heikki sagt, er sehe lieber zu, wie Kunkku seine königliche Fracht auf die Reise schicke.

Die Kuh blickt sich träge und vertrauensvoll um. Ihr fehlt nichts auf dieser Welt in dieser feuchten Sommernacht. Kunkku sagt, er könne nicht auf eine vernunftlose Kreatur schießen.

»Wenn sie könnte, würde sie auf dich schießen«, sagt Watte. »Was hätten die Könige vor dir getan? Glaubst du, die hätten sich in die Hose gemacht? Du wolltest einen Krieg, verdammt, jetzt hast du ihn!«

Kunkku schaut Watte zögernd an, dann schaut er Heikki an, der nickt: nur zu. Kunkku sammelt all seine Entschlossenheit, schöpft Kraft aus seinen Vorvätern und beschließt, diesen gewaltigen Feind zu vernichten. Die Chemikalien, die durch seinen Kopf flitzen, tun das ihre dazu, als er abdrückt.

Es sieht aus, als wäre die Kuh schlagartig verschwunden.

Einen Moment später fällt die Pickelhaube mit der Spitze zuerst vor dem Trio auf den Boden.

»Entschuldigung«, sagt Kunkku.

Damit sind zwei von drei Wünschen erfüllt.

Der dritte und letzte Wunsch samt seiner Erfüllung wird später auf Videokassetten, im Pay-TV und im Internet zu sehen sein.

Um neun Uhr am nächsten Morgen schleicht Kunkku ins Gutshaus Mäntsälä. Er sieht die Fahrräder der Kinder nicht und erkennt daran, dass sie schon zur Schule sind. Sofis Rad steht im Hof, aber sie ist nirgendwo zu sehen.

Kunkku zieht seine schmutzigen Kleider aus und wirft sie direkt in den Müll. Er schlüpft unter die Decke und versucht sofort einzuschlafen. Da kommt Sofi aus dem oberen Stockwerk ins Schlafzimmer, schaut ihren Mann an und sagt, das waren wirklich großartige Olympische Spiele. Kunkku brummt eine zustimmende Antwort. Er möchte jetzt einfach nur schlafen, von Saltos schlagenden Zwergen träumen und von dem Schuss, der die Schlacht entschieden hat.

Aber Sofi kommt unter seine Decke, weil sie ihm nah sein will, zum ersten Mal seit Beginn der Spiele. Der erschöpfte Kunkku will nicht ertappt werden, nimmt darum alle Kraft zusammen, und ist wieder ein Mann, der sein männliches Werk verrichtet.

Von diesem Morgen an kann man die Tage bis zur Geburt des dritten Kindes des Königspaars zählen.

PENA

Veikko ist um das Schlimmste herumgekommen. Er muss nicht ins Gefängnis und wird auch nicht auf der Straße durch die Kugel eines Meuchelmörders sterben. Er ist in Sicherheit, der Junge, der eine totale Überraschung war, so wie alle unsere Kinder. Mein Samen schert sich nicht um Hindernisse, er geht seinen Weg.

So wie ich selbst mich nicht um Hindernisse scherte, als ich den entscheidenden Ball durch Wattes Vorhandseite schlug. Solche Sachen denke ich, als ich mich mit Helena auf den Heimweg mache und den Aufzug betrete.

Den Rollstuhl lasse ich im Krankenhaus, der ist für Leute, die sich auf den Tod vorbereiten, aber die Krücken kann ich benutzen. Das ist eine tolle Erfindung: Man verlagert das Gewicht auf die Krücken, dann drückt es nicht auf den Fuß. Außerdem sieht man einem verletzten Sportler immer an, dass er alles gegeben hat. Habe ich jemals zuvor in meinem Leben alles gegeben? Wenn die Menschen nur fähig wären, alles für andere geben. Wenn sie begreifen würden, was für ein großartiger Ort diese Welt ist, trotz Watte, Jalle Kulkki und Klimaproblem.

Der Arzt hat mich drei Wochen krankgeschrieben. Wäre ich Verkäufer im Laden, hätte ich schon nächste Woche wieder arbeiten können. Ich werde das Lipponen gegenüber erwähnen und ihm vorschlagen, mich zum Lese- und Schreibtest zu schicken. Während des Spiels habe ich nämlich auch mein Gehirn so sehr angestrengt, dass ich plötzlich alles um mich herum ziemlich gut und schnell lesen kann.

3 Personen oder 240 Kilo. LIFTIKUS AG. Zuletzt überprüft am 11.4.2012.

Helena sieht mich etwas irritiert an. Ihrer Meinung nach habe ich mich außergewöhnlich schnell entwickelt. Ich strahle sie stolz und glücklich an.

Was soll ich tun, solange ich krankgeschrieben bin?, frage ich Helena. Sie rät mir, es locker angehen zu lassen. Wie Urlaub. Ich könne zum Beispiel auf der Konsole spielen und neue Buchstaben und Zahlen lernen.

Aber ich glaube, ich will nicht mehr spielen, sondern lieber in der echten Welt bleiben. Außerdem haben die Frauen in vielen Spielen nur ganz winzige Unterhosen und noch kleinere Bikinioberteile an. Das bereitet mir manchmal Probleme.

Die Kinder sollen von mir aus weiterspielen, wie sie wollen und wie sie es auch tun, als ich die Wohnung betrete. Irma tanzt, Veikko wartet, bis er in seinem Strategiespiel an der Reihe ist. Ich lobe sie beide.

Sie freuen sich, mich zu sehen. Irma hat einen Kuchen gebacken. Beziehungsweise sie hat Flaschen gesammelt und uns Gebäckstücke mit viel Sahne gekauft.

Beim Essen erzählt Irma ihrem Bruder, ich hätte im Match bestimmt hundert Passierschläge hingelegt. Sie schämt sich nicht mehr für mich und nennt mich auch nicht mehr Depp. Sie ist richtig stolz auf mich. Oh Mann!

Ich sage, ich hätte mir im Spiel einfach vorgestellt, eine Mauer als Gegner zu haben, und mir gedacht, ich werde ja wohl noch eine menschliche Mauer schlagen können, schließlich habe ich sogar ein Loch in die Mauer des Schlosses gehämmert.

Irma sagt, nach dem Match habe sie verstanden, dass man seine Chancen nutzen muss. Ich hätte erst als alter Mann so ein echtes Match spielen können, aber sie sollte jetzt sofort anfangen, das zu tun, was sie wolle. Ich frage sie, was das heiße, was sie denn vorhabe.

Das werdet ihr schon sehen, sagt Irma und lächelt so, wie nur Irma es kann.

Auch Veikko erzählt, er habe über seine Zukunft nachgedacht. Er werde zur Schule gehen. Unter den Broschüren, die Irma bekommen hat, sei auch etwas über eine Gartenbauschule dabei gewesen, und darin habe etwas von einer sogenannten Lehre gestanden.

Es kommt mir vor, als würde im Leben gerade eine neue Seite aufgeschlagen.

Es kommt mir vor, als hätte alles seinen Sinn.

DER ALTE MANN
UND DAS MEER

1995–1999

Der fünfzigste Geburtstag des Königs ist seit jeher ein nationaler Feiertag gewesen. An diesem Tag wurden Häftlinge und im Krieg unterlegene Nationen begnadigt, Beschlüsse über Festungen und Verfassungsänderungen besiegelt, und 1311 wurde zu Ehren von König Umbertus »Der Verstopfte« Penzolainen die gesamte Provinz Nordostland niedergebrannt. Das halbe Jahrhundert von Martti dem Gewalttätigen wurde im 16. Jahrhundert zwei Jahre lang ohne Unterbrechung gefeiert. Infolge der Feierlichkeiten wurde die Ernte vernichtet, die Pest säte den Tod, und der König selbst starb, nachdem er im Zuge einer großen allgemeinem Verzückung in den Burggraben gestürzt war. *Gar wonniglich waren die Jubeltage und unser höchst verehrter König,* schrieb ein unbekannter Hofdichter über den Vorfall auf einem Gedenkstein im Pestpark. Später wurde die Maximaldauer der Feierlichkeiten begrenzt, zuerst auf drei Monate, dann auf einen Monat, und im Jahr 1997 bringt der Ehrentag von Kalle XIV. Penttinen dem Volk nur einen einzigen Feiertag.

Kunkku steht im Hafen von Kotka und hört sich die Festrede an. Das Wetter ist so schön, wie es im Königreich Finnland nur sein kann: wolkenloser Himmel, ein bisschen Wind, der für genau die richtige Abkühlung sorgt. Die Fahnen wehen, die Blaskapelle spielt den Eismeermarsch und die Königshymne, von überall auf der Welt treffen Schmucktelegramme ein.

Kunkkus Nase juckt, die Krawatte bringt ihn zum Schwitzen, Schweißtropfen rinnen unter der Seemannsmütze hervor. Vom langen Stehen schmerzen die Knie, und auch sonst ist alles wie früher:

Kunkku muss an einem Ort sein, an dem er nicht sein will. Er weiß, dass hier niemand den Geburtstag des echten Kalle feiert, sondern nur dessen Titel.

Neben ihm steht Sofi. Einige Schritte entfernt stützt sich die Königinmutter auf zwei Stöcke. Vor ihr steht stolz das inzwischen zwei Jahre alte Nesthäkchen der königlichen Familie: Veikko, der Junge, auf den die Königinmutter so lange gewartet hat, der Augenstern seiner Mutter, das Sonntagskind, der königliche Lockenkopf, auf dessen zarte Schulter Kunkku leicht die Hand legt.

Irma hat einen Platz hinter ihren Eltern gewählt, in der Hand ein Stück der neuesten Mobilfunktechnologie aus dem östlichen Nachbarland. Darauf konzentriert sie sich, und nichts könnte die Vierzehnjährige weniger interessieren als der Geburtstag ihres Vaters.

Der Geschäftsführer des Schiffsherstellers Sisu-Verrari-Buster hält eine quälend lange Rede auf das Geburtstagskind.

»Wir hatten unseren Kernbereich damals bereits von der Autoindustrie auf die rentablere Bootsindustrie verlagert«, erinnert sich der Geschäftsführer. »Darum schenkten wir Seiner Majestät einen Katamaran mit besonders schmaler Wasserlinie. Die Taufe kam in den Halb-Neun-Nachrichten und stand in den Schlagzeilen. Den Namen für das Boot hatte ich mir ausgedacht.«

Kunkku hört dem Geschäftsführer nicht zu, wartet nur ungeduldig, bis die Rede zu Ende ist. Danach bittet man ihn und Veikko, eine Champagnerflasche gegen den Bootsrumpf zu schleudern.

Veikko trägt eine Schutzbrille, Kunkku seine übliche. Die Fotografen bannen den Moment auf ihre Filme: die konzentrierte Miene mit dem winzigen Lächeln des kleinen Jungen und Kunkkus erschrockenen Blick, als die Flasche zerschellt und die Zuschauer klatschen.

Der kleine Veikko ist in seiner kurzen Lebenszeit zur interessantesten Figur der königlichen Familie avanciert, er ist der beste Trumpf und die stabilste Garantie für die Fortsetzung der Monarchie. Kunkku hingegen ist ohne Eskapaden eine uninteressante, graue, in der Masse untergehende Gestalt. Seine älteste Tochter

Valma studiert im Ausland – für sie wird die Öffentlichkeit erst beim Machtwechsel Verwendung finden –, und Irma lebt ihr Teenagerleben. Gemäß einer alten Vereinbarung mit der Presse wird das Teenageralter als vorübergehende Hirnschädigung betrachtet. Die Menschen, die darunter leiden, missbraucht man nicht zur Erhöhung der Auflage.

Sofi ist noch immer von repräsentativer Schönheit und füllt ihre Rolle als Erste Frau des Landes besser aus denn je, aber auch sie kommt nicht gegen den unfreiwilligen Charme ihres Sohnes an. Seit seiner Geburt prangt Veikko allein auf dem Titelbild des Königlichen Jahrbuchs. Im Innenteil sieht man ihn auf allen vieren durch die Gänge des Schlosses krabbeln und schwankend auf der Treppe stehen. Es gibt auch Fotos, auf denen Irma wütend aus ihrem Zimmer stürzt, weil ihr kleiner Bruder ihr Tagebuch verschmiert oder einen Kajalstift gegessen hat. Veikkos Ernst in Verbindung mit seinen kindlichen Rundungen und seinem schüchternen Lächeln nimmt auch die Menschen für sich ein, die zur Geburtstagsfeier des Königs in den Hafen gekommen sind.

Kunkku betrachtet kurz das Boot, aber dann steht auch schon ein neuer Redner vor ihm. Es ist der Handels- und Industrieminister, der weit ausholt, um viele Ecken geht und nirgendwo ankommt. Generationen von Männern lösen sich ab, aber die langweiligen Reden bleiben. Niemand wartet mit einer Überraschung auf, denkt Kunkku. Wenn nur einer wenigstens mal zwei Sätze sagen würde, die richtige Dinge und Worte enthalten! Oder statt einer Rede eine Ballade von Ilkka Lipsanen bringen würde. Oder mit einem Brett auf der Schulter gegen Passanten prallen würde, so wie Dick.

In dem Moment stößt die Königinmutter einen Schrei aus.

Sofort richtet sich die Aufmerksamkeit der Zuschauer auf sie. Reizbar ist sie ja schon immer gewesen, aber in letzter Zeit ist sie noch unberechenbarer und zorniger geworden.

»Was tue ich hier eigentlich, verdammt?«, brüllt sie. »Wer seid ihr überhaupt, verflucht?«

Die Menschen überhören höflich, was die Königinmutter von sich gibt. Als sie ihre Fragen zum sechsten Mal lautstark wiederholt und die Anzahl der Schimpfwörter ein wenig erhöht, hält es Pressechef Veijalainen für das Beste, sie zum schwarzen Auto zu führen, damit sie sich auf der Rückbank etwas ausruht. Der Handels- und Industrieminister fährt mit seiner Rede fort.

»Wir fuhren direkt zum Schloss zurück«, erzählt Veijalainen. »Per Autotelefon setzte ich mich mit dem Leibarzt in Verbindung. Warum war ich nicht früher darauf gekommen? Ich hatte gedacht, die Königinmutter sei einfach eine etwas strenge alte Dame. Dabei hätte man ihr Gehirn untersuchen müssen. Sie war dement, war es vermutlich schon längere Zeit.«

Kunkku findet, dass seine Mutter endlich einmal eine angemessene Frage gestellt hat. Er weiß auch nicht, was sie hier verloren haben. Und man wird nicht wegkommen, bevor der nächste Tag anbricht, denn bald geht es zum Geburtstagslunch ins Restaurant des Segelclubs, wo es mit der gleichen Steifheit und dem gleichen Gerede weitergehen wird.

Plötzlich merkt Kunkku, dass er sich vorwärtsbewegt.

Er tut etwas, das er in dreißig Jahren nicht öffentlich getan hat: Er verlässt seinen Platz.

Er nimmt seinen Sohn auf den Arm und betritt den Bootsanleger.

Während der Handels- und Industrieminister im Hintergrund weiterredet, steigt Kunkku ins Boot. Er achtet nicht auf die Geräusche der Kameras, er hört nicht Sofis erstaunten Ausruf, sondern setzt Veikko im Boot auf eine Bank, geht neben dem Mast in die Hocke und wühlt kurz in den Aufbewahrungskästen. Dort findet er eine Rettungsweste und legt sie Veikko an.

Der Junge sitzt gutgelaunt da, ein bisschen wie im Vergnügungspark.

Kunkku prüft, ob die Gurte straff sitzen, dann streckt er die Hand nach Sofi aus.

»Auf hohen Schuhen und im langen Kleid in ein Boot?« Sofi

schüttelt den Kopf. »Wir wechselten im Halbstundenrhythmus Orte und Feierlichkeiten, am Abend sollte ein Kammermusikkonzert in Kuhmo zu Ehren Seiner Majestät stattfinden, am nächsten Tag der Besuch des chinesischen Botschafters. Da passte kein Segeltörn rein. Also befahl ich meinem Mann, sofort aus dem Boot zu steigen.«

Kunkku hört nicht, er löst die Leinen und fragt Irma, ob sie mitkomme. Der Blick des Mädchens haftet am Telefon, die Finger eilen über die Tasten. Kunkku wiederholt seine Frage. Irma sagt, sie sei heute bei den Zwillingen der Herzogin von Loviisa zu einer Party eingeladen und habe keine Lust, in so ein blödes Boot zu steigen.

Kunkku nickt, er will niemanden zwingen. Unter Männern macht es womöglich auch viel mehr Spaß. Er befiehlt dem Hofmarschall, das Steuerruder zu übernehmen.

»Auf Befehl setzte ich mich in Bewegung«, erzählt der Hofmarschall. »Ich war viel lieber auf dem Meer als auf einer vollen Autobahn oder in einem schweißtreibenden Festsaal. Außerdem konnte Kunkku auf See keine Dummheiten und nichts Illegales machen. Davon hatte ich nämlich langsam die Nase voll.«

Veikko, nach dem das Boot benannt ist, blickt verdutzt auf die Menschenmasse, die am Pier zurückbleibt. Kunkku schaut strikt nach vorne und keinen Augenblick zurück.

Mithilfe des Außenbordmotors gelangen sie aufs offene Meer hinaus und werden dort vom Wind weiterbefördert. Anfangs folgen ihnen noch Kleinboote des Geheimdienstes, aber Kunkku befiehlt ihnen per Funk, zu verschwinden.

Sobald Ruhe eingekehrt ist, inspiziert er mit Veikko die Kajüte. Darin gibt es reichlich Schlafplatz für sechs Personen, auch eine Küche mit Esstisch ist vorhanden. Der Kühlschrank ist voll, die Vorräte in den anderen Schränken reichen bestimmt für eine Woche.

Veikko will Saft mit Strohhalm und Schokoladenkekse. Kunkku sagt zu dem Jungen, es sei höchste Zeit für eine Männertour zu zweit. Ansonsten hätte er diesen Tag nicht länger ertragen, nicht einmal mit Unterstützung von Wattes Pulver. Veikko schaut seinen Vater an, nickt und deutet auf den Himmel.

»Öwe.«

»Möwe. Das ist eine Möwe.«

Der Junge legt die Hand auf die Seemannsmütze und sagt: »Ütze.«

»Eine Mütze, genau«, lacht Kunkku und nickt. Er reißt eine Dose Apfellimonade auf und nimmt einen langen Schluck.

Der Hofmarschall behält das brandneue GPS-Ortungssystem im Blick und will wissen, ob ein bestimmtes Ziel angesteuert werden soll. Kunkku sagt, der Weg sei das Ziel, und bittet den Hofmarschall, sämtliche elektronische Geräte auszuschalten, damit sie die Paparazzi und den Grenzschutz nicht gleich auf dem Hals hätten. Daraufhin knipst der Hofmarschall alle Geräte aus, die man ausschalten kann. Nur das rote Lämpchen der Notsignalanlage blinkt noch.

Kunkku öffnet die Behälter unter den Sitzbänken. In einem findet er einen Stoß in Plastik verpackte Kleider. Die Staatliche Kleiderfabrik ist ein Kooperationspartner von Sisu-Verrari-Buster und liefert sämtliche Textilien sowie Verkleidungen für die Boote. Kunkku zieht seinen Festanzug samt Orden aus und nimmt Outdoor-Anzüge für sich und seinen Sohn aus der Verpackung. Nachdem er sich umgezogen hat, wirft er ein paar Mal die Angel aus. Aber er fängt nichts, weshalb er die Angel in der dafür vorgesehenen Halterung am Heck befestigt und die Schnur im Wasser hängen lässt.

Ein leichter Rückenwind schiebt das Boot über die ruhigen Wellen, es gibt nicht das geringste künstliche Geräusch, und bald wiegt das gleichmäßige Schaukeln Veikko in den Schlaf. Laut ursprünglichem Plan hätte er auf der Fahrt von Kotka nach Porvoo seinen Mittagsschlaf machen sollen, aber jetzt lullt ihn das blaue Meer ein.

»Nuller«, sagt Veikko noch, als ihm die Augen zufallen.

Den Schnuller hat Kunkku allerdings nicht dabei, es hat auch niemand daran gedacht, einen in die Standardausrüstung des Bootes zu packen. Also hält er dem Jungen einen Finger zum Lutschen hin, und dabei schläft der Kleine ein, mit dem Schoß seines Vaters als Wiege und dem Finger des Vaters als Schnuller.

Der Hofmarschall bringt eine Wolldecke für den Jungen und eine zweite für Kunkku.

»Wir hatten immer nur über das Notwendigste geredet«, erzählt der Hofmarschall. »Ein Hofmarschall unterhält sich nicht mit Seiner Majestät. Ein Hofmarschall dient Seiner Majestät. Seine Majestät bittet einen Hofmarschall nicht um Rat. Seine Majestät erteilt dem Hofmarschall Befehle. Jetzt lautete der Befehl, sich mit ihm zu unterhalten.«

Kunkku spricht leise. Er hat das drängende Bedürfnis, sich auszusprechen. Über die Ereignisse in der Melonenfabrik hat er bisher geschwiegen, nur der Hofmarschall weiß, was dort passierte. Sofi hat die Wahrheit nie erfahren, und das soll auch so bleiben. Und was im Gewerbegebiet von Punavuori geschah, soll auch im Gewerbegebiet von Punavuori bleiben. Außerdem hat es den Hofmarschall in Kunkkus Leben schon immer gegeben, er hat ihn schon als Kind und Jugendlichen gesehen und ist noch immer da.

»Er sprach von der Leere«, erzählt der Hofmarschall. »Was sollte ich dazu sagen? Ich hatte nie Zeit, mir über Leere den Kopf zu zerbrechen. Ich bin ein Mann vom alten Schlag. Wenn ich mal einen leeren Augenblick hatte, war ich dankbar. Dann konnte ich mich kurz hinlegen. Oder mich wenigstens setzen. Mal durchatmen.«

Kunkku sagt, seit der Olympiade habe er mit seinem Beruf noch mehr Schwierigkeiten als zuvor. Alle seine Wünsche seien erfüllt worden, schön, aber worauf könne ein Mensch danach noch hoffen?

»Manchmal hätte ich Lust gehabt, Seine Majestät zurechtzuweisen«, sagt der Hofmarschall. »In solchen Momenten war es am besten, zu schweigen. Meine Befugnisse reichten nicht aus, Seine Majestät zu verurteilen. Erst die Geschichte wird das Urteil über ihn fällen, wenn es denn sein soll.«

Kunkku fragt den Hofmarschall, was dieser tue, wenn ihn Sorgen drückten und ihm das Leben schwer erscheine.

»Ich sagte zu Seiner Majestät, dass ich in solchen Fällen einen Becher Wein zu mir nehme. Auch eine schön heiße Sauna hat sich als positiv erwiesen. Es macht Freude, alte Hefte von *Wild & Hund* zu lesen, besonders die Fortsetzungsgeschichten. Meine Frau sah ich selten, weil ich immer im Dienst war. Wir führen seit langen Jahren eine gute Ehe, die darauf beruht, dass wir uns nicht kennen. Ich versuchte Seiner Majestät wohl zu vermitteln, dass jeder nur das Leben hat, das er nun mal lebt. Alles andere sind Hirngespinste. Sinnlos, nach etwas zu gieren, das man nicht kriegen kann.«

Kunkku nickt.

Die Worte des Hofmarschalls klingen weise, sie kommen aus der Tiefe der Erfahrung. Auch wenn man gern ein bisschen widersprechen möchte. Kunkku erzählt davon, wie Wattes Pulver die Stimmung hob. Es hatte allerdings Nebenwirkungen: Müdigkeit, Gereiztheit, unvorhersehbares Benehmen. Und jetzt hört und sieht man nichts von Watte. Immer verschwindet er. Veikko lacht im Schlaf kurz auf, was wiederum den Hofmarschall zum Lachen bringt, und im Schatten dieses Lachens sagt er seine Meinung zu dem schwierigen Rauschmittelthema.

Nach einer Pause redet Kunkku weiter. Auch das mit dem lang ersehnten Sohn sei komplizierter, als er es sich vorgestellt habe. In seinem Alter müsse man eigentlich eher Enkel haben als so ein eigenes Würmchen. Das nächtliche Aufwachen nehme ihn mit, und abends müsse er den Jungen und die Diener ans Zähneputzen erinnern, obwohl er selbst oft nicht daran denke, sich die Zähne zu putzen. Wenn er richtig faul sei, lasse er die Diener alles machen, und da entstehe dann halt Distanz.

»Es war schon ein ziemliches Gejammer«, räumt der Hofmarschall ein. »Wenn man Kinder macht, muss man sich auch um sie kümmern. Was brauchen die schon? Ein paar Lieder, warmes Essen und ein Zimmer. In Finnland ist es nicht unmöglich, das zu organisieren.«

Kunkku sagt, er warte auf die Zeit, in der sich Veikko für Tennis und Konsolenspiele interessiere. Vielleicht würde bei dieser Tour hier auch der Segelfunke auf ihn überspringen. Dann schweigt er, blickt aufs Meer und auf die Wolken. Er sagt, er habe Angst um Veikko, weil der Junge im Schloss aufwachsen müsse. Wenn er den Jungen beobachte, erinnere er sich viel öfter an die eigene Kindheit und Jugend, als es bei seinen Töchtern der Fall gewesen sei. Auf Valma sei Verlass, die werde schon ihren Weg gehen, und Irma werde klarkommen, weil sie hübsch sei. Aber alle sollten ihre Jugend genießen dürfen.

Kunkku sammelt seine Gedanken, er zieht Bilanz über sein Leben.

Er hofft, dass Veikko lernen wird, seinen Pimmel klug einzusetzen. Das Ding könne einen nämlich zu allerhand verleiten.

»Ich war durchaus nicht darauf vorbereitet, mich über den Pimmel des Prinzen zu unterhalten«, schnaubt der Hofmarschall. »Also versuchte ich das Thema zu wechseln. Ich schlug Seiner Majestät vor, nach der Angel schauen. An flachen Stellen könne der Haken leicht am Tang hängen bleiben.«

Kunkku kommt zu dem Schluss, dass seinem Sohn die Welt glücklicherweise viel weiter offen stehe als seinerzeit ihm selbst. Der Hofmarschall ist der gleichen Ansicht.

»Mein Vater war Hofmarschall und dessen Vater war ebenfalls Hofmarschall«, erinnert er sich. »War mein Sohn Hofmarschall? Nein. Wird er Hofmarschall? Nein. Die Angehörigen seiner Generation dienen nicht anderen, sondern vor allem sich selbst. Sie studieren, machen Karriere, bauen ein Haus. Das ist auch richtig so. Genau das haben wir ihnen ermöglichen wollen.«

Die Angelschnur spannt sich und zuckt. Der Hofmarschall sagt, es scheine einer angebissen zu haben. Kunkku versucht Veikko vorsichtig auf die Bank zu legen, aber der Junge wacht auf und verfolgt mit schlaftrunkenem Interesse das Treiben seines Vaters. Dieser fragt, was er mit der Angel tun müsse. Weil der Hofmarschall die Steuerpinne nicht loslassen kann, unterweist er ihn mündlich. Kunkku muss mit dem zappelnden Fisch allein zurechtkommen.

Er stemmt einen Fuß stabil gegen die Bootskante und kurbelt wie wild die Schnur auf.

Auf Anweisung des Hofmarschalls hält Veikko seinem Vater den Kescher hin.

»Escher«, sagt der Junge.

Kunkku nimmt die Rute aus der Halterung, kurbelt, lässt locker, kurbelt erneut, bis ein großes Biest an der Oberfläche planscht. Fünf Kilo, schätzt der Hofmarschall.

»Isch?«

»Ja, ein Fisch«, sagt Kunkku und lacht seit langem mal wieder.

Niedrige, kümmerliche Vegetation und ein zwei Meter hoher steiler Felsen. Zu einer solchen kleinen Insel rudert der Hofmarschall Kunkku und Veikko mit dem Ruderboot, das zum Katamaran gehört.

Dann sammelt er zusammen mit Veikko trockenes Reisig. Er hat eine Zeitung in der Tasche, mit deren Hilfe sie das Lagerfeuer zum Brennen bringen. Darauf nimmt er den Fisch aus, weil er weiß, dass Kunkku einem Fisch nicht in die Augen schauen kann, egal ob lebendig oder tot. Außerdem sind Gräten für den großen wie für den kleinen Penttinen gefährlich. Andächtig sehen Kunkku und Veikko zu, wie der Fisch Kopf und Darm verliert. Wie der Hofmarschall den Fisch geschickt filetiert und die Abfälle ins Meer wirft. Anschließend wäscht er den Schleim vom Messer.

»Esser«, sagt Veikko.

Der Hofmarschall gibt dem Jungen das Messer, damit er es genauer in Augenschein nehmen kann. Kunkku fragt, ob sich der Kleine damit nicht verletzen könne. Der Hofmarschall erinnert ihn daran, dass er in dem Alter schon mit seinem Vater Fasane geschossen habe. Der Ministerpräsident würde es zwar verbieten, aber nun befänden sie sich viele Seemeilen vom Parlamentsgebäude entfernt. Kunkku nickt. Veikko dreht das Messer im Sonnenlicht behutsam hin und her, als würde er, der Zweijährige, es mit all seiner Lebenserfahrung begutachten.

»Esser ut«, sagt Veikko.

Der Hofmarschall steckt das Messer in die Scheide.

Während er einen Teil der Zeitung befeuchtet, warten die Lachsfilets auf einem flachen Stein. Schnelles Würzen mit Salz und Zitrone, dann werden die Filets ins feuchte Papier gewickelt und in die Glut gelegt.

Kunkku, Veikko und der Hofmarschall blicken wortlos auf die qualmenden Bündel. Am Ufer plätschert das Wasser gegen die Steine, in den Papierbündeln zischelt es, und allmählich verbreitet sich ein verlockender Geruch.

Eine halbe Stunde später öffnet der Hofmarschall ein dampfendes Bündel und pickt sich mit den Fingern aus der dicksten Stelle des Filets ein Stück heraus. Er kostet und stellt fest, dass der Fisch etwas mehr Salz braucht. Dann verteilt er die Portionen auf Pappteller, und Kunkku denkt, dass dieser Fisch seine erste Beute seit der Kuh ist, die er mit der Panzerfaust erlegt hat.

Vater und Sohn schmeckt es. Auch der Hofmarschall hat großen Hunger, aber er wartet, bis Seine Majestät und der Prinz ihre Mahlzeit beendet haben, bevor er den Fisch anrührt.

Nachdem er etwas im Bauch hat, findet Kunkku wieder die Kraft, dem Hofmarschall Seele und Herz auszuschütten. Er erzählt, dass er seine älteste Tochter vermisse, die auf der anderen Seite der Erde studiert.

»Kinder werden flügge«, stellt der Hofmarschall fest. »Gut, dass es so ist. Ein Mund weniger zu stopfen und die Elternschaft wieder ein Stück weiter zu Ende gebracht, auch wenn die nie zu Ende geht. Freilich hatte Seine Majestät solche Probleme nie. Bei ihm würde das Essen nie ausgehen.«

Kunkku erzählt, Valma habe dreizehn Mal »Sehr gut« geschrieben und sei in Shanghai an der renommiertesten Universität der Welt aufgenommen worden – ohne königliche Zuzahlungen. Derzeit mache sie ihr Examen in Literaturwissenschaft und zusätzlich in Wirtschaftswissenschaft und Architektur. Mit großem Stolz erzählt Kunkku weiter, Valma werde diesem Land einmal ein so gutes

Oberhaupt sein, wie es sich heute kaum jemand vorstellen könne. Sie habe ihm ein Geburtstagsgeschenk geschickt, einen Kung-Fu-Anzug aus Seide, den er als Schlafanzug benutzen werde.

»Endlich waren wir mal einer Meinung«, sagt der Hofmarschall. »Hätte ich auf jemanden aus der Familie Geld setzen müssen, dann auf die älteste Tochter.«

Kunkku fragt den Hofmarschall, ob er und seine Frau gemeinsame Hobbys hätten.

Der Hofmarschall überlegt, aber es fällt ihm keines ein, weder ein eigenes noch ein gemeinsames. Für Hobbys hat er keine Zeit. Kunkku erzählt, seine Frau finde außerhalb des Schlosses allerlei Beschäftigung. Kunstausstellungen, kulturelle Aktivitäten, Besuche von Yoga-Gurus. Er finde es schrecklich, in der Oper zu sitzen. Noch schlimmer seien Festivals für modernen Tanz. Er würde gern eine Monster-Truck-Show besuchen, aber da wolle dann Sofi wieder nicht hin.

»Ich hielt mich lieber an den Fisch«, sagt der Hofmarschall. »Als Psychiater Seiner Majestät zu fungieren, war etwas zu hoch für mich. Allerdings ließ ich ihn alles aussprechen. Wahrscheinlich genügte es schon, dass ihm überhaupt jemand zuhörte.«

Nun wird noch Kaffee über dem Feuer gekocht, und man isst die Kekse, die sich in der Kajüte gefunden haben. Der Hofmarschall sagt, wenn sie vor Einbruch der Dunkelheit zurück sein wollten, müssten sie jetzt los.

Kunkku legt sich auf dem Felsen auf den Rücken. Die Abendsonne wärmt. Warum schon zurück, wo sie doch gerade erst mühsam hergekommen sind? Auch dem Jungen geht es gut, der Outdoor-Anzug hält warm, in der Kajüte gibt es gute EKIA-Betten und weiche Wäsche aus der Staatlichen Kleiderfabrik. Kunkku fragt Veikko, ob es nicht ein tolles Abenteuer wäre, im Boot zu übernachten.

Der Junge antwortet nicht, sondern klettert seinem Vater auf den Schoß.

»Wir sind dann zum Segelboot zurückgerudert«, erzählt der

Hofmarschall. »Ich suchte Papier für den Jungen, und der Prinz malte etwas darauf, was er uns dann zeigte. Die Figur mit dem größten Kopf war Seine Majestät. Ich war mittelgroß, und der Prinz war der Kleinste. Der mit dem großen Kopf lächelte, bei mir und dem Jungen war der Mund ein ernster Strich. Dann malte er den Rest kräftig blau. Eer, sagte der Junge. Ziemlich lange hat er so ulkig gesprochen.«

Nachdem Veikko eingeschlafen ist, geht Kunkku an Deck und fragt den Hofmarschall, ob er noch wach sei. Der Hofmarschall liegt im Schlafsack und schläft fest, kommt aber mit der in seinem Beruf erforderlichen Schnelligkeit zu sich und sagt schläfrig, ein Hofmarschall sei immer wach, wenn Seine Majestät wach sei.

Kunkku denkt laut, dass er weder Zwerge noch sonstige Extras brauche, solange er so frei sein dürfe wie jetzt. Er schlägt vor, aus dem Segeln eine Tradition zu machen. Er, der Hofmarschall und Veikko. Daran würden sie sich später bestimmt gern erinnern.

»Seine Majestät hatte den ganzen Tag seltene Offenheit an den Tag gelegt«, sagt der Hofmarschall. »Da hielt ich es für meine Pflicht, mich ebenfalls etwas zu öffnen. Ich erzählte ihm, was der Ministerpräsident in der Woche zuvor dem gesamten Personal des Hofs mitgeteilt hatte: dass die Renovierung des Königsschlosses Vantaa sich dem Ende nähere und, wenn sie fertig sei, der Königsfamilie die Rückkehr bevorstehe. Mir jedoch nicht.«

Kunkku will wissen, was der Hofmarschall damit meint. Dieser erklärt verlegen, die gesamte Dienerschaft werde entlassen, die entsprechenden Verhandlungen mit dem Personal seien bereits angelaufen. Der Ministerpräsident habe von natürlichem Ausscheiden und Rentenlösungen gesprochen. Der Hofmarschall könne sofort in Rente gehen, er habe am längsten gedient und müsse sich dann mit irgendeiner Paketlösung abfinden. Er habe allerdings Verlängerung beantragt, berichtet der Hofmarschall, denn er könne nicht einfach so abtreten. Sein Antrag sei jedoch noch nicht beantwortet worden.

Kunkku versteht es immer noch nicht, er will es nicht verstehen.

»Ich musste es ihm förmlich vorbuchstabieren«, seufzt der Hofmarschall. »Ich würde aus seinem Leben verschwinden. Viele Segeltörns würden Seine Majestät und der junge Prinz nicht mehr mit mir machen können.«

Kunkku ist traurig. Dann fragt er sich, ob er sich nicht für den Hofmarschall freuen soll. Immerhin käme dieser nun aus dem Schloss heraus. Der Hofmarschall erwidert, er denke nur von einem Tag auf den anderen.

Verwirrt legt sich Kunkku neben Veikko ins Bett. Das Wasser plätschert, der Junge schläft tief, aber Kunkku denkt über das nach, was der Hofmarschall ihm erzählt hat: Rente. Raus aus dem Schloss.

Das muss großartig sein.

Wie kann ein König in Rente gehen? Kann er das überhaupt? Kunkku weiß, dass Regisseur Laine Künstlerrente bezieht und Jaan Lipkanski von der Armee pensioniert wurde. Trotzdem machen sie ihre Arbeit, solange sie können. Das klingt bei weitem nicht so gut wie die Vorstellung, einfach wegzugehen und alles hinter sich zu lassen.

Könnte er als Rentner ein gewöhnlicher Pena sein? Könnte er dafür beim Ministerpräsidenten die Genehmigung beantragen? Was würden die anderen Familienmitglieder über einen König sagen, der in Rente geht?

Am nächsten Morgen wird Kunkku vom Jammern seines Sohnes wach.

»Ama.«

»Dein Papa ist doch bei dir.«

»Ama.«

»Die Mama«, präzisiert der Hofmarschall. »Der Junge hatte Sehnsucht nach seiner Mutter. Er war ein sensibles Kind, sensibler als die Mädchen in der Familie. Jedes andere Kind wäre über einen zweiten Tag auf See begeistert gewesen, aber der Prinz wollte heim. Er hörte erst auf zu weinen, als ich die Segel gesetzt hatte und wir Fahrt aufnahmen.«

Während der gesamten Rückfahrt steht Kunkku neben dem Hofmarschall. Er möchte ihm für all die Dienstjahre danken und noch mehr über die Rente erfahren, aber das ist schwierig. Er bekommt den Mund nicht auf, der Wind bläst ihm ins Gesicht, und irgendwie ist die Stimmung anders als gestern. Der gestrige Abend war die pure Freiheit, jetzt befindet sich Kunkku wieder auf dem Weg in unveränderliche, beklemmende Routineabläufe.

Im Heimathafen fällt sein Blick als Erstes auf Sofi, die sich mit einem großen Schal, den sie mit beiden Händen festhält, gegen den Wind schützt. Sobald das Boot festgemacht hat, stürzt sie Veikko entgegen. Der Junge reckt sich vom Arm seines Vaters nach dem Arm seiner Mutter. Kunkku sagt, auch wenn der Junge ein bisschen geweint habe, hätten sie eine tolle Fahrt gehabt. Sie hätten Räucherlachs gegessen und im Boot geschlafen. Er zeigt Sofi das Bild, das Veikko gemalt hat.

»Hat er jemals an andere gedacht?«, ruft Sofi aus. »Da haut er mit einem kleinen Kind von seinem eigenen Geburtstag ab und behauptet, es sei eine tolle Fahrt gewesen. Womöglich war er wirklich verrückt.«

Da Sofi nichts sagt, redet Kunkku weiter. Bald könne man Veikko einen Tennisschläger kaufen und einen neuen Controller für die Konsole. Sofi setzt den Jungen ab und geht mit ihm Hand in Hand zum Auto, das am Hafentor wartet. Kunkku beeilt sich, mitzukommen, und setzt sich im Fond des langen schwarzen Wagens Sofi gegenüber.

»Ich habe mir gedacht, ich gehe in Rente«, sagt er begeistert. »Der Hofmarschall geht auch.«

PENA

Wenn man krankfeiert, kann man aufstehen, wann man will. Ich wache zur selben Zeit auf wie an Arbeitstagen, muss mich aber nicht beeilen, den Bus zu erwischen, sondern kann in aller Ruhe lauschen und schnuppern, was um mich herum geschieht. Die Kaffeemaschine röchelt und verbreitet wohlriechenden Dampf.

Im Wohnzimmer ist die Luft ein wenig muffig. Ich öffne das Belüftungsfenster, vorsichtig und leise, damit Irma nicht aufwacht. Als es richtig nach Kaffee duftet, kann ich kaum erwarten, mir eine Tasse einzuschenken.

Nachdem ich Kaffee getrunken und einen kalten Hamburger gegessen habe, mache ich mich auf den Weg zum Einkaufszentrum unserer Siedlung. Irgendwo muss ein Krankfeiernder ja seine Zeit verbringen. Wer wach ist, hat zu Hause nichts zu tun, solange die Mitbewohner noch schlafen.

Vielleicht haben Rentner solche Tage, vielleicht auch ganz kleine Kinder. Tage, an denen sie sich nicht überlegen, was sie als Nächstes tun sollen, sondern es einfach tun.

Ich stütze mich auf die Krücken und bewege mich langsam; sobald ich zu schnell werde, meldet sich das Knie. Aus vielen Richtungen gehen Leute aufs Einkaufszentrum zu, hauptsächlich Frauen. Manche haben einen Hund dabei. Eine zieht einen Schlitten. Neben einer anderen geht ein Kind her, wahrscheinlich das Enkelkind. Es rennt immer ein Stück voraus und wartet dann auf seine Oma.

Ohne Geld wäre man in der Bibliothek besser aufgehoben als im Einkaufszentrum. Zwar habe ich ein paar Münzen, aber die reichen nicht. Hätte ich mehr, würde ich etwas von dem Gebäck in der Vitrine kaufen. Ein Stück Erdbeerkuchen und so ein hellbraunes Teilchen.

Die Morgengeräusche der alten Leute sind anders als die Geräusche großer Familien zur Stoßzeit. Die Einkaufswagen scheppern weniger, es wird weniger verboten, gefragt, gebettelt, verlangt. Befinden sich im Supermarkt alte Leute in einer Gruppe, reden sie aneinander vorbei, weil sie sich gegenseitig nicht hören. Das kann zwar auch Leuten mittleren Alters passieren, aber dann hat es nichts mit schwachem Gehör, sondern mit starkem Egoismus zu tun.

In meinem früheren Leben sah ich alte Menschen in zu hohen Ämtern. Auch junge Menschen sah ich in zu hohen Ämtern. Damals wollte ich in Rente, und jetzt, da ich im Rentenalter bin, kann ich es nicht mehr, weil ich Geld brauche, um meine Familie zu ernähren. Außerdem will ich es auch gar nicht, denn nun darf ich endlich tun, was ich will, nämlich in einem Lager Elektrogeräte stapeln.

Ich suche mir eine Blätterteigpastete mit Hackfleischfüllung aus. Dafür langen die Münzen gerade.

Vor dem Supermarkt setze ich mich zum Essen auf eine verschneite Bank. Von der Pastete lösen sich trockene Schichten, die am Gaumen haften bleiben und schrecklichen Durst verursachen. So könnte der Tag eines Rentners aussehen. Überraschend bröselnde Pastete, würde er in den Kalender schreiben.

Es ist kurz nach acht.

Ich blicke auf unseren Balkon und sehe Irma dort stehen. Ich winke ihr, aber sie geht gleich wieder hinein, ohne mich wahrgenommen zu haben.

Vielleicht sind die Kinder hungrig. Ich muss ihnen Frühstück machen und kann nur hoffen, dass Irma meine Pastete nicht gesehen hat, denn ich habe kein Geld, um ihr auch eine zu kaufen.

Der Aufzug steckt irgendwo oben fest. Er kommt nicht, auch wenn ich noch so oft auf den Knopf drücke. Normalerweise würde es mich nicht stören, aber mit diesem Knie ist es hart, bis zur Wohnung hinaufzukommen. Alte Leute wohnen sicher am liebsten im Erdgeschoss.

Oben suche ich kurz nach dem Schlüssel.

Da merke ich, dass vor unserer Wohnungstür ein Geschenk liegt.

Für Irma? Hat sie einen Verehrer?

Ich schaue genauer hin. Auf dem Päckchen steht: Kunkku.

Auch eine Weihnachtskarte ist daran befestigt, und darauf ist der Name des Absenders zu lesen: Watte. Es steht noch mehr darauf, doch das kann ich nicht gleich lesen.

Was, wenn es eine Bombe ist?

Ich nehme das Päckchen unter den Arm und gehe sofort wieder die Treppe hinunter, bis in den Keller, ohne auf mein Knie zu achten. Dort habe ich auch die anderen Geschenke hingebracht, und ich möchte gern glauben, dass es Watte gut meint. Allerdings könnte das Päckchen auch ein gewisses Pulver enthalten, und das wäre überhaupt nicht gut.

Kunkku ruft Pressechef Veijalainen in sein Büro und fragt, auf welche Weise er in Früh- oder Arbeitsunfähigkeitsrente gehen könnte. Wenn der Ministerpräsident schon vorhabe, das übrige Personal zu feuern, warum sollte er dann nicht auch gehen können.

»Es gab ja kein normales Arbeitsverhältnis«, unterstreicht Pressechef Veijalainen. »Keinen Arbeitsvertrag. Da gab es Tropfen im Gral und die Verpflichtung durch die Nation und die heiligen Gelübde. Das hätte Kunkku eigentlich wissen müssen.«

Kunkku schlägt vor, sich wenigstens für eine Weile auswechseln zu lassen. Man könnte einen Übergangskönig holen, jemanden von der Straße, der genauso aussieht, und er selbst könnte dann in Rente gehen und das einfache Dasein lernen. Er schlägt außerdem vor, eine Abstimmung per Postkarte durchzuführen. Dann würde derjenige zum König gewählt, der dem Volk am meisten zusage.

»Aber Wahlen und Demokratien gehören nun mal nicht zu einer Monarchie«, sagt Veijalainen. »Das Amt wird vererbt. Natürlich kann man auch in einem Königshaus einen Generationswechsel vollziehen, aber dafür gibt es dann eigene Rahmenbedingungen.«

Kunkku sinkt enttäuscht auf seinem Stuhl zusammen. Er fragt, wie lange es dauere, bis Valma an seine Stelle treten könne. Drei Jahre? Fünf Jahre? Zehn Jahre?

»Meine persönliche Ansicht war, dass Prinzessin Valma zuerst ihr Studium abschließen sollte«, sagt Veijalainen. »Das würde noch zwei Jahre dauern, oder auch vier. Dann müsste sie einen Ehemann finden. Und danach müsste noch der neue Thronfolger abgewartet werden, ein kleiner Prinz oder eine kleine Prinzessin. Erst dann könnte die Macht übergeben werden.«

Kunkku nimmt einen Schluck Apfellimo und nickt matt. Er kann Valma nicht antreiben, schneller zu studieren, oder ihr befehlen, sich einen Mann zu suchen und sich zu vermehren. Seine Mutter war mit ihm so umgesprungen, und diese Tradition will Kunkku nicht fortführen.

»Ich empfahl ihm, von einem Tag auf den nächsten zu schauen«, erzählt Pressechef Veijalainen. »Ich verstand, dass das schwierig war. Allerdings könnte man gesundheitliche Gründe für eine Reduzierung seiner beruflichen Aufgaben ins Feld führen.«

Kunkku will aber kein Marsch-Sport-Gelände-befreiter König sein, der trotzdem auf dem Thron sitzen muss. Wenn man sich eine Krankheit ausdenkt, werden heutzutage alle möglichen Beweise verlangt. Oder man müsste sich eine extrem schwere körperliche Verletzung zufügen. Könnte man auf diesem Weg eine Befreiung vom Dienst erreichen?

»Kunkku wollte sich ins Knie schießen«, seufzt Veijalainen. »Etwas Verrückteres hatte ich schon länger nicht mehr gehört. Ich empfahl ihm eine Atempause. Wir hatten es ja nicht eilig.«

Ein Jahr geht das Leben auf Gut Mäntsälä im gewohnten Rhythmus weiter. Veikko sammelt Klee und geht in den Kindergarten, Irma braust als Teenager mit dem Motorroller durch die Gegend.

Wie üblich kommt der Hofmarschall jeden Morgen zur Arbeit, chauffiert Kunkku zu beruflichen Einsätzen, und ab und zu gehen sie auch mal segeln. Zu zweit, denn Sofi hat ihnen verboten, Veikko mitzunehmen.

Aber dann bricht das Jahr 1999 an, und die Renovierung ist vollendet. Die Königsfamilie muss ins Schloss zurückkehren.

Der Hofmarschall hilft noch beim Umzug und bringt Kunkkus Videoanlage und die Spielkonsolen sicher vom langen schwarzen Auto durchs Tor. Danach nimmt er Veikko aus dem Kindersitz und trägt ihn über die Zugbrücke in den Schlosshof.

Schließlich ist es an der Zeit, sich von der Königsfamilie zu verabschieden, und diesmal bringt Kunkku heraus, was er schon vor langer Zeit im Segelboot hätte sagen sollen:

»Danke. Ich danke Ihnen!«

Der Hofmarschall nickt ausdruckslos. In Kunkkus Augenwinkel schimmert eine Träne.

»Danke für alles.«

»Hätte ich nur auf die gleiche Art geantwortet«, seufzt der Hofmarschall. »Ich gab Seiner Majestät die Hand, küsste die Hände von Königin Sofi und Prinzessin Irma und umarmte den kleinen Veikko. An dem Punkt musste ich ein bisschen schlucken. Ich wünschte ihnen gute Zeiten und dem Königshaus ein tausendjähriges Leben. Aber ich gebe zu, dass ich lächeln musste, als das Tor hinter mir zuging. Ich beschloss, mir von nun an Haare und Bart wachsen zu lassen und nie mehr einen schwarzen Anzug zu tragen. Das Fahrtenbuch, das ich jahrelang geführt hatte, vergaß ich im langen schwarzen Auto. Das ärgert mich ab und zu.«

POSITIVE PONTONS

1999

Als die Jahrtausendwende näher rückt, geht das Wachstum des finnischen Bruttosozialprodukts von jährlich acht Prozent auf fünf Prozent zurück. Wenn es nach dem Ministerpräsident geht, darf sich das Wachstum auf diesem Niveau stabilisieren, denn es ist wesentlich nachhaltiger, stetig ein bisschen zu wachsen als auf einen Schlag viel. *Einfache Wahrheiten und Doppelglasfenster* heißt der Wirtschaftsleitfaden, den der Ministerpräsident geschrieben hat und der an alle Haushalte verteilt wird. Zur neuen wirtschaftspolitischen Linie gehört auch, dass die Renovierungskosten für das Schloss gedeckt werden, indem man einen Großteil der Anlage für touristische Zwecke und Kongresse vermietet. Der Königsfamilie bleiben der Nordteil mit Terrasse sowie eine Krankenhausetage, die für die Königinmutter reserviert ist.

Kunkku besichtigt mit seinem Sohn das erneuerte Schloss und will Veikko den allerwichtigsten Raum zeigen, aber auch das Kellerzimmer hat eine Totalrenovierung erfahren. Man hat einen Haushaltsraum daraus gemacht. Wo vorher der Holzbrenner stand, steht jetzt ein Waschturm. Wo Kunkkus Teppich und die *Kurzweil*-Hefte lagen, steht eine Mangel. Wo die Stange stand, befindet sich ein Wäscheständer. Es riecht nicht mehr nach Cannabis oder verbranntem Holz, sondern nach Waschmittel, Weichspüler und Fleckentferner.

Kunkku schaut sich verzweifelt um. Da kommt ein junger Mann herein und befiehlt ihm, sich mit Veikko unverzüglich zu entfernen.

»Ich hatte Termine fast im Minutentakt«, erzählt Wäschereimitarbeiter Esko Mölmö. »13:45 Schloss, 13:55 Hotel, 14:03 Bezirksgefängnis. Da kann man es nicht brauchen, dass einem Kerle mit Zwergen im Weg herumlaufen.«

Kunkku und Veikko fahren mit dem brandneuen Aufzug in die Wohnetage hinauf. Sie suchen das Wohnzimmer, das ebenfalls an einem anderen Ort ist. Wie gelähmt setzt sich Kunkku auf die Couch, während Veikko die Teppiche, Gemälde und Ziergegenstände in Augenschein nimmt. Letztere stehen nun alle in Vitrinen. Als Veikko versucht, eine davon zu öffnen, geht die Alarmanlage los.

Innerhalb von sieben Minuten ist ein Mann von der Wach- und Schließgesellschaft da und schaltet den Alarm aus. Er sagt, das gesamte Inventar des Schlosses sei nummeriert und in Listen aufgenommen worden. Im Zuge der Renovierung habe man bei den Wertgegenständen umfangreiche Defizite im Vergleich zur letzten Inventur im Jahr 1947 festgestellt. Der Hauptverdacht richte sich auf die schwedischen Bauarbeiter. Veikko ist bei dem Alarm erschrocken, Kunkku hält ihn im Arm und schluckt. Er sagt, er vermute eher, die vermissten Gegenstände seien bei dem Wasserschaden in die Abwasserkanäle gespült worden. Oder sie würden in Geheimzimmern versteckt gehalten, denn solche soll es im Schloss geben.

»Ich bat darum, dass er und seine Kinder die Finger von den Wertgegenständen ließen«, erzählt der Wachmann. »Unnötige Einsätze verursachen nur Kosten, und außerdem erhalten Gauner und Haschbrüder dann die Gelegenheit, Schaden anzurichten.«

Kunkku meidet die mit Alarm gesicherten Stellen, aber ansonsten untersucht er in den kommenden Wochen jeden Winkel im Schloss. Die feuchten, uralten Eichenbohlen sind durch Laminat ersetzt worden, statt der Samtvorhänge hat man Jalousien angebracht. Das Geburtszimmer gibt es nicht mehr, und im Sterbezimmer ist die Schönheitspflege für die Hotelgäste untergebracht. Der instandgesetzte Hof ist voller Urlauber, die sich sonnen und Fotos schießen. Weitere Urlauber drängen zum Frühstück und in den neuen Swimmingpool.

Tagsüber ist auf dem Grundstück ein kommunaler Kindergarten

geöffnet, den auch Veikko besucht, denn private Einrichtungen sind von nun an kostenpflichtig für die Königsfamilie, und im Etat ist dafür keine einzige Mark vorgesehen.

Hin und wieder kommt der Ministerpräsident ins Schloss und verlangt von Kunkku, dass er aktiver am nationalen Marketing teilnimmt. Nach der Rückkehr in die Hauptstadt sollte das möglich sein. Dabei könnte auch Veikko nützlich sein, denn bald wäre er nicht mehr klein genug, um auf Fotos die Herzen aller Menschen zu erobern.

Jeden Tag um sieben versammelt sich die königliche Familie zum Abendessen, aber die Köche und die Bediensteten fehlen. Auf dem Tisch stehen weiße Wärmebehälter, in denen das Essen wartet. Heute kostet Kunkku das Dillfleisch und denkt, dass dies womöglich ein ganz ordentliches Rentneressen ist. Sofi lässt ihre Portion stehen, und Veikko isst nur die Kartoffeln. Die etwas gedrückte Atmosphäre wird von der Freude vertrieben, die mit Irma hereinkommt. Sie erzählt, sie sei aufgenommen worden. Kunkku gratuliert und fragt, wo sie denn aufgenommen worden sei.

»Am Kunstgymnasium. In Karanonkoski. Am Kunstgymnasium!«

Das lockert die Stimmung sofort auf, denn genau das hat Irma immer gewollt. Auftreten. Tanzen, singen, Musik machen, schauspielern. Sich zeigen. Kunkku findet das gut und verständlich.

Aber er hat auch die Worte seiner Mutter im Ohr:

»Wir singen nicht. Wir tanzen nicht. Wir schauspielern nicht.«

Kunkku hat die Worte im Ohr, weil seine Mutter gerade mit dem Fahrstuhl von ihrer Etage herunter in den Speisesaal gekommen ist. Sie hat sich geschminkt, wie es eine Vierjährige getan hätte. Veikko schaut seine Oma verwundert an. Er ist ihr bislang nur wenige Male begegnet. Sie flucht viel, das weiß er. Jetzt trägt sie lediglich BH und Unterrock. Sofi steht auf, legt der Königinmutter ihren großen Schal um und bietet ihr ihren Platz an. Kunkku ist vollkommen ratlos, er weiß nicht, was er mit diesem Wesen machen soll.

Wenig später kommt eine Krankenschwester hereingerannt und

entschuldigt sich dafür, dass die Königinmutter wieder ausgerissen ist.

»Wir waren zu wenig Personal«, erzählt die Nachtschwester. »Wenn eine mal nicht konnte, saßen wir in der Scheiße. Demenzpatienten müssen rund um die Uhr versorgt und beaufsichtigt werden.«

»Die Demenz der Königinmutter wurde geheim gehalten«, erzählt Pressechef Veijalainen. »Wir brauchten eine positiv gestimmte Öffentlichkeit, wir konnten keine brüllende alte Frau vor die Bürger treten lassen. Ebenso wenig konnten wir sie zum normalen Volk in ein Krankenhaus stecken, denn dort wäre sie erst recht ein gefundenes Fressen gewesen.«

Sofi und die Schwester bringen die Königinmutter in ihr Zimmer zurück. Dort steht ein höhenverstellbares Bett, es gibt einen Alarmknopf, einen Tropf und Erste-Hilfe-Zubehör.

Vorsichtig wird die Königinmutter ins Bett gelegt. Die Medikamente gibt ihr die Schwester intravenös. Kunkku ist den Frauen gefolgt und schaut sich alles schüchtern von der Tür aus an. Er hofft, sich irgendwie an das neue Schloss und die neue Wirklichkeit gewöhnen zu können.

Am nächsten Tag ruft Kunkku den Hofmarschall an. Er erkundigt sich, wie es als Rentner so läuft.

»Ich sah mir tagsüber immer *Matlock* an«, erzählt der Hofmarschall. »Manchmal kamen zwei Folgen hintereinander. Ich kochte Kartoffeln, ich kochte Kaffee. Schaute nach der Post. Selten kam welche. So ging der Tag rum. Ich machte ein Nickerchen. Arbeitete ein bisschen im Garten, aber große Lust hatte ich darauf nicht. Meine Frau hatte eine Seniorenzeitschrift abonniert, die ich las. Dafür interessierte sich auch Seine Majestät.«

Abends im Bett blättert Kunkku in der Zeitschrift, in der es weder besonders schöne Frauen noch besonders gut aussehende Männer gibt. Er überlegt laut, ob er lernen soll, Sandkuchen zu backen. Ob Backen ein gutes Hobby für ihn wäre.

»Ich fand dieses Rentnergehabe total idiotisch«, sagt Sofi. »Wir hatten einen fünfjährigen Jungen. Nach dem Umzug standen wir vor großen Veränderungen. Ich war fünfundvierzig und keine Rentnerin. Ich trat wöchentlich in einem Filmmagazin im Fernsehen auf, und das war für mich eine richtig gute Motivation, physisch, emotional, intellektuell und psychisch in Form zu bleiben. Ich bezahlte meinen Personal-Trainer gern dafür, dass er mir einen Trainingsplan zusammenstellte und mir immer wieder sagte, ich hätte den Körper einer jungen Frau. Mein Mann hätte sich auch an etwas Reales halten sollen, aber das hat er nie gekonnt. Er hatte immer nur Flausen im Kopf. Er musste immer in der Ferne nach etwas suchen, was eigentlich ganz in der Nähe lag.«

Je mehr die anderen Mitglieder der Königsfamilie anfangen, etwas anderes zu sein als Mitglieder der Königsfamilie und zu eigenständigen Persönlichkeiten werden, desto enger und kleiner wird Kunkkus Welt.

Nach den Wiesenflächen von Mäntsälä braucht Veikko eine Weile, bis er sich an den kleinen, gepflasterten Schlosshof gewöhnt hat, aber wenn man richtig sucht, kann man auch hier Kleeblätter finden. Valma schickt der Familie einen Brief aus China.

Papa! Vergiss nicht, Sport zu treiben! Das hält Dich bei Laune.
Nimm genug Vitamin B und im Winter auch D!
Mama! Ashtanga-Yoga ist toll!
Irma! Schönheit ist nicht nur etwas Äußerliches.
Veikko! In Koivukylä gibt es einen Botanischen Garten.

Eines Abends Ende 1999 verrührt Kunkku Grütze mit Milch. Den gleichen Matsch isst auch der Hofmarschall in seiner Rente. Preiselbeeren darüber und etwas Zucker. Kunkku löffelt das fürchterliche Zeug und zappt sich dabei durch die Fernsehkanäle. Auf FinSport kommt das Tennisturnier von Peking, aber die Stars gehören einer so anderen Generation an, dass einen ihre Siege kaltlassen. Es fehlt die Identifikation, keiner benutzt mehr Holzschläger.

Auf dem Filmkanal wird als Premiere ein später Höhepunkt in Regisseur Laines Karriere gezeigt: der Kriegsfilm, den er endlich hat drehen können. Er erzählt von schwedischen Waldguerillas im Zweiten Weltkrieg und ist Ingmar Bergman gewidmet, über dessen Tod schon seit längerem Gerüchte im Umlauf sind.

Die nächste Werbepause ändert alles. Mit offenem Mund starrt Kunkku auf den Bildschirm. Zwölf Sekunden lang hat er eine Frau vor Augen, die sämtliche Gedanken und die ganze Welt zum Stillstand bringt.

Es ist, als schlüge ein sanfter Blitz ein. Diese Augen. Kunkku hat nicht damit gerechnet, dass ihm so etwas noch einmal passiert. Dass noch einmal jemand ein solches Gefühl in einem Mann auslöst, dessen größter Traum die Frührente ist.

Unfassbar weiche Brüste. Irrsinnige Titten, verblüffende Möpse, positive Pontons. Wer ist diese Frau? Rundes Gesicht, sanfter Hüftschwung, wie eine schläfrige Katze, die aus dem Fernseher auf Kunkku zukommt, ihm die Lippen auf die Stirn drückt und ihm erlaubt, dabei einzuschlafen.

Kunkku ruft Irma ins Wohnzimmer und bittet um Informationen über die Band, die von der schläfrigen Katze angeführt wird. Irma meint, sie heiße Time Machine und spiele ätzenden Europop, aber in der Disko würde es funktionieren. *Under the Maple Tree* stehe in den USA schon seit dreißig Wochen auf Platz eins der Singlecharts.

Kunkku schaltet auf den Musikkanal und wartet geduldig, bis ein Video von Time Machine kommt. Der maschinelle Diskobeat ist weit weg von Ilkka Lipsanens virtuosen Stücken, aber Kunkku versteht, was er sieht. Es kommt ihm vor, als habe er eine direkte Verbindung zu der Seele dieser Sängerin, und auf dem Weg dorthin liegen diese beiden Herrlichkeiten, die vor allem Übel schützenden Kissen, die ihn nehmen, wie er ist.

Am nächsten Tag nimmt er das Video auf und schaut es sich dann Standbild für Standbild an. In einen Drei-Minuten-Song passen Tausende Standbilder, und Kunkku betrachtet jedes einzelne genau.

Diese Sängerin ist eine Heilige und eine Hure.

Kunkku entschuldigt sich bei ihr für seine Gedanken.

Genau in diesem Moment kommt Sofi ins Zimmer, ein Handtuch um die feuchten Haare geschlungen, eine Gurkenmaske im Gesicht.

»Ich wäre gar nicht auf die Idee gekommen, noch so etwas zu befürchten«, erzählt Sofi. »Unsere Beziehung war zwar kein Kamasutra, aber ich dachte, wir hätten unseren Platz gefunden. Hätten bestimmte Rahmenbedingungen akzeptiert, innerhalb derer wir uns bewegten. Wir hatten unsere Fehler und unsere Kompromisse gemacht, jetzt ging es darum, im Einklang mit uns selbst und unseren Aufgaben die berufliche Laufbahn zu vollenden.«

Kunkku schaltet hastig um, aber er denkt den ganzen Abend an die Sängerin, die so alt ist wie seine älteste Tochter. Spielt der Altersunterschied eine Rolle? Hat er Chancen bei einer Frau, die halb so alt ist wie er? Darf er sich in seinem Alter noch einmal verlieben? Warum nicht? Was kann man dagegen schon tun? Kann ein Rentner einen so jungen und vitalen Menschen verführen? Ein Rentner vielleicht nicht, aber ein König auf alle Fälle.

Kunkku will von Veijalainen weitere Informationen über die Band und die Sängerin haben.

»Damals legte Kunkku nur äußerst selten Interesse für andere Menschen an den Tag«, erzählt Pressechef Veijalainen. »Eher erkundigte er sich, wo die nächste Möglichkeit war, Bingo zu spielen, oder ob ich ihm graue Ecco-Schuhe kaufen könne, solche, wie sie der Hofmarschall trage. Aber plötzlich wollte er alles über diese Sängerin von Time Machine wissen. Da habe ich dann mit den Nachforschungen begonnen.«

Veijalainen findet heraus, dass die Frau Sanni Karina Artikka heißt. In amerikanischen Musikzeitschriften ist sie als selbstironisches finnisches Pendant zu Madonna und der irrsinnigen Alla Pugatschowa aus der GUS beschrieben worden. Geboren 1975 in Padasjoki. Brave Gymnasiastin, die nach dem Umzug in die Hauptstadt aus der Schale geschlüpft ist. In der Modewelt und in der Punk-Szene unterwegs, bis sie in der Uni-Mensa Hannes »Maki«

Kolehmainen kennenlernte, der die Welt erobern wollte. Danach haben sie die Welt erobert. Eurovisionssieg 1994 mit dem Song *Hundert Blitze, ein Hannu*, worauf sie anfing, englisch zu singen. Sie trat nun im Ausland auf. Die letzten sieben Welttourneen waren ausverkauft.

In der Personalakte von Pressechef Veijalainen finden sich auch sämtliche Platten von Time Machine. Auf den Covern sieht man eine Frau, die Kleidungsstücke aus Pornoläden, vom Flohmarkt und aus Armeerestbeständen trägt. Ihre Ästhetik sei eine Mischung aus Kitsch, Provokation und Burleske, legt Veijalainen Kunkku dar, der taub und stumm die Bilder anstarrt. Bei Sanni scheiden sich die Geister. Sie hat mit ihrer Band überall auf der Welt die Popkultur der neunziger Jahre revolutioniert, aber die größte Umwälzung löst sie beim Finnischen König Kalle XIV. Penttinen aus, der bereits mit dem Gedanken gespielt hat, in Rente zu gehen.

Kunkku fragt, ob er die Platten und Zeitungsausschnitte behalten darf. Veijalainen erlaubt es ihm, und Kunkku verstaut alles in der Nachttischschublade. Jeden Tag betrachtet er die Bilder und bewundert vor allem das Cover von *Florida Beach Nightmare*, auf dem Sanni in Krankenschwestertracht posiert. Auf der rechten Brust ein rotes Kreuz. Die Knöpfe großzügig geöffnet, sodass unter der Baumwolle das Fleisch hervorquillt. Dann gibt es da ein wunderbares Porträt, auf dem die kritischen Stellen an Sannis Körper nur von Ahornblättern bedeckt werden. Sie ist geschminkt wie eine den Wellen entstiegene Meerjungfrau und schaut herausfordernd, aber doch mit Wärme in die Kamera.

Kunkku hat erlebt, dass seine Kinder manchmal Briefe an ihre Idole schrieben. Veikko nahm Kontakt mit dem Direktor des Zoos auf, Irma hat ihre Entwürfe an Ritva Santavuori geschickt, die führende Modedesignerin der Welt. Jetzt will Kunkku einen Brief an Sanni Artikka schreiben. Pressechef Veijalainen spannt einen Bogen Papier in die Maschine.

Hallo Sanni,

vielleicht hast Du schon mal von mir gehört. Ich bin der finnische König, aber Du kannst mich gern Pena nennen. Ich würde Dich gern mal kennenlernen. In letzter Zeit war ich nahe daran, aufzugeben. Also alles, was mit der königlichen Arbeit zu tun hat und mit dem Alltag eines Königs. Ich hatte daran gedacht, zu lernen, nichts zu tun. Dann habe ich Dich gesehen, und seitdem will ich wieder wer weiß was alles.

Ich schätze Deine Arbeit in der schweren Branche der leichten Musik, und Du bist, wenn ich das sagen darf, die bestaussehende Frau, die ich je zu Gesicht bekommen habe. Ich möchte so ein Wunder wie Dich kennenlernen, bevor ich sterbe, und das kann jederzeit passieren. Nicht dass ich krank wäre oder so, aber der Tod kann nun mal jeden Moment kommen. Oder nicht? Ich bin manchmal so ein Denker, ich glaube, wir hätten uns viel zu erzählen. Man hat mir gesagt, dass Du Sternzeichen Krebs bist und an die Wiedergeburt glaubst. Ich weiß nicht so genau, weil ich so was noch nicht gesehen habe, aber ich höre Dir gern zu, wenn Du mit mir darüber reden möchtest. Viele sagen, dass ich ein guter Zuhörer bin.

Fändest Du es nicht auch schön, mich kennenzulernen? Meine Tage sind manchmal einsam, obwohl ich drei nette Kinder und sogar eine Frau habe. Mein Pressechef hat mir erzählt, Du wärst ein sogenannter Single, hättest also keinen Freund. Ich will einfach nur mit Dir reden.

Meine Lieblingsstücke auf eurer ersten Platte sind:

1. *Mr. Jazz (vor allem der Refrain)*
2. *Florida Beach Nightmare (am Ende singst Du herrlich hoch)*
3. *Under the Maple Tree (traurig-schön)*

Ruf doch mal an, wenn Du das nächste Mal in Finnland bist, oder komm bei uns vorbei. Du findest uns, wenn Du dem Taxifahrer sagst, zum Königsschloss. Am besten fährt man auf der Rückseite die Rampe hoch und dort in den Hof. Der Türcode ist 1155.

Viele Grüße
Kalle XIV. Penttinen

P. S. Am besten ist das violette Top, das Du in dem einen Video anhast. Es gibt aber keine Farbe und kein Kleidungsstück, das Dir nicht stehen würde. Im Jogginganzug siehst Du zum Beispiel bestimmt klasse aus. Am liebsten sind mir aber hohe Absätze, wenn man mich fragt. Entschuldige, dass ich so direkt bin, aber ich kann nicht anders, und in meinem Alter nimmt man es nicht mehr so genau. Man hat die Nase voll von Höflichkeiten und Förmlichkeiten. Warum sich schämen? Aber ich muss jetzt aufhören, sonst komme ich nie zum Schluss.

PENA

Als die Kinder klein waren, wollten sie dem Weihnachtsmann einen Wunschzettel schicken. Würde ich ihm jetzt meine Wünsche aufschreiben, sähe das so aus:

Zum Teufel mit Jalle Kulkki, dem Quälgeist.

Ein eigenes Auto.

Schöne Geschenke für die Kinder.

Viel Friede, bevor ich sterbe.

Vielleicht auch eine Frau. Eine gute. Auch kleine Brüste nehme ich in Kauf.

Einen Adventskalender habe ich schon, den hat mir die Pizzeria im Einkaufszentrum geschenkt. Heute darf man das erste Türchen aufmachen. Und als ich den Müll wegbrachte, fand ich in der Altpapiertonne eine fast neue Weihnachtszeitschrift. Weihnachten kann kommen, wenn ich nur dafür sorge.

Die Zeitschrift enthält viele Tipps. Gestern habe ich einen Stern aus Alufolie gefaltet und ans Fenster geklebt. Man kommt ganz anders vom Einkaufen nach Hause, wenn man am Fenster einen selbst gebastelten Stern sieht. Nächste Weihnachten werde ich mich an einem komplizierten Mobile versuchen.

Wenn man krankfeiert, kann man so etwas gut tun, ich habe noch mehrere Tage frei und bin beschäftigungs-, aber nicht nutzlos. Mit den Krücken geht es sich umständlich, aber weil man nur langsam vorankommt, sieht man alles ausgiebig und genau.

Beim Donnerstagsessen verteilen wir die Aufgaben, damit nichts schiefgeht. Helena will einen elektrischen Kerzenständer für die Fensterbank mitbringen.

Ich werde uns eine Tanne beschaffen, wenn die anderen für den Schmuck sorgen. Am schönsten ist der selbstgemachte, hieß es in der Weihnachtszeitschrift. Irma will das Weihnachtsevangelium vorlesen, vielleicht mit einer kleinen Tanzeinlage. Veikko sagt, er tue alles, was wir wollten, für ihn sei es eine solche Erleichterung, am Leben und frei zu sein.

Ich kann mich noch an zwei Weihnachtsgeschenke aus meinem früheren Leben erinnern. Von einem saudischen Prinz bekam ich eine goldene Kalaschnikow. Ob die auch im Bauschuttcontainer gelandet ist? Und von einem Hersteller von Tennisausrüstung einen eigenen Platz, für den ein nicht genannter Monarchist ein Grundstück gestiftet hatte. Ich kann mich nicht erinnern, je dort gewesen zu sein.

Nie habe ich selbst auch nur ein einziges Weihnachtsgeschenk gekauft. Um so etwas haben sich der Hofmarschall und der Pressechef gekümmert. Ich habe allerdings gehört und gelesen, dass es schöner sei, ein Geschenk zu machen als eines zu erhalten. Dieses Gefühl möchte ich gern erleben.

Was soll ich Valma kaufen, die etwas gegen das Kaufen hat? Etwas, das nichts kostet. Was macht Veikko so richtig froh und glücklich? Eine Freundin hat er nicht, ich habe keine Ahnung, ob er überhaupt je mit einer Frau zusammen gewesen ist. Aber das kann ich wohl kaum für ihn organisieren, es macht sich nicht gut, wenn dem Geschenk die erste Sexualpartnerin entsteigt.

Irma hätte sicher gern allerlei Teures und Glitzerndes. Da muss ich die Gehirnwindungen anstrengen, damit mir etwas einfällt. Wegen Helena werde ich mit den Schweden sprechen, die ab und zu an der Laderampe des Elektrogeschäfts auftauchen und Tauschgeschäfte mit Ahti Martti machen.

Tuulikki und Valma sind am Gehen, schauen sich vorher aber auf Irmas Bitte noch an, wie diese spielerisch das höchste Niveau ihres Tanzspieles löst. Sie hüpft auf den Fußballen und wirkt wie jemand, der seine Richtung gefunden hat. Valma wirkt besorgt. Ich begleite Tuulikki und Valma in den Flur und frage, ob etwas nicht stimmt. Valma zieht einen Stapel Rechnungen aus der Tasche. Ich sehe sie durch, der Absender ist die Firma von Jalle Kulkki.

Das Arschloch schreibt Rechnungen über Unterhaltszahlungen.

Ich frage Valma, wie das rechtlich möglich sei. Ist es gar nicht. Kulkki erpresst sie.

Ich frage mich, wie viel man Watte bezahlen müsste, damit er Kulkki aus dem Weg räumt. Helena und Valma halten das für den falschen Plan. Ich bin mir da nicht so sicher.

Schließlich erkundige ich mich, wo Elmeri sei.

Papawoche. An sich kein Problem, sagt Valma. Kulkki sei ein guter Vater. Aber Valma hat Angst, dass sie Elmeri eines Tages nicht zurückbekommt. Dass Kulkki ihn versteckt oder wegbringt. Ich verspreche ihr, dass sich alles regeln wird, obwohl ich überhaupt keine Ahnung habe, wie das gehen soll. Dann kehre ich zu Irma und Veikko ins Wohnzimmer zurück. Neuerdings will Irma immer die Nachrichten sehen; sie teilt mir mit, Peking sei gerade zu Europas Kulturhauptstadt gewählt worden.

MILLENIUM

2000

Als die Jahrtausendwende näher rückt, vereinigen sich Europa und Asien. Seit dem Ende des Zweiten Weltkriegs ist dies das Ziel Frankreichs, Deutschlands, Japans, Chinas und des vereinigten Koreas gewesen. Durch die Verbindung von Ländern, Völkern, Sprachen, Großunternehmen, Hoch- und Popkultur werden künftig Kriege und Handelsstreitigkeiten vermieden.

Im finnischen Königreich findet eine Volksabstimmung über den Beitritt statt, bei dem die Gegner mit sieben Prozent vorn liegen. Die Finnen, angeführt vom Ministerpräsidenten, wollen ihre eigene Währung behalten, ihre Autonomie und das Recht, zu entscheiden, wie viel vom Bruttosozialprodukt ins Ausland fließt, wen man unterstützt, warum man es tut und wie viele offizielle Sprachen im Land Platz haben. Der Anteil der ins Ausland fließenden Mittel hat in den letzten zehn Jahren bei dreiunddreißig Prozent gelegen, die Zahl der offiziellen Landessprachen bei vier.

Finnland entscheidet sich für die Rolle des assoziierten Mitglieds der Euro-Asiatischen Union und zahlt infolgedessen etwas höhere Ausfuhrzölle, aber was spielt das schon für eine Rolle, denn alles, was Finnland zu verkaufen hat, ist in der ganzen Welt gefragt. Einfuhrzölle gibt es in Finnland seit dem Zweiten Weltkrieg nicht mehr, da aus dem Ausland ohnehin keine konkurrenzfähigen Produkte kommen.

Der lange geplanten und mit Inbrunst errichteten Union gefällt es nicht, dass ausgerechnet der bedeutendste Staat dem Bündnis fernbleibt. Zum ersten Mal seit dem Opiumkrieg mit China im

18. Jahrhundert gerät Finnlands Position in der Weltpolitik und seine Funktion als Wirtschaftslokomotive etwas ins Schwanken.

»Da gab es Erklärungsbedarf«, erzählt der damalige Ministerpräsident. »Manche hielten uns für egoistisch. Manche fanden, wir betrieben ein hinterhältiges Spiel. Das traf nicht zu. In einer Demokratie hat die Stimme des Volkes das letzte Wort. Aber im Namen der Diplomatie mussten wir etwas unternehmen, um unseren Ruf aufzupolieren. Diesmal kam die Lösung von mir und nicht von einem Monarchen, der bald in Rente geht.«

Der Ministerpräsident legt seinen Mitarbeitern die Idee dar: eine Millenium-Feier. Vier Tage essen, trinken, Konferenzen, Kunst, politische Zukunftsentwürfe, große Verträge, gute Laune. Finnland zahlt, die Einladungen gehen in alle Welt.

»Selbstverständlich bot sich das renovierte Schloss als Ort für die Ausrichtung der Feierlichkeiten an«, sagt der Ministerpräsident. »Die Ehrengäste würden im Schlosshotel wohnen. Die Konferenzen könnten in der ganzen Stadt stattfinden, und alles würde mit der Abschlussfeier im Schloss und einem Feuerwerk enden, das von Vantaas künstlichem Berg gezündet werden könnte.«

Zur gleichen Zeit findet ein Angler im Vantaanjoki eine erschütternde Flaschenpost. Sie enthält die Antwort auf die Flaschenpost, die Kunkku und Olof Palme während der Olympiade in Vantaa-Forssa abgeschickt haben. Es ist der Hilferuf von Oppositionellen in dem Land, das früher Schweden genannt wurde. Sie wollen so bald wie möglich mit Finnland über die Zukunft ihres Landes verhandeln.

»Eine großartige Wendung, auch im Hinblick auf die Millenium-Feier«, erinnert sich der Ministerpräsident begeistert. »Eine glänzende Gelegenheit, der Welt zu zeigen, was für eine friedliebende und dennoch aktive Nation wir sind. Würde es gelingen, Schweden in die internationale Gemeinschaft zurückzuholen, geriete unser Sololauf in Sachen Euro-Asiatische Union in Vergessenheit. Vor diesem Hintergrund dachte ich mir einen Slogan aus: ›Millenium Vantaa – Fest der Freundschaft und der Solidarität‹.«

Es geht nicht mehr nur darum, eine Lösung innerhalb der schwedischen Grenzen zu finden. Vielmehr bringt die Opposition, die ein Jahrzehnt lang heimlich ihre Kräfte gesammelt hat, den unmissverständlichen Willen zum Ausdruck, Schweden zu einem Teil Finnlands zu machen, da sie darin die einzige Möglichkeit sieht, die Menschen in Schweden zu retten.

»Ich schickte einen Mitarbeiter los, um Olof Palme zu holen«, erzählt der Ministerpräsident. »Er sollte als Vorsitzender bei den Verhandlungen fungieren, und falls es zu dem gewünschten Resultat käme, würde er Großfürst des künftigen autonomen Gebiets Schwedens werden.«

Bei den ersten tastenden Vorgesprächen wird der Führung Finnlands deutlich, dass seit Jahren niemand das Nachbarland geführt hat. Die sechs Männer der Firma sind auf eine warme Insel geflohen; seitdem treibt das Land, das früher Schweden hieß, vor sich hin und versinkt allmählich im Elend. Und so fängt man unverzüglich an, die Mauer an der schwedisch-norwegischen Grenze abzubauen, und lässt den Energiekonzern *Finnische Holz- und Torf-Energie* ein Kabel unter der Ostsee hindurchziehen. Der Ausbau der Infrastruktur beginnt in Umeå. Eine Lebensmittelpipeline wird bei der Gelegenheit ebenfalls verlegt. Das staatliche finnische Reisebüro verkauft gegen Vorauszahlungen in Millionenhöhe Weltraumflüge, bei denen die Reisenden den Augenblick aus dem All mitverfolgen können, in dem in Schweden die Lichter wieder angehen. Bürger Finnlands können für den Preis einer Busfahrkarte mitfliegen.

»Man brauchte die Königsfamilie als Galionsfiguren«, erzählt Veijalainen. »Sie würden nicht an den Verhandlungen teilnehmen und hätten keinerlei Entscheidungsbefugnis, aber ihre Konterfeis und ihre Familienliebe sollten im Pressematerial Verwendung finden.«

Sofi verfolgt die Ereignisse mit Interesse, sie versteht die diplomatische Bedeutung der Millenium-Feier. Vor allem liegt ihr die Rettung Schwedens weit mehr am Herzen als die Europäisch-Asiatische

Wirtschaftsunion. Kunkku hingegen konzentriert sich darauf, die neue Singleauskopplung von Time Machine zu hören, *Crash Bamalama 66*, und das Plattencover zu betrachten, das Sanni zeigt, wie sie auf hohen Schuhen eine Bananenschale von der Straße aufhebt.

»Ich fragte Seine Majestät, ob er mich verstanden habe«, erzählt Veijalainen. »Dass bei ihm zu Hause ein Fest stattfinden sollte, das mit der Vereinigung Finnlands und Schwedens enden würde.«

Kunkku nickt, legt jedoch keine Begeisterung an den Tag. Flüsternd fragt er, ob Sanni auf seinen Brief geantwortet habe. Nein, schnaubt Veijalainen, und darum ginge es jetzt auch nicht. Kunkku stellt die Plattenhülle ins Regal zurück und erklärt, er habe jede Form von Repräsentation satt.

»Darauf war ich vorbereitet«, sagt Pressechef Veijalainen. »Ich wusste den richtigen Ton anzuschlagen und sagte, die Millenium-Feier wäre eine hervorragende Gelegenheit, Valma in ihre zukünftige Rolle als Landesmutter einzuführen. Damit wäre Kunkku womöglich etwas früher für die Rente frei. Dennoch und gerade deshalb müsse er diese Aufgabe noch erfüllen, und zwar genau so, wie es sich der Ministerpräsident wünsche.«

Das motiviert Kunkku ein bisschen, aber die Forderungen von Veijalainen und dem Ministerpräsidenten klingen trotzdem ziemlich öde.

Den wichtigsten Teil seiner Planungen hebt sich Pressechef Veijalainen bis zum Schluss auf. Er kann erst darüber sprechen, wenn Sofi den Raum verlassen hat.

»Ich fragte Kunkku, was er davon halten würde, wenn Sanni Artikka ins Schloss käme«, erzählt Veijalainen lachend. »Der Ministerpräsident hatte mir ein unbegrenztes Budget zur Verfügung gestellt, um die heißesten Künstler engagieren zu können, die dieses Land zu bieten hatte. Und Time Machine war am allerheißesten.«

Kunkku fragt, ob Veijalainen sich über ihn lustig machen wolle. Dieser verneint vehement.

Da fällt Kunkku seinem Pressechef vor Freude um den Hals. Er kreischt und hüpft. Großartig, phantastisch!

Veijalainen nickt mit kameradschaftlichem Lächeln.

Kunkkus Miene ist die sonnigste seit Jahren.

Und so macht also das ganze Volk beim Millenium-Projekt mit, vom geringsten bis zum höchsten Bürger. Das gesamte Königshaus ist dabei, vom kleinen Veikko bis zur Königinmutter. Die Vorbereitungen starten, die Kongressstruktur steht bereits, die Logistik aus der Zeit der Olympiade und das ausgebaute U-Bahn-Netz funktionieren wie ein selbstspülendes Klo.

Wochenlang probiert Kunkku Kleider und Orden an. Beim Aufwachen ist er putzmunter, sogar die Knie fühlen sich morgens besser an. Er ist gut zu seiner Familie und bei Städtebesuchen geduldig, er zeigt sich sogar zur Zusammenarbeit mit dem Ministerpräsidenten fähig. Dieser glaubt, Kunkku interessiere sich sehr für seine Analysen hinsichtlich der Millenium-Konferenz und des neuen Aufschwungs der Holzindustrie, dabei denkt Kunkku darüber nach, was Sanni besser gefallen würde: die Uniform oder der Hermelinumhang. Oder ein historisches Kleidungsstück? Immerhin trägt sie selbst auf manchem Fotos Barockkleider und Korsagen vom französischen und finnischen Hof des 17. Jahrhunderts. Ach, was hätten er und sie damals für ein wunderbares Paar abgegeben!

Die Lösung findet sich wenige Tage vor der Jahreswende, und zwar in einer Kiste auf dem Dachboden, in der vorm Wasserschaden gerettete Kleidungsstücke aufbewahrt werden. Es ist eine Erinnerung an alte Zeiten: die Kordjacke mit den Lederflicken an den Ellbogen. Kunkku zieht sie an und betrachtet sich im Spiegel. Er erinnert sich an den Spaß, den er auf seinen Autotouren gehabt hat, an das freie Umherfahren durch die finnische Provinz, und für einen Moment fühlt er sich wieder wie zwanzig. Er ist noch nicht reif für die Rente, nein, er hat noch immer Anziehungskraft und jungenhaften Charme.

Auf dem Weg nach unten kommt er am Schminkzimmer vorbei, wo Sofi für die Feier probegeschminkt wird.

»Ich brach in Gelächter aus«, erzählt Sofi. »Ich fragte ihn, wo er diesen unglaublichen Lumpen aufgetrieben habe, und er erklärte mir, das wäre mal eine wichtige Jacke für ihn gewesen. Ich nahm ihm das Versprechen ab, diese Scheußlichkeit nicht bei der Feier zu tragen, um Himmels willen, niemals.«

Kunkku mag nicht einmal antworten. Die Jacke hat nichts mit Sofi zu tun, also ist es kein Wunder, dass seine Frau die Feinheiten des Kleidungsstücks nicht erfasst. Er kombiniert die Kordjacke mit einer Anzughose und jugendlichen Turnschuhen, die ihm die Firma *Bär AG* schickt. Dann sucht er sich in der Kommodenschublade noch zwei Orden aus und glaubt, dass man wieder einmal über die Fähigkeit des finnischen Königs staunen wird, für Überraschungen zu sorgen.

Kunkku ruft den Pressechef. Er will Veijalainens Meinung zu seinem Aufzug hören und Antwort auf Fragen bekommen, die unablässig in ihm brennen.

»Ein mythischer Anblick«, stellt Markku Veijalainen fest. »Wie soll man das beschreiben? Ein bisschen wie eine Kombination aus klischeehaftem Literaturdozenten, Alkoholiker und Sketchfigur. Ich versicherte ihm, er sehe gut aus.«

Kunkku will wissen, in welchem Hotel Time Machine untergebracht ist, ob die Band im Schloss wohnen würde. Noch bevor Veijalainen antworten kann, bombardiert ihn Kunkku mit weiteren Fragen. Wann kommen sie? Machen sie zuerst einen Soundcheck? Ist Sannis Privatnummer vorhanden? Mag sie lieber Salami oder Kochschinken?

»Eins nach dem anderen, schlug ich vor«, erzählt Veijalainen. »Time Machine würde pünktlich da sein. Ich hatte eine ganz andere Sorge. Es gab Probleme mit Valmas Flügen.«

Veijalainen teilt Kunkku mit, Valma warte in Moskau auf ihren Anschlussflug. Die Millenium-Feier habe den weltweiten Flugverkehr gründlich durcheinandergebracht, und wegen des primitiven Fluglotsensystems in der GUS würde sich ausgerechnet in Moskau der Stau als Letztes auflösen. Kunkku schlägt vor, eine Militärmaschine hinzuschicken, um das Mädchen zu holen.

»Der Ministerpräsident lehnte es ab«, sagt Veijalainen. »Es gab kein Zusatzbudget für so etwas. Valma lehnte es ebenfalls ab. Sie fand, es dürfe wegen ihr keine zusätzliche Maschine in die Luft aufsteigen und die Atmosphäre zerstören.«

Veijalainen stellt fest, dass es noch zwei Tage bis zur Feier sind. Vielleicht schaffe es Valma ja noch.

In der Nacht vor der Feier schläft Kunkku in der Jacke mit den Lederflicken. Sofi wechselt das Bett, denn die Jacke riecht für sie nach Mäusekot und Motten. Am nächsten Morgen sitzt das Königspaar trotzdem vor derselben Kaffeekanne und wünscht sich einen schönen Festtag. Sofi denkt daran zurück, wie großartig sie die Olympiade durchgezogen hatten. Kunkku nickt und sagt, ja, während der Olympischen Spiele sei viel Tolles passiert, schier Unglaubliches.

Als die Uhr der Großen Kirche von Vantaa zwölf Mal schlägt, bringt Veijalainen Kunkku zur Begrüßung der Gäste in die Haupthalle des Schlosses. Die Schlange der Geladenen windet sich an den Rändern des Schlossplatzes entlang bis zum Fluss hinunter. Die letzte Information über Valma lautet, sie werde erst in einer Stunde finnischen Luftraum erreichen, man müsse mit dem Händeschütteln ohne sie beginnen. Pressechef Veijalainen kompensiert Valmas Abwesenheit dadurch, dass er die Königinmutter neben Kunkku, Sofi, Veikko und Irma stellt.

»Es hätte zu viele Fragen aufgeworfen, wenn sowohl die Erstgeborene als auch die alte Dame gefehlt hätten«, erklärt Veijalainen. »Sagen wir so, die alte Dame war nicht gerade mehr das jovialste Mütterchen der Welt. Aber zum Glück haben Fotos keinen Ton. Und es war schon eine prächtige Generationenkette, die da stand.«

Kunkku hört, wie die Königinmutter zu Veijalainen sagt, lass die Finger von mir, du verkommener Schwulenadjutant. Nach kurzer Pause fragt sie, ob das ihre Hochzeit sei, oder wo die ganze Bagage herkomme. Dann will sie wissen, ob das verfluchte Norwegen doch den Nichtangriffspakt verraten habe und nach Finnland vorgedrungen sei, verdammt noch mal. Sofi beruhigt ihre Schwiegermutter, indem sie ihr zuflüstert, es werde eine Zigarettenpause geben, nachdem die ersten hundert Hände geschüttelt wären.

Alle Gäste wollen dem kleinen Veikko über die Locken streicheln oder ihm sanft die Wange tätscheln. Kunkku wird von vielen nicht einmal erkannt, sie übergehen ihn beim Händeschütteln glatt. In der Live-Übertragung im Fernsehen bezeichnet der Modekommentator Kunkkus Kleiderwahl als verblüffend avantgardistisch.

»Ich stand wenige Meter hinter ihnen«, erzählt Veijalainen. »Plötzlich fragte die Königinmutter das italienische Staatsoberhaupt, ob im Land wirklich keiner Steuern zahle. Dann brüllte sie, sie zahle auch keine, aber in den Zirkus hier habe sie Leib und Seele reingesteckt.«

Die Königinmutter kann noch sieben Hände schütteln, dann klappt sie zusammen und schläft ein. Sofi winkt den Leibarzt herbei. Die Präsidentin Saudi-Arabiens, die gerade an der Reihe ist, fragt, ob eine Wiederbelebung nötig sei. Veikko macht sich Sorgen. Ist die Oma tot? Irma sagt, die ist bloß eingepennt, genau wie Jere letzte Woche bei der Schaumparty auf Gut Lieksa.

»Lungenentzündung«, erzählt der Leibarzt. »Eine lange unbehandelte Lungenentzündung. Ich war damals kein sonderlich rühmenswerter Arzt.«

Der Krankenwagen kommt, ein Teil der Journalisten folgt der Königinmutter, ein Raunen geht durch die Menge der Staatsgäste. Kunkku sagt zu Veijalainen, wenn Valma nicht bald komme, um die Lage zu retten, könne es böse enden.

»Schnell reagieren, nicht im Feuer liegen bleiben«, ruft Pressechef Veijalainen aus. »Wir lenkten die Gästeschlange zum Eingang in der Koivukyläntie um. Dafür musste eine ganze Menge roter Teppich ausgerollt werden. Sofi rannte mit den Kindern an ihren Platz, und das ging gut. Bloß Seine Majestät fehlte.«

»Mein Mann machte, was er wollte, so war das schon immer gewesen«, seufzt Sofi. »Mal hatte er Hunger, mal musste er pinkeln oder er sah einfach ein interessantes Auto auf der anderen Straßenseite. Oder einen Arsch oder Titten, das war mir schon bewusst. Ich kam aber nicht dazu, mir weiter über ihn Gedanken zu machen, weil ich mich dem belgischen Diktator zuwenden musste.«

Inzwischen rennt Kunkku die Treppe im Ostflügel des Schlosses hinunter und öffnet eine Metalltür, indem er einen Backstein in der Wand verschiebt. Er kennt die Geheimgänge noch aus seiner Kindheit und gelangt ungesehen zum Konzertsaal. Bis zum Beginn des festlichen Unterhaltungsprogamms sind es noch drei Stunden, aber man hört den Soundcheck schon von weitem. Die Sirene ruft.

Im Konzertsaal sind schon Werke von Bach, Mozart, Duke Ellington und Kiss uraufgeführt worden. Es handelt sich um eine Kombination aus Holz und Stein mit phantastischer Akustik, um einen neun Meter hohen Raum, in dem Kunkku, wie er sich erinnert, zuletzt als Kind gewesen ist, als dort eine kulturelle Veranstaltung für Kinder stattfand, die die Internierungslager überlebt hatten.

Im Moment besteht das Publikum lediglich aus einigen Journalisten, Roadies und Tontechnikern. Kunkku setzt sich relativ weit hinten auf einen möglichst unauffälligen Platz. Von dort sieht er etwas undeutlich jemand hinter den Tasteninstrumenten hin und her schwanken.

Er weiß sofort, wer das ist, er spürt es auf der Haut. Sein Organismus versucht die abrupte Überhitzung abzubauen, indem er heftig schwitzt.

Sanni steht leibhaftig da vorne! Sanni!

Sie singt die Ballade von der verirrten Liebe, und obwohl sie ein weites Oberteil und Schlabberhosen trägt, verliert Kunkku fast das Bewusstsein. Sie ist auch noch nicht geschminkt, aber eine Frau wie sie braucht kein Make-up.

Die Band probiert noch lange ihre Instrumente und einige Melodieverläufe aus, und es vergeht mindestens eine Stunde. Regungslos sitzt Kunkku auf seinem Platz, obwohl er am liebsten davonrennen würde – oder vielleicht doch in Sannis Arme. Schließlich rennt er zur Toilette, spritzt sich kaltes Wasser ins Gesicht und schlägt sich ein paar Mal auf die Wangen. Beim Blick in den Spiegel fällt er eine Entscheidung: Wenn die Band mit der Probe fertig ist, geht er zu Sanni und stellt sich vor. Er muss einfach die Zuversicht aufbringen, dass danach all das passiert, was passieren soll. Immerhin trägt er die Jacke eines Filous und hat die Lebenserfahrung eines reifen Mannes. Was soll da schiefgehen?

Alles geht von Anfang an schief. Als er von der Toilette kommt, ist die Probe bereits beendet. Sanni steht unterhalb der Bühne, aber sie ist nicht allein. Sie plaudert mit Valma, Sofi und einem Mann, den Kunkku nicht kennt. Ist das Sannis Freund, fragt er sich. Natürlich hat ein solches Geschöpf Gottes einen Freund. Sie wird sich garantiert nicht für so einen Rentner …

Sie lachen und unterhalten sich, und wenn gelacht wird, bewegt sich Sannis Busen mit genau der geleehaften Festigkeit, von der Kunkku bislang nur geträumt hat. Er reißt sich zusammen, immerhin steht da drüben seine Tochter.

Und in dem Moment wird er von Valma bemerkt. Sie winkt ihn heran, Kunkku geht hin, und sie umarmen sich lang. Valma bedauert es, nicht früher gekommen zu sein, aber zum Glück habe sie es wenigstens noch zur letzten Stunde des Händeschüttelns geschafft. Kunkku erklärt, er habe sich im Keller verlaufen.

Valma will ihrem Vater die wunderbare Sängerin vorstellen, die neben ihr steht. Sie habe schon immer für Sannis Musik geschwärmt und sei in Shanghai sogar in zwei Konzerten gewesen. Sanni sagt, sie habe Valmas Entwicklung ebenfalls verfolgt, schließlich seien sie gleichaltrig und stammten aus benachbarten Städten.

»Das ist ja … nett«, stammelt Kunkku.

»Noch zwei Stunden bis zum Auftritt«, sagt Sanni. »Ich muss mich duschen.«

Sanni unter der Dusche! Kunkku beißt sich auf die Zunge und versucht an alles andere als Sanni unter der Dusche zu denken. Er wischt sich den Schweiß von der Stirn und atmet tief durch. Sanni muss über Kunkkus Förmlichkeit schmunzeln, sie streckt die Hand aus, und Kunkku schüttelt sie mechanisch, obwohl er zuvor genau geplant hat, ihren Handrücken mit kühler Eleganz zu küssen und dazu ein paar unvergessliche One-liner aufzusagen.

Sobald Sanni hinter der Bühne verschwunden ist, zieht Valma ihren willenlosen Vater zur Seite. Sie möchte ihm einen Mann vorstellen, einen besonderen Mann in ihrem Leben.

»Valma hatte uns noch nie jemanden vorgestellt«, erzählt Sofi. »Ich weiß nicht, ob sie vor Kulkki überhaupt einen Freund hatte.«

Was Jalle Kulkki sagt, ist nicht besonders interessant, auch seine ewige Träumerei vom Aufbau eines Eishockey-Imperiums berührt Valma in keiner Weise. Der Mann ist wie ein großer Bub, aber sie lachen über die gleichen Dinge, und da hat Valma angebissen. Es erinnert sie an ihren Vater: Je ernster die Veranstaltung, umso wahrscheinlicher wurde es, Kunkku oder Valma irgendwann losprusten zu hören. Valma weiß, dass ihr Vater in Rente will, und sie weiß, dass der Zeitpunkt von ihren weiteren Entscheidungen abhängt. Studienabschluss, Ehe und Familie. Jalle Kulkki ist für die anstehenden Aufgaben der erforderliche Mann.

Kunkku richtet den Blick weiterhin auf die Tür, durch die Sanni verschwunden ist. Er gibt Kulkki die Hand, ohne ihn überhaupt wahrzunehmen.

Nach dem Händedruck mit Kunkku umarmt Kulkki Königin Sofi.

»Ich sprang nicht großartig auf ihn an«, sagt Sofi. »Er fummelte ständig an seinem Halskettchen herum, und seine Augen glänzten vor falscher Begeisterung. Lautstark erzählte er von seinen Spielereinkäufen und davon, was es in seiner Eishalle für Pausenshows gibt. Ich fragte Valma sogar, ob sie sich auch ganz sicher sei. Es gäbe schließlich noch mehr Männer auf der Welt.«

Valma lächelt ihre Mutter etwas steif an und sagt, das stimme. Aber warum unnötig nach ihnen suchen. Auch der Erste könne der Letzte sein. Das sagt sie mit großem Nachdruck.

Jalle Kulkki unterhält sich lang mit Kunkku. Dieser beherrscht es perfekt, seinem Gegenüber in die Augen zu schauen und zuzustimmen, dabei innerlich aber ganz woanders zu sein. Valma hält Jalles Hand und ist gespannt, was ihr Vater über den Mann denkt. Kunkku antwortet bejahend auf alle Bitten, die Jalle Kulkki formuliert, weil er nicht richtig anwesend ist. Würde er es sein, bekäme er Folgendes zu hören: Ich möchte um die Hand Eurer Tochter anhalten. Ich möchte den Namen Eurer Familie in der Werbung für meine Eishallenfirma verwenden.

Noch von Sannis Anblick gebannt, gibt Kunkku somit aus lauter Achtlosigkeit Jalle Kulkki die Hand seiner Tochter. Valma fällt ihrem Vater um den Hals, auch wenn sie tief in ihrem Inneren vielleicht gehofft hat, er würde die Verbindung nicht akzeptieren, weil er all die Dinge bemerkt, die sie nicht aussprechen kann.

»Wir werden versuchen, bald ein Kind zu machen«, sagt Jalle Kulkki.

Erst jetzt kommt Kunkku zu sich. Er will wissen, worüber hier eigentlich geredet wird. Valma nickt und sagt, wenn das Kind erst mal auf der Welt sei, könne Papa in Rente gehen.

»Mein Mann war sehr sonderbar an dem Tag«, sagt Sofi. »Ich vermutete Probleme im Flüssigkeitshaushalt oder Durchblutungsstörungen im Gehirn und holte ihm ein Glas Wasser.«

Pressechef Veijalainen kommt atemlos angerannt. Die ganze Familie wird beim Festbankett gebraucht, wo bereits alles angerichtet ist. Schnelles Essen, dann die Reden und zum Schluss die Unterschriften unter die Verträge der Millenium-Konferenz.

Kunkku sitzt zwischen Olof Palme und Erich Honecker, dem ersten euro-asiatischen Vorsitzenden. Ein Dolmetscher übersetzt, was sich die Männer sagen, aber das alles ist nur Lärm in Kunkkus Ohren. Nach dem Bankett werden die Tische abgeräumt und den teilnehmenden Parteien die zu unterschreibenden Dokumente vorgelegt. Kunkku ist als Dekoration dabei, er muss nichts unterschreiben und denkt die ganze Zeit an Sannis Augen. Schweden ist somit offiziell Finnland beigetreten. Die Uhrzeiten werden synchronisiert, die Währungen vereint und alle noch verbliebenen Grenzzäune abgebaut.

Das Feuerwerk beginnt und das Festkonzert ebenso.

Auf seinem Ehrenplatz im Konzertsaal bemüht sich Kunkku, die Vorgruppen mit den Schlabberhosen tapfer zu ertragen. Als dann endlich Time Machine auf die Bühne kommt, schaut er Sanni ununterbrochen in die Augen und bekommt von ihr auch ein paar Blicke zurück, aber das gilt für die übrigen Tausenden Menschen im Publikum auch. Sanni wechselt während ihres Auftritts neunzehn Mal die Garderobe: Sie verwandelt sich von einer Sirene in eine Amazone und von einer Katzenfrau in ein wimmerndes Opfer. Kunkku stockt der Atem. Sanni wird von halbnackten Männern auf Händen getragen, sie windet sich, ahmt einen Koitus nach und küsst Frauen, die sie aus dem Publikum holt, und da muss Kunkku die Augen schließen, denn das ist zu viel für ihn.

PENA

Im Moment fehlt zum perfekten Weihnachten nur noch ein Baum. Aber ich habe einen Plan.

Ahti Martti und Lipponen freuen sich ernsthaft, als ich wieder zur Arbeit komme. Ahti Martti meint, im Lager sei die Hölle los, man könne jede Hand und sogar die kaputten Knie von einem alten Sack wie mir gebrauchen.

Worauf ich ihnen mitteile, dass ich nicht schwer heben darf.

Ahti Martti flucht.

Ich könne aber den Gabelstapler übernehmen. Ich bin bei Olavi Kuhnuri Traktor gefahren, da werde ich den Gabelstapler schon beherrschen. Lipponens Ansicht nach haben wir keine andere Möglichkeit. Der Stau muss aufgelöst werden.

Der Arbeitstag dauert zwölf Stunden, aber ich könnte auch achtzehn fahren. Ein Gabelstaplerfahrer muss nicht laufen, sich nicht bücken, nichts heben und mit niemandem reden. Ich bin gut darin, ich habe ein Gefühl für Zeit und Raum. Ich kriege die Gabel beim ersten Versuch unter die Paletten, und die Lkw-Fahrer grüßen mich, denn wir stehen im Arbeitsleben praktisch auf derselben Seite.

Ahti Martti hingegen ärgert sich. Ihm ist der Bauch beim Heben im Weg und er bekommt Krämpfe im Oberschenkel. Ich finde es lustig, wenn Lipponen ihn herumkommandiert und als Fettsack bezeichnet. Valma findet, darüber dürfe man nicht lachen, dabei lacht sie selbst darüber, ich kenne doch mein Mädchen. In meinem früheren Leben haben mich viele Staatsoberhäupter zum Lachen gebracht, vor allem in der Sauna. Am lustigsten war Herr Jelzin, der seinen Fuß bis hinter den Nacken biegen konnte.

Auf dem Gabelstapler kommen mir noch klarere Gedanken als zuvor. Lipponen und Ahti Martti gehen schnell auf der Laderampe eine rauchen, da geht mir plötzlich ein Licht auf. Doch zuerst muss ich abwarten, bis meine Kollegen nach Hause gehen. Ich biete ihnen an, länger zu bleiben und die Abholungen für den nächsten Tag vorzubereiten. Ich sei so lange krankgeschrieben gewesen, ich wäre ihnen das schuldig.

Als ich endlich allein im Lager bin, tue ich, was ich tun muss. Ich baue zwei Unfälle, mache die Schadensmeldungen und gehe zu den Müllcontainern. Ich versuche alles so zu machen, wie Ahti Martti es mir beigebracht hat.

Das beste Weihnachten der Welt ist damit wieder ein Stück näher gerückt.

Seit dem Sieg über Watte bin ich ein bisschen zittrig. Heute will ich die Tanne holen. Ahti Martti hat gemeint, es wäre sinnlos, eine zu kaufen, man bekomme sie in jedem Wald umsonst, wenn man eine Säge habe. Ich nehme mir im Lager diejenige, mit denen wir Kartons öffnen und Kabelbinder zerschneiden.

Ich rufe Helena an, und wenige Minuten später steht sie auf dem Hof. Sie fragt mich, was los sei, ob es eine Wendung gegeben habe. In gewisser Weise. Ich erzähle ihr, dass mein Drang zu Dummheiten wieder durchkomme, und ich hätte das Gefühl, ihn nicht ganz im Zaum halten zu können. Mein innerer Thermostat müsse reguliert werden, so wie ich gelernt habe, die gluckernde Heizung zu regulieren.

Helena möchte wissen, wo ich hin will. Warum ich um elf Uhr abends in dunklen Klamotten und mit einer Säge in der Hand dastehe.

Weil man am helllichten Tag keine Tanne aus den städtischen Grünanlagen holen kann.

Im Auto lege ich ihr den Plan dar, der mir beim Gabelstaplerfahren gekommen ist. Ich bin von meiner Idee so begeistert, dass ich mir vorkomme wie in einem Sportwagen. Ich erzähle ihr, dass ich mithilfe des Gabelstaplers schon ein supertolles Weihnachtsgeschenk besorgt hätte. Außerdem verstünde ich jetzt, wie man in dieser Gesellschaft am besten zurechtkommt. Man muss komponieren, wie Ahti Martti sagt.

Helena fragt sich, ob ich noch ganz bei Trost bin. Ob mir klar sei, was ich da gerade tue.

Ich halte es für ein wesentlich geringeres Übel, einen Weihnachtsbaum zu stehlen, als Drogen zu nehmen oder wieder in ein Penthouse zu gehen und zu gucken, ob ich einen Royal Flush in die Hand bekomme.

Stehle ich an diesem Abend nicht im Dunkeln eine Tanne, richte ich unter Umständen bald in der hell erleuchteten Stadt etwas ganz anderes an.

Helena versteht, was ich meine. Sie warnt mich allerdings. Es könnte sein, dass ich dafür mit einem schlechten Karma bezahlen müsse.

Ich frage sie, was ein Karma ist. Die Lehre von Ursache und Wirkung, sagt Helena.

Aber das Leben besteht doch sowieso aus nichts anderem als Ursachen und Wirkungen, erwidere ich.

Oder besteht es doch nur aus Zufällen? Oder vielleicht aus Taten und Reue?, fragt Helena.

Eine einzige Tanne. Sei doch nicht so kleinlich.

Das sage ich ganz freundlich. Noch nie hat jemand so etwas aus meinem Mund gehört. Das ist das Gute an Helena, ihr kann ich Sachen sagen, die ich anderen nicht gesagt habe. Meine Mutter hätte ich oft auffordern sollen, nicht so kleinlich zu sein, aber ich habe es nicht getan, und jetzt ist es zu spät. Man müsste immer alles Nötige rechtzeitig laut aussprechen.

Ich habe mein Knie getapt und verbunden und trete vorsichtig auf. Im Schnee geht das ganz gut. Hier gibt es eine große Auswahl an Bäumen. Ich säge den Erstbesten ab, der mir passend erscheint.

In diesem Waldstück sieht man nichts. Ich muss nach Helena rufen. Sie ruft zurück.

Ständig habe ich Angst, dass jemand kommt und mich verhaftet. Irgendein Weihnachtsbaumpolizist. Andererseits ist diese Angst großartig, denn sie gibt einem das Gefühl, zu leben. Und genau dieses Gefühl hätte ich bis zum Schluss vermeiden sollen.

Ich sehe die Tanne erst richtig, als ich sie daheim ins Badezimmer stelle. Ihre Äste sind ungleichmäßig und die Spur vom Sägen schauderhaft. Trotzdem ist es eine gute Tanne, weil ich sie selbst gefällt habe. In der Wohnung riecht sie gut, nach Harz und etwas anderem, nach dem Bäume üblicherweise riechen. Irma und Veikko wollen wissen, warum ich den Baum mitten in der Nacht geholt habe.

Weil wir uns vorgenommen haben, nach der Wahrheit zu streben, sage ich ihnen die Wahrheit.

Die Kinder lachen. Ihr Vater ist ein Weihnachtsbaumdieb. Habe ich mich vom Penttinen in einen Kuhnuri verwandelt? Vom König in einen Elektrogerätelageristen? Vom Tittenfreund in einen Weihnachtsbaumdieb?

Kunkku wünscht seiner Frau einen guten Morgen und küsst sie auf die Wange. Er verspricht ihr, das Frühstück ans Bett zu bringen. Inzwischen könne sie weiterschlafen und Kraft für den letzten Tag der Millenium-Feier sammeln.

»Mein Mann tat selten etwas für mich«, sagt Sofi. »Er kam einfach nicht auf die Idee. Darum kann ich mich an diesen Morgen noch genau erinnern, an das versprochene Frühstück.«

Kunkku zieht ein frisches Hemd an und lässt sich vom Diener die Krawatte binden. Dann schaut er in den Spiegel und nimmt sich vor, an diesem Tag bei Sanni voranzukommen, nachdem ihm die gestrige Gelegenheit unter den Händen zerronnen ist. Er muss es schaffen, mit dieser Frau unter vier Augen zu reden. Was er auf Bildern und Plattencovern gesehen hat, ist in natura nämlich noch viel stärker. Er entscheidet sich auch an diesem Tag für die Jacke mit den Lederflicken, fährt mit dem Lift nach unten und geht zielstrebig durch den Innenhof zum Frühstückssaal. Er kümmert sich nicht um die Fest- und Hotelgäste, sollen sie nur ungezwungen ihre Fotos vom Schloss und von ihm machen. Sie dürfen auch gern über die sanierte Mauer auf die Stadt schauen oder im Innenhof nach Spuren von Tennisbällen im Stein suchen.

Kunkku betritt den Frühstückssaal.

Kurz hinter der Tür bleibt er stehen und lässt den Blick schweifen. Sanni ist nirgendwo zu sehen, und es sind auch sonst keine Mitglieder der Band da. Politiker, Lobbyisten und Diplomaten dafür umso mehr, außerdem ein paar Typen von der krakeelenden Vorgruppe.

»Viele wollten sich bei Seiner Majestät bedanken«, erzählt Pressechef Veijalainen. »Sultane, Grafen, Premierminister und Bandmanager standen Schlange. Wir mussten diesen einen Tag noch anständig über die Bühne bringen, dann wäre die Zukunft des ganzen Königshauses mindestens auf zehn Jahre hinaus gesichert gewesen.«

Veijalainen geleitet Kunkku an den Tisch von Fidel Castro, dem Chef der *United Fruit Company*. Zu ihnen gesellt sich Olof Palme, der sich über den Staatenbund freut. Kunkku bringt kein Wort heraus, er nickt nur, dreht den Kopf hin und her. Castro stellt Schweden Nothilfe in Form von Geländefahrzeugen, Tabak und seltenen Apfelsinensorten in Aussicht. An anderen Tischen werden indessen unter Volldampf Geschäfte mit Land und Rohstoffen gemacht. Für die billigen schwedischen Arbeitskräfte interessieren sich Großunternehmen auf der ganzen Welt.

»Dass ich das noch erleben durfte«, seufzt Olof Palme. »Ich dankte Seiner Majestät für alles, was er in den zurückliegenden Jahrzehnten so selbstlos für mein Volk und mein Land getan hatte.«

Palme umarmt Kunkku und drückt ihm einen kräftigen Kuss auf die Wange. Castro beteiligt sich an der Umarmung, und dann schwelgen die Männer in schönem Einvernehmen in Erinnerungen an die vergangenen Jahre. Kunkku fährt aus dieser Bubenseligkeit erst hoch, als er in seinem Rücken eine in ruhigem Ton gestellte Frage hört:

»Hast du Lust auf Brei? Isst du mit mir einen Brei? Hier gibt es wunderbaren Biobrei.«

Es ist Sanni, die das sagt. Sie fragt die werten Herren, ob sie ihr kurz den Gastgeber des Festes ausleihen könnten.

Die Männer verstummen. Kunkku steht wie verzaubert auf und folgt Sanni in eine schattige Ecke des Frühstückssaals, wo ein Mammutkopf an der Wand hängt. Sie sitzen dicht beieinander und essen; Sanni fährt mit dem Finger über den Kord von Kunkkus Jacke und streichelt kurz einen Lederflicken. Kunkku hofft, dass dies eine Art Annäherung ist. Sanni drückt ganz leicht zu, und

Kunkku spürt ihre Finger am Ellbogen. Er hat das Gefühl, gleich zu explodieren, auf der Stelle in lauter Hundert-Gramm-Stücke zu zerspringen.

»Was ist das für ein Leder?«, fragt Sanni.

»Äh … also … ich vermute …«

»Total weich.«

Sanni sagt, der Rest der Band schlafe immer lang. Sie selbst schaue nie auf die Uhr, es sei die Aufgabe des Tourmanagers, ihr zu sagen, wann sie wo sein müsse. Kunkku sagt, er wisse, wie das ist.

Sanni erzählt von der Leere, die sie nach einem Auftritt immer befalle. Kunkku kennt auch das. Er findet, dass sie ungewöhnlich viel gemeinsam haben.

Aber wie geht es weiter? Kunkku hat die ersehnte Chance bekommen, ist jetzt aber wie blockiert.

Etwas muss geschehen, er muss irgendwie die Initiative ergreifen.

»Er war total schüchtern, da im Frühstückssaal«, schreibt Sanni in ihren Memoiren. »Er war der total schüchterne Junge mit den Lederflicken, dem ich von Anfang an nur Gutes wünschte. Ich bin jemand, der sich ins Abenteuer stürzt und erst später nachdenkt. Darum kam es dann, wie es kam.«

»Segelst du gern?«, fragt Kunkku schließlich. »Mit Segelbooten? Also praktisch. Äh. Ich hab ein Segelboot. Da könnten wir hingehen.«

Sanni war auf diversen Jachten von Gigolos und Scheichs gewesen, ohne sich dort wohlgefühlt zu haben.

»Ich bin ein Landei«, schreibt sie in ihren Erinnerungen. »Ich gehör eher in ein Ruderboot. Mein Bühnen-Ich ist nur eine Rolle. Die Texte meiner Songs darf man nicht ernst nehmen, auch nicht das Spielen mit der Sexualität. Ich schaute mir Provinz-Baseball-Spiele an und ging Preiselbeeren pflücken. Ohne Make-up bin ich keine Megäre. Auf eine Segeljacht war ich nicht scharf.«

Kunkku erklärt ihr, sein Segelboot sei ganz bescheiden, von menschlichem Format.

Sanni hält das menschliche Format für genau das Richtige.

Kunkku fragt sie, wie es in zwei Tagen bei ihr aussehe. Er rechnet damit, dass bis dahin die Gäste weg sind, die Lage sich beruhigt hat und er frei von Verpflichtungen ist. Sanni will wissen, wofür er dann frei sei.

»Ich will … ich muss dich sehen. Komm auf mein Boot!«

Sanni lacht und schaut Kunkku an, der breit lächelt. Ihr kleines Stelldichein endet, als Sanni in Richtung Tür winkt. Valma und Jalle Kulkki kommen gerade herein.

»Ich sah, was für ein gutes Verhältnis er zu seiner Tochter hatte«, schreibt Sanni in ihren Erinnerungen. »Sicherheit und Geborgenheit bedeuten mir mehr als alles andere. Irgendwie fasste ich bereits Vertrauen zu ihm, bevor wir uns richtig kannten. Wenn man sich lange genug in unmittelbarer Nähe von Leuten wie Prince aufhält, geht das eigene Ich leicht unter. Ich war ja bloß ein einfaches finnisches Mädchen. Ich sehnte mich nach etwas Gewöhnlichem. Weil das Glück nicht größer wird, wenn Besitz und Entfremdung wachsen. Kunkku repräsentierte für mich das Gewöhnliche.«

Sofi hat geduscht und trocknet sich nun am Fenster die Haare. Kunkku stellt ihr den Frühstücksteller auf den Nachttisch. Er lässt einen Teebeutel im heißen Wasser kreisen und gibt ein Stück Zucker hinzu. Dann buttert er seiner Frau einen Toast und legt eine Scheibe Gouda darauf.

»Er hatte mir noch nie Frühstück gemacht«, sagt Sofi. »Es schmeckte so gut, das Brot, und der Tee schmeckte auch. Wir hätten mehr aufeinander achten sollen.«

MATCH MADE IN HEAVEN AND SOLD IN S-MARKET

2000–2013

Seit zwei Stunden wartet Kunkku geduldig im Boot. Statt der Jacke mit den Lederflicken trägt er einen Outdoor-Anzug; irgendwie hat er das Gefühl, dass dieses Kleidungsstück zu diesem Tag passt.

Endlich hört er Schritte an Deck und kommt aus der Kajüte. Nach dem langen Sitzen im Dunkeln blendet ihn die Sonne, als er Sanni die Hand gibt.

Sanni trägt Allwetterkleidung, Sonnenbrille und Mütze. Für Kunkku sieht sie so noch schöner aus als im Korsett oder in Krankenschwesterntracht.

Sie will wissen, wohin die Reise geht. Kunkku findet es am sichersten, im Hafen zu bleiben, er kann nämlich nicht segeln und auch nicht richtig mit dem Außenbordmotor umgehen. Er sagt, er werde was zu essen machen.

»Er überraschte mich total«, erzählt Sanni. »Ich hatte geglaubt, da spielt eine Kapelle, und Diener servieren das Essen. Stattdessen machte er Räucherlachs auf dem Kugelgrill. Einfach und gut. Ich schloss daraus, dass er ein starkes Selbstvertrauen hatte.«

Kunkku schaut Sanni an. Er sagt nichts. Sanni schaut Kunkku an, lächelt leicht. Kunkku gießt Sanni Wein in einen Pappbecher, sich selbst Apfellimonade. Auf dem Steg gehen Leute zu ihren Booten, Kunkku schließt die Fensterluke und zündet ein paar Kerzen an.

Für einen Moment ist es auf angenehme Art still. Dann fragt Kunkku, ob Sanni schon viel geangelt habe. Er selbst habe bis jetzt einen Lachs gefangen und wolle lernen, ein richtiger Fischer zu werden. Sanni erzählt, sie habe als Kind oft mit ihrem Vater Netze ins Wasser gelassen und mit ihren Brüdern geangelt. Als Kunkku klar wird, dass Sanni vom Land kommt, will er wissen, ob sie schon mal Traktor gefahren ist.

»Wir sprachen über Motoren und Brennöl«, schreibt Sanni in ihren Memoiren. »Über Mähdrescher. Über Hackbraten. Über das Kalben von Kühen. Übers Heuwenden. Ich redete, und der König hörte zu. Wann hatte ich zuletzt mit jemandem über solche Dinge reden können? Ich sprach immer nur vom schmerzhaften künstlerischen Prozess, von prozentualen Gewinnanteilen und von Bühnenklamotten, sagte, was für eine Farbe das Obst im Backstagebereich haben sollte und aus welchem Winkel man mich fotografieren durfte. Der König sprach von seiner Welt, und ich hörte ihm zu. Dann erzählte ich ihm, wie es sich als kleines Mädchen anfühlte, nach der Feldarbeit Blasen an den Händen zu haben, und was es für ein Gefühl war, im Herbst im kalten Wasser schwimmen zu gehen.«

Kunkku hat das Gefühl, dass Sanni ihn als Mensch mag und nicht als König. Sanni verlangt nichts von ihm, und er will ihr alles geben.

»Ob ich auf das Boot gegangen wäre, wenn er nicht der König gewesen wäre?«, überlegt Sanni in ihren Memoiren. »Ja. Nein. Vielleicht. Woher soll ich das wissen? Macht hat schon etwas Interessantes, gerade wenn sie nicht hervorgekehrt wird. Das unterstreicht sie eigentlich noch mehr. Ich hatte eine Schwäche für Herdenführer, war schon mit dem Präsidenten eines Rockerclubs, mit einem Nobelpreisträger und mit Tennisstars zusammen gewesen. Aber ob dieser Mann das Zeug zum Herdenführer hatte, wage ich zu bezweifeln, obwohl er der König war.«

An dem Abend passiert nicht viel mehr. Sie essen den köstlichen Lachs, den Kunkku zubereitet hat, und behalten dabei Jacken und Hosen an. Auch das Schweigen fällt den beiden leicht, während die Wellen beruhigend das Boot schaukeln. Kunkku fragt Sanni, ob sie noch ein zweites Mal aufs Boot kommt, morgen zum Beispiel. Sanni sagt, sie komme in einem Monat, am gleichen Tag, zur gleichen Zeit.

»In einem Monat merkt man, ob die Sehnsucht wächst und bleibt«, sagt Sanni. »In der Zeit würde sich herausstellen, ob dieser Mensch eine dauerhaftere Bedeutung für mich hat und ich für ihn. Außerdem musste ich zu Werbeaufnahmen nach Japan und Australien.«

Ein Monat ist Kunkkus Meinung nach eine entsetzlich lange Zeit. Aber er nimmt sich vor, einmal im Leben geduldig zu sein. Keine Dummheiten, nichts überstürzen, immer von Stunde zu Stunde, von Tag zu Tag leben. Sanni ist so spannend wie ein ungeöffnetes Geburtstagsgeschenk, bei dem man schon vorher weiß, dass es etwas enthält, was man sich schon lange gewünscht hat. Man darf das Geschenk nicht zu früh und nicht mit Eile öffnen, denn das hat hässliche Folgen: zerrissenes Papier, den Zorn des Schenkers und das Bewusstsein, dass man wieder mal was vermasselt hat.

Das Schuldgefühl, das sich im Hintergrund regt, hält Kunkku in Schach, indem er sich bewusst macht, wie unschuldig alles bislang gewesen ist. Es zählt nur, was man tut. Das Plaudern und das Lachsessen mit Sanni gleicht, gemessen am Umhertollen zwischen bordellroten Kissen, einem erfrischenden Kuss auf die Wange.

Als der von ruhigen Fernsehabenden und wenigen Dienstreisen gegliederte Monat endlich vorbei ist, treffen sich Kunkku und Sanni erneut. Und alles ist genauso richtig, so leicht und so frisch wie beim ersten Mal. Fortan treffen sie sich öfter, es vergeht ein Jahr, es vergeht ein zweites. Kunkku kommt auch dann zu den monatlichen Treffen, wenn er sich auf einer euro-asiatischen Wirtschaftsministerkonferenz befindet und Sanni ihre Welttournee mit einem Konzert in Pjöngjang startet. Die beiden brauchen einander, aus jeweils eigenen und aus gemeinsamen Gründen.

»Es war ganz unschuldig, in gewisser Weise«, erzählt Sanni in ihren Memoiren. »Man kann es nicht erklären. Das Band zwischen uns war stark, das spürte ich, wo immer ich ging. War das Liebe?

Ja. Nein. Vielleicht. Wie will man das wissen? Ich war für die Menschen um mich herum lange nur ein nützliches Gut gewesen und behandelte die anderen entsprechend. Zu Männern hatte ich überhaupt kein Vertrauen, aber zum König fasste ich allmählich welches. Das Boot war unsere Welt, eine gute und einfache Welt. Was im Boot passierte, blieb im Boot. Wie ich schon sagte, man kann es nicht erklären. So war das oft mit dem König. König Kalle XIV. Penttinen war ein unerklärlicher Mann.«

So vergeht also die Zeit, die Monate summieren sich zu Jahren. Veikko geht bereits in die dritte Klasse, ist ein braver Junge, der sich immer mehr für die Natur interessiert. Er hat ständig Erde unter den Fingernägeln, trägt ständig sonderbare Pflanzen nach Hause, manchmal an riskanten Stellen ausgerissene Blumen. Irma wiederum ist zu einer Schönheit von zwanzig Jahren herangewachsen, sie ist der feierwütige, fröhliche Liebling der Paparazzi, das Lieblingstitelmädchen der Hochglanzmagazine. Valma ist oft von zu Hause weg und erweitert mal hier und mal da auf der Welt ihre Studien. Sie kehrt lediglich kurz nach Finnland zurück, wenn die Eifersucht von Jalle Kulkki, der die Fernbeziehung hasst, unkontrollierbare Ausmaße annimmt.

»In jenen Jahren lebte ich intensiv mit meinen Kindern mit«, erzählt Sofi. »Es war eine bewegte Zeit, ich genoss es mehr als alles andere zuvor. Ich ging zu Veikkos Elternabenden und bewunderte seine erfindungsreichen botanischen Projekte, ich war froh und besorgt über Irmas stürmische und glamouröse Lebensphase und verfolgte mit unermesslichem Stolz Valmas Studienerfolge im Ausland. Mit meinem Mann lebte ich eine Zeit des lauteren Einverständnisses, so glaubte ich. Er versank ziemlich oft in seiner eigenen Welt, aber so war es ja schon immer gewesen. Diesmal führten seine Abwesenheiten jedoch nicht dazu, dass sich an jeder Ecke Skandale auftaten, sondern zu ruhigen Stunden in der Geborgenheit des Schlosses und zu immer seltener werdenden, im guten Geist gemeinsam absolvierten Dienstreisen. So glaubte ich.«

Die harmonischen Zeiten hätten womöglich noch wesentlich länger angehalten, wenn es nicht zu dem überraschenden Gerichtsverfahren gegen Sisu-Verrari-Buster gekommen wäre. Wegen des Verdachts auf Kartellabsprachen werden die von der Firma hergestellten Autos und Boote beschlagnahmt, und eines der konfiszierten Boote ist Kunkkus Segelboot. Alle Beschwerden, die Pressechef Veijalainen schreibt, helfen nichts. Aus den Unterlagen geht hervor, dass das Boot gar nicht auf den Namen des Königs eingetragen, sondern nur geleast ist.

Kunkku ist verzweifelt. Ohne Boot keine Sanni, und ohne Sanni kann er nicht mehr leben. Ihm will der Kopf zerspringen, weil er mit niemandem darüber reden kann. Nicht einmal Pressechef Veijalainen durchschaut das Ganze; er glaubt, Kunkkus Bootsleidenschaft entspringe der echten Sehnsucht nach Einsamkeit, angesichts der vielen hektischen Jahre des Repräsentierens. Gerade als Kunkku die Grenze, die er sich selbst gesetzt hat, überschreiten und Heikki Kohtalonmäkis Aufenthaltsort ausfindig machen will, bereitet ihm Sanni eine Überraschung, die ihm die Freude am Leben und den richtigen Rhythmus zurückgibt.

In der schönsten Flussschleife des Vantaanjoki erhebt sich ein Wolkenkratzer, dessen oberstes Stockwerk nicht in den Bauplänen verzeichnet ist und dessen Adresse nicht in den Dateien des Königlichen Post- und Telgrafenamts auftaucht. Schon seit Jahren baut die Firma W. B. B. C. Luxuswohnungen mit Sonderwünschen, wobei sie die besten Materialien und verschwiegene Arbeiter einsetzt.

»Finnland ist überschaubar«, erzählt Watte. »Ein berühmter Schauspieler hat dieser berühmten Sängerin unseren Wolkenkratzer empfohlen. Die erste Platte von ihrer Band ging weltweit durch die Decke, und die Tussi wollte ihr Geld sicher anlegen. Eine gute Bude im Innenstadtbereich verliert nie ihren Wert. Und wenn jemand vollkommene Ruhe garantieren konnte, dann ich.«

Das Penthouse im Wolkenkratzer ist für Sanni die letzte private Bastion, nie zuvor hat sie jemanden dort hereingelassen.

»Angesichts der Verzweiflung des Königs wurde ich weich«, erzählt Sanni in ihren Erinnerungen. »War auch meine eigene Verzweiflung im Spiel? Vielleicht. Auf jeden Fall gab ich ihm einen Schlüssel. So wurde aus meinem Wolkenkratzerversteck unser Boot, das hoch am blauen Himmel trieb. Das ist nicht zu poetisch ausgedrückt. Es stimmte, genau so fühlte es sich an.«

Die ersten Male kommt Kunkku zu Fuß zum neuen Treffpunkt, im langen Mantel, mit hochgestelltem Kragen, Sonnenbrille auf der Nase und die Mütze tief ins Gesicht gezogen. Unter dem Mantel der Tennisdress, denn sein neues offizielles Hobby ist es, einmal im Monat in der Königlichen Halle bis spät in die Nacht Tennis zu spielen und im Gästezimmer der Halle zu übernachten. Noch hegt niemand einen Verdacht, alles geht viel zu lange viel zu gut.

»Wenn ich mir etwas vorwerfe, dann meine Blindheit für die Hobbys, die er außerhalb des Schlosses angeblich ausübte«, räumt Pressechef Veijalainen heute ein. »Ich kannte Kunkku durch und durch. Wer, wenn nicht ich? Schließlich hatte ich ihn gleichsam erschaffen. Und seinem eigenen Geschöpf will man nun mal vertrauen. Ich fiel dabei genauso rein wie der Vater eines jeden Teenagers. Ich glaubte ihm aufs Wort, kontrollierte nichts und schickte ihm auch niemanden von der Leibgarde hinterher.«

Es dauert nicht lange, bis Kunkku von Watte auf den Bildern der Überwachungskamera erkannt wird.

»Das war irgendwie unfassbar«, lacht Watte. »Ich hatte mir ja schon früher ab und zu angeguckt, wie die Braut im Whirlpool planscht, einfach wegen ihrer Figur. Aber wen sehe ich da plötzlich? Herrschaftszeiten! Kunkku! Kunkku hatte sich Sanni gekrallt! Jetzt wird es Zeit, das ganze alte Material auszugraben, dachte ich mir, und möglichst schnell neues zu besorgen. Niemand kannte den perversen Kunkku ja so gut wie ich. Ich war sicher, was kommen würde: Bumsschaukeln, Pinkelspiele und Peitsche. Irgendwie hatte ich schon immer geahnt, dass es sich bei Kunkku lohnen würde, zu warten. Dass der ganz große Jackpot noch kommen würde.«

Watte stürzt mit seinen Pornoträumen so schwer ab, als wäre er von seinem Wolkenkratzer gesprungen. Jeden ersten Donnerstag im Monat wird in Sannis Wohnung ein Take-away-Gericht gegessen oder selbst Lachs zubereitet. Bisweilen gibt es danach noch was Süßes oder Chips. Alkohol wird kaum angerührt, Sanni trinkt höchstens mal ein Glas Champagner. Das Pärchen auf der Couch hält zärtlich Händchen, und die Filme, die es anschaut, sind einer süßlicher als der andere, die reizende Musik für Watte unerträglich. Patiencen werden gelegt, beim Konsolentennis wird im Eifer des Gefechts laut geschrien. Watte bekommt nichts Perverses aufs Band, es blitzt keine nackte Haut auf, man sieht keine Brustwarzen. Als vorsichtige öffentliche Person hat Sanni nicht einmal den Hausmeister in ihr stets abgeschlossenes Schlafzimmer gelassen, weshalb Wattes Auge nicht bis dorthin reicht.

»Ich war echt baff«, ruft Watte aus. »Dann dachte ich so, hey, verarscht mich nicht! Weiß die über die Kameras Bescheid? Trickst die mich aus? Aber dann dachte ich, Moment mal, Sklaven! Das dickste Ding ist doch gerade die Tatsache, dass nichts passiert. Scheiße, Mann! Jetzt war Kunkku dran! Er war in die Braut verliebt! Wir alle wollten Sanni ficken. Aber Kunkku wollte mit ihr zusammenleben!«

Wattes Interpretation trifft exakt zu. Im Wolkenkratzer finden alle Teile zueinander, es passt einfach und fühlt sich für Kunkku besser an als alles andere zuvor. Der Rhythmus. Die Stille. Der Humor. Die Gemeinsamkeit in der Einsamkeit.

Und als Wichtigstes von allem: das Reden.

Mit Sanni kann man reden, Sanni hört zu und Sanni hat Verständnis. Bei Sanni findet Kunkku die Worte, die er bei anderen nie gefunden hat.

»Was im Schlafzimmer des Wolkenkratzers passiert ist, soll im Schlafzimmer des Wolkenkratzers bleiben«, betont Sanni in ihren Erinnerungen. »Aber was die anderen Räume betrifft, kann ich sagen, dass der König da nicht schweigsam war. Er hatte viel zu erzählen. In seinem Kopf herrschte Durcheinander, das war seinen

Äußerungen bisweilen zu entnehmen. Aber das ist kein Wunder, denn ihm hatte seit Jahrzehnten, vielleicht sogar noch nie jemand richtig zugehört. So etwas macht einen Menschen übrigens zu einem hervorragenden Zuhörer. Ich habe also genauso viel zurückbekommen. Wie lange diese selige Friedenszeit angehalten hätte, wenn seine älteste Tochter nicht geheiratet hätte, weiß ich nicht.«

Im Frühling 2005 kommen Valma und Jalle Kulkki zum ersten Mal seit langer Zeit gemeinsam ins Schloss. Sie haben der Familie etwas Wichtiges zu sagen. Sie sind endlich so weit, zu heiraten.

»Ich stand der Hochzeit und überhaupt diesem Kulkki ziemlich skeptisch gegenüber«, merkt Sofi an. »Ich konnte einfach nicht glauben, dass Valma ihn wollte, das Ganze ergab ein zu schiefes Bild. Ich wusste zwar, dass meine pflichtbewusste Tochter an den dringenden Wunsch ihres Vaters dachte, in Rente zu gehen, aber da war noch etwas, ich kam nur nicht darauf, was.«

Auch bei Kunkku löst die Hochzeitsankündigung vielerlei aus. Was passiert, wenn Valma ein Kind bekommt? Was passiert, wenn die Macht wechselt? Kann er auch danach noch auf den beiden Frauen seines Lebens bestehen? Soll er Sofi von Sanni erzählen? Oder soll er nach Jorma Ojaharjus Lehren leben: Nichts erzählen, nichts gestehen, alles abstreiten, an allem schuld sein.

»Eines Donnerstags kam der König auf die Themen Rente und Enkelkinder zu sprechen«, erzählt Sanni. »Valma wollte heiraten. Und Valma war exakt so alt wie ich. Dieses Gespräch weckte mich schlagartig aus tiefem Schlaf. Mir schossen all die Gedanken in den Kopf, die ich in den letzten Jahren erfolgreich verdrängt hatte. Wollte ich auch heiraten und ein Kind haben? Meine biologische Uhr tickte bereits ziemlich laut. Würde ich mein Leben lang auf Bühnen herumturnen und das Objekt männlicher Tagträume sein können? Wenn nicht, wenn ich stattdessen eine Familie haben wollte, könnte es dann mit diesem Mann sein? Wollte ich mit diesem Mann überhaupt Familie haben? Es war Zeit, mir diese wichtigen Fragen zu stellen. Und Antworten darauf zu finden.«

Die Hochzeit von Valma und Jalle Kulkki ist eine Kombination aus althergebrachter Zeremonie und Volkstümlichkeit. Kunkku führt seine Tochter zum Altar und setzt sich dann neben Sofi in die erste Reihe. Die Königinmutter wird für die Dauer der Trauung im Rollstuhl an die Tür geschoben und anschließend unbemerkt wieder in die Kliniketage gebracht.

»Ich hab mir die Hochzeit im Fernsehen angeschaut«, erzählt Marjatta Kohtalonmäki. »Die Jungen warn jung und die Alten warn älter geworden. Die einen hatten straffe Haut und die anderen Falten am Hals, Krater in der Backe und Grau auf dem Kopf. Nur die Augen von meinem Kalle blitzten noch wie als kleiner Bub, das gefiel mir, das hat mir Freude gemacht. War er so erleichtert, dass seine Älteste heiratete, oder woher kam das? Ich persönlich weiß ja nicht, wie das ist, weil mein Hessu nie geheiratet hat. Das ist mir nicht vergönnt worden.«

Während seiner Rede stottert Kunkku zunächst ein wenig, aber als er Blickkontakt mit Valma aufnimmt, kommt er in Fahrt. Er sagt, eine Hochzeit ermögliche vielen Frauen, einen Tag als Prinzessin zu verbringen. Valma aber sei ihr ganzes Leben lang Prinzessin gewesen. Die nächste Phase sei, so Gott es wolle, ein Leben als Königin. Daran solle auch der Bräutigam, Jalle Kulkki, denken. Er müsse Valma wie eine Prinzessin und wie eine Königin behandeln.

»Die königliche Hochzeit war die Gelegenheit, eine Menge Geld zu verdienen«, sagt Pressechef Veijalainen. »Vier Millionen Zuschauer in Finnland, eine Milliarde im Ausland. Das Ereignis wurde zum Markstein; viele fragen noch heute, wo warst du am Tag von Prinzessin Valmas Hochzeit. Ich selbst saß in der Kirche auf der Empore und schrieb auf meinem Communicator eine Pressemitteilung. Das Ganze hat unsere Popularität noch weiter gesteigert.«

Valma und Jalle Kulkki machen ihre Hochzeitsreise auf dieselbe Insel wie seinerzeit Kunkku und Sofi. Anschließend ziehen sie ins Vanajaschloss, das günstig zwischen Tampere und Vantaa liegt. Valma fängt als Wissenschaftlerin an der Universität an, übernimmt aber auch repräsentative Aufgaben. Jalle Kulkki wiederum baut mithilfe eines Risikokredits in Hämeenlinna eine Eishalle, sucht in internationalen Wettbüros nach Sponsoren und nutzt seinen neuen Status als Herzog von Vantaa schamlos aus. Er versucht sogar den Vorschlag durchzusetzen, Hämeenlinna offiziell in Eishockeystadt umzubenennen.

Das Leben der Menschen findet in seine Bahnen. Kunkkus Monate enthalten nun zwei regelmäßige Donnerstagsereignisse. Neben den Sanni-Donnerstagen kommen Valma und Jalle Kulkki jeden dritten Donnerstag zum Abendessen. Dann ist Kunkku der ergraute Vater in Pantoffeln und legerem Hemd. Er sitzt am Kopfende und hört interessiert zu, was Valma erzählt, oder lässt gelangweilt über sich ergehen, was Kulkki zu berichten hat. Sofi überlässt er es, die schwierigste Frage zu stellen: Ist es schon so weit?

Wieder schüttelt Valma den Kopf.

Der Schwangerschaftstest ist erneut negativ gewesen.

Kunkku denkt sich, dass Jalle Kulkki nicht so einen brutal starken Samen hat wie er seinerzeit. Das ist traurig, denn Valma will eindeutig ein Kind. Bisweilen sind die Donnerstagabende für Kunkku beklemmend, weil er das Gefühl hat, an zwei Orten gleichzeitig zu sein. Valmas Rückkehr nach Finnland und die Aufgaben des Königshauses binden Kunkku an zu Hause, aber zugleich sehnt er sich nach Sanni, wann immer sie getrennt sind.

»Es hat geheißen, ich hätte eine Familie zerstört«, schreibt Sanni in ihren Memoiren. »Das ist nicht ganz fair und auch nicht richtig. Dieser Mann war ein Ort der Geborgenheit für mich, eine Achselhöhle, ein warmes Nest. Und ich war diejenige, die ihn jedes Mal am Freitagmorgen vor acht Uhr wieder zu seiner Familie zurückschickte. Ich war diejenige, die ihm auftrug, sich um seine Kinder zu kümmern und auch an das Wohl seiner Frau zu denken.«

Und so vergehen einige Jahre. Die Ära der königlichen Familie neigt sich dem Ende zu, aber das ahnt sie selbst noch nicht. Nach einer langen Phase eitlen Sonnenscheins ziehen sich am Horizont

Gewitterwolken zusammen, die großen und kleinen Dummheiten Kunkkus aus all den Jahrzehnten bündeln ihre Kräfte, und in der Ferne donnert und blitzt es bereits.

Noch hat Veikko etwas Zeit, den Botanischen Garten und das Observatorium zu besuchen, noch kann Irma an der Königlich-Christlichen Volkshochschule Radiowesen studieren und den beliebtesten Modeblog der Welt führen. Valma und Jalle Kulkki haben beide im Beruf Erfolg, betrauern aber ihre Kinderlosigkeit und stützen sich nach Jahren vergeblichen Versuchens auf künstliche Befruchtungsmethoden. Sofi begleitet das Leben der Kinder fördernd und unterstützend, und für Kalle XIV. Penttinen ist das Doppelleben zwischen Schloss und Wolkenkratzer größtenteils eine fröhliche Zeit.

Aber dann kommt das Jahr 2012. Das Jahr, das mit Freude beginnt und mit dem Zerfall einer Familie und dem Zusammenbruch der Monarchie endet.

Im Frühling 2012 muss sich Valma beim Donnerstagsabendessen übergeben. Sofi weiß sofort, was los ist.

»Unsere Tochter erwartete ein Kind«, ruft Sofi aus. »Wir lachten und weinten gemeinsam. Ich gab ihr Ratschläge, ausgerechnet ich, die ich als Mutter sämtliche Fehler begangen hatte, die man nur machen kann. Trotzdem wusste ich aus Erfahrung, dass eine Beziehung in Ordnung sein muss, wenn ein neuer, unbekannter Mensch hinzukommt.«

Valma fragt ihren Vater, warum er so blass sei, ob er sich nicht freue. Es ist eine freudige Nachricht, aber in Kunkkus Kopf dreht sich wieder alles.

Nun setzen die Ängste ein. Kunkku hat Angst, dass Valma eine Fehlgeburt erleidet. Er hat Angst, dass Jalle Kulkki Valma betrügt oder gewalttätig wird. Er ruft Valma mehrmals am Tag an, um sich zu vergewissern, dass alles gut ist. Hat sie das Gefühl, dass in ihrem Bauch Leben und Bewegung herrscht? Kann sie essen? Benimmt sich Kulkki anständig?

Kunkku erlaubt sich einen Schnitzer. Er ruft Sanni während ihrer Tournee an, obwohl sie vor Jahren vereinbart haben, außerhalb der Donnerstagstreffen keinen Kontakt zueinander aufzunehmen.

»Ich freute mich für Valma Penttinen«, schreibt Sanni in ihren Erinnerungen. »Aber ich sagte dem König, wir könnten unsere Probleme nicht am Telefon lösen. Wenn man über ernste Angelegenheiten redet, schaut man sich dabei aus nächster Nähe in die Augen. Er war völlig durcheinander, er wollte mit mir fliehen, und er wollte das Gesetz ändern, damit er zwei Ehefrauen haben konnte.«

Kunkkus Leben besteht nunmehr aus nichts als Warten. Er wartet auf den ersten Donnerstag eines jeden Monats, und er wartet, dass neun Monate um sind. Sein Kopf ist ein Wespennest voller Fragen.

Er fragt sich, in was an Sanni er sich verliebt hat: in ihre Brüste oder in ihren Charakter.

Er fragt sich, ob er Sanni ein Kind machen soll, falls sie es will. Kann man zwei Taufen so dicht hintereinander feiern?

Kann er sich von Sofi trennen? Will er sich von Sofi trennen?

Wenn er Sofi verlässt, was bekommt er dann dafür?

Was werden die Kinder von ihm denken, wenn er weggeht?

Sollte er einfach alle Wertgegenstände zusammenraffen, die Alarmanlage ausschalten, die Beute zu Geld machen und mit Sanni auf eine Paradiesinsel oder ins Weltall fliehen?

Zu viele große Fragen auf einmal. Richtige, ernste Fragen des Lebens. Kunkku läuft auf Hochtouren, fängt an, sich schlecht zu benehmen, seltsame Dinge zu reden.

»Er bot keine Sicherheit mehr«, sagt Sanni. »Er wurde neurotisch und unberechenbar, er hatte immer verrücktere Ideen, rief ständig an, Tag und Nacht. Ich hatte mich nicht in diesen wirren Neurotiker verliebt, sondern in einen gewöhnlichen, bei all seiner Naivität starken Mann.«

Sanni empfiehlt Kunkku in ihrem Wolkenkratzerpenthouse, sich zu beruhigen. Der wiederum droht damit, Sofi zu verlassen und noch einmal von vorne anzufangen. Sanni findet, er solle niemanden und nichts verlassen, sondern von einer Minute auf die andere leben und warten, bis der neue Mensch auf die Welt gekommen ist. Kunkku beruhigt sich kurz, Sanni hat die entsprechende Wirkung auf ihn. Er dankt ihr fürs Zuhören, dafür, dass sie die Unvernunft von der Vernunft abgrenzt.

Kunkku weiß nicht, dass Sanni nicht die Einzige ist, die zuhört.

»Die Mikros der Nullerjahre hatten ein ganz anderen Standard als die der Neunziger«, erzählt Watte. »Ich konnte alles hören. Leck mich, was für ein Müll. Die reinste Seifenoper. Wer hatte jemals so persönliche Sachen von den Royals auf Band gekriegt? Es standen fette Zeiten an.«

Als Valma im sechsten Monat ist, zieht sie gemäß der Königlichen Erwartungsregel mit Jalle Kulkki ins Schloss. Jalle ist begeistert. Nun darf er über dieselben Gänge gehen, auf denen seit tausend Jahren die mächtigsten Männer der Welt wandeln. Seiner Meinung nach gehört er jetzt zu ihnen. Kulkkis aufdringliches Benehmen würde Kunkku unter normalen Umständen aufregen, aber jetzt bemerkt er seinen Schwiegersohn nicht einmal, sondern sitzt neben Valma und stellt unendlich viele besorgte Fragen. Valma nickt als Antwort und bittet ihren Vater schließlich, ein bisschen frische Luft schnappen zu gehen. Er wird allmählich etwas anstrengend und sonderbar, eventuell macht es ihm Angst, Opa zu werden.

»Ich wurde von der Großmutterschaft überwältigt«, sagt Sofi. »Langsam begriff ich, dass ich Oma wurde. Eine königliche Großmutter. Ich wollte anders sein als die Königinmutter, näher dran und liebevoller, mir dabei aber im Verhältnis zur Außenwelt die gleiche Autorität bewahren. Ich bat meinen Mann, darüber nachzudenken, wo wir hinziehen sollten. Irgendwo in die Nähe, damit wir zur Verfügung stünden, wenn die Kinder uns brauchten. Veikko würde nur noch einige Jahre zu Hause wohnen, danach wären wir völlig frei und könnten endlich da weitermachen, wo wir in Tallinn aufgehört hatten.«

Eine Woche vor dem berechneten Termin vergewissert sich Kunkku zum tausendsten Mal, ob bei Valma alles in Ordnung ist. Er fragt, wie sie sich fühlt, ob das Kind eventuell an diesem Tag zur Welt kommt. Valma versichert ihm, das Kleine werde noch mindestens eine Woche in ihrem Bauch bleiben, er könne gern Tennis spielen gehen. Kunkku gibt Valma einen Kuss auf die Wange und lässt sich zum Wolkenkratzer chauffieren.

»Ich ging langsam auf die Vierzig zu«, schreibt Sanni in ihren Memoiren. »Wir trafen uns seit über zehn Jahren. Ich wollte nicht diejenige sein, die alles kaputt macht. Ich wollte nicht diejenige sein, der nur ein Teil eines Menschen gehört. Ich hatte keine Lust mehr auf das Tournee-Leben, weder Hits noch Millionen machten mir noch Freude. Ich wollte ein kleineres, ein wirkliches Leben.«

Kunkku fragt Sanni, ob er ihr dieses Leben bieten dürfe.

Sanni sagt nein.

Kunkku will wissen, warum Sanni ihm das ausgerechnet jetzt antut. Gerade jetzt, da Valmas Ära näher rückt. Und seine Freiheit.

»Genau darum tat ich es«, erzählt Sanni in ihren Erinnerungen. »Ich war sein Tagtraum und seine Wunschvorstellung, wir hatten unsere Momente und unsere Zeit. Ich wollte beenden, was er nicht beenden konnte.«

Kunkku weint, Sanni weint, in ihrer Umarmung liegen die Gefühle von zehn Jahren.

In der mittleren Etage des Wolkenkratzers gibt es eine Wohnung, in der all das vom künftigen Immobilienmogul Måns »Watte« Wilander mitgehört wird.

»Ich hatte alles, was man auf der Welt braucht«, sagt Watte. »Geld, Macht, Rock 'n' Roll und Frauen. Aber wenn du auf die Idee kommst, dass du auch ne Revolution machen und die Staatsform ändern kannst, dann hast du auf einmal noch ein Ziel. Ich hatte ein Millionengeschäft in den Händen. Match Made in Heaven und Sold in S-Market. Im Laufe der Jahre hatte ich ein ganzes Archiv über Kunkku zusammengesammelt. Das war meine Rentenversicherung. Ich hatte zum Beispiel den Nachlass von Regisseur Laine in die Finger gekriegt, in dem sich zensiertes Material aus dem Königsdokument fand. Das Meiste war überflüssiges besoffenes Geschwätz, aber auf einmal kamen krasse Sachen. Kunkku beim Saugen an einer schwedischen Blondine, beim Bechern und beim Rammeln wie ein Hirsch. Mit abartiger Dauerwelle und komischen Shorts. Dann gab's da noch das Fahrtenbuch des Hofmarschalls, das ich, schlau, wie ich war, für einen Haufen Geld dem Autoreiniger abgekauft hatte, nachdem der Hofmarschall gefeuert worden war. Darin war mit gleichmäßiger Handschrift jede Fahrt seit 1947 mit ein paar Sätzen eingetragen. Und in diesen Einträgen steht alles: Kunkku zieht sich Stoff rein und schüttelt sich einen von der Palme. Die Besuche in der Melonenfabrik stehen drin und der Verkauf von Hof-Inventar an den Kokshändler. Absolutes Top-Material, you name it, Plastiktüten voller Money shots. Und meine eigenen Filme? Die drei Wünsche: Die Zwerge, der Krieg und der dritte Traum, der sich im Whirlpool erfüllt. Den wollte ich mir schon immer bis zum Schluss aufheben.

Die Öffentlichkeit ließ Kunkku ja quasi schon in Ruhe. Was die interessierte, waren seine Tochter und das kommende Kind. Aber ich würde den Marktpreis in die Wolken treiben. Mit dem alten Mann, der sich in die junge Leckertitte verliebt, wäre das ganze God-damn-motherfuckin-böser-Wichser-Paket perfekt. Ich hatte Dateien voller süßlicher Sätze und süßlicher Bilder und eine verfickte Menge an Delikatessen. Schon im ersten Jahr der Melonenfabrik haben Kohtalonmäki und ich ausgemacht, dass wir das Material erst im allerletzten Moment einsetzen. Wenn alle Kurven nach unten gehen, lassen wir es knallen.

Und der Moment war jetzt so gut wie gekommen.«

PENA

Ich weiß nicht, was eine E-Mail-Adresse ist, aber ich habe jetzt eine, weil alle Bürger Finnlands eine haben. Hilja Liukko vom Sozialamt zeigt mir, wie man den Apparat benutzt und ans E-Mail-Konto kommt.

Vier neue Nachrichten.

Ich muss das lernen, denn von nun an verkehren wir elektronisch. Meine Lage ist Hilja Liukkos Meinung nach so gut, dass ich nicht mehr einmal im Monat zu ihr ins Büro kommen muss. Sie zeigt mir, in welchen Briefkasten die Anträge und Bescheide kommen, und verspricht mir, auch andere Sachen zu schicken, zum Beispiel Links zu Ausbildungsplätzen für die Kinder oder Hobbyvorschläge für mich.

Unter anderem habe ich eine Einladung zur Hodenkrebsvorsorge im Briefkasten. Das klingt unheimlich, aber Hilja Liukko sagt, das werde dieses Jahr bei allen gemacht, die 1947 geboren wurden.

Die letzte Nachricht ist überraschend, sie ist schon vor Wochen eingetroffen. Der Absender ist diamondsanni@singersongwriter13.com. Hilja Liukko sagt, das sei bestimmt eine Privatmitteilung. Ich frage sie, ob ich die anderswo lesen könne, zum Beispiel am Computer meiner Tochter Valma, den man überallhin mitnehmen kann. Hilja Liukko nickt. Ich möchte am liebsten nach Hause rennen, aber das würde das Knie nicht mitmachen, weshalb ich ganz langsam gehe.

Ich lade Valma zum Abendessen ein. Den wahren Grund traue ich mich nicht zu nennen, wage es nicht, Sanni zu erwähnen, darum sage ich, ich wollte die letzten Neuigkeiten über Jalle Kulkki hören. Zum Glück hat Valma ihren tragbaren Computer immer dabei. Ich muss sie nicht eigens darum bitten, ihn mitzbringen.

Sie fängt am Telefon zu weinen an. Jalle Kulkki habe Elmeri nicht zurückgebracht. Drei Tage seien bereits vergangen. Ob man zur Polizei gehen solle.

Weil es sich um eine Notsituation handelt, rufe ich Helena zu Hilfe, und sie kommt direkt von der Spätschicht zu uns. Unmittelbar nach ihr trifft die verheulte Valma ein, und wir setzen uns sofort an den Küchentisch, um uns zu beraten.

Valma erzählt, sie sei zu Kulkkis Haus und in die Eishalle gefahren, aber der Mann sei nirgendwo zu finden. In der Eishalle hatten ihr die Angestellten gesagt, sie hätten ihn einige Tage zuvor mit dem Kind vor der Halle gesehen. Sie wären mit dem Auto irgendwohin gefahren. Seitdem waren die beiden nicht mehr aufgetaucht.

Die Wut kommt auf die gleiche Art von innen heraus wie die Lust. Allerdings steigt die Wut vom Bauch aus kribbelnd nach oben, über die Arme in den Hinterkopf, während die Lust nach unten sinkt. Helena beruhigt Valma und mich, indem sie uns beiden eine Hand auf den Kopf legt. Ihrer Meinung nach sind jetzt gründliche Überlegungen gefragt statt überstürzter Dummheiten. Kulkki werde seinem Kind sicher nichts antun. Er wolle lediglich Valma verletzen. Angst und Hass bei ihr auslösen, weil er das selbst erlebt hatte. Valma nickt. Ich komme nicht ganz mit und konzentriere mich aufs Atmen. Helena fragt mich, ob Sanni Artikka geantwortet habe. Ich blicke kurz zu Valma, aber sie reagiert nicht, sie hat größere Sorgen.

Dann schließe ich mich mit Valmas Computer im Bad ein, setze mich auf den Klodeckel, klappe den Computer auf und gebe das Passwort ein, das Hilja Liukko mir gegeben hat. Ich versuche die Wut zu vergessen, ich versuche mich zu konzentrieren. Valma weint in der Küche. Wenn in dieser E-Mail die richtigen Dinge stehen, kann sie damit vielleicht bald aufhören.

Ich lese bereits richtig gut und bin stolz darauf. Ich lese die Überschriften der Boulevardzeitungen, wenn Lipponen und Ahti Martti eine rauchen gehen. Ich lese die Aufschriften von Verpackungskartons. Ich habe zwei Weihnachtszeitschriften und ein komplettes Tim-und-Struppi-Album gelesen.

Die Überschrift der Nachricht lautet: Brief.

Sanni bedankt sich für meine Post. Sie hatte schon lange vor, mit mir Kontakt aufzunehmen, konnte es aber nicht. Sie wollte nicht an die Zeiten denken, die der Vergangenheit angehören. Sie hat sich auf ihre Solokarriere konzentriert. Hat einen Roadie namens Dante geheiratet und erwartet ein Kind.

Ich bin neidisch. Und ich freue mich für sie.

Auf meine Bitte, mir sechshunderttausend Mark zu leihen, antwortet sie: Geht nicht.

Die Bitte war verrückt, natürlich, man kann niemanden um sechshunderttausend Mark bitten. Weder Jalle Kulkki mich noch ich Sanni.

Sie ist trotzdem bereit, mir die Summe zu geben.

Mir stockt der Atem, dann brülle ich, schließlich kommen mir die Tränen. Die anderen rufen, ob etwas nicht stimmt. Valma hört auf zu weinen, sie glauben, ich hätte einen Herzinfarkt. Ich bin nicht mehr fähig, mich aufs Lesen zu konzentrieren, sondern stürze in die Küche, lasse Valma den Brief zu Ende lesen, denn darüber wird sie sich nicht aufregen, was da drinsteht, ist einfach nur gut.

Sanni schreibt ein Buch über ihr Leben. Darin will sie erzählen, wie aus einem Mädchen vom Dorf die beliebteste Sängerin der Welt und die Kurtisane des Königs wurde. Sie selbst würde den Ausdruck Kurtisane lieber nicht benutzen, aber ihr Verleger wolle es so.

Valma und Helena schauen mich an, und ich gebe mir Mühe, ihren Blicken standzuhalten. Nach kurzem Schweigen liest Valma weiter. Das Buch erscheint in einem halben Jahr, und alles, was zwischen mir und Sanni war, wird darin zu lesen sein. Es gibt auch einen Bildteil. Sanni hat mich nicht um Erlaubnis für die Veröffentlichung der Bilder gebeten, weil ihr Anwalt findet, es sei sinnlos, einen König um Erlaubnis zu bitten, der kein König mehr sei.

Aus diesen Gründen will Sanni mir ein Drittel der Urheberrechtserträge des Buches überlassen.

Was ist ein Urheberrechtsertrag? Wie viel ist ein Drittel der Urheberrechtserträge?

Sanni bekommt für jedes verkaufte Buch zwanzig Mark. Wie viel bekomme dann ich? Wie viel bekommen wir? Wie viel können wir Jalle Kulkki zahlen, damit der schmierige Kerl Elmeri zurückgibt?

Valma rechnet.

Der Verleger schätzt, Sannis Buch werde sich hunderttausendfach verkaufen. Außerdem wird der Welterfolg von Time Machine für Übersetzungsverträge mit dem Ausland sorgen, zum Beispiel mit Brasilien und Japan. Valma sagt, die Summe sei irrsinnig hoch. Sie sei so hoch, dass sechshunderttausend leicht zusammenkämen.

Sanni will meine Kontonummer haben. Sie werde mir die Summe als Vorschuss schicken. Außerdem schickt sie Grüße an meine Familie.

Nach allem, was geschehen ist, macht meine wunderbare – oder schweinische, wie alle anderen meinen – Beziehung zu Sanni nun alles wett. Ich begreife es nicht auf Anhieb. Lebensgroße Dinge bringen einen leicht durcheinander.

Valma fragt mich, ob ich es ertragen könne, dass so ein Buch erscheint. Helena meint, die Wahrheit sei unser Weg, und die Wahrheit sei auch unsere Aufgabe. Die Wahrheit lasse sich nicht in Gut und Schlecht trennen, sie sei unteilbar, und das sei manchmal schwer zu ertragen. Aber es gebe keine Alternative dazu, um auf dieser Welt und in künftigen Welten zu bestehen.

Ich kapiere nicht einmal die Hälfte von Helenas Worten. Aber ich glaube ihr. Wenn Sannis Buch bei der Wahrheit bleibt, werde ich es aushalten. Ich frage Valma, ob sie und ihre Mutter es aushalten, dass alles noch einmal aufgerissen wird. Valma sagt, wenn sie nur ihren Sohn zurückbekomme, sei ihr alles andere egal. Und ihre Mutter sei die Königin, ganz gleich, was die Welt behaupte. Sie findet, Sofi habe längst das Stadium hinter sich, in dem ein Enthüllungsbuch sie aus der Fassung bringen kann.

Elmeri ist gerettet. Bald ist Weihnachten. Bald wird alles gut sein.

Als Kunkku im Wolkenkratzer Sanni umarmt, setzen bei Valma die Wehen ein. Das Baby schert sich nicht um den Kalender, es schaut nicht aufs Datum.

Watte brennt den Inhalt seiner Videokassette auf DVD und grinst. Bald wird das finnische Königreich neu geboren werden, und als Hebamme wird ein schwedischer Krimineller fungieren, der Sohn eines Hamburger-Unternehmers. Der kurze Dokumentarfilm trägt den Titel *Royal Flush*.

»Den dritten Wunsch hatte ich Kunkku vorgesetzt«, gibt Watte zu. »Nach den Zwergen und dem Krieg sollte der König bei einem großen Spiel einen Royal Flush auf die Hand bekommen. Der wird in verschiedenen Läden unterschiedlich kombiniert, in meiner Welt besteht er aus einer Mulattin, einer Indianerin, einer Afrikanerin mit Leckerhintern, einer Eskimofrau und last but not least aus dem King von Finnland.«

Valma ruft nach ihrem Vater, aber es kommt die Mutter. Wenig später bringt ein Krankenwagen Valma in die Klinik. Die eifrigsten Journalisten warten dort schon seit einem Monat. Jetzt werden sie dafür belohnt. Die Speicherkarten der Paparazzi füllen sich mit Fotos, und dieses Material wird im Nu weltweit verbreitet. Helikopter knattern über dem Krankenhaus, es werden keine Gentlemen's Agreements mehr eingehalten. Pressechef Veijalainen hat die Kontrolle verloren.

Watte stoppt das Video an der Stelle, an der man Kunkkus Gesicht in Nahaufnahme sieht, das breite Lächeln, die Kokainreste unter der Nase, außerdem eine Ahnung von der geschwungenen Brust einer Frau.

»Das stellte ich sofort als Lockbild auf die Homepage«, erzählt Watte. »Ein bisschen Gratismaterial als Anreiz, die silberne oder goldene Mitgliedschaft zu erwerben. Damit machten Kohtalonmäki und ich Millionen.«

Sanni erklärt Kunkku, das schöne Märchen über den König und die singende Prinzessin sei nun zu Ende. Für Kunkku sei es an der Zeit, nach Hause zurückzukehren. Und für sie sei es an der Zeit, sich ein echtes Zuhause zu suchen. Sie stehen am Panoramafenster und schauen hinaus, irgendwo in der Ferne brummen mehrere Hubschrauber. Sanni schmunzelt und streicht Kunkku über die Wange. Sie haben noch diese letzte gemeinsame Nacht; sie wird wehmütig schön und still sein.

Valma entbindet in vollkommener Stille. Sie findet es sinnlos, Betäubungsmittel zu nehmen oder vor Schmerzen zu schreien; sie hat meditiert und sich ein halbes Jahr auf die Geburt vorbereitet. Bald wird sie Mutter sein, und wenn sie Mutter ist, wird sie Königin werden. Wenn sie Königin ist, wird Sofi Königinmutter und Kunkku der alte König sein. Dann hat Valma genau das getan, was das Volk und das Königshaus von ihr erwartet haben.

Kunkku und Sanni haben sich ins Schlafzimmer begeben, wodurch Watte die Bild- und Tonverbindung verliert. Er unternimmt nichts dagegen, denn er hat bereits sein Meisterwerk geschaffen.

Im Zentralkrankenhaus wird ein gesunder Junge geboren. Elmeri Jallenpoika Kallenpojanpoika Damaskus Daavid Goljat Penttinen, dessen Nabelschnur Jalle Kulkki durchtrennt und den eine gewöhnliche Hebamme, die gerade Dienst hat, badet. Anschließend bekommt Valma ihren neugeborenen Sohn in den Arm, und Jalle Kulkki steht stolz und strotzend vor Glück daneben. Er strahlt schon jetzt über die Zeitungen von morgen und die Frauenzeitschriften der kommenden Monate, über die Titelbilder und die Geschichten von dieser vollkommenen kleinen Familie, die anschließend puren Umsatz bedeuten werden.

Watte schwelgt in seinen zukünftigen Millionen und sucht auf dem Video nach der Stelle, die er als Slogan für die gesamte Kunkku-Kampagne nehmen will. Die Tonqualität ist schlecht, aber Watte beseitigt das Rauschen und erhöht die Lautstärke. Jetzt hört man sie deutlich, Kunkkus verdutzt fröhliche Stimme.

»Ich bin halt ein Freund von großen Brüsten.«

Am nächsten Morgen verabschiedet sich Kunkku zum letzten Mal von Sanni. Er fühlt sich irgendwie gut, obwohl er furchtbar traurig ist. Zwischen ihnen ist alles getan und gesagt worden, sie sind einander wohlgesinnt. Jetzt hat er nur noch einen Ort zum Leben: sein Zuhause. Und zu Hause hat er die Familie. Plötzlich macht ihn die Vorstellung von Valmas Baby, von den vertrauten, sicheren Räumen im Schloss und von Sofis Lächeln am Frühstückstisch schier verrückt vor Freude. Er schließt die Tür von Sannis Wohnung hinter sich und betritt lautlos vor sich hin singend den Aufzug.

Auf der Straße wundert sich Kunkku kurz darüber, dass der Chauffeur nirgendwo zu sehen ist. Aber es ist ein schöner, sonniger Tag, ein Spaziergang von drei Kilometern wird sicherlich belebend wirken. Er setzt die Sonnenbrille auf und zieht die Mütze tief in die Stirn. Er geht schnell und sieht nicht nach rechts und links. Würde er es tun, könnte er an jedem Laden und an jedem Kiosk die Schlagzeilen sehen, in denen die Mitglieder seiner Familie prominent vertreten sind.

Bei der Ankunft im Schloss hat er die letzten Reste Trübsinn abgeschüttelt. Er hat Hunger, er wartet darauf, seine Familie am Frühstückstisch zu sehen. Vielleicht könnte er an diesem Morgen um einen Hamburger mit extra viel Käse bitten. Den hat er sich verdient, findet er, auch wenn der Premierminister das Bestellen zusätzlicher Speisen verboten hat.

Aber anstelle gemütlichen Redens und Lachens herrscht drückende Stille im Frühstückssaal. Am Tisch sitzt nur Sofi, die den Brei, der vor ihr steht, nicht anrührt. Wo ist Valma mit ihrem Bauch? Wo der Sodbrennen verursachende Kulkki? Wo sind Irma und Veikko? Waren sie früh wach und haben schon gegessen?

Kunkku küsst Sofi auf die Stirn und erkundigt sich nach den anderen. Er setzt sich, nimmt das gekochte Ei vom Teller und klopft es gegen die Tischkante. In dem stillen Saal klingt es wie Kanonendonner. Als Kunkku sich nach dem Salzstreuer streckt, betritt eine Bedienstete den Raum, die sorgsam seinem Blick ausweicht, als sie ihm zur Geburt des Enkelkindes gratuliert.

Kunkku flutscht das Ei aus den Fingern. Es fliegt in hohem Bogen in den Breitopf. Sofi kümmert sich nicht um die Spritzer auf ihrer Bluse und schweigt weiter. Die Bedienung huscht davon und Kunkku wird allmählich sauer. Es ist nicht fair, ein Mitglied der Familie auf diese Weise im Dunkeln zu lassen.

»Ist es gesund? Ist es ein Mädchen, ist es ein Junge? Ich fahre jetzt ins Krankenhaus! In welchem Krankenhaus liegt Valma?«

Erst jetzt rührt sich Sofi. Sie schiebt Kunkku die Boulevardzeitung hin. Dann steht sie, ohne ihn anzuschauen, langsam auf und schaltet den Fernseher ein. Beide Medien sind voll von Valma und Kunkku. Valma mit dem Baby auf dem Arm, Kunkku mit den Royal-Flush-Mädchen im Arm. Ein durchs Krankenhausfenster fotografiertes Foto zeigt Valma, die ihr Kind stillt. Eine Nahaufnahme zeigt Kunkku mit einer Brust im Mund.

Kunkku erbleicht. Er kann nicht atmen; der Albtraum, der plötzlich vor seinen Augen aufblitzt, passt nicht in seinen Kopf.

»Das da ist … altes Material. Jahre her … vergangen und passé …

Genau in dem Moment wird im Fernsehen ein Tonband vom

Vortag abgespielt. Kunkku hört sich Sanni seine Liebe schwören, hört sich sagen, dass er mit ihr fliehen möchte.

»Nein. Nein. Nein! Ich bin zurückgekommen!«

»Gestern«, sagt Sofi eisig. »Gestern wolltest du mit einer anderen Frau fliehen.«

»Ja gut, aber heute …«

Kunkku sitzt wie gelähmt am Tisch und sieht auf dem Bildschirm, wie sich aus der Panzerfaust, die er in Händen hält, ein Geschoss löst und einen Moment später eine freundlich dreinblickende Kuh zerfetzt.

»Ich kann das erklären …«

»Du erklärst gar nichts. Nie mehr.«

Sofi steht in aufrechter Haltung und mit versteinertem Gesicht neben ihm. Nach kurzem Schweigen sagt sie, er habe nichts mehr in ihrer Nähe zu suchen. Er existiere nicht mehr für sie. Weder als Mann noch als Geschäftspartner.

Kunkku starrt vor sich hin, ihm wird schwarz vor Augen. Von da an hat er keine Erinnerung mehr an den Tag, an dem die finnische Monarchie zugrunde geht. Er erinnert sich auch nicht daran, dass Pressechef Veijalainen außer Atem hereingestürzt kommt und endlich einmal sprachlos ist. Der Ministerpräsident, der ihm auf dem Fuße folgt, hat hingegen eine Menge zu sagen.

Kunkku trägt ein T-Shirt mit der Aufschrift: *Guns use Chuck Norris for protection.* Das ist sein einziger Besitz, irgendwann von einer Reinigungskraft im Keller vergessen. Pressechef Veijalainen hat die ganze Königsfamilie aus dem Schloss hinaus und über die Zugbrücke begleitet. Nun stehen sie buchstäblich auf der Straße.

Die Monarchie ist sofort außer Kraft gesetzt worden, in vollem Umfang, bedingungslos und ohne Mitleid. Somit hat auch die Königsfamilie von jetzt auf gleich aufgehört zu existieren.

Sofi geht zielstrebigen Schrittes und erhobenen Hauptes zu dem schwarzen Auto, das am Rand des Schlossplatzes wartet. Sie weiß, dass sie Gegenmaßnahmen ergreifen wird, und sie hat bereits einen Plan. Um den Anfang zu finden, benötigt sie jedoch etwas Unterstützung, darum hat sie einen Goldkettenmuskelprotz angerufen, dem sie schon einmal begegnet ist. Sie ist sicher, dass Watte ihr noch auf die eine oder andere Art nützlich sein kann. Sie ist die Königin, ihre Wut wird sich nicht legen, bevor sie wieder im Schloss ist, an ihrem Platz.

Irma und Veikko springen in den ersten Bus, der vorbeikommt, ohne sich darum zu kümmern, wohin er fährt. Sie wollen niemanden sehen und mit niemandem reden, schon gar nicht mit ihrem Vater, auch nicht mit ihrer Mutter. Sie stützen sich nun gegenseitig, aber noch bevor der Bus die Endstation erreicht, steigt Veikko aus, und Irma beschließt, zu Valma ins Krankenhaus zu fahren. Sie hat absolut kein Geld. Ihr Vater schuldet ihr jetzt ihr ehemaliges Leben.

Kunkku steht allein auf der Straße. Er bemerkt nicht, dass seine Frau weggeht, er merkt nicht, dass seine Kinder weggehen. Er steht nur da, und die Stunden vergehen. Niemand kommt, alle sind fort.

Einen Tag und eine Nacht steht Kunkku dort.

Dann kommt ein Taxi angefahren und hält vor ihm an. Valma steigt aus, im Wagen hört man das dünne Wimmern eines Babys, und durchs Fenster sieht man einen Schemen der zornigen Irma. Kunkku ist für all das unerreichbar, er sieht, hört und fühlt nichts. Für einen kurzen Moment könnte man fast glauben, dass Kunkku gar nicht existiert.

Valma schlingt den Arm um ihren Vater. Sie verspricht ihm, dass sich alles regeln wird. Sie sagt, nun könne er in die erhoffte Frührente gehen. Als Allerersten müssten sie allerdings aufs Sozialamt.

DIE WEIHNACHTS-
GESCHICHTE

PENA

Auf dem Weihnachtsschinken klebt ein roter Punkt: Sonderangebot. Helena findet, dass ich einen guten Kauf gemacht habe.

Ich schlafe mit dem Schinken auf dem beheizten Fußboden im Bad, weil es keine andere Methode gibt, ihn bis morgen aufzutauen. Der Schinken fühlt sich kühl an, aber es ist schön zu verfolgen, wie die Oberfläche langsam weich wird.

Acht Kilo reichen für acht Esser. Der Verkäufer hat gesagt, da bleibt für die Feiertage noch was zum Naschen, und den Rest kann man einfrieren und zum Beispiel als Einlage für die Erbsensuppe verwenden. Großartige Idee, großartiges Kontinuum. Dass etwas im Gefrierfach ist, das man Monate zuvor mit Wärme zubereitet hat.

Um vier Uhr stehe ich auf, nehme den Schinken auf den Arm wie ein Baby, lege ihn ins Waschbecken und schneide mit der Schere ein Loch in die Folie. Sobald der ganze rote Schleim abgelaufen ist, trockne ich den Schinken mit Haushaltspapier ab.

Ich heize den Ofen auf 250 Grad vor. Bei dieser Temperatur darf der Schinken die erste Stunde verbringen, dann wird die Hitze auf 150 Grad reduziert und eine Stunde pro Kilo gerechnet. Noch vor wenigen Monaten hätte ich so ein Rezept aus der Weihnachtszeitschrift nicht ansatzweise verstanden, jetzt ist es glasklar. Ich kann mit Zeiten, Temperaturen und Buchstaben umgehen, ich kann das Wechselgeld zählen. Wenn man muss, kapiert man alles. Gestern konnte ich im Elektrolager sogar ausrechnen, wie viel zehn Prozent vom Preis eines Fernsehers sind.

Die erste Stunde warte ich zu Hause. Ich schaue aus dem Wohnzimmerfenster, sehe einen Lastwagen rückwärts in den Hof des Lebensmittelladens fahren, sehe, wie auch heute, am Morgen des Heiligabend, Kisten ausgeladen werden. Der Schinken duftet bereits ein bisschen. Der Mann, der unter uns wohnt, führt seinen Hund aus. Irma wälzt sich im Schlaf hin und her und lächelt ab und zu. Veikko liegt wie tot in meinem Bett auf dem Rücken, mit dem Unterschied, dass er lebt. Ein Güterzug rumpelt vorbei. In den Fenstern ringsum sieht man bunte Weihnachtslichter.

Die Kinder sind lange aufgeblieben, haben Geschenke eingepackt und sich über alles Mögliche unterhalten, brüderlich und schwesterlich. Sie haben Pläne und den Willen und die Fähigkeit, sie in die Tat umzusetzen.

Vielleicht wird Weihnachten genau so, wie ich es mir wünsche.

Die Zeitung fällt durch den Briefschlitz. Helena hat sie mir als Geschenk abonniert, damit ich Lesen übe und erfahre, was in der Welt los ist. Auf den Zeitungsseiten steht alles:

Finnland ist zum ersten Mal aus der Top-10-Liste der am höchsten entwickelten Staaten herausgefallen. Der Glückswert seiner Einwohner ist gesunken, ebenso das Bruttosozialprodukt.

Es war falsch, der Euro-Asiatischen Union nicht beizutreten, stellt der Ministerpräsident fest. Die Holztechnologieaktien befinden sich im freien Fall, weil es inzwischen gelungen ist, an den Küsten Afrikas die Ozeanenergie im vollen Umfang nutzbar zu machen.

Dann kommt eine Überschrift, die unmittelbar einschlägt: »Abschaffung der Monarchie ein Fehler«. Der Tourismus sei um die Hälfte zurückgegangen, weil Finnland nun für Ausländer von wesentlich geringerem Interesse sei, und das eigene Volk befinde sich in einer Identitätskrise, schreibt ein führender Kolumnist im Kulturteil.

Schwer, das zu beurteilen. Es war schon die richtige Entwicklung und Entscheidung, finde ich.

Nachdem eine Stunde um ist, falte ich die Zeitung zusammen

und senke die Temperatur im Ofen. Dann ziehe ich meinen roten Jogginganzug, Mütze und Winterturnschuhe an, mache leise die Tür hinter mir zu und gehe auf den Friedhof, um mich mit Helena zu treffen.

Sie ist mit den Gräbern beschäftigt, andächtig und vollkommen konzentriert.

»Die Weihnachtstradition«, sinniert Helena. »Sich an die Verstorbenen erinnern und versuchen, die Lebenden zu verstehen. Der Wunsch, still zu werden in der gemeinsamen Erinnerung der Menschheit, der Wunsch, sich auch an die Geburt des Heilands zu erinnern. Ohne Weihnachten kein Ostern. Ohne Geburt kein Opfer und keine Erlösung. Pena und ich waren fast am Ende unseres Weges angelangt, viele gemeinsame Kreuzungen würden nicht mehr kommen. Pena hatte sich toll geschlagen, obwohl er ein Wüstling und ein Idiot war. Er hatte den Willen, sich zu ändern und seine Dummheiten durch etwas anderes zu ersetzen. Mit der Zeit wird sich weisen, ob das von Dauer ist. Ich verurteile niemanden, in meiner Hand werdet ihr den ersten Stein nicht sehen. Schließlich habe ich auch hinter hohen Mauern gesessen und kämpfe noch immer jeden Tag mit meiner Vergangenheit. Ich bin selbst eine Wölfin gewesen, die sich jetzt als Lamm unter Lämmern den anderen anpassen muss.«

Auf dem Grab meines Vaters stehen Kerzen, Karten und Briefe. Helena findet, ich solle sie lieber nicht lesen, wenn ich mir meine gute Weihnachtsstimmung nicht verderben wolle. Ich sage, ich könne Wahrheiten und Meinungen ertragen. Darum gehe es doch schließlich.

Fahrt zur Hölle, steht auf der ersten Karte. Kehrt ins Schloss zurück, steht auf der zweiten. Ohne euch ist Finnland langweilig.

Ich will nicht in die Hölle und auch nicht in mein früheres Leben zurück. Hier ist es gut, besser könnte es nicht sein.

Helena nimmt Kerzen aus einem Karton, stellt sie auf die Gräber und zündet sie an. Dabei reckt sie mir den Hintern entgegen. Aber ich kann Helenas Hintern nicht auf diese Art betrachten. Das ist erleichternd und macht mich zugleich traurig. Ich frage Helena, ob sie all die Menschen gekannt hat, denen sie Kerzen aufs Grab stellt. Kannte sie Martti Paasikivi, der am 12. 7. 1923 geboren wurde? Kannte sie Vileda Merikanto, die 1955 im Alter von nur zwei Jahren starb?

»Jeder Mensch hat es verdient, dass man sich an ihn erinnert«, sagt Helena. »Ich glaube nicht an die Wiedergeburt als konkretes Ereignis, sondern als Sinnbild und als ewige Verpflichtung für uns, die wir auf Erden wandeln. Wir müssen uns um gute Taten bemühen, hier und jetzt. Das Himmelreich ist schon auf Erden möglich. Wenn ich eine Kerze für Vileda Merikanto anzünde, erinnere ich alle Lebenden daran, dass Vileda eine von uns war. Auch ihr Leben hatte eine Bedeutung. Wenn es für mich eine Bedeutung hat, hat es eine Bedeutung für alle, die nach ihr kommen. Alle Menschen sind füreinander wichtig. Ohne die anderen gibt es uns nicht.«

Helena hat ihren Kombi vor dem Nordeingang des Friedhofs geparkt. Es ist ein Anhänger daran befestigt, einer, mit dem man Boote oder andere große Dinge transportieren kann. Als ich sie frage, warum, antwortet sie nicht, natürlich nicht, sie antwortet mir nie, sondern handelt einfach.

Wir müssen noch Senf und zwei Flaschen dunkles Bier kaufen und für Irma Hamburger und Tomaten, falls ihr die Aufläufe und der Schinken nicht schmecken. Sie tut sich schwer mit neuen Geschmacksrichtungen. Ich schaue in mein leeres Portemonnaie und bitte Helena, mit zum Bankautomaten zu kommen.

Der Automat hat einen gelben und einen blauen Schlitz. Nachdem ich den richtigen gefunden habe, muss ich viele Entscheidungen treffen und an der richtigen Stelle drücken. Das überlasse ich Helena. Sie will wissen, ob ich den Kontostand auf dem Bildschirm sehen will. Normalerweise schaue ich ihn mir nicht an, aber heute schon, denn ich will wissen, was ich alles kaufen kann.

Der Apparat rattert eine Weile vor sich hin, dann erscheint eine lange Ziffernfolge auf dem Monitor. Ich frage Helena, was das zu bedeuten hat.

»Das Honorar für Sanni Artikkas Autobiografie war gekommen«, erzählt Helena. »Sechshundertsechzigtausend Mark. Ich sah Pena an, dass wir nun die nächste Stufe erreicht hatten, die von der Armut zum Reichtum, vom edlen Elend zum Bereich der größeren Möglichkeiten.«

Ich erledige sofort, was erledigt werden muss. Die Überweisung nimmt Helena auf ihrem Handy vor.

Dann rufe ich Jalle Kulkki an. Er findet es unverschämt, ihn an Heiligabend zu stören. Ich frage ihn, ob das Geld angekommen ist.

Er müsse Elmeri an Valma zurückgeben, die Elternschaft wochenweise teilen und mit der Erpressung aufhören. Ansonsten ginge ich zur Polizei und vor Gericht.

Kulkki fragt mich, ob ich eine Bank überfallen habe.

Frohe Weihnachten, Jalle Kulkki, ein gutes restliches Leben, hoffentlich sehen wir uns nie wieder.

Ich freue mich so, dass mich Helena beruhigen muss, bevor wir den Supermarkt betreten.

Nach der Überweisung und dem Einkaufen habe ich noch dreiundsechzigtausend Mark auf dem Konto. Ich will nach Hause, um den Kindern davon zu erzählen. Helena schlägt an der Kreuzung jedoch eine andere Richtung ein.

Im Gewerbegebiet Punavuori stehen hohe Scheinwerfer und Männer von der Wach- und Schließgesellschaft mit ihren Hunden, und es gibt jede Menge dunkler Ecken. Wenn man lange genug auf eine Stelle schaut, zeichnen sich blasse Gestalten ab.

»Das Drogenproblem wurde verschwiegen, so wie die meisten anderen Probleme auch«, erzählt Helena. »Die Geschichtsschreibung und die Medien berichteten von einem Land, das Probleme nicht kennt und in dem ausschließlich glückliche Menschen leben, aber ich weiß: Wo es Menschen gibt, gibt es auch Probleme. Es gibt die Sehnsucht nach Trost, Vergebung und Gnade. Es gibt leere

Stellen in den Herzen, und aus diesen leeren Stellen resultieren Störverhalten, Betrug und Dummheiten.«

Hier gibt es keine Weihnachtsbeleuchtung, man sieht nur Dunkelheit, Wellblechhallen und Schornsteine. Helena fährt durch ein mit Stacheldraht ausgerüstetes Tor zu einer der Wellblechhallen. Die Federung des Autos knarzt in den Schlaglöchern.

An der Halle steht: »Kauf und verkauf gebraucht Autos.« Der Hof ist voller Schneematsch, auf dem ein Traktor, ein Quad und eine halbe Straßenbahn stehen. Ein mürrischer, ständig ausspuckender Mann kommt aus der Halle. Er will wissen, was wir hier an Heiligabend verloren haben. Er riecht nach den Pastillen, die Schnapstrinker lutschen.

»Meine Internetrecherche hatte ergeben, dass dies der einzige Ort war, an dem ein Modell von 1967 zum Verkauf stand«, erzählt Helena. »Ich bat den Mann, uns zu zeigen, wo wir das Objekt mit der Nummer 459656 finden.«

Ein streunender Hund schnuppert an uns, verschwindet unter der Straßenbahn, holt von dort eine tote Ratte und legt sie vor mich hin. Ich muss ihn streicheln und mich bedanken. Er lächelt erbärmlich schön. Ob ich mir ein Haustier anschaffen könnte, wenn die Kinder ausgezogen sind? Das würde Rhythmus ins Leben bringen und ich käme besser in Form. Helena steckt sich eine graue Belmont an. Der Spucker knurrt etwas und macht uns die Tür zu einem heruntergekommenen Holzgebäude auf. Er sagt, da stehe der scheiß Schrotthaufen.

Es kann nicht wahr sein. Aber es ist wahr.

Ich gehe um das rostige Auto herum, nehme das löchrige Leder in Augenschein, streichle die Sitze voller Vogelkacke. Ein Sisu-Verrari 450. Die Fertigungsnummer steht auf der Fahrertür, die Sonnenbrille liegt im Handschuhfach. Das ist mein Auto. Wieso steht mein Auto hier?

Der Verkäufer erklärt es mir.

Nach dem Millenium-Vertrag wurden sämtliche gebrauchten

Autos Finnlands nach Schweden verschifft. Ich weiß selbst noch, wie der Ministerpräsident alles im Schloss auflistete, was seiner Meinung nach überflüssig war.

Aber wie ist das Auto zurück nach Finnland gekommen?

Auf den holprigen, nicht asphaltierten schwedischen Straßen gab es keine Verwendung für ein Fahrzeug mit drei Zentimetern Bodenfreiheit. Genauer weiß es der Verkäufer auch nicht, er sagt, er habe die Autos zum Kilopreis zurückgekauft und dann zum Ausschlachten weiterverkauft. Dieses Modell hat er behalten, weil es so selten ist.

Auf der Rückbank haben sich Eichhörnchen ein Nest gebaut. Die Windschutzscheibe hat einen Sprung. Ich mache die Tür auf und setze mich ans Steuer.

»Pena drehte am Lenkrad wie ein spielendes Kind«, sagt Helena. »Er war wieder ein kleiner Junge, und er strahlte. Jeder Mensch kann solche regressiven Momente haben.«

Ich erinnere mich an all die Mütter und Töchter, die bei mir mitgefahren sind. Ich erinnere mich an die schönen Stunden in Motels und auf der Rückbank. Wäre es angenehm, wenn Helena neben mir säße, wenn ein schöner Sommertag wäre und wir auf zweihundert Stundenkilometer beschleunigen würden? Wenn wir durch die Straßen sommerlicher Städte gleiten würden? Wenn wir uns ein Hotelzimmer nehmen und nicht auf die Uhr schauen würden? Durch dieses Auto ist mir eine Menge gegeben worden – wäre das immer noch so?

Ich habe vor, im Sisu-Verrari eine Sitzheizung und einen möglichst glänzenden Auspuff einbauen zu lassen und ein neues Radio anzuschaffen. Dem Spucker bezahle ich sechsundzwanzigtausend Mark für das Auto. Nun habe ich noch gut dreißigtausend auf dem Konto. Der Sportwagen wird auf den Anhänger geschoben, und wir fahren vom Hof.

Der Schinken ist jetzt seit vier Stunden im Ofen. Allmählich müsste ich nach Hause. Ich habe den Kindern so viel zu erzählen und ihnen sogar ein Auto zu zeigen.

Helena biegt wieder in die falsche Richtung ab, und ich frage auch diesmal nicht, wohin wir fahren. In ihrer Welt erklärt die Wirkung die Ursache, und das hat mir bis jetzt nur Gutes und Glück beschert. Ein besseres Weihnachtsgeschenk als den Sportwagen hätte ich nicht bekommen können.

Wir halten vor dem Flughafenterminal an, auf einem Behindertenparkplatz. Die elektrische Schiebetür geht auf, und aus dem Gebäude kommt eine Frau, die ich kenne. Sie zieht einen Koffer auf Rollen hinter sich her.

»Ich war immerhin die finnische Königin, verdammt noch mal«, schnaubt Sofi Lipkanski. »Ich hatte mein Leben dem Schloss geopfert, und ich würde auch im Schloss sterben. Man befasste sich mit meiner Beschwerde und wollte die Kündigungsgründe überprüfen. Ich hatte Menschenrechtsanwälte, Experten für Vertragsrecht und Unternehmensjuristen um Stellungnahmen gebeten. Die Kündigung war durch und durch löchrig. Sie beruhte auf der persönlichen Verbitterung des Ministerpräsidenten und seiner Vorgänger und auf einem Spiel der Medien. Ich kam wegen meiner Kinder nach Finnland. Und ich kam nach Finnland, um vor Ort zu sein, wenn das ganz große Rad gedreht wurde.«

Im Auto ist es still, die Frauen rauchen ihre Zigaretten, während ich hinten sitze und nicht weiß, wie ich ein Gespräch anfangen soll. Als man unser Haus sieht, wird es leichter, neuerdings erkenne ich es schon auf Anhieb, obwohl fünf gleiche Gebäude daneben stehen.

Wortlos lassen wir das Auto vom Anhänger rollen und schieben es auf seinen Parkplatz.

Die Frauen gehen vor mir her, sodass ich sie betrachten kann. Die eine geht, als schiebe sie die ganze Zeit Leute aus dem Weg, die Schritte der anderen haben die Erdberührung von jahrzehntelanger Königlichkeit. Die eine ist imposant, eine, die Baumstämme aus dem Wald und Pferde aus dem Sumpf zieht, aber mit warmem, barmherzigem Blick. Die andere ist schön und auf andere Art stark, ihre Wut und Verbitterung mir gegenüber sind tief und heilig. Etwas haben sie gemeinsam, die Frauen meines Lebens. Sie sind stark und gut. Die eine hat ihre Güte der Welt geschenkt, die andere mir, vielleicht weil sie dachte, dass es bei mir Defekte und Hilfsbedürftigkeit in globalem Ausmaß gibt. Beiden Frauen bin ich dankbar. Das wäre ich auch, wenn nicht Heiligabend wäre, der Tag, an dem es leicht ist, alle Welt zu lieben.

Die Kinder sind wach, und an der Tanne brennen die Lichter. Sie wundern sich, dass ich tatsächlich in der Lage bin, den Fleischklumpen im Ofen zuzubereiten. Ja, und ich kann noch viel mehr. Schaut mal auf unseren Parkplatz. Und danach schaut mal, wen ich mitgebracht habe.

Irma zögert kurz, umarmt aber dann doch ihre Mutter. Sie sagt: Ich bin diskriminiert, ich existiere nicht mehr. Schön, dass du da bist.

Veikko sitzt regungslos auf der Couch. Ich schalte die Dunstabzugshaube ein, um etwas zu tun zu haben. Helena stellt unsere Einkäufe in den Kühlschrank. Sie sagt leise zu mir, man könne von einem Menschen nicht mehr erwarten als das, wozu er fähig sei. Die Fähigkeiten könnten täglich wechseln. Veikko schnieft ein kleines bisschen, dann fragt er mich und meine Frau, warum wir nicht wieder zusammen sein könnten. Alle trennen sich, warum könnten wir nicht trotz allem zusammen bleiben?

Keiner von uns beiden weiß darauf zu antworten.

Ich habe das Gefühl, dass es nicht mehr möglich ist.

Meine Frau und ich haben uns weit auseinandergelebt. Diese Erkenntnis versetzt mir einen Schlag wie mit dem Vorschlaghammer. Sind wir uns je nah gewesen? Viele Dinge haben uns über die Jahrzehnte hinweg voneinander entfernt: der Tripper, die Wohltätigkeit, die Tänze an der Stange, der Überdruss, der Rausschmiss, die unterschiedlichen Träume. Könnte meine Frau in so einem Wohnblock leben, mit uns dieses Leben teilen? Die schlichte Antwort lautet: nein. Will ich ins Schloss zurück? Will ich um etwas kämpfen, an das ich überhaupt nicht glaube?

Dies ist unser letztes gemeinsames Weihnachten.

Helena hat gesagt, am wichtigsten sei es, sich zu akzeptieren, wie man ist. Dann verliere man Scham und Schuldgefühl. Ich glaube, jetzt verstehe ich, was sie damit meint.

Bald wird der Weihnachtsfrieden verkündet. Wir hören es im Radio an und wollen uns daran halten. Dieses Jahr wird er in der Wildmarkkapelle von Ruskesasanta verlesen. Ich stelle den Ton lauter. Dabei sehe ich durchs Fenster, wie draußen ein Krankenwagen vorfährt. Hoffentlich hat sich niemand wehgetan oder eine Gehirnblutung bekommen.

»Wir hörten uns den Zirkus mit dem Weihnachtsfrieden im Auto an«, erzählt Rettungssanitäter Koskinen. »Dann machten wir uns an die Arbeit. Im Gesetz steht, dass die Patienten das Recht haben, die Feiertage zu Hause zu verbringen. Von den Kosten her war es am effektivsten, sie mit dem Bett per Kran auf den Balkon zu hieven. Danach ging die Verantwortung an den Empfänger über.«

Ein Bett schwebt durch die Luft.

Im Bett liegt meine Mutter.

Helena stürzt auf den Balkon und greift nach dem Bett, das vorsichtig herabgelassen wird. Sie gibt dem Mann, der den Kran bedient, per Handzeichen zu verstehen, dass alles in Ordnung ist, löst die Halterungen, lässt sie auf die Erde fallen und erteilt dem Kran die Erlaubnis, abzufahren. Wir schieben Mutters Bett hinein, die Kinder schaffen Platz, indem sie die Couch zur Seite rücken.

»Sie war die Matriarchin der Sippe«, sagt Helena. »Und Blutsbande kann niemand leugnen. Sie hatte das Recht, Weihnachten bei ihrer Familie zu feiern.«

Meine Mutter erzählt als Erstes, sie habe einer Möwe ins Auge geschaut. Irma begrüßt ihre Großmutter, dann kommt Veikko, um ihr die Hand zu geben.

Ihre dürfe man nicht zu stark drücken, sonst ginge sie kaputt. Meine Mutter wundert sich, warum so viele fremde Menschen in einem Raum versammelt sind. Außer Erkki kenne sie keinen, und mit Erkki meint sie mich. Ich frage sie, ob sie etwas essen möchte.

Sie sagt, Erkkis Eier würden ihr schmecken, und kichert. Ich drehe das Weihnachtslied im Radio so laut, dass man ihre Stimme nicht mehr hört. Da läutet es an der Tür.

»Ich hatte mit meiner besseren Hälfte besprochen, dass ich an Weihnachten meinen Bruder besuche«, erzählt Olavi Kuhnuri. »Unser alter Vater hat's gern mal anderswo getrieben, klare Sache, ich verurteile das nicht. Es war vor meiner Geburt passiert, und wenn man ordentlich pflügt und sät, dann fängt der Samen halt auch zu keimen an. Aber ich hatte Bedenken, ob ich nach so vielen Jahren einen fremden Menschen als meinen Bruder anerkennen könnte. Es nicht zu tun, wäre jedoch auch nicht infrage gekommen. Ich hatte Maränen geräuchert und alte Fotos eingepackt, damit er sehen konnte, wie es so gewesen ist, unser Leben. Sie hatten das Radio voll aufgedreht, und es herrschte irgendwie sonderbare Stimmung. Mitten im Wohnzimmer stand so ein Krankenhausbett. Ich fragte, ob ich ungelegen komme.«

Ich stelle allen Anwesenden Olavi Kuhnuri vor und sage, er sei vielleicht mein Bruder. Genau darüber will Olavi reden. Ich bitte ihn, Platz zu nehmen. Zuerst plaudern wir locker übers Wetter und über Traktoren und dass bald wieder der Sommer kommt, obwohl gerade Winter ist.

Olavi fragt mich, ob ich auch so einen Brief erhalten habe wie er.

Was für einen Brief?

Er legt ein Blatt Papier auf den Tisch. Helena liest uns vor, was darauf steht.

»Kalle Penttinen war kein Penttinen, sondern ein Kuhnuri«, erzählt Helena. »Das war nun die brandneue Wahrheit.«

Ich muss wahnsinnig grinsen, und meine Frau will wissen, was, zum Teufel, das zu bedeuten habe. Am liebsten würde ich Olavi Kuhnuri umarmen, mein Bruderherz, aber ich packe ihn nur an den Schultern und stelle fest, dass wir jetzt den gleichen Namen haben. Könnten wir mal wieder zusammen Traktor fahren? Bei uns sei er jederzeit willkommen, dann könnten wir Kaffee kochen, einen

Spaziergang machen, ein paar Runden Tennis auf der Konsole spielen.

Zu meiner Frau sage ich, das bedeute, dass ich hier bleibe, ganz gleich, was bei ihren Gerichtsverhandlungen und Nachforschungen herauskomme. Ich bin nie König gewesen, denn ich bin der Sohn von Landwirtschaftsrat Erkki Kuhnuri. Ich bin ein uneheliches Kind und stolz darauf.

Jetzt will meine Mutter wissen, warum zwei Erkkis im Zimmer sind. Und warum keiner von uns beiden ihr so eine Gute-Laune-Zigarette dreht. Ich stelle das Radio noch lauter, gieße Olavi Kaffee ein und versuche ihn so gut wie möglich von meiner Mutter fernzuhalten.

Olavi gibt mir einen Stoß Fotos.

Ja, also, äh, die kannst du behalten. Das sind die paar, die es vom Vater noch gibt.

Ich sehe mir die Bilder an. Erkki ist ein freundlicher Mann gewesen.

Mit Olavi ist es leicht, zu schweigen.

»Verflixt schwierig, das Schweigen mit meinem Bruder«, erinnert sich Olavi Kuhnuri. »Ich wollte so schnell wie möglich an meinen eigenen Weihnachtstisch zurück. Die alte Frau rief von ihrem Bett aus furchtbare Sachen, und alle taten so, als hätten sie nichts gehört. Ich bedankte mich für den Kaffee, und mein Bruder begleitete mich zum Auto. Er wollte mir auch noch sein eigenes zeigen. Wir sind halt beide Motorfreunde.«

Ich vereinbare mit Olavi, dass wir nächstes Jahr gemeinsam zur Automesse nach Vantaa fahren. Danach gehe ich mit einem angenehmen Kribbeln im Bauch in die Wohnung zurück. Meine Schulden bei Jalle Kulkki habe ich bezahlt. Außerdem habe ich ein Auto und einen neuen Nachnamen. Meine Frau ist hier, Helena ist hier, meine Mutter ist hier.

Es wird Zeit, den Schinken aus dem Ofen zu befreien.

Während der Schinken noch etwas zieht, kommen Valma, Tuulikki und Elmeri. Der Tag wird immer besser: Jalle Kulkki hat sein Versprechen gehalten und den Jungen seiner Mutter zurückgebracht.

Ich drücke sie alle, als kämen sie aus einem Gefangenenlager zurück. Auch meine Frau umarmt sie, obwohl der kleine Elmeri auf seinen wackligen Beinchen bei seiner Oma noch etwas fremdelt. Sie werden sich schon aneinander gewöhnen. In ihrem früheren Leben hatte sich meine Frau auch an alles Mögliche gewöhnen und Abstände überprüfen müssen.

Valma und Tuulikki haben ihren eigenen Tofuschinken dabei. Ich erkläre Elmeri, dass man Tofus im Zoo sehen könne. Valma lacht und streicht mir und dem Jungen über den Kopf. Wir haben beide das gleiche dünne Haar auf dem Scheitel.

Helena füttert meine Mutter mit Gemüsebrei, den sie im Mixer zubereitet hat. Elmeri bekommt auch etwas ab, von einem gelben Teller, auf dem ein Teddy sichtbar wird, wenn genug Essen im Mund des Jungen verschwunden ist.

Mutter spuckt von jedem Löffelvoll die Hälfte wieder aus. Helena füttert sie geduldig, schabt alles mit dem Löffel zusammen und putzt Mutters Nachthemd mit Küchenpapier ab. Ich könnte das nicht. Einem erwachsenen Menschen Essen geben und womöglich noch den Hintern abwischen. Ich wünschte, ich könnte es, aber nein.

Meine Frau isst nur ganz wenig. Sie gießt sich Wein ein und fragt, ob noch jemand etwas trinken will. Irma sehr gern, Valma sagt, sie probiere nur einen Schluck.

Es ist nicht so entspannt, wie ich gehofft habe.

»Mein Mann war ein hoffnungsloser Fall«, seufzt Sofi. »Das wurde in diesem Moment deutlich. Er wählte das Verlieren und das gewöhnliche Leben, obwohl etwas Besseres zu haben gewesen wäre. Für mich kam das nicht infrage. Ich wollte meine Privilegien zurückhaben. Das Leben, für das ich mich geopfert und um das ich gekämpft hatte.«

Irma hat ihren Teller leer, bedankt sich und treibt uns an, schneller zu essen. Sie habe heute ihren ersten Arbeitstag, die Schicht beginne um zehn, sie müsse um neun da sein, darum sollten wir bald die Geschenke auspacken. Ich frage sie, wo man an Heiligabend arbeiten müsse. Sie antwortet etwas rätselhaft, einsame Menschen wollten an den Weihnachtsfeiertagen nicht allein sein. Darum sei Weihnachten am neuen Arbeitsplatz der lukrativste Tag.

Ich danke allen für die gemeinsame Mahlzeit. Helena dankt Jesus. Meine Mutter sagt zum Glück nichts, sie ist eingeschlafen. Ich schlage vor, dass alle in Ruhe im Wohnzimmer sitzen bleiben, während Veikko und ich die Geschenke aus dem Keller holen.

Wir fahren mit dem Aufzug ins Erdgeschoss, ich öffne die Brandschutztür, und wir steigen die Treppe ins Dunkle hinab. Ich habe die Geschenke nach dem Warenlagerprinzip sortiert, damit wir beide gleich schwere Stapel auf dem Arm haben. Veikko will wissen, was alles in den Päckchen drin ist. Schönes, Notwendiges und Persönliches, sage ich.

Wir gehen drei Mal, beim letzten Mal trage ich das größte Paket die Treppe hinauf, weil es nicht in den Aufzug passt.

Helena hat inzwischen Glühwein gemacht und serviert ihn in weißen Pappbechern, die ich aus dem Lager mitgebracht habe.

Die Geschenke bilden einen großen Haufen, jeder hat seine Päckchen dazugelegt.

Wir sitzen im Kreis um die Geschenke herum, und ich glaube, alle sind ein bisschen aufgeregt.

Irma liest das Weihnachtsevangelium vor, das ich von meinem früheren Leben her fast auswendig kann. Wir haben es zu Hause im Schloss gehört, beim feierlichen Gottesdienst und wer weiß was für Gelegenheiten, jedes Jahr an Weihnachten.

»Am meisten hat mir die alte Bibelübersetzung aus dem Jahr 1245 bedeutet«, erzählt Helena. »Der Rhythmus, der Klang der Worte, der Inhalt – das kennen wir alle. Es begab sich aber zu der Zeit und es begibt sich auch in dieser Zeit, dass der Lauf des Lebens gleich bleibt. Wenn wir nur die Augen öffnen, können wir den Stern sehen, der uns leitet.«

Veikko verteilt die Geschenke. Elmeri bekommt den größten Stapel. Auch ich bekomme welche, obwohl ich mir gar nichts gewünscht habe. Es ist ein gutes Gefühl, wenn andere an einen denken. Ich schaue, wie Valma meine Geschenke für sie aufnimmt. Ich habe sie in der Bibliothek andächtig und bewusst ausgesucht und dafür meinen neuen Bibliotheksausweis benutzt. Sie findet meine Idee super ökologisch und ökonomisch. Besonders freue ich mich darüber, dass es *Dick und Doof* auf DVD gab, und zumindest Tuulikki verspricht, sie sich anzuschauen. Sie umarmen mich lange.

Irma bekommt von Valma eine lustige Mütze, die ein blinder politischer Gefangener am anderen Ende der Welt aus recycelter Wolle, Hanf und Plastiktütenresten gemacht hat. Ich drängele Irma, mein Geschenk aufzumachen, das eckige. Sie ist sehr verblüfft, als sie darin ein Telefon mit Berührungsbildschirm für dreitausend Mark findet. Sie ruft aus, genau so eins habe sie sich gewünscht, da wären die besten Lauf- und Tanzprogramme und noch mehr tolle Sachen drin.

Sie fällt mir um den Hals. Obwohl mir der Rücken wehtut, erwidere ich die Umarmung. Helena kann sagen, was sie will, aber mit materiellen Dingen gewinnt man Zuneigung und verbreitet gute Laune.

Dann ist Veikko an der Reihe. Er braucht lange, bis er sein Geschenk ausgepackt hat, es sind viele Bänder und Klebestreifen dran, sogar Leim ist zum Einsatz gekommen, weil ich kein Verpackungsprofi bin, sondern eben Lagerarbeiter in einem Elektrogeschäft.

Veikko findet es seltsam, dass ich ihm einen Sechsundfünfzig-Zoll-HD-Fernseher schenke. Der passe doch gar nicht in die Wohnung.

Ich erzähle von dem Brief, den ich vom Sozialamt bekommen habe, als Antwort auf meinen Antrag. Veikko will wissen, auf welchen Antrag. Der Antrag auf eine Wohnung für ihn, den jungen, wohnungslosen Mann, der sich bei seinem Vater einquartieren musste. Ich sage, der Fernseher sei der erste Einrichtungsgegenstand für sein neues Zuhause.

Veikkos Gesichtsausdruck verändert sich langsam von einem skeptischen in einen sehr frohen. Ich suche in meiner Tasche nach dem Schlüssel und sage ihm, seine Einzimmerwohnung befinde sich hier im Haus, drei Etagen tiefer. Sobald ich nach den Feiertagen eine gewisse Waschmaschine, die ein paar Schrammen abgekriegt hat, ausgelöst habe, kann Veikko immer seine Wäsche bei uns waschen.

Helena überreiche ich drei Stangen Zigaretten. Die habe ich den schwedischen Typen abgekauft, die hin und wieder zur Laderampe kommen und Ahti Martti und Lipponen Zigaretten verkaufen.

Alle wundern sich ein bisschen darüber, dass ich mir all das leisten konnte. Ich erkläre, ich hätte von allen wichtigen Menschen in meinem neuen Leben etwas über die Spiele und Regeln des Lebens gelernt.

Helena öffnet ein Zigarettenpäckchen. Sie klopft damit auf die Handfläche, und es kommt eine Zigarette heraus. Helena ist in vielen Dingen geschickt. Die Zigarette steckt sie meiner Mutter zwischen die Lippen.

»Die alte Dame hatte mir die ganze Zeit zugeflüstert, sie bräuchte eine Zigarette«, erinnert sich Helena. »Das war ihr wichtig. Sie wollte zum Rauchen auf den Balkon und dabei über ihren wunderbaren Erkki reden. Wenn ein Mensch dem Tod so nah ist, kann er beruhigt noch eine rauchen. Dann hat er auch die Lizenz zur Zigarette nach dem imaginierten Koitus.«

Dann bin ich an der Reihe, meine Geschenke auszupacken.

Von Valma und Tuulikki bekomme ich einen Zettel, auf dem steht, dass ich einer Familie eine Ziege gekauft hätte. Ich frage die beiden, warum ich das getan habe. Ob ich die Familie aus meinem früheren Leben kenne oder ob sie sonst irgendwie bedeutend ist.

Valma erklärt, die Familie habe acht Kinder, und dank der Ziege könne nun ein Teil davon zur Schule gehen. Ich frage, ob sie auf der Ziege reiten. Valma findet, in den westlichen Ländern habe jeder schon alles, darum sei es nachhaltiger, die Geschenke dorthin umzuleiten, wo es an allem fehlt.

Meine Frau schnaubt verächtlich wegen meiner Fragen. Das fühlt sich ziemlich vertraut an.

Veikko hat mir ein Bild gemacht: drei vierblättrige Kleeblätter in einem Rahmen. Es hieß, die würden Glück bringen, sagt er. Seiner Meinung nach sind sie ziemlich prächtig und selten. Mir genügt es, dass er sie selbst gepflückt und eingerahmt hat.

Irma hat sich bereits die Jacke angezogen und verabschiedet sich von Elmeri, der seine Tante aber nicht gehen lassen mag. Wir alle fragen sie, wo sie um diese Zeit hin will. Sie antwortet nur, wir würden über sie noch in der Zeitung lesen und sie im Fernsehen zu Gesicht bekommen. Eines könne sie besonders gut, sagt sie. Sie könne tanzen. Das andere habe sie geerbt: Sie könne schön sein.

Beides stimmt.

Sie sagt, ihr neuer Arbeitsplatz biete ihr die Möglichkeit, beide Begabungen einzusetzen. Nur die Gelenkigkeit müsse sie noch verbessern, und falls sie richtig lange Schichten zu arbeiten habe, auch ihre Grundkondition.

Mir geht ein Gedanke zu Irmas neuem Arbeitsplatz durch den Kopf, aber ich bekomme ihn nicht zu fassen. Ich bin schon immer schlecht darin gewesen, Dinge zusammenzubringen.

Irma geht, und Veikko schließt sich an. Er will sich seine neue Wohnung anschauen und gleich den Fernseher anschließen.

Nachdem sie weg sind, nimmt Valma den zornigen Elmeri auf den Arm. Sie sagt, sie müsse den Jungen schlafen legen, und am besten schlafe er im Kinderwagen ein. Es wäre gut, wenn sie, Tuulikki und Elmeri jetzt auch gingen.

Ich habe mir eigentlich vorgestellt, dass alle länger bleiben, vielleicht sogar über Nacht. Dass wir einfach zusammen sind. Dass wir uns Olavis Fotos anschauen, fernsehen, mit der Konsole spielen.

Valma sagt, das sei ein schöner Gedanke, aber wir seien alle erwachsen, und jeder habe sein Leben woanders.

Kinderweihnachten gibt es nur in der Kindheit.

Die Tür geht, es dauert einen Moment, dann höre ich, wie Valma und Tuulikki den Aufzug betreten. Ich bitte meine Frau, mit auf den Balkon zu kommen. Von dort aus winken wir Elmeri, der zurückwinkt. Ich frage mich, was ich jetzt sagen müsste. Schließlich sage ich, die Kinder hätten es doch ganz gut getroffen. Ob nicht alles letzten Endes gut ausgegangen sei. Meine Frau schaut mich an und beißt sich leicht auf die Unterlippe. Ich erwarte gar keine Antwort, aber vielleicht ein kleines Lächeln. Sie sagt, sie koche noch Kaffee, bevor sie gehe.

Wohin sie denn gehen will?

In das beste Hotel Finnlands, ins Hotel Vantaa. Das sei ein Ort, der ihr entspreche. Man habe fast die gleiche Aussicht wie vom Schloss aus, und diesen Ausblick habe sie verdient.

Ich entschuldige mich bei ihr für etwas, vielleicht für alles, vielleicht für nichts. Sie gibt Kaffeepulver in die Maschine, aber plötzlich bricht sie ab und schüttet das Pulver aus dem Filter in die Packung zurück, verschließt die Packung sorgfältig mit Klebestreifen und stellt sie in den Kühlschrank. Sie sagt, Kaffee müsse im Kühlschrank aufbewahrt werden.

»Mein Mann bedeutete mir nichts mehr«, sagt Sofi Lipkanski. »Das wurde mir jetzt klar. Er gehörte nicht in meine Zukunft, und über unsere Vergangenheit wollte ich nicht mehr nachdenken. Mir wurde leichter zumute, und ich wollte sofort weg, um für mich zu sein. Es hat keinen Sinn, eine tote Beziehung künstlich zu beatmen.«

Meine Frau zieht den Mantel an. Ich packe ihre Geschenke in eine Plastiktüte und hoffe, dass wir uns sehen, wenn Veikko seinen Gesellenbrief bekommt. Oder wenn Irma auftritt.

Ich bleibe mit Helena allein zurück. Es ist eine kurze, aber lange Zeit vergangen, seit wir uns das erste Mal gesehen haben, und jetzt muss ich sie fragen, ob unsere Beziehung eine Richtung hat. Gibt es überhaupt eine Beziehung?

»Ich bin niemandes Braut, das habe ich Pena offen gesagt«, erzählt Helena. »Falsche Vorstellungen müssen sofort aus der Welt geschafft werden, weil aus ihnen schiefe Bäume wachsen. Pena Penttinen, neuerdings Kuhnuri, war für mich eine Aufgabe, und die hatte ich nun erfüllt. Er war gerettet. Es war an der Zeit, dass er sich allein zurechtfand.«

Ich verstehe nicht recht, was hier passiert.

Jetzt zieht auch Helena den Mantel an und geht.

Vom Balkon aus sehe ich, wie sie mit Kombi und Anhänger um die Ecke verschwindet.

In der Wohnung schalte ich das Deckenlicht aus, sodass nur noch die Kerzen vom Weihnachtsbaum das Zimmer erleuchten. Draußen schneit es leicht. Ein bisschen wie auf einer Postkarte. Ich überlege, wie es mir geht. Gut und schlecht. Aber mehr gut.

Im Fernsehen kommen Weihnachtslieder und im Sportkanal die wichtigsten und witzigsten Ereignisse des vergangenen Jahres. Dann kommt ein Zeichentrickfilm, in dem ein Schneemann mit einem kleinen Jungen am Himmel entlang fliegt. Am nächsten Morgen schmilzt der Schneemann.

Ich will nicht schmelzen. Ich bin gerade erst zum Leben erwacht.

Ein Geschenk habe ich noch nicht ausgepackt, dasjenige, das Watte vor die Tür gestellt hat. In einem großen Karton liegt nur eine DVD mit einem Stück Rechenpapier, auf dem steht, sämtliches Originalmaterial sei vernichtet worden. Diese Scheibe enthalte alles, was übrig sei, ich dürfe damit machen, was ich wolle, sie vernichten oder um sie herum ein Museum errichten.

Außerdem steht auf dem Blatt: »Die hab ich in einem fairen Match verloren. Watte.«

Ich sollte diese DVD vernichten. Oder nicht? Warum sollte ich mein eigenes Leben löschen? Vielleicht sollte ich sie mir anschauen? Vielleicht sollte ich mich auf die Zukunft konzentrieren?

Bei den Kindern ist nun alles gut. Zwischen Helena und mir wird sich nichts entwickeln. Das Verhältnis zu meiner Frau ist abgekühlt. Helena ist frei, und ich bin frei, wir sind alle frei, wir sind Singles. In meinem Telefon ist eine Nachricht von Lipponen angekommen. Er will über den Fernseher und die Waschmaschine reden, die als beschädigt gemeldet worden sind. Das kann nach Weihnachten erledigt werden, zuvor kommt erst noch ein freier Tag.

Dann erst fällt mir meine Mutter wieder ein, die schnarchend in ihrem Bett liegt. Es ist Heiligabend, und ich bin mit meiner Mutter allein.

Ich will nicht an Heiligabend mit meiner Mutter allein sein.

Jetzt reicht es.

Ich verdiene ein eigenes Weihnachtsgeschenk.

Ich habe das Recht auf ein Geschenk, das zu mir passt. Ich habe eine Menge Geld auf dem Konto, da darf ich einen Teil davon sehr wohl für mich ausgeben.

Ich bestelle für meine Mutter den Wagen aus dem Pflegeheim und für mich ein Taxi von der Zentrale.

Der Krankenwagen kommt zuerst, Mutter wird vom Balkon in den Hof gehievt und von dort ins Auto. Dann sieht man auch schon das gelbe Taxilicht, das sich mit mir auf den Weg zu den Lichtern der Stadt machen wird.

Ich habe versucht, das Richtige zu tun, und alles repariert, was ich kaputt gemacht habe.

Aber man kann nicht zu lange ein zu guter Mensch sein. Das bringt einen aus dem Gleichgewicht.

Ich bin kein guter Mensch. Ich bin auch kein schlechter Mensch. Ich darf durchaus einer Stangentänzerin Schlagsahne vom Bauch schlecken. Ich darf das tun, weil ich Geld habe und weil ich Sahne vom Bauch einer Stangentänzerin essen will.

Ein uneheliches Kind bin ich, und ich bin ein Freund von großen Brüsten.

Ein normaler, glücklicher Mann.

NACHWORT

Dieses Buch erzählt vom Leben des letzten finnischen Königs Kalle XIV. Penttinen und des Lagerarbeiters Pena Penttinen. Im Nachhinein kann festgehalten werden, dass Kalle XIV. Penttinen an allen bedeutenden Ereignissen der finnischen Geschichte in den Jahrzehnten nach seiner Geburt beteiligt war, bis er in den Dienst eines Elektrogeschäfts eintrat und sich seine Spur verlor.

Die Geschichte Finnlands und die Geschichte Kunkkus sind also untrennbar miteinander verknüpft. Als König hat Kalle XIV. Penttinen zehn Ministerpräsidenten überlebt. Er war dabei, als der Mond erobert wurde und als die Olympischen Spiele in Finnland stattfanden. Ohne Kalle XIV. Penttinens selbstlosen Einsatz wäre Schweden nie Finnland beigetreten und dadurch als Nation gerettet worden.

Dessen ungeachtet besteht das Anliegen des Buches, das der geneigte Leser in Händen hält, vor allem darin, Kalle XIV. Penttinen als Mensch zu betrachten – als Pena. Meine Absicht war es, den Ursachen für seine bisweilen maßlos anmutenden Taten und Worte auf den Grund zu gehen. Warum erlebte die Monarchie ausgerechnet in der Ära von Kalle XIV. Penttinen den Höhepunkt ihrer Blüte und ihre tiefsten Niederungen? Mein besonderes Interesse richtete sich auf sein Privatleben, das mit seinem Leben als Staatsmann auf eine Art Hand in Hand ging, die selten ist.

Bei dem vorliegenden Werk handelt es sich um ein Zeitzeugnis in Form frei flottierender Prosa. Dabei ist versucht worden, den Text durch zahlreiche Zitate lebendig zu machen. Allen Gesprächspartnern bin ich daher zu tausendfachem Dank verpflichtet, auch denen, die sich einem Interview verweigerten und dadurch ebenfalls etwas über ihr Verhältnis zu Kunkku zum Ausdruck brachten.

Für alle Denk-, Tipp- und weltanschaulichen Fehler des Buches zeichnet allein der Autor verantwortlich. Er hat sich das Recht vorbehalten, die Wahrheit zu modifizieren und die historischen Ereignisse zu dramatisieren. Ein Quellenverzeichnis, wie es Wissenschaftler gerne haben, gibt es nicht, weil so was ja kein Schwein lesen will.

Mein besonderer Dank gilt der Ende letzten Jahres entschlafenen Marjatta Kohtalonmäki sowie dem Hofmarschall, der im Alter von über neunzig Jahren noch mit der Apfelzucht begonnen hat. Ohne die beiden gäbe es dieses Buch nicht. Ausdrücklich möchte ich mich auch bei Markku Veijalainen bedanken, der zu jeder Tages- und Nachtzeit schnell und engagiert auf alle meine Fragen, E-Mails und Analysen reagiert hat. Einen bedeutenden Anteil an der Entstehung dieses Werks hat auch Måns Wilander, dessen Name aus rechtlichen Gründen geändert worden ist. Durch sein Zutun lernte ich eine mir fremde Unterwelt kennen und konnte unter Aufsicht verschiedene Rauschmittel ausprobieren.

Zum Schluss möchte ich all den Archivaren, Bibliothekaren, Politikern sowie den Profis aus dem Bereich der Erwachsenenunterhaltung und der organisierten Kriminalität danken, die an der Entstehung dieses Buches beteiligt waren, indem sie mir Interviews oder wertvolle Hintergrundinformationen gaben.

Und Kunkku, Kalle, Pena?

Die Begegnung mit ihm vor einem Plumpsklo in Mallusjoki im Frühling 1981 setzte dieses Projekt in Gang. Seine Offenheit und Aufrichtigkeit waren erstaunlich und bewegend. Und nun, da er bereits seit über einem Jahr verschwunden ist, wollen wir hoffen, dass er eines Tages wieder auftaucht. Die Welt braucht Männer wie ihn, weil die Welt uns alle braucht.

Ehrlichen Verdruss hat dem Autor im Verlauf des Prozesses lediglich die Tatsache bereitet, dass die *Hochglanz AG*, also das Medienhaus, das sowohl die *Tageszeitung* als auch die *Kurzweil* publiziert, ihm den Zugang zu ihren Archiven verweigert hat. Wie mir zu Ohren gekommen ist, hat man dort große Teile des Materials über Kunkku vernichtet. Als Gegengewicht zu dieser unschönen Tatsache soll erwähnt werden, dass der Autor ständig Zugang zu den Archiven des John-F.-Kennedy-Museums, zur Edvin-Laine-Bibliothek und zu den Kellergeschossen des Kreml hatte.

Zur Fertigstellung der Arbeit haben mit ihrer Unterstützung beigetragen: der Verein Wiederherstellung der Finnischen Monarchie e. V., die Alfred-Bordellin-Stiftung, der Finnisch-Schwedische Kulturfonds sowie der Republikanische Tennisbund. Dieses Buch wäre vielleicht auch ohne sie entstanden, aber ohne sie hätte ich garantiert nicht meine Garage renoviert. Außerdem habe ich einige Plastiktüten mit nicht markierten Zwanzig-Mark-Scheinen aus unbekannter Quelle erhalten sowie eine Tüte voller Scheiße von Gegnern der Monarchie.

Wichtig gewesen sind auch die moralische Unterstützung durch den Verlag und die Zigaretten, die mir meine Lektorin immer wieder angeboten hat.

Im Namen der gründlichen Recherche sei noch erwähnt, dass ich zur Verinnerlichung des Weltbildes der Hauptfigur während des Schreibprozesses 34 Cheeseburger und 139 Doppelstockhamburger zu mir genommen habe. Ich habe mir *Dick und Doof*, Olympische Spiele und Pornos angeschaut. Allerdings hätte ich das auch ohne dieses Projekt getan.

Den größten Dank bin ich den Menschen in meiner unmittelbaren Umgebung schuldig.

Wenn man über mehrere Jahre hinweg versucht, in den Kopf seines Protagonisten einzudringen, um dessen Denkweise und Welt zu verstehen, und wenn man gleichzeitig die reiche und vielschichtige Struktur des Werks mit sich herumträgt, hat man nicht immer die Kraft für die alltägliche Wirklichkeit. Oft habe ich mich gewundert, warum mich meine Kinder nicht mit Seine Majestät anreden und wie es sein kann, dass mir meine Frau nicht die Krone aufsetzt. Ab und zu habe ich auf dem Dach unseres Hauses gestanden und Massen zugewinkt, die es gar nicht gab.

Ihnen allen spreche ich mein Bedauern aus. Endlich ist diese Zeit vorbei.

Uppsala, im August 2015

Tuomas Kyrö